सीधी रेखा

मराठी मूल

गंगाधर गाडगिल

सम्पादन

लीला बान्दिवडेकर

भारतीय ज्ञानपीठ

पहला संस्करण : 2022

भारतीय ज्ञानपीठ
लोकोदय ग्रन्थमाला : ग्रन्थांक 481

प्रकाशक

वाणी प्रकाशन ग्रुप
4695, 21-ए, दरियागंज, नयी दिल्ली-110 002
फ़ोन : 011-23273167, 23275710
ईमेल : sales@vaniprakashan.in

ISBN : 978-93-5518-021-6

सीधी रेखा
(कहानी-संग्रह)
गंगाधर गाडगिल

SEEDHI REKHA
(Short-Stories)
by Gangadhar Gadgil
Edited by Leela Bandivadekar

मुद्रक : आर. टेक ऑफ़सेट प्रिंटर्स, दिल्ली-110 032

आवरण-शिल्पी : पुष्पकणा मुखर्जी

Price : INR. 399

पूज्य माताजी की स्मृति को
जिन्होंने
साहित्य प्रेम मुझे विरासत में दिया
और जिसको उन्होंने बड़े प्यार
और स्नेह से पाला-पोसा।

द्वितीय संस्करण के उपलक्ष्य में...

हिन्दी भाषी साहित्य प्रेमियों ने मेरे 'सीधी-रेखा' शीर्षक कहानी-संग्रह का हार्दिक स्वागत किया है। मैं उनके प्रति कृतज्ञ हूँ। विभिन्न पत्रिकाओं ने आस्थापूर्वक उस पर ग़ौर किया है और सिर्फ़ उसके अभिमत ही नहीं, उसकी समीक्षाएं भी प्रकाशित की हैं। इन समीक्षकों ने मेरे कहानीगत चरित्र-चित्रण, मनोविश्लेषण तथा उनमें अंकित सामाजिक जीवन के प्रतिबिम्ब तथा उनकी विविधता को दर्ज किया है। उन्होंने कहा है कि इन कहानियों के रेशों में, परिवेश में व्याप्त भारतीय नारी की घुटन, कुण्ठा, यातना, सन्ताप का तनाव, शोषण, पग-पग पर की जाने वाली उसकी उपेक्षा, लांछना, प्रताड़ना तथा अपमान का दर्शन दिल दहलाने वाला है। वह भारतीय सामाजिक जीवन के ज्वलन्त संत्रास को, दंश को तीखे और प्रखर रूप में उजागर करता है। उन्होंने इस बात पर भी ग़ौर किया है कि भारतीय समाज में जो एक महत्त्वपूर्ण संक्रमण हो रहा है, उसमें स्थित्यन्तर हो रहा है, उसके कुछ अंगविशेषों का यथार्थ दर्शन मेरी कहानी में होता है। मराठी पाठकों की तरह हिन्दी पाठकों को भी मेरी बाल-मनोविज्ञान पर आधारित कहानियाँ अच्छी लगी हैं। उन्होंने यह भी कहा है कि मेरी कहानी में इन बातों का चित्रण होता है कि किस तरह कहानी विधा बहुरूपिणी हो सकती है और किस तरह विविध आशय व्यक्त कर सकती है, किस तरह वह विविध भाव-भंगिमाओं से परिपूर्ण हो सकती है।

इसमें कोई सन्देह नहीं है कि हिन्दी-कहानी-जगत् की तुलना में मेरी कहानी के विषय, कथ्य, आयाम, रूप अलग है। ऐसा होना स्वाभाविक है और अपरिहार्य भी। माहौल, भावनात्मक तापमान, रचना, निवेदन शैली आदि के सन्दर्भ में उनका अलग होना सहज स्वाभाविक ही है। लेकिन मुझे हार्दिक प्रसन्नता है कि अपने इस अनोखे ढंग के कारण मेरी कहानियाँ हिन्दी समीक्षकों को अजनबी नहीं लगीं, उनकी अनुभूति उन्हें सहज स्वाभाविक ही प्रतीत हुई।

केवल समीक्षकों ने ही नहीं, हिन्दी पाठकों ने भी इस कहानी-संग्रह का स्वागत किया है। यही वजह है कि फरवरी-मार्च 1990 में प्रकाशित इस कहानी-संग्रह का प्रथम संस्करण एक वर्ष के अन्दर ही समाप्त हो चुका है और अब द्वितीय संस्करण प्रकाशित हो रहा है। मुझे पूरा-पूरा विश्वास है कि 'सीधी-रेखा' के द्वितीय संस्करण का स्वागत भी हिन्दी पाठक उसी गरमजोशी, उत्साह तथा आत्मीयता के साथ करेंगे।

यह मेरा अहोभाग्य है कि हिन्दी रसिक पाठक वृन्दों से परिचित होने के लिए मुझे भारतीय ज्ञानपीठ जैसी जानी-मानी मान्यवर संस्था का लाभ हो गया। इसी संस्था द्वारा मेरा हिन्दी साहित्य से गठबन्धन हो गया है। कहानियों का चयन, उनके अनुवाद और पुस्तक सम्पादन के प्रबन्ध के सिलसिले में इस संस्था ने मुझे पूरी आजादी दी थी। न मुझ पर कोई पाबन्दी थी, न कोई रोकटोक। मेरी ही प्रार्थना के अनुसार इस पुस्तक का आकार भी तनिक बढ़ाया गया। एक लेखक को एक प्रकाशक से इससे अच्छा व्यवहार भला और कहाँ से मिल सकता है?

अपने इस सन्तोषजनक और सुखद अनुभूति का सेहरा मैं भारतीय ज्ञानपीठ के साथ-साथ इस संस्था के प्रकाशन संचालक बिशन टंडन जी के सिर पर भी बाँधना चाहता हूँ। टंडन जी 'परिमल' प्रयाग के संस्थापक सदस्य थे। आगे चलकर शासन सेवा में बड़ी-बड़ी ज़िम्मेदारियाँ निभाते-निभाते उन्होंने अपने साहित्य प्रेम को इतनी-सी भी आँच नहीं आने दी बल्कि वह तो और भी प्रगाढ़ एवं प्रगल्भ हो गया। ज़ाहिर है, सेवा निवृत्ति के पश्चात् अब उन्होंने साहित्य प्रकाशन कार्यार्थ ही स्वयं को समर्पित किया है। अपनी प्रगल्भ कला-मर्मज्ञता, रसिकता, सौजन्य और कार्यक्षमता से उन्होंने मुझे प्रभावित किया है। इसीलिए भारतीय ज्ञानपीठ के साथ ही मैं बिशन टंडन जी का भी व्यक्तिगत रूप से मन:पूर्वक आभारी हूँ।

4 'अभंग' साहित्य सहवास
बान्द्रा (पूर्व)
मुम्बई-400051

गंगाधर गाडगिल
24.1.91

प्रस्तुति

भारतीय ज्ञानपीठ ने सदा भारतीय साहित्य में एक सेतु की सक्रिय भूमिका निभायी है। ज्ञानपीठ पुरस्कार की असाधारण सफलता का मुख्य कारण यही है। भारतीय भाषाओं में से चुने हुए किसी एक शीर्षस्थ साहित्यकार को प्रतिवर्ष दिये जाने वाले पुरस्कार का अनूठापन इसमें है कि यह भारतीय साहित्य के मापदण्ड स्थापित करता है। ज्ञानपीठ इन चुने हुए साहित्यकारों की कालजयी कृतियों का हिन्दी (और कभी-कभी अन्य भाषाओं में भी) अनुवाद पुरस्कार की स्थापना के समय से ही साहित्यानुरागियों को समर्पित करता आ रहा है। इसके अतिरिक्त विभिन्न भाषाओं के अन्य साहित्य मनीषियों का हिन्दी अनुवाद के माध्यम से उनकी भाषायी सीमाओं के बाहर परिचय कराके ज्ञानपीठ एक अत्यन्त महत्त्वपूर्ण राष्ट्रीय उत्तरदायित्व निभा रहा है। इस साहित्यिक अनुष्ठान को और अधिक प्रभावी बनाने के लिए ज्ञानपीठ ने अब विभिन्न साहित्यिक विधाओं की उत्कृष्ट कृतियों को शृंखलाबद्ध रूप से प्रकाशित करने का कार्यक्रम सुनियोजित किया है। प्रत्येक विधा के सभी अग्रणी लेखकों की कृतियाँ व संकलन इस योजना में सम्मिलित करने का विचार है। हमारा अनुभव है कि किसी भी साहित्यिक (या अन्य भी) रचना का हिन्दी में अनुवाद हो जाने पर उसका अन्य भाषाओं में अनुवाद सुविधाजनक हो जाता है। कविता और कहानी की इन शृंखलाओं के बाद शीघ्र ही अन्य शृंखलाएँ साहित्य-जगत् को प्रस्तुत करने के लिए हम प्रयत्नशील हैं। इन शृंखलाओं की उपयोगिता को दृष्टि में रखते हुए कुछ पूर्व-प्रकाशित पुस्तकों को भी इसमें सम्मिलित किया गया है और आगे भी ऐसा विचार है। इनके अतिरिक्त विभिन्न भाषाओं के नये और नवोदित लेखकों को उनकी भाषा परिधि के बाहर लाने में भी हम सक्रिय हैं। देश के सभी भागों के साहित्यकारों ने हमारे प्रयत्नों का जिस प्रकार स्वागत किया है और सहयोग का आश्वासन दिया है उससे हम अभिभूत हैं। हमारा विश्वास है कि यह सब प्रयत्न आधुनिक भारतीय साहित्य की मूल संवेदना उजागर करन में सार्थक होंगे।

इस कार्य में ज्ञानपीठ के सभी अधिकारियों से समय-समय पर मुझे जो

परामर्श और सहयोग मिलता रहता है उसके लिए बिना आभार व्यक्त किये नहीं रह सकता। समय-बद्ध प्रकाशन की व्यवस्था, भागदौड़ व अन्य काम-काज का भार उठाया है नेमिचन्द्र जैन, चक्रेश जैन, दिनेश कुमार भटनागर व सुधा पाण्डेय ने। अपने इन सहयोगियों का मैं अत्यन्त कृतज्ञ हूँ। उनके अकथ परिश्रम के बिना यह कार्य कब पूरा होता, यह कहना कठिन है।

इस पुस्तक की इतनी सुरुचिपूर्ण साज-सज्जा के लिए हम कलाकार पुष्पकणा मुखर्जी के और आवरण पर दी गयी कलाकृति के लिए महानिदेशक पर्यटन, भारत सरकार के आभारी हैं।

—बिशन टण्डन
निदेशक

सम्पादकीय मनोगत

मराठी के श्रेष्ठ लेखक प्रा० गंगाधर गाडगिल की चुनी हुई बीस कहानियों के हिन्दी अनुवाद का यह संग्रह हिन्दी पाठकों के सम्मुख प्रस्तुत करते हुए मुझे अतीव हर्ष हो रहा है। प्रा० गाडगिलजी ने मराठी साहित्य में नये साहित्य के एक प्रवर्तक के रूप में जो भूमिका निभायी है और कहानी, यात्रा-वर्णन, उपन्यास और विनोदी लेखन में जो योगदान किया है उसका महत्त्व मराठी साहित्य के लिए तो है ही, लेकिन उनके साहित्य में जो देशकालातीत मानवीय तत्त्व है उसका अंशतः परिचय हिन्दी के माध्यम से भारतीय पाठकों को होगा तो उनके कृतित्व में सार्थकता का एक और आयाम जुड़ेगा। इस कार्य में हाथ बँटाने का अवसर मुझे मिला, यह मैं अपना सौभाग्य समझती हूँ।

इस सम्पादन कार्य को सम्पन्न करते समय यह दृष्टि रखी गयी है कि श्री गाडगिल के बहु-आयामी कृतित्व का परिचय हिन्दी पाठकों को मिले। इस दृष्टि से श्री गंगाधर गाडगिल की कहानी पर महत्त्वपूर्ण प्रबन्ध प्रस्तुत करनेवाली डॉ० सुधा जोशी ने कहानी-संग्रह की मूल्यवान भूमिका लिखकर संकलन की उपयोगिता और मूल्यवत्ता को बढ़ाया है। सम्पादक के नाते मैं डॉ० सुधा जोशी की आभारी हूँ। डॉ० चन्द्रकान्त बान्दिवडेकर ने प्रा० गाडगिल की भेंटवार्ता प्रस्तुत कर इस संग्रह की गरिमा बढ़ायी है। इस सम्पादन-कार्य में कहानियों के अनुवाद का दायित्व स्वीकार कर श्री प्रकाश भातम्ब्रेकर, डॉ० विनोद गोदरे एवं डॉ० चन्द्रकान्त बान्दिवडेकर ने जो सहयोग दिया है उसके लिए मैं इन सबकी आभारी हूँ।

कहानियों के चुनाव में प्रा० गंगाधर गाडगिल से हुए विचार-विमर्श से भी संग्रह की मूल्यवत्ता में वृद्धि हुई है। उन्होंने अमूल्य समय देकर हमारी योजना को अधिक प्रामाणिक बना देने में जो मदद की उसके लिए मैं उनकी कृतज्ञ हूँ।

भारतीय ज्ञानपीठ ने संग्रह को प्रकाशित करने का दायित्व उठाकर भारतीय साहित्य के आदान-प्रदान के महत्त्वपूर्ण कार्य में अपनी गौरवमयी परम्परा को निभाते हुए भारतीय साहित्य की छवि को अधिक मूर्त्त करने में एक बड़ी भूमिका

निभायी है। श्री बिशन टण्डनजी की विशेष दिलचस्पी के लिए भी मैं उनकी आभारी हूँ।

इस महत्त्वपूर्ण कार्य के सम्पादन का दायित्व भारतीय ज्ञानपीठ ने मुझपर सौंपा। उसके लिए कृतज्ञता व्यक्त करने के लिए मेरे पास शब्द नहीं हैं।

—लीला बान्दिवडेकर

कहानीकार गंगाधर गाडगिल

सामान्यतः किसी भी भाषा के कथा-साहित्य की आदि परम्परा मौखिक होती है। मराठी को भी ऐसी ही मौखिक लोककथा की समृद्ध परम्परा प्राप्त है। लिखित लोक-कथा एवं कथात्म प्रकृति का अन्य गद्य-लेखन महानुभव पंथीय साहित्य में प्राप्त होता है, (बारहवीं शती)। प्राचीन मराठी के इस प्रकार के अन्य ऐतिहासिक सन्दर्भ का उल्लेख किया जा सकता है। फिर भी आधुनिक कहानी विधा के रूप में मराठी-कहानी ने जो रूप धारण किया, वह उन्नीसवीं शती के उत्तरार्ध में मुद्रण-कला के उदय के बाद। अंग्रेज़ों के आगमन के तुरन्त बाद अनूदित एवं स्वतन्त्र साहित्य निर्मित हो रहा था जो उपदेशपरक था या रम्य एवं अद्भुत था। फिर भी यही कहा जा सकता है कि मराठी के कहानी-साहित्य के आदि शिल्पकार हरिनारायण आपटे ही हैं जिन्होंने आधुनिक मराठी कहानी की परम्परा का सूत्रपात किया।

अपनी 'करमणूक' पत्रिका में उपन्यास के साथ-साथ हरिभाऊ ने 'स्फुट गोष्टी' (स्फुट कहानियाँ) प्रकाशित की। 'आजकालच्या गोष्टी' (आजकल की कहानियाँ) में मुख्यतः उन्होंने समकालीन मराठी जीवन एवं संस्कृत का यथार्थ चित्र खींचा। कहानी जीवन-चित्रण का माध्यम है, इसका भान उनकी कहानी ने पहले पहल करा दिया। महाराष्ट्र में सामाजिक प्रबोधन के समय के हरिभाऊ के साहित्य-निर्माण की प्रेरणा मुख्यतः उपदेशपरक रही। अंग्रेज़ी विधा के प्रसार के उपरान्त गीति-काव्य, उपन्यास जैसी नयी विकसित विधाओं की प्रेरणा की भाँति कहानी-साहित्य के निर्माण की प्रेरणा भी साहित्य का पश्चिमी संस्कार ही थी।

इसके बाद कहानी-साहित्य का विस्तार हुआ, अनुवाद भी होने लगे। विपुल साहित्य रचना करनेवाले वी० सी० गुर्जर उस काल के प्रतिनिधि लेखक थे। उनकी भूमिका मुख्यतः रंजनवादी थी। कल्पनारम्य प्रणयानुभव, उलझनदार उत्कण्ठा-वृद्धि करनेवाले कथानक, रोचक संवाद आदि उनके वैशिष्ट्य रंजन करने की आकांक्षा से ही पैदा हुए थे। रचना-कौशल की ओर उन्होंने सजगतापूर्वक ध्यान दिया था, कुल मिलाकर उस समय की कहानी ने कहानी के प्रति अभिरुचि

उत्पन्न करने का कार्य ही किया। साथ ही, एक स्वतन्त्र साहित्य-विधा के रूप में कहानी को स्थान भी प्राप्त हुआ।

इस सबके बावजूद जीवन-चित्रण की विशिष्ट क्षमता, उसके पृथगात्म रूप की कलात्मक प्रतीति, सच्चे अर्थ में आधुनिक स्वरूप इत्यादि वैशिष्ट्यों से युक्त कहानी मराठी को दी दिवाकर कृष्ण (1920) ने। अनुभव का निपट अनुभव के रूप में सन्धान करने की प्रवृत्ति उनकी कहानी में नज़र आती है। मराठी की घटनाप्रधान कहानी को दिवाकर कृष्ण ने अन्तर्मुख करके अनुभवाभिमुख किया। उसे उन्होंने काव्यात्मकता का आयाम प्रदान किया। कैप्टन लिमये की कहानी में भी आधुनिक कला-दृष्टि व्यक्त हुई है। कहानी को सृजनशील पठन की आवश्यकता होती है, उसका भान इन कहानियों ने उत्पन्न किया।

इसके बाद के समय केवल कहानी के सन्दर्भ में ही नहीं, अपितु साहित्य की विविध विधाओं के पृथगात्म वैशिष्ट्यों की चर्चा एवं चिकित्सा मराठी में होने लगी, उसके सम्बन्ध में विशिष्ट सजगता उत्पन्न हुई। मराठी के लोकप्रिय साहित्यकार ना० सी० फडके ने अपने 'प्रतिभासाधन' ग्रन्थ में साहित्य विधाओं के स्वरूप की चर्चा करना प्रारम्भ किया। अपनी सैद्धान्तिक समीक्षा में भी फडके ने कथा के शिल्प पर अधिक ध्यान केन्द्रित किया। उनकी अपनी कलादृष्टि की सीमाएँ उनकी समीक्षा को मर्यादित करती हैं, उसी तरह कथा-लेखन को भी फडके ने कलावाद का समर्थन दिया परन्तु प्रत्यक्ष में उनके साहित्य पर रंजनवादी प्रवृत्ति का भी प्रभाव परिलक्षित होता है, कहीं उसमें स्थूल बोधपरकता भी दृष्टिगोचर होती है। उसी प्रकार शिल्प के लचीलेपन के स्थान पर कहानी में प्रायः शिल्प विषयक जड़ता का ही अनुभव होता है।

मराठी के दूसरे ख्यातिप्राप्त एवं लोकप्रिय साहित्यकार वि०स० खाण्डेकर भी फडकेजी के समकालीन कहानीकार थे। अपनी समस्या-चित्रण प्रचुर कहानी के माध्यम से सामाजिक उद्देश्यवाद एवं आदर्शवाद का संस्कार देने की खाण्डेकर की जीवनवादी दृष्टि फडकेजी से अलग दीखती है। तथापि इन दोनों के कहानी-साहित्य में स्वप्नरंजन, जीवनानुभव की स्थूलता, उपदेशवाद जैसी समान प्रवृत्तियाँ दृष्टिगोचर होती हैं। यह स्पष्ट है कि दिवाकर कृष्ण की कथा में प्रकट हुई कथा-दृष्टि से इन दोनों की कथा का रिश्ता जुड़ा नहीं।

1935-40 के आसपास मराठी की कहानी ही नहीं, सम्पूर्ण साहित्य साँचे में जड़ गया, आवर्त में फँस गया, स्थितिशीलता से कुण्ठित हो गया। कहानी की इस कुण्ठा को छेद देनेवाली कलादृष्टि बीच के काल में कुसुमावती देशपाण्डे, वामन चोरघड़े, य० गो० जोशी की कहानियों में उभरती है। कहानी एवं कथारूप के सम्बन्ध में अधिक खुली संकल्पना, तकनीक की जड़ता के प्रति असहमति, मनुष्य के मन के चित्रण के बारे में नये आयाम, कहानी की व्यंजनक्षमता का नया भान

इत्यादि कुछ स्वागताई वैशिष्ट्य इनकी कहानियों में परिलक्षित होते हैं, लेकिन कहानी के क्षेत्र में सर्वस्पर्शी एवं मूलभूत परिवर्तन लाने की क्षमता इनमें नहीं थी।

इस तरह का मूलभूत परिवर्तन 1940 के बाद वाले दशक में नयी पीढ़ी के कहानीकारों ने घटित किया। उनका नेतृत्व गंगाधर गाडगिल जी ने किया। इस परिवर्तन के पहले वाली मराठी कहानी तथा सम्पूर्ण वाङ्मयीन वातावरण के कुछ ठोस वैशिष्ट्य प्रस्तुत करना समीचीन होगा। कुछ थोड़े से सम्मानित अपवाद छोड़ दें तो यह साहित्य पाठक-सापेक्ष था। यह अपेक्षा थी कि साहित्य प्रस्थापित सामाजिक, नैतिक मूल्यों की चौखट में रहे। यह भी अपेक्षा की जाती थी कि साहित्यकार नैतिक प्रवक्ता की भूमिका अदा करे। साहित्य की 'शुद्धता' के बारे में कल्पनाएँ संकीर्ण थीं। साहित्य की कलात्मकता एवं लालित्य के सम्बन्ध में कुछ आसान नुस्खे रूढ़ हो गये थे। साहित्य विधा का क्षेत्र-विस्तार, उसके रूप-वैशिष्ट्य, कलात्मक संगति का स्वरूप इत्यादि के सम्बन्ध में रूढ़, पारम्परिक साँचे में आबद्ध संकल्पनाएँ स्वीकृत थीं।

सारे साहित्य-व्यवहार में जो जड़ता, कुण्ठा एवं अवरोध उत्पन्न हुआ था उसे नव-साहित्य ने दूर किया। 1940 के बाद वाले दशक में बी० सी० मर्ढेकर की नयी कविता तथा गंगाधर गाडगिल इत्यादि की कहानी प्रादुर्भूत हुई। एक अर्थ में यह अपरिहार्य ऐतिहासिक प्रक्रिया का ही भाग था। इस नये साहित्य ने मराठी की स्थापित साहित्य-परम्परा को नकार दिया, धक्का दे दिया। पुराने रूढ़ि-व्यूह नकारकर नये लेखन-व्यूह उत्पन्न किये। 'नवकहानी' एवं 'नवकाव्य'—ये विशिष्ट नामाभिधान नये ही थे। इनमें 'नव' विशेषण काल-निदर्शक न होकर मूल्य-संकेत करने वाला था। मराठी साहित्य में घटित इस नवीनता के प्रवर्तन का महत्त्व यह है कि वह विशिष्ट व्यक्ति अथवा साहित्य-विधा तक सीमित न रहकर अधिक व्यापक व्यक्ति-निरपेक्ष स्वरूप को प्राप्त हुआ। उसका सम्पूर्ण मराठी साहित्य-व्यवहार पर प्रत्यक्ष एवं परोक्ष, कम या अधिक तीव्र परन्तु निश्चित तथा दूरगामी प्रभाव पड़ा।

मर्ढेकर और गाडगिल ने मराठी-साहित्य क्षेत्र में जिस नवीनता का प्रवर्तन किया उसकी पृष्ठभूमि में पश्चिमी नया साहित्य एवं नयी समीक्षा के संस्कारों की प्रेरणा दीखती है। प्रथम महायुद्ध के बाद यूरोपीय साहित्य एवं कला के क्षेत्र में नवकलावाद (मार्डनिज्म) पैदा हुआ। यह कला-प्रवृत्ति भी थी और वाङ्मयीन आन्दोलन भी था। वह अन्तर्राष्ट्रीय घटना थी। उसके मूल में आधुनिक संवेदना थी। मानवीय जीवन-व्यापार में विविध स्तरों पर हो रहे मूलभूत परिवर्तनों के परिणामस्वरूप यह नयी संवेदना जन्म ले रही थी।

बीसवीं शती में विविध ज्ञानशाखाओं में हुए नये-नये अनुसन्धान से मनुष्य के

विश्व-विषयक, एवं अपने स्वयं के सम्बन्ध में भी, संकल्पनाओं में मूलभूत परिवर्तन घटित हुआ। जीवन के यथार्थ की नयी अधुनातम परिकल्पना पैदा हुई और उसमें से नयी कलात्मक यथार्थ-निर्मिति को प्रेरणा मिली।

नयी संवेदनशीलता के उदय के साथ अन्य सांस्कृतिक सन्दर्भ भी जुड़े हैं। महायुद्ध का सर्वग्रासी विनाश, उसमें से उपजा जीवन-मूल्यों का पुर्नविचार, औद्योगीकरण से उत्पन्न यन्त्र-संस्कृति का जन्म, उसमें से पैदा हुए नये आर्थिक सामाजिक अन्तर्विरोध, महानगरीकरण की प्रक्रिया का प्रारम्भ इत्यादि बातों का उल्लेख किया जा सकता है। इनमें से उपजे नये जीवनदर्शन ने नयी कला-प्रणालियों का व्यूह रचने की प्रेरणा उत्पन्न की।

इस तरह की नयी संवेदनशीलता मर्ढेकर एवं गाडगिल के साहित्य में से प्रकट होती है। जीवन के यथार्थ की व्यामिश्रता का उपरोधगर्भ अन्तर्विरोधों का नया भान, मनुष्य के हिस्से में आयी परात्मता, अश्रद्धा, अनाथ होने की वेदना और उसमें से उसके अकेलेपन को मिले नये आयाम—इस प्रकार के नये युग-प्रतीति के सन्दर्भ में तथा नयी कलादृष्टि के परिणामस्वरूप दोनों के साहित्य में कुछ समान वाङ्मयीन सूत्र दिखते हैं।

यह कहते समय कि मर्ढेकर एवं गाडगिल की नव-निर्मिति को पश्चिमी संस्कार प्रेरक सिद्ध हुए, एक बात का भान रखना चाहिए। वह यह है कि उनका साहित्य अनुकरणपरक अथवा परभृत नहीं है। कलाकार के रूप में उनके आन्तरिक स्फुरण तथा पश्चिमी साहित्य में उन्हें प्राप्त गुणादर्श इनके बीच के आदान-प्रदान एवं संवाद के कारण ही परायी भाषा एवं संस्कृति के साहित्य की नवीनता का स्वरूप वे आत्मसात् कर सके और अपनी परम्परा में वे समाविष्ट कर सके। परम्परा का नूतनीकरण करने का सृजनशील सामर्थ्य उनके पास था।

सृजनशील साहित्य के साथ मर्ढेकर और गाडगिल ने समीक्षात्मक लेखन भी किया। इन दोनों से नयी साहित्य विषयक मूल्यदृष्टि के अभिसरण को प्रोत्साहन भी मिला। इन दोनों ने एक-दूसरे के साहित्य की समीक्षा कर उसकी मूल्यात्मक नवीनता एवं कला-सौन्दर्य का मर्म स्पष्ट किया। यह बात महत्त्वपूर्ण है। गाडगिल-जी ने लेखन के साथ व्याख्यान, वाद-विवाद, चर्चा के माध्यम से सतत नये साहित्य की कलादृष्टि का विवरण एवं समर्थन किया। अश्लीलता, दुर्बोधता, जन्तुवाद, निराशावाद, निरर्थकवाद इत्यादि जो आरोप नव-साहित्य पर उस समय लगाये जा रहे थे उसका मुख्य कारण वाङ्मयीन अभिरुचि की विशिष्ट बुनावट था। इन आक्षेपों का निराकरण करते हुए नयी वाङ्मयीन संवेदनशीलता एवं अभिरुचि की बुनावट की प्रक्रिया को गाडगिलजी ने प्रेरणा दी।

नयी कहानी की बनावट और बुनावट में गाडगिल के साथ पु० भा० भावे, अरविन्द गोखले, व्यंकटेश माडगलूकर का भी सहभाग था। 'शान्ताराम सदानन्द

रेगे' ढि० वा० मोकाशी की कहानियों में भी नयी वाङ्मयीन संवेदना व्यक्त हुई है। इन सबके प्रतिभा धर्म भिन्न-भिन्न होने के बावजूद इस मन्वन्तर के सन्दर्भ में उन सबमें एक प्रकार का वाङ्मयीन भावानुबन्ध पैदा हुआ था। एक बात निस्सन्दिग्ध है। वह यह कि इन कहानीकारों में तत्कालीन नये वाङ्मयीन युग-धर्म का सच्चे अर्थ में प्रतिनिधित्व करने वाले गंगाधर गाडगिल ही थे। आज पीछे मुड़कर देखते हुए गाडगिल का नेतृत्व एवं उनकी अनन्यता निश्चित रूप में और सटीक रूप में ध्यान में आती है।

ऐसा नहीं है कि नये साहित्यकार के रूप में उनका रूप उनके कहानी साहित्य में ही उभरता हो। उनकी परम्पराविरोधी, प्रयोगशील नयी निर्मिति की प्रतीति उनके द्वारा निर्मित अन्यान्य साहित्य-विधाओं में भी प्राप्त होती है। 1941 से अब तक क़रीब पचास वर्ष के साहित्यिक कार्यकाल में गाडगिलजी ने कहानी के अतिरिक्त लघु-उपन्यास, चरित्रात्मक उपन्यास, एकांकी, फार्स, नाटक, विनोद, यात्रावर्णन, ललित निबन्ध इत्यादि विविध साहित्य-विधाओं में क़लम चलायी है। कविता को छोड़ दें तो सभी प्रमुख साहित्य विधाओं में उन्होंने रचना की है। (फिलहाल वे आत्मचरित्र लिख रहे हैं)। निर्मिति में बहुआयामी लेखन गाडगिल के प्रतिभा-धर्म का एक खास वैशिष्ट्य है। यह विविधता केवल संख्यात्मक न होकर गुणात्मक भी है। यह भी यहाँ ध्यातव्य है।

परम्परा को नया रूप देने की गाडगिलजी की क्षमता कहानी के अलावा विनोद एवं यात्रा-वर्णन जैसी साहित्य-विधाओं में उनके किये लेखन द्वारा विशेष रूप से प्रतीत होती है। 'साता समुद्रापलीकडे' नामक उनका यात्रा-वर्णन मराठी यात्रा-वर्णन में एक महत्त्वपूर्ण नयी मंज़िल है। यात्रा के अनेक अनुभवों का कालक्रम के अनुसार ग्राफ़ बनाने वाले बन्धन (और खोया हुआ स्वातन्त्र्य भी) नकारकर गाडगिलजी का यात्रा-वर्णन इस प्रश्न का सन्धान करते हुए सम्पन्न होता है कि "अनुभवों के आकार मुझे प्राप्त होंगे क्या ?" अनुभव रूपों की विशिष्ट गुणवत्ता और प्रकृति-धर्म के अनुसार उन्होंने यात्रा-लेखन के विविध रूपबन्ध साकार किये। अर्थात् यात्रा-वृत्त नामक साहित्य-विधा की मराठी में प्रचलित संकल्पना को उन्होंने अधिक सार्थक रूप में मुक्त किया, उसे लचीला बना दिया।

विनोद के स्वतन्त्र क्षेत्र में भी गाडगिल की स्वतन्त्र प्रतिभा की प्रतीति मिलती है। कहानी, 'बडू' नामक मानसपुत्र को केन्द्र में रखकर गुँथी हुई कहानी-माला ललित लेख, एकांकी एवं फार्स—इन विविध साहित्यिक विधाओं में उन्होंने विनोदी लेखन किया है। मराठी की विनोदी परम्परा के लिए सामान्यतः अपरिचित सौम्य एवं सूक्ष्म विनोद की अनेकविध प्रणालियाँ वे मराठी में ले आये। फार्स के भी अनेक रूप होते हैं, यह उन्होंने दिखाया। विनोद की अभिरुचि को बदलने एवं अधिक समावेशक होने के लिए प्रवृत्त करने का आवाहन उनके विनोद में था।

आर्ल्स, डिकन्स, मार्क ट्वेन, पी० जी० वुडहाउस इत्यादि लेखकों के संस्कार गाडगिल की विनोदी अभिरुचि पर प्रतीत होते हैं। उनकी कहानी की भाँति उनके विनोद के बारे में भी यही कहना होगा कि उनका संस्कार अनुसरण या अनुकरण के स्तर का नहीं था। समान आन्तरिक स्फुरण तथा प्रतिभा के समान-धर्म के फलस्वरूप वह प्रेरित हुआ था।

प्रेम की दैहिकता, कामतृष्णा और आदर्शरूप विशुद्ध भावनात्मकता के विभाजित कथासूत्र को लेकर आकारित 'लिलीचे फूल' जैसी दुःस्वप्न सदृश (नाइट मेरिश) प्रकृति-धर्म वाला लघु-उपन्यास हो अथवा इसी कथासूत्र का नये नज़रिये से सन्धान करने वाला 'ज्योत्स्ना और ज्योति' जैसा प्रतीकात्मक शैली में लिखा नाटक हो, इनमें नये कलात्मक आह्वानों का सामना करने की गाडगिल की प्रयोग-धर्मी प्रतिभा की प्रतीति मिलती है। मराठी साहित्य में चरित्रात्मक उपन्यास की नयी संकल्पना, नया प्रणाली-व्यूह रखनेवाला 'दुर्दम्य' जैसा लोकमान्य तिलक के जीवन चरित्र पर आधारित उनका उपन्यास इसी सन्दर्भ में उल्लेखनीय है। कहानी के क्षेत्र में एवं अन्य साहित्य-विधाओं में नये प्रयोगों के सन्दर्भ में गाडगिल जी की आत्म-प्रतीति एवं दृढ़ विश्वास का भी यहाँ उल्लेख करना होगा।

सृजनशील साहित्य की भाँति साहित्य के क्षेत्र में भी गाडगिलजी ने अपनी स्वतन्त्र छाप अंकित की है। नये साहित्य का स्पष्टीकरण एवं उस पर किये गये आक्षेपों का निराकरण करने की आवश्यकता ध्यान में आने पर वे समीक्षा-लेखन की ओर प्रवृत्त हुए। नया साहित्य और स्थापित अभिरुचि में प्रायः एक अन्तर रहता है। लेकिन नये साहित्य के उदयकाल में साहित्य एवं अभिरुचि के परिवर्तन के वेग में बहुत बड़ा अन्तर पैदा होने लगा। समीक्षा के क्षेत्र में भी इसमें से एक अवरोध उत्पन्न हुआ था। इस अवरोध को तोड़ने का कार्य आंशिक रूप में ही सही, लेकिन अपनी समीक्षा से होना चाहिए, इस विचार से गाडगिल ने समीक्षा-लेखन शुरू किया। उन्होंने यह भी दिखाया कि नयी समीक्षा केवल नये साहित्य तक सीमित नहीं है, पुराने साहित्य पर भी वह नया प्रकाश डाल सकती है।

गाडगिल का समीक्षा-लेखन सैद्धान्तिक भी है और व्यावहारिक भी। ललित साहित्य के सृजन का प्रत्यक्ष अनुभव एवं कलापूर्ण साहित्य के सटीक वाचन का अधिष्ठान उनकी समीक्षा को उपलब्ध है। गाडगिल का अभिमत है कि साहित्य-कृत 'कला' कृति होने के नाते उसका मूल्यांकन करते समय एवं उसका सौन्दर्य-मर्म ग्रहण करते समय तात्त्विक विचारधारा का 'साधन' रूप ध्यान में रखना होगा तथा उन विचार प्रणालियों की चौहदें खुली एवं लचीली रखना आवश्यक होगा।

गाडगिल की साहित्य विषयक भूमिका कलावादी ही कही जायेगी। सामाजिक प्रतिबद्धता के बारे में साँचेबन्द एवं विपर्यस्त कल्पनाओं का उन्होंने सतत विरोध ही किया है। उनकी राय में संकल्पनाएँ साधन जैसी होती हैं, यह

भान सदैव आवश्यक है। "साहित्य के सन्दर्भ में किसी वाद का समर्थक होना मुझे नहीं जँचता। निराली-निराली भूमिकाओं पर जाना मेरी सहज प्रवृत्ति है।" किसी भेंटवार्ता में प्रकट हुए उनके ये उद्‌गार उनकी समीक्षा सम्बन्धी विशिष्ट दृष्टि स्पष्ट करने वाले हैं। साहित्य विषयक अनेक प्रश्नों के बारे में अन्तिम एवं निश्चित बातें कहना शक्य नहीं होगा, वह ठीक भी नहीं होगा यही गाडगिल जी की राय है। गाडगिल जी की यह आन्तरिक आकांक्षा रही कि अपनी समीक्षा के फलस्वरूप साहित्य विषयक चर्चा को नयी प्रेरणा प्राप्त हो। इसके लिए कभी उन्होंने कुछ एकान्तिक भूमिका ग्रहण कर स्थापित कल्पनाओं-विचारों पर ज़ोरदार धक्का देकर पुनः परीक्षण को प्रेरणा देने का काम भी किया है। 'रसचर्येची अडगळ' अथवा 'काव्य: सर्वश्रेष्ठ साहित्य प्रकार' जैसे शीर्षक उन्होंने निबन्धों को दिये हैं जो इस दृष्टि से लक्षणीय हैं।

गाडगिल की समीक्षा नव-साहित्य के आन्दोलन के एक भाग के रूप में प्रारम्भ अवश्य हुई परन्तु वह आन्दोलन तक सीमित नहीं रही, यह इतिहास है। उसने केवल नया साहित्य ही नहीं, सम्पूर्ण आधुनिक साहित्य पर विचार किया है। मराठी साहित्य की श्रेष्ठ रचनाओं को ही नहीं, 'वार एण्ड पीस' एवं 'स्लेव' जैसे वैश्विक साहित्य की श्रेष्ठ रचनाएँ भी समीक्षा के लिए मराठी में चुनना उन्हें आवश्यक लगा। समीक्षा के लिए मराठी साहित्य की तरह वैश्विक सन्दर्भ उपलब्ध कराने में गाडगिलजी ने मर्ढेकर को सहयोग दिया है।

गाडगिलजी की इस तरह विविधांगी एवं प्रयोगधर्मी निर्मिति को ध्यान में रखते हुए भी उनका ऐतिहासिक दृष्टि से महत्त्वपूर्ण एवं सर्वाधिक मूल्यवान कृतित्व कहानी के क्षेत्र में माना जायगा। 1941 से आज तक उन्होंने सतत कहानी विधा के क्षेत्र में काम किया है। उनकी कहानी का फलक बहुत विस्तृत है। (पौने तीन सौ कहानियाँ उन्होंने लिखी हैं) विद्याधर पुण्डलीक में शब्दों के, "इतने दीर्घकाल तक लिखने के बावजूद उनकी कहानी में अच्छे-बुरे के विशेष चढ़ाव और उतार नहीं हैं। उनकी कहानियों की गुणवत्ता एवं ऊँचाई विशेषकर 'पाळणा' कहानी-संग्रह (1961) तक ईर्ष्या पैदा करने लायक़ कही जा सकती है" 1945-1960 का काल गाडगिल की कथा की बहारों का तथा मराठी-कहानी पर उनके अधिराज्य का काल माना जा सकता है।

आधुनिक मराठी कविता के प्रवर्तक केशवसुत के सम्बन्ध में बात करते हुए गाडगिलजी ने कहा था, "नव-निर्माण करने वाले कलाकार के पास एक ज़बरदस्त 'अनरीज़नेबल' आत्मविश्वास एवं 'सेन्स ऑव एक्ज़िलिरेशन' का होना आवश्यक होता है। उसके बिना वह नव-निर्मिति नहीं कर सकता।" (चिपलूणकर स्मारक व्याख्यान माला, 1980)। स्वयं गाडगिल के सम्बन्ध में यह बात सार्थक सिद्ध होती है। प्रस्थापित कला-परम्परा को नकारते हुए अथवा उसे

खण्डित करने की भूमिका स्वीकारते हुए उन्होंने इसी प्रकार की आत्मप्रतीति या आत्मविश्वास व्यक्त किया। स्थापित कहानी परम्परा को खण्डित करने से निश्चित अभिप्राय क्या है ? यह कहा जा सकता है कि गाडगिल जी ने अपने समय की परम्परागत साहित्यिक संस्कृति की कहानी-दृष्टि तथा अपनी प्रणाली से भिन्न संवेदना-विचार के माध्यम से रचना-सृष्टि की। उनके कहानी के अनुभव रूपों एवं अन्य विविध घटकों से इसकी प्रतीति कैसे मिलती है, यह देखा जा सकता है। गाडगिल के कथा-संसार के केन्द्र में सामान्य मनुष्य है। आदर्श प्रणालियों द्वारा बनायी हुई मनुष्य की नायक-प्रतिमा (हीरो इमेज) वहाँ नहीं दिखाई देगी। परिवार-व्यवस्था एक घटक (पिता, पुत्र, बहन, पत्नी इत्यादि) के रूप में नहीं, मनुष्य के रूप में मनुष्य की ओर देखना महत्त्वपूर्ण है, यह बोध इस कहानी में है। मनुष्य-मनुष्य के बीच पारिवारिक एवं सामाजिक रिश्तों के स्थापित आदर्श प्रतिमाओं के गृहीत चौखटों से मुक्त चरित्र-चित्रण यहाँ हमें दिखता है। स्थापित नैतिक मूल्य-व्यवस्था के लिए असुविधाजनक, प्रसंगोपात्त चुनौतीपूर्ण सिद्ध होने वाले अनुभव एवं काम-प्रेरणा, मनुष्य के मन की एवं जीवन की विकृतियाँ, बीभत्सता, विरूपता इत्यादि के चित्रण को लेकर स्थापित निषेध ग्रन्थियों को इस (टैबू) कहानी ने नकार दिया है। दैहिक संवेदनों के आविष्कार को लेकर रहा संकोच, उपेक्षा या गौणता का भाव भी यहाँ नहीं है। अनुभव के संवेदन घटकों का मूलभूत महत्त्व समझकर संवेदन-चित्रण को यहाँ उचित स्थान प्राप्त हुआ। परम्परागत साहित्य में अनुभव की उत्कटता को लेकर वर्तमान दृष्टि को भी गाडगिलजी ने नहीं स्वीकारा। उनकी दृष्टि में अनुभव में वर्तमान भावनात्मक अंश अधिक प्रभावी होना, भावना को एक दिशा में खिलाते जाना ही उत्कटता है। भावनात्मक उत्कटता को साहित्य की गुणवत्ता का एक मूल्य माना जाता रहा जो कि गाडगिल को अमान्य था। उनकी राय में साहित्य-कृति का विषय बनने के लिए अनुभव में भावनात्मक अंश प्रभावी हो ही, ऐसा आवश्यक नहीं है। उनकी कथा में भावनात्मक तापमान के वैविध्य एवं कलादृष्टि से उसकी अर्थपूर्णता को ध्यान में लेना होगा। कला दृष्टि एवं जीवन-दृष्टि की आधुनिकता गाडगिल की कहानी के इस प्रकार के परम्परा-विरोधी नये स्वरूप के मूल में विद्यमान है।

गाडगिल की इस नयी कहानी में मराठी कहानी को कौन-से नये कलात्मक आयाम दिये, मुख्यत: जीवन-मूल्य तथा कला की दृष्टि से इस कहानी का स्वरूप क्या है, इसका यहाँ विचार किया जा सकता है। इस कहानी के कुछ ठोस वैशिष्ट्य यहाँ ध्यान में रखे जा सकते हैं। आधुनिक नागर संवेदनशीलता गाडगिल की कहानी के अनुभवसंसार को आकारित करनेवाला एक प्रमुख घटक है। युद्धोत्तर विश्व में वेग से बदलते जाने वाले यथार्थ का व्यापक भाव एवं मानवीय जीवन एवं मन के व्यामिश्र स्वरूप, उनके अन्तर्विरोधों एवं असंगतियों की भेदक प्रतीति गाडगिल की

कहानी के अन्त: स्रोत हैं। उनकी कहानी प्राय: बम्बई के नागर-जीवन संस्कृति के चित्रण से आकारित होती है। उसमें भी सफ़ेदपोश मध्यवर्ग की जीवन-प्रणाली, उसका भावसंसार एवं उसे नियन्त्रित करने वाले विशिष्ट मूल्य-व्यूह का वह कहानी वेध लेती दीखती है। इस कहानी का खास पृथगात्म वैशिष्ट्य यह है कि यह चित्रण मध्यवर्गीय मूल्य-कल्पनाओं से एकरूप होकर नहीं, 'बाहर' से साधा हुआ है।

मध्यवर्गीय मानसिकता एवं जीवन-संस्कृति का विविधांगी चित्रण 'कबुतरे' (कबूतर), 'सरल रेषा' (सीधी रेखा), 'भागलेला चाँदोबा' (चन्दामामा दूर के) 'अखेरचे सांगणे' (अन्तिम कथन) इत्यादि कतिपय कहानियों में किया हुआ दिखाई देगा। अनेक बार गाडगिल इस मध्यवर्गीय संस्कृति की संकीर्णता और सीमाओं का उपहास एवं उपरोध द्वारा पर्दाफ़ाश करते हैं। 'किडलेली माणसे' (घुन लगे लोग) जो उनकी बहुचर्चित कहानी है, ऐसी ही पर्दाफ़ाश करनेवाली कथा है। मूल्यभाव की व्यापक कल्पना उसका अधिष्ठान कहा जा सकता है।

मनुष्य गाडगिल के कहानी-संसार का केन्द्र है। मनुष्यता का व्यापक मूल्य माननेवाली जीवन-दृष्टि इस कथा-संसार के मूल में है। आधुनिक विश्व में इस मूल्य को धक्का लगने के कारण उत्पन्न होनेवाली चिन्ता, तनाव उसमें चित्रित है। उसमें जो उपहास है वह मनुष्य के प्रति न होकर मनुष्यत्व का अवमूल्यन करने वाली पारिवारिक, सामाजिक, सांस्कृतिक व्यवस्था की विशिष्ट प्रवृत्तियों के प्रति है। इस उपहास के मूल में मनुष्य के सम्बन्ध में करुणा ही है।

गाडगिल की कहानी में अनेक बार विशिष्ट मनुष्य के अनुभव-चित्रण के माध्यम से वर्ग-संज्ञा का आविष्कार होता रहता है। (कभी यह कहानी इस वर्ग-संज्ञा के परे जाकर व्यापक मानवीय प्रश्नों से जूझती दिखाई देती है 'जुगनू'।) उसी तरह व्यक्ति के भाव-संसार से सामाजिक वर्ग की स्थिति-गति के अनुबन्ध का एहसास भी उसमें से प्रकट होता है। समाज-रचना एवं आर्थिक सम्बन्ध का भान कहानी के पात्र-चित्रण एवं चरित्रों के परस्पर सम्बन्धों के मूल में दिखाई देता है। 'उद्ध्वस्त विश्व' जैसी उनकी कहानी में कथावस्तु का प्रवाह सामाजिक परिवर्तनों की प्रक्रिया में से फटा हुआ दिखाई देता है। कहानी के स्फुट माध्यम से इस तरह व्यापक समाज-पट पर विद्यमान अनुभवार्थ को साकार करना एक अलग प्रकार की कलात्मक चुनौती है जिसे गाडगिल ने समर्थतापूर्वक स्वीकार किया है। भाग-लेला चाँदोवा' और 'सरल रेषा' कहानियों के कथानकों का रचाव हिन्दू परम्परा, सामाजिक पारिवारिक मूल्यव्यूह और व्यक्ति-मानस की मूलभूत प्रवृत्ति के बीच के द्वन्द्व में से किया गया है। सामाजिक प्रेरणा और व्यक्ति-मानस की मूल प्रेरणा के बीच के संघर्ष की प्रक्रिया में से यहाँ पात्र का भाव-संसार आकार लेता है और कहानी को एक ही समय सामाजिक एवं मानसिक दुहरा परिमाण प्राप्त होता है।

समग्र अनुभव रूप को संस्कारित करने वाली सामाजिक संवेदनशीलता गाडगिल की कहानी का एक खास वैशिष्ट्य कहा जा सकता है।

इसी सन्दर्भ में गाडगिलजी के नारी-चित्रण का खास उल्लेख करना आवश्यक है। हिन्दू समाज की मध्यवर्गीय नारी का पारिवारिक एवं सामाजिक आचारधर्म, उसका आदर्श एवं जीवन-ध्येय पुरुषसत्ता द्वारा निश्चित एवं नियन्त्रित रहता है। इस समाज-व्यवस्था में स्त्री के होने वाले शोषण के विविध रूप गाडगिल की कहानी में चित्रित हुए हैं। इस समाज-व्यवस्था में कुण्ठित तथा अवरुद्ध ('सरल रेखा अर्थात् सीधी रेषा, 'भागलेला चाँदोवा' अर्थात् चन्दामामा दूर के') हुई, उसका भान होने वाली अथवा न होने वाली इस व्यवस्था को एक 'धर्म' के रूप में स्वीकार करने वाली, और क्वचित् अपवाद रूप में इस व्यवस्था का बाह्यतः प्रतिरोध न करते हुए, अपनी मूल प्रेरणाओं की तृष्णा को चोरी-चुपके परितृप्त करने वाली (साता उत्तराची कहाणी' अर्थात् 'कहाँ से कहाँ तक') विविध प्रकार की स्त्रियों के चित्र उनकी कहानियों में अंकित हुए हैं। चूँकि मध्यवर्गीय मूल्य-व्यूह से एकरूप होकर किया हुआ यह चित्रण नहीं है अतः तब तक के मराठी-साहित्य के नारी-चित्रण से यह बिलकुल अलग दिखाई देता है। इन कहानियों में गाडगिल ने मध्यवर्गीय समाज के स्त्री-पुरुष सम्बन्धों का जो अतिशय सूक्ष्म एवं विविधांगी चित्रण किया है वह स्त्री-पुरुषों की मानसिकता एवं उनकी सामाजिक वर्गीय संज्ञा के इस सन्दर्भ में तथा कहानी-रचना की दृष्टि से भी सार्थक सिद्ध हुआ है।

गाडगिल की कहानियों का नारी-रूप केवल उपरोक्त सन्दर्भ तक ही सीमित नहीं है। 'तलावातील चाँदणे' (तालाब में चाँदनी) एवं 'खाली उतालेले आकाश' ('नीचे उतरा आकाश') जैसी कहानियों में प्रिय सहचारिणी का रूप, 'उद्ध्वस्त विश्व' में बाई साहब का कर्तव्यशील रूप—ये एवं इसी तरह के अन्य स्वतन्त्र मोड़ के रूपों का यहाँ उल्लेख किया जा सकता है। गाडगिल द्वारा निर्मित इन विविध नारी-चित्रों में जिस तरह नारी के मनुष्यत्व का चित्रण करने की दृष्टि व्यक्त होती है, उसी तरह नारी का नारी के रूप में स्वत्व चित्रित करने की भूमिका भी दीखती है। कलाकार के रूप में गाडगिल के कथनात्मक संवेदनशीलता (नेरेटिव सेन्सिबिलिटी) की क्षमता उनके द्वारा नारी के चेतन एवं अचेतन स्तर पर किये गये चित्रण में विशेष रूप में उजागर होती है।

अपने वैयक्तिक भाव-संसार से कुछ दूरस्थ संवेदनशीलता एवं अनुभवों का सन्धान करने की चुनौती गाडगिल के कलाकार ने सतत स्वीकार की है। स्त्री-चरित्र के साथ वृद्ध एवं बालकों के चित्रण में भी यही दीखता है। 'अखेरचे सांगणे' की वृद्ध स्त्री ऐसी ही एक निर्मिति है। वृद्धों के भाव-संसार का सामर्थ्यशाली चित्रण करने वाली अनेक कहानियों के उदाहरण बताये जा सकते हैं। गाडगिल

द्वारा चित्रित छोटे बच्चों के भाव-संसार का चित्रण भी कलात्मक गाम्भीर्य के कारण उल्लेखनीय है। स्वप्नरंजन यथार्थ एवं कल्पना को एकात्म करने की बाल-क्रीड़ावृत्ति के फलस्वरूप बच्चों के भाव-संसार में उत्पन्न होने वाला समृद्ध लचीलापन गाडगिलजी को बहुत वेधक लगता है। बच्चों की ओर वे रोमाण्टिक नज़रिये से नहीं देखते। बच्चों के व्यक्तित्व की स्वत्वपूर्णता एवं उनकी मानसिकता के पारिवारिक सन्दर्भों का निश्चित भान उनकी कहानियों में दीखता है। 'कबूतर' के विजय एवं उदय, 'ओल उन्ह' (गीली धूप) की कुन्दा, 'भागलेल चाँदोबा' (चन्दा मामा दूर के) की दो बहनें, 'किडलेली माणसे' (घुन लगे लोग) के मधुऔर दामू---ऐसे अनेक उदाहरण इस सन्दर्भ में दिये जा सकते हैं। छोटे बच्चों का भाव-संसार समस्त मानवीय अनुभव-संसार का एक महत्त्वपूर्ण तथा अर्थपूर्ण घटक है, इसकी प्रतीति इससे होती रहती है।

बच्चों की कल्पना रमणीय अनुभव-वृत्ति का चित्रण करते समय गाडगिल ने फन्तासी का जो उपयोग किया है वह भी कुछ हद तक मौलिक है। अन्य उद्देश्यों से भी उन्होंने फन्तासी का उपयोग किया है। अज्ञात की निगूढ़ प्रतीति व्यक्त करने के लिए अथवा अवचेतन स्तर के मानसिक व्यापार को साकार करते समय स्वप्न, स्वप्नाभास, दिवा-स्वप्न आदि के निर्माण के लिए या विनोद निर्मिति के लिए भी फन्तासी का प्रयोग गाडगिल ने किया है। यहाँ सर्वत्र फन्तासी कहानी का एक अंग बना है। हाँ, कुछ कहानियों में फन्तासी को अवश्य केन्द्रीय स्थान प्राप्त है। वहाँ फन्तासी स्वतन्त्र कहानी-प्रकार ही बन गया है।

इस प्रकार की फन्तासी का मौलिक एवं अनन्य उदाहरण है गाडगिल की कथा 'खरं सांगापचं मृणजे····' (अगर सच कहना हो···) फन्तासी का यहाँ विनोद के साथ गठबन्धन हुआ है। मुक्त कल्पना-शक्ति, विशुद्ध मौज़ (पुन) असंगति, विक्षिप्तता इस तरह के अंगों से आकारित फन्तासी और उसमें से खिलता हुआ विशुद्ध, उन्मुक्त विनोद मराठी की विलक्षण स्वतन्त्र निर्मिति कही जा सकती है।

फन्तासी कहानी प्रकार का इससे बिलकुल अलग रूप 'माणुस, परी आणि कासव' ('मनुष्य, परी और कछुवा') कहानी में दीखता है। यन्त्रयुगीन नागर जीवन के यथार्थ के अन्तर्विरोध एवं असंगति का चित्रण साधनेवाली यह एक नयी परीकथा है। यह कहानी स्थलकाल-विशिष्ट यथार्थ पर एक भाष्य है। महत्त्व की बात यह है कि गाडगिल ने इस भाष्य का सन्दर्भ विशिष्ट यथार्थ तक सीमित न करके उसकी व्यापकता निर्दिष्ट की है। एक कहानी प्रकार के रूप में फन्तासी का गाडगिल द्वारा किया हुआ यह प्रयोग कथा-निर्मिति की नयी दिशाओं को सूचित करने वाला, कहानी की समृद्धि की दृष्टि से अर्थपूर्ण है। यहाँ यह भी

कहना समीचीन होगा कि ऐसा प्रयोग उन्होंने कुछ ही सीमित कहानियों में किया है।

चिन्तनगर्भ अनुभव-रूपों का सन्धान गाडगिल के कहानी-संसार का एक महत्त्वपूर्ण आयाम है। उसमें से व्यक्त होने वाली एक मूलभूत एवं सर्वस्पर्शी चेतना जीवन की असंगति की है। इस असंगति, अतर्क्यता, अजेयता के घटक का कहानी में से प्रतीत होने वाला भान विविध रूपों के अनुभवों में से स्फुरित हुआ है। वारोळं फिरणारं कुत्र' (चक्कर लगाता हुआ कुत्ता) कहानी के लेखक को इस असंगति की अनुभूति रास्ते पर बेभान होकर गोल-गोल घूमने वाले व्याधिग्रस्त कुत्ते की मृत्यु की ओर की हुई अगतिक यात्रा के माध्यम से होती है। यह फ़ालतू घटना लेखक की विशिष्ट संवेदनशीलता के फलस्वरूप सार्थक सिद्ध हुई है। इसके साक्षी, उसकी ओर केवल कुतूहल के रूप में देखते-देखते उसमें अनजाने उलझे हुए रास्ते पर के मनुष्यों की विविध प्रतिक्रियाओं का सन्दर्भ कहानी को अधिक ठोस बनाता है, अधिक पूर्णता देता है। असं आणि तसं (ऐसा और वैसा) कहानी के तटस्थ निवेदक ने सदाकाका जैसे सामान्य मध्यवर्गीय गृहस्थ के जीवन का एवं पारिवारिक घटनाओं का केवल तटस्थ आलेख भी असंगति का एहसास ध्वनित किये बिना नहीं रहता। अर्थात् ऊपर से तटस्थ लगने वाले इस आलेख में निवेदक के गर्भित दृष्टिकोण का अन्तःस्रोत होता है, इसे भूला नहीं जा सकता है। 'अप्पा आणि प्रभु रामचन्द्र' नामक एक और कहानी में तिरछे, उपरोधपूर्ण दृष्टिकोण का इस्तेमाल कर अलग मोड़ से इसी असंगति एवं अतार्किकता का अर्थ ही ध्वनित किया हुआ दिखेगा।

जीवन की गूढ़ता एवं अज्ञेय की प्रतीति के साथ भय का अनुभव भी जुड़ा हुआ होता है। यह भय जगाने वाली मुख्य चेतना होती है मृत्यु की, उसकी अटलता की और उसके सामने वाले मनुष्य की असहायता की। मनुष्य को जीवन-रहस्य का नयेपन से तथा तीव्रतापूर्वक संस्थान करने के लिए वह प्रेरित करती है। जीवन अनाकलनीयता के बन्द द्वार के पास आकर टिकने वाली यह वेदनामय यात्रा 'काजवा' (जुगनू) कहानी में अतिशय सामर्थ्य के साथ मूर्त की गयी है।

लौकिक अर्थ के परे जाकर गूढ़ अर्थ की खोज करने की उर्मि एवं यथार्थ के परे ले जाने वाली तन्द्रा कलाकार के भाव-संसार या अनुभव-वृत्ति की एक अविभाज्य घटक होती है। अज्ञान की पदचाप को सुनने के लिए प्रेरक घटक कभी प्रकृति होती है। उसके संकेत से कोई प्रभावित होता है। अपनी गृहस्थी में सुखमय कोष में विश्रान्त 'ओले उन्ह' (गीली धूप) का गृहस्थ कलाकार फिर मानव-जाति की व्यापक गृहस्थी के कूट प्रश्नों से प्रभावित होता है। जन्म-मृत्यु की पहेली अथवा संस्कृति के प्रवाह के गूढ़ न्याय उसे ज़बरदस्त रूप में प्रभावित करते हैं।

गाडगिल की इस प्रकार की एवं अन्य कहानियों में व्यक्त होने वाली एक और मूलभूत चेतना है—वह है मानवीय मन के अकेलेपन की। कितने ही प्रकार का अकेलापन उनकी कहानियों में दिखाई पड़ेगा, कलाकार की अटल नियति के रूप में अकेलापन देखिए, 'ओले उन्ह' (गीली धूप) में; वृद्धत्व में मृत्यु की निकटता से सामने आया अकेलापन देखिए, 'अखेरचे सांगणे' (अन्तिम कथन) में। 'अपूरा' (अधूरा) में शारीरिक न्यूनता के कारण अकेलापन पैदा हुआ है तो ओषण के कारण घिर गयी गृहिणी का अकेलापन 'सरल रेषा' (सीधी रेखा) में। अकेलेपन के ऐसे कितने ही रूप उनकी कहानियों में प्रकट हुए हैं। अकेलापन मानवीय अस्तित्व विषयक एक वास्तविकता है, यह भान उनकी कहानी कराती है। उसका महत्त्वपूर्ण वैशिष्ट्य है कि समकालीन जीवन के यथार्थ के चीमड़ धागे से बुनी हुई गाडगिल की कहानी उसी समय सनातन मानवीय अनुभव रूपों का सन्धान करती है।

एक ही भाव-वृत्ति में रम जाना या एक ही कोण से अनुभव को विकसित करते जाना गाडगिल की कला-प्रवृत्ति का वैशिष्ट्य नहीं है। वे अनुभव को अनेक कोणों से देखते हैं। अनुभव के अनेक पहलू हो सकते हैं और वे न केवल परस्पर भिन्न होते हैं। बल्कि परस्पर विरोधी भी हो सकते हैं, इसका भान रखकर अनेक अंगों से, अनुभव की खोज करना उनकी कहानी की विशेषता है। करुणा एवं उपरोध, काव्यात्मकता एवं उपरोध—ऐसी परस्पर भिन्न वृत्तियाँ इसीलिए उनकी कहानी में अर्थपूर्ण ढंग से एकत्र रहती दीखती हैं। 'भागलेल चाँदोवा' (चन्दा मामा दूर के···) 'काजवा' (जुगनू) ऐसा नहीं है कि एक ही उत्कट भाववृत्ति से प्रभावित, एक ही कोण से लिखता जाने वाला इकहरा अनुभव गाडगिल ने अपनी कहानी का विषय नहीं बनाया। स्मृति-चिन्तन से आकार ग्रहण करनेवाले प्रेमानुभव का चित्रण करने वाली, 'तालाब में चाँदनी' भावात्मक कहानी उसका उत्तम उदाहरण है। इस कहानी की उत्तरांग (सिक्वेल) कहानी है, 'खाली उतरलेले आकाश' (नीचे उतरा आकाश) यह कहानी भी इसी सन्दर्भ में ध्यान आने लायक़ है। वैवाहिक जीवन में स्थिर हुए पुरुष का तृप्त कृतार्थ प्रेम जीवन यहाँ भी उसके आत्मगुंजन से ही साकार हुआ है। काव्यात्म गुणवत्ता के लिए उन दोनों कहानियों का विशेष उल्लेख करना आवश्यक है लेकिन इन प्रेम-कहानियों की-सी भावनाशीलता से भरपूर, लिरिकल गुणवत्ता से सम्पृक्त कहानियाँ गाडगिल ने कम लिखी हैं।

वैसे देखा जाय तो जीवन के सामान्यत्व से ही गाडगिलजी ने अपना कहानी-संसार रचा है। ध्यान खींचनेवाले, रोमांचित करनेवाले नाट्यमय प्रसंग उनकी कहानियों में क्वचित् ही दिखते हैं। उनमें दैनन्दिन जीवन की, हर समय घटित होनेवाली, फ़ालतू-सी लगने वाली घटनाओं का चित्रण होता है। लेकिन गाडगिल

का वैशिष्ट्य यह है कि वे इस प्रकार की परिचित घटनाओं में छिपा नाट्य पहचानते हैं और उसमें से अपरिचित-सा नया कहानी का आशय निर्मित करते हैं। अनुभव ग्रहण करने की प्रणाली में अनुभव के रूप को प्राप्त होने वाली विशिष्ट गुणवत्ता, अनुभव लेने की प्रणाली का महत्त्व, इन बातों की ओर मराठी पाठकों का ध्यान आकर्षित करने का श्रेय मुख्यत: गाडगिलजी की कहानी को दिया जाता है।

गाडगिल की कहानी के अनुभव-संसार के स्वतन्त्र स्वरूप के कारण ही उसमें कथावस्तु, पात्र, वातावरण, निवेदन एवं भाष्य इन कहानी-घटकों के स्वरूप में एवं उपयोजन में भी नवीनता आयी दिखाई देती है। कथावस्तु की अधिक मुक्त एवं लचीली संकल्पना उन्होंने अपनी कहानी में साकार की। गाडगिल की पूर्ववर्ती कहानी के भाव-संसार का मुख्य केन्द्र मनुष्य की चेतना ही था। गाडगिल की कहानी में इस चेतना के परे स्थित अवचेतन को यथोचित स्थान प्राप्त होने के कारण उसके अनुभव रूप में एवं कहानी संरचना में मूलभूत अन्तर उपस्थित हुआ। उनकी अनेक कहानियों में मनुष्य के अवचेतन की सहज प्रवृत्तियाँ, वासना-प्रेरणाएँ ही घटनाओं एवं कृतियों का गुम्फन करती हैं। चेतन-अवचेतन के प्रवाह/अनुभव-प्रवाह का ही कथानक बन जाना, जो सम्पूर्ण नयी संकल्पना मराठी कहानी को मिली है, यह गाडगिलजी का योगदान है। इस प्रकार के कथानक की संरचना के पीछे का तत्त्व तार्किकता या कार्य-कारण भाव का नहीं, मुक्त साहचर्य (फ्री असो-सिएशन) का है। गाडगिल की अनेक कहानियों का अन्त निश्चित स्वरूप का नहीं है। उनकी कहानी संरचना का यह एक तत्त्व ही है, ऐसा कहा जा सकता है।

गाडगिल की कहानी के चरित्र-चित्रण की नवीनता की ओर भी ध्यान देना उचित होगा। व्यक्ति की जीवन-कथा की अपेक्षा मानवीय अनुभव के स्वरूप पर उन्होंने ध्यान केन्द्रित किया। पूर्ववर्ती कहानी की भाँति पात्रों के स्वभाव वैशिष्ट्य पर विशेष बल न देते हुए उनकी मनोरचना पर ध्यान केन्द्रित किया। चेतन-अवचेतन स्तर की प्रेरणाओं एवं प्रवृत्तियों में से आकारित होने वाली मनोरचना का परिपाक ही विशिष्ट मनुष्य-स्वभाव होता है, यह दृष्टि उनके पात्र-चित्रण के मूल में है। इसी तरह व्यक्ति विशिष्ट समाज-व्यवस्था का घटक होता है, जो एक सांस्कृतिक वातावरण में, मूल्यव्यूह के सन्दर्भ में विकसित होती हुई बनती जाती है, यह भान भी दीखता है। चरित्र का उनकी कहानी में अलहदा व्यक्तित्व तथा स्थान नहीं होता। उस कहानी का बल व्यक्ति-व्यक्ति, व्यक्ति-समाज, व्यक्ति-प्रकृति के मानवीय पारस्परिक सम्बन्धों (ह्यूमन रिलेशनशिप्स) पर रहता है। पात्र को कहानी में स्वयंभू स्थान न होकर, लेखक जिस जीवनार्थ को निर्मित करना चाहता है, पात्र उसका एक कथाघटक मात्र होता है। पात्र के चित्रण को लेकर यह महत्त्वपूर्ण भान पात्र-चित्रण को व्याप्त किये रहता है।

इस नये भान का, गाडगिल के चरित्र-चित्रण की प्रणाली में जो अनोखापन

है, उसके साथ भी सम्बन्ध है। पात्र के चेतन अवचेतन स्तर पर जाकर 'अन्दर' से साधा हुआ अनुभव-प्रवाह का चित्रण उनकी चरित्र-चित्रण प्रणाली का प्रधान वैशिष्ट्य है। मन के अवचेतन स्तर के भाव-संसार के चित्रण के लिए स्वप्नों का उपयोजन उल्लेख है। सारी कहानी के संगठन में स्वप्न कैसे प्रयोजनपूर्ण होता है, यह उनकी 'काजवा' (जुगनू) कहानी के स्वप्न-उपयोजन से ध्यान में आ सकता है।

कहानी की ज़रूरत के मुताबिक़ गाडगिलजी ने पात्रों का उपयोग अनेक प्रकार से किया है। पात्रों का निर्माण भी विविध स्तरों पर किया है। कभी सामाजिक, सांस्कृतिक प्रवृत्तियों को ध्वनित करने के लिए उन्होंने पात्रों की योजना की है। 'किडलेली माणसे' अर्थात् 'घुन लगे लोग' यथार्थ के परे प्रतिमारूप एवं प्रतीक रूप पात्र-निर्माण भी उन्होंने किया है। 'माणुस, परी आणि कासव' कहानी के परी एवं कछुवे के प्रतीक सदृश पात्रों का यहाँ उल्लेख किया जा सकता है। 'खरं सांगापचं मृणजे'···के लार्ड माऊंट बेटन एवं चर्चिल जैसे ऐतिहासिक पुरुषों के व्यंग्य रूप विनोद-गर्भ फन्तासी के स्तर की निर्मिति के रूप में लक्षणीय हैं। इसी कहानी में गौरैया के मानुषीकरण का भी विशेष उल्लेख करना होगा। फन्तासी निर्माण में सक्रिय घटक के रूप में इन पात्रो की प्रयोजनपूर्णता ध्यान में रखनी होगी।

गाडगिल के पात्र-चित्रण की समृद्धि संख्या की दृष्टि से ही नहीं, पात्रनिर्मिति के वैचित्र्य एवं चरित्र-घटक की कहानी में उपयोजना में विविधता की दृष्टि से भी ध्यातव्य है। 'कडू आणि गोड' (कडुवा और मीठा) की सुशील, 'उध्वस्त विश्व' की बाई साहब, 'खर सांगापचं मृणजे—' (अगर सच कहना हो) का निवेदक मैं, 'कबूतर' का विजय, 'अपूरा' (अधूरा) का एम्टी गुणे, 'अखेरचं सांगणं' (अन्तिम कथन) की जानकी बाई 'सरल रेषा' (सीधी रेखा) के म्हसकर मास्टर, ऐसे कतिपय स्वत्व-सम्पन्न पात्र गाडगिलजी के श्रेय का प्रमाण देने वाले चरित्र हैं।

कथा के अनुभव का निर्माण करने वाला एक क्रियाशील घटक होता है वातावरण। और कथानक एवं पात्र जैसा उसका भी महत्त्व होता है। इस बात का भान गाडगिल द्वारा उपयोजित वातावरण से होता है। विशिष्ट भाव-वृत्ति का निर्माण प्रकृति का परिसर करता है, वह अनेक बार प्रतिमा सदृश होता है। 'ओले उन्ह' अर्थात् 'गीली धूप' 'खाली उतरलेले आकाश' अर्थात् (नीचे उतरा आकाश), घटना एवं प्रसंगों के निर्माण में वातावरण का एक घटक सक्रिय रहता है। कभी तो कथा के पात्र के मन की विशिष्ट भाववृत्ति ही वातावरण स्वरूप होती है (तालाब में चाँदनी)। एक सांस्कृतिक घटक के रूप में वातावरण की प्रयोजनशीलता अनेक कहानियों में प्रतीत होती है। उदाहरण के लिए 'किडलेली माणसे' (घुन लगे लोग) कहानी का चाल में घटित होना ही औचित्यपूर्ण है। क्लर्क संस्कृति का दफ़्तरों के

वातावरण में चित्रित होना ('अधूरा'), और मध्यवर्गीय परिवार के सांस्कृतिक पहलू का घर-घर के वातावरण के माध्यम से साकार होना 'कडू आणि गोड' अर्थात् 'कड़ुवा और मीठा', 'सरल रेषा' अर्थात् सीधी रेखा 'कबूतरे' अर्थात् कबूतर, अखेरचे सांगणे अर्थात् अन्तिम कथन स्वाभाविक हैं। इनके पीछे कथात्म-प्रयोजन ही होते हैं। गाडगिल की कहानी इस तरह विविध परिसरों में (क्वचित् यथार्थ के परे स्वप्न भूमि सदृश स्थल पर भी) घटित हो रही हो तो भी बम्बई नगर के परिसर को, वहाँ के सामाजिक, सांस्कृतिक परिवेश को उनके कथा-संसार में केन्द्रीय स्थान प्राप्त है। यह भी कहा जा सकता है कि बम्बई नगर एक अलग अर्थ में उनकी कहानी का एक पात्र ही है।

जिस कारण कहानी को 'कहानी' नाम मिला वह 'कहना' अथवा कथन या निवेदन कहानी के अस्तित्व को रचने वाला एक महत्त्वपूर्ण अंश है। इसका निश्चित भान गाडगिल की कहानी में व्यक्त हुआ है। निवेदक के दृष्टिकोण से कहानी का निवेदन किया जाता है, उस दृष्टिकोण के पीछे लेखक का विशिष्ट उद्देश्य होता है। मूल में ही तटस्थ एवं कथागत निवेदक का विशिष्ट कलात्मक चुनाव भी लेखक का कलात्मक चुनाव होता है। लेखक अपने कलात्मक उद्देश्य के अनुसार निवेदक पात्र के दृष्टिकोण से कहानी के विविध घटकों का संगठन करता है। गाडगिल का कहानी में कहानी के निवेदक पात्र की, उसके दृष्टिकोण की महत्त्व-पूर्णता का भान होता रहता है। विशिष्ट कलात्मक कार्य करने के लिए अनुपम निवेदक का निर्माण, उस निवेदक के स्वतन्त्र अस्तित्व का सौन्दर्यात्मक भान उनकी कहानी का एक उल्लेखनीय वैशिष्ट्य है।

गाडगिल की कहानी के भयस्थ निवेदक की प्रतिभा स्थिर-स्थितिशील, एक साँचे में गढ़ी नहीं होती। कभी यह निवेदक सर्वज्ञ सर्वसाक्षी होता है। वह पात्रों का 'बाहर' से तथा उसी तरह 'अन्दर' से चित्रण साधता रहता है ('सरल रेषा'—सीधी रेखा, 'भागलेल चाँदोवा'—चन्दामामा दूर के, 'अखेरचे सांगणं'—अन्तिम कथन), कभी वह केवल निरीक्षक होता है, कभी वह तीव्र उपहास-उपरोधपूर्ण भाष्य करते हुए निवेदन करता है 'घुन लगे लोग', कभी उसके निवेदन में सौम्य उपरोध एवं आयरनी का अन्तःप्रवाह भी होता है ('असं आणि तसं)—(ऐसा और वैसा)। ऐसा भी नहीं कि कहानी का निवेदक सतत एक ही दृष्टिकोण से होता है, एक कहानी में निवेदक का दृष्टिकोण बदलता भी रहता है। करुणा एवं उपरोध, काव्यात्म-वृत्ति एवं उपरोध—इस लहर की परस्पर विरोधी भाव-वृत्तियों से कथन करने वाला निवेदक किसी कहानी की आन्तरिक जरूरत हो सकती है ('भागलेला चाँदोवा'—चन्दा मामा दूर के···)। निवेदक एवं पात्र, निवेदक एवं कथावस्तु के बीच की परस्पर सम्बन्धों की परिवर्तनशीलता, गति-शीलता गाडगिलजी की कहानी-संरचना का खास वैशिष्ट्य है।

एक ही भाववृत्ति के सातत्यपूर्ण चित्रण में अथवा किसी भाववृत्ति के एक ही आयाम में विकास करने से निवेदन का जो अप्रतिहत प्रवाह सम्भव होता है उसे गाडगिलजी ने अलग से महत्त्व नहीं दिया है। उन सबमें उनकी कहानी के विशिष्ट अनुभव के विशिष्ट स्वरूप के कारण इस प्रवाह को खण्डित करना उन्हें उचित लगा है। 'काजवा'—'जगनू'; 'लेखकाची गोष्ट'—'लेखक की कर्मकथा' [उनकी कहानी की प्रतिमाओं तथा भाष्य-घटकों का इस्तेमाल भी इस दृष्टि से विचारणीय है] अरविन्द गोखले, पु० भा० भावे जैसे समकालीन कहानीकारों से अलग यह गाडगिल का स्वतन्त्र वैशिष्ट्य कहा जा सकता है। मूलतः अन्तर्विरोध-लक्षी वृत्ति अनुभव ग्रहण करने की प्रणाली निवेदन की इस अनोखेपन की नींव में है। जीवन का अन्तर्विरोध गर्भ (आयरानिकत्व) दर्शन, जो गाडगिल की कहानी का वैशिष्ट्य है, की तुलना मर्ढेकर की कविता से की जा सकती है।

भाषा का विशिष्ट प्रणाली से किया हुआ उपयोजन निवेदन का ही एक भाग होता है। भाषा केवल साधन या माध्यम न होकर कथा-निर्माण में महत्त्वपूर्ण घटक होती है, यह गाडगिल की कहानी से प्रतीत होता है। काव्यात्म, चिन्तनात्म, रम्याद्भुत, उपरोधगर्भ, विनोदगर्भ अनुभव रूपों के विशिष्ट स्वरूप के अनुसार, निवेदक पात्र के व्यक्तित्व एवं दृष्टिकोण के अनुसार विभिन्न भाषा-रूपों का उपयोग गाडगिलजी ने किया है। उनकी कहानी की भाषा कभी घरेलू, बोली भाषा की सहज लय को अपनाने वाली ('कडवा और मीठा', '......') तो कभी नाट्यात्म वक्तृत्वपूर्ण बिम्ब समृद्ध रूप में आकारित होती है ('जुगनू')। कभी वह तरल काव्यात्म रूप धारण करती है ('गीली धूप')। कभी उपरोधपूर्ण भाष्य करते समय शब्दों का आडम्बर को स्वीकार कर कृतक् वक्तृत्व का ठाठ दिखाती है ('घुन लगे लोग')। गद्य की अनेकविध लयों को खोजकर उनमें से भिन्न-भिन्न भाव-वृत्तियों का वातावरण पैदा करना गाडगिल की कहानी की भाषा का एक महत्त्वपूर्ण श्रेय है। इस दृष्टि से 'जुगनू' कहानी की भाषा का सूक्ष्म अध्ययन उद्बोधक होगा। 'मनुष्य, परी और कछुआ' नामक नूतन परीकथा में किया हुआ मौखिक परम्परा की कथन-लयों का अपारम्परिक उपयोजन विशेष रूप से उल्लेखनीय है।

साहित्य में भाषा के उपयोजन सम्बन्धी गाडगिल की दृष्टि पूर्ववर्ती कहानीकारों से मूलतः अलग है। समकालीन कहानीकारों की तुलना में उसका स्वतन्त्र व्यक्तित्व ध्यातव्य है। उनकी कहानी के भाषिक इस्तेमाल की नवीनता मुख्यतः दो तरह से उत्पन्न हुई है। गाडगिल कभी गद्य-रचना के प्रस्थापित नियमों का पालन करते हुए एवं व्याकरण के नियमों की चौखट को न तोड़ते हुए, इस चौखट को लचीला बनाकर भाषा को नया रूप देते हैं, तो कभी भाषिक नियमों को

लाँघकर (फोरग्राउण्डिग) भाषा को कला की दृष्टि से अधिक प्रयोजनपूर्ण एवं अधिक सक्षम बनाते हैं।

"मैं इस समूची भाषा को ही तहस-नहस कर दूँगा। मुझे तो अपनी अलग भाषा निर्माण करनी है। एक मामूली-सी अर्थछटा भी शब्दों की पकड़ के दायरे से छूटने न पाये। व्याकरण, वाक्य-रचना की विशिष्ट पद्धति से कितनी ग़लत-फ़हमियाँ पैदा होती हैं। देखो, देखो···ऐसे सारे शब्द हाथ में खंजर थामकर उसे आशय के सीने में भोंक रहे हैं।" यह 'लेखक की कर्मकथा' कहानी में कहानीकार का मनोगत इस सन्दर्भ में स्मरणीय होगा।

गाडगिल की कहानी की बिम्ब-सृष्टि भी स्वतन्त्र रूप में अध्ययन करने लायक़ है। विशिष्ट यथार्थ के पात्र-प्रसंग के तथा वातावरण के चित्रण में अनेक स्तरीय एवं अर्थ-समृद्धि लाने वाली बिम्ब-योजना उनकी कहानी के निवेदन का एक वैशिष्ट्यपूर्ण अंग है। इन बिम्बों का ठोस वैशिष्ट्य उनकी नवीनता एवं अनपेक्षितता है। कभी इन बिम्बों के मूल मे दम्भस्फोट करने का इरादा रहता है। इस तरह रूपक और आयरनी जो परस्पर विरोधी प्रकृति वाली चीजें हैं, को एक जगह लाना गाडगिल की कहानी का स्वतन्त्र वैशिष्ट्य है। (इस सम्बन्ध में भी उनका मर्ढेकर से सह-धर्मित्व है)। कभी परिचित रूपक-प्रक्रिया को नया मोड़ देकर गाडगिल नवीन बिम्बों का निर्माण करते हैं ("चूल्हे को फूँक मारते ही उनके मन का असन्तोष एकदम प्रज्वलित हुआ—'सरल रेषा'।

बिम्बों से सधी कथात्म प्रयोजन की विविधता भी लक्षणीय है। गाडगिल अनेक बार विशिष्ट भाव-संसार को (उदाहरण के लिए छोटे बच्चों द्वारा अनुभव ग्रहण करने में दीखनेवाली निष्पापना) साकार करने के लिव बिम्बों की योजना करते हैं। बिम्बों से मनुष्य के अवचेतन के व्यापार भी व्यक्त होते दीखते हैं ("उनकी तनी हुई पीठ की उभरकर दीखने वाली पसलियाँ अनुताई को क्षण भर के लिए भूत की उँगलियों-जैसी दिखीं और वे उँगलियाँ उनका गला कसने लगीं।" (सरल रेषा)। स्वप्न एवं दिवास्वप्न के निर्माण में उनके द्वारा उपयोजित बिम्ब ऐसे ही अर्थपूर्ण हैं। बिम्ब के माध्यम से कहानी की भाव-वृत्ति का वातावरण भी मूर्त होता है (तालाब में चाँदनी)। कहानी के ऐसे बिम्बधर्मी शीर्षक कहानी का आशय-सूत्र ध्वनित करते हैं ('चन्दा मामा दूर के', 'जुगनू', 'नीचे उतरा आकाश',)। विनोद निर्माण के लिए उनके द्वारा उपयोजित रम्याद्भुत (फण्टा-स्टिक) बिम्ब भी स्वतन्त्र ढंग के हैं। उनकी कहानी से यह अनुभव मिलता है कि बिम्ब कहानी का उद्देश्य, रूपबन्ध अनुभव इन सबसे संवायी होते हैं।

गाडगिल की विनोदी कहानी भी अपारम्परिक है। अनुभव ग्रहण करने की नवीनता के कारण उनके विनोद में नवीनता आयी है। मराठी की विनोद-परम्परा सामान्यतः नैतिकता, सौन्दर्य के आदर्शों, विशिष्ट जीवन-मूल्यादर्शों (नार्म्स) स

सम्बद्ध थी। मूल्यादर्शों से मुक्ति (नार्मल्सनेस) के वैशिष्ट्य के फलस्वरूप गाडगिल की विनोदी कहानी का स्वरूप स्वतन्त्र बना है। हर क्षेत्र विनोद का विषय हो सकता है और विनोद के अनेकविध रूप सम्भव हो सकते हैं, यह दृष्टि उनकी कहानी से व्यक्त हुई। मराठी विनोद को उन्होंने खुला किया, उसमें विविधता लाने का सफल प्रयास किया और विनोदी कहानी के प्रकार को विकास के रास्ते पर वे ले गये।

गाडगिल की कहानी के इस परामर्श से यह कहा जा सकता है कि इस कहानी ने मराठी साहित्य क्षेत्र में नया वाङ्मयीन भाव उत्पन्न किया। नयी कहानी-प्रणालियाँ उत्पन्न कीं। इसमें से आगे चलकर मराठी कहानी के अनेक तरह से समृद्ध होने की सम्भावना बनी। गाडगिल की कहानी से प्रकट हुई कला-दृष्टि का संस्कार केवल उनकी कहानी तक सीमित न होकर समूचे मराठी साहित्य पर दृष्टिगोचर होता है। जी० ए० कुलकर्णी, श्री दा० पानबलकर, शरतचन्द्र चिटपुरे, विद्याधर पुण्डलीक, शंकर पाटिल, चि० त्र्यं० खानोलकर जैसे दर्जेदार एवं स्वतन्त्र प्रतिभा के धनी कहानीकार बाद के काल में आये। ऐसा कहा जा सकता है कि उनके लेखन के लिए गाडगिल इत्यादि नये कहानीकारों द्वारा निर्मित नयी कहानी की परम्परा का बड़ा समर्थन है। 1970 के आसपास दि० पु० चित्रे, विलास सारंग इत्यादि की कहानी ने नये मोड़ लिये और मराठी कहानी की गतिशीलता का पुनः भान कराया। मराठी कहानी का प्रवाह आज भी नयी अपेक्षाएँ जगा रहा है।

आज पीछे मुड़कर देखते हैं तो लगता है कि गाडगिल का कहानी-लेखन मौलिक, स्वत्वपूर्ण एवं कलासमृद्ध है और इसलिए महत्त्वपूर्ण भी है। इसी तरह वह ह० ना० आपटे, केशवसुत, बा० सी० मर्ढेकर की साहित्यिक जाति का अर्थात् विशिष्ट साहित्य विधा को अग्रसर करनेवाला बीजधर्मी (जर्मिनल) है, अतः विशेष मूल्यवान है।

—डॉ० सुधा जोशी

आभार

पुस्तक की प्रस्तुति तथा कहानियों के अनुवाद के लिए हम इनके आभारी हैं—

प्रा० लीला बान्दिवडेकर

हिन्दी और मराठी से एम० ए० । सम्प्रति—चेतना महाविद्यालय, बान्द्रा (पूर्व), बम्बई के मराठी विधा विभाग की अध्यक्षा । मराठी, हिन्दी एवं अंग्रेज़ी की कई पुस्तकों एवं पत्रिकाओं में लेख और अनुवाद-कार्य । 'महाराष्ट्रातील समाज परिवर्तनाच्या दिशा' की सह-सम्पादिका ।

डॉ० सुधा प्रभाकर जोशी

शिक्षा—एम०ए०, पी-एच०डी० । सम्प्रति—रामनिरंजन झुनझुनवाला महाविद्यालय, घाटकोपर (पश्चिम), बम्बई के मराठी विभाग की प्राध्यापिक और अध्यक्षा । विविध साहित्यिक पत्रिकाओं में समीक्षात्मक लेखन तथा कुछेक कृतियों का सम्पादन-कार्य ।

डॉ० चन्द्रकान्त बान्दिवडेकर

बम्बई विश्वविद्यालय से एम० ए०, पी-एच०डी० । भारतीय साहित्य के प्रखर समीक्षक । हिन्दी और मराठी के दस से अधिक मौलिक ग्रन्थ प्रकाशित । प्रेमचन्द और सन्त ज्ञानेश्वर से सम्बन्धित कुछ ग्रन्थों का सम्पादन । 'चानी' और 'ऑक्टोपस' मराठी उपन्यासों के हिन्दी अनुवाद । 'परामर्श' (हिन्दी) पुणे विश्वविद्यालय के कार्यकारी सम्पादक । हिन्दी और मराठी की प्रतिष्ठित पत्रिकाओं में दो सौ से अधिक समीक्षात्मक एवं शोध-पर लेखक प्रकाशित ।

सम्प्रति—बम्बई विश्वविद्यालय के हिन्दी विभाग के प्रोफ़ेसर ।

डॉ० विनोद गोदरे

बम्बई विश्वविद्यालय से एम०ए०, पी-एच०डी० । प्रकाशित साहित्य-छायावादोत्तर हिन्दी प्रगीत (शोध-प्रबन्ध) के अतिरिक्त शोध एवं समीक्षात्मक लेख ।

'आशीर्वाद से बचो', 'दरबार बर्खास्त करते हुए', 'खुद को टटोलते' आदि काव्य-कृतियाँ प्रकाशित। कुछेक मराठी एवं गुजराती कहानियों तथा कविताओं के अनुवाद भी। सम्प्रति—बम्बई विश्वविद्यालय के हिन्दी विभाग में रीडर।

प्रकाश भातम्ब्रेकर

राजस्थान विश्वविद्यालय से एम० ए०। हिन्दी और मराठी में अनुवाद कार्य में विशेष कुशलता। अब तक 'सिंहासन' और 'दुर्दम्य' सहित आठ मराठी उपन्यासों के हिन्दी अनुवाद तथा हिन्दी के चार उपन्यासों के मराठी में अनुवाद प्रकाशित। पैंसठ कहानियों तथा दो सौ से अधिक लेखों का भी मराठी से हिन्दी में अनुवाद प्रकाशित।

अनुक्रम

घुन लगे लोग

इतवार की दोपहर।

बम्बई में साम्प्रदायिक दंगों की उग्र ज्वालाएँ भभक उठी थीं। छुरों के हमले से बेगुनाह लोगों की देहें छिन्न-विच्छिन्न हो रही थीं। जत्थों में मारपीट हो रही थी। मूर्तियाँ तोड़ी जा रही थीं। मस्जिदों में आग धधक रही थी और पुलिसवालों का कड़ा शासन चारों ओर ज़ारी हो गया था।

लेकिन उस समय पेरूवाड़ी की खुटमुटेजी की चाल की ऊपरी मंज़िल पर ढेर-सा सन्नाटा छा गया था।

पेरूवाड़ी की खुटमुटेजी की चाल महाराष्ट्र के मध्यवर्ग की संस्कृति के उपजाऊ खेत का एक नमूना थी! उस महाप्रतापी नौकरीबहाद्दार राष्ट्र का शिवनेरी क़िला सनातन गृहस्थी धर्म का परम पवित्र क्षेत्र स्थान!

पचास से लेकर डेढ़ सौ रुपयों तक बढ़ती जाने वाली सामाजिक प्रतिष्ठाओं की अनेक श्रेणियाँ वहाँ थीं, उसमें से हर श्रेणी मानो एक स्वतन्त्र जाति थी। और इन जातियों में आपस में रोटी-बेटी के व्यवहार का जैसे निषेध था।

वहाँ के पुरुषों के जीवन का केन्द्रबिन्दु थे—साहब की मर्जी और वेतन में वृद्धि; और शौहर का वेतन और अपनी खूबसूरती यह हर औरत की क़ाबीलीयत का पैमाना था।

नौकरी पाना, शादी करना और बच्चों की शिक्षा पूरी करके निवृत्ति-वेतन प्राप्त करना ये उनके गार्हस्थ धर्म के चार आश्रम थे, और जीवन बीमा की पॉलिसी लेना एक आवश्यक धर्मकृत्य।

चीनी और मिट्टी का तेल उस संस्कृति की ज्वलन्त समस्याएँ थीं। साहित्यिक मेले और गणेशोत्सव ये उस वर्ग के सामाजिक महोत्सव थे। प्रेमविवाह उनके लिए अद्भुत कथा थी। दारिद्र्य और ओछापन उनकी पीढ़ी-दर-पीढ़ी चलती आयी विरासत थी।

और सामाजिक, राजनीतिक और आर्थिक समस्याओं के पर्वत जैसे झुण्ड-के-झुण्ड भी हमला करने आयें तो भी वे अपनी आतमकेन्द्रित मनोवृत्ति क़तई नहीं

बदलेंगे, ऐसा आगरकर की तरह उनका दृढ़ निश्चय था···।

खुटमुटेजी की चाल की दूसरी मंज़िल पर यद्यपि ढेर-सा सन्नाटा था, फिर भी नखरेबाज़ मालतीबाई की अपने भोंपू शौहर को डाँटने की आवाज़ स्पष्ट सुनाई दे रही थी। पड़ोस के कमरे में घारुअन्ना के ताश के अड्डे पर से हँसी, चिल्लाहट सुनाई दे रही थी। काने बण्डोपन्त अपनी खिड़की के पास खड़े होकर यह दिखाने की चेष्टा कर रहे थे कि वे सामने की चाल की ख़ूबसूरत औरत की ओर नहीं देख रहे हैं। शामराव दरवाज़े में बैठकर अपना पुराना छाता दुरुस्त कर रहे थे। दुबले-पतले बावले ऐनापुरे हिन्दुमहासभा की राजनीति पर अपनी पतली आवाज़ में चर्चा कर रहे थे, और एक नवविवाहित रसिक जोड़े के कोने वाले कमरे का दरवाज़ा हमेशा की तरह बन्द था।

इतने में घारुअन्ना का लड़का दामू बरामदे में आ गया। उसने अपनी चड्डी ऊपर खींची, और कुर्ते की आस्तीन मे अपनी नाँक पोंछते हुए इर्द-गिर्द लालच से देखा। पूरी चाल को ज़बरदस्त धक्का पहुँचाने वाली कोई वार्ता प्राप्त की जाय, अन्यथा कोई बेहूदा कार्य किया जाय—ऐसे कुछ विचार उसके दिमाग़ में सुरसुरा रहे थे।

उसने ही घारुअन्ना को नहीं कहा था कि किस तरह बण्डोपन्तजी ने नल के पास नौकरानी का हाथ पकड़ा था और उसने उन्हें कैसे चाँटा मारा था!

उस शौक़िया जोड़े के बन्द दरवाज़े की दरार से अन्दर देखने का असफल प्रयास उसने किया। शामराव के घर नयी सिलाई मशीन आ गयी है और माधवराव के घर में लड्डू बन रहे हैं, ये महत्त्वपूर्ण बातें माँ को बताने के लिए उसने दर्ज़ कर लीं, फिर बरामदे के छज्जे पर औंधकर उसने रास्ते पर इर्द-गिर्द नज़र दौड़ायी।

उसी समय उस चाल के सामने रास्ते पर एक ऐसी घटना घटित हो रही थी कि वह देखकर दामू को दो पैसे का आईसफ्रूट खाने की ख़ुशी मिली।

सामने रास्ते पर मवाली चुपके से एक मुसलमान की जूतों की दूकान तोड़ रहे थे। उनमें से मोटे गुण्डे ने एक बड़े से पत्थर से ताला पूरी तरह से तोड़ दिया। गठीले बदन के दूसरे फ़ुर्तीले लड़के ने झटके से दरवाज़ा खोल दिया, और लाल आँखों वाले मज़बूत शरीर के उनके तीसरे साथी की लकड़ी के आघात से सारे-के-सारे काँच खनककर टूट गये।

उस आवाज़ से आस-पास के दर्शक चौंक गये, डर की और किसी दुर्बल ख़ुशी की सुरसुराहट उनके पूरे बदन में फैल गयी।

अब तक वह वाक़या देखने सैकड़ों लोग आ गये थे। हर इमारत से सिर की क़तारें उस दृश्य को ध्यान से देख रही थीं, और यद्यपि डर से पूरा रास्ता ख़ाली हो गया था, फिर भी उसके दोनों सिरों पर लोगों के झुण्ड-के-झुण्ड झुक-झुककर वह

दृश्य देख रहे थे।

सिर्फ़ एक नौकर हाथ में गोबर का गोला लेकर अकेले ही रास्ते के बीच खड़ा होकर वह दृश्य देख रहा था, और लोगों के समूहों से अलग होकर उसके अकेले का उस तरह खड़े रहना, पता नहीं क्यों लोगों को बड़ा विचित्र-सा लग रहा था।

फूलों के गजरे बेचने वाला अपना धन्धा भूलकर वह दृश्य देखने में पूरी तरह खो गया था। और अनजाने धीरे-धीरे एक-एक क़दम आगे बढ़ रहा था। दो नन्हे-मुन्ने बच्चे डर के मारे दौड़ते-दौड़ते बार-बार पीछे मुड़-मुड़कर वह दृश्य देख रहे थे। और फ़ैशनेबल पोशाकधारी एक शिक्षित युवक इन सभी लोगों की ओर घृणित नज़र से देखकर ठाठ से उस तोड़ी हुई दूकान के पास से आगे बढ़ा।

वह दृश्य देखते ही दामू विजयोल्लास से चिल्लाया, "अरे! अरे! देखो तो वे मवाली दूकान तोड़ रहे हैं!" तत्काल खुटमुटेजी के चाल की दूसरी मंज़िल पर भागदौड़ मच गयी। कितनी लोमहर्षक घटना थी वह! और अपनी चाल के सामने घटित होती वह घटना न देखने का मतलब था ज़िन्दगी की एक बड़ी ख़ुशी गँवाना।

ऐसा स्थान, जहाँ से वह दृश्य सबसे अच्छा दिखाई दे, प्राप्त करने के लिए बच्चों में मारपीट करना, एक-दूसरे को धकेलना शुरू हो गया और इस तरह घारुअन्ना के झगड़ालू और शरारती बच्चों ने अन्य बच्चों को कब का वहाँ से भगा दिया। माधवराव का दो साल का शाम जब वह स्थान छोड़ने के लिए तैयार नहीं हुआ तो घारुअन्ना की बनी ने फटाक् से उसका सिर सीखचे पर दे मारा। और बेचारा शाम जब रोते-रोते अपने घर की ओर जाने लगा तो सब खिल-खिला कर हँसने लगे।

इतने में घारुअन्ना अपने बच्चों पर बरस पड़े, "हटो यहाँ से, चले जाओ भीतर। आवारा कहीं के! जाओ और सब अपनी-अपनी किताबें लो हाथ में।"

तुरन्त सब बच्चे भीतर भाग गये। दामू तो वहीं खड़ा रहा। उसे लग रहा था कि आखिर यह महत्त्वपूर्ण ख़बर उसी ने चालवालों तक पहुँचायी है इसलिए उसे विशेष अधिकार प्राप्त हो गया है। लेकिन घारुअन्ना ने उसके गाल पर चाँटा जड़-कर उसका भ्रम तोड़ दिया, और फिर वे स्वयं उस स्थान पर खड़े रहकर सारा तमाशा देखने लगे।

शामराव उनके पास आकर खड़े हो गये, और 'बाहर गड़बड़ी मची हुई है। तुम घर के भीतर ही बैठो।' अपनी पत्नी और बाल-बच्चों को इशारे से इस तरह कड़ा आदेश देकर दुबले-पतले बावले ऐनापुरे छज्जे की तरफ़ दौड़ पड़े। उनका मन इतना गड़बड़ा गया था कि छज्जे तक पहुँचने के लिए उनकी धक्का-मुक्की भी हो गयी। और अन्त में शामराव की बग़ल से गर्दन निकालकर वे वह दृश्य देखने लगे।

शामराव ने दया दिखाते हुए कहा, "अरे, अरे ! बेचारे का कितना नुकसान कर रहे हैं !"

उसके तुरन्त बाद ऐनापुरे अपनी पतली आवाज़ में चिल्लाये, "यही-यही ग़लती करते हो तुम लोग। इन मुस्टण्डों पर क्यों दया दिखायें हम ? ये हमारी औरतों को भगा ले जाते हैं, बच्चों का धर्मान्तिर कराते हैं, मन्दिर भ्रष्ट कर देते हैं तब ? नहीं-नहीं, इन्हें ऐसे ही सबक सिखाना चाहिए।"

उनके आवेश से सहमे हुए शामराव बोले, "अजी, कभी तो यह झगड़ा रुकना चाहिए ना ? आखिर में हम सबको एक ही जगह तो रहना है ना ?"

लेकिन ऐनापुरे अपनी आवाज तार सप्तक तक ले जाकर चिल्लाये, "क्यों एक जगह पर रहेंगे ? हम यवनों का निःपात करेंगे, उनके सिर तोड़ देंगे," और उन्होंने इस तरह हाथ फैलाये कि शामराव एकदम डर गये।

अपनी भयंकर राजनीतिक राय से शामराव को डराने में ऐनापुरेजी को बड़ा मजा आता था। अपनी कुचली हुई अधिकार लालसा को तृप्त करने का उस दुबले आदमी के लिए वही एक रास्ता था।

"राजनीति की क्यों चर्चा कर रहे हो, ऐनापुरे ? कोई ऐसी राजनीति हो तो बताओ जिससे हमारे वेतन में चार रुपयों की वृद्धि हो", घारुअन्ना ने कहा। और उन्होंने इस अर्थ से सबकी ओर देखा मानो उन्होंने बड़ी धूर्तता की बात कही हो।

सबने उनकी बात मन-ही-मन स्वीकार कर ली और इसलिए वह किसी को नहीं भायी।

नखरेबाज़ मालतीबाई भी वह दृश्य देखने के लिए तुरत बाहर आ गयीं। लेकिन उस भीड़-भाड़ में उन्हें साहस नहीं हो रहा था कि धक्का देकर छज्जे के पास पहुँचें और अपनी शान बिगाड़ लें। उनका यह नेक खयाल था कि वे अपनी खूबसूरती और काबलियत के कारण दूसरों से श्रेष्ठ हैं। उन्हें यह आश्चर्य होता था कि लोग इस बात को स्वीकार क्यों नहीं करते। दूसरे लोगों का तिरस्कार कर और आलोचना कर अपनी श्रेष्ठता प्रमाणित करने की कोशिश वे ज़िद के साथ करती थीं। अभी भी ऐसा ही कुछ वह बुदबुदा रही थीं, और हमेशा की तरह सब लोग उनकी उपेक्षा कर रहे थे।

इतने में काने बण्डोपन्त भोंपू की तरह चलते आये और झट् से उन्हें धक्का देकर आगे बढ़ गये।

मालतीबाई चौंक गयीं। उन्हें विश्वास था कि बण्डोपन्त ने जानबूझकर ऐसा किया है, और हमेशा बण्डोपन्त के प्रति जो विलक्षण तिरस्कार और गुस्सा उन्हें आता था वह उनके मन में ज़ोर से उछलने लगा। उन्हें लगा कि घर के भीतर चला जाय। लेकिन पता नहीं क्यों उस जगह से हिलने का उनका मन नहीं हो

रहा था। अपने-आप पर उन्हें बेहद क्रोध आया। उन्हें इतना गुस्सा आया कि लगा अपनी तीखी नज़र से भुक्खड़ की तरह उनकी ओर देखने वाले बण्डोपन्त का सिर खोपरे की कटोरी की तरह कुचल दिया जाय। लेकिन फिर भी उस जगह से हिलने के लिए उनका मन तैयार नहीं था।

रास्ते से आते-जाते औरतों को धक्के मारने की बण्डोपन्त की विचित्र आदत थी और वे हमेशा इसी ताक में रहते थे कि यह कैसे सम्भव हो। इस सन्दर्भ में वे जो सोचते थे वह इतना ओछा, धूर्तताभरा और बेहया होता था कि कई बार उन्हें स्वयं अपने से घिन होने लगती थी। लेकिन उस दुष्ट आदत के आगे उनकी एक न चलती थी।

मालतीबाई की कमज़ोरी उस काइयाँ आदमी ने तुरन्त पहचान ली, और अब बड़े आत्मविश्वास के साथ उन्हें धक्का देकर वह आगे बढ़ गया।

फिर भी अपने-आपसे नाराज़ मालतीबाई उसी स्थान पर खड़ी रहीं, फिर पता नहीं ऐसी कौन-सी ज़बरदस्त सुप्त चाह उन्हें उसी जगह से बाँध रही थी···

इतने में हमेशा बन्द रहने वाला उस शौक़िया जोड़े के कमरे का दरवाज़ा खुल गया, और मनोहर और लीला बाहर आ गये।

उन दोनों के पैरों में चप्पलें थीं और हाथों में रुमाल। चाल के अन्य लोगों से वे आधुनिक सलीकेदार और साफ़-सुथरे हैं, यह दिखाने के लिए वे दोनों इस तरह का आचरण करते थे। बरामदे में कभी ऐसा बच्चा, जिसकी नाक बह रही हो, दिखाई पड़ा कि लीला एकदम बिगड़ पड़ती थी, "छीऽऽ"; और किसी औरत के जूड़े का छोर निकल आया हो तो वह चुपके से ऐसे हँसती थी कि लोग देख सकें। इस तरह हँसने की आदत स्वयं उसने जान-बूझकर डाल रखी थी।

मनोहर एक बार कॉलेज की क्रिकेट टीम में खेल चुका था। इसलिए उसकी ज़ुबान पर हमेशा क्रिकेट की शब्दावली नाचती थी। और चाल के बरामदे से जाते हुए कभी-कभी वह गेंदबाज़ी करने का अभिनय किया करता था···

उसे दिखाई नहीं दे रहा था कि नीचे क्या हो रहा है। इसलिए मनोहर घर से झट् से एक कुर्सी लाया, और उस पर खड़े होकर, नीचे क्या हो रहा है, इसकी जानकारी अपनी राय में विनोदी तरीक़े से लीला को देने लगा।

वह सब सुनती हुई लीला गर्दन मटकाकर और अनावश्यक अभिनय के साथ कुछ कह रही थी।

अन्त में मनोहर ने लीला का हाथ पकड़ा और कहा, "तुम खड़ी हो जाओ ना यहाँ कुर्सी पर, फिर तुम्हें भी ठीक से दिखाई देगा।"

तब लीला सकुचाती-मटकती मनोहर के पास कुर्सी पर खड़ी हो गयी।

अब तक उस जोड़े का उद्देश्य सफल हो गया था। क्योंकि नीचे तोड़ी जाती दूकान की तरफ़ देखने के बजाय सब लोग गर्दनें मोड़कर भोंपू की तरह उनकी

ओर देखने लगे थे ।

तब लीला गुस्से से बोली, "बेवक़ूफ़ कहीं के" और फिर दोनों ने घर जाकर फिर से दरवाज़ा बन्द कर लिया।

यह विश्वास होने पर कि उनका दरवाज़ा बन्द हो चुका है, घारुअन्ना बोल पड़े, "पता नहीं क्यों दूकान तोड़ने के बजाय ये गुण्डे कुछ लोगों के मुँह पर चाँटे क्यों नहीं लगाते !"

तत्काल सब लोग धीरे-से हँस पड़े क्योंकि सब-के-सब उस जोड़े से बहुत जलते थे। और उन्हें लगता था कि वे स्वयं भी उन्हीं की तरह दिखें···लेकिन उन्हें जैसे रूप और जैसी जवानी की देन मिली थी वैसी किसी को नहीं मिली थी; और सबकी गृहस्थी फैल जाने के कारण उनके जैसे ठाठ से कोई रह नहीं सकता था।

इधर दूकान तोड़ने का काम सुचारु रूप से चल रहा था। दूकान की कई चीज़ें गुण्डे जल्दी-जल्दी बाहर फेंक रहे थे; और कुछ अपने लिए इकट्ठा कर रहे थे।

दामू, जो हर मामले में सबके आगे रहने की आकांक्षा रखता था, अब तक उस दूकान के एकदम पास जाकर खड़ा हो गया था, उसके शरीर पर शर्ट नहीं था, लेकिन उसकी उसे परवाह नहीं थी। अपने किये पर उसे बड़ा गर्व हो रहा था। दूर खड़े रहे अन्य लोगों की ओर देखकर वह तिरस्कार से हँस रहा था और अपनी चुटिया सिर पर से नाक तक खींच रहा था।

इतने में एक आदमी अपनी ही बेफ़िक्र धुन में आगे आ गया, उसे पता ही नहीं था कि रास्ते पर दूकान तोड़ी जा रही है। लेकिन उस दूकान तक पहुँचते ही सामने पड़े जूतों के ढेर की ओर उसका ध्यान गया।

तत्काल सहजता से उसने अपने फटे जूते उतारकर उस ढेर के अच्छे-से जूते चढ़ाये; और दो-चार जोड़ी बूट बग़ल में दबाकर ख़ुशी-ख़ुशी आगे बढ़ गया। उस आदमी की वह करतूत देखकर सब लोग एकाएक भीतर-ही-भीतर हँस दिये। क्योंकि सब के मन में जो सुप्त इच्छा पनप रही थी, उसे उस साधारण-से आदमी ने साकार किया था।

उस आदमी के इस काम से अन्य लोगों ने भी साहस बटोरा हाथ में गोबर का गोला लिये रास्ते के बीच जो नौकर खड़ा था वह आगे बढ़ा; और दो-चार जूते की जोड़ियाँ बग़ल में दबाकर उसने भी अपना रास्ता नापा। सहजता से आगे बढ़ने वाले फूलों की वेणी बेचने वाले ने भी डरते-सकुचाते उसी का अनुकरण किया।

उसके बाद सब लोग धीरे-धीरे आगे बढ़ने लगे और फिर जूते लूटने के लिए एक साथ हो-हल्ला मच गया।

वह लूटमार देखकर ऐनापुरेजी सहजता से छज्जा छोड़कर जल्दी में ही

सीढ़ियों की ओर मुड़ गये। वैसे घारुअन्ना झट् से मुड़कर व्यंग्य से बोले, "क्यों ऐनापुरेजी, क्या आप भी लूट करने चल पड़े?"

तब ऐनापुरेजी को ख़याल आया कि वे क्या करने जा रहे हैं, और पहले ही से बावला दिखने वाला उनका चेहरा और ही गोबर-गणेश की तरह दिखने लगा।

इतने में घारुअन्ना का दामू दौड़ता हुआ ऊपर आ गया। उसके हाथ में जूतों का एक जोड़ा था। वह आवाज़ देकर बोला, "अन्ना-अन्ना, देखिए, मैं जूते लाया हूँ।"

घारुअन्ना समयानुकूल सूझबूझ रखते हुए बोले, "अरे बेवक़ूफ़, इस तरह रास्ते पर पड़ी चीज़ें हम क्यों उठायें?…अच्छा, अब यहीं रहने दे ये जूते। नहीं तो दुबारा तुम उस भीड़ में फँस जाओगे।"

और सब लोगों की ओर बेहया नज़र से देखते हुए वह घर के भीतर गये और देखने लगे कि वे जूते उनके पैरों में ठीक से आ रहे हैं या नहीं।

दामू में अब अधिक बल आ गया; और माँ की दी हुई बड़ी-सी थैली लेकर वह नीचे की ओर चल पड़ा।

यह देखकर राधाबाई को जलन हुई, और दामू की ही उमर के अपने मधू को उँगली से कोंचते हुए वह कहने लगी, "जाओ, नीचे जाकर आओ। वह दामू देखो कितना होशियार है! और तुम…!"

लेकिन निश्छल मधू इस बात को नहीं माना, इसलिए अन्त में तंग आकर वह दूर भाग गया और पीपे की ओट में एक कोने में जाकर बैठ गया।

दामू जब नीचे उतरा तब धड़ल्ले से लूटमार चल रही थी। सब लोग एक-दूसरे को धकेल रहे थे, चिल्ला रहे थे, झगड़ रहे थे, मारपीट कर रहे थे, और हँस रहे थे।

उस कोलाहल में जानबूझकर फँसी एक बुढ़िया कुचल जाने से चीख रही थी।

हर कोई चिल्ला रहा था, "अरे-अरे, उस बुढ़िया को उठाओ।" लेकिन धक्का-मुक्की से कोई बाज़ नहीं आ रहा था।

उस हुल्लड़ में भी दामू ने बड़ी चालाकी से अपनी थैली भर ली, और वह वापस आने लगा। इतने में एक बलवान गुण्डे ने उसके हाथ की थैली खींच ली, और वह चल पड़ा। दामू उसके पीछे दौड़ता हुआ चिल्लाने लगा, "यह क्या कर रहे हैं? यह क्या हो रहा है?"

यह सुनकर वह गुण्डा पीछे मुड़ा; और उसने पटाक् से दामू को चाँटा जड़ दिया। दामू की कनपटी लाल हो गयी। उसकी आँखों से पानी आ गया और सिर चकराने लगा।

किसी तरह घर जाकर उसने अपनी कहानी बतायी। और थैली लापता होने

के कारण धारुअन्ना ने उसे डाँटा भी।

इतने में पुलिस आने की ख़बर लोगों में फैल गयी। गुण्डे तुरन्त गायब हो गये। अन्य लोगों में भगदड़ मच गयी।

अपने साथ दो-चार स्त्रियाँ और बहुत-से बच्चे लेकर जाने वाला एक क्लर्क डर के मारे उन सबके आगे दौड़ता हुआ और पीछे मुड़कर न देखता हुआ चिल्ला रहा था, "अरे, अरे ! ज़ोर से दौड़ो, तुम्हारे पैर टूट गये हैं क्या ?..."

□ □

कड़ुवा और मीठा

एक दिन पहले देखे सिनेमा में नृत्य करने वाली औरत की तरह मैं अपने कमरे के बड़े आईने में देखकर गर्दन मटका रही थी। इतने में दरवाज़े की बाज़ू से आवाज़ आयी, "वाह! बहुत अच्छा! बहुत अच्छा चल रहा है!"

···कितना चौंक गयी मैं। ···मेरे पतिदेव सवेरे घूमकर वापस आये थे। घड़ी की सुई की तरह उनका काम चलता रहता है। क़दमों की ज़रा भी आहट नहीं होती।

मैं कोने में रखी मेज़ के पास गयी और गर्दन झुकाकर उनके बरस पड़ने की राह देखने लगी।

"तुम बहुत अक़्लमंद बन गयी हो।"

मैंने अपनी हँसी रोकी। वे डाँटने लगे कि मुझे हँसी आती है···इन मर्दों को लगता है कि सचमुच औरतें इनसे डरती हैं···

"तुम्हें बनाव-सिंगार करना पसन्द है। काम करना नहीं चाहतीं। घर में झगड़े करना-कराना, चुगली करना—यही सब···"

मैं काग़ज़ पर कौवे की तसवीर बना रही थी।

"काग़ज़ खराब मत करो।"

मैंने क़लम नीचे रख दी।

"मैं तुम्हारी पीठ के साथ बातें नहीं कर रहा हूँ।"

मैंने दुबारा आँचल मुँह पर रखा, और चुपचाप कमरे के बाहर जाने लगी। लेकिन मेरी दबायी हुई हँसी उनकी नज़र से नहीं बच सकी।

वे झल्ला उठे, "यूँ ही हँसने की बुरी आदत है तुम्हारी।" ऊपर से मुझे चाँटे का प्रसाद मिला।

ग़ुस्सा ग़ायब होने का निशाना होता है उनका चाँटा।

मैं नीचे आ गयी तो सात बजने की आवाज़ सुनी। साहब के स्नान का समय हो चुका था; इसलिए मैं पानी निकालने दौड़ पड़ी। हाँ जी, वरना फिर से···

लेकिन पानी गर्म करने के बर्तन के पास आयी तो पानी ठण्डा था। ऐसी ही

हैं हमारी जेठानी, कभी ठीक से काम नहीं करेंगी।

मैं नाराज़ होकर बोली, "यह क्या किया ? बर्तन का पानी गर्म करने के लिए कोयले तक नहीं डाले ?"

इस तरह से बतियायी कि हमारी सास सुन सकें। हमारी सास के कान बड़े तीक्ष्ण हैं और ज़बान उससे भी अधिक तेज़।

देवगृह से सास की आवाज़ आयी, "आँ, घर के काम छोड़कर वहाँ गयी वह ? कामचोर कहीं की !"

सास का मुँह चलने लगा तो मैं शर्मिन्दा हो गयी। मुझे ही जाकर जेठानी को कहना चाहिए था।

जेठानी क्या कर रही हैं, यह देखने के लिए मैं घर के भीतर आ गयी। देखा कि वह बीच वाले कमरे के कोने में पड़ी थीं। वह लगातार हाँफ रही थीं। मुझे देखते ही वह ज्यों-त्यों उठ बैठीं और बोलीं, "मेरी साँस फूल रही है, थोड़ी कम हो जाय तो मैं पानी गर्म कर देती हूँ।"

मुझे दुःख हुआ। मैंने कहा, "नहीं-नहीं ! इतनी हाँफ रही हैं आप और काम कैसे करेंगी ? मैं बिछौना बिछा देती हूँ, आप आराम से लेटी रहिए। मैं कर दूंगी पानी गर्म।"

देवगृह तक हमारी आवाज़ पहुँच ही गयी। सास बोलीं, "कौन बोल रहा है वहाँ बीच वाले कमरे में ? कहीं अन्नपूर्णा तो नहीं ?"

जेठानी फिर से उठने की कोशिश करने लगीं। मैंने उन्हें इशारे से ही सोने के लिए कहा, और कहा, "उनकी साँस फूल रही है। मैं कर देती हूँ पानी गर्म।"

उसके बाद सास के भड़कने से देवगृह दनदना गया, "मतलब ? अभी तक आराम से सो रही है क्या वह ? कमाल हो गया ! बारह महीने यह बीमार ही रहती है। दिन भर छोटा-मोटा काम भी नहीं होता इससे। शादी होते ही पति को खा गयी और अब मुझे सता रही है।"

जेठानी तो एकदम रोने लगीं। वह बुदबुदायीं, "सचमुच मैं मनहूस हूँ और बदनसीब भी। अपने पति को मार डाला और अब मुफ़्तख़ोर बनकर खा रही हूँ।" और उन्होंने अपने ही मुँह पर तमाचे दे मारे।

मैंने झट से उनका हाथ पकड़ लिया। आगे क्या करना चाहिए, यह मुझे सूझ नहीं रहा था। मुझे सूखी-सी सिसक आयी और मैंने उनके बदन पर हाथ फेरा। अगर और थोड़ी देर मैं वहाँ रुक जाती तो मुझे रुलाई आ जाती। इसलिए मैंने कहा, "रुकिए, मैं आपके लिए चाय बना के ले आती हूँ, उससे आपको थोड़ा आराम भी मिलेगा।"

उन्होंने कहा, 'नहीं, नहीं, मुझे क्यों मिले आराम ? मेरी जान निकल जाय, यही अच्छा है।"

इस पर कोई क्या कहे ? चुपचाप स्टोव बाहर लाकर जला दिया ।

सास बोलीं, "कौन कुड़बुड़ा रहा है ? क्या नारायण आया है ? फिर थोड़ी देर को देवगृह में आ जाना, नारायण !"

नारायण याने मँझला देवर । एकदम भोले-भाले—बावले ही कहिए ! लेकिन सासजी उनको बहुत प्यार करती हैं । बार-बार देवगृह में बुलाकर उन्हें कुछ-न-कुछ खाने के लिए देती रहती हैं । मेरे पतिदेव से ही सब जलते रहते हैं, क्योंकि वे सबसे ज़्यादा कमाते हैं न···

मैंने स्टोव को पम्प नहीं किया ताकि सासजी सुन न सकें ।

इतने में मँझली देवरानी मटकती हुई वहाँ आ पहुँचीं । उन्हें लगता है कि स्वयं वह बड़ी ख़ूबसूरत हैं । उसे सजधज कर रहना चाहिए । कुछ भी काम न करते हुए केवल इतराना चाहिए । लोग मुझे ख़ूबसूरत मानते हैं । और मेरे पतिदेव का वेतन अधिक है इसलिए वे मुझसे जलती हैं, और हमेशा मेरी चुगली करती रहती हैं ।

कमर पर हाथ रखकर उन्होंने मेरी ओर देखा, और फिर जान-बूझकर तेज़ आवाज़ में कहा, "क्या अभी अटारी पर चाय भेजी जा रही है ?"

देवगृह से आवाज़ आयी, "कौन चाय बना रहा है इस समय ?"

मैंने ग़ुस्से से मँझली देवरानी की ओर देखा ।

तब वह तुनुककर बोलीं, "मेरी तरफ़ देखकर क्यों आँखें तरेर रही हो ? घर में तीन-तीन बार चाय बनती है और फिर चीनी ख़तम हुई कि सासजी नाराज़ हो जाती हैं ।"

जेठानी ने गिड़गिड़ाकर कहा, "सचमुच तुम मेरे लिए कुछ मत करो । तुम्हें ही जली-कटी सुननी पड़ेगी । मुझ-जैसी बदनसीब के बारे में क्या कहें ! सब चाहते हैं कि मैं मर जाऊँ ।"

इतने में सासजी देवगृह से बाहर आ गयीं । और मुझसे कहने लगीं, "सुशीला, तुम भी दिन-ब-दिन बिगड़ती जा रही हो—तुम्हें किसने कहा है नाहक़ झमेले मोल लेने के लिए !···" और फिर वह मुझ पर बरस पड़ीं ।

लेकिन मैंने एक लफ़्ज़ तक नहीं निकाला । बिल्ली के बच्चों की ओर देखती हुई बैठी रही । जेठानी तो बेचारी एकदम लज्जित हो उठी थीं ।

इतने में सीढ़ियों पर आहट हुई । मेरे पतिदेव नहाने के लिए आ रहे थे : चारों ओर एकदम सन्नाटा छा गया ।

नहाने के लिए गर्म पानी न रखने से वे झल्ला न पड़ें इसलिए मैंने आँखों के इशारे से उन्हें समझाने की कोशिश की । (क्योंकि पुरुषों के साथ बात करना सासजी को अच्छा नहीं लगता था ।) लेकिन वे थे अपनी ही धुन में मगन । सोच रहे होंगे किसी बड़ी-सी किताब के बारे में ।

फिर ग़ुसलख़ाने से वे तेज़ी से बाहर आये और चिल्लाने लगे, "यह क्या हो

रहा है ? आज स्नान के लिए गर्म पानी नहीं मिलेगा क्या ? घर में बैठी तुम औरतें करती क्या हो ?"

मैंने उँगली से इशारा करके उन्हें चुप रहने के लिए कहा। लेकिन वे ज़ोर से बोल पड़े, "एँ ?"

ऐसे ही होते हैं ये पुरुष। अन्त में मुझे ही बोलना पड़ा। मैंने कहा, "आज ठण्डे पानी से ही नहाइए।"

कमर पर हाथ रखकर वे बोले, "क्यों ?"

मैंने ग़ुस्सा होकर कहा, "मैं कह रही हूँ इसलिए।"

फिर वे चुप हो गये।

लेकिन इतने में मँझली देवरानी रसोईघर से बाहर आ गयीं और बीच में ही बोल पड़ीं, "मतलब ? देवरजी को ठण्डे पानी से नहाने के लिए कह रही हो ? और कल सर्दी लग गयी तो ? गर्म पानी देने में क्या इतना कष्ट हो रहा है तुम्हें ? ठहरो, मैं ही देती हूँ उन्हें पानी गर्म करके।" और यों ही इनके पास से वह अन्दर चली गयीं।

इससे मुझे बड़ा ग़ुस्सा आ गया। मँझली देवरानी की आदत ही है चुग़लख़ोरी करने की। यूँ ही पुरुषों की चापलूसी करेंगी। बायाँ पाँव नचाकर घुल-घुलकर बातें करेंगी। और साथ-साथ दूसरों की निन्दा भी करेंगी। हम इस तरह दूसरों के पुरुषों के सामने नख़रे नहीं करतीं।

मैंने चाय नीचे उतारी। जेठानी से कहा, "अब आप ही ले लीजिए इसे छान कर।"

फिर झट से पानी का बड़ा पतीला स्टोव पर रखा, और फर-फर स्टोव को पम्प किया। और उबाल आते ही पानी फटाक से उनकी बाल्टी में डाला। थोड़े छींटे भी उनके बदन पर आ गये।

उन्होंने कहा, "अरी-अरी, तुम पागल तो नहीं हो गयी ?"

मैंने कहा, "हाँ, ठण्डा पानी कितना चाहिए, बोलो।"

उन्होंने कहा, "बस, बस। अरी इतना ग़ुस्सा क्यों हो रही हो ? तुम्हें पानी नहीं गर्म करना था तो भाभी कर ही रही थीं न ?"

मैंने नाराज़ होकर कहा, "मेरा लाया पानी नहीं चाहिए क्या ? कहो तो फेंक दूँ।"

"मतलब ?"

"वह तुम नहीं समझोगे। ये बातें तुम्हारी किताब में लिखी नहीं जातीं।" और मैं घर में आ गयी।

पुरुष तो भोलेनाथ ही होते हैं।

मँझले घर में जेठानी धीरे-धीरे चाय की चुस्कियाँ ले रही थीं। इतने में उनका

बड़ा बेटा कृष्णा वहाँ आ पहुँचा।

माँ को चाय पीते देखकर वह चिल्लाया, "यह क्या, तुम अकेली-अकेली चाय पी रही हो, माँ? और हमने माँगी तो तुम हमें डाँटती हो।···मुझे चाय दो।"

जेठानी धीमी आवाज़ में बोलीं, "अरे कृष्णा, मेरी तबीयत ठीक नहीं है इसलिए तुम्हारी चाची ने चाय बनाकर मुझे दे दी। तुम अब बाहर जाकर पढ़ाई करो।"

कृष्णा हाथ-पाँव पटककर बोला, "तुम तो मुझे कुछ भी नहीं दोगी। पिताजी कैसे मुझे गोद में लेते थे, खाने के लिए देते थे, घुमाने ले जाते थे, तुम तो केवल पढ़ाई करने के लिए कहती हो, और काम करवा लेती हो। ठहरो, मैं अभी रसोई में जाकर डिब्बे से लेकर लड्डू खाता हूँ।"

जेठानी की आँखों से आँसू की झड़ी लग गयी, होंठों के पास ले जायी गयी रिकाबी उन्होंने नीचे रख दी। फिर मैंने कितना भी अनुरोध किया तो भी वे चाय न पी सकीं।

कृष्णा रसोई में जाकर डिब्बे तलाशने लगा। तभी सासजी चिल्ला उठीं। सुनकर जेठानी हाँफ रही थीं फिर भी रसोई की तरफ़ दौड़ीं और हाथ में मथनी आ गयी तो उसीसे उन्होंने कृष्णा को मारते-मारते गठरी बना दिया।

मैंने झट से आगे बढ़कर उसे अलग किया और बाहर ले गयी।

सिसकियाँ भरते हुए वह बोला, "माँ बुरी है।"

मैंने कहा, "नहीं रे प्यारे! हम सभी बुरे हैं।" और उसे दो मीठी टिकियाँ दे दीं, तो वह हँसने लगा। दूसरी ओर आँखों से पानी बह ही रहा था।

उसे इस तरह हँसते देखकर मुझे तरस आ गया।

मैंने गर्दन मोड़ ली और रसोई में काम करने चली गयी। इतने में देवगृह से आवाज़ आयी, "अरी, रघू जग गया क्या?"

रघू याने हमारे सबसे छोटे देवर। ईंधन की लकड़ी की तरह आकृति है। मोटे काँच का ऐनक लगाते हैं, परीक्षा में अनुत्तीर्ण होते हैं और पहले से ही जो लम्बोतरा चेहरा है, वह अधिक लम्बोतरा बनाकर बैठते हैं। इस तरह निरुद्देश्य बैठकर उनका मन कैसे लगता है, भगवान जाने!···

सासजी ने दुबारा वही सवाल पूछा।

मैंने कहा, "अभी तक आठ नहीं बजे। उनकी नींद टूटने का समय नहीं हुआ।"

सासजी बोलीं, "अरी, उसका इम्तिहान नजदीक आ रहा है न? पढ़ाई करने के लिए वह जल्दी उठना चाहता है···और कल कह रहा था कि उसे बुखार आ गया है।"

देवरजी के बुखार का हर दिन कौतुक होता रहता है। डॉक्टर को दिखाया

तो कहते हैं, "इसे कोई बीमारी नहीं है। आप इसकी शादी कर दीजिए।" लेकिन सासजी कहती हैं, कि जब तक शिक्षा पूरी नहीं होती, शादी नहीं करेंगे। उन्हें लगता है कि, देवरजी खूब पढ़ें और उन्हें मेरे पति से भी अधिक वेतन मिले। इनसे लोग इतना क्यों जलते हैं, पता नहीं !···

मैं बुदबुदायी, "बहुत हो गया लाड़।"

तुरन्त देवगृह से आवाज़ आयी, "क्या कहा ?"

मैंने कहा, "कुछ नहीं।" और देवरजी को जगाने गयी। वह बिछौने में थे और जाग उठे थे, खुद अपने आप बड़बड़ा रहे थे।

दरवाज़े में खड़ी होकर ही मैंने कहा, "देवरजी, सासजी ने आपको जगाने के लिए भेजा है।"

देवरजी का चेहरा और उदास हो गया, वह बोले, "भाभीजी, ज़रा इधर आओ ना। ज़रा देखो तो मुझे बुखार है क्या ?"

मैंने कहा, "मुझे नहीं पता चलेगा। मैं कृष्णा के हाथ थर्मामीटर भेज देती हूँ।"

देवरजी बोले, "अरी, लेकिन···"

मैंने कहा, "जल्दी से नीचे आ जाइए, नहीं तो चाय ठण्डी हो जाएगी।"

वह बोले, "तुम ऊपर ही चाय ले आओ।"

"मुझे काम है।" मैंने कहा।

बिछौने से उठते हुए देवरजी बोले, "मेरी दाढ़ी बढ़ गयी है क्या ?"

"मुझे नहीं मालूम" मैंने कहा और मैं नीचे जाने लगी। रास्ते में पतिदेव बोले, "वह बेवक़ूफ़ अभी तक जगा नहीं ?"

मैंने कहा, "अभी-अभी जग गये हैं।"

वह नाराज़ होकर देवरजी के कमरे में गये। उनके मेज़ पर के सारे अँग्रेज़ी उपन्यास बाहर फेंक दिये, और पढ़ाई की किताब हाथ में देकर उन्हें कुर्सी पर बिठा दिया।

हँसते हँसते मेरे पेट में बल पड़ गये, इतने में ससुरजी के बन्द कमरे की तरफ़ मेरा ध्यान गया और चौंककर मैंने हँसी रोक दी। हमारे ससुरजी बड़े बुद्धिमान् और सख़्त है। हमेशा दरवाज़ा बन्द करके अपने कमरे में बैठे रहते हैं और न जाने क्या हिसाब-किताब लिखते रहते हैं। लेकिन घर में क्या हो रहा है, इसकी पूरी जानकारी उन्हें रहती है। उन्होंने एक बार किसी से द्वेष करना शुरू किया कि वह उसकी नाक में दम कर देते हैं। हर रोज़ वह शाम को बाहर जाते हैं, देर से पान चबाते हुए वापस आ जाते हैं···

मैं सीढ़ियों पर वैसी ही रुकी रही। मेरे पति देवरजी के कमरे से बाहर आ गये तो सीढ़ियों पर मिल जाते।

इतने में ससुरजी के कमरे का दरवाज़ा खुल गया, और मंझली देवरानी चाय का ख़ाली प्याला लेकर बाहर आ गयीं। मुझे देखकर वह इतनी चौंक गयीं कि, उनके हाथ से प्याला फिसल कर चूर-चूर हो गया।

मैं चुपचाप सीढ़ियाँ उतरकर नीचे आ गयी, और फिर थोड़ी देर मुझे कोई काम ही नहीं सूझा।

मँझली देवरानी तो अपने पति पर सारा ग़ुस्सा उतार रही थीं···"केवल बैठे हैं तो ज़रा नारियल तोड़ दीजिए···जाते-जाते पीढ़े नीचे रख दीजिए।" और मँझले देवरजी चुपचाप घर के सारे काम कर रहे थे। इसलिए मुझे संकोच लग रहा था।

सब खाने के लिए बैठ गये तो मैंने झट से घी परोसने के लिए ले लिया। सास जी हमेशा घी और दही परोसती हैं और परोसते-परोसते छोटे देवर के थाल में दो चम्मच ज़्यादा घी पड़ जाता है, और मेरे पति और कृष्णा के थाल में नाम-मात्र परोसा जाता है। इसलिए जानबूझकर मैंने घी परोसने के लिए ले लिया था।

ससुरजी को एक चम्मच घी परोसकर मैं आगे बढ़ने वाली ही थी, इतने में बोले, "परोसते-परोसते रुक क्यों गयी? मैंने तो कहा नहीं था कि काफ़ी हो गया।"

मैंने वापस घी परोसा, और मुझे यूँ ही डर लगने लगा। इतने में मेरे पति ने मेरी तरफ़ ग़ुस्से से देखा।

अगर बार-बार इस तरह घटने लगा तो इन्हें सचमुच लगने लगेगा कि मैं काइयाँ, झगड़ालू और चुग़लख़ोर हूँ।

खाना ख़तम होने के बाद जल्दी-जल्दी चौका-बर्तन करके मैं ऊपर गयी; लेकिन तब तक कपड़े पहनकर पतिदेव चले गये थे। मुझे इतना ग़ुस्सा आया···

परली तरफ़ के कमरे से मँझली देवरानी के डाँटने की आवाज़ आयी। मैं कान देकर सुनने लगी।

देवरानी कह रही थीं, "कितनी दाढ़ी बढ़ गयी है! ज़रा आईने में तो देखो।"

"जाने भी दो न। उससे क्या होता है? मुझे देर हो रही है।"

"हाँ जी। आप जहाँ-तहाँ बावले बने रहते हैं और मुझे हर जगह शर्म से गर्दन झुकानी पड़ती है।"

"फिर क्या चाहती हो? क्या अब दाढ़ी बनाऊँ?"

"नहीं, नहीं। क्यों इतना एहसान कर रहे हैं मुझ पर?"

"तुम्हें कुछ पसन्द ही नहीं आ रहा है। फिर मैं चलूँ?"

"मुझे दस रुपये दे दीजिए।"

"दस रुपये? महीने के अन्त में इतने रुपये कहाँ से लाऊँ मैं?"

…मिसकियाँ…समझाना…रोना…गिड़गिड़ाकर समझाना…डाँटना…।

अन्त में देवरजी उदास मुद्रा से गर्दन झुकाकर सीढ़ियाँ उतर गये। देवरजी बड़े विचित्र हैं। देवरानी जितना उन्हें दुतकारती हैं उतने ही वे भीगी बिल्ली बन जाते हैं।

दोपहर के बर्तन साफ़ किये, और ऊपर जा ही रही थी कि इतने में सासजी के भाई की लड़कियाँ हमारे पास आयीं।

उनमें से जिसके दाँत बाहर आ गये थे वह बोली, "बुआ, बुआ, तुम्हारे लिए साटे (आम और कटहल के रस की धूप में सुखायी चीज़) लायी हूँ कोंकण से; और ये काजू", और साटे के चार टुकड़े और अंजुरी-भर काजू उसने सासजी के सामने रख दिये।

सासजी खुश हो गयीं, और बोलीं, "अच्छा ही किया तुमने, अच्छा ही किया। अरी आजकल इतनी आत्मीयता किसके मन में होती है ?"

"मतलब ? बुआजी आपके प्रति आत्मीयता नहीं होगी तो किसके प्रति होगी ?"

"अरी, तुम्हें ऐसा लगता है, लेकिन इस घर में मुझे कोई नहीं चाहता।"

"क्या मतलब ?" बहुओं की यह मजाल ? भले ही वे तुम्हें ना चाहें लेकिन हम तो तुम्हें चाहते हैं। बुआ, तुम चलो हमारे साथ कोंकण…"

फिर थोड़ी ही देर में घर की छानबीन प्रारम्भ हो गयी। दो सुघड़ डिब्बे ग़ायब, सन्दूक में से हाथीदाँत की कंघियाँ लापता, और कितनी ही छोटी-छोटी चीज़ें नदारद हो गयीं। मँझली देवरानी ने जल्दी-जल्दी अपनी सारी चीज़ें सन्दूक में भरकर ऊपर से ताला लगा दिया। मुझे यह नहीं सूझा, इसलिए मेरी दो साड़ियाँ हथियायी गयीं। अन्त में मेरा रेशम का ब्लॉऊज़ अपने बदन पर रखकर एक बोली—

"बुआजी, मुझे यह ब्लॉऊज़ बिलकुल फिट बैठेगा न ?"

सासजी बोलीं, "अरी तुम ले ही लो। वह सिलायेगी नया, उसके लिए यह कौन बड़ी बात है भला ! वैसे तो ट्रंक भरा पड़ा है कपड़ों से, क्या करना है उनका ?"

मुझे बहुत गुस्सा आया ! बड़े शौक़ से वे लाये थे मेरे लिए। लेकिन इससे भी आगे बढ़कर जब एक छोटी-सी लड़की ने इनकी (पतिदेव की) पेन को उठाया तो मैंने झट से उसे खींच लिया। उस बच्ची ने सासजी से शिकायत करने की कोशिश की। लेकिन सासजी ने अनसुना कर दिया। इतना डरते हैं सब इनसे।

उनके लिए हलुआ और चाय बनाते-बनाते मैं बहुत थक गयी और इतना खाया मुओं ने कि दो कौर भी नहीं छोड़ा।

जेठानी का कृष्णा बेचारा छोटा मुँह बनाकर वहाँ मँडरा रहा था।

जाने के पहले दुबारा उन्होंने सारी पटनियाँ छान डालीं। सासजी की पैसे रखने की कोने की पटनी भी उन्होंने छान डाली। लेकिन उस वक़्त मुझे शुबहा नहीं हुआ।

आखिर पाँचेक बजे मैं ऊपर जा सकी।

छोटे देवर कॉलिज से वापस आये थे। वे बोले, "चलो भाभी, हम कैरम खेलेंगे।"

मैंने कहा, "नहीं बाबा, मेरे सर में दर्द है।" और कमरे में जाकर साँकल चढ़ा ली। हमारे साहब ने एक किताब पढ़ने के लिए कहा था, लेकिन पढ़ने के लिए किताब ली ही थी कि मुझे नींद आने लगी।

थोड़ी झपकी लगी ही थी कि घर में सासजी ने चिल्लाना शुरू कर दिया, पता नहीं क्या हो गया था।

मुझे गुस्सा आ गया। शायद आपको हँसी आ जाएगी, लेकिन जब मुझे गुस्सा आता है तो कुछ खाने के लिए मन करता है। लगा कि ढेर सारा कद्दू-हलुआ लाया जाय और खा लिया जाय।

"इसलिए जब अपना सन्दूक खोला तो मुझे रेजग़ारी ही नहीं मिल रही थी। आखिर पाँच रुपये का नोट लिया और चुपके से जानकी नौकरानी को कद्दू-हलुआ लाने के लिए कहने गयी।

लेकिन पिछले दरवाज़े के पास पहुँची ही थी कि कहीं से सासजी आ टपकीं और बोलीं, "क्यों री, कहाँ जा रही है?"

चौंककर मैंने कहा, "कहीं नहीं।" और इतने में मेरे हाथ से पाँच का नोट नीचे गिर पड़ा।

सासजी ने वह देखा और सिर पीटते हुए कहा, "हद हो गयी तुम्हारी!"

मैंने सहमकर पूछा, "क्या हो गया?"

"बहुत अच्छा! ऊपर से मुझसे ही पूछ रही हो कि क्या हो गया! कोनेवाली तख़्ती पर रखे मेरे ये पाँच रुपये तुमने ही गाँठ लिये ना?"

"नहीं-नहीं! बिलकुल नहीं लिये मैंने आपके पाँच रुपये। ये पाँच रुपये तो मेरे अपने हैं।"

"जाओ-जाओ! कह रही है कि मेरे अपने रुपये हैं ये। हाथ में पाँच रुपये लेकर कोई इस तरह चुपके से थोड़े ही घूमता है?"

मेरी तो समझ में ही नहीं आ रहा था कि क्या कहूँ। मैं तो एकदम घबरा गयी थी। घर के सारे लोग मेरे इर्द-गिर्द इकट्ठा हो गये और जिसके जी में जो आया, कहने लगे। अन्त में ससुरजी ने मुझे पुकारा।

मुझे रोना आ गया। अब तक इस तरह का इलज़ाम किसी ने मुझ पर नहीं लगाया था···इन्होंने (पति ने) अगर वह सही माना तो···

ससुरजी धीमी आवाज़ में बोले, "बहूजी, क्या तुमने ये पाँच रुपये लिये?" उनकी सौम्यता से मैं बहुत डर गयी।

इतने में वह किसी काम से घर आ गये। ससुरजी के कमरे में आकर वह बोले, "क्या गड़बड़ है?"

तब छोटे देवरजी ने मिर्च-मसाला लगाकर सारी कहानी सुनायी।

बीच में ही मैं एक बार बोल उठी, "आपकी क़सम खाकर कह रही हूँ, मैंने पैसे नहीं चुराये।"

उन्होंने एक बार मेरी तरफ़ देखा, और फिर ज़ोर से बोले, "कितनी बड़ी बेवक़ूफ़ी है यह? चोरी-वोरी वह क्यों करेगी? मैं क्या उसे पैसे नहीं देता?"

यकायक सब चुप हो गये। ससुरजी भी। मैं भी झट से वहाँ से भाग निकली।

इससे सासजी तो जल-भुन गयीं। इतने में जेठानी का लड़का कृष्णा पागलों की तरह वहाँ आ गया। तुरन्त उसकी बाँह पकड़कर सासजी चिल्लायीं, "तूने ही चुरा लिये होंगे पैसे मुए।" और आराम से उसे पीटने लगीं।

वह गिड़गिड़ाने लगा, "क़सम खाता हूँ, मैंने नहीं चुराये पैसे। बिलकुल नहीं चुराये।" लेकिन उस बेचारे की कौन सुने।

इतने में कोनेवाली उस तख़्ती की छानबीन करनेवाली उस लड़की की याद मुझे आयी; और लगा कि झट से अपना वहम बताकर कृष्णा को मुक्त करा दूं। लेकिन मैं घबरा गयी। और फिर वह दृश्य देखना ठीक नहीं मानकर मैं अटारी की ओर चल दी।

बग़ल के कमरे मे जेठानी दीवार से चिपककर खड़ी थीं, और कृष्णा की मारपीट सुन रही थीं। कृष्णा ज़ोर से चिल्लाया, वैसे उन्होंने अपने मुँह में साड़ी ठूंस ली, कानों पर हाथ रखकर भी उनका बदन सिसकियों से काँप रहा था। आँखों से आँसुओं की झड़ी लग गयी थी।

उनकी दशा देखकर मैं घबरा गयी। लगा कि उनके कन्धों पर हाथ रखकर उन्हें घर में ले जाऊँ। लेकिन उनके पास जाने का साहस नहीं हो रहा था।

आख़िर इन्हें सारी बातें बता देने के लिए मैं ऊपर कमरे में चली गयी।

देखती क्या हूँ कि आईने में देख-देखकर हाथ हिलाकर और मुंह बनाते हुए, वह बड़े ज़ोर-ज़ोर से कुछ अँग्रेज़ी वाक्य बड़बड़ा रहे थे।

मुझे तो ऐसी हँसी आयी कि बस, तख़्त पर बैठकर मैं तो हँसते-हँसते लोट-पोट हो गयी।

वह प्रथम तो चौंक पड़े, और फिर ज़ोर से मुझे डाँटने लगे। लेकिन न वह नाराज़ हो पा रहे थे और न मैं अपनी हँसी रोक पा रही थी।

आख़िर में स्वयं वह भी हँसने लगे।

और फिर जेठानी की बात कहना नहीं हो सका। □□

उद्ध्वस्त विश्व

कितना विशाल और विस्तृत महल था वह। किसी समय हो सकता है कि उसका आकार ठीक-ठाक रहा होगा, लेकिन जागीरदार की गृहस्थी का फैलाव जैसे-जैसे बढ़ता गया, वैसे-वैसे उस महल में नये-नये दालान बना लिये गये। इसके कारण उस महल की आकार जैसी चीज़ रही ही नहीं थी, और फिर भी पता नहीं क्यों, वह महल अस्त-व्यस्त और बेतरतीब-सा नहीं लगता था। उसके सारे भाग बिलकुल एकमेक हो गये थे।

उस महल के बीचों-बीच पक्की लकड़ी के बीम डालकर बड़े दालान बनाये गये थे और उनकी पेशवाई खिड़कियों में चतुष्कोणी लकड़ी के बड़े-बड़े गज़ बिठाये गये थे। वहाँ देवताओं की ऊबड़-खाबड़ तस्वीरें थीं। पुरानी घड़ियाँ थीं। चारों ओर उन दालानों के दरवाज़े लाये गये थे और एक दालान पार किये बग़ैर दूसरे दालान में जाना सम्भव नहीं था। पर्दा बन्दिश इत्यादि चीज़ों की जीवन के लिए आवश्यकता है, यह अँग्रेज़ी संकल्पनाएँ—अपने यहाँ आने के पहले ये दालान बँधवाये गये थे। उस समय मनुष्य का निजी जीवन ही नहीं था। उसका समूचा जीवन—वैवाहिक जीवन भी—सामाजिक ही हुआ करता था। ओट में, एकान्त में, जो कुछ भी चलता है वह पाप है, कुछ ऐसी उस समय की कल्पना थी, और इसीलिए ऐसे विशाल लेकिन चारों ओर खुले मकान बनवाये गये थे। उन दालानों के पिछवाड़े रसोईघर, खाने का कमरा, कोठी इत्यादि, घर के लिए आवश्यक परन्तु अप्रतिष्ठित भाग चिपकाया गया था, और दोनों ओर अँग्रेज़ी प्रणाली के छोटे निजी, सुविधाजनक दालान अंग चुराकर खड़े थे। उन दालानों में ग्रामोफ़ोन थे, उपन्यास थे, कलाबत्तू से भरी बालकों की तसवीरें थीं, कुर्सी नामक विद्रूप चीज़ थी—सबका-सब विलायती संस्कृति का फ़ालतू आयात।

और अगले भाग में बड़ा-सा दर्शनीय दीवानख़ाना चिपकाया गया था। अँग्रेज़ी ठाठ की कुर्सियाँ, मेज़ें, पेशवाई ठाठ की बैठकें, हाँड़ियाँ, झाड़फानूस, बिजली के दीये—ऐसा देशी-विदेशी ठाठ वहाँ किया गया था। एक चप्पा भर भी जगह खुली न छोड़ने की कल्पना कुछ उस सजावट के पीछे रही होगी।

अगले भाग में ही लेकिन बायीं ओर कचहरी थी। खाते-बहियाँ, पीले रूमाल, दवातें रखने की ट्रे, लकड़ी के घर और झुर्रियों से गढ़े हुए बाबू और उस विशाल घर में कहीं-कहीं अँधेरे कमरे भी थे। यह नहीं बताया जा सकता कि वे क्यों और कैसे बने थे, और वे अगर निकाल दिये जाते तो बहुत सारी असुविधाएँ उस घर में हुई होतीं।

जैसा वह घर था वैसा ही उस घर का जीवन भी था। बिलकुल निचले तल पर मजूर लोग, रसोइये, पानीवाले आदि का बड़ा वर्ग था। मालिकों के सामने पूँछ हिलाना, आश्रितों के साथ उद्धत व्यवहार, कामचोरी, लफ्फाज़ी, छोटी-छोटी चोरियाँ, पान-तमाखू की चैन, आठ आने-रुपये के कर्ज़े और ऊपरी मंज़िल के रहस्यमय सुनहले जीवन की ओर दरवाज़ों की दरारों से देखना—यह उनका हर दिन का क्रम था। विवाह कर अपनी गृहस्थी सजाने की उम्मीद सभी रखते थे लेकिन कुछ थोड़े ही लोगों के बारे में यह सम्भव बनता था। अन्य आत्मीयता की आर्द्रता न होने वाला, परतन्त्र, निरर्थक, आलस्यमय जीवन उस विशाल घर की आड़ में जी रहे थे।

उनके ऊपरवाला वर्ग था आश्रितों का। क्लर्क और उनके परिवार, दूर के रिश्तेदार, भिक्षुक, कीर्तनिये, साधु पुरुष, अनेक विधवाएँ—ऐसा कुछ उनका क़ुनबा था। वे जो थे उससे वे अधिक महत्त्व के थे। कुछ ऐसा अपना ही छलावा करने और औरों के सामने ऐसा बहाना करने में वे अपने जीवन की इतिकर्तव्यता समझते थे। हर व्यक्ति दूसरे की चुगली खाता था और दूसरों पर अधिकार जमाने का प्रयास करता था। क्लर्क ऐसी शान में विचरते थे कि जैसे मालिक के आर्थिक व्यवहार की सभी नाड़ियाँ उनके हाथ में थीं। भिक्षुक वर्ग ऐसे भ्रम में रहते थे कि मालिकों का मनोरंजन करने एवं उनके कान में कुछ डालने के लिए तत्पर रहना उनका विशेष अधिकार था। वहाँ की वयस्क महिलाएँ इस दायित्व भाव से लदकर अपना आँचल कानों के पीछे करती थीं कि घर का सबसे वज़नदार, निरपेक्ष, परम्परागत रीतिरिवाज़ों को जानने वाला पक्ष उन्हीं का है।

किसी आले में पुस्तकें रखकर हुक्मों के झाँपड़ खाते-खाते मिलने वाली फ़ुरसत में अध्ययन करनेवाले आश्रित बच्चे भी वहाँ रहा करते थे। वहाँ का वातावरण ऐसा था ही नहीं कि स्वाभिमान पैदा हो, आत्मविश्वास जगे। चोरी-चपारी करनेवाले, बेहया, काइयाँ लोग ही उस वातावरण में टिक सकते थे और पैदा भी होते थे। और इस वर्ग श्रेणी के ऊपर वाले छोर पर मालिक वर्ग था। भाऊ साहब, नाना साहब, बड़ी भाभी, छोटी भाभी, ताई साहब, अक्का साहब, जागीरदार के बच्चे और बहुएँ। कोई आलस्य में, कोई ऐशो-आराम में और शौक़-मौज में समय व्यतीत करते थे। वे नाखून जितने छोटे आधुनिक, सुविधापूर्ण कमरों में रहते। आश्रितों के साथ खब्ती व्यवहार करते और आपस में ऐसा हास्य-विनोद करते थे

जो और किसी के समझ में न आता था, स्वयं आबा साहब खुशमस्करियों के ताफे में हौस-मौज़ की निरुपद्रवी नावें खिवाते हुए एक स्वतंत्र-सी दुनिया में एक अनोखे स्तर पर जी रहे थे।

ऐसा था यह मुफ़्तखोर लोगों का संकीर्ण, सुरक्षित सीढ़ियों का विश्व। उसके चारों ओर वैभव को दीवारें खड़ी की गयी थीं और उन दीवारों की ओट में रहने वाले मनुष्यों को जीवन-संघर्ष का स्पर्श भी न हो इसलिए सैकड़ों लोग खेत में खट रहे थे, हल चला रहे थे, पसीने की बूंदें गिराकर मोतियों की फसल उगा रहे थे।

लेकिन इन उलझे सम्बन्धों एवं बन्धनों का भान उस कोठी के मनुष्यों में ज़रा भी नहीं था। इतना ही नहीं, उन्हें इसका भी स्पष्ट भान नहीं था कि उस कोठी के विभिन्न व्यक्तियों के तथा वर्गों के सम्बन्ध कैसे निश्चित हुए एवं किसने निश्चित किये।

सिर्फ़ एक जन को यह मालूम था और वह थीं बाईसाहब जागीदारनी जी। उनकी शादी हुए अब पचीस वर्ष हो चुके थे और वे चालीस की हो गयी थीं। पहले दस वर्ष सास की हुकूमत के नीचे और बाद में स्वतन्त्रतापूर्वक उन्होंने उस विचित्र बेतरतीब गृहस्थी की गाड़ी हाँकी थी, वैभव की दीवारें मजबूत रखी थीं, प्रतिष्ठा की सीमाएँ रखी थीं, नीति की लगाम खींच रखी थी और जहाँ ज़रूरी था वहाँ उसे ढील भी दे रखी था। और अपनेपन का ओंगन उस गाड़ी के चक्र में छोड़ दिया था।

चालीस साल के बावजूद बाईजी के बाल अभी काले थे और शरीर भी शिथिल नहीं हुआ था। लेकिन उस शरीर में वयस्कता और अधिकार का डौल प्राप्त होने तक गोलाई आ गयी थी। वे दबंग थीं लेकिन उस दबंगपन में पुरुष की उग्रता की गन्ध नहीं थी। दिन भर वे काम करतीं लेकिन ऐसा नहीं लगता था कि उन्होंने कोई कठिन श्रम किया था। उनकी नज़र में एक तरह की अलिप्तता, निरपेक्षता थी, फिर भी उनके व्यक्तित्व का स्पर्श सभी के जीवन को होता रहता था।

जीवन में जो चमत्कारपूर्ण अन्तर्विरोध होता है उसे उन्होंने जाना-समझा था। और जीवन का तार पर चलनेवाला नाच वह यशस्वितापूर्वक और सहजतापूर्वक करती थीं।

सुबह सावित्रीबाई हड़बड़ी में बाईसाहब की वेणी गूँथने गयीं। उनका हाथ हल्का था, इसलिए यह काम उन्हें सौंप दिया गया था। उसके कारण सावित्रीबाई का पैर धरती पर नहीं ठहरता था। और सब लोगों के पास बाईसाहब के बालों का इतिहास और गुणगान वह सदैव करती रहती थीं।

रोज़मर्रा की तरह बालों का गुच्छा पैर के अँगूठे के नीचे दबाते हुए वे बोलीं, "इधर बाल झड़ने लगे हैं आपके बाईसाहब! आइंदा मैं ही नहलाऊंगी आपको।

फिर बाल···"

बाईसाहब ने सदा की तरह उनकी बात को दुर्लक्षित किया। दूसरी कोई बाई इस समय शायद कहती, 'सावित्रीबाई, पिछले दस वर्षों से आपकी बात के अनुसार मेरे बाल झड़ते जा रहे हैं फिर भी आश्चर्य है कि वेणी बनाने लायक़ तो बच गये हैं।" लेकिन बाईसाहब ने ऐसा कुछ कहने का मोह रोक रखा था। उसके कारण सावित्रीबाई के जीवन में कुछ सूक्ष्म-सा सन्तोष पैदा हुआ था और बाईसाहब के जीवन को कुछ मलिन स्पर्श होना टल गया था।

फिर सावित्रीबाई ने हल्की-सी आवाज़ में कहा, "कल गंगाबाई कह रही थीं—भाईसाहबा का विवाह अब लगभग निश्चित ही हुआ है, बम्बई के सरदार······हैं न (यहाँ उनकी आवाज़ बिलकुल गले में चली गयी थी) उन्होंने लगता है, विवाह के लिए हाथ माँगा है···"

माथे पर सिकोड़नें बनाते हुए बाईसाहब ने कहा, "गंगाबाई का नाम लेकर क्यों कह रही हो? और फिर दूसरों की बात पर कान देना ज़रूरी है क्या?"

शीघ्रतापूर्वक सावित्रीबाई ने कहा, "सुन तो लीजिए। मैंने तो साफ़-साफ़ कहा, हमारी भाईसाहबा बहुत होशियार हैं। कैसी फटाफट बोलती हैं। उनके लिए बैरिस्टर पति मिले तब कहीं बाईसाहब विचार करेंगी। और ऐसा कुछ तय हुआ भी तो बाईसाहब मुझसे कहे बिना नहीं रहेंगी, और वे बोलेंगी तो मैं इस तरह बक-बक करती हुई बोलूंगी भी नहीं।"

यह सब सावित्रीबाई की अपनी उम्र के अनुरूप नहीं था वह व्यर्थ ही उलझ गयीं। रिवाज़ के मुताबिक बाईजी ने वेणी गूँथनेवाली बाई को नमस्कार किया। विलक्षण अपराधी चेहरे से सावित्रीबाई ने उसे स्वीकार किया और आशीर्वाद देते समय सदा की तरह अपने मन की तृप्ति को वे छिपा नहीं पायीं।

फिर बाई साहबान ने पूछा, "गंगाबाई की खाँसी तो ठीक है न अभी? सुन्दरा बाई का विसू कहीं भाग गया था, वह मिला कि नहीं? कल भाईसाहबा ने अँगूठी कहीं खो दी, घर के लोगों को चाहिए कि ज़रा ध्यान दें। यह देखें कि कोई पराया व्यक्ति तो घर में नहीं आ रहा है, कहीं नौकर-चाकर तो हाथ साफ़ नहीं कर रहे हैं।"

सावित्रीबाई ने कान खड़े किये, "मतलब? अँगूठी क्या खो गयी थी? और स्वयं भाई साहब की? क्या करें इन घर के लोगों का? नाम क्यों लूँ मैं? लेकिन घर की वस्तु को भी लापता करने में ये लोग नहीं हिचकिचाएँगे। मैं करूँगी अँगूठी की खोज।" और सावित्रीबाई ने स्वयं इस प्रकरण को देख लेने का निश्चय किया। फिर उसके लिए कुछ लोगों के बैग खोलकर देखने से भी वे पीछे न हटतीं।

बाईसाहबान भी यही चाहती थीं, फिर उन्होंने सावित्रीबाई को आड़े हाथों भी लिया होता। लेकिन कभी-न-कभी···

सावित्रीबाई ने गहनों का थाल निकालकर बाईसाहब के सामने रखा। थाली की लक्ष्मी को बाईसाहब ने नमस्कार किया और एक-दो सादे-से गहने पहन लिये।

इतने में रसोइया चाँदी की थाली में चाय रखकर ले आया। थाली एवं कपबसी कितनी साफ़ धोयी गयी है, यह निरखकर बाईसाहब ने देखा, और थाली लेकर वे आबा साहब के कमरे की ओर गयीं। उनको देखकर सेवक बाहर गया।

आबासाहब ने अपने छोटे थुलथुल हाथ ऊपर कर एक टेढ़ी-तिरछी जमुहाई ली, आँखें मिचमिचाकर उन्होंने देखा। बाईसाहब को देखकर वे हड़बड़ाकर जग गये और अपनी तोंद सँभालते हुए अपनी कुहनियों और तकिये के आधार से ज्यों-त्यों उठ बैठे।

बचकानी शिकायत के स्वर में वे बोले, "कितनी जल्दी जग जाना होगा? स्साला यह दिन…"

बाईसाहब ने उस गाली को नज़रअन्दाज़ किया। चाय का कप उन्होंने आबासाहब के सामने रखा। आबासाहब ने उसे उठाकर मुँह से लगाया। आधा पीने के बाद एकदम कप नीचे रखा और अपराधपूर्ण नज़र से कहा, "आप…आप भी लीजिए न!"

बाईसाहब ने चाय पी ली और गर्दन न उठाते हुए वे बोलीं, "उस भिकभट की लड़की को मैंने उसके मामा के पास भेज दिया है।"

आबासाहब की मुद्रा धूर्त-सी दिखने लगी—मतलब अधिक बेवकूफ़-सी दिखने लगी। दो-एक बार उन्होंने बाई साहबान की ओर चोरी-चोरी नज़र डाली। उनकी जीभ गाल में घूमने लगी और फिर वे चिड़चिड़ाकर बोले, "कितने बेवक़ूफ़ होते हैं कुछ लोग। जीने में कितना अँधेरा। हमें नहीं ठीक से दिखाई दिया। लगा होगा धक्का कहीं शरीर को। इसलिए इतना चीखने-चिघाड़ने और रोने-धोने की क्या ज़रूरत?"

बाईसाहब कुछ नहीं बोलीं, उसके कारण आबासाहब और भी घबराये, बाईसाहब की हौले-से उन्होने चिकुटी ली और आँखें मिचकायीं। और बाईसाहब जब मुस्करायीं तब उनसे ज़रा ज़्यादा ही चिपकते हुए लाड़ले स्वर में वे बोले, "यह क्या? चाय तो मिली। अब हमें होंठों की सुपारी नहीं मिलेगी?"

आबासाहब को चिपकने देकर बाईसाहब बोलीं, "मैं पूछती हूँ, कि इधर नाटक का शौक़ कैसे सब समाप्त हो गया? लीजिए न कोई नाटक दिग्दर्शित करने के लिए? इतने काम रहते हैं, उसमें थोड़ा दिलबहलाव भी तो चाहिए।"

आबासाहब का मुँह खुला रह गया। जीभ फिर गाल में घूमने लगी। उनकी नज़र के सामने वह चित्र साकार होने लगा कि वह गोरा-चिट्टा दत्तू स्त्री-वेष में कितना सुन्दर दिखेगा। कल्पना में ही वे उसे साड़ी पहनाने लगे और उनकी नज़र

के सामने दृश्य तैरने लगा कि साड़ी पहनकर वह उन्हें जलेबी परोस रहा है और यह दिखते ही मुस्कराहट उनके मुँह से रिसने लगी। बाईसाहब की उन्होंने चिकुटी ली और आँखें मिचकायीं।

आबासाहब का हाथ सहलाते हुए बाईसाहब बोलीं, "आपने दीवानजी को छह मोटरें लेने के लिए क्यों कहा है?"

आबासाहब बोले, "वह आप नहीं समझ पाएँगी। हम मोटर-सर्विस शुरू करना चाहते हैं। इधर सब लोग व्यवसाय करने लगे हैं। व्यवसाय में पैसा कमाते हैं। हमने भी पैसा कमाना तय किया है।"

बाईसाहब ने कहा, "उससे बेहतर क्या यह नहीं होगा कि बम्बई में दो इमारतें ही बनवायी जायें?"

"लेकिन उसमें व्यवसाय का मज़ा कहाँ है? कर्तृत्व को अवसर कहाँ है? असल में महिलाओं को ऐसी बातों की ओर ध्यान ही नहीं देना चाहिए," आबासाहब गाल फुलाते हुए बोले। कुछ महत्त्वपूर्ण बोलना हो तो आबासाहब गाल फुला बैठते थे।

नम्रतापूर्वक बाईसाहब बोलीं, "मुझे तो उसमें कुछ समझ में नहीं आता। लेकिन इतने बड़े जागीरदार अगर व्यवसाय करने पर उतर आये तो बुरा नहीं दिखेगा वह? फिर आपका स्वभाव भी ऐसा उदार···"

आखिर आबासाहब को अपने खानदान की इज्ज़त की और अपने औदार्य की महत्ता समझ में आयी और बाईसाहब ने पहले ही लौटाया हुआ आदेश आबासाहब को पुनः एक बार लौटा दिया।

यह काम समाप्त कर सीढ़ियाँ उतरकर बाईसाहब नीचे आयीं। उनके क़दमों की आहट होते ही लोगों की ऊँची आवाज़ें भी नीचे आ गयीं, हर कोई अपने काम में लग गया। उनसे बात करने के लिए दो चार वयस्क महिलाएँ आगे आयीं। कोने में बैठा हुआ अध्ययन करने वाला एक लड़का ज़ोर से धड़ाधड़ पढ़ रहा था। जाते-जाते बाईसाहब ने उसकी पीठ पर हाथ फेरा। यह क्या रुकावट है—ऐसा कुछ संत्रास उसकी मुद्रा पर दिखा और वह वैसे ही पढ़ने लगा।

बाईसाहब क्षण-भर के लिए उसकी ओर टकटकी लगाकर देखती रहीं और आगे चल पड़ीं। फिर सब आश्रित लोग उस बच्चे पर जैसे टूट पड़े—बाईसाहब के आने पर खड़े न होने की उद्दण्डता पर वे उसे तरह-तरह से बोलने लगे; और अनेक प्रकार से उन्होंने उस बच्चे के मन पर अंकित किया कि एकाग्रचित्त से कोई काम करना गुनाह है—यह भी कि मनुष्यों की दो जातियाँ होती हैं, और यह भी कि वह उस वर्ग का बच्चा था जिसे न कभी स्वाभिमान होना चाहिए और न कभी बड़प्पन प्राप्त होने वाला था।

बाईसाहब को पर नहीं मालूम पड़ा और मालूम पड़ता भी तो वे कहतीं,

"यह तो चलता ही रहेगा। गृहस्थी की इस धकापेल में कितने ही लोग मसल दिये जाते हैं, दुःख प्राप्त करते हैं, उन सबकी चिन्ता करने लगो तो मन पोला बन जायगा; उन सबके लिए आँसू बहाने लगो तो आँख का पानी ही सूख जायेगा।"

इतने में बाईसाहब की छोटी बहू नीचे आयी, क्षीण, मरियल-सी दिख रही थी वह। नयी शादी होने पर वे दोनों एक-दूसरे में ऐसे गुँथ गये थे कि दूसरी किसी बात का भान भी उन्हें नहीं रह गया। वह भान पुनः पैदा करना आवश्यक था। असल में यह समझदारी नानासाहब को दिखानी चाहिए थी। लेकिन उनमें इतनी क्षमता ही नहीं थी। इसलिए यह ज़िम्मेदारी भी बाईसाहब पर ही आ पड़ी थी, पूरी-पूरी ज़िम्मेदारी उन पर थी।

इसलिए बाईसाहब बहू को बुलाना चाहती थीं; और मायके जाने का आधा आदेश, आधी अनुमति देने वाली थीं, फिर उसे जाना पड़ता और नानासाहब ?—अखबार की शब्द पहेलियाँ हल करते हुए, भविष्य देखते हुए, अन्यथा जासूसी कहानियाँ पढ़ते हुए उन्होंने समय काटा होता। बीच में पत्नी की याद से वे माँ पर कुढ़ गये होते। लेकिन माँ से झगड़ा करने की हिम्मत उनमें नहीं थी। वे लोगों पर सदैव चिढ़ते रहते। लेकिन किसी से संघर्ष करने की ताक़त उनमें नहीं थी।

थोड़ी बुराई स्वीकार करके भी अपने पुत्र और अपनी बहू के हित के लिए यह उन्हें करना था। लेकिन यह तो कुछ भी नहीं था। पहले कभी किसी सरदार घराने की माता ने अपने लड़के को दूसरी ही एक बाई के पीछे इसलिए लगा दिया था ताकि उसका पुत्र मूर्ख पत्नी के कब्ज़े में पूरी तरह न चला जाय। धन-दौलत की सुरक्षा के लिए एवं परम्परा की रक्षा के लिए कभी-कभार इतना निष्ठुर होना ही पड़ता है, मनुष्यों की बलि भी देनी पड़ सकती है।

उनके आश्रय में आया हुआ वह गोरा-चिट्टा दत्तू ? आबासाहब के नाटक के शौक़ के लिए उसको कुर्बान करने का निश्चय नहीं किया था बाईसाहब ने। दुख हो रहा था उन्हें इस बात से—लेकिन वह अपरिहार्य था, इसीलिए वह किया गया था।

इतने में भाईसाहिबा नीचे आयीं तो गंगाबाई मटकती हुई उनके सामने गयीं और उनके गाल को हाथ लगाते हुए बोलीं "अब क्या पूछना ? भाईसाहिबा बम्बई वाली होंगी, बड़ी सरदारनी साहबा !"

भाईसाहिबा आश्चर्य से बोलीं, "याने ? मैं कुछ नहीं समझी !"

अधिक चापलूसी करते हुए गंगाबाई बोली ! "हाय दैया ! इतना कुछ शर्माने की ज़रूरत नहीं है। हमें मालूम हुआ है कि शादी की बात पक्की हो गयी है।"

यह वाक्य वह भाईसाहिबा की ओर देखकर बोली। भाईसाहिबा ने गुस्से से गंगाबाई का हाथ झिड़क दिया और वह पैर पीटती हुई वहाँ से चल दीं।

फिर बाईसाहब ने त्योरियाँ चढ़ाते हुए अपनी आवाज़ बुलन्द की और गंगा-

बाई की धृष्टता के लिए उन्हें आड़े हाथों लिया। गंगाबाई घबरा गयी और मर्यादा का ख़याल रखकर व्यवहार करने लगी। आश्रित वर्ग के अलग-अलग व्यक्तियों का बिगड़ा सन्तुलन फिर स्थान पर आया, फिर एक बार बाईसाहब के विलक्षण दबंग स्वभाव की प्रतीति सबको हुई।

' और मन-ही-मन मुस्कराते हुए बाईसाहब ने अपना काम ख़ुद कर दिया। क्लर्क को पाँच रुपये की वढ़ोतरी मिली। एक नौकर को विवाह के लिए पैसे मिले। बाईसाहब के राज्य में अंकुरित असन्तोष के कँटीले झुरमुट इस तरह उन्होंने उखाड़ दिये।

इतने में भाऊ साहब, जो जागीर में घूमने गये थे, वापस आये, तनतनाते हुए ही बाईसाहब के आगे आये और बौखला उठे, "ये खेतिहर, ये पट्टेदार बड़े मगरूर हो गये हैं। हमेशा शिकायतें और भुनभुनाहट। इनके खेत कभी फसल नहीं देते, कभी पूरा लगान नहीं देंगे और तुम उन्हें हमेशा सहूलियतें देती जा रही हो!"

"आप क्या चाहते हैं जो मुझे करना चाहिए?" शान्ति से बाईसाहब बोलीं, कुछ नया सीखने की तैयारी उनके चेहरे पर दिखी। सचमुच उन्हें व्यवहार सिखाने की अक़्ल बहुत बड़े लोगों में होगी, लेकिन भाऊ साहब अब बड़े हो गये थे। कभी-न-कभी जागीर के सारे सूत्र उनके हाथ में ही जाने वाले थे। इसलिए बाईसाहब उन्हें बड़प्पन दे दिया करती थीं। उनकी बातें ग़लत होने पर भी कभी-कभार वे उनके मन-मुताबिक करती रहतीं।

"क्या करें? पुलिस बुलायी जाय, लश्कर को बुलाया जाय। ग़ुलामों को गोलियों से भून देना चाहिए।"

"आज गोलियों से हमारा सारा पैसा वसूल हो भी सकता है। लेकिन कल हमारे खेत कौन जोतेगा?"

"यही जोतेंगे हरामखोर, कहाँ जायेंगे?"

"कहीं न भी जायें तो ख़ाली पेट मर भी तो जायेंगे। और उपवास से मरने लग जायें तो तेज़ी से उलटकर लड़ेंगे हमसे, फिर पुलिस, फिर लश्कर। फिर पुलिस हो या लश्कर, वे भी तो उन्हीं में से हैं न? कभी-न-कभी वे उनसे मिल जायेंगे। फिर हमें कौन बचायेगा? सूखे पत्ते की भाँति हम कहीं-के-कहीं उड़ जायेंगे।"

"मतलब? तुम डरती हो इन लोगों से?"

"डरती हूँ? पीढ़ियों से जिस घर के लोगों ने लड़ाइयाँ लड़ीं, हुकूमत की, उनकी पेट की हूँ मैं। मैं भय, प्रेम या द्वेष से कभी कुछ नहीं करती। पीढ़ियों तक चल रहा हमारा वैभव और हमारे रीति-रिवाज—उन्हें हम वैसे ही चलने देना चाहते हैं। मेरे पहले वाले लोगों ने वैसा ही किया और वही धरोहर आगे पहुँचाने की ज़िम्मेदारी मुझ पर छोड़कर वे चल दिये। इसलिए मेरी ज़िम्मेदारी मुझे पूरी करनी ही होगी। इसलिए जहाँ नीति से चल सकना सम्भव हो, वहाँ नीति से चलेंगे,

जहाँ नीति अधूरी सिद्ध होगी वहाँ कपट भी करेंगे, डरो नहीं। श्रीकृष्ण ने यही किया क्योंकि हम रहेंगे तभी नीति भी रहेगी; रीति-रिवाज रहेंगे; समाज रहेगा अन्यथा सब ढह जायेगा। छोटा-बड़ा, ब्राह्मण-शूद्र कोई नहीं रहेगा। कोई किसी को नहीं मानेगा। सब कुछ नष्ट हो जायेगा।"

बाईसाहब बिना कारण ही इतना बोल गयीं, अन्यथा शब्दों की फ़िज़ूलखर्ची वे प्रायः नहीं करती थीं। लेकिन उनके मन में कहीं गहरे सालने वाला प्रश्न उठाया गया था; और अपने मन का सब-कुछ उन्होंने उगल दिया था। फिर भाऊसाहब अब बड़े हो गये थे। उनको कभी-न-कभी यह जताना आवश्यक भी था। उनके मन के अन्तरतल में यह सब प्रविष्ट कराना ही आवश्यक था।

आँखें फाड़कर भाऊसाहब ने अपनी माँ की ओर देखा और कॉलेज में पढ़कर जो प्राप्ति नहीं हुई थी, वह अपनी जागीर के बारे में विशाल संकल्पना करके उनके मन में उग आयी। एक नया बोझ अनजाने उनके कन्धों पर आ पड़ा; और वह उन्हें उतना अच्छा भी नहीं लगा।

घबराये-से वे बोले, "हाँ सही है। यह सब सुरक्षित रखना होगा। सैकड़ों वर्ष यही चलता आया है—लेकिन माँ, अब यह आगे कैसे चलेगा? मुझे तो दिख रहा है कि यह सब ढह रहा है। ये सब लोग मग़रूर होते जा रहे हैं। आज ही ये हमारे अधिकार को नहीं मान रहे हैं और तुम कह रही हो कि वे पुलिसवालों या लशकरवालों की नहीं सुनेंगे। फिर क्या किया जायेगा? कोई उपाय नहीं है?"

"मुझे तो नहीं दिख रहा है। पहले वाले रीति-रिवाज़ खत्म हो गये। राज्य निःशेष हो गये। इतनी बड़ी अँग्रेज़ी जाति—वह भी चली गयी। कोई बवण्डर उठा है, कोई आधार शेष नहीं रह गया है। जब तक मैं हूँ किसी-न-किसी प्रकार रोक रखूँगी, आगे की आगे वाले ही देखेंगे।"

भाऊ साहब बोले, "फिर हम क्या करेंगे आगे?"

"यह कोई नहीं कह सकता। हर कोई को अपना-अपना देखना होगा। लेकिन डरो नहीं। बम्बई में मैंने इस्टेट बनाकर रखी है। वहाँ जायेंगे। लेकिन वैसा करेंगे तो सब समाप्त ही समझिए।"

बाईसाहब एकदम रुक गयीं। उन्हें एहसास हुआ कि वे बहुत बोल गयी हैं, बहुत चर्चा कर चुकी हैं और यह उनके अधिकार के अनुकूल नहीं था। विचार करना है तो कार्य के लिए, शब्दों का उपयोग करना है तो कार्य को घटित करने के लिए—ऐसी थी उनकी सीख। ऐसी बक-बक जो निश्चय को दुबली कर देगी, कार्य में ढिलाई पैदा करेगी, अधिकार बनानेवाले व्यक्ति को कभी नहीं करनी चाहिए।

बाईसाहब काम करने लगीं और अपराह्न जब देवता का नैवेद्य सम्पन्न हुआ, सबका भोजन हुआ, ढोरों को दाना-पानी मिला तब जाकर बाईसाहब भोजन

के लिए बैठीं। अन्न-देवता को उन्होंने नमस्कार किया, बिल्ली के सामने भात डाला और मुँह में कौर लिया।

कुछ दिनों के उपरान्त महात्माजी की हत्या हो गयी और सारी जनता प्रक्षुब्ध हो उठी। हाथ की खाने की चीज़ चली जाने पर बच्चा जिस तरह आँख मूँदकर हर किसी को मारता-पीटता, नोचता फिरता है अथवा बिगड़ा घोड़ा जिस तरह बेढंगी लातें मारता दौड़ने लगता है और दूर कहीं जाकर थरथराता खड़ा हो जाता है—कुछ ऐसा ही सब लोगों के बारे में हुआ। मशालें जलाकर, भाले और कुल्हाड़ियाँ लेकर ब्राह्मणों का नाश करने के लिए लोग चल निकले।

और बजाते-चिल्लाते मोर्चा जागीरदार के घर पर आ पहुँचा, सब लोग भयभीत हो उठे। सियार को देखकर जैसे भेड़ें बेरोकटोक दौड़ती हैं उस तरह सभी आश्रित लोग भाग निकले। नौकर-चाकर हक्के-बक्के हो गये। कुछ लोगों ने डूबते जहाज को छोड़ा, तो कुछ कुतूहल से, निष्ठा या आदत से जागीरदार के घर से चिपक कर रहे। नानासाहब घबराकर पागल की तरह यहाँ-वहाँ दौड़ने लगे। बाईसाहब चिढ़ गयीं। भाऊसाहब इतने ज़ोर-ज़ोर से सबको शौर्य-गाथाएँ सुनाने लगे कि उसकी वजह से सब-के-सब बहुत ही घबरा गये।

ज़रा ठीक नहीं लग रहा था इसलिए बाईसाहब सोयी पड़ी थीं। उन्हें जगाने दौड़े सब द्वार के पास जाकर रुक गये और फिर दीवानजी ने साहस किया। बाईसाहब उठीं। सबकी बकझक से दो ही मिनट में वस्तुस्थिति का बोध उन्हें हो गया।

उन्होंने झट से कुल्ला किया, आँखों को पानी लगाया और नीचे आयीं। जिस किसी को भाग जाना था उसको उन्होंने निकाल दिया और बाक़ी लोगों को बड़े दालान में बन्द कर दिया। बड़ी आवाज़ सुनकर मुर्गों की कलकल जैसे रुक जाती है, वैसे आश्रितों की चिल्ल-पों रुक गयी और उनका सारा डर आँखों में इकट्ठा हो गया। नौकरों और पुरुषों को उन्होंने काम में लगाया। दरवाज़े बन्द हुए। लाठियाँ लेकर सारे लोग जमा हो गये। फिर उन्होंने बच्चों को बुलाया और कार में बिठा कर निकल जाने को कहा।

नानासाहब झट से मोटर में बैठे। लेकिन बोले, "वैसे वे लोग बुरे तो नहीं हैं। हम उन्हें समझायेंगे तो वे मान जायेंगे। दीवानजी को भेजिए आगे। उनकी मानेंगे वे।"

बाईसाहब ने नानासाहब को चुप बैठने को कहा। भाईसाहिबा चिढ़कर मोटर में बैठ गयीं और उन्होंने फटाक से दरवाज़ा बन्द कर लिया। भाऊसाहब गुस्सा होकर बोले, "माँ, तुम्हें और आबासाहब को छोड़कर हम कैसे जायेंगे? हमें कुछ लाज-शर्म है या नहीं?" और वे गुस्से में बहुत कुछ बोलते रहे।

लेकिन बाईसाहब ने कहा, "तुम्हें मैं इसलिए जाने को कह रही हूँ कि

तुम्हारी साढ़े तीन हाथ देह बची रहे ! वैसे हम सब की ही मिट्टी होने वाली है। लेकिन मेरा खानदान आगे चलना चाहिए। ऐसा न हो कि एक ही बवण्डर में जागीरदारी नामशेष हो जाये। पीढ़ियों-दर-पीढ़ियों तक हमने ऐसे बवण्डरों को झेला है, उसमें से शौर्य और षड्यन्त्र से बच भी गये हैं। उस समय जो लोगों ने किया, वही मैं कर रही हूँ।"

"लेकिन आप चलिए न ! तुम चलो न !"

"मैं ? मैं भाग जाऊँ ? यहाँ से कहाँ जाऊँ मैं ? इस घर के बाहर जीना मेरे लिए कैसे सम्भव है ? और पाँच-पचास लोग आक्रमण करने आये इसलिए मैं भाग जाऊँ ? डरपोक सिद्ध हो जाऊँ ? मैं यहीं रहूँगी। अपनी ज़िम्मेदारी मैं पूर्ण करूँगी। तुम अपनी पूरी करो।"

बाईसाहब आबासाहब को भी जाने के लिए कह रही थीं। लेकिन वह मूर्ख फ़ालतू मनुष्य अपने नाटे हाथों में बन्दूक लेकर निश्चय और शौर्य से बाईसाहब के सामने खड़ा रहा। उनकी वृत्ति में कोई सोने का कण एकदम प्रज्वलित हुआ। और उसकी वजह से उनकी मूर्खता एवं फ़ालतूपन सब-कुछ क्षण भर में सुन्दर सिद्ध हो गया।

बाईसाहब का हृदय भर आया और जिस मध्ययुगीन वातावरण में वे पलीं, बढ़ीं, उसे क़ायम करने के लिए उन्होंने कोशिश की, उसकी रक्षा के लिए, अपने घराने का नाम रोशन करने के लिए किसी मध्ययुगीन चाँदबीवी की भाँति वे आगे बढ़ गयीं।

□□

अगर सच कहना हो……

विद्वान वक्ता ने हाथों के इशारे से कद्दू का संकेत करते हुए कहा, "टु पुट इट इन ए नट शैल…"

उसी समय मैं चौंककर उठ गया और एक साहसपूर्ण कार्य कर डाला। मैंने जेब में से एक मूँगफली निकाली। उसमें से दाना निकालकर खाया। फिर सीधे स्टेज़ पर जाकर विद्वान वक्ता को, जबकि उनका भाषण चल रहा था, उठाकर उस खोखली मूँगफली में ठूँस दिया और जेब में डाल बाहर चल दिया।

मज़े की बात यह कि दर्शकों को पता नहीं चला कि क्या हो रहा है। वे तो मंच की ओर देखते हुए ऐसे बैठे थे मानो वहाँ भाषण ही चल रहा हो।

बाहर आने के बाद मैंने अपने घर के सामने वाले बग़ीचे में जेबी चाकू से एक छोटा-सा गड्ढा खोदा उसमें वह फली गाड़ दी, और फिर हाथ झटकते चलने लगा। इससे उस वक्ता का दम घुट जाना स्वाभाविक था। लेकिन लम्बे-चौड़े व्याख्यान देने का जिन्हें शौक़ हो, ऐसे व्यक्ति को आफ़त आने पर ऐसी असुविधा भुगतने के लिए तैयार रहना चाहिए।

मैंने जो साहस दिखाया इससे आपको आश्चर्य लगा होगा। लेकिन इन बातों से अब मैं अभ्यस्त हो चुका हूँ। वक्ताओं को भगा ले जाने की मेरी यह आदत पुरानी है। मुट्ठी ठोंककर बोझिल भाषण देनेवाले एक वक्ता की मुट्टी इसी तरह बहुत दिन पहले मैं ले भागा था। फिलहाल अपनी टेबल पर पेपरवेट के रूप में मैं उसका प्रयोग कर रहा हूँ। इसी तरह एक दुबले-पतले क्रान्तिकारी वक्ता का भाषण चालू था कि तभी उसके सिर पर अपनी क़लम का ढक्कन लगाया और जेब में लटकाकर उसे घर ले आया। बरसों से मैं उसका लाल पेन्सिल के रूप में प्रयोग कर रहा हूँ। मेरे द्वारा पेपर जाँचे जाने पर बच्चे अनुत्तीर्ण हो जाते हैं, उसका कारण यही लाल पेन्सिल है।

अब मेरी पत्नी को मुरब्बे के मर्तबान की ज़रूरत है। इसलिए मैं मीठे-मीठे गीत गानेवाली किसी गायिका की तलाश में हूँ। अगर कहीं नाटी, मोटी-सी गायिका दिखाई पड़े तो मेहरबानी करके मुझे तुरन्त सूचित किया जाय।

यूँही एक बार मैं 'मुस्कराहट' नामक पिक्चर देखने गया। मुझे लगा था कि वह सिनेमा जंगल के सम्बन्ध में होगा ! सब जानते हैं कि ब्रह्मपुत्र नदी के घड़ियाल को मुस्कराहट कहते हैं। लेकिन मेरी पत्नी यह नहीं जानती। उसे लगता है कि बंगाल के धारीवाले शेर का मतलब है मुस्कराहट। बहुत देर तक चित्रपट देखा लेकिन उसमें ब्रह्मपुत्र नदी का घड़ियाल नहीं दिखाई दे रहा था, धारीवाले बदन का शेर भी दिखाई नहीं दे रहा था। "इसका जवाब माँगना पड़ेगा।" पत्नी 'अजी, अजी' कहकर मुझे रोकने लगी। लेकिन मैं धम् से छलाँग लगाकर परदे पर गया और सिनेमा के हीरो की ठुड्ढी पर घूंसा जमाकर उसे नीचे गिरा दिया। बाद में झाड़ू से काग़ज़ के एक टुकड़े पर उसे रख दिया और फिर काग़ज़ की पुड़िया बनाकर उसे खिड़की के बाहर फेंक दिया।

फिर नायिका की ओर आँखें तरेर कर देखते हुए मैंने पूछा, "अब तक ब्रह्मपुत्र नदी का घड़ियाल तुम्हें क्यों नहीं दिखाई दिया ?"

"घड़ियाल ?" नायिका दाँत निपोरते हुए बोली।

"हाँ-हाँ। मुस्कराहट अब तक मुझे क्यों दिखाई नहीं दी सिनेमा में ?"

"मैं पूरे सिनेमा में हँसती ही तो रही हूँ ?"

"हँसती रही हो ?"

"मुस्कराहट का मतलब ही है हँसी।"

"नान्सेंस ! कल तुम लेकाडेंसीकल को बर्फ़ी कहने लगोगी। मुस्कराहट का मतलब है ब्रह्मपुत्र नदी का घड़ियाल।" मैंने तर्क दिया।

"बिलकुल नहीं !" उस नायिका ने अज्ञानवश कहा।

"ठीक है, मैं प्रमाणित किये देता हूँ।" ज़ोर से कहकर मैं फ़ौरन दिल्ली के गर्वनर जनरल लॉर्ड माउंटबेटन के पास गया।

लॉर्ड माउंटबेटन चीज़ का डिब्बा तोड़ रहे थे। मैंने पुकारा, "लॉर्ड माउंटबेटन !"

"जी।"

"नीचे रखिए वह चीज़ का डिब्बा !"

"लो, यह रख दिया। चाय मँगाऊँ आपके लिए ?" लार्ड माउंटबेटन ने अदब से कहा।

"कौन-सी चाय का पॉवडर इस्तेमाल करते हैं ?"

"लिप्टन—ग्रीन लेबल।"

"ठीक है, चलेगी। लेकिन इसके आगे गुलाबी मिक्चर का प्रयोग करें।"

लार्ड माउंटबेटन ने तुरन्त मेरी अध्यक्षता में इस समस्या की चर्चा करने के लिए विशेषज्ञों की एक कमेटी नियुक्त की।

इसके बाद मैंने उनसे कहा, "क्या आप जानते हैं कि इस देश में कितनी

भयंकर बातें हो रही हैं ?"

"बिलकुल नहीं ! क्या हो रहा है ?"

"बम्बई में लोग मुस्कराहट को हँसना कहने लगे हैं ।"

"क्या कहा ?" लॉर्ड माउंटबेटन चौंक गये ।

"जी हाँ !" मैंने ज़ोर देकर कहा ।

"फिर सेना की गतिविधियाँ शुरू करें ?"

"जी नहीं । फिलहाल आप एक ऑर्डिनन्स निकालिए कि मुस्कराहट याने ब्रह्मपुत्र नदी का घड़ियाल है ।"

"अच्छा !" लॉर्ड माउंटबेटन ने कहा, और उन्होंने ऑर्डिनन्स लिखना शुरू किया—

"मैं हिन्दुस्तान का गवर्नर जनरल और व्हाइसरॉय खुशी से इस तरह का हुक्मनामा निकालता हूँ कि, ब्रिटिश हिन्दुस्तान, हिन्दी रियासतें, अंडमान और निकोबार के टापू···"

मैंने कहा, "ब्रह्मदेश, सिलोन और एडन को भी समाविष्ट किया जाय तो ठीक होगा ।"

"वैसा करने में मुझे खुशी होती, लेकिन मेरा अधिकार···"

"अच्छा-अच्छा ! आप चिन्ता मत कीजिए । मैं छठे जॉर्ज से इस सम्बन्ध में मिलूँगा ।"

लॉर्ड माउंटबेटन ने थोड़ा और लिखा, और वे रुक गये । मैंने प्रश्नांकित मुद्रा में भौंहें ऊपर उठायीं ।

लॉर्ड माउंटबेटन ने पेन्सिल चबाते हुए कहा, "आजकल हिन्दुस्तान में खाद्यान्न की समस्या भी गम्भीर है, यहाँ यह बात भी सोचनी पड़ेगी ।"

"यह भी सही है ।" चाय का खाली प्याला नीचे रखते हुए मैंने कहा ।

"तो मुस्कराहट याने ब्रह्मपुत्र नदी का घड़ियाल घोषित करने के बजाय उबला हुआ शकरकन्द घोषित करना लाभदायक होगा । ऐसा घोषित करने में आपको कोई एतराज़ तो नहीं न ?" लार्ड माउंटबेटन ने मेरे प्याले में चाय उँडेल दी ।

"खाद्यान्न की समस्या क्या सचमुच इतनी गम्भीर है ?" मैंने सोच में डूबते हुए पूछा ।

"जी हाँ," माउंटबेटन ने ठुड्ढी पर पेन्सिल पटकते हुए कहा ।

"फिर तो मुझे लगता है कि मुस्कराहट याने उबला हुआ शकरकन्द कहने के बजाय उबला हुआ आलू कहा जाय ।"

"आप तो बड़े बुद्धिमान हैं ।" लॉर्ड माउंटबेटन ने कहा, और ऑर्डिनन्स पूरा लिखकर उन्होंने मेरे हाथ में थमा दिया ।

फिर मैंने वह आर्डिनन्स उस हीरोइन के सामने पटक दिया।

वह आश्चर्य से बोली, "यह क्या है ?"

"इसमें लिखा है कि तुम्हारा चेहरा उबले हुए आलू की तरह है और उस हीरो का उबले हुए शकरकन्द की तरह।" इस तरह मार्मिक जवाब देकर मैं पर्दे पर से उतरकर अपनी जगह पर आकर बैठ गया।

मेरा स्वभाव कुछ ऐसा ही कट्टर है और ऐसे अनेक अद्‌भुत कार्य मैं करता रहता हूँ, लेकिन लोगों के ध्यान में यह नहीं आता, क्योंकि मैं आम रिवाज के अनुसार टाई लगाकर कॉलिज में लेक्चर्स देता हूँ, और समाज में आम लोगों की तरह बर्ताव करता हूँ।

जैसा मैं कट्टर हूँ वैसा सनकी भी हूँ और मन की सनक कब कैसे बदल जायेगी, कहना मुश्किल है। एक बार हमारे यहाँ श्राद्ध करने के लिए वामन नामक पुरोहितजी आये हुए थे, श्राद्ध के कारण मैं बहुत खाना खा गया था और मुझे नींद आ रही थी लेकिन पुरोहितजी यूँ ही पान की गिलौरी बना रहे थे और गप-शप करते-करते समय बिता रहे थे।

"तो ऐसा है···" उन्होंने कहा, और पान के डोरे निकालकर उन्होंने उसे अपनी महीन धोती से पोंछ कर साफ़ किया, इससे वह बड़ा मुलायम दिखने लगा, मैंने झट से वह पान उनके हाथों से छीन लिया और सफ़ेद इलायची सिर के नीचे रखकर सो गया।

लेकिन मेरी असली कट्टरता और चतुराई तब दिखायी दी होगी जब मैंने गौरैया पर मुकद्‌दमा दाखिल किया। यह गौरैया मेरी हैट में घोंसला बना रही थी। मैं अपने हैट का इस्तेमाल सिर्फ़ बरसात में करता हूँ, अन्यथा मैं उसे खूँटी पर लटका देता हूँ—मैं याने मेरी पत्नी।

एक दिन एक गौरैया मुँह में घास का तिनका लेकर भीतर आ गयी। दरवाज़े पर बैठकर एक बार उसने मेरी तरफ़ देखा, फिर रेडियो पर बैठकर उसने हैट की तरफ़ देखा।

उसकी हरक़तें संशयास्पद थीं इसलिए मैंने उस पर नज़र रखी थी। इतने में सीधे वह मेरे हैट में घुस गयी और वहाँ उसने वह तिनका रख दिया। फिर गर्व से हैट की ओर देखते हुए खिड़की के दरवाज़े पर जा बैठी।

मैंने ज़ोर देकर कहा, "वह हैट मेरा है और उसमें घास के तिनके न रखकर मनुष्य का सिर रखा जाता है।"

मेरा कहा अनसुना करके वह बाहर गयी और घास का और एक तिनका ले आयी, साथ में वह अपने पति को भी लायी थी।

इस बार उन्होंने वे दो तिनके उस हैट में रखे, तभी मैं तेज़ी से खड़ा हुआ, हैट में रखे तिनके बाहर फेंक दिये और दोनों हाथ उठाकर उन्हें भगा दिया।

चिड़ा और गौरैया दोनों खिड़की के दरवाज़े पर जा बैठे। गौरैया ने चिड़े से कहा, "ये इन्सान कितने स्वार्थी और जंगली होते हैं ! है न ?"

चिड़े ने कहा, "ये क्या इन्सान हैं ? कौए हैं !"

गौरैया ने कहा, "क्यों न इन्हें गीदड़ कहा जाय !"

अलबत्ता उनकी बातों की ओर मैंने ध्यान नहीं दिया और उन दोनों के उड़ जाने तक मैं अपने हैट की रक्षा करता वहीं खड़ा रहा।

वैसे स्वभाव से भोला-भाला होने की वजह से बाद में पन्द्रह दिनों तक मैंने अपने हैट की ओर देखा तक नहीं, बाद में एक दिन मेरे मित्र प्रा० टकले मेरे यहाँ आये। लटकते हैट के नीचे जहाँ कुर्सी रखी थी, उसी पर मैंने उन्हें बिठाया। उन्होंने हैट निकाले और उनका खल्वाट प्रसन्नता से चमकने लगा।

हमारी गपशप शुरू हो गयी और जब वह रंग ला रही थी तभी प्रा० टकलेजी के सिर पर एक तिनका गिरा, उन्होंने तिनका लेकर चबाना शुरू किया। मेरे मन में दुष्ट आशंका झाँकने लगी।

इतने में और एक तिनका टकलेजी के सिर पर गिरा, उन्होंने वह दूसरे हाथ में लिया और फिर उन्होंने हड़बड़ाकर थोड़ी देर उसकी तरफ़ देखा। वे मुझसे बोले, "इस तिनके का क्या किया जाय ?"

मैंने कहा, "मुझे लगता है कि इससे कान कुरेदा जाय।"

"न !" प्रा० टकलेजी ने असहमति दिखायी।

"फिर वह वैसा ही सिर पर रहने दीजिए।" मैंने दूसरी तरकीब सुझायी। टकलेजी को वह पसन्द आयी। उन्होंने उसे अपने सिर पर रखा और वे आगे बातें करने लगे।

इतने में तीसरा तिनका प्रा० टकलेजी के सिर पर गिरा, तब उन्होंने सिर हिलाया, इससे उन्हें यकायक याद आया कि उन्हें घर जाना है। झट से वे उठे, इससे हैट को धक्का लग गया और एक सफ़ेद अण्डा प्रा० टकलेजी के सिर पर आ गिरा। वह वहीं पल भर स्थिर हो गया। मुझे डर लगा कि प्रा० टकले उसे उठाकर मुंह में डालेंगे लेकिन इतने में उन्होंने हैट सिर पर रखा और वे जल्दी-जल्दी चलने लगे।

मैं उनके पीछे-पीछे चलता हुआ आगे बढ़ा और चिल्लाया, "अजी, अण्डा, अण्डा !"

प्रा० टकलेजी पीछे मुड़कर हँसते हुए बोले, "अच्छा, अच्छा ! शेक हैंड !"

निराशा से मैं पीछे मुड़ा कि इतने में गौरैया जल्दी से हैट के बाहर आ गयी, मैंने उसे टोका, "अभी-के-अभी मेरे हैट में से अपना बोरिया-बिस्तर समेट लो।"

गौरैया ने चीत्कार किया, "भाड़ा-नियंत्रण क़ानून के तहत मुझे जगह छोड़कर जाने के लिए कहने का आपको कोई अधिकार नहीं है और मैं तो प्रा० टकलेजी के

ख़िलाफ़ अपना अण्डा चुराने के जुर्म के लिए फ़ौजदारी मुक़द्दमा दायर करनेवाली हूँ, और उनके साथी के रूप में आपका नाम भी दर्ज करनेवाली हूँ।"

और उद्दण्डता से पंख फरफराती हुई वह चल दी।

उसके बाद क्या हुआ, इसका समाचार जनता को यथासमय अखबारों से मिला ही है। प्रा० टकलेजी को फ़ौरन गिरफ़्त में लिया गया और उन पर लगाया गया इल्ज़ाम भी साबित हुआ। पूरे कोर्ट में टकलेजी की पत्नी ने कहा कि प्रा० टकलेजी चोरी-चोरी उनका चुम्बन लेते हैं, इससे यह भी साबित हुआ कि उन्हें चोरी करने की आदत है, और उनके लिए सफ़ाई का रास्ता भी नहीं बचा।

मैं तो केवल अपनी चालाकी से मुक्त हो गया।

मुझसे पूछा गया, "प्रा० टकलेजी के सिर पर का अण्डा आपने देखा कि नहीं?"

मैंने कहा, "हाँ!"

"फिर उन्हें चोरी करते देखकर आपने शोर क्यों नहीं मचाया?"

मैंने कहा, "प्रा० टकलेजी को सिर पर अण्डा रखकर घूमने की आदत है। इसलिए मुझे लगा कि वह अण्डा उन्हीं का होगा।"

"क्या आप यह सूचित करना चाहते हैं कि प्रा० टकले अण्डे देते हैं?"

"हाँ जी, साफ़-साफ़ यही कहना चाहता हूँ। इसके अतिरिक्त प्रा० टकलेजी को उड़ते हुए कॉलेज जाते मैंने देखा है।" मैंने ढिठाई से कहा।

"मुझे भी कभी-कभी वे कहते हैं—उड़ती जा! यह कहकर श्रीमती टकलेजी ने मेरी बात का समर्थन किया।

इससे मैं बेगुनाह साबित हुआ और प्रा० टकलेजी की ओर देखने का कोर्ट का दृष्टिकोण ही पूरी तरह से बदल गया। उन्हें जेल में डालने के बजाय 'इक्वेडोर देश के बच्चों को हाथी के बदले भेंट के रूप में भेजा जाय' ऐसा आग्रह जज महाशय ने भारत सरकार से किया।

इसके मुताबिक प्रा० टकलेजी को इक्वेडोर को भेजे जाने की खबर अखबारों में प्रसारित हो चुकी है, सिर पर अण्डा रखे प्रा० टकलेजी की तसवीर 'इलस्ट्रेटेड वीकली' में छप गयी थी, वह सबको याद होगी ही। बम्बई विश्वविद्यालय के प्राध्यापकों ने उनके गले में पुष्पमाला डालकर उनका सम्मान किया था। उस समय जो भाषण दिया गया, उसमें अण्डा देने की उनकी विशेष योग्यता का सम्मान किया गया, वैसे यह भी कहा गया कि उन्होंने अब तक यह राज बनाये रखा, इसके पीछे उनकी विनय ही है, तब उस भोले-भाले व्यक्ति ने कहा, "मैं आशा करता हूँ कि मेरी तरह आप सबको भी विभिन्न देशों में भेजा जायेगा।"

इस मुक़द्दमे से मुक्त होने पर मैं गौरैया का क़ानूनी इलाज करने के लिए तुरन्त वकील के पास गया। उनसे कहा कि एक सख्त नोटिस लिखिए। उसे पढ़ने

के बाद कहा, "वकील साहब, मैंने आपको सख़्त नोटिस लिखने के लिए कहा था न ?"

"हाँ, वैसा ही लिखा है ।"

"फिर उसमें 'व्हेयर एज़' यह कड़ा शब्द एक बार भी नहीं है। ऐसा क्यों ? यही आपका क़ानून का ज्ञान है ?"

"ग़लती हो गयी, माफ़ कीजिए," वकील साहब ने कहा।

"तो व्हेयर एज़ शब्द का सात बार प्रयोग करके उसे दुबारा लिखिए।"

उनके वैसा करने के बाद मैंने कहा।

"अब आगे इस तरह लिखिए : 'इन टेस्टीमॅनी व्हेयर ऑफ़ इज़ सेट द सील ऑफ़ दी सेड यूनीवर्सिटी एण्ड द सैंड चांसलर !' "

वकील साहब ने कहा, "अजी यह तो डिग्री के सर्टिफ़िकेट पर लिखा जाता है।"

"उससे मुझे कुछ लेना-देना नहीं हैं। बस इतना ही बताइए कि ये शब्द सख़्त हैं कि नहीं", मैंने मुट्ठी पटकते हुए कहा।

"वाह ! सख़्त याने बड़े ही सख़्त !" वकील साहब ने क़बूल किया।

"तो फिर नोटिस में ये अवश्य रखिए।"

बनाया गया नोटिस मैंने गौरैया को दे दिया। उसने वह अपने घोंसले में रखा और उस पर तिनके डाले। उसने मेरी इस तरह जो बेइज़्ज़ती की उसकी तरफ़ ध्यान न देकर मैंने नोटिस की रसीद माँगी। तब उसने स्याही के पैड पर पाँव रख कर फिर उसकी मुहर कागज़ पर लगाकर मुझे रसीद दे दी।

उसके बाद गौरैया नोटिस का जवाब लेकर आयी। उसमें 'व्हेयर एज़' शब्द का प्रयोग ग्यारह बार किया गया था। इसके अलावा, अन्त में उपनिषद् में से एक उद्धरण भी दिया था। उसका मतलब इस प्रकार था : "मनुष्य के दो पैर होते हैं, दो कान होते हैं और आँखें भी दो ही होती हैं।"

इस सख़्त जवाब से मैं बिलकुल नहीं डरा, व्हेयर एज़ शब्द से आरम्भ से लेकर अन्त तक भरा हुआ नोटिस मैंने फिर उसे दिया। नोटिस के अन्त में 'ने बुकउनेझर' और 'खतरनाक' इन दो सख़्त शब्दों का प्रयोग मैंने किया था।

इस तरह हमारा झगड़ा रंग लाने लगा। एक दिन मैं अपने बच्चे को कौआ-गौरैया की कहानी सुना रहा था। "कौए का घर था गोबर का और गौरैया का घर था मोम का···"

इतने में गौरैया वहाँ आकर बोली, "नहीं रे बेटा, गौरैया का घर मोम का बिलकुल ही नहीं होता। वह होता है घास के तिनकों का और रूई का।"

उसने अपना घर उसे दिखाया और उसके मन में मेरे प्रति जो आदरभाव था वह भी खतम कर किया।

इस घटना का बदला लेने के उद्देश्य से मैं '···उसकी (गौरैया की) आँखें कटोरी जैसी बड़ी' पंक्ति वाला 'अभंग' बार-बार रेडियो पर सुनने लगा।

गौरैया इस बात का निषेध करती थी, चहचहाट करती थी, लेकिन मैं बार-बार वही अभंग लगाता था। अगर रेडियो पर न लगता तो ग्रामोफ़ोन पर लगाता, मुझे लगता है कि तुकारामबुवा के साफ़े में भी गौरैया ने घोंसला बनाया होगा; और उसी समय उन्हें यह अभंग सूझा होगा।

ख़ैर, अन्त में रेडियो पर रखे मेरे लकड़ी के हाथी ने हम दोनों में समझौता कराया, उसमें यह तय हुआ कि गौरैया के बच्चे बड़े होने तक उसे मेरे हैट में रहने का अधिकार रहेगा। उसके बाद उसे पड़ोस के अरविन्द के हैट में घोंसला बाँधना होगा, दोनों पक्षों को अपने सख़्त शब्द वापस लेने होंगे।

इस झगड़े में मिली सफलता के कारण मेरा आत्मविश्वास बहुत बढ़ गया। एक दिन मैं गणित की सभी किताबों में से दशमलव भगा के ले आया और बच्चों द्वारा पूछी गयी गणित-समस्याओं को हल न कर पाने की स्थिति में माँ-बाप की जो बेइज़्ज़ती हो जाती, उससे मैंने उन्हें बचाया। आम तौर पर उसी समय मशहूर भावगीत गायक का गाना बोतल में भरकर एरडेल के रूप में बेचने का उद्योग प्रारम्भ किया। बाद में पूनम के दिन मैंने चाँद पर गोली दागकर उसे नीचे गिराया और किसी सिनेमा कम्पनी को किराये पर दिया। इधर चाँदनी नहीं दिखायी देती, उसकी वजह यही है। मुझे मालूम है कि खगोल-वैज्ञानिक इस बारे में बहुत चर्चा कर रहे हैं। लेकिन इस बात को लकर मैं लाइलाज था। सिनेमा के नक़ली चाँद देख-देख कर मैं पूरी तरह से ऊब गया था। लेकिन खगोल-वैज्ञानिक अगर अस्थायी चाँद चाहते हैं तो वह देने की व्यवस्था की जायेगी। उत्तर के लिए टिकट भेजकर पत्र-व्यवहार किया जाय, व्यवहार उचित लगा तो चाँद व्ही-पी० से भेजा जायेगा। मधुचन्द्र (हनीमून) के लिए भी चाँद दिया जायेगा। लेकिन शहद (मधु) हरेक को अपना-अपना लाना होगा।

ये सब बातें करते समय मेरा ध्यान अन्तर्राष्ट्रीय राजनीति की ओर आकृष्ट नहीं हुआ था। लेकिन परसों जब मैं दाढ़ी बनाने की ब्लेड लाने गया तब अचानक उस समस्या में उलझ गया।

दूकानदार से मैंने एक ब्लेड ले लिया और उसे एक आना देने लगा, तब दूकानदार बोला, "नहीं साहब ! डेढ़ आना देना पड़ेगा आपको।"

"फिर आपको भी आधा ब्लेड और देना पड़ेगा", मैंने चालाकी से कहा।

"वह बात नहीं है, ब्लेड की क़ीमतें बढ़ गयी हैं।" दूकानदार ने स्पष्ट किया।

"क्यों ?" ऊँची आवाज़ में मैंने पूछा।

"कोरिया में हो रहे युद्ध के कारण।"

"मतलब, आप यह कहना चाहते हैं कि कोरिया में अमेरिकन और चीनी

सैनिक आमने-सामने बैठकर एक-दूसरे की दाढ़ी बनाते रहते हैं ?"

मैंने उसकी ही बात का स्पष्टीकरण दिया।

"ना साहब, वे तो बन्दूकों से लड़ते हैं ।"

"सच है न ? फिर बेवक़ूफ़, तुमने ऐसा क्यों कहा कि वे सैनिक एक-दूसरे की दाढ़ी बनाया करते हैं ? लोगों के मन में अकारण गड़बड़ी मचाने और भय पैदा करने के कारण तुम्हें तुरन्त गिरफ़्तार कराना होगा।" मैंने उस आदमी को अच्छी तरह फटकारा।

बाद में मैं स्टालिन से मिलने गया। स्टालिन अपने ऐटम बम गिन रहे थे, और बिल्ली ने एक ऐटम बम्ब खा लिया था इसलिए उससे झगड़ा कर रहे थे।

मैं झट से आगे बढ़ा और मैंने स्टालिन के मुँह में रखा पाईप खींच लिया। वह चौंक गया।

मैंने कहा, "स्टालिन ! आजकल आप यह कैसी शरारत कर रहे हैं ? ऐटम बम्ब क्यों बना रहे हैं ?"

स्टालिन बोले, "मुझे ऐटम-बम्ब पसन्द हैं, उनकी बहुत बड़ी आवाज़ होती है।"

"लेकिन इससे दाढ़ी बनाने का ब्लेड महँगा होता जा रहा है, उसका क्या होगा ?" मैंने तीखा सवाल पूछा।

स्टालिन अचरज से बोले, "महँगा कैसे हो रहा है ? मेरी पंचवर्षीय योजना के अनुसार···"

मैंने गुस्से से कहा, "बेवक़ूफ़ ! तुम क्या यही कहना चाहते हो कि मैं पाँच साल के बाद दाढ़ी बनाऊँ ?"

"नहीं ! नहीं !" स्टालिन ने हिचकिचाते हुए कहा ।

"नहीं कैसे ? हाँ। और वह मुझे बिलकुल मंज़ूर नहीं।" मेरे इस कथन से स्टालिन निरुत्तर हो गया। वह एक ऐटम बम्ब को झेलता हुआ चुपचाप खड़ा रहा।

तब मैंने दुबारा कहा, "इधर लाओ उन सब ऐटम बम्बों को। मैं वे ज़ब्त करने वाला हूँ, और सुनो, ऐटम बम्ब का उत्पादन बन्द !"

फिर मैं उस बिल्ली को, जिसने स्टालिन के पास रखे उनचास ऐटम बम्ब खा लिये थे, लेकर जो निकला तो सीधे व्हाइट हाउस पहुँचा। प्रेसीडेंट साहब का चश्मा निकालकर मैंने कहा—

"क्यों जी हरिभाऊ सोमण ?"

"ना, हॅरी ट्रूमन।"

"नहीं, हरिभाऊ सोमण ही, ऐसा न होता तो आप मराठी में कैसे बोले होते ?" मैंने होशियारी से जवाब दिया।

इससे प्रेसीडेंट साहब लाजवाब हो गये और फिर उनके पास के दो सौ ऐटम बम्ब हासिल करने में मुझे ज़रा भी देर नहीं लगी।

ऐटम बम्ब का राज ऐसा है, आज सब ऐटम बम्ब मेरे पास हैं, यही वजह है कि जागतिक युद्ध प्रारम्भ नहीं हो सका है, और कोरिया में जो शस्त्रसन्धि के बारे में बातचीत हो रही है, उसकी वजह भी यही है।

इस दीपावली में हमारी बस्ती में बड़ा मज़ा आने वाला है, क्योंकि उस समय मैं एक साथ कई ऐटम बम्ब उड़ाने वाला हूँ, बस समस्या यही है कि उस बिल्ली के पेट के ऐटम बम्ब को कैसे जलाया जाय !

□□

तालाब में चाँदनी

सामने वाले सहजन की हर टहनी खिलकर वह बिलकुल शुभ्र हो गया है। कोमल फूलों से लहलहा उठा है। गदरायी कदली घौद के भार से तनिक-सी झुक आयी है। डूबते हुए दिन की धूप सीढ़ियाँ चढ़कर ऊपर आ रही है। हवा ठण्ड से भारी-सी हो गयी है। हवा की हलचल ऐसे हो रही है जैसे कोई गर्भवती सावधानी से क़दम उठाकर चल रही हो। सब-कुछ कितना शान्त है।

जाते समय जपाकुसुम की जो छरहरी बाँकदार टहनी तुमने अपने हाथ से सरका दी थी, वह अब भी छोर पर लगे लाल-लाल फूलों के साथ हौले-हौले हिल रही है। उस टहनी की ओर देखता हुआ मैं सुस्ती में लेटा हूँ। पैर को सहलाते हुए सोफ़े के हाथ पर टिके पंजे की ओर देखता हुआ; और तुम्हारी स्मृति उस छरहरी बाँकदार टहनी की तरह ही मेरे मन में हिलडुल रही है।

सदा की ही तरह घर के बाहर जाते समय तुम हड़बड़ी में पड़ गयी। चौके की सफ़ाई, कढ़ाई-बुनाई सब करने के बाद शाम की रसोई की तैयारी करनी थी—गृहस्थिन के कभी ख़त्म न होनेवाले काम निबटाते समय घड़ी का काँटा कितना आगे दौड़ता जाता है। उसके बाद साज-सज्जा। जल्दी हो तो बालों का घुमाव ठीक से नहीं जम पाता। आँचल कन्धे से जितना नीचे लटकना चाहिए उतना नहीं लटकता। इस कारण से देर हो रही थी। इतने में मैं अचानक घर आया। आँखें फाड़कर और कुछ चुभती-सी बात कहकर तुमने मेरा स्वागत किया। फिर मेरे मुँह देखे नकार पर भी मन की बात पहचानकर तुमने जलपान कराया और त्वरा में बाहर आ गयी। बाहर जाते समय तुमने मुड़कर पीछे देखा तब चेहरे पर कुछ नापसन्दगी का-सा भाव था, लेकिन आँखों में अभिप्राय था : 'कैसी दिख रही हूँ मैं ?'

अभी-अभी तुम गयीं। अभी भी तुम्हारे स्पर्श से हिली जपाकुसुम की वह टहनी हिल रही है, और मेरा मन अनेक मधुर स्मृतियों और भावनाओं से उस खिले हुए सहजन की तरह बौरा गया है। यह नहीं कहा जा सकता कि ऐसा क्यों हो रहा है। लेकिन इतना तो सही है कि कोई प्रसंग, कोई क्षण मनुष्य के हृदय को

आर्त बनाकर छोड़ता है।

अब मैं चाहता हूँ कि तुमसे खूब-खूब बोलूँ। जो बोलता नहीं होता, वह अब मूक रहने को तैयार नहीं है। जो शब्दों से वाक्य होने में संकोच-सा अनुभव कर रहा था वह सब अब मुग्धता के कोश से तितली की भाँति बाहर पड़ना चाहता है। मुझे मालूम है कि मन की यह अवस्था बहुत समय तक नहीं टिकती। इसलिए जैसा स्मृति में आयेगा, जैसा सूझेगा, वैसा सब तुम्हें तुरन्त बताना होगा, भावनाओं की इस वृष्टि से तुम्हें आमूलचूल भिगो देना होगा। इसलिए तुम्हारा यहाँ होना जरूरी था, लेकिन नहीं, तुम होतीं तो अपने एकान्त का भंग हो जाना, शब्दों की फूलपाँखियों के पंख तुम्हारी उपस्थिति के स्पर्श से गल गये होते—जो कहना था वह शायद न कहा जाता। इसलिए तुम जब यहाँ नहीं हो, मैं वह सब तुम्हें कहे देता हूँ। इस विश्व में कुछ भी नष्ट नहीं होता। अगर यह सही है तो मेरा कहना भी शेष रहेगा। कभी-कभार, तुम्हारे कानों पर आ जायेगा और शायद तुम्हें पहले से ही मालूम भी रहा होगा।

लग रहा था कि कह सकूँगा। लेकिन अब शुरुआत करते ही हड़बड़ा जाता हूँ। फूलपाँखियों के पंख अभी से गलने लगे, आर्तता की कशिश इतने में ही पोली पड़ने लगी। कितनी विचित्र बात है यह! मूर्त से अमूर्त सदैव सुन्दर है फिर भी अमूर्त मूर्त होने के लिए सदैव उत्सुक रहता है।

मैं कहना यह चाहता हूँ कि तुम मुझे बहुत ही अच्छी लगती हो। पहले-पहल जब पीठ पर दो वेणियाँ छोड़कर अपने विपुल केश सँभार और विपुल यौवन की ठसक में कॉलेज के कॉरिडार में चलते हुए मैंने तुम्हें देखा था, तुम मुझे बहुत अच्छी लगी थीं। तुम्हारी केशराशि पर नीली आभा थी। तुम्हारे नीले नयनों में स्वातन्त्र्य का मतवालापन था। तुम्हारे गठन में उत्पादक ठाठ था और तुम्हारी चाल में स्वच्छन्दता का लचीलापन।

तुम्हें पहली बार जब मैंने देखा, तब मैं मन्त्रमुग्ध ही हो गया था। अति चिकित्सा करने की अपनी पुरानी लत मैं तब भूल ही गया था। तुम्हारे एक हाथ में कुहनी तक भरे कंगन खिलखिल पड़े थे और मेरा मन विचलित हो उठा था। नखाग्रों से तुमने गाल पर आयी लटों को सँवारा और मेरी भावनाएँ बौरा गयी थीं। अपनी ढीठ चमकीली नजर से तुमने मेरी ओर ठण्डेपन से देखा था और गर्मी का एक प्रवाह मेरे मस्तिष्क की ओर दौड़ गया था। मुझे तुम्हारी चाह है—इस एकल उत्कट इच्छा से जैसे मैं बावरा हो उठा था।

तुम आँख ओट हो गयीं और मैं बेचैन हो उठा। तुम पुनः दिखीं और मैं और भी अधिक बेचैन। वह एक ही तीक्ष्ण इच्छा मेरे मन को सतत सालती रही। कितना दुःख गया था मेरा मन! और कितना सुखी-सुखी भी हो गया था!

बीच में ही सन्तुलन खोकर गिरा हुआ मेरा चिकित्सक स्वभाव पुनः सँभल-

कर बैठ गया और अपने आधे शीशे के चश्मे से तुम्हारी ओर देखने लगा। लेकिन उस खूसट बूढ़े को भी तुममें कोई खोट निकालने का साहस नहीं हुआ। उलटे इस चिकित्सक विवेक की सौन्दर्य-दृष्टि बन गयी और वह तुम्हारे सौन्दर्य के अनेकानेक वैशिष्ट्यों को छापने लगी। तुम मुझे इतनी क्यों भा गयीं—यह मैं अधिकाधिक समझने लगा। कम-से-कम ऐसा प्रतीत तो होने लगा। तुम मुझे भा गयी क्योंकि तुम्हारे बालों पर नशीली नीली आभा थी। काले बालों पर यह नीली छटा कैसे उत्पन्न हुई ? पुनः-पुनः निरखने पर भी यह समझ में नहीं आ रहा था। और इसी कारण से तुम्हारा आकर्षण बासी नहीं पड़ता था, तुम्हारी आँखों में मस्ती थी और वह भी स्वास्थ्य की। कॉलेज की दकियानूसी लड़कियों की आँखों में जो दुर्बल छिछोरापन होता है, वह नहीं था। तुम्हारे बर्ताव में मुक्तता थी, चॉकलेट का चीमड़ मीठापन नहीं था। तुम्हारी चाल में नैसर्गिक स्वच्छन्दता थी, थोथा नखरा नहीं। तुम्हारी मग़रूरी और अकड़ को देख गुस्सा तो आता था लेकिन वह आर्कषित भी करता था। तुम कहीं भी होतीं तो भी तुम्हारे अस्तित्व का एहसास होता ही रहता। तुम्हारा अपना खास व्यक्तित्व था। इसी बात के कारण तुम मुझे बहुत भा रही थी। लेकिन तुममें कुछ और भी था—मुझे खींचने वाला, लुभाने वाला; और इसीलिए मुझे तुम्हारी चाह थी। मनुष्य मनुष्य से क्यों जुड़ते है, यह एक खास सीमा तक ही बताया जा सकता है। उसके बाद वह समझना पड़ता है।

तुमने मुझे आकर्षित किया, मुग्ध किया और इसलिए तुमने मेरे अहंकार को ठेस पहुँचायी। मैं यह स्वीकार करने को तैयार नहीं था कि मुझे तुम्हारी ज़रूरत थी, मुझे तुम्हारी चाह थी। मैं तुमसे कटा-कटा-सा रहने लगा और इसी समय तुम मेरी ओर आकर्षित होने लगीं। क्यों ? मुझे यह अब तक समझ में नहीं आया। लेकिन कारणों की चिकित्सा करता था मैं। तुम्हारा उस सबसे क्या लेना-देना ! मैं तुम्हें अच्छा लगा और तुमने सहज ही मुझसे क़बूल किया।

यों ही तुम्हारी और मेरी लायब्रेरी में भेंटें होने लगीं। कॉलेज से बाहर मिलने की तुम्हारी और मेरी वेलाएँ एक होने लगीं। मैंने कभी कहा कि मुझे अमुक रंग पसन्द है, तो दूसरे ही दिन उस रंग की साड़ी तुम पहनकर आयीं। मुझे अच्छी लगनेवाली पुस्तकें तुम उत्साह से पढ़ने लगीं। और मुझे मालूम हुआ कि मेरा पक्ष लेकर तुम औरों से झगड़े भी करने लगीं। तुम अपने तईं यह सब सफ़ाई के साथ करती थीं कि अपने प्रेम की ज़रा भी भनक मुझे न लगे। यह स्वाभाविक था कि नारी-रीति की भाँति ही तुमने भी व्यवहार किया। लेकिन पगली ! तुम्हारे ध्यान में यह भला क्यों नहीं आया कि इतनी धूर्तता तुमसे नहीं हो सकती ? बाद में एक बार तुमने भोलेपन से पूछा था, "मुझे आप अच्छे लगते हैं, यह आपको कैसे मालूम हुआ ?"

उस पर मैं हँसा था। लेकिन सच कहूँ? तुम्हारे इस सरलपन के कारण ही तुम मुझे प्रिय हो गयी थीं। अब भी जब तुम मुझे छोटे-छोटे धोखे देती रहती हो तब वह झट से मेरे ध्यान में उतर आता है। लेकिन तुम उदास नहीं हो जाओ इसलिए मैं ठगे जाने का आभास पैदा करता हूँ और वैसा आभास करते हुए मेरा मन यों ही भर आता है।

कितनी मिन्नत से बरतती थी तब तुम मुझसे! छोटी-छोटी बातों में भी मेरा मन पहचानकर बरतने का प्रयत्न करती थी। तुम प्रेम के सामने लीन होना, प्रेम करना याने देना, जितना दिया जा सके उतना देना और उस देने में आनन्द अनुभव करना तुम्हें जैसे अपनेआप ही मालूम था, तुम्हारा मन निर्मल था, भावनाएँ ठूँठ नहीं हो गयी थीं, इसीलिए तुम ऐसा कर सकीं और उसी समय अपने को अधिक विवेकवान समझनेवाला मैं तुम्हारे प्रेम पर अपने अहंकार को पुष्ट कर रहा था। तुम पर प्राप्त हुए अधिकार का दुरुपयोग करता था। तुम्हें झुकाने में, दुःख देने में आनन्द मनाता था। असमय मिलने के लिए तुम्हें विवश करता था, घण्टों तक तुम्हें प्रतीक्षारत रखता था, तुम्हारे बारे में सन्देह भी करता था।

मैं तुम्हें प्यार नहीं करता था इसलिए मैं ऐसा करता था, यह बात नहीं थी प्रिय। तुम्हें उस समय मैं बहुत-बहुत चाहता था, उस समय मैं प्रेम के लिए लालायित था। और परिस्थिति से प्राप्त तथा मेरे अपने द्वारा निर्मित दुःखों से कटुतापूर्ण बनी मेरी वृत्तियों को यह सच ही नहीं प्रतीत होता था कि तुम मुझे प्यार करती हो—सचमुच सच्चा प्यार करती हो। मेरा प्रेम निरा आकर्षण मात्र नहीं था। मेरे समूचे जीवन को खँगालने वाला वह एक गम्भीर अनुभव था; और हृदय में संचित समस्त कटुता, समूचा गुस्सा निकाल दिये बिना वह प्रेम व्यक्त नहीं हो सकता था। मेरा प्रेम प्राप्त करने के लिए मेरे सारे दुःख और सारी कटुता तुम्हें प्राशन करनी पड़ी, ठीक उसी तरह जिस तरह नीलकण्ठ ने विष प्राशन किया था। मेरे प्रेम की यह विचित्र रीति देखकर तुम हकबकायीं, सिटपिटायीं और खूब खीझी भी, लेकिन मेरे प्रति तुम्हारा प्रेम क़ायम रहा।

याद आते हैं तुम्हें वे दिन? अब मुझे वे ऐसे दिख रहे हैं जैसे नजर के सामने प्रत्यक्ष हो गये हों। उस समय के सारे सुख-दुःख अभी भी तुम्हारे शरीर से लिपट जाते हैं। निश्चित स्थान पर तुम ऊबी-थकी-सी मेरी प्रतीक्षा करती हुई खड़ी रहतीं। सदैव किसी-न-किसी कारण से मुझे विलम्ब होता। कितना म्लान होता था तुम्हारा चेहरा, और मुझे देखते ही कैसे आलोकित-सा हो जाता! मुझसे खूब-खूब गुस्सा करने का निश्चय तुम किया करती थीं, लेकिन मुझे देखते ही सब कुछ भूल जाती थीं। गुस्सा तो न जाने कहाँ लापता हो जाता था और हँसी फूट निकलती थी। अधीरता से बातें शुरू होतीं, बाँकपन से तुम मुझे बतातीं कि मुझे खास तौर पर अच्छी लगने वाली साड़ी तुमने पहनी हुई है। यह भी कहतीं कि पूरे दिन तुम मुझे कैसे-कैसे याद

करती रहीं, अपने सपने भी बता देतीं। घर से निकलते समय हुई हड़बड़ी और उसके कारण औरों द्वारा किये गये कटाक्ष के बारे में बता देती थीं। तुम जो भी कुछ उस समय बोलती थीं वह मुझे मधुर लगता था। किसी विषय पर तुम बकबक करती थीं परन्तु कहती तो कुछ और ही सामान्य के आवरण के नीचे कुछ असामान्य-सा, अद्भुत-सा व्यक्त होता रहता, और वह सब अतृप्त-सा कान लगाकर मैं सुनता रहता। अद्भुत और असामान्य-सा क्या था वह ? एक मनुष्य दूसरे से जी लगाये, मनुष्य की अकेली अवरुद्ध आत्मा को प्रीति के गवाक्ष से दूसरी आत्मा के दर्शन हों, दोनों के सुख-दुःखों की सुरावट जम जाये, एक की छाया में दूसरा विश्राम करे—इससे अद्भुत और क्या हो सकता है ?

उस अद्भुत की तन्द्रा में ही हम भटकते रहते, लेकिन हमें पता ही नहीं चलता था कि हम कितना चलकर आये। हम थिएटर में जाते थे लेकिन सिनेमा नहीं देखते थे; होटल में जाते लेकिन खाते कुछ नहीं थे, लोग हमें देखते लेकिन हम लोगों को नहीं देखते थे। उस समय समुद्र किनारे पर एकत्र बैठकर हमने जो सूर्यास्त देखे, वे कितने भव्य थे ! उस समय आकाश के लाल रंग की छटा लबालब भरे सागर के लहराने वाले पृष्ठ भाग पर जिस तरह उतरती थी, उस तरह अपनी उत्कट भावनाओं में भी वह प्रतिबिम्बित होती थी, सूरज के डूबने पर आकाश खाली सीप जैसा दिखने लगता था तो कैसा रिक्त-रिक्त-सा लगता था, सब कुछ खोया-खोया-सा लगने लगता था। नारियल के पेड़ हिलते तो हमारे मन भी हिलने लगते थे। एकाध बादल अकेला-अकेला आकाश में तैरता चला जाता तो हम भी कहीं दूर निकल जाते। बालू में अंकित चरण और उनमें उमगा गीलापन—इनको कितना निगूढ़ अर्थ प्राप्त हुआ था उस समय ! तुम बालू में रेखाएँ खींचती होतीं तब टकटकी लगाकर मैं उनमें कौन-सा अर्थ खोजता था ? और उस समय तुम मुझे इतनी रमणीय लगती थीं कि तुम्हें स्पर्श करने में भी मुझे डर-सा लगा रहता।

यह सब तुम्हें याद आता है ? वेदना देनेवाला उस समय का यह सुख तुमने भी अपने हृदय में संचित कर रखा है ?

और उस समय के वे हमारे झगड़े ? कितना स्वार्थी बना था मैं उस समय ? मेरी मनःस्थिति से तुम्हारी मनःस्थिति ज़रा-सी कहीं न जुड़ पाती थी। मुझे जो अपेक्षित था वह प्रत्युत्तर तुम न दे पातीं, मेरे सिवा दूसरी कोई भी चीज़ तुम्हें महत्त्व की लगती है, ऐसा ज़रा सन्देह भी मुझे होता तो मैं कितना नाराज़ होता, कितना चिढ़ता, कितना निराश होता। मेरे शब्द कितने विलक्षण धारदार बन जाते थे उस समय। शब्द-से-शब्द टकराता और सभी चीज़ों का विपरीत अर्थ तैयार हो जाता। बिल्ली के पैरों की तरह मृदु भावनाओं से कठोरता के नाखून बाहर आते। कितनी क्रूरता से एक-दूसरे को घायल करते थे हम। इच्छा न रहते हुए भी झगड़े के प्रवाह में हम एक-दूसरे से दूर हो जाते। बात को तुम सतत फाँट

देती और मैं तर्क की कुल्हाड़ी से उनको काटता हुआ उस दिशा में तुम्हें ले जाता जिधर मैं चाहता होता। शब्दों का कितना बड़ा जाल पैदा होता और ज़िद्दीपन से एवं ऊबडूब कर हम (विशेषत: मैं) उसे सुलझाते रहते। आख़िर लगता था कि ख़त्म हुआ, सब कुछ ख़त्म हुआ, प्रेम के सारे धागे हमने तोड़ डाले और अपने रास्तों से चले जाना ही अब बाक़ी बचा है।

लेकिन प्रेम और आकर्षण के चीमड़ धागे सुरक्षित रहते, और गुस्से का खिंचाव ढीला होने पर हमें खींचकर निकट ले आते। एकाध हाल-चाल, एकाध दृष्टिक्षेप, एकाध शब्द—और हम दोनों पुन: एकत्र हो जाते। अपने आप को दोषी ठहराने में फिर स्पर्धा प्रारम्भ होती। प्रेम की क़समें खाते, हाथ में हाथ मिलते। वैसे देखा जाय तो यह प्रेम की तयशुदा पद्धति है। लेकिन अपना रास्ता अपने ही को नहीं खोज निकालना पड़ा? अपना सब कुछ अनोखा नहीं था?

याद आता है प्रिय, तुम्हें वह सब? जुहू की रेत में, वरली के समुद्र किनारे पर, हैंगिंग गार्डन के गुच्छेदार वृक्षों की छाया में हमने जो झगड़े किये, जो कनबतियाँ कीं, भावनाओं की मेहराब से अपने को जोड़नेवाले इन्द्रधनुष रचे—क्यों, वे सब स्मरते हैं तुम्हें?

हमारे उन झगड़ों से तुम्हारे नाज़ुक निर्मल मन को ज़ख़्म हुए। उनके व्रण अब भी दिखते हैं और खेद हो आता है। सचमुच, मैंने ख़ूब-ख़ूब छला न तुमको? और उन ज़ख़्मों के भरने के लिए पर्याप्त प्रेम मैंने तुम्हें क्यों नहीं दिया? यह प्रश्न मेरे मन को बहुत व्याकुल करता है। लेकिन उसका सही उत्तर मुझे तुमसे कभी नहीं मिलने वाला है। तुम सिर्फ़ हँसोगी, मुझे थपथपाओगी और कहोगी, "पागल हो!"

तुम्हारे साहचर्य से, तुम्हारे प्रेम से, तुमसे किये झगड़ों से मुझसे तब कितना आश्चर्यजनक और सुखद फ़र्क़ पड़ रहा था। मेरे मन की कटुता की निकासी हो रही थी। मेरी वृत्ति की शुष्कता पिघल-सी जा रही थी। मनुष्यों से मैं जुड़ता जा रहा था। मेरे व्यक्तित्व में चारों ओर से नयी लाल और हरी कोंपलें फूट रही थीं। मैं हँसने लगा था। बचकाने व्यवहार करने लगा था, गम्भीरता की भारी पगड़ी सिर से उतर गयी थी। तरुण होकर भी तरुणाई के जिन आनन्दों से मैं वंचित-सा रह गया था वे मुझे पुन: प्राप्त हो रहे थे। आई वाज़ हैप्पी, यू मेड मी हैप्पी।

और फिर हमारी शादी हो गयी। चार लोगों के सामने हमारे हाथ मिल गये, एक सामाजिक रस्म पूरी हो गयी। दो तरुण व्यक्ति विवाह करके सामाजिक परम्परा की चौखट में बैठ गये, इस बात का सबको आनन्द हुआ और पेड़ पर फूल आ जाय, तालाब में चाँदनी फैल जाय, उस तरह तुम मेरे घर में आ गयीं।

मुझे बहुत तीव्रता से लग रहा था कि नववधू प्रवेश करे तो अपने नये घर में ही। आज भी लगता है। एकत्र परिवार का काव्य मैं समझ सकता हूँ। नहीं, मैंने

उसे अनुभव भी किया है, लेकिन अपना खुद का नया स्वतन्त्र घर बनाने वाले तरुण व्यक्तियों के जीवन का काव्य उससे भी सुन्दर होता है—बिवाह ऐसा क्षण होता है कि तब पुराना और नया दोनों को चाहिए कि एक-दूसरे से दूर हों। दोनों के लिए वह इष्ट भी होता है और हितकर भी इसलिए मैंने खूब प्रयत्न किया कि हम दोनों का एक अलग, नया घर हो। लेकिन जगह की आम अड़चनों के कारण वह सम्भव नहीं बन सका। नववधू का जैसा स्वागत करना चाहिए, वैसा मैं नहीं कर पाया इसलिए कितना उदास बन गया था मैं !

लेकिन निराशा हुई, अड़चनें आयीं, मात्र इससे जीवन तो कहीं अवरुद्ध बन कर नहीं रहता। उसी टेढ़ी-मेढ़ी परिस्थिति के बीच टकराता, रपटता, फटता वह आगे प्रवाहित होता रहता है। हमारे जीवन की स्थिति भी वैसी ही बनी। उस प्रतिकूल परिस्थिति में हमने अपने जीवन पूर्णतः जोड़ने के प्रयोग को आरम्भ किया। हाथ-में-हाथ लेकर जुहू के किनारे पर घूमना और प्रेम की क़समें खाना अलग होता है और दो व्यक्तियों का एकत्र उठना, बैठना, खाना अलग चीज़ होती है। चाँदनी रात में परस्पर सटकर निःशब्दता में बैठना अलग होता है और उसमें हैरान करनेवाली, ऊब पैदा करनेवाली दोपहरी में एक-दूसरे के प्रति गुस्सा संयत करना अलग होता है। बोलते-बतियाते समय प्रियतम के शर्ट का बटन घुमाना अलग और उसके खोये हुए बटनों को खोजना अलग। अलग-अलग आदतों और अलग-अलग रुचियों में मेल बिठाना पड़ता है। प्रेम के सपने को व्यवहार के ईंट-पत्थरों से साकार करना होता है। ये कठिन बातें हमें करनी हैं, इसका भान मुझे था और उस कारण से मैं बहुत घबरा भी गया था।

लेकिन तुमने वह सब आसान कर दिया। तुमने मुझे बदलने दिया ही नहीं। अपने जीवन की जो आकृति मैंने रची थी, उसके ही अनुसार तुमने अपने जीवन को ढाल लिया। यह देखकर कि मैं महत्त्वाकांक्षी हूँ, तुमने अपनी आकांक्षाओं को पोंछ डाला। मैं अपने जीवन को बाहर विस्तार देना चाहता हूँ, यह देखकर ही तुमने अपने जीवन को चाहरदीवारी में क़ैद कर लिया। मेरा अहं न आहत हो, इसलिए तुमने अपनी ओर से झुक जाना स्वीकार किया। कितनी ही अपनी आदतों को तुमने छोड़ दिया। यह करते समय कभी तुम गुस्सा हुईं, चिढ़ भी गयीं। फिर भी कुल मिलाकर यह सब तुमने कितनी सहजता से किया? केवल हिन्दू नारी ही इतना बड़ा त्याग इतनी सहजता से कर सकती है। क्यों किया तुमने यह सब? तुम्हारी समूची विद्रोही भाषा के पार्श्व में हिन्दू स्त्रियों की सैकड़ों वर्षों की परम्परा सुरक्षित थी, इसलिए तुमने यह सब किया या केवल अगतिकता में? बिना ऐसा किये अपनी गृहस्थी चलेगी नहीं, स्त्री के जन्मजात सयानेपन के फलस्वरूप तुमने जाना या मुझसे तुम्हारे प्रेम ने यह करवाया? इतना प्रेम करती हो तुम मुझसे? इतना अच्छा लगता हूँ मैं तुम्हें?

असल में तुम्हें ऐसा नहीं करना चाहिए था। कम-से-कम इतनी सहजता से तुम्हें नहीं करना चाहिए था, क्योंकि उसके कारण यह मैं भूल ही जाता हूँ कि तुमने मेरे लिए इतना बड़ा कुछ किया है। उसके लिए जैसी कृतज्ञता होनी चाहिए, वैसी मुझमें नहीं होती। लेकिन कभी-कभी ऐसा भी लगता है कि ऐसी कृतज्ञता मुझमें है अथवा नहीं, इसकी तुम्हें परवाह ही नहीं है। प्रेम करने में, मेरे लिए कष्ट उठाने में और मेरी फ़िक्र करने में ही तुम्हें आनन्द आता है। तुम पहले तो ऐसी नहीं थीं, फिर कैसे बदल गयीं तुम? इतनी अल्हड़ और बालक-सी लगती थीं तुम। फिर मन का यह बड़प्पन आया कहाँ से तुममें?

पुनः-पुनः मैं तुमसे कहना चाहता हूँ कि कितना सुखी बनाया है तुमने मुझे? दुःखी होने की मुझे ही इतनी आदत बन गयी थी कि आज भी बीच-बीच में मुझे दुःख की हिचकियाँ आती रहती हैं। कभी अकारण तो कभी सकारण। लेकिन ऐसे अनेक दिन बीतते हैं कि दुःख का भान भी मुझे नहीं होता। मैं सिर्फ़ सुखी होता हूँ, अपना गत तीन वर्षों का सहजीवन कितनी सुखद स्मृतियों से भरा पड़ा है। वे स्मृतियाँ जब उत्तेजित होती हैं तब सुख की वर्षा-सी शरीर पर होने लगती है। सुख से भीगकर मैं पूरा तर हो जाता हूँ। मुझे एक बार घर आने में विलम्ब हुआ। रास्ते में मुझे आते देखकर तुम रोती हुई ज़ीने पर दौड़ी चली आयीं और मुझे कसकर पकड़ लिया—वह प्रसंग मुझे याद आता है। कितनी कातर और बावरी-सी बन गयी थीं तुम उस समय? तुम साँस को रोक नहीं सक रही थीं और हाथ छोड़ने को तुम तैयार नहीं थीं। मुझसे बहुत झगड़ना चाहती थीं तुम लेकिन सिर्फ़ मेरी ओर देखती हुई रोती ही जा रही थीं और फिर पहले दिन झगड़ा नहीं कर सकी थीं इसलिए दूसरे दिन ग़ुस्सा किये बैठी रहीं। गाल कैसे फूल गये थे तब तुम्हारे! तब उस प्रसंग में दुःख का अंश ही अधिक था। लेकिन अब उसकी स्मृति मुझे सुख से नहला देती है।

याद है तुम्हें? एक बार मैं जब सोया था तब मेरे मुँह पर हाथ फेरकर तुम मुझसे कुछ बोल रही थीं। आँख मूँदकर कुछ समय के लिए मैंने वह सुख वैसे ही भोगा और फिर मैंने एक ग़लती की। जहाँ नहीं करनी चाहिए थी वहाँ शरारत की और आँख खोलकर हँस पड़ा था। बाप रे बाप! कितनी ग़ुस्सा हो गयी थीं तुम उस समय। कितना ज़बर्दस्त निश्चय किया था तुमने उस समय मुझसे बात न करने का, मुझसे कभी प्रेम न करने का! और हाथ झिटककर कितने निग्रह के साथ मुँह फेरकर सो गयी थीं तुम! लेकिन यह कितना थोड़ी देर के लिए। कुछ समय के बाद यह जानकर कि मैं सो गया हूँ तुम फिर मेरी कोख में घुस गयी थीं और उस समय मैंने आँख खोलने की ग़लती क़तई नहीं की थी।

और हमें जगह मिल गयी, हमारा अपना अलग घर हमने खड़ा किया—तब हर्ष से कैसी पागल बन गयी थीं तुम! छोटे बच्चे की तरह तुम नाची, हँसी, सतत

गाने गुनगुनाती रहीं और अपना घर सजाना, लोगों को अपने घर आमन्त्रित करना, अपने घर के बारे में बोलना, योजनाएँ बनाना—इन सब बातों में तुम कितनी रम गयी थीं, कि किसी बात का भान ही नहीं रहा था तुम्हें। कितनी पढ़ी-लिखी हों, औरतों को अपने घर का कितनी बड़ा शौक़ होता है। कौन-सी गहरी प्रेरणा से बरतती होंगी वे? घर कितनी सुन्दर वस्तु है और पत्नी को 'घरवाली' कहा जाता है, उसमें कितना काव्य है, यह मुझे तब समझ में आया, जब घर मिलने की ख़ुशी में तुमने मुझे जो आलिंगन दिये, उनसे मेरा शरीर अभी भी रोमांचित है।

तुम्हारे एक शौक़ को लेकर तो मुझे हमेशा बड़ा कौतुक बना रहा है। अपने पास के पैसे से तुम मेरे लिए हमेशा कुछ-न-कुछ ख़रीदती रही हो। कभी कपड़ा, कभी फाउंटेनपेन, कभी ऐश-ट्रे। मेरे व्यवहारी मन को तुम्हारी इस आदत से हँसी आती थी। लगता था, क्यों यह अनावश्यक झंझट मोल लेती है? क्यों मैं स्वयं वस्तुएँ नहीं ख़रीद सकता? अपने पैसे से अपने शौक़ पूरे करने के स्थान पर मेरे शौक़ क्यों पूरे कर रही है यह? बहरहाल, कभी-कभी तुम्हारे कपड़े का चुनाव कुछ ऐसा रहता था कि उसका शर्ट बनवाकर पहन लेने पर दो-चार दिन मित्रों के लिए मैं मज़ाक़ का विषय बनता था। इसलिए मैं तुम पर हँसता था, तुम पर चिढ़ता भी था। ना, ना, वैसे अब भी हँसता हूँ, चिढ़ता हूँ। फिर तुम मायूस होती हो। ख़ूब ग़ुस्सा करती हो और बड़बड़ाती जाती हो—"तुम्हें किसी बात का शौक़ भी नहीं है, न कौतुक करना ही आता है।" फिर निश्चय करती हो कि अब मेरे लिए तुम कुछ नहीं ख़रीदोगी। उसका मुझे हर दिन भान भी करा देती हो। और फिर एक दिन घर आने पर तुम्हारा चेहरा बड़ा ही उत्सुकतापूर्ण दिखता है। बड़े प्रयास से तुम कुछ बताने की इच्छा को संयत करती हो। उत्साह से कुछ अलग ही बोलती जाती हो। लेकिन यह सारा दिखावटी हृदय बहुत देर तक नहीं टिकता—मैं कोट निकालता ही हूँ कि तुम बोलती हो, "मेज़ पर देखिए क्या मज़े की चीज़ रखी है" और फिर उस 'मज़े की चीज़' का कौतुक करने के लिए अपना पहले से ही क्षीण उत्साह इकट्ठा करना पड़ता है।

तुम्हारा मेरे प्रति प्यार इस तरह तुम्हें मधुर भान देता है। और पागल मैं तुम्हारे इस बर्ताव को पागलपन समझकर हँसता रहता हूँ।

तुम्हारी यह भी इच्छा रहती है कि बीच-बीच में मैं तुम्हारे लिए कुछ ले आया करूँ। बहुत नहीं तो कम-से-कम वेणी ही ले आऊँ। लेकिन अपने लिए भी ख़रीदने की जिसे ऊब हो उसे यह कभी जमने वाला नहीं है—नहीं लगता कि कभी जम जायगा। इस बात का तुम्हें दुःख होता है, ग़ुस्सा आता है। लेकिन तुम इतनी अभिमानिनी हो कि अपनी यह इच्छा कभी बोलकर व्यक्त नहीं करतीं, चुप रहती हो, प्रतीक्षा करती रहती हो। यह तो मौन का व्रत ही तुमने ले रखा है

तुम्हारे मन का यह सब मुझे मालूम है।

लेकिन नहीं, ऐसा कुछ कहने पर तुम बहुत गुस्सा होती हो, यह मुझे मालूम है। तुम्हारे मन का सब कुछ मैं जानता हूँ, यह बात तुम्हें बहुत अपमानजनक लगती है। अपना मन इतना पारदर्शक हो, यह तुम्हें कुछ हेय लगता है। लेकिन सच कहूँ? तुम ऐसी सरल सीधी हो इसीलिए मुझे तुम बहुत प्यारी लगती हो।

तुम इतना प्यार करती हो। मेरे लिए त्याग करती हो, फिर भी पैसे के मामले में तुम हिसाबी हो। मुझे दिये हुए पैसे झगड़ा करके वसूल करने में तुम्हें बड़ा आनन्द आता है। मैं घूमने जाता हूँ तब सिगरेट पीने के लिए एक आना देते हुए तुम्हें अपनी सारी उदारता इकट्ठी करनी पड़ती है। पूरे महीने में तुमने कितने आने मुझे दिये, इसका पहाड़ा पढ़ने का अवसर तुम बिलकुल नहीं खोतीं। और अन्य पुरुषों की भाँति मेरी ज़ेब में रेज़गारी नहीं होती और वॉशिंग कम्पनी में कपड़े धोने के लिए देते समय वह तुम्हें नहीं मिलती, इसका तुम्हें बहुत ही दुःख होता है। ऐसे चार आने तुम्हें मिल जायँ तो तुम्हें इतना आनन्द होता, जितना फेरीवाली से उत्तम सौदा करने से होता है। तुम्हारी दृष्टि में यह गृहस्थी की आवश्यक रस्म है और अन्यों के जीवन में जो घटित होता है वह अपने भी जीवन में घटना ही चाहिए, यह ज़नाना शौक़ तुम्हारे मन में बहुत बड़े पैमाने पर है। इसीलिए तुम इन छोटे-छोटे कारणों को लेकर मुझसे रूठती हो और तुम्हारा यह रूठना मुझे इतना अच्छा लगता है कि ज़ेब में पैसे न भूलने की ख़बरदारी मैं लेता रहता हूँ। तुम ऐसे रूठती हो तो तुम्हारे गुलचा लेने में कितना मज़ा आता है।

तुम्हारा गणित बड़ा मज़ेदार है। डिब्बा मुफ़्त में मिलता है, इसलिए तुम महँगी चाय ख़रीदती हो, सुन्दर बोतलें अपने पास इकट्ठा हों इसलिए अनावश्यक दवाइयाँ ख़रीद लेती हो और मुझे लेने की सिफ़ारिश भी करती हो। मेरे कपड़े फटते नहीं और फेरीवाले को देना सम्भव नहीं होता इसलिए भी ग़ुस्सा करती हो। घड़ी सदैव हाथ पर बाँधकर घूमती हो लेकिन उसे चाभी देना भूल जाती हो—मेरा यह पगला मेमना ऐसा उलटा हिसाब करता है।

ऐसी कितनी यादें बताऊँ? जैसे छत्ते से मधु टपकता है। उसी तरह इन सभी यादों में से तुम्हारा प्रेम और सुख टपक रहा है। अपने प्रेम से तुमने मुझे दबैल-सा बना रखा है। इतनी दृढ़ प्रकृति मेरी लेकिन इधर लगने लगा है कि तुम्हारी बात न सुनने में कुछ गुनाह है।

और अब एक नये ही पाश में तुम मुझे जकड़कर रखने वाली हो, तुम्हारा शरीर अब भरा हुआ है। स्वच्छन्द चाल में ज़िम्मेदारी का एहसास रच-पच गया है। तुम्हारी नज़र अब स्थिर हो गयी है। तुम्हारी वृत्ति अब भावुक और गम्भीर हो गयी है। किसी प्रकार के भय से तुम ग्रस्त होती हो और मुझसे सट जाती हो। एक नये अधिकार से तुम मुझसे बोलती हो। एक नयी आशा से देखती हो।

एक नये भान से मेरी फ़िक्र करती रहती हो। मेरे बाल मसलती हो। मेरा मुँह अपनी कोख में छिपा लेती हो। यों ही मन में चिन्तित-सी रहती हो और मुझे भी चिन्तित करती हो।

अब तुम मेरे बच्चे की माँ होने वाली हो···

सामने के सहजन की हर टहनी खिलकर वह बिलकुल शुभ्र हो गया है। कोमल फूलों से लहलहा उठा है। गदरायी कदली घौद के भार से झुक आयी है। डूबते हुए दिन की धूप सीढ़ियाँ चढ़कर ऊपर आ रही है। हवा ठण्ड से भारी-सी हो गयी है। हवा की हलचल ऐसी हो रही जैसे कोई गर्भवती सावधानी से क़दम उठाकर चल रही हो। सब कुछ कितना शान्त है !

सिर्फ़ तुम्हारी याद जपाकुसुम की उस इकट्ठी बाँकदार टहनी की तरह मेरे मन में हिलडुल रही है।

□□

लेखकीय कर्मकथा

"आई केन ईवन ईट यू अप इफ़ इट कम्स टू दैट," सैड...

"इट नीड नॉट कम टू दैट," सैड एलिस हास्टली।

मज़ाक़िया अन्दाज़ का लुत्फ़ ही कुछ और होता है। हल्की-सी चिकोटी और महीन-सी मुसकान। अनुभव प्राप्त करने का गुर मुझे अवश्य ही सीखना चाहिए।

फिलहाल इस कल्पना को दिल के किसी कोने में छुपाये रखिए। जैसे कुत्ता हड्डी को सँजोकर रखता है। कुछ मूर्ख लोगों को यह कल्पना असुन्दर लग सकती है। द इनसफ़रेबल फ़ूल्स ! जाने भी दो यारो ! लाइफ़ आफ़्टर ऑल, इज़ ए टेल टोल्ड बाई एन ईडिएट। किन्तु यह कम्बख़्त ईडियट भी बाज़ वक़्त विलक्षण होशियारी जतलाता है।

हॉल्ट ! मूल मुद्दे से विचलित न होना। सँजोकर रखो उस कल्पना को। हाँ, उठाओ हड्डी। इधर देखा, उधर देखा। कान की पाँख गिरा दी—हिक़मती और सन्दिग्ध अन्दाज़ में। दोनों पैरों से मिट्टी खुंदलकर हड्डी को उसमें सँजोये रखा। इधर देखा, उधर देखा। मिट्टी को सूंघते हुए थोड़ी-सी चहलक़दमी की। एक टाँग ऊपर उठायी और दुम हिलाते हुए चल दिया। दूर...दूर। मानो उससे मेरा कोई सरोकार ही न हो।

इन्दिराबाई कहती हैं कि प्रत्येक कलाकार के दिल में कुछ खास एरियल हुआ करते हैं, और वे कुछ विशिष्ट सन्देश ही ग्रहण करते हैं। किन्तु मैं तो अपने दिमाग़ में नये एरियल स्थापित कर सकता हूँ। आप तो जानते ही हैं कि मैंने इस कल्पना को सँजोकर रखा है। लेकिन आप यक़ीन मानिए, दो-चार साल बाद इसी कल्पना के ज़रिये एक नया एरियल बनकर मेरे दिल में स्थापित हो जायेगा।

किन्तु इस बीच की अवधि में क्या हो रहा होता है ? यही, कि मेरा विकास होता रहता है !

सच ? यू लिटिल पिगमी ! तुम्हारा विकास होता रहता है ? क्यों ? तुम तो अनुभवों के छोटे-से पिंजरे में क़ैद हो। योर वर्ल्ड एक्सपीरियंस इज़ ड्राब एण्ड

कलरलेस।

पता नहीं क्यों, अपनी ही पीठ पर अपने ही हाथ से कोड़े मार लेने में मुझे बड़ा मज़ा आता है ! इसे सत्यप्रियता कहें या विकृति ?

तुम्हारे अहं का यही इलाज है !

यार, यह तो दो औरतों के बीच के निरर्थक और मूर्खतापूर्ण झगड़े-सा है !

ऐसा कुछ नहीं चलेगा। आई एम गोइंग टू लिव ऑन द अज़म्प्शन दैट आई एम ए जीनियस।

बाप रे, बाप ! यहाँ तो शंका-कुशंकाओं का बाज़ार गर्म है। तरल तर्कजनित जटिल आकृति (यही तो स्टाइल है !)···

जी नहीं। इस सम्बन्ध में आगे कुछ भी सोचने के लिए मैं तैयार नहीं हूँ। कहीं-न-कहीं यह थम जाना चाहिए।

हाँ, तो सवाल यह है कि, ये एरियल मेरे दिल में किस तरह से स्थापित हो जाते हैं। मुझे लगता है कि एक खास तरह का अनुभव ही किसी कलाकृति का विषय हो सकता है। इस तरह की सांकेतिक कल्पनाएँ प्रत्येक कलाकार के दिमाग़ में होती ही हैं। उन्हें निकाल फेंकते ही उनके नीचे दबे एरियल उद्ग्रीव होकर कार्य-प्रवण हो जाते हैं।

किन्तु यह जवाब नाकाफ़ी है।

दुनिया के सभी तरह के व्यक्तित्व मेरे भीतर समाहित हैं। अनुभव प्राप्त करने की सभी हिक़मतें बीज रूप में मौजूद हैं। हर एक के भीतर होती हैं। उन्हें विकास का मौक़ा दिया जाना चाहिए, मैं वह बख़ूबी देता हूँ।

देअर इज़ ए केमिस्ट्री ऑफ़ दी माइण्ड। कुछ मूलभूत रसायनों के विभिन्न मिश्रणों से अपने दिमाग़ में अनगिनत व्यक्तित्व साकार किये जा सकते हैं।

मैं हर तरह के अनुभव प्राप्त करना चाहता हूँ।

मैं अत्यन्त लालची लड़का हूँ। सभी तरह के खिलौने पेट के गड्ढे में समेट कर बैठा रहता हूँ। दूसरे लड़के के हाथ में टूटा-फूटा खिलौना हो तो भी उसे छीनने के लिए अगतिक···

लालची लड़का ! पेट के गड्ढे में खिलौने समेटने वाला ! कल्पना उम्दा है। एक कहानी का विषय तो बन ही सकती है।

नोट कर लीजिए। सिर्फ़ डायरी में ही। बताया जाता है कि कुछेक मराठी लेखक निरीक्षण करने चल पड़ते हैं और निरीक्षण की मुख्य-मुख्य विशेषताओं को नोट करते जाते हैं। हे भगवान, इतने मूर्ख इन्सानों को तुम इस दुनिया में भेजते ही क्यों हो ?

क्या निरीक्षण और क्या नोट करना ?

उन्हें कहिए कि मेरे पास आयें और बोरे भर-भरकर अनुभव लेते जायें।

माई माइण्ड इज़ लिटर्ड विद स्टोरीज़।

यह तो आत्मस्तुति हुई, और तिस पर हम कोई टीका-टिप्पणी करें तो तुम्हें वह अखरने लगती है !

हमारे घर में तो···'हाय राम ! हमारे पिताजी ने तो···हाय दैया, मैं तो···'

वह लड़की याद है तुम्हें ? उसकी बातें कितनी नीरस, ऊबाऊ और खोखली थीं ! तुम्हारी आत्मस्तुति का अन्दाज़ भी ऐसा ही हुआ करता है।

मैं अपने 'अहं' के भवन को धराशायी करने का ठेका देना चाहता हूँ।

'अहं' के भवन को धराशायी करने का ठेका ? आँ···आँ···कोई खास उम्दा कल्पना तो नहीं है। बट इट हैज़ इन्टरेस्टिंग पॉसीबिलिटीज़। उसके मूल में अनुभव प्राप्त करने का माद्दा···

उस बातूनी लड़की पर तो मैं कहानी-वहानी नहीं लिखूँगा। क्योंकि उस लड़की में ऐसी कोई खास बात तो है नहीं। एट बेस्ट ए गुड माइनर कैरेक्टर।

मे आई प्वाइन्ट आउट सर, दैट देअर आर नो माइनर कैरेक्टर्स एज़ सच ? कैरेक्टर्स समटाइम्स हैव ए माइनर प्लेस इन ए स्टोरी। दैट इज़ ऑल।

क्या मुझे यह हक़ीक़त मालूम नहीं थी ? इस क़दर नाटकीयता से यह सब कहने की क्या ज़रूरत थी ? गेट आउट ! गेट आउट !

मैं तो चला जाऊँगा। किन्तु क्या यह भी नाटकीयता नहीं है ?

कम्बख़्त यह नाटकीयता तो साये की तरह मेरे पीछे पड़ी है ! मैं हरदम किसी-न-किसी भूमिका का दामन थाम लेता हूँ। दिखावा करता हूँ। ऐसे कई छोटे-बड़े नाटक पल-पल मेरे दिमाग़ में जन्म लेते हैं। मेरी मानसिक उथल-पुथल का अन्दाज़ ही कुछ ऐसा होता है मानो कोई तीसरा आदमी उसे सुन रहा हो। क्या यह स्थिति अप्रिय नहीं ? इस दौरान भावनाओं और विचारों का असत्य प्रदर्शन मैं करूँगा ही नहीं, इसकी क्या गारण्टी है ? क्या मेरा व्यक्तित्व ही सबसे बड़ा झूठ है ?

ये तो कोड़े की एक और मार हुई ! व्हाट ए परवर्ट यू आर ! तुम एक कलाकार हो। तुम्हें सेंस ऑफ़ फ़ॉर्म है। इसीलिए तो ऐसे नाटकों का सफल मंचन तुम कर सकते हो। यू वाण्ट टु पुट थिंग्स इन ए फ़ोकस। दैट इज़ ऑल।

अपने दिल को तसल्ली दिलाने में तुम पूरी तरह से माहिर हो न।

क्या मेरा समूचा भाव-जीवन असत्य है ? मैं अपनी हर कृति और मनःस्थिति को तटस्थता से देखता हूँ। वैज्ञानिक प्रयोगों की ओर देखने की वैज्ञानिक दृष्टि से मैं अपने ज़ेहन को आँकता हूँ। इसलिए अपने व्यवहार, अपनी प्रतिक्रियाएँ आदि पर वाक़ई मेरा कोई नियन्त्रण नहीं रहता। उनमें नाटकीयता आ ही जाती है। इसी आत्मान्वेषण के बक़ौल मैं दोहरा इन्सान बन गया हूँ। यक़ीन मानिए,

मुझे अपना असली रूप ही अभी तक मालूम नहीं हो सका।

तथापि मैं उत्कटता के साथ खुश-गवार या दुखी होता ही रहता हूँ। मैं उत्तेजित हो जाता हूँ, मेरा दिल व्याकुल हो जाता है, क्या यह हक़ीक़त नहीं ?

हो सकती है। किन्तु उसमें भी असत्य की छटा होती ही है। हर कलाकार को यह क़ीमत चुकानी ही पड़ती है।

हालाँकि यह क़ीमत बहुत बड़ी है। मूल कलाकृति में हो इससे न्यूनता आ जाती है। यह तो सर्वविदित है कि गहने बनाते समय सोने में किसी-न-किसी मात्रा में ओछी धातु मिलानी पड़ती है; ठीक उसी तरह से जीवन के सत्य के बक़ौल कलाकृति बनाते समय उसमें असत्य को मिलाना ही पड़ता है।

आखिर पूर्ण सत्य किसे कहते हैं ? क्या ख़ालिस ईमानदारी जैसी भी कोई चीज़ है ? अत्यधिक ईमानदारी का जतन करने का प्रयास क्या इत्सानियत के प्रति हमारी बेईमानी को ही उजागर नहीं करता ? यह तर्क है या तर्कटता ?

मेरी तो मति ही कुण्ठित हो जाती है। आत्मान्वेषण की क्षमता मुझे क्यों मिली ? यह बुढ़िया मेरी गरदन पर क्यों सवार हो सकी है ? सिंदबाद ने अपनी गरदन पर सवार बूढ़े को खूब शराब पिलाकर बड़ी सफ़ाई से फेंक दिया था। क्या ऐसा करना मुझे भी सम्भव नहीं होगा ? इस बुढ़िया को कौन-सी शराब मैं पेश करूँ ? ध्येयवादी ? किन्तु अपनी कलासक्ति, जीवन के सत्यान्वेषण की आन्तरिक उर्मि आदि को मेरा ध्येयवाद नहीं कहेंगे ? और ध्येयवादी इन्सान क्या तटस्थ रूप से आत्म-नियन्त्रण नहीं करते ? अपनी ध्येयपूर्ति के लिए क्या खुद झुकते नहीं ?

क्या असली व्यक्तित्व मिट्टी के गोले की तरह नहीं होता ? क्या उस गोले को हम अकसर झूठा आकार ही प्रदान नहीं करते ? क्या समूची प्रगति ही एक असत्य नहीं होती ? माई गॉड ! नहीं। नहीं। दिस मस्ट स्टॉप। विचारों की यह उथल-पुथल अब मुझे गवारा नहीं होती।

अरे ! अरे ! मुट्ठियाँ क्यों भींचते हो ? नाक-भौंह क्यों सिकोड़ते हो ? तुम कहीं पागल तो नहीं हो गये हो ?

पागल···पागल···पागल···पागल···पागल···

यह शब्द मेरे दिल में तब तक खिलखिलाता रहेगा जब तक कि मैं गश खा कर गिर न पड़ूं। वाक्य और शब्द मानो गति के चरण बनकर मेरे दिमाग़ में निरन्तर दनदनाते रहते हैं।

वैसे देखा जाये तो मैं पागलपन से कोई विशेष दूर नहीं हूँ। अपने सामने के आदमी का हैट यदि मैं दोनों हाथों से उसकी आँखों पर खिसका दूं तो मुझे पागल करार दिया जायेगा और ऐसा करने की तीव्र इच्छा मुझे हो रही है। आत्म-नियन्त्रण में थोड़ी-सी शिथिलता आते ही मैं वैसा करूंगा। इस वक़्त मैं पागलपन

की सीमा-रेखा पर खड़ा हूँ।

एक और नाटक ! बस करो, काफ़ी हो गये ये नाटक !

नाटक ? क्या इस वक़्त मैं पागलपन के भय से आतंकित नहीं हूँ ? मेरे माथे से पसीना नहीं चू रहा है ? और हरदम नाटक करते रहना भी क्या पागलपन ही नहीं है ?

बट इज़ण्ट इट स्टुपिड टु बि सेम ? मूर्खता को स्वीकार करने के लिए यदि कोई राज़ी न हो तो उसकी ज़िन्दगी अविकसित ही रह जायेगी।

इस तरह के आकर्षक वाक्यों के सम्मोहन में तुम मूल मुद्दे से विचलित हो रहे हो ?

पर याद रखो, जिसे हम सुलझापन कहते हैं वह तो एक अत्यन्त महीन पर्त की तरह होता है !

बिनीथ दी थिन क्रस्ट ऑफ़ सेन्स, देअर आर वास्ट रीजन्स ऑफ़ नान-सेन्स।

असली कलाकार को तो 'नान-सेन्स' के उस तरल घोल में डुबकियाँ लगानी चाहिए।

हर बात के समर्थनार्थ सफ़ाई तो तुम्हारे पास तैयार होती है।

विचार-चक्र शुरू होते ही असत्य अवतरित हो जाता है। वह तो सत्य का साया है। यह अभ्यास तो अब गतावधि हो गया है। अब फिर से फेंटिये पत्ते···।

अरे हाँ ! वह बातूनी लड़की तो यूँ ही रह गयी ! उसका क्या किया जाये ? वाक़ई क्या किया जाये उसका ? उसकी शादी करा देंगे। पति की बढ़ती हुई धन-सम्पत्ति के साथ ही उसका मैंपन भी उभार पर आयेगा और अन्ततः वह किसी महिला-मण्डल की अध्यक्षा बन जायेगी। दुनिया में वह सफल हो जायेगी !

दुनिया के ये खास छोटे लोग, और उन्हें देखने का मेरा खास व्यंग्यात्मक नज़रिया। मैं इस सबसे ऊब चुका हूँ। कुछ नया देखने का मौक़ा क्या मुझे नहीं मिलेगा ? दिल दहलाने वाला, रोंगटे खड़ा कर देने वाला···

अरे ! किसी महान् शोकात्मक घटना या किसी ख़ास मानसिकता वाले आदमी से इस लड़की को गुणा करें तो ? तो क्या ? वह ज्यूँ-की-त्यूँ रह जायेगी।

किन्तु क्या, उसकी सामान्यता में नया अर्थ नहीं भर दिया जा सकेगा ?

दुनियाई अकर्मण्यता को महज़ हँसी-हँसी में टाला नहीं जा सकता। स्थिरता के लिए अकर्मण्यता आवश्यक होती है। इट इज़ द फ्लाईव्हील दैट कीप्स द वर्ल्ड स्टिडी। अकर्मण्य आदमी का अनुभव मानवी अनुभवों का लघुतम साधारण विभाज्य हुआ करता है। ऐसे आदमी के चश्मे से मुझे दुनिया की ओर देखने का अभ्यास करना चाहिए ताकि दुनिया पर एक नयी रोशनी पड़ सके।

अकर्मण्य आदमी को केन्द्र में रखकर आत्म-विरचित इस स्तोत्र का पाठ प्रति दिन नियमित रूप से करने पर आरोग्य, सन्तति और सम्पत्ति प्राप्त होगी।

ॐ शान्तिः शान्तिः शान्तिः !

अब हम कुछ और करेंगे। मेरी कहानियों के पात्रों के विशिष्टरूपी ढाँचे नहीं होते। मैं अपनी सुविधानुसार उन्हें किसी शरीर में फिट कर दिया करता हूँ। अतएव इन्सानों के चेहरों और उनके शरीरों को मैं ग़ौर से देखने वाला हूँ।

महानगरों की सभी इमारतें अकसर एक-सी दिखाई पड़ती हैं, उसी तरह से सभी इन्सान भी। किन्तु ग़ौर से देखने पर उनमें काफ़ी भिन्नता नज़र आती है। कँडी, नाज़ुक, बेरौनक़, चिकनी, काली, गोरी, गेहुँआ रंग की। श्यामलता की भी कितनी ही छटाएँ होती हैं। आँखों के कोटर, नाक···उनमें भी कितनी ही विविधता होती है।

जी नहीं ! इस निरीक्षण का कोई अर्थ नहीं। वह यन्त्रवत् और अर्थशून्य है। मेरी कहानियों के पात्र शरीरहीन होते हैं क्योंकि उन्हें शरीर की आवश्यकता ही नहीं पड़ती। एकाध लहजा, एकाध ख़ासीयत उन्हें अपने आप प्राप्त हो जाती है। सॉमरसेट मॉम की देखादेखी अनावश्यक रूप से अपने पात्रों को शरीरबद्ध करने से भला क्या फ़ायदा ? वह अकर्मण्य व्यक्तियों के बीच चमकने वाला कर्मठ व्यक्ति है।

प्लेटफ़ॉर्म पर दो घाटी की औरतें बैठी हैं। उनमें से एक बुज़ुर्ग है। सूखी काया, पिचके गाल, लम्बी ज़िन्दगी मयस्सर होने से उसका बदन कान्तिविहीन और गँदला हो गया है। तथापि वह तनकर बैठी है। चुस्त-दुरुस्त होने की वजह से नहीं, मार-पीट की अपेक्षा से उसका बदन कड़ा बना हुआ है। सम्भवतया हर पल वह आघातों की प्रतीक्षा कर रही होती है। एक बालक उसके सीने से चिपका हुआ है। मानो उसके छिन जाने के भय से उसने उसे कसकर भींच लिया हो। स्वयं उसकी निगाहें व्योम में कहीं गड़ी हुई हैं। उसकी आँखों में अपार सहन-शक्ति है। प्रतीक्षा, प्रतीक्षा और प्रतीक्षा। अब उसे शायद इसकी आदत-सी हो गयी है। वह प्रतीक्षारत क्यों है ? क्या होने वाला है ? कुछ भी तो नहीं। फिर भी वह प्रतीक्षा कर रही है। और प्रतीक्षा की इस अनिवार्यता की वजह से अस्पष्ट क्रोध की छटा उसकी निगाहों में समायी है। यह औरत अपनी ग़रीब जनता का यथार्थ प्रतीक है। हमारी जनता सदियों से यह सब झेल रही है। आखिर क्यों ? क्या और अधिक झेलने के लिए ?

उसकी बग़ल में एक जवान लड़की बैठी है। कद्दावर होने से उसकी उम्र कुछ ज्यादा लगती है। उसका बदन भरा-पूरा है। उस पर खूबसूरती का मुलम्मा है, पर उसने उसकी नुमाइश नहीं सजायी है। उसकी पीठ और गरदन झुकी है और वह सिमटी-सिकुड़ी-सी बैठी हुई है। शायद अब तक कुछ झेलने की नौबत उस पर

नहीं आयी है। सम्भवतया उसकी सहनशक्ति अभी दाँव पर नहीं लगी है। उसकी निगाहों में अभी भी मायूसी और मासूमियत है।

वह प्रौढ़ा और यह कमसिन लड़की साथ-साथ बैठी हैं। कितना बढ़िया कम्पोज़ीशन है ! पूरी कहानी का मसाला तैयार है !

भीतर के अँधेरे बन्द कमरे की स्याही इस कहानी की पृष्ठभूमि में बखूबी रखी जा सकती है। 'ओवी' (छन्द) की आर्तता इस कहानी में उँडेलनी होगी, और गाँव में ही इस कहानी का ताना-बाना होना चाहिए।

दरअसल यह कहानी मेरी है ही नहीं। यह तो व्यंकटेश माडगूलकर की है। तथापि मैं कभी-न-कभी इसे आज़माऊँगा ज़रूर, क्योंकि हर तरह के खिलौने को समेटने वाला लालची लड़का हूँ मैं। यदि मैं ठान ही लूँ तो···

लेकिन ठान लेने की आवश्यकता ही क्या है ? व्यंकटेश माडगूलकर कहाँ ठान लेते हैं ? वे तो इस अंदाज़ में लिखते हैं मानो उनका लेखन पेड़ का साया हो। फिर भी वे बेहतरीन लिखते हैं। यदि ऐसा है तो हर तरह के अनुभव प्राप्त करने और उसे अभिव्यक्त करने के लिए एड़ी-चोटी का ज़ोर लगाना क्या मूर्खता नहीं है ?

कुछ लोग अपनी सीमाएँ स्वीकार करते हैं या एक विशिष्ट दायरे में रहना ही पसन्द करते हैं। आगे बढ़ने के लिए वे आँखों पर पट्टी बाँधकर एक ही दिशा में काफ़ी लम्बा सफ़र तय करते हैं। कुछ-न-कुछ यादगारें काम करती हैं। क्या बड़प्पन प्राप्त करने के लिए यह अनिवार्य होता है ?

ज़िन्दगी में कुछ पाने के लिए कुछ खोना ही पड़ता है। ऐसा क्यों ? मुझे यह रास नहीं। मुझे सब कुछ चाहिए। मैं कुछ भी तो छोड़ नहीं सकता।

क्या आखिरी साँस लेते समय मैं कह पाऊँगा कि मैं तृप्त ज़िन्दगी जी चुका हूँ ? मुझे तो यह असम्भव प्रतीत होता है।

तो फिर मैं मरूँगा ही नहीं।

···मैं तो आखिरी घड़ियाँ गिन रहा हूँ। मुझे तो ऐसा लग रहा है मानो सभी आवाज़ें काफ़ी दूर से आ रही हैं। पूर्व स्मृतियाँ बेतरतीब-सी आँखों के सामने से गुज़र रही हैं। मैं हाथ हिलाने का प्रयास करता हूँ···

तुमने तो हद कर दी ? अपनी मौत का नाटक भी तुम बड़े उत्साह से कर रहे हो।

मैं नाटक करता हूँ। कुछ लोग अपनी पूर्व स्मृतियों को बड़ी हिफ़ाज़त से सँजो कर रखते हैं। जी-जान से उन्हें महफ़ूज़ रखने की पुरज़ोर कोशिश करते हैं। अगरबत्ती की महक-सी तरल स्मृतियाँ···

ऐसी स्मृतियों को सँजोने में मुझे तनिक भी रुचि नहीं। बीत गयी सो बात गयी। द पास्ट इज़ डेड। उस ज़माने की वे सभी बातें मैं सब स्वीकार कर चुका

हूँ, जिनकी मुझे अभिलाषा थी। मुझे अपना अतीत कभी अपने दायरे में बाँध नहीं सका।

तथापि अपना समूचा अतीत मेरे साथ है। उसी की बदौलत मेरा व्यक्तित्व रूपायित हो सका है, मैं उसका ग़ुलाम हूँ। अपने अतीत ने मुझे लेखन-कला बख़्श दी है। लिखने का लहजा मुझे बख़्श दिया है। मैं उसी कला और लहजे के दायरे में क़ैद हूँ। आई एम द प्रिज़नर ऑफ़ द पास्ट। मैं स्वयं तो बेहद ऊब चुका हूँ। मेरी वृत्ति तुन्दिल और मध्यम वय होने लगी है। क्या मुझे अपने अतीत से कभी मुक्ति ही नहीं मिलेगी?

'न्यू लेम्प्स फॉर ओल्ड···न्यू लेम्प्स फॉर ओल्ड।' अपने पुराने व्यक्तित्व को बेचकर मुझे नया व्यक्तित्व नहीं मिल पायेगा?

कुछ नया देखना, महसूस करना और लिखना ही मेरे बस में रह गया है। चलिए, अब कम-से-कम एक कहानी तो लिखनी ही चाहिए।

एक सम्पादक की माँग भी तो है।

आई मस्ट राइट ए स्टोरी···

आई मस्ट राइट ए स्टोरी···

बस, मेरे दिमाग़ में चक्कर शुरू हो गया। मेरी जेहन में एक मूर्ख लड़का है। वह बीच-बीच में इस तरह के चक्कर चलाता है।

कौन-सी कहानी लिखी जाये? पिछले दिनों रेलयात्रा में जो ढाँचा दिमाग़ में आया था, वही···? दो छोटे भाइयों पर आधारित? यस। पिछले दिनों कितने नाट्यमय तरीक़े से वह घटना मेरी आँखों के सामने घट रही थी? पर अब वह फ़ीकी लग रही है। बीते कल की कल्पनाएँ फ़ौरन कुम्हला जाती हैं। आख़िर क्यों? यह कहानी अभी अधूरी ही लगती है। दोनों भाइयों का आपसी प्रेम समुचित ढंग से व्यक्त नहीं होता। कुछ-न-कुछ घटित होना चाहिए! समथिंग मस्ट क्लिक। एकाध प्रसंग बड़ा ही सजीव लगता है, और दूसरा कोई प्रसंग भावोत्कट होने के बावजूद असरहीन सिद्ध होता है। एकाध सूक्ष्म अभिव्यक्ति, एकाध हलचल और एकाध प्रसंग ही सजीव हो जाता है और उसे गहन अर्थ प्राप्त हो जाता है। यह कैसा जादू है? कुछ-कुछ समझ में आता है और कुछ-कुछ नहीं।

उस बालक को माँ गले से लगाती है। उसके गाल पर ढुलक आया पसीना सूख गया है। वह दृश्य देखकर माँ द्रवित हो जाती है (द्रवित होना। व्हाट ए मोन्सट्रस फ्रेज़! और लोग कहते हैं कि मेरे पास स्टाइल है)। माँ उस बालक के माथे को चूमती है और पागल बेटा माँ के पेट को। यस! दिस क्लिक्स, आई रादर लाइक दिस। पेट को चूमता है। (किन्तु क्या पेट का चुम्बन सौन्दर्यवाद के दायरे में बैठता है?)

माँ रुआँसी हो जाती है। अपने बेटे की चिन्ता उसे व्याकुल बना देती है। वह कहता है—'माँ, रोती क्यों हो ? मैं बड़ा बनकर एक मकान खरीदूँगा और तुम्हारे साथ वहाँ ठाठ से रहूँगा। उस समय पिताजी का रौब-दाब नहीं चलेगा !

बेटा यह भूल जाता है कि अपनी स्थिति अत्यन्त मायूसी पैदा करने वाली है। वह खुश है। उसमें जीने की उमंग है, चाहत है। उसकी आँखों की शोखी ही सब कुछ बयाँ कर रही है ! शोखी···और शोखी। उसे भला किन शब्दों में व्यक्त करे ? मैं यदि तूलिका होता तो ?···

तूलिका या शिल्पकार अपनी किसी कलाकृति में जो कुछ व्यक्त करता है, उससे कहीं अधिक उत्कटता हम अपनी एक-एक बात में व्यक्त कर सकते हैं। हमारा माध्यम अधिक लचीला है। शब्दों में अपार सामर्थ्य है। किन्तु शब्दों में बौनापन भी तो है। आँखों की यह चमक, आसमान का एकाध-रंग, आवाज़ का एकाध अवरोह। इसे शब्दों में भला कैसे बाँधा जाये ? किस तरह···?

"मैं इस समूची भाषा को ही तहस-नहस कर दूँगा। मुझे तो अपनी अलग भाषा निर्माण करनी चाहिए। एक मामूली-सी अर्थ-छटा भी शब्दों की पकड़ के दायरे से छूटने न पाये। व्याकरण, वाक्य-रचना की विशिष्ट पद्धति से कितनी ग़लतफ़हमियाँ पैदा होती हैं। देखो, देखो···ऐसे सारे शब्द हाथ में खंजर थाम कर उसे आशय के सीने में भोंक रहे हैं।

माई गॉड ! अरब लुटेरे। विष-बुझे खंजर। हत्या, ख़ून-ख़राबा। गोपनीय मशविरे। ज़नानखाने में क़ैद हसीनाएँ ! इस कल्पनालोक में एकाध बार मुझे विचरण करना चाहिए। इस बेलौस और बेस्वाद ज़िन्दगी से मैं ऊब चुका हूँ। इस तरह की ऊबाऊ ज़िन्दगी पर कहानी लिखने में मेरी कोई दिलचस्पी नहीं रही। इसलिए इस अरब-संसार में थोड़ी बहुत लूट-खसोट तो करनी ही है। यह मज़ाक़ नहीं, स्वानुभूत हक़ीक़त है और इसे बयान करने के लिए अरबी संसार का ही सहारा मुझे लेना पड़ेगा। दिल में जो कुछ दबा पड़ा है, उसे अभिव्यक्ति मिलनी ही चाहिए।

लेखन कितनी असरकर दवा है ! दिल पर पड़ा अनुभवों का बोझ इससे हल्का हो जाता है, और नये अनुभवों के लिए स्थान रिक्त हो जाता है।

परगेशन ऑफ़ इमोशन्स···परगेटिव।

स्टॉप इट, यू डर्टी ऐस ! किसी भी गम्भीर बात के परखचे उड़ा देने की गन्दी आदत तुम्हें पड़ गयी है। गम्भीर बात के परखचे उड़ा देने की···! व्हाट स्टाईलिस्टिक मोन्स्ट्रसिटी !

अरब संसार !

साहित्यजनित मुर्ग़-मुसल्लम।

मैं उसमें ज़्यादा देर तक रम नहीं सकूँगा। बट ए माइनर रेड इज़ नेसेसरी !

अजी जनाब ! इस अरबी संसार को रख दीजिए एक ओर। तुम्हारी कहानी का नायक अब तक पेट को ही चूमने में मशगूल है। कहीं उसका दम छूट न जाय ! हैव पिटी ऑन हिम। अब एक नयी कहानी मेरे दिमाग़ में कुलबुला रही है और वही मुझे अधिक सरस प्रतीत होती है। मेरे दिमाग़ में तो कई सारी बातों का तूफ़ान मचा रहता है। एक बात पर सोचने लगूँ तो दूसरी बात दिमाग़ में आने लगती है। दूसरी पर सोचने लगूँ तो तीसरी…।

ऐसा क्यों होता है ! व्हाय ? औरतें जिस तरह बुनाई-कढ़ाई करती हैं, ठीक उसी तरह से मेरी कल्पना भी काम करती होगी।

जनाब ! बस हो गयी यह बुनाई-कढ़ाई ! चलो, अब कहानी लिखना शुरू करो। लिखना शुरू किये बिना मन एकाग्र नहीं होगा। और लोग तो कहानी का पूरा मसाला दिमाग़ में तैयार रखते हैं। किन्तु यह मेरे बस का नहीं। कहानी के दो-तीन सूत्र हाथ लगते हैं, बाक़ी सूत्र तो कहानी लिखने के दौरान अपने आप सामने आ जाते हैं। यह योग्य है या अयोग्य ? मेरा चित्त एकाग्र क्यों नहीं हो पाता ? माई माइण्ड इज़ आलवेज़ आउट ऑफ़ फ़ोकस।

उठा लो क़लम। भरते जाओ काग़ज़। इस क़दर काग़ज़ों की बरबादी ? व्हाट ए वेस्ट ? झकाझक काग़ज़। ए वेरी डेलीकेट थिंग। क्या इसी काग़ज़ पर लिखना है ?

एक-एक वाक्य बड़ी शिद्दत से लिखते रहो। सिर खुजलाते रहो। टाँगों की बेचैन हलचल। बेसब्र चक्कर लगाना। क़लम चलाना कितना कष्टप्रद होता है ! सुना है कि लोग तो धड़ल्ले से लिखते हैं, और हम एक-एक वाक्य के लिए ख़ून सुखाते हैं। माइन इज़ ए माइक्रॉस्कोपिक मेथड। छोटे-छोटे वाक्यों की पच्चीकारी से ही मैं अपेक्षित परिणाम प्राप्त करता हूँ। भव्य-दिव्य परिणाम भी। मुझे कोई अन्य तरीक़ा अपनाना चाहिए। किन्तु इस दूसरे तरीक़े की रूपरेखा ही मेरे दिमाग़ में नहीं आ रही।

इधर मैं सोच रहा हूँ, उधर लिख रहा हूँ। राइटिंग इज़ ऑटोमेटिक। पर वैसा है नहीं। तथापि लिखने में ध्यान केन्द्रित करने के लिए मुझे कुछ अन्य ही सोचना पड़ता है।

छी ! यह वाक्य जमता ही नहीं। क्लिष्ट और ऊलजलूल शब्द ही सूझ रहे हैं। उसके गहरे दुख में पड़ी दरार में से हँसी की हरी-हरी कोंपल हौले-से उग आयी। व्हाय हरी कोंपल ? सिर्फ़ कोंपल क्यों नहीं ? इसमें हरी-हरी शब्द अनावश्यक होने के बावजूद आवश्यक है। व्हाय ?

कला-निर्माण के रहस्य का पता मुझे चल ही जाना चाहिए ? आई मस्ट गो टू दी वेरी बोटम ऑफ़ इट ताकि ये समस्याएँ सुलझ जायें। हमेशा-हमेशा के लिए

मैं मुक्त हो जाऊँगा। आई शैल बी फ्री।

इस लड़के की माँ का दिल कितना नाजुक है। मेरे अधिकांश स्त्री-पात्र ऐसे ही हैं। यही एक ढर्रा बन गया है। इस लीक को तोड़ना है ! कितनी मेहनत करनी पड़ेगी उसके लिए ? दिल तो नहीं करता। फिर भी मुझे यह करते रहना चाहिए। मैं तो अपने भीतर के कलाकार का गुलाम हूँ।

हाव ड्रामाटिक ? यह पोज़ उम्दा है !

···माँ बावरी-सी ठिठक गयी···मुझे अपनी माँ पर एक बार लिखना है। उसकी ज़िन्दगी की जो शोकान्तिका मेरे दिल में रुँधी हुई है, उसे मैं अभिव्यक्ति प्रदान करना चाहता हूँ।

यानि कि तुम्हारे दिल में माँ के प्रति सहानुभूति नहीं। उसकी ज़िन्दगी की रुँधी हुई एक शोक-कथा। तुम तो दुख को भी बेहतरीन तरीक़े से व्यक्त करते हो ! उसकी दर्द भरी ज़िन्दगी को तुम कहानी का जामा पहनाओगे ? हर अनुभव को इसी नज़रिये से देखते हो ? क्या उनका स्वतन्त्र महत्त्व ही नहीं ? है···वह साहित्य का कच्चा माल है और यही उसका महत्त्व है !

जी नहीं। सुख-दुख को मैं अनुभव करता हूँ। उत्कट अनुभवों के रू-ब-रू होना पड़ता है। किन्तु कलाकार नामक जिन्न मेरी गरदन पर सवार है, मेरे सभी अनुभवों की ओर वह ठण्डे कुतूहल भरे अंदाज में देखता है। कला के पैमाने से उसे नापता है।

दिस इज़ एन एक्सप्लेनेशन एण्ड नाट जस्टिफ़िकेशन। यू टेक एक्सपीरियंसेस लाइक ए प्रास्टिट्यूट। पत्नी-प्रेम, मित्र-निष्ठा आदि को तुम साधन के तौर पर प्रयोग में लाते हो। कला-निर्माण के लिए कच्चा माल जुटाने की दृष्टि से तुम अनुभव प्राप्त करते हो।

क्या इस तरह वेश्यानुमा ज़िन्दगी के दौर से गुज़रने की अनिवार्यता कलाकार के लिए अभिशाप है ?

व्हाट ए डिवाइन मैडनेस ! व्हाट ए हॉरिबल कर्स ! कहानी तो रह गयी जनाब ! लिखना कम और फ़ालतू विचार ज़्यादा !

□□

कबूतर

सवेरे के झुटपुट में ही उन दोनों की नींद टूटी थी। और दोनों धीरे-धीरे बतियाने लगे थे। उन दोनों के बिस्तर पास-पास ही थे, थोड़ी दूरी पर दादी माँ सोयी थीं। माँ-बाप परली तरफ़ के कमरे में सो रहे थे।

विजय ने कहा, "उदय, मैंने रात को भूत देखा।" उदय ने अनुभव से उत्पन्न अविश्वास के साथ कहा, "धत्! गप हाँक रहे हो।"

विजय ने कहा, "अच्छा, बाबा! गप तो गप। कल रात आकर जब वह पैरों में गुदगुदी करेगा न, तब पता चलेगा।"

उदय ने इस बात पर सोचा, और हमेशा की तरह उसे लगा कि हो सकता है विजय की बात सच हो। उदय के मन में सच और झूठ के बीच की विभाजन रेखा स्पष्ट थी। लेकिन विजय तो सच और झूठ का विचित्र मिलाप कर देता था। इसलिए उसकी बात सुनकर उदय हमेशा पसोपेश में पड़ जाता था।

थोड़ा-सा नाराज़ होकर उसने कहा, "धत्! भूत पैरों में क्यों गुदगुदी करेगा? वह तो गर्दन पर ही कूद पड़ता है।"

विजय ने कहा, "पहले वह तलुओं में गुदगुदी करेगा, तब हँसोगे नहीं तो वह कुछ नहीं करेगा। लेकिन हँस दिये तो वह तुरन्त गर्दन पर बैठ जाता है, और फिर खलास।"

"खलास?" उदय ने उठकर कहा।

"और क्या! पहले वह आँखें खा जाता है और फिर कान···" विजय ने निर्भयता से कहा।

उदय ने इस बात पर सोचा। किसी भी बात का शब्दशः मतलब लेने की उसकी प्रवृत्ति थी। इसलिए वह सोचने लगा कि उसकी आँखें निकाली जा रही हैं और वह एकदम घबरा गया।

थोड़ी देर वह वैसा ही लेटा रहा और यकायक विजय को झँझट में डालने वाली बात उसे सूझी। उसने कहा, "लेकिन भूतों के नाखून तो कितने लम्बे होते हैं! वह कैसे गुदगुदी करेगा?"

लेकिन इस बारे में विजय को पलभर भी नहीं सोचना पड़ा, उसने कहा, "वह नाख़ून निकालकर रख देता है और फिर गुदगुदी करता है।"

उदय के लिए यह चुपचाप सुनना असम्भव था, वह चिल्लाया,"झूठ, झूठ, झूठ" और विजय के शरीर पर जल्दी-जल्दी घूँसे जमाने लगा।

विजय ने उन्हें ऊपर ही ऊपर रोक लिया और वह ठहाका मारकर हँसने लगा।

इतने में दादी माँ बुदबुदायीं, "सवेरा हुआ नहीं कि निगोड़ों की लड़ाई शुरू।"

बग़ल वाले कमरे से पिताजी की आवाज़ आयी, "क्यों रे, क्यों ऊधम मचा रहे हो ?"

तुरन्त दोनों ने हँसी रोक ली।

फिर उदय ने ग़ुस्से से कहा, "तुम्हारी वजह से हमें बार-बार इस तरह डाँट खानी पड़ती है।"

लेकिन विजय उदय की बात कभी गम्भीरता से नहीं लेता था। उसने उदय को ज़बान निकालकर दिखायी और कहा, "कायर कहीं का !"

जैसे ही दादी माँ चाय बनाने उठीं वैसे ही दोनों उठ गये। विजय ने अपना बिस्तर बेतरतीब से लपेटा और कोने में फेंक दिया; और वह बग़ीचे की तरफ़ दौड़ पड़ा। उदय ने अपना बिस्तर बड़े सलीके से इकट्ठा किया और कोने में रख दिया। फिर एक बार उसने उदास नजर से विजय के बिस्तर की तरफ़ देखा। यकायक उसके मन में विद्रोही विचार कौंध गया, 'माँ ने उसे डाँटा तो डाँटने दो ! मुझे क्या ?' लेकिन यह विचार टिक नहीं सका। उसने विजय का बिस्तर भी सलीके से रख दिया और मुँह धोने के लिए चल दिया। माँ ने जैसा कहा था वैसे ही ठीक तरह से मल-मलकर उसने मुँह धोया और वह रसोईघर में चाय बनाती दादी माँ के पास बैठ गया। दादी को उसने केटली ला कर दी, प्याले और रकाबियाँ ला कर दीं।

चाय बन जाने का पता विजय को कैसे लगा, क्या मालूम ! वह शोर करता हुआ घर में घुस गया, "दादी माँ, मुझे चाय।"

दादी ने कहा, "ठहर, मुये ! पहले मुँह धो लिया क्या ?"

विजय ने कहा, "हाँ" और उसने ईऽऽ करके अपने दाँत दिखाये।

दादी ने पूछा, " क्यों उदय, इसने दाँत साफ़ किये ?"

उदय हमेशा की तरह उलझन में पड़ गया। झूठ बोलना उसके लिए मुश्किल था और उसने सच कहा तो ? विजय द्वारा पिटाई की उसे इतनी फ़िक्र नहीं थी ! लेकिन वह डरता था विजय द्वारा बहिष्कृत किये जाने से। फिर विजय उसे कहीं भी अपने साथ आने नहीं देता। अपने पालतू कबूतरों के बच्चों को हाथ तक लगाने

नहीं देता, और फिर उदय का पूरा दिन खराब बीतता। क्योंकि कोई भी बात विजय के साथ करने से, उसमें और मज़ा आ जाता था। अन्यथा बासी-सी लगने-वाली बातें विजय के सहवास में ताज़ी बन जाती थीं।"

उदय ने गर्दन झुकाकर कहा, "मैंने नहीं देखा, दादी माँ !"

दादी माँ बरस पड़ीं, "जाओ मुये, पहले मुँह धोकर आओ।"

विज़य ने हँसते हुए कहा, "अरी दादी माँ, मैंने तो मुँह धोया है।"

फिर उठकर उसने हथेली पर पावडर ले ली और दादी माँ के सामने बैठकर ज़ोर से ई ऽऽ करके मुँह धोने लगा।

"चल हट। बेसिन पर जाकर मुँह साफ़ कर, गन्दा कहीं का !" दादी माँ ने उसे डाँटा।

विजय ईऽऽ की आवाज़ करता हुआ दादी माँ के चारों ओर नाचने लगा, तो दादी माँ ने हाथ उठाया। उनकी तरफ़ पीठ करते हुए बोला, "दादी माँ, मुझे मारो न ! मारो !"

बेचारी दादी माँ क्या करतीं। विजय को ढकेलने का व्यर्थ प्रयास उन्होंने किया और विजय ठहाका मारकर हँसने लगा।

फिर ज़्यादा चाय के लिए उसने दादी माँ के साथ झगड़ा किया। दूध पीने से इनकार कर दिया। दादी माँ की उसने एक न मानी। तभी माँ अन्दर आ गयी। लेकिन विजय ने माँ की भी एक न सुनी।

उदय ने दूध पी लिया और दादी माँ द्वारा दी हुई चाय पीते-पीते विजय की धींगा-मस्ती देखता रहा। उसकी बढ़ती आवाज़ से उदय को डर लग रहा था कि पिताजी अन्दर आ जायेंगे और विजय को पीटेंगे। उससे रहा नहीं गया, "अरे विजय ! पिताजी आ जायेंगे और पीटेंगे तुझे।"

वह ऐसा कह ही रहा था कि पिताजी आ गये और बोले, "क्यों रे, क्यों ऊधम मचा रखा है ?"

विजय एकाएक चुप हो गया। उसका चेहरा स्याह पड़ गया। वह काँपकर उसी जगह बैठ गया।

माँ और दादी माँ सहमकर बोलीं, "कुछ नहीं, कुछ नहीं हुआ विजय, तुम चाय पीयो।"

विजय यकायक झट से उठ खड़ा हुआ और बोला, "मुझे नहीं चाहिए चाय।" और जल्दी-जल्दी बाहर जाने लगा।

"पहले चाय पी लो।" पिताजी बरस पड़े।

लेकिन विजय दूसरे दरवाज़े से बाहर निकल गया। पिताजी गुस्से में उसके पीछे-पीछे जाने लगे। लेकिन दादी माँ चिल्लायीं, "बच्चों की बातों में तुम दखल मत दो। पहले यह चाय पी लो।"

तब पिताजी नाराज़ होकर रुक गये और चाय पीने बैठ गये।

पिताजी के चाय पीकर चले जाने के बाद उदय ने धीरे-से माँ को सुझाते हुए कहा—

"वह चाय तो उदय की है न।"

माँ एकाएक उबल पड़ीं, "मुये तू, उसकी तरफ़दारी मत कर! एक दिन उसने चाय नहीं पी तो कुछ बिगड़ने वाला नहीं है।"

इतने में दादी माँ ने कहा, "अरी! वह तो बच्चा है। उस तरह इसे भूखे पेट नहीं रखना चाहिए।" अपने काँपते हाथों में चाय का प्याला पकड़कर वह विजय के पीछे-पीछे चली गयीं।

माँ ने उदय से कहा, "ए मुये, तु क्यों पत्नी की तरह उसकी चिन्ता करता रहता है?"

लज्जा से आरक्त होकर उदय बोल पड़ा, "धत्" और फिर बाहर की ओर भाग गया।

स्वयं विजय के पीछे-पीछे रहना उसे अच्छा नहीं लगा। उसने निश्चय किया कि आगे से वह इस तरह की बात नहीं करेगा।

वह जल्दी से बाहर गया। कबूतर के चकुले विजय ने जिस बक्से में रखे थे उसे जाते-जाते लात मारने की सोची थी।

लेकिन 'स्स्' कहकर विजय ने उसे रोका। और खींचकर दूसरी तरफ़ ले गया। उसने धीरे-से कहा, "उन चकुलों के माँ-बाप उन्हें मिलने आये हैं और उनके मुँह में दाने हैं।"

उदय अपना निश्चय भूल गया और अचरज से कबूतरों की ओर देखने लगा। वह बोला, "अरे बाप! कितने दाने लाये हैं वे। ज़मीन पर भी गिर रहे हैं।"

विजय ने गर्दन हिलाकर कहा, "अपनी गर्दन में भरकर लाते हैं वे।"

उदय बोला, "तुम उन्हें उड़ना क्यों नहीं सिखाते?"

विजय बोला, "सिखाऊँगा जरूर! लेकिन अब तक उनके पंखों में ताक़त नहीं आयी।"

उन चकुलों के माँ-बाप के चले जाने के बाद विजय आगे बढ़ा। उदय को लगा कि धींगामस्ती करने वाला विजय उन चकुलों को उजड्डता से उठायेगा। लेकिन बड़ी कोमलता से विजय ने उन्हें उठाया। प्यार से सहलाया। फिर उनमें से एक को उसने बेंच पर रखा और दूसरे को नीचे ज़मीन पर रखा। दोनों चि-चि करने लगे। फिर ऊपर का चकुला एकदम बेंच के सिरे पर आ गया, सन्तुलन सँभालता हुआ खड़ा रहा और उड़ता-लड़खड़ाता नीचे के चकुले के पास आ गया।

एक-दूसरे के साथ खड़े होकर अपनी मणि जैसी आँखों से वे चारों ओर देखने लगे।

विजय और उदय दोनों ठहाका मारकर हँस पड़े। फिर उदय को विजय बग़ीचे में ले गया और पेड़ पर बँधा नया घोंसला उसने उसे दिखाया। थोड़ी देर के बाद उदय गर्दन खुजलाने लगा। सहमे-सहमे उसने विजय से कहा, "चलो ना, हम अपनी पढ़ाई करें।"

"करेंगे रे, बाद में!" विजय ने झुँझलाकर कहा।

उदय ने फिर से गर्दन खुजलाते हुए पूछा, "तुम पढ़ाई क्यों नहीं करते हो?"

विजय बोला, "मैं क्यों पढ़ाई करूँगा? बड़ा हो जाने पर मैं हवाई जहाज चलाने वाला हूँ। घुँईऽऽऽ···लगा चलने हवा में।"

हाथ फैलाकर विजय दौड़ा मानो हवा में तैर रहा हो।

उदय ने नाराज़ होकर फिर से कहा, "लेकिन जब तुम पढ़ाई नहीं करते हो, मास्टरजी तुम्हें बुद्धू कहते हैं, तो मुझे गुस्सा आता है।"

विजय ने अचरज से उदय की ओर देखा और नर्मी से बोला, "अच्छा, चलो, हम पढ़ाई कर डालते हैं।"

विजय ने जल्दी-जल्दी शब्द कण्ठस्थ किये। पाठ पढ़ डाले। फिर उसने उदय से कहा, "मेरे गणित के सवाल हल कर दो ना।"

उदय ने झुँझलाकर कहा, "मैं क्यों हल करूँगा?" उसकी बात पूरी तरह से सुनने के पहले ही विजय बाहर भाग गया। और भुनभुनाते हुए उदय ने उसकी नोटबुक में गणित के सवाल हल कर दिये।

पिताजी के सामने बैठना पड़ा इसलिए विजय ने गर्दन झुकाकर खाना खाया। लेकिन पिताजी के बाहर जाते ही वह मुक्त हो गया। उदय बनिया की दूकान से चीज़ें लाया। अपनी और विजय की स्कूल जाने की तैयारी की। लेकिन विजय तो बेकार भटकता रहा। पार वाले मकान के छोटू को विजय ने पीटा था। इसलिए उसकी माँ घर में बैठे-बैठे उसे गालियाँ दे रही थी, और उन्हें सुनने से नाराज़ होकर विजय की माँ और दादी माँ उसे गालियाँ देकर बड़बड़ायीं लेकिन विजय पर इसका कोई असर नहीं हुआ था। वह दरवाज़े में लटककर बड़े मज़े से झूम रहा था।

"चलो ना स्कूल, देर हो जायेगी। फिर मास्टरजी घण्टे भर के लिए यूँ ही खड़ा कर देंगे।" उदय ने गिड़गिड़ाकर कहा।

विजय बोला, "अरे हट।" और उसने उदय के साफ़-सुथरे कुर्ते को गन्दे पैर लगा दिये।

नाराज़ होकर उदय ने विजय को पट्टी से पीटना शुरू कर दिया। विजय के

बदन पर लाल-लाल बल उभरने लगे और विजय था कि ठहाके मारकर हँसता जा रहा था। उदय का पीटना वह गम्भीरता से नहीं ले रहा था। फिर उसने कपड़े पहने और दोनों स्कूल जाने के लिए निकल पड़े। जितना सम्भव था, उतना समय उसने रास्ते में बिताया। उदय के गिड़गिड़ाने में उसे बड़ा मजा आता था।

विजय उम्र में उदय से एक साल बड़ा था। लेकिन बीमारी के कारण पढ़ाई में उसका एक साल छूट गया था। इसलिए दोनों एक ही कक्षा में पढ़ते थे। परीक्षा में उदय प्रथम अथवा द्वितीय क्रमांक पर होता था तो विजय अठारहवें या उन्नीसवें क्रमांक पर। अपने भाई का इतने नीचे के क्रमांक पर होना उदय को खलता था। उसे लगता था कि विजय का क्रमांक प्रथम हो और उसका द्वितीय।

सौभाग्य से वे समय पर स्कूल पहुँचे। विजय ने अँग्रेज़ी शब्दों की स्पेलिंग्ज़ याद की थीं इसलिए उस पीरियड में वह बच गया। गणित के सवाल उदय ने हल करके दिये थे इसलिए उस पीरियड में भी वह बच निकला। लेकिन भूगोल के पीरियड में वह पकड़ा गया। मास्टरजी ज़ोर से भड़क उठे, "बुद्धू !"

सब बच्चों की निगाहें विजय की ओर मुड़ीं। अपनी हँसी रोककर वे अब क्या मज़ा आयेगा, यह देखने लगे। उदय के गाल सुर्ख हो गये, और उसने अपने हाथों की चौखट में मुँह छिपा लिया। इतने में उसकी बग़ल में बैठा लड़का ज़ोर से हँस पड़ा और बोला, "ऐसा कैसा है रे, तेरा भाई बुद्धू !"

स्वयं क्या कर रहा है, यह जानने के पूर्व ही उदय आवेग में उठा और अपने बग़लवाले लड़के को घूँसा मारने लगा। मास्टरजी, पूरी कक्षा और विजय भी अचरज से उदय की ओर देखने लगा।

मास्टर जी बोले, "अरे, अरे, क्या हो रहा है ?"

गुस्से से सुर्ख बना उदय चिल्लाया, "फिर मेरे भाई को वह बुद्धू क्यों कहता है ? मेरा भाई बुद्धू नहीं है, वह बुद्धिमान् है। वह पढ़ाई नहीं करता इसलिए···"

और झट् से नीचे बैठकर वह रोने लगा।

शाम को स्कूल खतम हुआ तो विजय ने गुस्से से उदय से कहा, "तुम्हें किसने कहा था मेरी तरफ़दारी करने को ?"

उदय भी गुस्से में बोल पड़ा, "फिर तुम पढ़ाई क्यों नहीं करते ?"

दोनों एक-दूसरे को घूरने लगे। फिर विजय को एकदम हँसी आ गयी। उदय भी हँसने लगा। दोनों भाई खुलकर हँसते हुए रास्ता काटने लगे।

रास्ते में विजय ने एक बाड़े के ऊपर से छलाँग लगायी तो उदय ने भी वैसा ही किया। कटी पतंग के पीछे वह दौड़ने लगा। जब पतंग को हथियाने के कारण दो बच्चों के साथ विजय लड़ पड़ा तब उसकी सहायता के लिए उदय भी दौड़ पड़ा। मारपीट में पतंग फट गयी। फिर वे बच्चे भाग गये और अपनी फटी कमीज़

सम्भालते हुए विजय आगे बढ़ गया। आगे एक लाश दिखाई पड़ी। उसका गहराई से निरीक्षण करने के लिए विजय आगे दौड़ा; और उसे पीछे खींचने वाले उदय को भी सहमकर उसके पीछे जाना पड़ा। उस लाश के पाँव को स्पर्श करने के लिए भी विजय तैयार था। लेकिन लोगों ने ही उसे भगा दिया। अन्त में समुद्र पर जाकर पानी में खेलने का शिगूफ़ा खिलाया तो उदय उसका ख़याल छोड़कर सीधे घर चला आया।

हमेशा की तरह विजय उस दिन भी बड़ी देर से घर आया। उसके कपड़े गन्दे और फटे हुए थे। उसके हाथ-पैर छिल गये थे, चेहरा मुरझाया हुआ था। 'भूख-भूख' की आवाज़ लगाता हुआ वह घर के अन्दर दाखिल हुआ। दादी माँ की तरफ़ दौड़ता हुआ वह ज़ोर से बोला, "मुझे खाने के लिए दो। मुझे खाना दो" और जब दादी माँ शान्ति से अपना काम करती रहीं तो वह माँ की ओर मुखातिब हुआ। उसके चारों ओर उछलता हुआ वह बोला, "मुझे खाना दो। मुझे खाना दो।"

उछल-कूद करते-करते पल भर के लिए खाने की बात वह भूल गया और माँ की कमर को उसने दृढ़ालिंगन दिया, बड़े प्यार से बोला, "माँ! तुम मुझे बहुत अच्छी लगती हो।"

मन में हो तो विजय बड़े प्यार से व्यवहार कर सकता था। उसके कोमल हाथों का कमर को स्पर्श होते ही माँ एकदम ठिठक गयी। उसने उसके बालों पर हाथ फेरा और उसका चेहरा अपनी तरफ़ मोड़ा। उसका चेहरा मुरझाया हुआ था। उस पर काले धब्बे जमे थे और पसीने की लकीर गाल पर से नीचे आकर सूख गयी थी। पसीने की वह लकीर देखकर माँ का गला भर आया। उसकी आँखें तर हो आयीं। उसे बाँहों में कसकर वह बुदबुदायी, "कैसा भविष्य होगा मेरे राजा बेटे का?"

उसकी बात विजय ठीक से नहीं सुन सका। लेकिन उसकी आँखों से टपके आँसू उसकी कनपटी पर पड़े थे। झट से गर्दन उठाकर उसने देखा। माँ को रोते हुए देखकर विजय हक्का-बक्का हो गया। वह माँ से बोला, "माँ, तुम क्यों रो रही हो? क्या पिताजी ने तुम्हें डाँटा है? पिताजी तो बुरे ही हैं। यूँ ही गुस्सा करते रहते हैं। थोड़े दिनों के लिए धीरज रखो, माँ! मैं बड़ा हो जाऊँगा और हवाई जहाज़ चलाने लगूँगा तो हम दूसरा घर खरीदेंगे और वहीं रहेंगे। क्यों, माँ?"

और फिर माँ जैसे उसके गालों का चुम्बन लेती है, ठीक उसी तरह उसने माँ के पेट का चुम्बन लिया।

माँ को हँसी आयी और उसने कहा, "धत्, पागल कहीं का!" और फिर बड़ी गम्भीरता से बोली, "अपने पिताजी के बारे में ऐसा नहीं कहते। वह नाराज़ हो भी गये तो उसी पल के लिए ही। मुझ पर उन्होंने गुस्सा नहीं जताया; और

तुम्हें डाँटते हैं तो तुम्हारी भलाई के लिए ही, हमारे लिए वे कितना कष्ट उठाते हैं..."

लेकिन ज़ोर से गर्दन हिलाकर विजय बोला, "मुझे पिताजी अच्छे नहीं लगते।" और फिर धीमे स्वर में लजाते हुए बोला, "तुम मुझे बड़ी प्यारी लगती हो।"

विजय को अपनी माँ बड़ी प्यारी लगती थी। उसे उसके बाल अच्छे लगते थे, उसकी बातें अच्छी लगती थीं। उसके बालों को सहलाने वाली माँ की कोमल उँगलियाँ अच्छी लगती थीं। उसकी गोद में लेटना उसे भाता था और माँ उसे जितनी अच्छी लगती थी उतना ही पिताजी पर गुस्सा आता था। उसके और उसके पिताजी के बीच दुश्मनी देखकर उसकी माँ भौंचक्की रह जाती थी, और सहम भी जाती थी।

विजय की माँ उसे घर के अन्दर ले गयी और उसने उसे खाने के लिए दे दिया। उसके साथ उदय को भी दिया। विजय जल्दी-जल्दी अपना खाना खा रहा था, और उदय धीरे-धीरे बचा-बचाकर अपना खाना खा रहा था। अपना खाना खतम होते ही उसने उदय का खाना उठाया और उदय को मुँह बनाकर दिखाते हुए, माँ को पता लगने के पहले ही, वह बाहर की तरफ़ भाग गया।

जब माँ को पता चला तो विजय के प्रति उमड़ा प्यार का आवेग कम हो गया और वह उबल पड़ी, "बदमाश, दुष्ट कहीं का ! पिताजी इसकी पिटाई करते हैं वह ठीक ही है; और मुये, तुम जल्दी-जल्दी क्यों नहीं खाते ? सुस्त कहीं का !"

फिर पिताजी के आने तक विजय शरारतें करता ही रहा। पिताजी के आते ही वह एकदम चुप हो गया। और रसोईघर में दादी माँ के पास जाकर बैठ गया। पिताजी कपड़े निकालकर रसोईघर में आये तो वह बाहर जाने लगा।

उसे बाहर जाते देखकर पिताजी एकदम गुस्सा हो गये और उसके कन्धे पकड़कर बोले, "रुको।"

विजय ने अपना कन्धा छुड़ा लिया, और गर्दन झुकाकर वह थरथराने लगा। उदय सिमटकर माँ से चिपक गया। सब्जी चलाते-चलाते दादी माँ रुक गयीं।

पिताजी बोले, "कहाँ चले ?"

विजय ने कहा, "बाहर।"

पिताजी को सूझ नहीं रहा था कि क्या कहा जाय। थोड़ी देर के लिए वे रुक गये और फिर उन्होंने डाँटते हुए पूछा, "पढ़ाई हो गयी ?"

विजय बोला, "नहीं, कल सवेरे करूँगा।"

पिताजी ने उसी स्वर में पूछा, "अभी क्यों नहीं की ?"

माँ से चुप रहा नहीं गया, वह बोली, "सवेरे ही तो करते हैं बच्चे अपनी पढ़ाई।"

तब पिताजी उबल पड़े, "यही तो बात है। तुम्हारे इस लाड़-प्यार ने ही उसे बिगाड़ा है। वह अव्वल दर्जे का अक्खड़ और बेअदब बन गया है। दिन भर आवारा घूमता रहता है, दूसरों के बच्चों को पीटता है और बिलकुल पढ़ाई नहीं करता। भिखमंगे के लच्छन हैं ये !"

फिर उसके कन्धे झकझोरकर उन्होंने पूछा, "बोलो, तुमने पढ़ाई क्यों नहीं की ?"

विजय उनकी कन्धे पर की पकड़ ढीली करते हुए बोला, "मुझे छोड़ दीजिए।"

उसके दो शब्दों में सिसकी और गुस्सा दोनों का स्फोटक मिश्रण भरा हुआ था।

उसकी बातें सुनकर उदय अचानक विजय की रक्षा के लिए उसके पास दौड़ा। उसके इस तरह से दौड़ आने के कारण ही पिताजी का ग़ुस्सा क़ाबू में नहीं रहा। उन्होंने यकायक विजय की पीठ पर धौल जमा दिया।

यकायक विजय की पीठ झुक गयी, और फिर वह ग़ुस्से से चिल्लाया, "मार डालिये, मार डालिए, मुझे जान से मार दीजिए। आप मुझे नहीं चाहते, माँ मुझे नहीं चाहतीं, दादी माँ भी नहीं चाहतीं, मुझे मार डालिए। आप मुझे जान से मार डालिए।"

बेक़ाबू होकर विजय चिल्ला रहा था, और पिताजी उसे बार-बार पीट रहे थे। विजय की पीठ और मुँह लाल हो गये थे। उसका बदन दर्द से मरोड़ खा रहा था। उसकी साँस उखड़ रही थी। शब्द ठीक से नहीं बोले जा रहे थे। उसकी आँखों से आँसू झर रहे थे फिर भी दाँत पीसकर वह कह रहा था, "पीटिए, मुझे पीटिए।"

उदय आगे बढ़ा और विजय के बदन को हाथ लगाकर बुदबुदाया, "नहीं-नहीं, उसे मत पीटिए। मत पीटिए उसे।"

उसकी मुद्रा करुणाजनक बन गयी थी। उसका बदन थरथरा रहा था। पिताजी ने जब उसे ढकेल दिया तो विजय को बड़ा-सा धक्का लग गया, और उसे ज़ोर की खाँसी आ गयी। तब वह आँखें मूँदकर रोने लगा।

उसी समय माँ और दादी माँ शेरनी की तरह आगे बढ़ आयीं और उन्होंने विजय को पिताजी के हाथों से छुड़ा लिया। दादी माँ विजय को सहलाते हुए कहने लगीं, "छोटे बच्चे को पीटा जाय तो भी कितना ! हम भी बच्चे को पीटते हैं। लेकिन पीटने का मतलब जान लेना तो नहीं ?" माँ तो रोने लग गयीं।

पिताजी का जी नहीं भरा था। विजय उनके सामने झुका नहीं था। किसी-न-किसी तरह वे उसे दुख देना चाहते थे। वह बड़बड़ाते हुए थोड़ी देर वहीं खड़े रहे, और फिर उससे बोले, "पहले उसके कबूतर फेंक देने चाहिए। कबूतरों के साथ

खेलता रहता है और पढ़ाई करना नहीं चाहता।"

और पैर पटकते वे कबूतर के बक्से के पास गये। तुरन्त विजय दादी के आलिंगन से मुक्त होकर तीर की तरह पिताजी के पीछे दौड़ गया। वह चिल्ला रहा था, "वे मेरे कबूतर हैं, मेरे हैं वे कबूतर। उन्हें फेंकना नहीं। मैं पढ़ाई करूँगा, लेकिन उन्हें मत फेंकिए।"

लेकिन पिताजी ने वह बक्सा उठा ही लिया। विजय ने उसे सख़्त पकड़ने की कोशिश की, लेकिन पिताजी ने वह ऊपर उठा लिया। विजय ने उसे लटकता हुआ उठाया और फिर नीचे गिर गया। गिरते ही उसकी छाती पर बक्से का कोना टकराने से खरोंच आ गयी। उसमें से ताज़ा ख़ून उबल आया। उदय ने वह ख़ून देखा और घर में भाग गया। फिर विजय की रक्षा के लिए बाहर दौड़ता हुआ आ गया।

विजय ने पिताजी के पैर सख़्त पकड़ लिये थे, पिताजी उसे घसीटते हुए बक्सा लेकर बाहर की तरफ़ जा रहे थे। उन्होंने बक्से के कबूतर निकाल दिये और बक्सा दूर फेंक दिया। कबूतर की टोह में घूमती हुई बिल्ली ने उसमें से एक उठाया। दूसरा अँधेरे में फरफराता कहीं चला गया।

विजय ने यह देखा और गला फाड़कर रोने लगा। उसे दुख देने में पिताजी सफल हो गये थे। पीटने से विजय जितना दुखी और असहाय नहीं हुआ था, उतना इस घटना से हुआ था।

उदय से रहा नहीं गया। वह धीरे-से विजय के पास गया और उसके कन्धे पर हाथ रखा। विजय ने यकायक उसकी तरफ़ देखा और फिर उसकी ख़ूब पिटाई की।

बेचारा उदय इतना डर गया था कि वह रो भी नहीं सका अथवा बोल भी नहीं पा रहा था, और जब पिताजी उसके बचाव के लिए आगे बढ़े तब विजय यकायक उनके सामने तनकर खड़ा हो गया। उसका चेहरा सुर्ख़ बन गया था। बदन पर बल थे और छाती पर की खरोंच में से ख़ून बह रहा था। वैसे ही तन कर खड़े होकर वह चिल्लाया, "आप कमीने हैं। मैं आपके घर में नहीं रहूँगा। आपके घर में मुझे नहीं रहना है। माँ, मैं घर छोड़कर जा रहा हूँ। दादी माँ, मैं घर छोड़कर जा रहा हूँ। मुझे खाना नहीं मिला तो भी चलेगा। मैं हमाली करूँगा। मैं जाता हूँ।"

पागल की तरह वह भागा। फाटक तक वह दौड़ता गया और ठिठक गया। उसे सूझ नहीं रहा था कि आगे क्या करे। एक बार फिर उसने पीछे मुड़ कर दरवाज़े में खड़े पिताजी की ओर देखा और फिर वह फाटक से बाहर निकल गया। उदास नज़र से रास्ते की ओर देखता रहा और फिर रास्ते पर घर की बाड़ को बाहर की तरफ़ टेककर वह बैठा रहा, अपनी छाती में न समाने वाला दुख

रुलाई के रूप में अभिव्यक्त करता हुआ वह वहीं बैठा रहा। उसे कभी दुनिया इतनी भयंकर नहीं लगी थी। अँधेरे ने इतना उसे कभी डराया नहीं था। लोग उसे इतने पराये कभी नहीं लगे थे।

पिताजी की नज़र से बचकर उदय धीरे-से बाहर आ गया और खड़े होकर केवल अपनी नज़र से विजय की रक्षा करने लगा।

माँ और दादी माँ डरकर विजय के पीछे-पीछे बाहर जाने लगीं, तब पिताजी चिल्लाकर बोले, "कोई ज़रूरत नहीं उसके पीछे-पीछे जाने की, कहाँ जायेगा वह ? थोड़ी देर बाहर बैठा रहेगा और भूख लगी कि आ जायेगा घर !"

यह सुनकर कभी भी पिताजी के खिलाफ़ न बोलने वाली माँ उनके खिलाफ़ चिल्ला उठी, "अगर मेरे बच्चे को आप नहीं चाहते तो मुझे घर से निकाल दीजिए। मैं भी भटकती रहूँगी उसके साथ भीख माँगते-माँगते। फिर आप चलाते रहिए अधिकार इस घर पर ! आप मुझे नहीं चाहते, मेरे बच्चे को भी नहीं चाहते, आपको चाहिए केवल अधिकार।"

फिर माँ और दादी माँ दोनों बाहर गयीं। उदय अधिक ढिठाई के साथ विजय के पीछे बाड़ी के अन्दरूनी हिस्से में खड़ा रहा और उसने विजय को समझाना प्रारम्भ किया।

विजय चिल्लाया, रोया। उसने लातें-घूंसे जमाये। लेकिन माँ और दादी माँ उसका अनुनय करती रहीं। अन्त में माँ को ज़ोर से काटा। ख़ून आने तक काटा। फिर विवश होकर उसके बदन पर सिर रखकर रोने लगा।

माँ ने बड़े यत्न से अपने नन्हा-मुन्ना बने उस बच्चे को उठाया और घसीटते हुए उसे घर ले आयीं। फिर कितनी देर तक माँ और बेटे की कानाफूसी चलती रही। उसे सुनने की उदय को बड़ी जिज्ञासा थी। लेकिन वह सब सुनने का धैर्य उसमें नहीं था। विजय को खिलाते हुए माँ को उसने देखा और उसे परम सन्तोष मिला। लेकिन उसी समय उसके मन में ईर्ष्यालु विचार भी आया कि इन कौरों में से एक कौर उसे भी मिल जाय—केवल एक कौर।

माँ ने बिछौने बिछाये। विजय और उदय को सोने के लिए कहकर अन्दर चली गयीं।

उदय चुपचाप बिस्तर में लेटा रहा। थोड़ी देर के बाद विजय ने धीमी आवाज़ में पूछा, "उदय ! कुछ देर पहले मैंने तुम्हें पीटा तब तुम्हें चोट तो नहीं आयी न ?"

उसकी बात सुनकर उदय का ख़ुशी से गला रुँध गया। उसे सूझ नहीं रहा था कि क्या कहा जाय। विजय के गले में बाँहें डालकर वह बोला, "बिलकुल नहीं, लेकिन तुम्हें तो ख़ूब चोटें आयी होंगी ?" और उसने विजय की छाती पर आयी ख़रोंच पर धीरे-से हाथ फेरा।

बड़ी देर तक विजय कुछ बोला नहीं। फिर बोला, "उदय, मैं तुम्हें बता दूं ! मैंने पढ़ाई करने का निश्चय किया है। मैं पढ़ाई करूँगा। बहुत बड़ा आदमी बनूंगा और फिर…"

उदय समझ गया कि वह आगे क्या कहने वाला है ! और उसी अर्थ से उसने अपने हाथ से उसका शरीर थपथपाया।

दोनों बड़ी देर तक वैसे ही लेटे रहे। फिर विजय के गहरे दुख में छेद पड़ कर उसमें से उसकी स्वाभाविक प्रवृत्ति कोमल अंकुर की तरह झाँकने लगी।

जिस रुलाई की आवाज़ अब तक खतम नहीं हुई थी, उसी आवाज में हँसने की कोशिश करते हुए वह बोला, "देखो, उदय ! आज भूत तुम्हारे पैरों में गुदगुदी करने वाला है !"

□□

अन्तिम कथन

गोविन्दराव ऑफ़िस से अभी-अभी वापस आये थे। कोट-टोपी निकालकर खटिया पर टेककर ज़रा आराम से वे बैठे थे। उनकी छोटी बिटिया गोद में बैठी थी। शर्ट का बटन घुमा रही थी। उनकी पत्नी कह रही थी कि कैसे उनकी बेटी की प्रशंसा उसकी अध्यापिका ने की है। अँग्रेज़ी कविता सुनाने के लिए वे अनुरोध कर रही थीं। लड़की झिझक रही थी।

इतने में घर के भीतर से कमज़ोर आवाज़ में किसी ने पुकारा, "गोविन्द, अरे गोविन्द !"

गोविन्दराव की पत्नी के भाल पर बल पड़ गये, वह बुदबुदायी, "लगीं पुकारने, अब पास बुलायेंगी और बड़बड़ाने लगेंगी। तबीयत इतनी खराब है तो ज़रा आराम से लेटी रहें, लेकिन ऐसा नहीं होगा।"

गोविन्दराव ने हाथ के इशारे से पत्नी की बात रोक दी और वे बोले—

"क्या है, माँ ?"

"कुछ नहीं। कुछ नहीं, बाबा !"

लेकिन गोविन्दराव से रहा नहीं गया। पत्नी के चेहरे पर नाराज़गी दिखायी दे रही थी फिर भी उठकर वे घर के भीतर गये। उनके पीछे-पीछे छोटी बिटिया भी गयी। उसकी माँ ने उसका हाथ पकड़कर धीमे-से डाँटा, "तुम भी जा रही हो ?"

लेकिन उसने चीखकर अपना हाथ छुड़ा लिया और पिता के पीछे-पीछे वह दादी माँ के पास चली गयी।

जानकीबाई बिछौने पर ही लेटी थीं। उनका चेहरा सफ़ेद पड़ गया था। किसी मुखौटे की तरह दिख रहा था। उनका बचा हुआ ऊपर का इकलौता दाँत नीचे के होंठ पर टिका निर्जीवता से चमक रहा था। बिछौने के बाहर आये हुए दुबले-पतले हाथ की झुर्रीदार चमड़ी झूल रही थी। गड्ढे में गयी आँखें भी टिमटिमा रही थीं—बोल रही थीं।

गोविन्दराव को देखते ही चैतन्य हीन-सा लगने वाला उनका चेहरा खुशी से

खिल उठा। गोविन्दराव उनके बिछौने के पास बैठ गये और उन्होंने ज़मीन पर पड़ा माँ का हाथ धीरे-से उठाकर बिछौने पर रख दिया। अपने पिताजी को यह करते हुए देखकर, छोटी बेटी ने दादी माँ के शरीर पर पड़े अस्त-व्यस्त ओढावन को ठीक कर दिया।

जानकीबाई का दिल भावावेग से भर आया उनके जर्जर चेहरे पर यह भावावेग अंकित हो उठा। उनके होंठ काँप गये। अपनी दुबली उँगलियों से उन्होंने गोविन्दराव का हाथ पकड़ने की कोशिश की। उनकी एक आँख में पानी आ गया। आँखों की कोर से उसकी बूँद गीली रेखा बनाती नीचे खिसक गयी, और कनपटी के पास वाले सूखे बालों में अटक गयी

गोविन्दराव उस बूंद की ओर देखते रह गये। उन्हें लगा कि धोती के पल्ले से उसे पोंछ दें। लेकिन उन्होंने वैसा नहीं किया। वे उदास तो हो ही गये।

अपना मन सँभालते हुए जानकीबाई ने गोविन्दराव का हाथ दबाया और उन्होंने कहा, "गोविन्दा, तुम्हारी बिटिया बड़ी सयानी है। दादी माँ का स्वास्थ्य ठीक नहीं है इसलिए उसकी सेवा कर रही है। बिटिया, तुम्हें अच्छा पति मिल जायेगा।"

गोविन्दराव ने एक बार अपनी बेटी की ओर देखा और गाल पर आये उसके बाल पीछे हटाये।

जानकीबाई ने यूँ ही गर्दन घुमाकर अपने हाथ में पकड़े गोविन्दराव के पंजे की ओर देखा और यकायक उन्हें याद आ गया कि किस तरह छोटा गोविन्दा अपनी ललछौंह मुट्ठी में अनेक बार उनकी उँगली पकड़ता था। उन्होंने गोविन्दराव के चेहरे की ओर देखा, यह देखने के लिए कि क्या उन्हें कुछ याद है। उन्हें एक बार लगा कि वे स्वयं उन्हें याद दिलायें, लेकिन वह बात उनके मन में ही अटक गयी। प्यार की आर्द्रता से वे बोलीं, "अभी-अभी आये हो ना ऑफ़िस से तुम ? थक गये होगे।"

गोविन्दराव थोड़ी देर रुककर बोले, "माँ, तुमने दवा ले ली ? कैसी है तबीयत अब तुम्हारी ?"

"ठीक हूँ।" जानकीबाई ने संक्षेप में कहा।

"तुम तो हमेशा ही ऐसा कहती हो, जो सच है वही बताओ, फिर चाहें तो ट्रीटमेंट बदल सकते हैं।"

जानकीबाई कुछ नहीं बोलीं। उन्हें स्पष्ट महसूस हो रहा था कि उन्हें भगवान के घर से बुलावा आ गया है। अब काहे की दवा और काहे का···और मृत्यु के लिए उन्हें कोई एतराज़ नहीं था। ज़िन्दगी भर जो-जो घटता रहा, वह सब उन्होंने चुपचाप सहा था। कभी किसी के बारे में उन्होंने कोई शिकायत नहीं की थी। नियति द्वारा निश्चित रास्ते से ही उनके जीवन की धारा बही थी और

अब अगर भगवान ने उन्हें याद किया है, तो उन्हें जाना ज़रूरी था।

लेकिन अब, जब सब कुछ खतम होने जा रहा है तब, अपनी सन्तान के बीच में से, रिश्तेदारों में से वैसे ही चले जाने के लिए उनका मन नहीं हो रहा था। लग रहा था कि अब तक उन्होंने जो मन में क़ैद कर रखा है उसे कह दिया जाय। जो उद्देश्य मन में रहे, उन्हें जबान दे दी जाय। उन्हें जो लगता है कि होना चाहिए वह बच्चों से कहा जाय। फिर चाहे वे वैसा करें या न करें।

वे जानती थीं कि उनके मन की बात अब होने से रही। चार ही दिन तो हुए हैं उन्हें बीमार पड़े। इतने में ही उनकी बनायी घर की व्यवस्था पूरी तरह से बदल चुकी थी, और उन्होंने अपने मन को समझाया था कि यह ऐसे ही होगा। फिर भी थोड़ा बुरा तो लगता ही था। लगता था कि उनकी ज़िन्दगी अब तो थोड़ी ही बची है। वह खतम होने के बाद बहूरानी ने जो चाहा वह किया होता तो ठीक होता। उन्होंने खुद नहीं अपनी सास की इच्छानुसार बर्ताव किया था? उन्हीं के द्वारा निश्चित व्यवस्था को आगे भी जारी रखा था? उनका प्रिय वह चाँदी का लँगड़ा बालकृष्ण, ससुरजी का ताँबे का पूजा पात्र, वह नारियल का तेल रखने की झारी, वह सिंगारदान रखने का आला···

यादें उन्हें दूर-दूर तक अतीत में ले गयीं। धुँधले भूतकाल में वे विचरण करने लगीं। अपना बचपन, पति के निधन के पहले ससुराल में बीता उनका जीवन यह सब उन्हें याद आया। वे उनके जीवन के सुख के दिन थे। किसी वृक्ष की तरह उनके पति लम्बे थे। शरीर से सुदृढ़ थे। दरवाज़े में खड़े होकर ऊपर हाथ लगाकर वे नौकर को पुकारते तो उस आवाज़ से मँझले घर में जानकीबाई डर जाती थीं कोई वृक्ष जड़ से उखड़ जाय वैसे उनकी यकायक मृत्यु हो गयी थी।

गोविन्द को लगा कि माँ को नींद आ गयी है। इसलिए धीरे-से वे जानकीबाई के हाथ से अपना हाथ छुड़ाने लगे। लेकिन जानकीबाई ने उनका हाथ कस कर पकड़ रखा था—उनकी तरफ़ देखकर वे बोलीं—

"देखो, मेरे पीछे उनका श्राद्ध नियमित रूप से करना।"

गोविन्दराव बोले, "ओ माँ, तुम कैसी बातें कर रही हो? अब जल्दी ही तुम स्वस्थ हो जाओगी?"

जानकीबाई को दुःख हुआ। उनकी बातें उनका लड़का समझ ही नहीं रहा था। जैसे छोटे बच्चे को समझाया जाता है वैसे यूँ ही वह उन्हें समझा रहा था। जानकीबाई को नयी पीढ़ी के प्रति आश्चर्य हो .हा था। उनकी प्रवृत्ति ही ऐसी है कि जो पुराना पड़ जाता है उसे वे भुला देते हैं, त्याग देते हैं! केवल अपने आपकी ही प्रशंसा करते रहते हैं। पुराने लोगों की याद तक नहीं आती इन्हें। रिश्तेदारों के प्रति भी आत्मीयता नहीं लगती, उनके घर के दरवाज़े तो बन्द ही रहते हैं। उन्हें लगा कि नाराज़ होकर कुछ कहा जाय। मन-ही-मन वे अपने पति से बोलीं, 'आप

कितनी जल्दी मुझे छोड़कर चले गये लेकिन मैंने तो ज़िन्दगी भर आपको याद रखा। रोज सवेरे भगवान को नमस्कार करते समय आपको भी किया। श्राद्ध भी नियमित रूप से किया। अब आगे का क्या मेरे बस का है ?'

भगवान के घर जाने की उत्सुकता उन्हें लगने लगी। लगा कि वहाँ उनके पति के दर्शन होंगे। उनकी पीठ पर हाथ फेरते हुए कहेंगे, 'तुम थक गयी हो। मेरे पीछे बहुत कष्ट उठाये तुमने।' और उनकी सारी थकावट दूर हो जायेगी।

अपने पति को उन्होंने कहा, 'सही है, आप यकायक चले गये और मुझे बहुत कष्ट उठाने पड़े। किसी का सहारा नहीं। पास में जेवर नहीं, और ऊपर से दो बच्चों का पालन-पोषण अधभूखा रहकर दिन बिताने पड़े। लोगों के घर में काम करना पड़ा। क्या-क्या नहीं सुनना पड़ा। मैं अकेली औरत जान। आपको भगवान की ओर से बुलावा आया सो आप अकेले चल दिये। मैं तो पीछे ही रह गयी···लेकिन यूँ ही झूठा क्यों कहूँ ? बुढ़ापे में गोविन्दा ने मुझे ज़रूर सुख दिया। माँ की सारी मुरादें पूरी कीं···'

गोविन्दराव ने कहा, "माँ, तुम क्या बुदबुदा रही हो ? किससे बातें कर रही हो ?"

काम की वजह से भीतर आयी गोविन्दराव की पत्नी ने उन्हें इशारे से कहा कि, "सासजी तो पगला गयी हैं।"

इतने में जानकीबाई बोलीं, "गोविन्दा, क्या तुम्हें याद आती है ?"

गोविन्दराव बोले, "किसकी याद ?"

"अरे, किसकी क्या पूछ रहे हो ? इनकी—इस बिटिया के दादाजी की।"

"नहीं री, माँ ! मैं बहुत छोटा था तब।"

"हाँ बेटा, तुम बहुत छोटे थे उस समय। रहा होगा पाँच साल का। तू बड़ा लाड़ला था उनका। उस समय अपने बेटे की प्रशंसा खुद ही करने का रिवाज नहीं था। फिर भी वे खाना खाने बैठते कि तुम्हें अपने पास मोढ़े पर बिठा लेते थे। दो कौर तुम्हें देते थे और अगर तू रोता हुआ नज़र आया तो कितना नाराज़ होते थे वे ! कहते रहते, बच्चे को क्यों रुला रही हो ? हाथ का काम एक तरफ़ रख दो और जल्दी से उसे चुप करा दो ! नहीं तो दूँगा दो चाँटे।"

जानकीबाई की पोती बोली, "दादी माँ, क्या तुम्हें दादाजी पीटते थे ?" वह खिलखिला पड़ी।

जानकीबाई के चेहरे पर भी मुस्कान खिल उठी। मारने के लिए हाथ उठाते हुए वे बोलीं, "बिटिया, तू बड़ी शरारती हो गयी है।"

उनका दिमाग़ भटकता रहा। उन दिनों की कितनी यादें उन्हें आती रहीं। पति की मृत्यु के बाद जो वीरान जिन्दगी उन्हें जीनी पड़ी, उसकी एक-एक कर याद उन्हें आ रही थी। भावावेग रोकना उन्हें असम्भव था ! वे बोलीं, "उनकी मृत्यु हुई

और दो जून खाना जुटाना भी मुश्किल हो गया। ज्यों-त्यों दिन बिताये मैंने ! इसलिए तो खाने की किसी ने उपेक्षा की, किसी ने फेंक दिया तो मैं भड़क उठती हूँ। अरे अब तो तुम अच्छा-ख़ासा कमाते हो। भगवान की कृपा से तुम्हें खाने-पीने की कोई कमी नहीं है। चावल के चार दाने व्यर्थ गये तो तुम्हारी गृहस्थी में कोई कमी नहीं आयेगी। लेकिन बेटा, खाना तो भगवान जैसा होता है। उसकी बरबादी नहीं करनी चाहिए। बचा-खुचा किसी को दे देना चाहिए। भूखे लोगों की क्या कमी है ? उन्हें देना चाहिए। हमें चार कौर खाना मिल जाता है तो उसमें से एक कौर दूसरे के हाथ पर रखना चाहिए। मैं तो थोड़ा-थोड़ा किसी को दिया करती थी। कोई दीन-दरिद्र बीमार हो तो उसके लिए इत्ता-सा छाछ रख देती थी। बहूरानी को वह पसन्द नहीं था। उसे लगता, अपना शौहर कमाता है और सास लोगों में बाँट देती है···"

"ऐसा क्यों कह रही हो, माँ ? क्या इस मामले में तुम्हें कभी किसी ने कुछ कहा है ? भूलकर भी मैंने कभी कुछ कहा है ?" गोविन्दराव ने पूछा।

"मैंने भी कभी चूँ तक नहीं की", बहुरानी ने अपने ऊपर लगा इल्ज़ाम झटकार दिया।

"अरे, इस तरह मुझसे नाराज़ नहीं होना। मुझ जैसी बुढ़िया की ग़लती हो गयी होगी। उसे इतना महत्त्व क्यों देते हो लेकिन दरवाज़े पर कोई माँगने आया तो इनकार मत करना। अरी ओ बहुरानी ! सुनती हो ना ?"

"वह बाहर के कमरे में है।" गोविन्दराव ने कहा।

जानकीबाई उदास होकर हँसीं, "उसे लगा होगा कि मैं पगला गयी हूँ। कुछ भी बड़बड़ा रही हूँ। लेकिन मुझसे रहा नहीं जाता, इसलिए उठती हूँ; और देखो···"

"माँ, तुम बहुत बड़बड़ा रही हो। इससे तुम्हें तकलीफ़ होगी। आराम से लेटी तो रहो।"

"अब मेरा शरीर तो थक चुका है। केवल जबान ही काम कर रही है। उसे भी बन्द करना चाहते हो तुम ?"

"मेरा मतलब ऐसा नहीं था, माँ"—गोविन्द राव हिचकिचाये।

"अब तो नहीं मानूँगी। मैं तो अभी बोलूँगी ही—मेरे मन में जो कुछ है वह सब कह डालूँगी। क्या हो जायेगा ? चार दिनों के बाद मरना है सो आज मर जाऊँगी; बस्स यही होगा ना ?" जानकीबाई नाराज़ हो गयीं। गुस्से से उनका शरीर काँपने लगा। आँखें फिर से पानी से भर गयीं।

"माँ, पागलों की तरह क्या कर रही हो ?" गोविन्दराव बोले और उन्होंने जानकीबाई के सिर पर हाथ रखा। यह देखकर उनकी बिटिया ने भी उनके चेहरे पर हाथ फेरा। उसके स्नेह से जानकीबाई को अच्छा लगा, "अपने गाल पर रखा

उसका हाथ उन्होंने वैसे ही पकड़कर रखा।

वे बोलीं, "कितनी सयानी है बिटिया मेरी। गोविन्दा, तख़्ती पर रखे डिब्बे में से उसे एक छुहारा देना। बिटिया को छुहारा बहुत पसन्द है, और तुम भी एक ले लेना।"

पोती बोली, "ओह ! पिताजी क्या बच्चे हैं जो छुहारा खायेंगे ?"

जानकीबाई हँस दीं; वे बोलीं, "अरी वह तेरा बाप होगा लेकिन मेरे लिए वह बच्चा ही है।"

जानकीबाई ने हल्कापन महसूस किया लेकिन थोड़ी देर के लिए ही। अब उनका मन आराम करना नहीं चाहता था। सब समेटकर उन्हें अब महायात्रा पर निकलना था। अन्तिम बातें बता देनी थीं।

वे बोलीं, "गोविन्दा, मेरे लिए कुछ पैसे तुमने बैंक में रखे थे, क्या वे ले आया ?"

"हाँ, ले आया हूँ। अभी तुम्हें दे दूँ क्या ?" कहते हुए गोविन्दराव उठे और पैसे ले आये।

जानकीबाई ने नोटों का वह पुलिन्दा हाथ में ले लिया; और फिर से गोविन्दराव के हाथ में देते हुए वे बोलीं, "देखो, इसमें से सौ रुपये तुम अपने पास रखो और सुन्दराबाई को ज़रूरत पड़ी तो दे देना। उसे किसी का सहारा नहीं। एक लड़का था वह भी निकम्मा निकला। इसे रसोईये का काम करके उसका पेट पालना पड़ता है। लेकिन अब कितने दिनों तक वह काम कर सकेगी ?"

गोविन्दराव बोले, "ठीक है।"

"अरे गोविन्दा ! वह बार-बार यहाँ आती है, बहुत देर तक बैठी रहती है, अधिकार से चाय माँगती है, क्या-क्या ले जाती है, इसलिए तुम लोग नाराज़ होते होगे, लगता होगा कि कब बला टलेगी। लेकिन सुनो, मेरी मृत्यु के बाद भी···"

"माँ !···"

"सुन रे, मेरे चले जाने के बाद भी उसकी पूछताछ करते रहना। बहूरानी से कहना कि थोड़ी चाय उसे दे दिया करे। अरे, वे चल बसे तब इस दुलारी ने ही मुझे सँभाला था। अपने घर में तो वह छोटी ही थी। उसका कोई अधिकार वहाँ नहीं चलता था। जैसा सास कहती वैसा ही सब उसे करना पड़ता था, और वे थीं भी बड़ी बदमाश, लेकिन यह अपने आँचल में छुपा के कभी चावल की रोटी, कभी इत्ता-सा आटा, कभी चावल के टुकड़े—सब कुछ मेरे लिए लाती थी। मुझे संकोच होता था, मैं 'ना, ना' कहती। लेकिन यह मुझे डाँटती थी। इस तरह इसने मेरी देखभाल की है। बचपन से ही वह सहेली रही है मेरी···"

"ओह ! सहेली ?" जानकीबाई की पोती हँसने लगी। बूढ़ी औरतों की भी सहेलियाँ होती हैं, इसमें ही उसे मज़ा आ रहा था।

जानकीबाई ने दुलार से उसकी ओर देखा, गोविन्दराव के हाथ के नोटों के पुलिन्दे से एक दस का नोट निकालकर उसके हाथ में दिया, और फिर से वे बातें करने लगीं, "तब मेरे दुर्दिन थे। अब उसके हैं। तब हमें उसकी चिन्ता नहीं करनी चाहिए क्या? जिसे अपना कहे, ऐसा कोई अब नहीं बचा उसका, इसलिए तो आधार के लिए वह मेरे पास आती है। मेरे पोते-पोतियों को लाड़ करती है क्योंकि उसकी गृहस्थी फल नहीं सकी। हमारे घर के दरवाज़े उसके लिए बन्द हो गये तो वह कहाँ जायेगी बेचारी? वह भी अब मुझ जैसी ही बूढ़ी हो गयी। उसे···"

जानकीबाई बीच में ही रुक गयीं। वे जो प्रतिक्रिया गोविन्दराव के चेहरे पर देखना चाहती थीं वह नहीं दिखायी पड़ी। उन्हें सुन्दराबाई के प्रति जो लगाव था वैसा गोविन्दराव के मन में पैदा होना असम्भव था। उन्हें लग रहा था, सुन्दराबाई के प्रति जो प्रेमभाव उन्होंने दर्शाया, वह उन्हीं के साथ खतम हो जायेगा। वह प्यार गोविन्दराव के हाथों में सौंपकर सुन्दराबाई तक पहुँचाना सम्भव नहीं था; और इसीलिए अपने पास कुछ पैसे हैं, इस बात की ख़ुशी उन्हें थी।

वे बोलीं। "बाक़ी सब रहने दो, लेकिन उसे ज़रूरत पड़ी तो वे सौ रुपये उसे दे देना।"

"माँ, नहीं तो तुम ही अपने हाथों से उन्हें दे देना ये पैसे!" गोविन्दराव बोल पड़े। उन्हें इस बात का बुरा लगा कि माँ के मन में इस तरह का शक आ गया।

"मेरा मतलब वह नहीं था रे", जानकीबाई ने कहा, और फिर चुप हो गयीं। दिलोजान से कोई कह रहा है और फिर भी उसकी बात दूसरा नहीं समझ रहा है। मरते समय भी अपना दिल ठीक से खोला नहीं जाता। जानकीबाई का मन कहीं भटकने लगा है। उन्होंने बीच में पूछ लिया, "क्यों रे गोविन्दा, अपनी सुशीला प्रसूत हो गयी क्या?"

"कुछ पता नहीं चला।"

"अरे, अपने लोगों की पूछताछ करनी चाहिए।" और फिर जानकीबाई यकायक हँसने लगीं।

गोविन्दराव ने विचित्र नज़र से उनकी ओर देखा। फिर वे हँसती ही रहीं। तब गोविन्दराव उनका हाथ पकड़कर बोले, "माँ!"

अपनी हँसी रोककर जानकीबाई ने कहा, "डरना नहीं, गोविन्दा! मैं पगला नहीं गयी हूँ। अभी जो जचगी की बात चल रही थी ना, उससे मुझे यकायक याद आ गयी और हँसी फूट पड़ी। अरे गोविन्दा, तुम्हें जब जना था न, तब मुझे बड़ी तकलीफ़ हुई थी। जान को ख़तरा बन गया था। दाई तो निराश हो गयी थी। तब इनका जी तो घबराने लगा था। पागल-से हो गये थे और फिर क्या किया कि—अपनी कुदाली ले ली और जो आँगन बनाना था उसे जो खोदते गये, सो

खोदते ही रहे। अन्त में जब मेरा प्रसव हुआ तब कहीं खोदना बन्द किया और ओसारे पर आकर धम् से बैठ गये। हँसते-हँसते सब लोट-पोट हो गये। सासजी बोलीं, "आँगन खोदने में तो पूरा दिन लग जाता, लेकिन वह काम तो घण्टे भर में ख़तम हो गया।"

और जानकीबाई हँसती चली गयीं। हँसते-हँसते उनकी आँखों में पानी भर आया। गोविन्दराव घबराकर यह सब देखते ही रह गये।

जानकीबाई की पोती भी हँसती रही। उसे लगा कि उसके दादाजी ज़रूर पागल रहे होंगे।

इतने में जानकीबाई का छोटा बेटा आ गया। उसे देखकर जानकीबाई की हँसी रुक गयी। उत्सुकता से हाथ उठाकर वे बोलीं, "आ गये, शंकर? आओ बेटा, मुझे लग रहा था कि अब तो तुम्हें मेरी याद आयेगी की नहीं? आ जाओ बेटा, आ जाओ। बैठो, मेरे पास।"

शंकर बोला, "माँ, यह क्या कह रही हो! मुझे तो तुम बार-बार याद आ रही थीं, लेकिन समय ही नहीं मिला।"

गोविन्दराव ने उसकी तरफ़ तीखी नज़र से देखा। क्योंकि शंकर कोई काम धाम नहीं कर रहा था। पेट पालने के लिए भी वह कुछ कमा नहीं रहा था। लेकिन इतना सही था कि वह कुछ झमेलों में फँसा हुआ था।

जानकीबाई हँसकर बोलीं, "ऐसे कौन-से कामों में उलझे हुए हो और यह कैसी हालत बना रखी है तुमने! इतने दुबले क्यों हो गये हो? अपने स्वास्थ्य की ओर ध्यान दिया करो। अभी न तुम्हारी पत्नी है न बच्चे और अब मैं भी जा रही हूँ। बीमार हो गये तो कौन करेगा तुम्हारी देखभाल?"

"माँ, मुझे क्या हो गया है? मेरा तो सब ठीक है लेकिन तुम्हारी हालत ऐसी क्यों हो गयी और तुम इस तरह मृत्यु की बातें क्यों कर रही हो? ऐसी बातें नहीं करते। तुम जल्दी ही स्वस्थ होने वाली हो; और स्वस्थ होते ही तुम्हें काशी-यात्रा कराके ले आऊँगा।" शंकर ने बड़े प्यार से कहा। वह गोरा-चिट्टा था। उसकी आँखें कंजई थीं और होंठ पतले थे। उससे कोई भी प्रभावित हो जाता था।

जानकीबाई बोलीं, "मुये, तुम पिछले पाँच सालों से काशी की यात्रा पर ले जा रहे हो। अव्वल दर्जे के गपोड़िया ठहरे तुम। रहने भी दे। अब काशी-यात्रा यहीं रही।"

"नहीं माँ, अब तो निश्चित रूप से ले जाऊँगा तुम्हें काशी। अब तो मैंने नया बिजनेस शुरू कर दिया है।"

"कुछ पैसे भी मिल रहे हैं क्या उससे?"

"तुरन्त कैसे मिलेंगे? लेकिन अब मिलने लगेंगे।"

गोविन्दराव ने नफ़रत से उसकी ओर देखा, लेकिन जानकीबाई बोलीं,

"मिलने दो बाबा, मिलने दो ! और जल्दी ही तेरा ब्याह हो जाय !"

गोविन्दराव ने उठना चाहा। लेकिन जानकीबाई ने उनका हाथ पकड़कर बिठा लिया। वे बोलीं, "अरे बैठो, गोविन्दा ! बैठो भी। तुम दोनों सगे भाई हो। झगड़ा किसलिए करते हो ? अरे, अगर भाई का भाई के साथ मेल-जोल नहीं रहा, तो किसका किसके साथ रहेगा ? किसी की भूल हो गयी तो उसे भुला देना चाहिए। गोविन्दा, तुम तो बड़े हो।"

गोविन्दराव नाराज़ होकर बोले, 'माँ, तुम्हारी इच्छा के मुताबिक़ मैंने इसके लिए बहुत कुछ किया है। उससे क्या लाभ हुआ, यह तुम अच्छी तरह जानती हो। अब और कुछ करने के लिए मत कहना मुझे।"

जानकीबाई सहम गयीं। वे बोलीं, "नहीं रे बाबा, मैं तुम्हें कुछ भी करने के लिए नहीं कह रही हूँ। कम-से-कम दोनों आपस में बातचीत तो करते रहो।"

शंकर का मानो इनकी बातों की ओर ध्यान ही नहीं था। अपनी ज़ेब में से गोलियाँ निकालकर भतीजी को दे दी थीं, और उसे गोद में लेकर वह उससे खेल रहा था।

जानकीबाई बोलीं, "अरे शंकर, तुम छोटे हो। अपने से कोई भूल हो गयी तो सीधे 'ग़लती हुई' कहना और बड़े भैया के पैर पकड़ना। अरे, वास्तव में वह कितना प्यारा है। देख रहे हो न, मेरा कितना ख़याल रखता है ? बस, इतना ही है कि वह प्यार की प्रदर्शनी नहीं करता।"

शंकर बोला, "माँ, व्यर्थ में तुम अपने मन को कष्ट मत देना। हममें कोई झगड़ा-वगड़ा नहीं है। अब आराम से लेटी रहो। मैं तुम्हारे पैर दबा दूं ?" वह सचमुच पैर दबाने लगा।

वे बोलीं, "ना बाबा, पैर-वैर मत दबाना। छह महीनों के बाद आये हो, पाँच मिनट आराम से बैठो, तो काफ़ी होगा। अब दुबारा भेंट···"

"माँ, दुबारा ऐसे बोलोगी तो मैं चला !"

"ना बाबा, ना बोलूंगी।" जानकीबाई ने दुलार से कहा। अपने बेटे के प्रति अनिवार प्यार से उनका गला भर आया। वे बोलीं, "अरे, इतना मीठा बोलते हो, वैसे ही थोड़ा समझदारी से बर्ताव करना।"

इस तरह माँ-बेटे में बातचीत हो रही थी। गोविन्दराव चुपचाप वहाँ बैठे रहे। जानकीबाई ने बहुत कोशिश की कि वे बात करें लेकिन वह असफल रहीं।

थोड़ी देर बाद शंकर ने कहा, "ओ माँ, अब तक तुमने मुझे छुहारा नहीं दिया।"

जानकीबाई बोलीं, "ए मुये, तुम क्या अब बच्चे हो ? ले लो उस डिब्बे में से।"

शंकर ने डिब्बे में से छुहारे निकाले। एक भतीजी की हथेली पर रखा और

एक गोविन्दराव को दे दिया। गोविन्दराव ने टेढ़ा मुँह बनाकर उसे ले लिया।

फिर जानकीबाई ने काँपते हाथों से गोविन्दराव के हाथ से नोटों का पुलिन्दा ले लिया और उसमें से बहुत से नोट निकालकर शंकर के हाथ पर रख दिये।

शंकर ने कहा, "नहीं-नहीं, माँ ! ये क्यों दे रही हो ? नहीं, रख लो इन्हें।"

लेकिन नाराज़ होकर जानकीबाई ने कहा, "चुपचाप ये पैसे ले लो, शंकर ! तुम्हारे हालात क्या हैं, मैं जानती हूँ। ये पैसे बहुत दिनों के लिए तो तुम्हें पर्याप्त नहीं होंगे, लेकिन मेरे पास देने लायक़ जो कुछ था, वह सब मैंने तुम्हें दे दिया। इससे अधिक मैं और क्या कर सकती हूँ ? लेकिन शंकर बेटा, इतना ध्यान में रखो, कि मैं अब चली। तुम्हें जो यह तिनके का सहारा था, वह भी अब नहीं रहेगा। इसलिए अब अपना ख़याल रखो। दुनिया में कोई किसी का नहीं होता ! तुम्हें दुर्दिन देखने पड़े तो मेरी आत्मा तड़फती रहेगी !"

शंकर की आँखें भर आयीं। उसने कहा, "माँ, ओ माँ, ऐसा मत कहो ! मैं अब अच्छा बर्ताव करूँगा। देखो तो, तुम्हारी इच्छा के अनुसार मैं बड़े भैया के पैर पकड़ता हूँ।"

ऐसा कहकर सचमुच उसने गोविन्दराव को साष्टांग प्रणिपात किया।

यह देखकर जानकीबाई की पोती खिलखिला उठी। ग़ोविन्दराव की समझ में नहीं आ रहा था कि वे क्या करें। उन्होंने और भी मुँह बना लिया।

थोड़ी देर के बाद शंकर चल दिया। उसके चले जाने के बाद जानकीबाई ने गोविन्दराव से कहा, "तुम्हें लगा होगा कि इसने बरसों तक मेरे घर खाया, मुझसे ले-लेकर ये पैसे इकट्ठा किये और अब दूसरे को दे डाले, क्यों ? क्योंकि वह आवारा है, मीठी-मीठी बातें करता है इसलिए ! इससे क्या होगा ?"

गोविन्दराव बोले, "मुझे तुम्हारे इन पाँच सौ रुपयों का मोह कभी नहीं रहा। तुमने मुझे पाला-पोसा, पढ़ाया, मेरे लिए इतना किया, बहुत हो गया। लेकिन मुझे इतना ही लगता है कि वह मीठी बातें करता है और तुम धोखा खा जाती हो।"

"बेटा गोविन्दा, वह मेरा ही बेटा है। वह कैसा है, यह सबसे अधिक मैं जानती हूँ। वह आवारा है, झूठ बोलता है। दूसरे के लिए कुछ करना नहीं चाहता। मैं यह सब जानती हूँ। लेकिन उसकी भी तो चिन्ता किसी को करनी चाहिए न ? तुम्हें जैसे भगवान ने बनाया वैसे उसे भी भगवान ने ही बनाया न ? अगर भगवान इस तरह के लोग पैदा करता है तो हमें उनकी देखभाल करनी होगी। क्या भूखे रखकर उन्हें मारना चाहिए ?"

"उसके पास तो ये पैसे आठ दिन भी नहीं रह सकेंगे।"

"आठ दिन तो आठ दिन ही सही। जितनी मेरी औक़ात थी उतना मैंने उसके लिए किया। तुम्हें बताया होता, लेकिन तुम्हें भी कितनी तकलीफ़ दी जाय ? और कोई क्या कहे ? इतने दिनों तक वह इस तरह बर्ताव करता रहा। फिर भी

हो सकता है भगवान उसे सुबुद्धि दे ! अभी भी देगा।"

गोविन्दराव ने कुछ नहीं कहा। लेकिन मन-ही-मन उन्होंने तय किया कि मैं अपने भाई को भूखा नहीं रहने दूंगा, और फिर उन्हें लगा कि उन्होंने जो तय किया उसके पीछे उनकी कमज़ोरी थी। उन्हें अपनी पत्नी से डर लगने लगा।

उन्होंने माँ से कहा, "माँ, बातें करते-करते तुम थक गयी हो। क्या तुम थोड़ा-सा दूध पिओगी ?"

लड़के की बात रखने के लिए उन्होंने थोड़ा-सा दूध ले लिया, और थकावट के कारण उन्होंने आँखें मूंद लीं। वे और बहुत कुछ बताना चाहती थीं। ससुरजी का ताँबे का पूजा का पात्र, सासूजी का चाँदी का वह लँगड़ा बालकृष्ण···लेकिन कितनी ही बातें कीं तो भी वे ख़तम नहीं होने वाली थीं···और अब पता नहीं क्यों, उन्हें ख़ाली-ख़ाली—हलका-सा लग रहा था। लग रहा था कि यहाँ का रिश्ता टूट चुका है, यहाँ जो करना था वह कर लिया है। उनकी आँखें अब उस पार लगी थीं। अब उन्हें आराम की जरूरत थी।

सोने के पूर्व उन्होंने एक बार गोविन्दराव से कहा, "गोविन्दा, मुझे डर लग रहा है।"

रात को गोविन्दराव की पत्नी ने उनसे कहा, "वे सारे पैसे उन्होंने देवर जी को दिये न ? और दस रुपये मेरी बिटिया के हाथ पर रखे। तुम हो ही ऐसे भोलेनाथ···"

गोविन्दराव कुछ तो पिनपिनाये और फिर सभी ओर सन्नाटा छा गया।

□□

मनुष्य, परी और कछुआ

एक थी परी, नन्ही-सी उसकी मूर्ति, पंख की तरह हलका उसका शरीर, हवा के साथ वह कहीं भी और कैसी भी तैरती जाती थी। तितली के पंखों का वस्त्र वह परिधान करती थी; और उतनी ही विविधरंगी कल्पना उसकी रहती थी, हमदर्दी का काला ऐनक फ़ैशन के तौर पर वह आँखों पर लगाती थी और पशु-पक्षी के ख़ून से अपने होंठ लाल करती थी, उसके पर्स में स्वर्णमुद्राएँ रहती थीं, सत्ता का छाता उसकी बग़ल में रहता था, मृत्यु की रहस्यकथा फ़ुरसत मिलते ही वह पढ़ती थी। क्रोध-द्वेष के ऊँची एड़ियोंवाले बूट पहनकर वह घूमती थी।

बड़ी सनकी थी वह! बड़ी शौक़ीन। वह थी तो नन्ही-मुन्नी-सी लेकिन शक्यता और अशक्यता के तराज़ू को इस तरह कई अनपेक्षित झोंके देती कि क्या कहें! वह घासफूस की झोंपड़ियों के ऊपर से तैरती जाती और उनके प्रासाद बन जाते। प्रासादों की अटारियों पर वह मज़े में पैर हिलाती रहती और उनका ऐश्वर्य नष्ट हो जाता। मृत्यु के खुले हुए जबड़े पर वह पाँव रखती और वह बन्द नहीं होता। निर्मिति की क्रिया को झोंका देते हुए वह गाने गाती और एक-एक जीव की भिन्न-भिन्न नियति तय हो जाती। कभी बिल्ली के बच्चे को वह मोटर के पहिये के नीचे बिठा देती, तो कभी राज्यक्रान्ति की सुरंग को बत्ती देती और अपनी बचकानी-सी लगने वाली गूढ़ हँसी बिखेर देती।

सूर्य की किरणों के झोंके के ऊपर से 'फिसलन सीढ़ी' का खेल खेलती वह नीचे उतरी। ज़मीन का स्पर्श होने के पहले ही वह ठिठक गयी और उसने इधर-उधर देखा। खरगोश के एक पिल्ले को उसने कुत्ते के मुँह में दिया और उसके गर्म सुर्ख़ ख़ून से अपने होंठ रँग लिये। अपना काला ऐनक लगाकर उसने एक मेघ की ओर देखा और मेघ सोना बन गया। किसी निद्रिस्त युवक के मस्तिष्क पर उसने अपना छाता खोलकर रखा और उसके जीवन में एक सपना खिल गया। महत्त्वाकांक्षा के घोड़े पर वह सवार हो गया और दूर भागते उस सपने को पकड़ने के लिए वह दौड़ने लगा। जीवन भर दुखिया बना रहा।

इतने में उसने कछुआ देखा। अपने सयानेपन का मोटा-सा और तकलीफ़देह लगनेवाला कवच पीठ पर सँभालते हुए वह धीरे-धीरे एक निश्चित दिशा की ओर आगे बढ़ रहा था। रास्ते में टीला आ गया तो बाजू से मुड़कर आगे बढ़ा। वह सम्भव नहीं हुआ तो थोड़ी देर रुक गया और फिर धीरे से बड़े यत्न से वह टीला चढ़कर आगे बढ़ गया।

उसे देखकर परी को बड़ा मज़ा आया। वह हवा के झोंके के ऊपर से भागती हुई उसके पास गयी। ऊँची एड़ियोंवाले अपने बूटों से उसकी मोटी पीठ पर ठोकर मारी। अपने छाते की नोक से उसे कोंचा। कछुए ने अपना मुँह और पैर अन्दर की ओर खींच लिये। उसने कछुए की कड़ी पीठ पर ख़ूब मारा, लेकिन वह स्वस्थ लेटा रहा, उसे ज़रा भी चोट नहीं पहुँची। वह बहुत ग़ुस्सा हो गयी, पर वह कुछ कर नहीं सकती थी।

अन्त में उसे तरकीब सूझी। कछुए की पीठ पर बैठकर पैर हिलाती हुई वह बोली, "कछुए! कछुए! कितनी दूर का फ़ासला?"

कछुआ बोला, "बहुत दूर का! बहुत-बहुत दूर का!"

उसने मज़ाक़ में पूछा, "पहाड़ की परली तरफ़?"

कछुए ने शान्ति से कहा, "क्षितिज के पार!"

परी ने पूछा, "क्षितिज के पार···?" और वह खिलखिला कर हँस पड़ी।

कछुआ चुपचाप रास्ता चलने लगा।

उसने पूछा, "इतनी दूर जाना है, फिर इतना बड़ा बोझ किसलिए? बोझ फेंक दो और दौड़ते जाओ!"

कछुआ बोला, "पागल परी, मैं क्या ऐसे बेवक़ूफ़ बनूंगा? यह युगों-युगों की कमाई मैं थोड़े ही फेंक दूंगा!"

"कैसी रे यह कमाई?" परी ने पूछा।

"अनुभव की, सयानेपन की!" और अपना झुर्रीदार मुंह बाहर निकालकर कछुआ आगे बढ़ने लगा।

परी की कुटिल चाल असफल हुई। वह ग़ुस्सा हो गयी। उसने एक बड़ा-सा पत्थर उठाया और कछुए के रास्ते में रख दिया। कछुआ रुका। उसने पत्थर की ओर देखा और उसका चक्कर काटकर वह पुनः अपनी नियत दिशा की ओर चलने लगा। परी ने बार-बार उसके रास्ते में रुकावटें डालीं, लेकिन अपना झुर्रीदार मुंह ऊपर उठाकर कछुआ उन्हें आजमाता और आगे बढ़ने लगता। उसने आगे बढ़ना नहीं छोड़ा। अपनी दिशा वह नहीं भूला।

अन्त में परी उकता गयी। कछुए की पीठ पर लातें, घूंसे जमा-जमाकर उसके हाथ-पैर चुनचुनाने लगे। उसने कछुए का पीछा छोड़ दिया और किसी

उड़ते पत्ते पर बैठकर वह तैरती-तैरती दूर जाने लगी। उसकी नज़र चारों ओर घूम रही थी।

राह में भिखमंगे का एक बच्चा अकेले ही धूल में बैठा भूख से रो रहा था। धूल में सना और खारा कड़ुवा-सा लगने वाला अपना अँगूठा चूस रहा था। उसके आंसू से परी ने अपना चेहरा साफ़ किया और फिर अचानक अपने पर्स में से एक सोने का सिक्का निकालकर उसके आगे फेंका।

उस बच्चे का ध्यान उस सिक्के की ओर गया और आश्चर्य तथा अविश्वास से वह वहाँ देखने लगा। फिर यकायक उसने अँगूठा चूसना बन्द कर दिया और वह इस सिक्के पर झपट पड़ा। बच्चे ने सिक्का उठाया ही था कि वह सोने से ताँबे का बन गया। परी खिलखिलाकर हँस पड़ी। लेकिन बच्चे को इसका बुरा नहीं लगा। अपना फूला हुआ पेट अपने दुबले हाथों से उसने खुजलाया और मटकती चाल से चलकर उसने उस पैसे से मुरमुरे ले लिये। दूकान की विभिन्न महँगी स्वादिष्ट चीज़ों की ओर वह देख रहा था और स्वयं इस कल्पना से अपने हाथ के मुरमुरे खा रहा था कि मानो वह वही चीज़ें खा रहा हो। अपने हाथ से सावधानीपूर्वक वह मुरमुरे अपने मुंह में डाल रहा था। एकाध मुरमुरा धूल में गिर जाता, तो तेज़ी से उसे चुनकर अपने मुँह में डाल लेता था। इतमें में पेट पीठ से सटा हुआ एक कुत्ता ज़बान बाहर लटकाये उसके पास दौड़ा आया। अपनी पूंछ हिलाकर और जीभ से मुंह के सिरे पोंछता वह उसके सामने खड़ा रहा। उसके मुँह की ओर लालच से देखने लगा। लेकिन बच्चा तो खा ही रहा था। अन्त में कुत्ते ने रुलाई की-सी आवाज़ निकाली और उस बच्चे के सामने ही बैठ गया। वह बच्चा सोच-समझकर उसकी ओर देख रहा था और उससे भी अधिक सोच-समझकर खा रहा था। फिर पता नहीं उस बच्चे के दिमाग़ में क्या आया, उसने चुनकर केवल दो ही मुरमुरे अपने हाथ में लिये और कुत्ते की ओर फेंक दिये। कुत्ते ने छलांग लगायी और भुक्खड़पन से उन दानों को खा गया। वह बच्चा मज़े में हँसने लगा और कुत्ता भी उस मज़े में शामिल होने के लिए भौंकने लगा। वह उस बच्चे के और अधिक पास जाने लगा।

परी को पता नहीं क्या लगा, वह आगे आयी और हाथ फैलाकर बोली, "बच्चे ! ओ बच्चे ! दोगे क्या मुझे थोड़े-से मुरमुरे, खाने के लिए…मुट्ठी भर ?"

उस बच्चे ने उसकी तरफ़ अचरज से देखा और यकायक अपना शरीर सिमटा लिया। मुरमुरे का काग़ज़ मसलकर अपने पेट के पास पकड़ा और वह बोला, "वाह री वाह ! तुम्हें नहीं मिलेंगे मेरे मुरमुरे !"

परी बोली, "अरे पागल ! मैंने ही दिये न तुम्हें मुरमुरे ?"

बच्चे ने फिर से उसकी ओर देखा। उसे लगा कि उससे कोई ग़लती हो

गयी। उसने एकदम रोनी-सी आवाज़ निकाली और बोला, "जीजी ! ओ चश्मे-वाली जीजी ! पैसेवाली जीजी ! भूख लगी, ग़रीब के बच्चे को भूख लगी। पैसा दे दो, ओ जीजी ! पैसा दे दो, ओ जीजी !"

परी ने कहा, "पगला रे पगला ! ताँबे का पैसा क्यों माँग रहे हो ? कपड़ा माँगो ! सोना माँगो ! मिष्ठान्न माँगो ! धन माँगो ! सुख माँगो ! जो माँगोगे वही दूँगी !"

भिखमंगे के बच्चे ने अचरज से उसकी ओर देखा। वह क्या बोल रही है उसे वह समझ नहीं पा रहा था। ऐसी भी चीज़ें होती हैं और वे उसे मिल सकेंगी, इसका उसे ख़याल ही नहीं था। वह पुनः गिड़गिड़ाकर बोला, "जीजी ! पैसे-वाली जीजी ! एक पैसा दो न ! एक पैसा ! मुरमुरे लूँगा, पेट भर खाऊँगा ! दो न पैसा ! पैसा दो न !"

परी उसकी ओर देखती रही। उसे एकदम अपराधी की तरह लगने लगा। पंख चिपक जाने की वजह से घिसटकर चलने वाली मक्खी उसे दिखाई देने लगी। अनजाने ही वह ज़मीन के पास आने लगी। लेकिन ज़मीन को स्पर्श करने के पहले ही उसने अपने आपको सँभाला और अपनी आँखों पर का चश्मा निकाल लिया। एक गूढ़ हँसी बिखेरकर वह वहाँ से अदृश्य हो गयी।

वहाँ से वह दूर-दूर तक चलती गयी। जहाँ भिखमगों के बच्चे नहीं थे, जहाँ भीड़-भाड़ नहीं थी, ऐसे स्थान पर वह पहुँची। कटे हुए बाग़, नपे-तुले रास्ते, सुडौल घर और इन सबसे बहता ऐश्वर्य। एक बँगले में मुलायम कोच पर एक बोदे शरीर का आदमी बैठा था। उसने टाँग पर टाँग रखी थी और रेशम की विजार की इस्तरी की तह के नीचे बूट चमक रहे थे। उसके पेट के बल पर नाज़ुक टाई झूल रही थी। उसके चमकीले चेहरे के चारों ओर पाईप के धुएँ की बदबू आ रही थी। उसका एक हाथ एक युवती की छाती पर था और दूसरा टेलीफ़ोन पर। वह शेयर्स और अन्य वस्तुओं की क़ीमतें पूछ रहा था। परी टेलीफ़ोन पर जा बैठी।

वह आदमी बोला, "हॅलो ! क्यों री परी ! कब आयी ?"

"मुझे लगा कि तुमने पहचाना नहीं।"

उसने उसे पहचाना है, यह जानकर परी को अच्छा लगा। उसने कहा, "पैसे के नशे में, भोग की मस्ती में मुझे ठीक-ठीक याद रखा !"

"तेरी-मेरी दोस्ती कितनी पुरानी ! इसलिए तो मिली इतनी दौलत !"

उस आदमी ने मोटी गर्दन में धँसी कालर टटोली। फिर वह भुक्खड़पन से बोला, "बोलो, क्या ख़बर है ?"

परी ने कुछ नहीं कहा। वह केवल हँस दी और उसने पैर हिलाये।

आदमी बोला, "परी ! री परी ! मत जाना कहीं···ऐ, रहो न यहीं···मेरे

बँगले में। मुझे सुख में लिटाये रखो न !"

परी दुष्टता से हँसी और बोली, "खतम हुई हमारी आत्मीयता, आ गयी अब गर्मी। इसलिए सावधान भाई ! सावधान !"

वह आदमी बोला, "कोई ऐश्वर्य भोगे और कोई ग़रीबी में सड़े, यह तो दुनिया की रीति है। भगवान का न्याय है। दुनियादारी के पहिये की धुरी। उसमें से मैं एक भाग्यवन्त, ईश्वर का मानसपुत्र। तुम मेरा क्या बिगाड़ लोगी ? ऐश्वर्य के लिए मैं, मेरे लिए ऐश्वर्य !"

परी ने शरारत से टेलीफ़ोन की घण्टी बजाते हुए कहा, "सट्टा चूकेगा।"

अंगड़ाई लेते हुए वह बोला, "दिवाला निकालूंगा।" और टेलीफ़ोन उठाकर उसने एक सौदा किया।

"कण्ट्रोल आयेगा", उसे लगा कि उसने उसे उलझन में डाल दिया है।

"काला बाज़ार करूंगा !" बेशर्मी से उसने कहा।

"पकड़े जाओगे !" उसने धमकाया।

"रिश्वत दे दूंगा।" उसने कहा।

"इज़्ज़त नहीं रहेगी।" उसने गुस्से से कहा।

"ऐश्वर्य की दासी इज़्ज़त। और मैं तो इतना धनी। कैसे जायेगी छोड़कर ? कैसे जायेगी तजकर ?" वह खिलखिलाकर हँस दिया।

परी को लगा कि उसका दुर्बल हृदय बन्द कर दे, दूसरे दिन इसके हवाई जहाज़ की दुर्घटना करा दे और उसका जीवन मसल दे। कितना आसान था ! कितना अच्छा था ! उस कल्पना के तिनके से उसने अपना मन कुरचा और फिर सहजता से वह तिनका फेंक दिया। यकायक उसका इरादा बदल गया। उसने उसकी टाई का छोर खींचते हुए कहा, "देती हूं तुम्हें ऐश्वर्य, कितना चाहिए ? इतना ? इतना ? इतना ?"

आलस्य से कोच पर सुस्ताकर उसने कहा, "और, और···"

परी ने अचरज से मुँह पर हाथ रखकर कहा, "इतना पैसा ? इतनी दौलत ? किसलिए चाहिए रे ?"

पाईप की बू छोड़ते हुए और युवती की छाती पर हाथ फेरते हुए उसने नशीली नज़र से कहा, "और···और···"

परी झट से उठी। पाईप के धुएँ की लपटों से धीरे-धीरे ऊपर गयी। और फिर टेलीफ़ोन के तार के ऊपर से मज़े में आगे बढ़कर बहुत दूर-दूर चली गयी। नागरी जीवन के घूमते चक्र की ओर नटखटपन से देखती, उसकी घिसी हुई आरियाँ उखाड़ती, अपने हाथ का छाता इधर से उधर घुमाती, वह चली गयी।

फिर एक कारखाने के अहांते में मशीन की चमकती नली पर जा बैठ, पैर हिलाती इधर-उधर देखने लगी। चक्र घूम रहे थे। बड़े-बड़े पट्टे चक्कर काट रहे

थे। मशीन के हिस्से उठ रहे थे और फिर से नीचे गिर रहे थे। धातु के पत्तर खटखट काटे जा रहे थे। फिर वे पकड़े जा रहे थे। उन्हें आकार दिये जा रहे थे। मशीन के नाजुक हिस्से आगे-पीछे बढ़ रहे थे। तेल की बूंदें टपक रही थीं, कहीं गिरकर अपनी जगह थरथरा रही थीं। मशीनों के साथ-साथ सारी ज़मीन थरथरा रही थी, और एक निश्चित लय में आवाज़ का चढ़ाव-उतार हो रहा था। उस मशीन की आवाज़ और गतिविधि में थोड़ा भी फ़र्क़ हो जाता तो मैले कपड़े पहने इंजिनियर दौड़ पड़ते थे। सबकी गर्दन मुड़ जाती थीं। काम बन्द हो जाते थे, और वे सब काम शुरू होने तक सहमे-सहमे हो जाते थे, और मशीन चालू होते ही उसके मुँह में अपेक्षित चीज़ें फिर से आज्ञा के अनुसार दे देते थे।

मशीन चक्कर काटती, झँझोड़ती, अपनी लयदार आवाज में कह रही थी, "और, और···"

और सब पसीना बहाते और पहरा देते उसे और खाना दे रहे थे। पागल मशीन की वह भूख और सयाने लोगों की उसे मिटाने की तत्परता देख परी खिलखिला कर हँस पड़ी।

पसीने से तर एक मज़दूर से मशीन की लय में वह बोली, "रुको। थोड़ा रुको। गपशप करें, रुको।"

मज़दूर ने मशीन पर लगी नज़र नहीं फेरी। उसके मुँह में धातु की पट्टियाँ ठूंसने का काम उसने रोका नहीं। वह बोला, "काम ज़ारी रखना है। मशीन के मुँह में पट्टी ठूंसनी है। एक मिनट में पाँच पट्टियाँ ! कम नहीं, ज्यादा नहीं, सिर्फ़ पाँच पट्टियाँ !"

"पट्टियों से क्या बनता है ?" परी ने पूछा।

"पट्टियों की चौखट बन जाती है। मज़दूर ने ठण्डेपन से कहा।

"हरेक पट्टी की ?"

"हाँ, सब पट्टियों की।"

"चौखट का क्या होता है ?" परी ने पूछा।

"उसकी जानकारी मुझे नहीं। आगे वाले से पूछिए। चौखट आगे जाती है। आगे वाले से पूछना।" मशीन के मुँह में पट्टी ठूंसते हुए मज़दूर ने कहा।

"रोज़ यही करना है ? बार-बार यही होगा ?" परी को वह उबाने वाला लगा।

"ना, ना ! ऐसे क्यों होगा ? नयी मशीन लायेंगे। बहुत काम करेंगे।"

"और फिर ?" परी को सन्तोष नहीं हुआ।

"और बड़ी मशीन, और बहुत-बहुत काम।" मज़दूर ने तनिक नाराज़ होकर कहा।

"लेकिन यह सब झंझट किसलिए ?" परी की जिज्ञासा खतम नहीं हो रही थी।

"वह मुझे नहीं मालूम। वह मैं नहीं जानता, उनसे पूछिए, उनसे पूछिए।" उसने मशीन पोंछी। साफ़ की। उसके मुँह में एक पट्टी ठूँसी।

"कितनी तुम्हारी होशियारी ! कितनी तुम्हारी सफ़ाई !" परी ने दुलार से उसकी ओर देखते हुए कहा।

"मशीन की तरह। मशीन की तरह।" खुशी में आकर उसने कहा और अपने हाथ की हलचल और अधिक सफ़ाई से तथा यन्त्रवत् करना प्रारम्भ कर दिया।

परी के मन में एक दुष्ट विचार आया। उसने उस मज़दूर के चेहरे पर रोशनी डाली। पल भर उसका ध्यान भंग हुआ। यंत्रवत् काम करने वाले उसके हाथ ने थोड़ी ग़लती कर दी और उस भुक्कड़ मशीन ने झट से उसका अँगूठा तोड़कर निगल लिया। उस अँगूठे की भी चौखट बनाने की कोशिश वह करने लगी; और जब वह सम्भव नहीं हुआ तब वह रक्तमांस-का अँगूठा उसने बेकार समझकर फेंक दिया।

चीखकर और चक्कर खाकर वह मज़दूर गिर पड़ा। उसके हाथ से तेज़ी से खून बहने लगा था।

लेकिन उसकी चीख मशीन के शोर में किसी को सुनाई नहीं दी।

"मशीन बन्द करो। मशीन बन्द करो !" कोई चिल्लाया। लेकिन मशीन बन्द नहीं हुई। खाना नहीं मिल रहा था तो भी उसका मुँह खुल रहा था, बन्द हो रहा था और उसमें से खून की बूंदें टपक रही थीं।

मज़दूर को बाहर ले जाया गया। उसका अँगूठा जैसे मशीन के लिए बेकार सिद्ध हुआ था, वैसे वह भी अब मशीन के लिए बेकार सिद्ध हुआ।

परी ने उसके गिरे हुए खून से अपने होंठ रँग लिये और मशीन के एक घूमते पट्टे पर सवार होकर वह हवा में उड़ गयी, और एक उड़ते काग़ज़ पर बैठ कर दूर-दूर जाने लगी। फिर वह काग़ज़ का टुकड़ा एक चाल की खिड़की में से अन्दर गया। परी झट से छलाँग लगाकर बिजली के दीये के बटन पर बैठ गयी।

क्लर्क पत्नी से कह रहा था, "100-15-250, यह है मेरा स्केल।"

"100-15-250 ?" बिना समझे पत्नी ने पूछा।

"हाँ, 100-15-250। पेन्शन नहीं, फण्ड है।" क्लर्क ने धीरे-से समझाया।

"100-15-250 ?" लेकिन मुझे साड़ी चाहिए। खूबसूरत दिखने के लिए। महिलाओं में शान दिखाने के लिए। मेरे पास सिर्फ़ चार साड़ियाँ हैं। पड़ोसन के पास आठ हैं। चार रेशम की और चार ज़रीवाली ! मुझे साड़ी चाहिए ! ज़री-वाली साड़ी ! क़ीमती चाहिए ! ला दोगे न ?"

"मुझसे क्यों पूछ रही हो ? मेरे वेतन से पूछो ! 100-15-250" क्लर्क ने खिन्नता से कहा।

"पड़ोसन की तो आठ। मेरी सिर्फ़ चार।" पत्नी उदास हो गयी।

"मुझे मत सताओ। करने दो काम।" क्लर्क ने उसे दुतकारते हुए कहा।

"कौन-सा काम ?"

"ऑफ़िस का।"

"दिखाओ मुझे !"

"तुम नहीं समझ सकोगी।"

"दैया री ! दैया री ! दैया री ! By t—2344 ? का मतलब क्या है ?"

क्लर्क ने सफ़ाई से फाइल के काग़ज़ात पलट दिये और एक काग़ज़ पर हाथ रखकर बोला, "इसका मतलब है यह।"

"इसका मतलब ?" पत्नी की जिज्ञासा बढ़ी।

"यह तो नोट है। सी० एम० ने बी० एम० को लिखा है।"

"सी० एम० ने बी० एम० को लिखा ?"

"माल की कन्साइनमेण्ट भेजिए।"

"लेकिन इन सबका मतलब क्या है ?" पत्नी ने अधिक झुँझलाकर पूछा।

"तुम क्या जानो ऑफ़िस का मतलब ? मोटी-मोटी फाइलें, लेजर मोटे-मोटे, ऑफ़िस का क्यू—सी० एम० तक का, कारोबार, लेनदेन..."

"मैं नहीं समझी। इतना ही मेरी समझ में आया कि 100-15 250" पत्नी ने निराशा से कहा।

परी भी उतना ही समझ सकी। क्लर्क की पत्नी को ज़रीवाली साड़ी चाहिए, यह बात वह अधिक अच्छी तरह से समझ सकी। उसने उस काग़ज़ के टुकड़े को छाते की नोक से छुआ और यकायक उसका पत्र बन गया।

क्लर्क की पत्नी का ध्यान वहाँ गया। उसे उठाते हुए वह बोली, "देखिए, यह क्या है ?"

"लाओ इधर।" क्लर्क ने सावधानी से उस पत्र की बाहर से जाँच की। उसे किसी खुशी की शंका हुई। वह कुछ बोलने वाला था, लेकिन उसने होंठ सख़्त भींच लिये और पत्र पढ़ा; और फिर वह खुशी से झट से नीचे बैठ गया।

"क्या हुआ ? क्या हुआ ?" पत्नी ने पूछा।

"दस हज़ार ! दस हज़ार !" क्लर्क बड़बड़ाया।

"दस हज़ार ?" सहमकर पत्नी ने फाइलों की ओर देखा।

"ए पगली ! शब्द-पहेली सुलझायी। दस हज़ार मिले। दस हज़ार !" क्लर्क ने अपना सिर जमकर पकड़ लिया।

"ज़रीवाली साड़ियाँ, सोने के गहने, काम के लिए नौकर, बैठने के लिए

मोटर !" क्लर्क की पत्नी ख़ुशी से नाच उठी।

"धत् पगली ! ऐसी हरकतें करेगी क्या ? चाल में रहने वाले क्या कहेंगे ? 100-15-250 !" क्लर्क ने घबराकर कहा।

पत्नी उदास हो गयी। इतने में परी उसके कान में बुदबुदायी, "ज़रीवाली साड़ी।"

पत्नी ने कहा, "साड़ी तो लाइए।"

क्लर्क ने उत्साह से कहा, "हाँ-हाँ ! चलो, चलो !"

क्लर्क की पत्नी के जूड़े पर गुलाब के फूल की तरह बैठकर परी बाहर आ गयी और थोड़ा आगे जाने पर उसने एक कोरी मोटर के फरफराते झण्डे पर छलाँग लगायी। वह मोटर किसी देशभक्त की थी। देशभक्त ऊँघ रहे थे। परी धीरे-से मोटर में बैठे देशभक्त के पास गयी और उसने उन्हें अपनी छतरी की नोंक से कोंचा। देशभक्त सपना देख रहे थे कि उन्हें प्रधान बनाया गया है। वे नींद में ही बड़बड़ाने लगे, "दलित समाज···पीड़ित जनता···सेवा के लिए सत्ता···नेताओं का चारित्र्य···भारतीय संस्कृति की पवित्रता···जनता की शक्ति···जनता की सेवा···दलित समाज !···"

परी ने कान में फूंक मारकर उन्हें जगाया। उन्होंने चौंककर इधर-उधर देखा। उनके ध्यान में आया कि वे प्रधान नहीं बने हैं। वे उदास हो गये, लेकिन तुरन्त नेता के लिए उचित मुस्कान उन्होंने चेहरे पर बिखेर दी।

परी मोटर के दरवाज़े के चमकीले हैंडल पर बैठकर बोली, "अगर मैं जादू कर दूं तो तुम प्रधान बन जाओगे !"

"क्या तुम सच कह रही हो ? ऐसा है तेरा जादू ? दोगी सत्ता मुझे ? सत्ता ! सत्ता !" नेता की आँखें फैल गयीं। आवाज़ फट गयी।

"हाँ-हाँ, चाहे जितनी सत्ता ! लेकिन तुम्हें सत्ता क्यों चाहिए इतनी ?" परी ने नटखटपन से पूछा।

"सत्ता ! हज़ारों, लाखों, करोड़ों मनुष्यों पर सत्ता—जीवन मसलने की, झुकाने की सत्ता, इतिहास का निर्माण करने की सत्ता, परिषद, नारे, क़वायदें, जुलूस···"

"अच्छा-अच्छा !" परी ने ठुड्ढी पर हाथ रखकर कहा।

देशभक्त शर्मिन्दा-से हो गये। "ना ना। सेवा···दलित समाज की सेवा··· ध्येय···मूल्य···सपने !···"

परी खिलखिलाकर हँस दी। लेकिन अब देशभक्त सतर्क हो गये थे। वे बिलकुल शरमिन्दा नहीं हुए। उल्टा तुच्छता से बोले, "तुम तो हो नन्ही-सी। कैसे दोगी सत्ता ?"

वे ऐसा कह ही रहे थे कि परी अदृश्य हो गयी, और कहीं से पत्थर आकर

देशभक्त की मोटर का काँच तोड़ गया। काँच का टुकड़ा उनके गाल में धँसकर ख़ून बहाने लगा।

ख़ून पोंछते हुए देशभक्त को लगा, चलो उतनी ही ख्याति। और एक तसवीर और एक बयान, हमदर्दी के तार !

उनके मन के ये विचार जानकर परी हँसने लगी और वह मीठी हँसी चेहरे पर से पोंछती दूर, बहुत दूर चली गयी।

रास्ते में फिर से उसे वही कछुआ मिला। केवल थोड़ा-सा आगे था वह। लेकिन धीरे-धीरे निश्चय के साथ वह चला जा रहा था। उसी दिशा में चल रहा था।

"क्यों रे, कछुए ? क्षितिज के पार पहुँचा क्या ?" परी ने मज़ाक़ भरे स्वर में पूछा।

"पहुँच जाऊँगा, पहुँच जाऊँगा।" उसने कहा और आगे बढ़ता रहा।

मशीन का भुक्खड़पन, ग़रीबों की विवशता, धनिकों का घमण्ड—ये सब बड़ी-बड़ी बाधाएँ पार करके आगे जाने की ज़िद से वह आगे बढ़ता रहा···बढ़ता रहा।

□ □

चन्दा मामा दूर के…

गाड़ी जब वहाँ से गुज़र रही थी तो धूप जैसे अंगार उगल रही थी। डिब्बे में आदमी ठूंस-ठूंसकर भरे पड़े थे। इत्ती-सी जगह में अपने बदन को जैसे-तैसे समाने की कोशिश में सभी लोग आड़े-तिरछे हो रहे थे। खड़े-खड़े ही किसी-किसी की उनींदी आँखों में झपकी आने लगी थी। अब वे सुस्ताने लगे थे। कोई यात्री भीड़ की ठेला-पेली में दूसरों के कमीज़-कुरतों से अपने मुँह का पसीना पोंछ रहे थे। असहनीय तल्खी से निजात पाने की कोशिश में पानी के बड़े-बड़े घूंट पीते हुए किसी-किसी के गले के उभार में अजीब-सी हलचल हो रही थी। पुरुषों के चेहरे जैसे झुलस गये थे, पसीने से तर हो रहे थे। औरतें जैसे मुरझा गयी थीं और उनके सिर के बाल अस्त-व्यस्त।

खिड़कियों से धूप बराबर भीतर आ रही थी। लू-नुमा गर्म हवा के साथ ही धूल का गुबार भी अन्दर आ रहा था। स्टेशन के इर्द-गिर्द कौवे आपस में लड़-झगड़ रहे थे; बैलों के मुंह से टपकने वाली झाग को सफ़ाचट कर रहे थे।

उसी भीड़ के एक अंश के रूप में वह भी बैठी थी—सिकुड़कर, उसकी कोख में छोटा बच्चा था। आँचल के भीतर से केवल नन्हे पैर ही झांक रहे थे। बीच-बीच में कुनमुनाते हुए, पैर तानकर बच्चा अपनी नाराज़गी जाहिर करता तो माँ उसे पुचकारकर चुप कर रही थी। माँ की बात मानकर बच्चा फिर चुपचाप पड़ा रहता। उससे सटकर उसकी जुड़वा लड़कियाँ बैठी थीं—काली-कलूटी और कृशकाय। इत्ता-सा माथा और चपटी नाक का कुछ ही ऊपर उठा सिरा, होंठ और 'नहीं' के बराबर ठोडी—दोनों का रंग-रूप लगभग एक-सा था। दीखने में थोड़ी-सी छोटी-बड़ी दिखाई पड़ती थीं। एक थोड़ी-सी उजली तो दूसरी कृष्णवर्णीय। एक हड्डियों का ढांचा भर थी तो दूसरी कुछ ठीक-ठाक। कृष्णवर्णीय लड़की कुछ चुलबुली दिखाई पड़ती थी। उसकी यह शोखी उसकी लिजलिजी आँखों से व्यक्त हो रही थी। 'थोड़ा-थोड़ा खिसकने' के जनता के आग्रह से उन्हें बैठने की जगह बची ही नहीं थी। आसन के पास वे लगभग खड़ी थीं। फिर भी उन्हें उसका कोई मलाल नहीं था। बल्कि गाड़ी में सफ़र करने के आनन्द से वे विभोर थीं जैसे।

आँखें मिचमिचाकर वह दोनों लड़कियाँ चारों ओर बड़े ही कुतूहल से निहार रही थीं। एक-दूसरे के कानों में फुसफुसा रही थीं।

सामने की सीट पर बैठे उनके पिताजी ऊँघ रहे थे। अपना एक पैर ऊपर उठाकर सिर पीछे टिकाये वे आराम फ़रमा रहे थे। उनके बासी चेहरे पर पसीने की बूंदें विराजमान थीं। नींद की वजह से उनका मुँह अधखुला था। उनका पड़ोसी यात्री बहुत सिमटकर बैठा था।

ममेरी सास ने नासिक से पानी पीने का लोटा भेज दिया था। वह छलककर आधा हो गया था। ससुराल जाते समय मायके से मिली पेटी आसन के नीचे रख रखी थी लेकिन छलककर गिरा हुआ पानी इस बीच पेटी के नीचे भी पहुँच चुका था। वह पेटी आसन से बाहर भी दीख तो रही थी लेकिन पैर रखने का सुभीता भी उससे हो गया था। एक पोटली ऊपर रख रखी थी उसमें से बच्चे के बिछावन का अंश बाहर झांक रहा था।

इस गृहस्थी की अधिष्ठात्री देवी खिड़की के पास बैठी थी। उम्र होगी पच्चीस के आसपास; लेकिन अभी काफ़ी मासूम लगती थी। क़द-काठी से वह बिलकुल कमसिन ही दिखाई पड़ती थी। बिलकुल सीधी-सादी और दिल की साफ़, यें उसके स्थायी भाव थे शायद। उस कली को किसी भेड़िये ने खिलने से पहले ही मसल डाला था। अब अपने अनखिले भाग्य को सँजोते हुए दिन गुज़ारने के अलावा और कौन-सा विकल्प उसके सामने था! जवानी की मस्ती प्रौढ़ता का भरा-पूरा एहसास और मानसिक परिपूर्णता से भला अब उसका क्या वास्ता? अन्यान्य अनुभवों का सम्बल साथ लेकर ज़िन्दगी का सफ़र पूरा करने की उसकी मंशा पर जैसे पानी फ़िर गया था। यन्त्रणा और शारीरिक कष्ट के दौर से गुज़रना ही अब उसकी नियति थी। चन्द लमहों की दिखावटी हँसी-ख़ुशी के बाद मुरझाकर नष्ट हो जाना ही उसके भाग्य में लिखा था।

उसका क़द कुछ ठिगना-सा ही था। एक मैली-कुचैली धोती पहनी होने से वह बेशक तीन बच्चों की माँ लग रही थी। हालाँकि धोती का पल्लू काफ़ी बड़ा था, अपने पति के सामने उसने अपने पल्लू को ढका हुआ ही रहने दिया। गोदी में सोये अपने बच्चे की सुविधा को देखते हुए वह कुछ आगे को झुकी हुई थी। घण्टों इसी झुकी-झुकी-सी अवस्था में बैठे रहने की अब वह आदी हो चुकी थी, बल्कि उसे कूबड़ निकल आया था, यह कहना ग़लत न होगा। इसीलिए उसके चेहरे की मासूमी और भी स्याह दिखाई पड़ती थी। युवावस्था का कोई भी नामोनिशान उसके बदन पर बचा नहीं था। सूखकर कांटा बना शरीर और बुझा-बुझा-सा चेहरा, पिचके गाल और रक्त की कमी से बदन पर छायी शुष्कता। सिर के बाल छितरे हुए तो थे ही लेकिन बच्चे के मुट्ठी में भरकर खींचने से कुछेक लटें गालों पर उतर आयी थीं।

अपना पैर थोड़ा-सा ऊपर रखकर वह बच्चे को सँभाले थी। उसके बदन में बची-खुची जान भी वह बच्चा यदा-कदा सोख लेता था।

लड़कियाँ आसन से कूल्हे टिकाये खड़ी थीं। हक्की-बक्की-सी वे दायें-बायें देख रही थीं। आपस में उनकी कानाफूसी भी चल रही थी। इसी बीच छुटकी का ध्यान एक आदमी की पगड़ी की ओर गया। पगड़ी का सिरा कनपटी तक खिसक आया था। पूरा मुँह खोलकर उसने कहा, "अय्या !" और सिटपिटाकर मुँह पर हाथ रखे वह देखती ही रह गयी।

बड़की ने उसे झकझोरते हुए पूछा, "क्या है री ?"

छुटकी ने इशारे से कहा, 'देख उधर !' लेकिन बड़की इशारा ठीक-ठीक समझ नहीं पायी। तब "बताऊँ तुझे ?" कहकर उसने अपनी बड़ी बहन के कान में बात कह दी। बड़े ही आश्चर्य से 'अय्या' कहकर बड़ी देर तक उसके सिरे को ताकती रही। फिर बड़की भी छुटकी के कान में कुछ कह गयी, और दोनों मुँह पर हाथ थामे खिलखिलाकर हँस पड़ीं।

लेकिन उनकी माँ ने उन्हें हँसते हुए पकड़ ही लिया। बड़की के कन्धे को पकड़कर माँ ने पूछा, "क्या हुआ ?"

बड़की ने छुटकी से अनुमति लेनी चाही, "बताऊँ ?"

जवाब में "अँ हूँ" कहकर छुटकी हँस दी।

बड़की ने भी हँसने में उसका साथ दिया और माँ का हाथ हटाते हुए कहा, "अँ हूँ।"

वे दोनों बहनें माँ को अपनी छोटी बहन और बुद्धू मानती थीं। इस तरह के बर्ताव से मिलने वाले आसुरी सन्तोष की उनकी ज़िन्दगी में बड़ी अहमियत थी।

माँ को अपने बुद्धूपन का एहसास हुआ और वह पानी-पानी हो गयी। उसने बार-बार अपनी लड़कियों से जानना चाहा, "बता तो सही, बतायेगी कि नहीं ?"

लेकिन लड़कियों ने उसकी एक न मानी बल्कि वे दोनों हँसती रहीं।

माँ का रुख अब बदल गया। थोड़े-से चढ़े स्वर में उसने कहा, "तमाशा क्यों कर रही हो, बताती क्यों नहीं तुम लोग ?"

इस बीच लड़की के बाप ने नींद में ही अपनी गर्दन हिलायी तो लड़कियों की माँ सहम गयी। दिल थामकर वह उनके पिता की ओर देखने लगी। लड़कियाँ भी तुरन्त चुप हो गयीं और पिता ने पुनः नींद में आँखें बन्द कर लीं, उन लोगों ने राहत की साँस ली . अब उनके चेहरे पर फिर वही मुस्कराहट थी।

अब वे लड़कियाँ, 'कैसा मज़ा चखाया !' के-से अन्दाज में उसके सामने हाथ नचाने लगीं।

माँ अधमरी-सी हो गयी और खीझकर उसने छुटकी को चिकोटी काटी। तिस

पर ज़ोर से चिल्लाकर रोने को छुटकी का दिल तो किया, लेकिन 'पिताजी जग जायेंगे और माँ पर बरस पड़ेंगे', यह एहसास उसे हुआ बल्कि स्वयं उसकी भी मरम्मत वे कर सकते थे ! इसीलिए वह रोयी नहीं। लेकिन बड़े भारी अन्याय के विरुद्ध ज़िहाद छेड़ने के-से लहज़े में उसने माँ से कुट्टी कर ली। छुटकी ने भी उसी का अनुकरण किया।

गुस्सा पीकर माँ मन-ही-मन कुछ बुदबुदायी और झटके से गर्दन मोड़कर खिड़की में से बाहर देखने लगी।

प्रसूति के तुरन्त बाद उसका विवाह हो गया था। विवाह के बाद यथोचित सम्मान उसे मिला ही नहीं। उसका पति भी उसे छोटी बच्ची या नौकरानी ही समझता था। वैसे तो वह बुरा नहीं था। (दरअसल बुरा होता ही कौन है !) लेकिन स्वार्थी और खब्ती था। पत्नी भी संज्ञावान और संवेदनशील हो सकती है, उसे मंजूर न था। शादी के तुरन्त बाद बच्चों का झंझट उसके पीछे लग चुका था। माँ को बच्चों की देखभाल से फ़ुरसत ही नहीं मिल पाती थी। बच्चों के दिल की बातें ही उसकी परिधि थी। अपने मन की बातें भी वह बच्चों से कहा करती थी। उसका कोई हमराज या हमउम्र साथी नहीं था। बच्चे देख रहे थे कि उनके पिताजी माँ को एक बालिका से अधिक कुछ नहीं समझते। इसलिए वे भी उसे अपना साथी ही समझते और अपने उसी नादान फूहड़पन से माँ के साथ पेश आते। बल्कि अपने से भी छोटा ही समझते इसलिए उसकी मानसिकता का दायरा भी सीमित ही रहा। वह अत्यन्त सहमी-सहमी-सी, डरते-सँभलते, बच्चों की चिरौरी बर्दाश्त करते हुए अपनी गृहस्थी चला रही थी।

ख़ैर कुछ ही क्षणों में पगड़ी का यह वाक़या अतीत में समा गया। उन लड़कियों की मिचमिची आँखें अब दूसरे किसी चटपटे वाक़ये की टोह में थीं— जैसे छिपकली कीड़े-मकोड़ों पर झपट्टा मारने के लिए तैयार खड़ी हो। इस बीच उनके पिताजी की गर्दन पीछे के सहारे से अलग होकर लटकने लगी, लटकने लगी···

लड़कियों को भय था कि अब क्या होगा। उनकी माँ भी विस्फारित नेत्रों से नज़ारा देख रही थी। उन सभी की अपलक निगाहें उनकी गर्दन पर जा टिकी थीं। यकायक छुटकी ने बड़की का कन्धा पकड़ लिया। बड़की ने माँ की धोती थाम ली।

उनमें से छुटकी कुछ ढीठ थी। पिताजी को जगाने के उद्देश्य से अपना हाथ आगे बढ़ाते हुए उसने "अण्णा अण्णा !" कहा तो लेकिन वह उनके बदन को छू नहीं पायी और स्थिति ज्यों-की-त्यों बनी रही।

लेकिन इस बीच माँ की गोदी में सो रहे लाडले ने करतब दिखलाया। हाथ-पैर तानकर उसने ज़ोर से एक तान आलापी, लड़कियों ने झट उसके पैर थाम लिये

और माँ फिर से उसे सुलाने की कोशिश करने लगी। उसे थपकियाँ देने लगी। अपना स्तन उसके मुँह में देकर उसे शान्त करने का प्रयत्न किया। लेकिन अबकी वह चुप होना ही नहीं चाहता था। वह बराबर रोता ही रहा।

पिताजी की आँखें खुल गयीं। माँ बच्चे को सीने से लगाकर उसके रोने की आवाज़ को चुप कराने की कोशिश करती रही और लड़कियाँ हकबकायी-सी देखती भर रहीं।

लेकिन शुक्र है कि पिताजी को ग़ुस्सा नहीं आया। बीवी-बच्चों के साथ बात करने के अपने कड़े लहज़े में सदा की तरह ही उन्होंने पूछा, "क्यों ? क्या हो गया उसे ? तूने मारा तो नहीं ?"

"मैं क्यों मारने लगी ?" उसने कुछ इस अन्दाज़ में कहा कि बच्चे के बाप को सुनाई न पड़े लेकिन उसे एहसास भर हो जाये।

"क्या कहा ? ज़ोर से क्यों नहीं बोलते तुम लोग ?" क्लास में आख़िरी बेंच पर बैठे ढपोरशंख बच्चे की चिकोटी काटने के-से तेवर में अण्णा ने कहा।

लड़कियों को मालूम था कि पिताजी ऐसे मूड में हों तो हँसने-हँसाने में कोई हर्ज़ नहीं इसलिए वे हँस पड़ीं।

ग़ुस्सा पीकर कुछ झुंझलाहट के साथ माँ ने कहा, "उमस ज्यादा है। धूप भी तेज़ है। तल्ख़ी की वजह से रो रहा होगा।"

इस बीच माँ का आँचल हटाकर बच्चा बाहर झाँकने लगा था।

"क्यों बे, गर्मी बहुत है ? सो तो होगा ही ! आँचल के नीचे दबे रहोगे तो खुली हवा कहाँ से मिलेगी ?" पिता ने पूछा।

अपने इस वचन को बार-बार दुहराकर उन्होंने पत्नी को उसकी ग़लती का एहसास कराया। गहरा एहसास। लड़कियों को भी पिताजी की बात जँच गयी और उनकी माँ को भी। "चलती गाड़ी में तेज़ हवा से बच्चे की हिफ़ाज़त करनी चाहिए" उसकी ममेरी सास ने हिदायत दी तो उसे यह बात भी जंच गयी थी और अब पति ने उसकी ग़लती का एहसास कराया तो उसे भी वह मान गयी। बुज़ुर्गों की हर बात उसे गवारा थी। एक ही बात पर अलग-अलग लोगों से कई तरह की नसीहतें मिलने पर उसे हर दूसरी नसीहत ठीक लगने लगती। उसके सही या ग़लत होने का जायज़ा लेने की उसकी आदत ही न थी। बेचारी अपने दिमाग़ की परिधि से भली-भाँति परिचित थी।

बच्चों के पिता ने बच्चे को उठा लिया। एक तो लड़का और फिर दो लड़कियों के बाद जो पैदा हुआ था। इसलिए बाप का लाड़ला होना स्वाभाविक ही था। पिता ने अपनी धोती से बच्चे के मुँह पर आया पसीना पोंछ डाला और उसे खिड़की के पास खड़ा किया। खिड़की की सराई को पकड़कर बच्चा ख़ुश होने लगा

तो उसके पिता ने तुरन्त कहा, "अब देखो, कैसे खेलता है! अब क्यों नहीं रोता ?"

बच्चे को चुप कराने का यह नुस्खा उसकी माँ को पता तो था लेकिन वह स्वयं तो वैसा करने से रही। हाँ, यदि कोई सलाह देता है तो शायद वह उसपर अमल करे, यह मुमकिन है। वह स्वयं इतनी जकड़ी हुई थी कि बच्चे को खुला छोड़ देने से वह चुप हो जायेगा, यह कल्पना ही उसके दिमाग़ में नहीं आ सकती थी।

बच्चे की माँ और बहनें बड़ी हसरत से उसका फुदकना, ख़ुश होना देख रही थीं। पिताजी की देखा-देखी वे भी ख़ुशी का इज़हार करने लगीं। बड़ी लड़की ने बाँहें फैलाकर अपने भाई को बुलाया, तो उसने बल खाते हुए मना कर दिया। और छुटकी ने उसका हाथ थामा तो वह चिल्ला उठा। तिस पर हौले से चिकोटी काटते हुए पिताजी ने कहा, "क्यों रुलाती है उसे ?"

लड़कियाँ खिलखिलाने लगीं। उनकी माँ को लगा कि वह भी ऐसी ही कोई शरारत करे और पति इसी तरह से 'रसीली' चिकोटी काटे तो कितना अच्छा होगा। लेकिन उसे पता था कि यह नामुमकिन है। फिर भी उस पर मलाल न करते हुए, पैर नीचे लटकाकर उसने बदन की ऐंठन दूर करने की कोशिश की, उसने अपना पल्लू ठीक-ठाक किया, सिर के अस्त-व्यस्त बालों को सहलाया और बड़ी मस्ती से बाहर देखने लगी। शायद पहली बार इतनी उन्मुक्तता वह अनुभव कर रही थी। बच्चों की चिल्लपों से ही सदैव घिरी रहने वाली उनकी माँ को आज पहली बार राहत की साँस लेने का मौक़ा मिला था। बचपन में सहेलियों के साथ हिंडोले पर झूलने की याददाश्त ने शायद उसे पुलकित कर दिया। क्योंकि उन दिनों गाये गीत की पंक्ति बरबस वह गुनगुनाने लगी थी। लेकिन दिन ढलने से हवा में आ रही ठण्डक उन हसीन-कमसिन स्मृतियों के उद्वेलन को जैसे निश्चेष्ट कर गयी !

फिर भी, एक ख़ुशगवार हिलोर के साथ ही वह भी आसमान में मानो तैरने लगी। खिड़की से बाहर देखते हुए उसकी निगाहें एक घरौंदे पर जा टिकीं। वह घरौंदा उसे बेहद पसन्द आया। उसने उछलकर कहा, "देखो तो, कितना बढ़िया मकान है !"

उसके पति ने बड़े ही आश्चर्य से बाहर देखा और बुज़ुर्गाना लहज़े में कहा, "उसमें क्या खास बात है ! वह कोई ताजमहल थोड़े ही है जो उसे देखते ही रहा जाये !"

यह टिप्पणी मज़ाक़िया अन्दाज़ में उन्होंने की और अपने पड़ोसियों की प्रतिक्रिया जाननी चाही। लेकिन पड़ोसियों में से किसी ने भी उसकी ओर ध्यान नहीं दिया। उन्होंने अपनी बेटियों को ही सम्बोधित किया, "क्यों मुन्नियों !"

मुन्नियाँ अदब से हँसने लगीं; और उनके पिताजी अपनी उसी टिप्पणी को दुहराते रहे। एकाकी बैठी महिला के पास ही कोई आदमी अपने नाखूनों से दीवार को खुरचने लगा हो, तब ठीक वही उत्तेजक सिहरन का एहसास बच्चों की माँ को अपने पति की बातें सुनकर हो रहा था। लेकिन असहाय बनकर चुपचाप सुनते रहने के अलावा वह कर ही क्या सकती थी ? बातों-बातों में पिता ने अपने लाड़ले से पूछा, "पागल कौन है ?"

लाड़ले ने कहा, "तू···"

बच्चे के जवाब से माँ खिलखिलाकर हँस पड़ी। पल भर को वह अपनी सीमाओं को भूल गयी थी जैसे। एक निश्छल, कमसिन क़हक़हों के सागर में वह बार-बार डुबकियाँ लगाती रही।

पिता के तन-बदन में आग लग गयी, लेकिन उन्होंने काफ़ी संयम से काम लिया। बल्कि वे झूठ-मूठ में हँस भी दिये। लेकिन पत्नी की हँसी रुकने का नाम ही नहीं ले रही थी। खीजकर उन्होंने कहा, "इतना हँसने की क्या बात है इसमें ? कोई वैसी बात हो और हँस दो तो बात समझ में भी आती है।"

पति की आवाज़ में कड़ाई आते ही वह तुरन्त चुप हो गयी। चेहरे के भाव तुरन्त बदल गये। कुछ क्षण पहले की उन्मुक्तता और ख़ुशी की लहर इस बीच काफ़ूर हो चुकी थी। कन्धों को और अधिक झुकाकर वह सहमी-सहमी-सी बैठी रही। पत्नी को आतंकित और भयाक्रान्त देखकर पति को सन्तोष हुआ। और अधिक रुतबा जतलाते हुए उसने कहा, "अब इसको सम्भालो। इतनी देर हो गयी, बच्चों को कुछ खाने को भी दोगी या···लो, इसका मुँह साफ़ करो।"

गाड़ी फिर उसी लीक पर चलने लगी। लोटे में पानी था। उसने रुमाल भिगोयी और बच्चे का मुँह साफ़ किया। नाक साफ़ करते हुए कहीं वह बिदक न जाये, इस डर से नाक के आस-पास के भाग को ही हौले से साफ़ किया। इस दौरान लाड़ला उसके गालों पर हाथ चलायेगा, यह उसे पता था। इसलिए उसने एक हाथ से लाड़ले के दोनों हाथ पकड़ रखे थे। फिर लाड़ले को बड़े ही प्यार-दुलार से पुचकारकर उसने उसे लड़कियों के हवाले कर दिया और छोटी थैली में से डिब्बा बाहर निकाला। दोनों बहनों में आपसी झगड़े की सम्भावना को देखते हुए उसने उन्हें अलग-अलग काग़ज़ पर ही खाने की चीजें दीं। जिसको गुजी पसन्द थी उसे गुजी दे दी और जिसे चकली पसन्द थी उसे चकली। एक को चित्रों वाला काग़ज़ दिया तो दूसरी को भी वैसा ही देना पड़ा। पति के हाथ में काग़ज़ थमाकर उसने अनुरोध किया कि वे अपनी पसन्द की चीजें ले लें क्योंकि वे नुक़्ताचीनी ज़्यादा करते थे। इस प्रकार सबकी व्यवस्था करने के बाद उसने अपने लिए भी खाने की चीजें डिब्बे में से निकाल लीं। उसकी सास उसे खाने-पीने की चीजें अल्प मात्रा में ही दिया करती थी; और अब तो वह कम खाने की इतनी

आदी हो चुकी थी कि अपने हाथ से भी इतनी सारी चीज़ें लेते नहीं बनता था। नट-खट बच्चा उसमें हाथ डालकर आँखों को छुआयेगा तो और एक मुसीबत खड़ी हो जायेगी, यह सोचकर उसने काग़ज़ लिया और लाड़ले की नज़र बचाकर खाने लगी।

खाते हुए भी वह अपनी गृहस्थी के बारे में ही सोच रही थी। अनजाने में भी उसके हाथ गृहस्थी से सम्बन्धित काम में ही जुटे थे। घर पहुँचते-पहुँचते रात हो सकती थी। बीच के किसी स्टेशन में यदि दूध की व्यवस्था हो जाये तो अच्छा होगा; वरना बच्चा भूख से चीखने लगेगा। इस बात को उसके पिताजी क़तई बरदाश्त नहीं कर पायेंगे। घर जाते ही चावल बनाने पड़ेंगे। दो-दो कौर निगल कर सो जायेंगे, बस। लेकिन मुन्ने के पिताजी अचार की फाँक पर गुहार मचा सकते हैं। साँभर न होने से छुटकी के गले से नीचे कौर नहीं उतर सकता है। फिर तो वह केवल प्याज के टुकड़े बीनकर खायेगी, बस। राधाबाई के घर से थोड़ा-सा अचार मँगवाया जा सकता है। दूसरे दिन सवेरे जल्दी ही झाड़ू-बुहारी करनी पड़ेगी। ननद के घर डिब्बा पहुँचाना है। और हाँ, काँच का बर्तन भी तो ननद को लौटाना है। कई दिनों से वह वैसे ही पड़ा है...

इस प्रकार एक सिलसिला यह गाड़ी में बैठे-बैठे ही सोच रही थी। उसे यह पता नहीं था कि इस तरह सोचना-विचारना अच्छा नहीं है, बल्कि उस दिशा में सोचना या न सोचना भी उसके बस की बात नहीं थी। बरसों की जकड़न से अब वह उसकी आदत-सी बन गयी थी। इस पिंजड़े से मुक्त होने पर भी वह उन्मुक्त छलाँग लगा पायेगी, उसे सन्देह था।

इसी दौरान कई स्टेशन आये और चले गये। विचारों का सिलसिला बनता-बिगड़ता चला गया। अब उमस कुछ कम हो गयी थी। सिमट-सिकुड़कर बैठे यात्री अब हाथ-पैर हिलाने लगे थे। गर्दन और पीठ की ऐंठन दूर करने की कोशिश कर रहे थे। लू-नुमा हवा की जगह शीतल पवन के झोंकों से आह्लादित हो रहे थे। इस बदलाव से यात्रियों के चेहरों पर जैसे रौनक़ आ गयी थी। उसने भी एकबारगी अपने बाल सहलाये।

इस बीच एक स्टेशन पर गाड़ी रुकी। वहाँ कोई आइसकैण्डी बेचनेवाला एक लड़का भी चिल्लाते हुए इधर से उधर घूम रहा था। छुटकी-बड़की खिड़की की सराई से नाक लगाये बाहर ताकने लगीं। उन्हीं के-से लालच भरे अन्दाज़ में उनकी माँ भी बाहर देखने लगी। बल्कि आइसकैण्डी खाने की इच्छा माँ की भी हो रही थी। अभी भी बच्चों की-सी आदतें उसकी जेहन में दबी पड़ी थीं। लड़कियों के साथ ही वह भी भयभीत नज़रों से उनके पिताजी की ओर देखने लगी।

आख़िर धीरज खोकर ढीठ लड़की ने मासूमियत भरे लहज़े में पूछ ही लिया, "आइसकैण्डी है न माँ वो?"

उसकी माँ ने भी उसी के सवाल को दुहराया, "क्योंजी, वह आइसकैण्डी ही बेच रहा है न ?"

माँ-बेटी की आँखें चार हो गयीं।

"पिताजी ने अत्यन्त सहजता से कहा, "हाँ, चाहिए तुम्हें ?"

लड़कियों में हँसी के फव्वारे छूट रहे थे। वे अभी भी खिड़की के पास ही डटी थीं। पिताजी ने उन्हें आइसकैण्डी दिलवा दी। लेकिन उनकी माँ को सिर्फ़ मुँह ताकना पड़ा। छुटकी ने इस बात पर ग़ौर नहीं किया; लेकिन मिचमिची आँखों वाली बड़की का हृदय द्रवित हो उठा। उसने सिफ़ारिश की, "पिताजी, माँ को भी दिलवाइए न।"

पिताजी ने उससे पूछा, "क्यों ? खाओगी तुम भी ?"

"मैं···मैं···! नहीं तो···" शरमाकर उसने कहा।

"हाँ, पिताजी ! वह खायेंगी।" लड़की ने फिर से दोहराया। ताव में आकर पिताजी माँ पर बरस पड़े, "तो कहा नहीं जाता मुँह से ?"

बच्चों के साथ माँ को भी चूसनी मिल गयी। उसकी सरस, रंगीन ठण्डक से मुँह का भीतरी हिस्सा भी ठण्डा हो गया। उसने दुबारा उसे चूसना चाहा। वह चूसनी को मुँह में डालने को ही थी कि गोदी में बैठे, उसके सुपुत्र ने झपट्टा मारने की कोशिश की और माँ का मुँह खुला ही रह गया। चूसनी नीचे गिर पड़ी थी।

माँ के तन-बदन में जैसे आग लग गयी। पल-पल मुँह का कौर छीन लेने वाले लाड़ले और गृहस्थी से उसे कोफ़्त-सी होने लगी। बच्चे को उसके बाप के सामने पटक कर 'लो, सँभाल इसे। मैं तो चली'—कहने को उसका दिल करने लगा। जहाँ जी में आये, चलते जाओ···चलते जाओ और थक जाते ही सड़क किनारे, किसी पेड़ के नीचे इस संसार से विदा ले लो···

घटना तो छोटी-सी थी लेकिन उसका घाव बड़ा ही गम्भीर था। दिल में छुपी सभी कुण्ठाएँ और वर्जनाएँ मौक़ा पाकर उसे विचलित करने लगीं। उसे उन्होंने झकझोर कर रख दिया; लेकिन अन्त में हार कर वे अदृश्य में कहीं खो गयीं।

ठीक इसी समय एक महिला ने उसी डिब्बे में प्रवेश किया। उम्र में वह उससे उन्नीस-बीस हो सकती है लेकिन उसकी आँखों में आज़ादी का गहरा एहसास छुपा था। नज़रों में निडरता का भाव था। आज़ादी में ही जैसे वह जी रही थी। स्वतन्त्र रूप से दायित्व निर्वाह को जैसे वह भली-भाँति निभा चुकी थी। डिब्बे में प्रवेश करने के साथ ही अपने ढंग से सामान उतारने के लिए वह कुली को कह रही थी। बैठने की जगह प्राप्त करने के लिए उसकी आँखें टोह लेने लगीं। एक अनोखे अन्दाज़ में हाथ में लटकता हुआ बटुआ उसके आधुनिक होने का

एहसास दिला रहा था। उसे पता था कि सफ़र कर रहे सभी यात्रियों की आँखें उस पर गड़ी हैं। फिर भी वह उससे अनजान बनने की कोशिश कर रही थी।

तीन बच्चों की माँ ने उस महिला को देखा नहीं कि उससे वह प्रभावित हो गयी। ईर्ष्या का एक सहज भाव उसके मन में जागृत हुआ। उसने झट सिर के बाल सँवारे, पल्लू ठीक-ठाक किया और हकबकायी-सी उस महिला की ओर देखती रह गयी।

"डॉक्टर लगती है।" उसने कहा। क्योंकि उसकी यह धारणा थी कि एक महिला डॉक्टर को ही इतना अधिक सम्मान प्राप्त हो सकता है। वही इस सीमा तक स्वतन्त्र हो सकती है। उसने मुड़कर अपने पति को देखा और प्रश्नसूचक निगाहों से गर्दन झुका ली।

नवागता की ओर उसका पति ललचायी निगाहों से देख रहा था। लेकिन पत्नी द्वारा मूक रूप से टोके जाते ही वह होश मे आ गया; और अपनी सन्तुलित अवस्था में होने का एहसास दिलाते हुए कहने लगा, "डॉक्टर क्या खाक़ होगी! होगी कोई नर्स या टीचर, आजकल तो कोई भी फ़ैशन-वैशन करने लगा है।"

उसने फिर एक बार पति की ओर देखा। इतनी फ़ैशनेबल महिला को भी अपना पति बुरा-भला कह सकता है, यह देखकर पति के प्रति उसके मन में विद्यमान आदर और भी बढ़ गया।

लेकिन इस बीच वह महिला आक्रामक अन्दाज में वहाँ आ धमकी और दो लोगों की जगह घेरकर बैठे हुए पिताजी से उसने कहा, "थोड़ा-सा खिसक जाइए।"

नवागता की ढिठाई से तीन बच्चों की माँ को बड़ा ही आश्चर्य हुआ, अब बेचारी उस महिला को दुनिया भर की बातें सुननी पड़ेंगी, अपमानित होना पड़ेगा, यह सोचकर नवागता के प्रति उसके मन में सहानुभूति की भावना जागृत हुई; कुछ भयभीत भी हो गयी वह और अपने पति के गरजने की बड़ी ही उत्सुकता से प्रतीक्षा करने लगी।

लेकिन वैसा कुछ हुआ ही नहीं, जैसा वह सोच रही थी। उसका पति चुपचाप कोने में खिसक गया और अपने कोट के दोनों छोर सामने तानकर, हँसते हुए उसने कहा, "बैठिए, बैठिए।"

उसके पति की हँसी को नवागता ने तनिक भी महत्त्व नहीं दिया। बाज़ी मार लेने के-से अन्दाज़ में वह बैठ गयी। बटुआ खोलकर कुली को पैसे देने के बाद छोटे-से रुमाल से वह मुँह का पसीना पोंछने लगी।

अपने पति को इस क़दर छिछला बनते देखकर तीन बच्चों की माँ को बहुत ही आश्चर्य हो रहा था। इस घटना के बाद नवागता के प्रति एक अनोखा भाव उसके मन में जागृत हुआ। अब उसके मन में उसका पति अस्थायी तौर पर ही

सही, एकदम बौना बन गया—उस महिला की हरकतों में अब उसकी रुचि बढ़ने लगी।

इस बीच उसका ध्यान नवागता की माँग की ओर गया। माँग सूनी थी। यानी कि वह विधवा थी। ग़रीब बेचारी विधवा ! उसके रिश्तेदार उसे काँटों पर चलाते होंगे, दुष्ट पुरुषों के छलावे का शिकार···

ग्रामोफ़ोन के रिकार्ड का बटन दबाते ही उसमें से फ़ौरन आवाज़ आने लग जाती है। ठीक उसी तरह अब उसके मन में कुछ दूसरी ही प्लेट बजने लगी। वैसे तो नवागता खाते-पीते घर की दिखाई पड़ती थी। उसका रहन-सहन भी आधुनिक था। कहीं भी मायूसी की ज़रा भी छाप दिखलाई नहीं पड़ती थी। तीन बच्चों की माँ फिर एक बार हकबका गयी। पहली बार अपने दिमाग़ पर ज़ोर देकर सोचना पड़ रहा था उसे।

···और अचानक उसके दिमाग में बिजली कौंध गयी कि हो-न-हो, यह औरत 'चालू' हो सकती है ! अब तक चालू औरतों के बारे में उसने जो कुछ भी सुन रखा था, उसका एक सजीव चित्र उसकी आँखों के सामने तैरने लगा। गृहस्थी की दुर्दशा, शराब की बोतलें (उसकी धारणा थी कि शराब की बोतलें भी कोल्डड्रिंक की बोतलों के समान ही होती हैं), लच्छेदार बालों वाले गुप्त रोग, अस्पतालों में पड़ी रहने वाली लावारिस लाशें !···

उसने लड़कियों को झट अपने पास खींच लिया। दूसरे ही क्षण उसके मन में नवागता के प्रति तिरस्कार और घृणा के भाव पैदा हुए। लेकिन उसके इस बर्ताव का नवागता पर कोई असर न पड़ा। नवागता को शायद यक़ीन भी न होता कि एक लल्लू छाप औरत उसे हिकारत से देख सकती है। फिर उसके तिरस्कार और घृणा का भला नवागता पर क्या ख़ाक असर पड़ता ! बल्कि यूँ कहिए कि उसे हँसने के लिए मसाला ज़रूर मिल जाता।

गाड़ी चल दी। कुछ देर बाद नवागता ने अपने झोले में से कुछ खाने की चीज़ें निकालीं और सामने छोटे-छोटे बच्चों को देखकर वह उन्हें भी वे चीज़ें देने लगी। बच्चों ने सहमी-सहमी निगाहों से उन वस्तुओं को लेने के लिए हाथ आगे कर दिये।

लेकिन बच्चों की माँ ने फ़ौरन उनके हाथ हटा लिये। नवागता के प्रति तिरस्कार और घृणा व्यक्त करने का इससे और अच्छा मौक़ा भला कौन-सा हो सकता था ?

लेकिन ठीक इसके विपरीत बच्चों के पिताजी ने हँसते हुए कहा, "अरे ले लो, बेटे ! उसमें क्या हुआ !"

बच्चों ने पिता का कहना मान लिया, लेकिन उनकी माँ बड़ी हैरत से अपने पति का मुँह ताकती ही रह गयी।

बच्चों के पिताजी नवागता से बतियाने के लिए बेताब थे। पति की इस बेताबी ने पत्नी के मन में एक नया ही सन्देह भर दिया। वह बरसने को ही थी। लेकिन नवागता के बेरुखे बर्ताव की वजह से बच्चों के पिताजी से बतियाने की उत्सुकता उसने नहीं दर्शायी। इसलिए पत्नी गुस्सा पी गयी। लेकिन गुस्सा पी जाने से पहले वह और अधिक क्रोध सन्तप्त हो गयी।

लेकिन बाद में नवागता ने लड़कियों की ठोड़ी को पकड़कर उनसे स्कूल का नाम, क्लास आदि के बारे में पूछा तो माँ का गुस्सा ठण्डा पड़ गया। बल्कि "आपके मुन्ने को ज़रा देखूँ तो" कहकर उसने उसे अपनी गोदी में लेकर स्नेह से चूम लिया तो माँ का गुस्सा 'नहीं' के बराबर रह गया। अब माँ को लगने लगा कि नवागता एक भद्र महिला है। उसकी ओर वह आकर्षित भी हो गयी। महिलाओं को आपस में जोड़ने वाली एक मज़बूत कड़ी में वे दोनों जैसे बँध गयीं।

नवागता ने कहा, "मुझे बच्चों से बेहद प्यार है। अभी मैं छुट्टी लेकर अपने चाचाजी के घर गयी थी। वहाँ भी बहुतेरे बच्चे हैं। बच्चों में मेरा दिल लग जाता है···"

इसके बाद तो चाचाजी आदि के बारे में स्वाभाविक रूप से ही बात चली। इस प्रकार बातों ही बातों में पूरा क़िस्सा सामने आया। शादी के तुरन्त बाद वह विधवा हो गयी। इसलिए पढ़-लिखकर उसे अनिवार्यतया नर्स बनना पड़ा था। नर्स भी कभी बेकार बैठ सकती है ! वह एक अच्छी-खासी नौकरी में बड़े आराम से अपनी गुज़र-बसर कर रही थी। लेकिन अकसर उसकी छुट्टियाँ चाचाजी के घर पर ही बीतती थीं। वहाँ उन्हें सौ-दो सौ देने पर उनकी गृहस्थी में भी थोड़ी-सी मदद मिल जाती और उसकी छुट्टियाँ भी आराम से बीततीं। यानी कि अपने भाग्य को बहला-सहलाकर वह ज़िन्दगी गुज़ार रही थी।

अपनी बेहतरीन कलाई घड़ी में देखते हुए रुमाल से उसने अपना मुँह पोंछा।

नवागता के नाज़-नखरे और अनोखे तेवर देखकर तीन बच्चों की माँ को ज़बरदस्त ईर्ष्या होने लगी। उसे लगा कि शादी के तुरन्त बाद यदि वह विधवा हो गयी होती तो इसी तरह की आधुनिक और खुशबूदार ज़िन्दगी उसे नसीब हुई होती।

लेकिन दूसरे ही क्षण इन अतिवादी विचारों की दाहकता का एहसास उस सहृदय महिला को हो गया। उसका जी घुटने लगा। वह इन विचारों को अपने दिमाग़ से निकाल बाहर करने की पुरज़ोर कोशिश करने लगी।

लेकिन एक लती कुत्ते को कितनी ही बार भगा देने से वह आदत से थोड़े ही बाज़ आयेगा ! एक बार जो विचार मन में आ गया वह किसी-न-किसी कोने में अवश्य ही कुण्डली मारकर बैठेगा। उसके मन की कोई अनजानी पर्त ज्वालामुखी

से फूटकर उभर आयी थी। इससे शायद उसकी जिन्दगी का नूर ही बदल जाता।

इस बीच एक स्टेशन पर गाड़ी रुकी। नवागता ने खिड़की में से झाँककर बाहर देखा। एक ऊँचे-तगड़े युवक ने हाथ हिलाकर आवाज़ दी, "विमल !"

जवाब में रुमाल हिलाते हुए नवागता ने कहा, "श्याम !"

क़रीब आकर उसने लगभग उसका हाथ थाम लिया। फिर बिजली की फ़ुर्ती से भीतर घुसकर, खिड़की के पास अभी-अभी खाली हुई दो सीटें रोककर उसने वहीं बुला लिया।

तीन बच्चों की माँ के ठीक पीछे की ही सीट थी वह। उनकी आपसी बातों की और हँसी-मज़ाक़ की आहट उसे बराबर आ रही थी। उन्हें देखे बिना ही वह उनके प्यार जतलाने के अन्दाज़ का अनुमान लगा सकती थी। उनकी वह हँसी-मज़ाक़ उसके परखचे उड़ा रही थी, लहू-लुहान कर रही थी। एक नये अन्दाज़ में वह अपने पति की ओर देखने लगी। काश ! अपने भी पति से उसे बेढंगा, बद-मिजाज और बचकाना ही सही, प्यार मिलता ! उसे भी वह बेशक क़बूल कर लेती। फिर तो गृहस्थी के कितने ही कष्ट और बच्चों की कोई भी शिकायत उससे क़तई नहीं कर सकती थी। जनम-जनम तक वह अपने पति की एहसानमन्द हो जाती। लेकिन दुर्भाग्य से उसकी आँखों की याचना को पति समझ नहीं पाया और वह उसे शब्दों में व्यक्त करती रही।

गाड़ी की खड़खड़-धड़धड़ बराबर चल रही थी। दिन ढलने के बाद खाना-पीना और गपशप का लम्बा दौर चला। अब यात्री बैठे-बैठे उँघने लगे थे। मन-मस्तिष्क जैसे घरौंदे में आराम करने लगे। वातावरण जब शान्त हो गया तो बाहर चाँदनी पूरे मनोवेग से छिटकती रही और उसकी तनिक भी आहट नहीं हुई।

"कितनी स्वच्छ-शीतल है यह चाँदनी !" उसी नवागता की आवाज़ थी।

"बेशक—छनकर आ रही है जैसे !" युवक की टिप्पणी।

फिर दोनों निःशब्द हुए।

तीन बच्चों की माँ ने यह संवाद सुना और वह अनमनी हो उठी। अपनी जगह से उठकर पति से सटकर बैठने और "कितनी मधुर चाँदनी है !" कहने को उसका दिल करने लगा।

आशा, अकुलाहट और व्यथायुक्त निगाहों से उसने पति की ओर देखा और महसूस किया कि यह क़तई सम्भव नहीं, हरगिज़ नहीं।

उसने सहज ही अपने बच्चे को सहलाते हुए खिड़की में से चाँद की ओर इशारा किया और कहा, "देखो, देखो, चन्दा मामा कितना ख़ूबसूरत है न ? बोलो, बोलो, चन्दा मामा दूर के···"

□□

जुगनू

गले में फँस गयी अपनी पूँछ हिलाने वाली मछली उसने ऊपर खींच ली और निकालकर उसे टोकरी में रख दिया और वह चला गया। हिलोरते पानी को भेदकर मेरी नज़रों ने उसे देखा और पूँछ हिलाता फिर से पानी के तल में चला गया।

"वह कैसा था ?"

"मैंने कहा न ! मुझसे यह प्रश्न मत पूछो। मैं इसका उत्तर नहीं दूँगा।"

"कारण ?"

"कारण ? कारण क्या ? तुम मेरा क्रास एक्ज़ाम ले रहे हो ! तुम्हें क्या लगता है कि मैं एक गुनहगार हूँ ? अगर मैं गुनहगार हूँ तो तुम भी गुनहगार हो। हम सभी गुनहगार हैं।"

"यही तो समाधान का विषय है।"

"वाह ! समाधान के बिना कैसे चलेगा ? मनुष्य को समाधान चाहिए ही। पहले पुस्तकों में मिल जाते थे। आजकल प्लास्टिक के मिलते हैं। दो-दो आने में। महँगे हैं, ऐसा कहा जाता है। फिर एक-एक आने में लें।"

"कारण ?"

"आपका कहना है कि बतलाऊँ ही। ठीक है, तब सुनिए। कारण उसने अपने को देखा। मुझे और तुमको भी। उसने फटी-फटी-सी आँखों से अपने को देखा। क्या ? मज़ा करने के लिए आऊँ, ऐसा कहते हो ? गायें ? नाचें ? चलो। चलो। फिराओ रिंग।"

"मेरी जाऽऽ न मेरी जाऽऽ न सण्डे के सण्डे" ताल पकड़ो। सभी गाओ। ज़ोरों से। कृपया ज़ोर से। वह उसे ले गया। मैं उसकी अस्थियाँ लेकर चल रहा हूँ। आपको पता नहीं होगा इसलिए कहता हूँ कि यह मेरी माँ थी। गंजा, आधारहीन विधान !

आपको एक उतरती उम्र के आदमी की कहानी मालूम है क्या ? उसने ढलती उम्र में दूसरी शादी की, जवान पत्नी घर लाया। रात को वह अपनी नयी पत्नी

से प्रेमालाप कर रहा था। उसने अपने सफ़ेद बालों को तोड़ लिया था ताकि वह तरुण दिखाई दे। आधी रात को दोनों सो गये। तब पहली बुढ़िया पत्नी वहाँ आयी और उसने उसके सारे काले बाल उखाड़ दिये ताकि तरुण पत्नी उसे फिर पसन्द न करे।

जब वह सुबह उठा तो उसे मालूम पड़ा कि वह एक रात में गंजा हो गया है।

बहुत मज़ेदार कहानी है, ऐसा आप बोलते हैं। पर उस बूढ़े को ऐसा नहीं लगा।

कहा ना। उसकी अस्थियाँ लेकर मैं समुद्र की ओर जा रहा था। शरीर पर राख लगाये, लाल-लाल आँखों के वैराग्य-जैसा खुद से बड़बड़ाता दिन क्षितिज के उस पार चला गया। अब पश्चिम में सिर्फ़ उसकी भूरी जटा दिखाई दे रही थी। उस जटा के जाल में आशय का टेढ़ा-मेढ़ा शून्य है।

काली भयानक रात्रि उसके पीछे दौड़ रही है। रक्तलांछित समुद्र बड़बड़ाता है। क्षितिज लम्बी जँभाई ले रहा है। अव्यक्त ही अलस जम्हाई। व्यर्थ का अनुप्रास! हा-हा-हा!

देखा क्या? वह देखा? अव्यक्त ही नाक पर एक जुगनू बैठा है।

हाँ, मैं गुनहगार हूँ। मैं अपने जीवन को जीने को बहुत आतुर था।

मेला भरा था। झूले ऊपर-नीचे झूल रहे थे। परातों में मिठाइयाँ सजी हुई थीं। बोहरे स्प्रिंग की मोटर चलाकर दिखा रहे थे। वहाँ कुश्ती के दंगल में चाँदी के ढाल का उपहार था। मण्डप के अन्दर पर्दा लगाकर लावनी का कार्यक्रम चल रहा था। एक कोने में चार आदमी ताश के पत्ते लिये बैठे थे।

"ये देखो, पत्ते चार ही हैं। लाल की रानी को ठीक से देखो।"

"ध्यान में रख लो। दूसरे नम्बर का पत्ता। देखें वह अब क्या हाथ की चालाकी करता है। वह नहला तो मैं दहला!"

"लो रुपया, जीता तो क्या मिलेगा? दस रुपये, अच्छा।"

"अपने पत्ते लगाओ। यह देखो लाल की रानी। निश्चित। यही। पत्ते उलटो। नहीं। धोखाधड़ी है, फँसाना है इस खेल में। मेरा रुपया दो नहीं तो पुलिस को सूचित करता हूँ।"

"चुपचाप चले जाओ अब! सरको, आगे सरको। दूसरे आदमी को आगे बढ़ने दो।"

"अरे! पर मेरा रुपया? मेरा रुपया।"

"क्या मन में दुःखी होते हो राव! चलो एक-एक गिलास ताड़ी पियें।"

वह बोली—"मेरा हाथ पकड़ रे। मुझसे अब चला नहीं जाता। हम लोग धीरे-धीरे चलें।"

मैंने अनिच्छा से उसका हाथ पकड़ा और मेरे पीछे उसे, कहा—"माँ, तेरे पास पैसे हैं क्या ? दो रुपये ! सिर्फ़ एक रुपया सही ? चार आने भी चलेंगे।"

वह बोली, "नहीं हैं रे बच्चे, जब था तेरे लिए ख़ूब किया। बचपन में तुझे चिकट हलवा[1] बहुत अच्छा लगता था।"

वह आराम से एक-एक पाँव रख रही थी। उसकी आँखें भूतकाल में भटक रही थीं।

मैंने आहिस्ते से उसका हाथ छोड़ दिया और आगे बढ़ गया। मेले की रंग-बिरंगी भीड़ में मिल गया।

परन्तु भगवान की क़सम खाकर कहता हूँ, मेला जब मस्ती में था तब भी ऐसा आभास होता था कि कोई मुझे बुला रहा है। अब भी कभी-कभी वह आभास मुझे होता है और बेचैन कर छोड़ता है।

उसकी ज़िन्दगी का एक संस्मरण सुनाऊँ क्या ? उसने एक बार मुझसे कहा था—

"मेरी माँ थी ना, बहुत छोटी उम्र में मर गयी। मुझे उस समय थोड़ा-सा ज्ञान था। सई को तो कुछ समझ नहीं थी। हमारे पिता परिवार छोड़कर पता नहीं कहाँ चले गये। हमारी मौसी ही ने हमको बड़ा किया। माँ की याद लगातार आती थी। माँ की याद आये तो मैं कोने में जाकर रोने लगूँ। दिन किसी तरह बीत जाता। पर रात को सोते समय माँ को पास होना चाहिए, ऐसा लगता था। आँखों से लगातार-आँसू बहते रहते थे। हमें कौन अपने पास सुलाता, हम बच्चे अकेले ही सोते थे। फिर घर में माँ की एक पुरानी साड़ी थी, मैं उसे पास में रख लेती और उसका तकिया बनाकर सोती थी। ऐसा था मेरा बचपन।"

मैं स्वीकार करता हूँ कि मैं गुनहगार हूँ।

पर उस राजभवन की वह यौवन से भरी राजकन्या देखी क्या ? उसके गले की मोतियों की माला में से एक मोती का स्थान खाली हो गया है। उसके खुले बाल मलिन हो गये हैं। आस-पास के राजवैभव में वह अकेली थी। एकान्त में सिसकियाँ लेती रहती है।

वह यशोधरा !

सिद्धार्थ को बुद्ध होना था इसलिए उसका जीवन भग्न होकर रह गया। और भीष्म की कहानी याद आती है क्या तुम्हें ?

शान्तनु को मत्स्यगन्धा चाहिए थी। पर मत्स्यगन्धा ने यह शर्त रखी कि मेरे पुत्र को ही राज्य मिलना चाहिए। उसके लिए भीष्म को सिंहासन पर अपना हक़

1. माहिम हलवा—एक विशेष प्रकार का हलवा।

छोड़ना चाहिए और खुद ब्रह्मचारी बनकर रहना चाहिए, ताकि उसकी सन्तान ही न हो और सिंहासन पर अपना अधिकार जतलाने वाला ही न रहे।

निर्लज्ज शान्तनु ने भीष्म से अनुरोध किया। पितृभक्त भीष्म ने उसे स्वीकार किया। शान्तनु ने जीवन भोगा। मत्स्यगन्धा के पुत्र-पौत्रों ने भोगा और भीष्म के पास बचा सिर्फ़ नपुंसक तत्त्व ज्ञान। वही शिखण्डी। उसने ही भीष्म को मारा।

मन्त्र कहते-कहते पण्डितजी रुक गये, बोले—"पहले नाम बताओ।"

आजी माँ से यह प्रश्न पूछा गया। जिस प्रकार रसोईघर के अँधेरे कोने की दीवार पर लगी पाटी से डिब्बा निकालते समय उसके हाथ डगमगाते थे, वैसी ही उसकी स्मृति भूतकाल से कबाड़ख़ाने को दस्तक देने लगी।

"एक गंगा, दूसरी पार्वती और पहले की राधा, मुझे लगता है—राधा ही।"

काँपती गर्दन से वह नाम बदलती थी। पर मुझे कुछ चमत्कारिक लगता था। भीतर के अँधेरे कमरे से कंगन की आवाज़ और उसी के पीछे दबी हुई सिसकियाँ सुनाई दे रही हैं, ऐसा मुझे लग रहा था।

कौन होगा यह? विस्मृति के अन्धकार में खोकर और फिर भी ख़ून के गहरे सम्बन्ध से मुझसे जोड़ा गया! कैसा जीवन उन्होंने जीया होगा?

वह राधा! वह निश्चित रूप से बड़ी ही चतुर और साहसी होगी।

हँसमुख, तुरन्त ही अपनी छाप छोड़ने वाली। कोई ईर्ष्या मन में न रखने वाली!

कौन जाने!

उस पार, वहाँ, उस छाया में वे सभी हैं। उसका अस्तित्व मुझे महसूस होता है। कुतूहल से मैं व्याकुल हो गया हूँ। मुझे अपने जीवन की जड़ को एक बार देखना है।

वे सभी कड़ियाँ थीं और मैं भी कड़ी ही हूँ। अब हिम्मत है छाती पर हाथ मारकर 'मैं' कह सकूँ।···परन्तु उस रेखा के पार क्या है?

अन्त में वह कुछ घबरायी-सी मालूम पड़ती थी। प्राण सिर्फ़ छटपटा रहे थे। हाथ-पैरों की शक्ति समाप्त हो चली थी। उस समय उसने भयभीत नज़रों से मुझसे कहा, "मेरा क्या होगा? अब क्या होगा?"

मनुष्य की आँखों में सिमट आया इतना भय मैंने पहले कभी नहीं देखा था। यह प्रश्न कभी किसी ने मुझसे पूछा नहीं था। और परमेश्वर से ऐसी प्रार्थना करता हूँ कि यह प्रश्न कभी कोई मुझसे पूछे भी नहीं।

मेरी आँखें ढीली पड़ गयीं। जीभ टिंडोरे की तरह भारी हो गयी। 'सूँई' ऐसी आवाज़ करता सिर घूमने लगा। मैंने जैसे-तैसे कहा—"नहीं, तू अब अच्छी हो जायेगी। थोड़ी-सी घबराहट-सी हुई है तुम्हें, इतना ही।"

मुझ पर से अपनी नज़र हटाकर अपने क्षीण हाथों की ओर देखकर वह बोला।

"क्यों व्यर्थ में झूठी दिलासा देते हो !"

उसने फिर मेरी ओर आशा से देखा और कहा, "क्या होगा रे मेरा ? क्या होगा ? मुझे बहुत डर लगता है रे।"

मैं तेज़ी से उसके पास गया। उसके शरीर पर हाथ फेरने लगा। पर उसकी आँखें कह रही थीं कि इन सबका कोई उपयोग नहीं है। यह सब व्यर्थ है।

और मेरे पास की सारी सहानुभूति सूख गयी थी। मुझे लगता था कि मैं वहाँ से भाग जाऊँ। लगता था, अगर उसका हाथ थाम लिया तो मैं भी उस रेखा के पार खींच लिया जाऊँगा।

सूखे हुए मुँह से मैंने कहा, "तुम्हारा देवताओं पर विश्वास है न ? फिर तू भगवान का नाम ले।"

उसने निराशा से नज़रें झुका लीं और अपना दुर्बल हाथ, जो उल्टा पड़ा था, सीधा किया।

और हाथ के उस एक उलट-पुलट से देवता मारा गया था। जिस देवता की उसने जन्मभर पूजा-अर्चना की थी उसका अस्तित्व तक पुँछ गया था।

अभी भी कभी-कभी मैं रात को घबराकर जाग जाता हूँ। शरीर पसीने से लथपथ हो जाता है। मन होता है कि चीखूँ—इतने ज़ोर से कि जीवन का जो अपरिहार्य है उसमें दरार पड़ जाये।

तुमने वेदना देखी है क्या ! तलवार की नीली पत्ती की तरह। प्रत्येक प्रहार शरीर के टुकड़े-टुकड़े कर देने वाला ! सहस्रों बिच्छुओं-सी देह को डसने वाली ! कपड़े को निचोड़ने-जैसा आँत को निचोड़ने वाली ! कण्ठ का प्यास से इतना सूखना था कि तालु ही भीतर खिंचता-सा लगे ! हर साँस के साथ लगता कि फेफड़ों को लोहे के पिंजर में क़ैद कर रखा हो ! मोटे लकड़े के प्रहार से पैर टूटने पर जो मौन किन्तु असह्य व्यथा उभरती है वैसी ही वेदना ! क्या तुमने वेदना देखी है ?

मनुष्य के व्यक्तित्व को शतशः विदीर्ण कर देनेवाली और फिर भी उन सैंकड़ों टुकड़ों से दुःख को छटपटाने के लिए छोड़देने वाली ! संवेदना का हर क्षण चीर-फाड़ करने वाली ! सभी सुखद स्मृतियों की आँखों को फोड़ देनेवाली। मनुष्य को सारे संसार से, खुद अपनी कोख के नन्हें से गर्भ के प्रति जहरीला द्वेष-भाव पनपानेवाली ! द्वेष से जलती नज़र अपने पर ही स्थिर हो गयी तो लगता है कि अपनी आँख, अपनी सभी ज्ञानेन्द्रियाँ कोई नोंच कर निकाल रहा है, अपने से अलग कर रहा है। ऐसी वेदना आपने देखी है क्या ?

मैंने देखी है। कितने ही दिन वेदना के ऐसे भँवर में फँसा जीवन मैंने जीया है।

इसलिए कहता हूँ कि बिलकुल गर्व मत करो। अपनी सूक्ष्म संवेदना-शक्ति का, सम्पन्न भावना का, अपनी कल्पना की उड़ान का, अपने निष्ठुर शस्त्र-प्रहार जैसे विचारों का और अपनी आत्मा के सौन्दर्य का गर्व मत करो।

कहीं तो जीवन के पथ पर कोने में यह वेदना घात लगाये बैठी होगी।

मरने से पूर्व वह एक अनाथ दुःखी बाई के स्वप्न में गयी, उसका सन्देशा लेने।

"यह क्या ? आज यहाँ कैसे ? ऐसी एकाकी ! और भाल पर कुंकुम क्यों नहीं है ? बोलती क्यों नहीं ? ऐसी विचित्र नज़रों से क्यों देखती हो ! कुछ कहना है क्या ? मुँह फिराकर ऐसे मत जाओ। रुको, कहाँ चले वहाँ ! रुको !"

"क्यों वे इस प्रकार मेरे सपने में आये ? मैं ऐसी हूँ—कुलटा—जिसे जग ने छोड़ दिया है और वे पतिव्रताएँ···बड़े-बड़े सौभाग्य कुंकुमवाली—फिर भी मेरी याद क्यों आयी उन्हें ? मुझे तो लक्षण कुछ ठीक दिखाई नहीं दे रहे हैं, बाईजी ! डर लगता है मुझे ! डर !"

"किस अदृश्य धागे ने उन दोनों को जोड़ा था ? किस अदृश्य धागे में ?" और वह बेहोशी से बड़बड़ाया, "पान लाओ, पान ! स्मृति के तलघर से कौन-सा काग़ज़ का टुकड़ा हवा के बहाव के साथ दरार से ऊपर आया था !"

शादी हो रही थी क्या ? अब उसे अपना ही घर मिलने वाला था ? सुख के पट पर क्या वह दस्तक दे रही थी ?

आपको तो आश्चर्य ही होगा और मुझे लगातार शर्म महसूस होती जा रही है—गालों पर जलने से पड़ने वाले दाग़ की तरह, वह शर्म !

अन्त में बिलकुल अन्त में, जब उसे उस पार की अभाव की गुफा निश्चित रूप से दिखाई देने लगी तो उसने मुझे पास बुलाया। बेहोशी में बड़बड़ाना रोककर साफ़ नज़रों से मेरी ओर देखते हुए उसने मुझे पास बुलाया। और···और मुझसे झुकने के लिए कहा। उसने अपने झुलसे हुए खुरदरे होंठों से मेरा चुम्बन लिया। उन होंठों का चुम्बन अभी भी मुझे भीतर से खरोंचता है। मैंने भी काँपते हुए होंठों से उसका हलका-सा चुम्बन लिया और पागलों की तरह भागने लगा। अभी तक मैं भाग ही रहा हूँ। घुटनों से नीचे पैरों की ताक़त चली गयी है फिर भी मैं भाग रहा हूँ !

उस चुम्बन के कारण मुझे कभी भीकहीं भी भागते नहीं बनेगा। सच कहा जाये तो उस चुम्बन की सीमा में मेरा जीवन गोल मोती-सा बन जाना चाहिए था।

परन्तु मैं तो भाग ही रहा हूँ। घुटनों से नीचे पैरों की ताक़त ख़त्म हो चुकी है फिर भी भाग ही रहा हूँ।

कुछ-न-कुछ हो रहा है। मनुष्य को अनुभव आता रहता है। अव्यक्त की नाक पर जुगनू चमकता रहता है।

अन्त में क्या शेष रहता है ?
जाने दो । मैं तुम्हें एक कहानी सुनाता हूँ।
एक बार माँ ने पूड़ियाँ बनायीं। ताज़ा, फूली हुई, गरमागरम !
तब अनी बोली, "मैं पूड़ी खाऊँगी ।"
बनी बोली, "मैं पूड़ी खाऊँगी ।"
जनी बोली, "मैं पूड़ी खाऊँगी ।"
पर पूड़ी ने कहा, "मैं भला, क्यों तुम लोगों को खाने दूँगी ?"
और वह···उछली, कूदी और दौड़ती ही रही ।

□ □

गीली धूप

रात को गहरी नींद आयी थी और सुबह उठा भी देरी से था। जागने पर ताज़ा लग रहा था और शरीर हलका-हलका महसूस हो रहा था। शरीर की नस-नस खुल गयी-सी महसूस होती थी। इतने दिनों तक काम के बोझ के नीचे दबा हुआ था, आज एक निराले भाव-विश्व का क़ैदी हो गया था, इसकी मुझे उस पल में अस्पष्ट-सी भी याद नहीं थी। अगले दो पंजों में बरगद का फल पकड़कर खाने वाली गिलहरी-सा तब मैं मस्त था।

कई दिनों तक बहुत भारी वर्षा हो जाने के बाद अब आसमान खुल गया था। आकाश कितना मुक्त हो गया था! ऊँचा-ही-ऊँचा जा रहा था। और सुबह की मासूम धूप सामने की टेकरी पर उतर रही थी। एकाध बिदक गया बछड़ा जैसे अपने शरीर का सारा वज़न पिछले पाँव पर डालकर भाग जाने की तैयारी में खड़ा हो, वैसी वह वहीं थम गयी थी। ज़मीन अभी भी गीली थी, झाड़ी गीली थी और हवा तक गीली थी। और उस भीगी हुई सुबह में एक चिड़िया मेरी खिड़की पर बैठकर अपने पंख सुखा रही थी।

पिछली रात मैं एक निष्पाप जीव के भीषण अन्त का चित्र बना रहा था। पाप और निष्पाप इन शब्दों का अधिकाधिक व्यापक और अनपेक्षित अर्थ प्राप्त हो रहा था। संस्कृति के बाँध से बँधे हुए मार्ग से न बहकर जीवन का प्रवाह किसी भी दिशा में बहता जा रहा था। हाँफता, थकता हुआ मैं थम रहा था। फिर से टेबुल के पास खिंचा चला आता था। बीच में ही मुझे डर लग रहा था और बीच में ही मेरी महत्त्वाकांक्षा वामन के समान एक ही क़दम में त्रिखण्ड पृथ्वी को नापकर अगला पाँव कहाँ रखूँ, मुझसे पूछ रही थी।

पर अब वह सब समाप्त हो गया था। अब बरसात रुक गयी थी। बिदक गये बछड़े की भाँति धूप सामने की टेकरी पर रुक गयी थी, और चिड़िया अपने पंख साफ़ कर रही थी। कितने ही काग़ज़ चित्रित किये जायँ फिर भी जीवन के गणित का हल नहीं मिलता, मुझे इसका पता था। परन्तु वहाँ जीवन के गणित को किसे सुलझाना था! टेकरी से धूप कूदकर मेरी खिड़की के सामने की ख़ाली जगह में

उतर गयी थी। बाड़े पर की लताओं के फूल अब पीले रंग के दिखाई देने लगे थे और एक तितली बाड़े की किनार-किनार पर से उड़ रही थी।

पाँव के घुँघरू छुन्नक्-छुन्नक् बजे। एक नन्हीं-सी मुट्ठी ने दरवाज़े के पर्दे को पकड़ा। कौन आ रहा है, यह मैं जान गया। और करवट बदलकर आँखें मूंद लीं।

मैं यह जान गया कि कुन्दा खाट पर चढ़ी है और अब वह मुझे उठायेगी। इस अपेक्षा से मैंने अपनी आँखें और अधिक मज़बूती से बन्द कर लीं। परन्तु बहुत देर हो गयी। उसने मेरे सिर पर थपकी नहीं दी, सिर्फ़ गाना गाती रही। इसलिए मैं अधमुँदी आँखों से देखने लगा। पर उतने में ही उसका ध्यान मेरी ओर गया। वह झटके से नीचे बैठ गयी और ज़ोर-ज़ोर से रोने लगी।

मैंने उससे पूछा, "अरे, क्या हो गया ?"

परन्तु उसे रोना रोककर बार-बार बोलना नहीं आ रहा था। ऐसा लगता था कि उस क्षण किसी एक विलक्षण उत्कट दुःख से उसका परिचय हो गया है। मैंने उसे पुचकारकर बार-बार पूछा, तब अन्त में रोती हुई वह बोली—"तुम पहले क्यों उठ गये, मैं तुम्हें उठाने वाली थी।"

मैंने कहा, "धत् तेरे की ! अरे, मैं फिर से सो जाता हूँ।"

"पर आप पहले ही उठ क्यों गये ?"

"ऐसा हुआ कि···"

"आप बहुत खराब हैं, आपसे हमारी कुट्टी।"

फिर बहुत कोशिशों के बाद कुट्टी की बुट्टी हुई। मैं फिर सोऊँगा (बिलकुल सच-सच सोना होगा) और फिर वह मुझे उठायेगी। दोनों के बीच समझौता हुआ। मैंने आँखें ज़ोर से बन्द कर लीं। सिर तक चादर ओढ़ ली और फिर उसके थप्पड़ मारने से चौंककर उठने का दिखावा किया। उसे फट से हँसी आयी और हँसते-हँसते वह लोट-पोट हो गयी। मैंने उसे पकड़कर गुदगुदाया।

हँसते-हँसते मुझे लगा कि मेरा गला भर आया है। आँखों में भी पानी भर गया है, क्योंकि एक छोटा-सा मीठा-सा सुख मुझे मिला था।

पिछले कुछ दिनों से मैं मनुष्य के बड़े प्रश्नों के उत्तर खोजता था। मनुष्य के बड़े दुःखों को भोगता था। उस मनःस्थिति में हर बात मेरे मन में कितनी तो बड़ी होती जा रही थी। एक दिन समाचार-पत्र में मैंने पढ़ा कि कोरिया में एक आदमी नाप्लाम बम्ब के फूटने से लगी आग में फँस गया। उसकी सारी चमड़ी जल गयी। बाक़ी बचा तो सिर्फ़ दुःखता, झुलसा, जला हुआ माँस ! और फिर भी वह जीवित रहा ! देवता ने उसपर यह ऐसी कृपा की !

उसे पढ़कर मैं बहुत खिन्न हो गया। लगातार मेरे दिमाग़ में उसके बारे में विचार आने लगे। अनुभव करता कि वह कैसे उठता होगा ? कैसे रोता होगा ? नुकीले पत्थरों पर पाँव कैसे रखता होगा ? प्रत्येक स्पर्श अर्थात् असह्य वेदना और

फिर भी वह जीवित था। वेदना की अन्तहीन सीमा को और बढ़ाता हुआ असहायावस्था में बैठा था।

कभी उस शरीर पर सुन्दर त्वचा रही होगी। गर्म-गर्म पानी से नहाने में उसे आनन्द आता होगा, आईने में अपने आपको देखने में उसे डर नहीं लगता होगा। अन्य लोगों की भाँति वह जीवन व्यतीत करता होगा। मनुष्य के शरीर पर त्वचा का होना एक विशेष सौभाग्य की बात है। ऐसा विचार भी कभी उसके मन में नहीं आया होगा।

मुझे हमेशा ऐसा लगता कि मैं उसके दुखते अंगों का स्पर्श कर रहा हूँ। इस कारण मैं बुरी तरह अस्वस्थ-सा महसूस करता था। लगता था कि मनुष्य के शारीरिक दुःख का यह भयानक प्रश्न इसी क्षण हल करना चाहिए। यह मेरी जवाबदारी है, मेरे अकेले की जवाबदारी है। इस प्रश्न को हल कैसे किया जाय? देह को दण्डित करनेवाले ऋषि-मुनियों के मार्ग से? आगे दुःख भोगने पड़ेंगे, इस कारण शुरू में ही रसभरे जीवन को गुठलियाँ बना देना होगा? स्वयं को मुक्त होना है; अतएव उसके लिए शरीर को अपना गुलाम बनाना कि मनुष्य के मन को ही बदल दिया जाये। एक साँचे में ढालकर निरुपद्रवी कर देना? इस फटे आकाश को प्रेम का पैबन्द लगाकर घूमना? कितने वर्ष लगेंगे? कितने युग समाप्त होंगे? और मान लीजिए अगर प्रेम का भी अतिरेक हो जाय तो? एक नयी ग़ुलामगिरी अस्तित्व में नहीं आयेगी क्या? प्रत्येक अच्छा काम करने के लिए इतनी अधिक क़ीमत देनी होगी तो मनुष्य करेगा भी तो क्या? वैसे ही भँवर में फँसे आदमी की तरह चक्कर लगाते रहना जगत् का अन्त होने तक!

अर्थात् इस प्रश्न का उत्तर नहीं था। पर ऐसा कैसे चलेगा? उस मनुष्य के शरीर पर चमड़ी नहीं है, इस भयानक बात को भुलाकर कैसे चलेगा? इस सम्बन्ध में क्या कुछ नहीं करना चाहिए?

एकदम अजीजी के भाव से मैं घिर गया था। मगर अब मैं उस आदमी के दुःख के मगरमच्छ की पकड़ से मुक्त हो गया था। उसका दुःख मैं समझ रहा था। उसका प्रश्न हल करना चाहिए, यह मुझे पता था। तिस पर यह बात सच थी कि मेरा एक छोटा-सा घर था और उसमें एक मधुर-सा जीवन था। सहज रूप से मुझे छोटे और निर्विघ्न सुख मिलते थे और उनको त्यागने की कोई ज़रूरत नहीं थी। इसके अलावा कोई आवश्यक प्रश्न था ही कहाँ? पेड़ की छाया जिस प्रकार पड़ती है उतनी ही सरलता से सब हो रहा था।

मैं और कुन्दा बिस्तरे पर पड़े-पड़े मस्ती कर रहे थे। इतने में रसोईघर से पत्नी हमारी ओर देखकर गुस्से भरी आँखों से बोली, "यह क्या! सुबह के आठ बज गये तब भी तुम दोनों बिस्तर पर हो? तुम लोगों को शर्म नहीं आती?"

मुझे भी ग़ुस्सा आ गया। मैं उठकर बैठ गया और गद्दे पर ज़ोर से मुक्का

मारते हुए मैंने कहा, "अर्थात् ! क्या मनुष्य को एक भी दिन बिस्तर पर मस्ती से आराम करने का अधिकार नहीं है ? याने क्या यह शुद्ध हिटलरशाही नहीं है ? हम सोते रहेंगे। जबतक मन होगा, सोते रहेंगे।" मैं फिर तेज़ी से बिस्तर पर लेट गया। उसी समय कुन्दा भी चिल्लायी, "हम सोते रहेंगे।" और मेरी तरह बिस्तरे पर सोने के लिए जानबूझकर उठकर बैठ गयी।

फिर पत्नी को सचमुच ग़ुस्सा आ गया। उसने दोनों के कान पकड़कर उठाया और हम डर जाने का बहाना करते हुए मुँह धोने के लिए दौड़े।

चाय पीते हुए मैंने कहा, "चाय अच्छी बनी है !"

"मीठी है", कुन्दा ने भी चुटकी ली।

पत्नी ने गर्दन घुमाकर कहा, "रोज़ चाय तो ऐसी ही बनती है, उसकी ओर भी तो ध्यान जाना चाहिए था न ? पर आप तो होते हैं अपनी धुन में !"

"क्यों, कुन्दा ? आज की चाय कुछ विशेष अच्छी बनी है। है न ?" मैंने कुन्दा को निष्पक्ष न्यायाधीश की भूमिका दी।

"अच्छी बनी है।" उसने कहा और अपनी बात सिद्ध करने के लिए उसने ज़ोर देकर एक चुस्की ली।

मैं मज़ाक़ में बोल रहा था, यह पत्नी को पता था। फिर भी वह अब मान गयी थी क्योंकि उसे मनाने की मेरी सचमुच में इच्छा थी, यह उसे भी मालूम था।

धीरे-धीरे उसने अपनी बुनाई-कढ़ाई का काम दिखलाया। नयी साड़ियों की बात निकाली।

उसके बोलने में मुझे वैसे कोई दिलचस्पी नहीं लग रही थी। उसका संसार और मेरा संसार दोनों अलग-अलग थे। अन्ततोगत्वा सभी आदमी एकाकी ही होते हैं, भले ही वे प्यार के बन्धन में बँधे हों। उसी प्रकार हम दोनों एकाकी थे।

पर उस एकाकीपन ने मुझे उस समय सताया नहीं था। अपने मन की बात वह मुझसे विश्वास से बोलती थी। और मेरा प्रेम मुझे उसे बड़े उत्साह से सुनने को प्रेरित करता था, यह क्या कम था ! बड़े प्रश्नों और बड़े सुखों से मुझे क्या करना था ? छोटे सुख बिलकुल वैसे थे जैसे बिल्ली अपने पैरों से देह रगड़ती है और इस कारण मुझे बहुत-बहुत अच्छा लगता था। इससे परे विचार करने की क्या जरूरत थी ? और इतनी ताक़त भी किसके पास थी ?

थोड़ी देर बाद मैं बरामदे में आकर बैठ गया। गुलाबी धूप अभी भी पड़ रही थी। उसकी गर्मी महसूस नहीं हो रही थी। नरम, कोमल घास की पीठ पर हाथ फेरकर वह प्रेम जता रही थी। पेड़ों के पत्तों के बीच से वह निथर रही थी। इकट्ठे जल में चमक रही थी। उस पार के झरने की कलकल से मनचाहे ढंग से बह रही थी। बाड़े पर की लताओं के पीले फूल उस धूप में इतने पीले दिखाई दे रहे थे कि उनकी ओर देखकर आँखें ही दुखने लग गयी थीं। पक्षियों का कलरव उस

धूप में और अधिक अच्छा लग रहा था। इतने दिनों तक निस्तेज़-सी जड़ लगनेवाली हवा अब सजीव और हलकी हो रही थी।

मैंने अँगड़ाई ली। जँभाई लेते समय बिना किसी कारण बड़ी आवाज़ निकाली। सारे शरीर में दौड़नेवाली चेतना ने मेरे कानों की दीवारों को छुआ। मेरे मन के गम्भीर विचारों के मुख किसी चंचल बदमाश लड़के ने लाल-पीले बना रखे थे।

इतने में कुन्दा घर से बाहर दौड़ी आयी। उसके बाल धूप में सुनहरे दिखाई दे रहे थे। दौड़ते समय उसके पाँवों का सन्तुलन खत्म हो गया जैसा लगता था। वह तिरछी-तिरछी कहीं जा रही थी परन्तु उसे कहीं भी जाना नहीं था। उसे तो सिर्फ़ दौड़ना था।

मुझे देखते ही वह रुक गयी। कुछ कहने के लिए उसने अपने बालों को पीछे किया। दोनों हाथ एकदम हिलाये, मुँह खोला और उमंग के झोंक में, उसे क्या कहना था, यही वह भूल गयी। परन्तु उसे इससे कुछ नहीं लगा। क्या कहना था यह महत्त्वपूर्ण न था, बोलने का उत्साह महत्त्वपूर्ण था। वैसे ही हाथ उठाकर पकड़ते हुए उसने विचार किया और बोली, "नाना ! मेरे पास ढेर सारे ढक्कन जमा हो गये हैं, इतने, इतने। रुकिए, मैं आपको दिखलाती हूँ।"

फिर वह दौड़ती-दौड़ती भीतर गयी और अपनी मूल्यवान् सम्पत्ति लेकर बाहर आयी। सोडा-वाटर के चमकीले ढक्कन उसने मेरे सामने उलट दिये।

"अरे वाह ! ये तो बहुत हैं !" जितना सम्भव था, मैंने उतनी महत्त्वपूर्ण आवाज़ में कहा।

"बहुत यानी ! बहुत ज्यादा ! रुकिए, मैं आपको गिनकर बतलाती हूँ। एक-दो-तीन-बारह-तेरह···इक्कीस, बाईस हैं। ना-ना ! तेईस !"

कुन्दा की दृष्टि में तेईस यह संख्या संसार की सबसे बड़ी संख्या थी। मैंने कहा, "हाँ, हैं···तेईस हैं।"

कमर पर हाथ रखकर उसने मेरी ओर विजेता की दृष्टि से देखा। फिर वह बोली, "पर एक बार गिनकर तो देखिए न !"

मैंने गिनने का बहाना करते हुए कहा, "हाँ, बराबर तेईस हैं।"

उसे बहुत हँसी आयी और मेरी गोद में लोटने-पोटने लगी। वह कहने लगी, "दूसरे किसी के पास इतने नहीं हैं।"

उसने कुछ जमा किया है। बहुत-बहुत जमा किया है, इसी आनन्द में वह थी।

सभी आदमी जीवन में कुछ-न-कुछ जमा करने के लिए विभिन्न गतिविधियाँ करते हैं और उसी धुन में उनका जीवन व्यतीत हो जाता है। वे क्या जमा करते

हैं, क्यों जमा करते हैं ? ये प्रश्न मैंने पूछे थे। पर उनके जवाब मुझे नहीं मिल पाये थे। सन्देह, दुःख—यही मेरी झोली में आ गिरे थे।

परन्तु अब सुबह के समय में गीली धूप बिखर रही थी। बाड़े की लता के फूल चमकीले पीले दिखाई दे रहे थे। कुन्दा ने भी बहुत ही चमकीले ढक्कन इकट्ठा किये थे और वह अपने आप में ही ख़ुश थी। बस ! केवल इतना ही महत्त्व था। बाक़ी सभी प्रश्न और विचार अर्थशून्य थे।

इतने में कुन्दा उठकर खड़ी हो गयी। उसका चेहरा विचारों में डूब गया। उसने शिकायत के स्वर में कहा, "पर नाना ! उस नलू के पास सिगरेट के बहुत सारे पॉकिट हैं, पर मेरे पास नहीं हैं।"

"ऐसा कहती हो ? कमाल हो गया !"

"वह मुझे लगातार चिढ़ाती है।"

इतने में पत्नी बाहर आकर हमारी बातचीत सुनती हुई खड़ी हो गयी। कहने लगी, "अरे कुन्दा ! कल रास्ते पर मुझे दो पॉकिट मिले थे। मैंने उसे इनकी टेबिल पर रख दिये थे। जा उन्हें ले आ।"

कुन्दा घर में दौड़ी गयी। मैंने पत्नी से कहा, "वाह ! तुमने तो कमाल कर दिया ! मतलब आजकल रास्ते पर पड़े सिगरेट के पॉकिट जमा करने का काम करने लगी हो क्या !"

"क्या अपनी बच्ची के लिए नहीं करना चाहिए।"

"कमाल हो गया !"

"इसमें कमाल की क्या बात है ? सच कहूँ, तो तुम्हें सिगरेट के पॉकिट उसके लिए जमा करने चाहिए थे। आपके तो कितने ही दोस्त सिगरेट पीते हैं।"

"मेरे !" मैं स्तब्ध होते हुए बोला।

"हाँ, आपके ! आज पहले कुलकर्णी के यहाँ जाइए। उसकी लड़की की तबीयत की पूछताछ कीजिए और फिर उनके यहाँ से सिगरेट के पॉकिट ले आइए। लगातार सिगरेट पीता रहता है वह।"

"अरे, मुझे और भी कुछ काम हैं या नहीं !"

"बहुत हो गये आपके दूसरे काम। फ़ालतू में दिमाग़ ख़राब करते हैं दूसरों के। ज़रा अपनी बेटी का लाड-प्यार तो करो।"

मैंने आश्चर्य से उसकी ओर देखकर कहा, "अच्छा भाई !" और फिर एकदम सिगरेट के ढेर सारे पॉकिट कैसे इकट्ठे किये जायँ, यही सोचने लगा।

अनेक उपयुक्त योजनाएँ आँकने लगा। ऐसी गम्भीरता से काम करने में मुझे बहुत ही मज़ा आ रहा था।

कुन्दा भीतर गयी थी, वहीं रम गयी थी। शायद उसे मेरी टेबल पर पेन्सिल मिल गयी होगी। उसकी माँ भी थोड़ी देर रुककर घर के अन्दर चली गयी। और

मैं अकेला बाहर रह गया। कितने दिनों बाद बिखरती उस खच्चड़ गीली धूप की ओर देखता रहा। आकाश में दो-तीन सफ़ेद बादल फूले हुए पाल के समान हवा के साथ कहीं तो चल रहे थे। और एक लड़का बाड़े के खम्भों को थप्पड़ मारता हुआ चला जा रहा था। बाड़े का एक खम्भा उसने गिनना ही छोड़ दिया है, ऐसा ध्यान में आते ही वह पीछे की ओर मुड़ा। उस खम्भे पर उसने हाथ ज़रा ज़ोर से दे मारा और फिर खम्भों को चपत मारता हुआ उसी तरह आगे बढ़ गया। आँगन में चिड़िया ने फुर्ती से चोंच गड़ाकर कुछ चुन लिया। हवा के हल्के झोंके के साथ एक पत्ता भी झड़कर गिर पड़ा।

उस पार झरना बह रहा था और बाड़े के पीले फूल अधिक ही चमक रहे थे।

इतने में ही किसी की आहट सुनाई पड़ी और मैंने ऊपर देखा। मेरा दोस्त जोशी था।

"आइए महाशय, आइए !" मैंने कहा और उसे घर के भीतर ले गया। इतने में पत्नी भी वहीं आ गयी। उसने कहा, "क्या हुआ ? लड़का या लड़की ?"

मैंने कहा, "अरे ! मुझे इस बात का पता तक नहीं चला !"

जोशी चेहरे के आनन्द को प्रयत्न के साथ छिपाते हुए बोले, "लड़का। कल रात ही प्रसूति हुई।"

मेरी पत्नी ने समाधान की भाषा में कहा, 'अच्छा हुआ। कमलाबाई को लड़के की बहुत इच्छा थी। कितने पौंड का है बच्चा ?"

जोशी पुनः अभिमान को छिपाते हुए बोला, "साढ़े सात पौण्ड का हुआ।"

"अच्छा···!" पत्नी ने आश्चर्य से कहा।

उनके उत्साह और उल्लास को देखकर मेरा बहुत मनोरंजन हुआ। जन्म और मृत्यु पर मैंने बहुत विचार किया था। इतना कि मेरी उपस्थिति में यदि किसी का जन्म हो या मृत्यु हो तो भी मेरे मन पर उसका कोई विशेष असर नहीं होता था। सहज आनन्द या सहानुभूति व्यक्त की जाये, यह बात मुझे सरल नहीं लगती थी। इस कारण मुझे उनका वह बोलना उनके भोलेपन का सबूत लगा। मैं उनकी ओर देखता रहा, व्यर्थ ही उस हलकी बातचीत में मेरा ध्यान गुँथा हुआ था।

जोशी बोले, "बाक़ी सब ठीक हुआ। परन्तु आज माँ नहीं हैं। बस, इसका ही बुरा लग रहा है। उनकी बहुत इच्छा थी, पोते का मुँह देखने की।"

"हाँ, उन्हें बहुत आनन्द हुआ होता, परन्तु यह बात हमारे हाथों में है क्या ?" मेरी पत्नी ने गम्भीरता से कहा।

मुझे मन-ही-मन हँसी आयी। पोता हुआ इतने पर जोशी की माँ प्रसन्न नहीं

हुई होतीं ! उसका जनेऊ संस्कार देखने की उसकी इच्छा हुई होती और इसी प्रकार इच्छा की सूची बढ़ती ही रहती

एक जन्म ! एक मृत्यु !

कितना पेचीदा रहस्य ! परन्तु इस बड़ी बात को जोशी और मेरी पत्नी ने कितना छोटा आकार दे दिया था। यशोदा के लिए कृष्ण जिस प्रकार छोटे हो गये थे, उसी प्रकार यह बात इन मनुष्यों के लिए छोटी हो गयी थी और असन्दिग्ध भाव से अपनी प्रेरणानुसार उसने इस बात को स्वीकार किया था।

कुछ आश्चर्य और कुछ कौतूहल से मैं उन दोनों की ओर देख रहा था। उनके बारे में मेरे मन में कोई अपमान करने जैसी बात नहीं आयी। बल्कि उनके प्रति कौतूहल ही बढ़ा। बैल जितना बड़ा दिखने के लिए मेंढकी की तरह वे व्यवहार नहीं कर रहे हैं, इसका ही मुझे कौतूहल था। मैं थोड़ा-सा शर्मिन्दा हुआ और मन हुआ कि ऐसे सीधे-सादे मनुष्यों के बीच अपने को हिलमिल जाना चाहिए। इस कारण मैं उनके उस सुख-दुःख की सीधी-सादी बातों में शामिल हो गया, अत्यधिक डूब गया।

थोड़ी देर बाद जोशी चला गया और फिर थोड़ी देर जल्दबाज़ी में ही बीता। दाढ़ी बनायी, नहाया और पत्नी तथा बच्चों से झगड़ा करते हुए भोजन निपटाया। फिर बिस्तर पर लेटकर दोनों से बातचीत की—इधर-उधर की, दूकान से की गयी खरीदी की, परसों देखे गये सिनेमा की। बोलते-बोलते दोनों सो गये। और मैं तकिये पर तकिया रखकर पलंग पर ही अधलेटा पड़ा रहा। खिड़की से बाहर देखने लगा।

अभी भी धूप गीली की गीली ही थी। हवा में ठण्डक थी। बीच-बीच में बादल आ जाते थे। धूप फ़ीकी पड़ती जा रही थी और फिर सब चमकने लगता था। दूर की टेकरी पर वर्षा की नीली रेखाएँ आकाश से उतरती हुई दिखलाई दे रही थीं।

परसों ही हमारे घर के सामने एक पुराना बड़ा पेड़ उखड़कर गिर गया था, और ज़मीन पर कितने ही विद्रूप घाव हो गये थे। पर आज घाव बुझ गये थे और उस फटी हुई धरती से हरे तृणांकुर निकल आये थे। फटे हुए दृश्य पर किसी ने सुन्दर पैबन्द लगाये थे।

कार्यरत चींटियों की एक कतार अन्नकण की खोज में कहीं जा रही थी। छोटे-छोटे पंछी घास पर फुदक रहे थे। अपना अधूरा जीवन अपनी प्रेरणानुसार निःशंक होकर जी रहे थे।

बाड़े पर के फूल धूप में पीले-गहरे रंग में चमक रहे थे। एक तितली बाड़े से सट-सटकर उड़ रही थी।

आलस-भरे मन से मैं इस दृश्य को देख रहा था। सभी विचार समाप्त हो गये थे। सहज रूप से मैं उस दृश्य के साथ एकाकार हो गया था।

एक चिड़िया गर्दन टेढ़ी कर मेरी ओर देखती हुई आगे-आगे आ रही थी। मानो मुझे पहचानती हो पर वह कितनी पास आयी थी, यह जानने के लिए मैं जगा नहीं रहा।

□□

चक्कर लगाता हुआ कुत्ता

मुझे बस स्टॉप पर जाना था और वहाँ से कहीं और।

दीपावली अंक के लिए कहानी लिखनी थी और उसी धुन में धीमे-धीमे क़दम बढ़ाता चला जा रहा था। 'कहानी, कहानी' व्यर्थ ही यन्त्रवत् अपने मन में बोल रहा था…इतनी बार बोलता ही गया कि काग़ज़ पर लिखे गये अक्षर स्याही फैल जाने से जिस प्रकार बड़े-बड़े हो जाते हैं वैसे वे दो-तीन-चार अक्षर मेरे मन में भद्दे और टेढ़े-मेढ़े हो गये। जागृत मन की मैं इस तरह नज़रबन्दी कर रहा था और अर्धजागृत मन में एक प्रकार की हलचल हो रही थी। गोल-गोल वृत्त बनाती रेखाएँ मन पर खिचती जा रही थीं। ऐसा लगता कि रेखाओं के उस जाल में कोई एक तितली, एकाध चेहरा, कोई तरीक़ा, एकाध जख़्म का निशान मिल रहा है। कुछ दिखलाई पड़ना-सा आभास होता। और जिस प्रकार सपने विस्मृति में खो जाते हैं वैसे ही वह आभास खो जाता अथवा लिखने के काग़ज़ पर स्याही फैल जाने जैसा कुछ हो जाता था। तितली राक्षस बन जाती और राक्षस मात्र रह जाता एक बेढंगा बिन्दु! और आँखें फाड़-फाड़कर देखें तो भी उस राक्षसी धब्बे के पेट में क्या गड़ा हुआ है, उसका पता नहीं चल रहा था।

इस प्रकार विचारों का खेल चल रहा था और मैं पूर्णतया उसी रंग में रँग गया था। पल-पल मन बदल रहा था। कभी गहरा लाल, कभी जामुनी, कभी हलका नीला और कभी अर्थपूर्ण हँसी-सा पीला!

मुझे कुछ देखना नहीं था; बोलना नहीं था। बाहरी जगत् का स्पर्श तक मुझे नहीं चाहिए था। उस समय मैं अपने आप में पूरा था। मैं अपनी ही धुन में चल रहा था। अपनी ही धुन में मैं बस स्टॉप पर आकर खड़ा हो गया।

आँखें कहीं तो मुड़ गयी थीं पर दिखाई कुछ नहीं दे रहा था। पर फिर भी एक नन्हें से आकार का अस्तित्व जान पड़ा था। एक भूरा धब्बा! उसका ऊपर-नीचे होता पेट! दयनीय! बेचारा! और आस-पास से भागते हुए यातायात का शोर-शराबा!

मैं उस मटमैले आकार की ओर देख रहा था और नहीं भी! सच कहा जाये

तो वह मेरे मन में था या रास्ते पर, यह मुझे ठीक से समझ में नहीं आ रहा था। वह समझ में आये, इसके लिए मैं प्रयत्न भी नहीं कर रहा था।

परन्तु सैकड़ों आँखें रास्ते के उस बिन्दु की ओर देख रही हैं, ऐसा अस्वस्थ करता हुआ अहसास मुझे हुआ और मैं भी असहाय होकर उस धब्बे की ओर देखने लगा।

वह एक कुत्ता था। शायद संज्ञाहीन होकर रास्ते पर पड़ा था। शायद उसे किसी मोटर का धक्का लगा होगा, कदाचित् और कुछ हुआ हो। उसका पेट हिल रहा था और बिना किसी प्रकार की हलचल किये वह पड़ा हुआ था।

उसके आस-पास यातायात के वाहनों से रेखाएँ आँकी जा रही थीं और उन रेखाओं में वह धब्बा गुम किस तरह नहीं हुआ था, इसका अचरज हो रहा था।

रास्ते के किनारे एक नन्ही-सी भीड़ इकट्ठी हो गयी थी। धीरे-धीरे वह बढ़ रही थी, धीरे-धीरे आगे भी खिसक रही थी। अनाथ बच्चे, नुक्कड़ पर बैठकर जुआ खेलने वाले गुण्डे, बुढ़ापे के साथ ही दरिद्रता से सूखे-सिकुड़े तन के दो-तीन झुकती कमर वाले वृद्ध, फेरीवाले, मजदूर! हम सफ़ेदपोश आदमी बस स्टॉप पर लिप्त भाव से खड़े इस भीड़ और उस बिन्दुस्वरूप आकार की ओर देख रहे थे। कोई खिड़की से देख रहा था। किंचित् दया और निरुपयोगी कौतूहल ने क्या हमारी संस्कृति में दरार नहीं डाली है!

उस भीड़ में खड़े आदमियों की समझ में नहीं आ रहा था कि वे क्या करें। सहज भाव से दया करना, सहायता के लिए दौड़-भाग करना, यह उन्हें पता ही नहीं था। उसकी उन्हें आदत नहीं थी। परन्तु मोटर आये तो उन्हें डर लगने लगता था और कुत्ते को बचाकर उसके आगे चले जाने पर अच्छा लगता था। आनेवाली मोटरों को वे आदमी सहज भाव में ही इशारा करने लगे थे।

इतने में एक बुढ़िया स्वयं ही बड़बड़ाने लगी थी। धीरे-धीरे उन लोगों का अन्दाज़ लेकर उसने अपनी आवाज़ तेज़ की। अन्त में एक लड़के को अधिकार-पूर्वक ठेलती हुई कहने लगी, "जा रे, ग्लास भर पानी लाकर उसके मुँह में डाल दे!"

उसके क़रीब, पर कुछ दूरी पर, खड़े एक आदमी ने कहा, "फिर मौसी, तुम्हीं आगे आओ न! उस लड़के को क्यों ढकेलती हो?"

इस पर इकट्ठी भीड़ हँस पड़ी। परन्तु उसके साथ ही उस मनुष्य की हलचल शुरू हो गयी। लड़के आगे दौड़ पड़े। और फिर वह भीड़ रास्ते के बीच पहुँचकर उस कुत्ते के चारों ओर खड़ी हो गयी।

आगे क्या हुआ, मुझे ठीक से दिखा नहीं। परन्तु वह लड़का जिससे बुढ़िया ने कहा था, दौड़ता हुआ सामने के होटल में गया और एक ग्लास पानी ले आया। भीड़ के सभी आदमी आगे की ओर झुके। खिड़की से देखने वाले आदमियों ने

अपनी गर्दनें लम्बी कर लीं। फिर यकायक उस भीड़ में से आनन्द की लहर उठी। सभी आदमी फिर रास्ते के एक ओर आ गये और उनके पीछे-पीछे वह कुत्ता गर्दन हिलाता हुआ, गिरता-पड़ता रास्ते से हटकर एक ओर हो गया।

वह तो केवल हड्डियों का ढाँचा मात्र था। उसका चेहरा दयनीय था। उसकी आँखों में विचित्र गीलापन था। उसकी आँखें कोई भी अर्थ नहीं बतलाती थीं। उनमें न भूख थी, न डर था, न शत्रुता ही थी। स्वस्थ कुत्तों की दुनिया से इन आँखों का कोई सम्बन्ध नहीं रह गया था। और कुछ नहीं तो उन आँखों में किसी एक सन्त की नज़रों में दिखाई पड़नेवाली सहानुभूति का भाव मुझे दिखाई पड़ा। सारी दुनिया के प्रति करुणा का भाव! पर शायद यह भी मेरा पागलपन ही था!

इतना तो सच है कि उन आँखों में एक विचित्र प्रकार का गीलापन था। और वह गीलापन अत्यधिक बेचैन कर रहा था। ऐसा लगता था कि वे मनुष्य, वे वाहन, वे सजी-सजाई दूकानें, इनसे भी अलग ऐसा कुछ, उस स्थान पर अस्तित्व बनाये था—ठीक मेरे ही सामने था वह और उन आँखों को दिखाई दे रहा था।

उस कुत्ते ने पूँछ हिलायी, ज़मीन सूँघी, पास खड़े आदमियों के पाँव सूंघे और फिर जीभ निकालकर अपनी नाक चाटी और अपनी ही धुन में वह ज़मीन पर बैठ गया।

उसके चारों ओर आदमियों का वह जमघट तो था ही। सहानुभूति से वे सब उसकी ओर देख रहे थे। वहाँ आनेवाला हर नया आदमी, क्या हुआ, क्या हुआ, ऐसा उत्सुकता से पूछ रहे थे। शायद कोई भी उसका उत्तर नहीं देता था। कदाचित् एकाध अधूरा उत्तर मिलता; क्योंकि सच तो यह था कि बहुत ही कम लोग जानते थे कि वास्तव में क्या हुआ था। बाक़ी सभी देरी से वहाँ पहुँचे थे। सभी देख रहे थे इसलिए वे भी उस कुत्ते को देख रहे थे। उस भीड़ में एक आदमी था जो कोई पूछे तो उसे सारा क़िस्सा गम्भीर चेहरे से और विस्तार से बतला रहा था। परन्तु सुननेवालों के चेहरे पर ऐसा भाव दिखाई देता था कि क्या इसमें भी कोई खास बात है! सभी लोग यहाँ रुके रहे, ऐसा तो कुछ नहीं हुआ है। परन्तु जिस कारण से इतने लोग यहाँ एकत्र हुए हैं उससे लगता है कि यहाँ कुछ-न-कुछ अवश्य हुआ है, और उसका पता चले इसलिए वह भी उस आदमी से सारा क़िस्सा सुनने का भाव किये वहाँ खड़ा रहता था। दूसरों की भाँति आँखों में सहानुभूति लाकर वह कुत्ते की ओर देखता रहा।

मुझे लगा कि अब सब समाप्त हो गया। जैसे कुछ भी घटित हुए बिना ढेर सारी घटनाएँ अर्थशून्य होकर समाप्त हो जाती हैं—रस्सी के टूटे सिरे के समान तकलीफ़ पहुँचाती हुई लटकती रहती हैं, वैसे ही इस घटना के साथ हुआ है।

इसलिए अपने आवारा मन की ज़ंजीर मैंने खींच ली और कहानी पर विचार करने लगा।

पर अब तक वह तितर-बितर होकर बिखर गयी थी। मुझे क्या सूझ रहा था, क्या पकड़ में आ रहा था मुझे उसकी बिलकुल याद नहीं रही। केवल उस घटना की एक विचित्र-सी खरोंच मेरे मन पर खिंच आयी थी। यह मैं समझ रहा था। उससे अब धीरे-धीरे ख़ून भी आने लगा था। मन तो संवेदना को खोता जा रहा था।

'कहानी···कहानी···कहानी' मैं यन्त्रवत् मन में कहने लगा। उस यान्त्रिक उच्चारण से मन फिर एकाग्र होने लगा। उस खरोंच को चारों ओर से वह शब्द हलकी उँगलियों-सा धीरे-धीरे सहलाने लगा, दर्द को कम करता रहा। वह घूमती उँगली रेखाएँ खींचने लगी। फिर इस जाल में एकाध आकृति फँसती जा रही है, ऐसा आभास होने लगा है। परन्तु अब निराली आकृतियाँ तैयार होती-सी जान पड़ने लगीं थीं। वे तितली के पंखों-सी लगती थीं और उन्हें स्पर्श किया जाये तो पंख झड़ जाते थे, केवल बिलबिलाते क्षुद्र कीटक बाक़ी रह जाते थे। वे सभी आकृतियाँ एक ही प्रकार की थीं। और मन को घेरने वाली उनकी परछा-इयों का आकार एकदम भिन्न होता था।

मन पर रेखाएँ खिंचती चली जा रही थीं—वृत्ताकार, अर्थशून्य !

इतने में वह कुत्ता उठा और गोल-गोल घूमने लगा। पागल की तरह, भूत-सा बनकर। पहले तो वह रास्ते के एक ही ओर छोटे से वृत्त में घूमता रहा।

उस जमघट के लोगों की आँखें फिर उठ गयीं। कोई उसे च्-च् कहकर पुचकारने का प्रयत्न कर रहा था, कोई उससे कह रहा था, "बैठ जा, बैठ जा।" उस बुढ़िया से तो रहा नहीं गया, वह आगे बढ़ आयी और हाथ से उसे पकड़ने लगी। कुत्ता इतना दुर्बल था कि उसे उठाते ही गिर पड़ा। क्यांक्, क्यांक् करने लगा।

इतने में एक आदमी बोला, "ए मौसी ! हाथ मत लगाना उसे, वह पगला गया है, काट-वाट लेगा।"

उसी क्षण वह बुढ़िया, "री मैया," कहकर एकदम पीछे खिसकने लगी, अपने सन्तुलन को खोने के कारण गिरते-गिरते सँभल गयी। सभी आदमी उस बुढ़िया पर हँसने लगे।

पर उस कुत्ते के पास जाने में धोखा है, यह सभी समझ रहे थे। सभी पीछे-पीछे खिसकने लगे और वह पागल कुत्ता अपनी विचित्र गीली आँखों से सभी को एक बार देखता हुआ फिर से चक्कर काटने लगा।

पर अब वह रास्ते से एक ओर नहीं घूम-फिर रहा था; वह तो अब बीच रास्ते पर मनमाने ढंग से चक्कर लगा रहा था, यातायात में अब रुकावट पैदा करने लगा था। कभी वह पूरे रास्ते पर वृत्त बनाता हुआ घूमता, तो कभी बीच रास्ते पर एक

छोटे से वर्त्तुल में। कभी वह रास्ते के एक ओर आता था और लोग हाथों से इशारा कर, आवाज़ देकर उससे कहते—"अरे ठहर जा, रास्ते के एक ओर बैठ जा।" पर वह कुत्ता फिर से बीच रास्ते पर आ जाता था। सभी को डरा देता था, राह चलती गाड़ियों के लिए रुकावट बन जाता था।

उस कुत्ते को शायद वे आदमी दिखाई नहीं दे रहे थे और आने-जाने वाली गाड़ियाँ भी नहीं दिखाई दे रही थीं। अपनी जान की उसे चिन्ता ही नहीं थी। भूत-सा बना वह वृत्ताकार घूमता रहा। पता नहीं, किस अज्ञात प्रेरणा से या किस अज्ञात हेतु की पूर्ति के लिए वह ऐसा कर रहा था!

गाड़ी के पास आने पर या भोंपू बजाने से कुत्ता राह से हट जाता है, इसी समझ से ड्राइवर मोटर चला रहे थे। पर इस कुत्ते के साथ यह समझ भी ग़लत साबित हो रही थी। भोंपू बज उठता और गाड़ी नज़दीक आ जाती, फिर भी वह बग़ल नहीं होता। जब गाड़ी का धक्का लगता था तब ही वह 'क्यांक्' की आवाज़ निकालता था और बग़ल की ओर फेंक दिया जाता था। परन्तु बाद में फिर से उसका वर्तुलाकर में घूमने का क्रम जारी हो जाता था।

तीव्र होती उत्सुकता और भय से आदमी उस कुत्ते की ओर देख रहे थे। अब वह कभी भी मरने को ही है, यह सभी जान चुके थे। उसकी मृत्यु की ही प्रतीक्षा कर रहे थे। परन्तु वह मर जायेगा, यह कल्पना उनके लिए असहनीय थी। वे हाथों से गाड़ियों को इशारे कर रहे थे। हर बार जब कुत्ता बच जाता तो राहत की साँस लेते थे। छोटे बच्चों की तरह नन्ही-सी हँसी भी फूट पड़ती थी।

मन्त्र-मुग्ध होकर वे सैंकड़ों आदमी उस कुत्ते की ओर देख रहे थे। मानो कुत्ते का जीवित रहना और अब अटल रूप से आने वाली मौत—ये दोनों ही बातें विशेष महत्त्व की थीं। जिस नाट्य-प्रसंग को वे लोग अलिप्त भाव से देख रहे थे, सभी अब उससे अनजाने ही जुड़ते जा रहे थे। किसी अज्ञात कारण से, ऋणानुबन्ध से, कुछ भी कहा जा सकता है, वे सभी जुड़ गये थे।

परन्तु जुड़े रहने पर भी उन्हें यह सब असह्य हो चला था।

वह वुढ़िया चिल्लाने लगी, "अरे बिस्कुट दो उसको। रस्सी से बाँधकर उसे खिलाओ।"

उसके पास ही खड़ा मनुष्य चिढ़ाने के लिए कहने लगा, "तो मौसी, दो न पैसे। लाकर रखता हूँ बिस्कुट, उसके सामने।"

तभी वह बुढ़िया पोपले मुँह से हँस पड़ी। सभी आदमी हँस पड़े। परन्तु अब उन्हें यह सब देख पाना असह्य हो रहा था। अतः एक आदमी बिस्कुट ले आया और उस कुत्ते को बुलाने लगा। परन्तु उस कुत्ते ने अपनी विचित्र गीली नज़रों से उस आदमी को देखकर पूंछ हिलायी, जीभ से नाक चाटी, और फिर से वह गोल-गोल चक्कर लगाने लगा। वह थक गया था, उसका सन्तुलन बिगड़ रहा था फिर

भी वह चक्कर लगाता रहा।

उसकी सहायता करना सम्भव नहीं था। उसे मदद की जरूरत भी नहीं थी। वहाँ उपस्थित आदमियों के लिए सिर्फ़ एक भूमिका करनी आवश्यक थी और वह है प्रेक्षक की।

यह सब असह्य होता देख एक आदमी चीख उठा, "शूट दैट ब्लडी डॉग, किल इट।" और फिर मुँह में पाईप रखकर समाचार पत्र पढ़ने का प्रयत्न करने लगा।

खिड़की के पास खड़ी एक स्त्री हर बार बस के नीचे कुत्ते के दब जाने की आशंका से आँख बन्द कर लेती थी और वह बच जाता तो हँसने लगती थी। घर के सभी लोगों को तमाशा दिखाने के लिए ज़ोर-ज़ोर से बुला रही थी।

भीड़ के लोग आपस में कह रहे थे, "शायद नगरपालिका के आदमियों ने इसे विष खिलाया है।" वे नगरपालिका को गालियाँ दे रहे थे। कह रहे थे कि "मरकर बेचारा छूट तो जायेगा।"

परन्तु मानो कोई अदृश्य शक्ति उसकी सुरक्षा कर रही थी। क्योंकि लगभग दस-बारह मिनट उस भरे रास्ते पर इस प्रकार का विचित्र व्यवहार करनेवाला कुत्ता जीवित बचा था। बारम्बार मौत से बचता ही जा रहा था, लोगों की जान खा रहा था।

अन्त में एक दुमंज़िली बस आयी एक राक्षस-सी लाल पेटी अपने चक्कों के बल पर आगे सरकाती हुई। आगे लगे काँच के नन्हे-से चौकोर में उसका ड्राइवर ऊँचाई पर सीधा तनकर बैठा था। उसने बड़े-बड़े गॉगल्स लगाये थे और आधे चेहरे को ढकनेवाले उस गॉगल्स से उसका चेहरा किसी भयानक मुखौटे-सा दिख रहा था।

वह नन्हा-सा कुत्ता चक्कर मारते-मारते अनायास ही उस बस के सामने आ गया। बस-ड्राइवर ने ब्रेक दबाया, फिर भी वह डेढ़-दो फीट आगे बढ़ ही गया। वह कुत्ता पहियों के नीचे जाता हुआ मुझे अधूरा-सा दीख पड़ा। मैंने आँखें बन्द कर लीं और 'क्याँक्' की आवाज़ का इन्तजार करने लगा। आधे क्षण में ही वह आवाज़ सुनाई दी पर वह ज़ोर से नहीं थी। उसमें मरने की अनिच्छा नहीं थी। दुबले शरीर से निकलती आवाज़ थी वह।

खिड़की पर खड़ी उस स्त्री ने आँखों को हाथों से मज़बूती से ढँक लिया। लिपस्टिक लगे अपने लाल होंठों से चीख पड़ी और थोड़ी देर बाद मूर्ख की तरह हँस पड़ी। उस समय तो मुझे उसका मुँह रक्त से सना हुआ जान पड़ रहा था।

लोग भी चीखने लगे। वह विशाल बस आगे बढ़े या न बढ़े, की सोच में कुछ पल ठहर-सी गयी और फिर जैसे किसी आन्तरिक प्रेरणा से धकेली गयी हो, घरघराहट करती हुई आगे खिसक गयी और सीधी रेखा में आवाज़ के साथ गति

बढ़ाती हुई आगे निकल गयी।

वह कुत्ता अब मर गया था। उसकी चारों टाँगें तन गयी थीं और मुंह खुला पड़ा था। उसमें से ख़ून की पतली धार बह रही थी।

पाँच-पच्चीस आदमी उस हाड़-मांस के ढांचे के चारों ओर जमा हो गये थे, पर केवल निर्जीव कौतूहल भरे भाव से। बहुतेरे जन अपने मन से इस भाव को झटककर तेज़ी से आगे बढ़ गये थे।

मेरा मन अब एकदम रिक्त हो चुका था। अब मुझे कोई कहानी सूझ पाना सम्भव नहीं था। कुछ भी सूझना सम्भव नहीं था। सभी बातें अब कुछ बेमानी-सी हो रही थीं।

इतने में अपनी बस आती हुई दिखी। मैं आकुलता से प्रार्थना कर रहा था कि वह बस जल्द ही आये ताकि उस कुत्ते की मौत का प्रसंग देखना टाला जा सके। बस आयी और आदमियों की कतार में मुझे निगलकर आगे बढ़ गयी।

□□

अधूरा

उसकी ऊँचाई पाँच फीट अथवा उससे कुछ ही ज्यादा है। बेडौल होने के कारण वह कुछ अधिक ही बौना दिखता है—रबड़ के फुलाये गये खिलौने जैसा। उसका सिर शरीर के अनुपात में काफ़ी छोटा है। इसके अलावा वह गंजा भी है। इस कारण उसका सिर ऐसा लगता है मानो कहीं से लाकर उसे चिपका दिया गया हो।

उसका रूप ऐसा होने पर भी वह कपड़े हमेशा क़ीमती और आइरन किये हुए पहनता है। उसके हाथ में स्वयं के महत्त्व से गौरवान्वित चमड़े का रोबदार बैग होता है। सच कहा जाये तो उसके शरीर के अनुपात में वह बड़ा और भारी है। परन्तु जान-बूझकर उसने बड़े बैग का चुनाव किया है और जान-बूझकर वह उसे काम की फाइलों से भर लेता है। बीच में वह एक शानदार झटके से अपना बायाँ हाथ कोहनी से ऊपर उठाता और घड़ी को देखता। उस समय उसकी कलाई का सुनहरा पट्टा लक्दक् चमकता। उसके पॉलिश किये गये जूतों में प्रतिबिम्ब ऐसा दिखाई देता जैसा कि आईने में दिखाई देता है। और इन जूतों को ज़रा भी गन्दगी लग जाये तो उसे काग़ज़ से साफ़ किये बिना वह आगे नहीं बढ़ता। वह आहिस्ता-आहिस्ता लम्बे-लम्बे डग उठाकर चलता है। वह हर क़दम ज़मीन में गाड़ता हुआ-सा चल रहा है—चेहरे को विचारमग्न बनाये रखने का प्रयत्न करता हुआ।

परन्तु उसकी अस्थिर आँखों का भाव घबराये हुए खरगोश की तरह होता है। वह गर्दन को थोड़ा-सा नीचे कर चलता और भौंहों की ओट से उसकी अस्थिर, भयभीत आँखें जग की ओर संशय से देखती रहतीं। उसे निरन्तर यह शंका बनी रहती है कि लोग उसकी ओर देखकर शरारत से हँसने वाले हैं और बीच में ही सब लोग रुक-रुक कर, उसकी ओर देखकर, 'हो हो' कहकर चिल्लाने वाले हैं···बीच में ही वह घबराकर पीछे मुड़कर देखता है। बीच में ही अपनी धीमी चाल भूलकर जल्दी-जल्दी में छोटे-छोटे डग भरता हुआ चलने लगता है। कुछ देर बाद उसे याद आती है और वह फिर से धीमे क़दमों से चलने लगता है।

रास्ते में कोई परिचित मिलता तो पहले वह ऐसा भाव प्रदर्शित करता है कि उसे वह पहचानता ही नहीं। सिर्फ़ रुक-रुककर चोर नज़रों से उसकी ओर देखता है। अगर उस आदमी ने अपनी पहचान बतायी तब वह एकदम रुक जाता है। चेहरे पर विलक्षण आश्चर्य के भाव लाता और उस आदमी से हस्तान्दोलन कर अथवा उसके कन्धों पर थपकी लगाते हुए वह बोलता—"हलो ! हलो ! हलो ! हलो !"

अगल-बगल के लोग अपनी ओर देखने लगे हैं, इसका वह चोरी से इधर-उधर देखकर विश्वास कर लेता है। और फिर कुछ अधिक ही लम्बी-चौड़ी बातें उस आदमी से करने लगता है। मानो वह लोगों को यह विश्वास दिला देना चाहता है कि 'मैं भी तुममें से ही एक हूँ। देखो, तुम लोगों के बीच के ही एक आदमी से मैं बोल रहा हूँ।"

बीच में ही वह उस आदमी की ओर देखकर, उसके साथ अपना कुछ व्यक्तिगत सम्बन्ध है, ऐसा बार-बार पलकें झपकाकर सूचित करता है और बहुत अधिक क़रीब सरककर गोपनीय आवाज़ में पूछता—"क्यों ! चाय लोगे या नहीं ?"

अगर वह आदमी 'न' बोल देता है तो यह ज़बरदस्ती उसे चाय पिलाता है। यह चाय पिलाने का कार्य उसकी समझ में बड़े धर्मकृत्य का महत्त्व रखता है।

अन्त में विदा होते समय वह बार-बार पुलकित भाव से उस आदमी की पत्नी और बच्चों की पूछताछ करता है। उसका उद्देश्य वास्तव में यह होता था कि वह आदमी भी उसकी पत्नी के बारे में पूछताछ करे। परन्तु बहुधा मनुष्य यह सब नहीं कर पाता और हंसकर नमस्कार कर चला जाता है।

उस आदमी के जाने के बाद वह एक बार फिर से पीछे मुड़कर देखता है। उसके मन में ऐसी शंका पैदा होती है कि पीठ-पीछे वह आदमी उस पर हँस तो नहीं रहा है ! उसके जाते ही इसका मन सचमुच उद्विग्न हो जाता है, संशय से अत्यधिक ग्रस्त हो जाता है। उसकी सभी बातों में उसे उपहास और वक्रता दिखाई देने लगती है। मैल से भरे विचारों की भँवर उसके मन में उठने लगती है।

ऑफ़िस के दरवाज़े पर खड़ा ऊँचा, कद्दावर तम्बई बालोंवाला लाला उसे तपाक से सलाम करता है।

मोटे-तगड़े आकृति के उस मनुष्य के सलाम से वह हमेशा की तरह बौखला जाता है। परन्तु स्वयं को सम्हालकर आगे बढ़ता है। लाला की ओर देखकर सिर्फ़ एक निजी मित्रता की हँसी हँसता है। लाला का ध्यान उस तरफ़ होता ही नहीं है। इस कारण वह बुझ-सा जाता है। कोई अपनी ओर देख तो नहीं रहा है, इस विचार से वह इधर-उधर देखता है।

उसके पीछे चल रहे एक-दो क्लर्क ऑफ़िस में हँसते हैं। उसे लगता है कि उसी पर हँस रहे हैं। इस कारण उसे गुस्सा आता है। गाल फुलाकर 'फू' कर हवा छोड़ता है। ज़ोर-ज़ोर से रूमाल से अपना मुँह पोंछता है।

लिफ़्ट में घुसने पर उसकी नज़र क्लर्क की नज़र से मिलती है। वह रीति के अनुसार 'गुड मार्निंग सर' कहता है। परन्तु वह ऐसा स्वांग करता है जैसे उसकी ओर देखा ही न हो और फिर गाल फुलाकर 'फू' कर हवा में छोड़ देता है।

वह ऑफ़िस में जाकर जब अपने केबिन में बैठता है, तभी बाहर से कोई हलकी आवाज़ में कहता है, "आ गया, एम्टी आ गया!"

उसका नाम है मनोहर त्र्यम्बक गुणे। इस कारण उसके नाम के आद्यक्षर एम० टी० हैं। इसी से सब लोग हमेशा उसे एम्टी कहकर चिढ़ाते हैं।

एम्टी शब्द सुनकर बाहर के सभी लोग थोड़ा-सा हँसते हैं। उस हँसी को सुनकर वह एकदम घबरा जाता है, अपने आप में सिमट-सा जाता है और चमकती अस्थिर नज़रों से दरवाज़े की ओर देखता रहता है मानो दरवाज़ा खोलकर सभी दौड़कर आने वाले हैं और उसका तमाशा बनाया जाने वाला है। कुछ समय गुज़र जाने पर वह फिर से एक बार गाल फुलाकर और 'फू' कहकर हवा छोड़ देता है। इसके बाद हैण्डबैग से फाइलें निकालकर टेबल पर रखने लगता है। अपने काम की शुरुआत करता है। थोड़ी देर बाद उसका अधीनस्थ कर्मचारी आता है।

वह पूछता है, "फिर परसों के केस के बारे में आपने क्या डिसीज़न लिया? आज उस बारे में पत्र जाना चाहिए।"

"क्या कहते हो! आज ही जाना चाहिए, अगर कल भेजें तो नहीं चलेगा?"

"पहले ही देर हो चुकी है।"

"ऐसा? अच्छा, यह भी सच ही है। फिर ऐसा करें, बस थोड़ा-सा इस पर हम डिसकस कर लें।"

"दो बार हमने इस पर डिसकस कर लिया है और कैसा पत्र भेजना है उसका ड्राफ्ट भी मैंने आपको दिया है," वह बैठे बिना ही बोलता गया।

"यस, यस, मैंने तुम्हारा ड्राफ्ट पढ़ा है। अच्छा है। तुमने उसे व्यवस्थित तैयार किया है। पर एक-दो स्थानों पर कुछ गड़बड़ी लगती है। मैंने उसे बदल दिया है।" इतना बोलकर मनोहर त्र्यम्बक गुणे कुर्सी की पीठ से लग जाता है, दोनों हाथों की उँगलियों को जोड़ता है, विचारमग्नता का भाव चेहरे पर लाता है।

उसका असिस्टैण्ट चेहरे पर कोई भी विकार न दिखाते हुए कहता है, "ठीक है, सुधारा हुआ ड्राफ्ट दे दीजिए, ताकि टाइप कर उसे भेजा जा सके।"

उसके हाथों में ड्राफ्ट देने के पूर्व गुणे बोलता है, "ऐसा है, हर बात पर सभी

तरह से विचार करना चाहिए। जल्दबाज़ी में किये गये काम से अकसर गड़बड़ी हो जाती है। इस बारे में पहले भी मैं दो बार तुमसे कह चुका हूँ। प्रमोशन के समय इस मुद्दे पर भी ग़ौर किया जाता है।"

यह कहते समय गुणे के चेहरे पर हठवादिता के भाव दिखाई देते हैं। वह अत्यधिक विकृत दिखता है।

गुणे का सहायक काग़ज़ उठाता है और जाने लगता है।

गुणे एकदम घबरा जाता है और हड़बड़ाकर बोलता है, "अर्थात्, तुम इसे यहाँ पढ़कर नहीं देखोगे ?"

"अब और क्या देखना है ?'

"नहीं, ऐसा करें कि हम इस पर पूरा डिसकस कर लेते हैं फिर एक बार।"

गुणे का असिस्टैण्ट परेशान होकर बोलता है, "ऐसा करेंगे, तो काम कैसे चलेगा ? कितना काम अभी बाक़ी है। मैनेजर साहब ग़ुस्सा होते हैं।"

गुणे एकदम चिढ़ जाता है, "मुझे मालूम है तुम सबकी यह चालबाज़ी है। तुम लोग मुझे फँसाना चाहते हो। किसी भी ऐरे-ग़ैरे काग़ज़ पर मेरे हस्ताक्षर लेने हैं ? परन्तु मैं साफ़ कहे देता हूँ कि मैं काग़ज़ पर हस्ताक्षर नहीं करूँगा और तुम्हारे ख़िलाफ़ रिपोर्ट करूँगा। डायरेक्टर्स बोर्ड के सदस्यों पर मेरा प्रभाव है। अगर मन में आ गया तो मैं तुम्हें डिसमिस कर सकता हूँ।"

गुणे का अधीनस्थ गलित-गात्र होकर कुर्सी पर बैठ जाता है। दोनों हाथों में सिर को पकड़ता है।

उसके बैठते ही गुणे की भावना एकदम बदल जाती है। वह कुर्सी पर ही आगे खिसकता है, आत्मीयता लाते हुए जल्दी से बोलने लगता है, "ये देखो, मिस्टर भिसे, वी मस्ट बि फ्रेण्ड। हमें एकजुट होकर काम करना चाहिए। तुम्हें मेरी सहायता करनी चाहिए और मुझे तुम्हारी मदद करनी चाहिए। है ना ? हाँ।"

अपना कहा उसके मन पर असर करे इसलिए गुणे उसके पेट में उँगली से गुदगुदाता है।

भिसे थोड़ा सिमटता है और उसी तरह निर्विकार भाव से बैठा रहता है।

"इसलिए मैं कहता हूँ कि हम इस सब पर फिर से डिसकस कर लें। मैंने उस ड्राफ्ट में क्या परिवर्तन किया है, उसे तुम एक बार पढ़कर देखो तो।"

भिसे ड्राफ्ट पर नज़र घुमाता है।

गुणे अज़ीजी से कहता है, "कैसा लगता है तुमको यह, भाई ! एँ ? ठीक है न ? कहने का मतलब यह कि कहीं शब्दों में हम पकड़े तो नहीं गये···!"

"अजी, शब्दों में पकड़े जाने का प्रश्न आता ही कहाँ है ? आपने फिर से सब कुछ आगे के लिए टाल दिया है। उससे शाखा प्रबन्धक का काम रुक जायेगा।"

भिसे की सहनशक्ति अब समाप्त होने लगी थी।

"ऐसा कहते हो? फिर मुझे क्या करना चाहिए, तुम्हें क्या लगता है? एक दोस्त की तरह बतलाओ न! इसे ऑफ़िसियल मत समझना।" और गुणे, भिसे के साथ जैसे उसके निकटता के सम्बन्ध हों, इस तरह से, आँख मारकर हँसता है।

"मुझे जैसा लगा, मैंने ड्राफ्ट में लिख दिया है।"

"फिर तुम्हारे ही ड्राफ्ट पर मैं हस्ताक्षर कर दूँ, ऐसा कहते हो? एक-दोस्त की तरह बतलाओ।" गुणे एक बार फिर मसखरे भाव से हँसता है।

"आपको जो करना हो कीजिए, पर जल्द ही कर दीजिए ताकि मैं 'फ्री' हो जाऊँ।"

"नहीं, मैं तुम्हारे ड्राफ्ट पर हस्ताक्षर करता हूँ। दूसरी प्रति है क्या इसकी? हाँ है, यहीं है। मैंने निश्चय कर लिया है कि इसके बाद अब तुम जो भी ड्राफ्ट तैयार करोगे, मैं उस पर हस्ताक्षर कर दूँगा। आई नो दैट यू आर माई बेस्ट फ्रेण्ड। क्या?"

फिर से भिसे और उसके निकटता के सम्बन्ध हों, ऐसा बतलाकर पलकें झपकाकर वह हँसता है। फिर हस्ताक्षर करने के लिए पेन पकड़ता है, रुकता है, पेन हटा लेता है, सहमकर भिसे की नज़र बचाकर वह कहता है, "ये सब कल भेजेंगे तो नहीं चलेगा क्या? मैं कल साइन कर दूँगा। मुझे इस विषय में थोड़ा विचार करना है।"

भिसे हाथ की फाइल ज़ोर से टेबुल पर फेंकता है और तेज़ी से केबिन के बाहर निकल जाता है। उसे बड़ा गुस्सा आ रहा था।

वह सीधे मैनेजर साहब के कक्ष में जाता है और उनसे निवेदन करता है, "सर, मेरा गुणे के साथ काम करना असम्भव है और कुछ दिन ऐसा ही चला तो मैं पागल हो जाऊँगा। वे कोई डिसीज़न नहीं लेना चाहते। किसी बात पर जवाबदारी नहीं लेना चाहते। हर बात को आगे के लिए टाल देते हैं। आप ही बतायें, कोई आदमी कैसे काम करे? मेहरबानी करके आप मेरी बदली किसी और विभाग में कर दीजिए।"

मैनेजर चुरुट पीता हुआ शान्ति से सभी बातें सुन लेता है और कहता है, "भिसे, अब तुम्हारी सर्विस दस वर्ष की हो गयी न? फिर तुम्हें यह समझना चाहिए कि अपने से ऊपर के अधिकारी की शिकायत नहीं करनी होती है।"

अर्थात् न तो वे गुस्से में बोल रहे थे और न मन से बोल रहे थे? रीत है इसलिए बोल रहे थे।

भिसे गर्दन नीची कर लेता है, "आइ एम सॉरी, सर!" मैनेजर साहब हँसते हैं और कहते हैं, "अच्छा, अब तुम्हें क्या कहना है? हस्ताक्षर जल्दी नहीं

होते, यही न ? उनके पास अधिक काम होगा। अब आप ऐसा करो कि पत्रों पर डिसोझा साहब के हस्ताक्षर ले लिया करो। इससे समस्या हल हो जायेगी न ?"

भिसे ने कहा, "यस सर ! थैंक्यू सर ! मुझे सचमुच शिकायत लेकर नहीं आना चाहिए था पर···"

मैनेजर साहब समझदारी से हँसते हैं और कहते हैं, "अच्छा, अच्छा। अब तो आपको कोई परेशानी नहीं है ? अच्छा, अब आप अपना काम कीजिए।"

इधर गुणे अपने में ही सिमटता हुआ अपने केबिन में बैठा है। चमकती अस्थिर नज़रों से आस-पास देखता है मानो अज्ञात और अदृश्य शत्रु ने उसे घेर लिया हो। उसे लगता कि बाहर के सभी क्लर्क 'हो' कहकर उसके शरीर पर टूट पड़ेंगे। उसके हस्ताक्षर किये गये काग़ज़ों का उपयोग कर असख्य षड्यन्त्र उसके विरुद्ध रचे गये होंगे। पुलिस उसे पकड़ने के लिए बाहर तैयार बैठी होगी। मैनेजर क्रोध में तेज़ी से बाहर आयेंगे और सभी लोगों के सामने उसे उलटा-सीधा कहेंगे।

उसके भय की प्रचण्ड प्रतिध्वनि उसके मन में कुछ समय तक गूँजती रही। पर उसे जैसा लग रहा था, वैसा कुछ होता नहीं है। तब उसका मन उलटे ढंग से सोचने लगता है। वह घण्टी बजाता है और चपरासी को बुलाता है। इस चपरासी से उसका मित्र भाव है।

गुणे चपरासी से पूछता है, "क्यों रे धाकू ! क्या किया उस भिसे ने ! क्या वह मैनेजर साहब के यहाँ गया था ?"

"गया था तमतमाता हुआ"—पान से लाल हुए धाकू के होंठ हिलते हैं।

"फिर क्या हुआ ? कुछ खबर मिली ? देखो, देखो, पूछताछ करो।" गुणे के चेहरे पर एकदम अज़ीजी का भाव आ जाता है।

"अरे, आप क्यों डरते हैं ? सीधे डायरेक्टर साहब पर भी आपका प्रभाव है। मैनेजर की क्या हिम्मत है आपसे बोलने की !" धाकू खीः खीः खीः कर हँसता है।

गुणे उसकी ओर कुछ संशय से देखता है, फिर उसे भी हँसी आ जाती है।

"ऐसा कहते हो ? मैनेजर साहब मुझसे डरते हैं ? फिर तो बाक़ी लोग भी डरते होंगे।"

धाकू गुणे को आँख मारता है और हँसने लगता है। "मन में आया तो एक-एक को डिसमिस कर दूंगा। मैनेजर भी बाक़ी नहीं रहेगा !" गुणे के चेहरे पर अब एकदम घिनौने, उद्धत भाव दिखाई देने लगते हैं।

"पर मुझे डिसमिस मत करना, साहब !" धाकू नाटकीयता के साथ बोलता है। गुणे को ज़ोर से हँसी आ जाती है। वह आँखें मिचकाता है और उसके पेट को उँगली से गुदगुदाता है। फिर बार-बार हँसता हुआ कहता है, "धाकू ! तुम्हें

तो कोई नट बनना चाहिए था।"

फिर धाकू और अधिक ढीठ होकर बोलता है, "वैसे मेरी भी सिफ़ारिश करने वाले हैं।"

"तेरी ! कौन ?"

"डायरेक्टर साहब तक तो अपनी पहचान नहीं है। कैशियर साहब का बन्दोबस्त किया है, मैंने !"

"कैसे रे ?"

"आपके जैसा ही हमारा भी है !"

धाकू व्यर्थ ढिठाई करता है और गुणे को फिर से आँख मारता है, और हँ-हँ-हँ करता हुआ हँसता है।

गुणे एकदम सकपकाता है। लज्जा की, भय की एक लहर उसकी रीढ़ की हड्डी को चीरकर फैलने लगती है। जो वह नहीं है, ऐसा उसने अपने मन में दृढ़ता से स्वीकार कर लिया था, जिसे वह सारे जग से तथा अपने आपसे छिपाकर रखने का यत्न कर रहा था, पर वही यकायक विकट हास्य करता हुआ उसके ही समक्ष आ खड़ा होता है और वह वहीं-का-वहीं स्तब्ध रह जाता है। धाकू से उसे बड़ा डर लगता है। उसके पास से, उसकी आँखों की मार से दूर भाग जाय, ऐसा ही उसे लगता है।

अपने बोलने के उस पर होते असर की ओर धाकू का ध्यान ही नहीं है, वह निकटता दर्शाने हेतु गुणे के पास आता है। उसकी जेब को हाथ लगाता हुआ पूछता है, "क्यों साहब ! जेब में क्या कुछ छुट्टे पैसे हैं ?"

गुणे बदन को सिकोड़ता है। उसे लगता है कि धाकू को धकेल दे, झटक दे परन्तु डर के मारे उसकी बोलती बन्द हो जाती है।

धाकू कुछ अधिक ही नजदीकी दिखाता हुआ कहता है, "हैं, बहुत छुट्टे पैसे हैं जेब में।"

गुणे जेब से दो-चार सिक्के निकालकर उसके हाथ पर रखता है। धाकू बग़ल में सरकता है। अपने पीले गन्दे दाँत दिखाकर हँसते हुए कहता है, "समझा, साहब तो लाखों में एक हैं। पैसे के लिए कभी ना नहीं करते।"

गुणे कुछ बोलता नहीं है। अभी वह उसके साथ पूरी तरह खुला नहीं है। उसे खोलने के इरादे से धाकू दरवाजे के पास जाते-जाते कहता है, "वह लड़की आजकल आपके कमरे में बहुत आती है।"

"वह कौन ?" गुणे पूछता है।

"वो, वह वो !" धाकू हाथ से टाइपिंग करने की मुद्रा बतलाता है। फिर कहता है—"आप तो ऐसा दिखा रहे हैं जैसे आप उस गाँव के ही नहीं है !" वह फिर गुणे को आँख मारता है।

यह रामबाण उपाय प्रभावी होता है। गुणे हँसने लगता है, जैसे किसी ने काँख पर गुदगुदी की हो। धाकू से उसके निजी सम्बन्ध हैं, ऐसा दिखाते हुए वह आँखें झपकाता है। उसे बार-बार हँसी आ रही है। इस टाइपिस्ट लड़की के बारे में व्यर्थ के विचार उसके मन में उमड़ने-घुमड़ने लगते हैं। कल्पना में अनेक लड़कियाँ उस पर लट्टू होती हैं।

थोड़ी ही देर में उसके मन में धाकू के विषय में फिर सन्देह पैदा होता है। मतलब उसको भी मालूम है, फिर ! सभी को मालूम है—सभी मन में उसका मज़ाक़ उड़ाते हैं।

वह गर्दन हिलाता है। दिखावे की एकाग्रता से टेबल पर पड़े काग़ज़ों की ओर देखता है। एक क्लर्क को बुलाकर उसे कुछ काम देता है। उसे काग़ज़ सौंप देता है।

जो सभी को मालूम है, उसे वह भूलना चाहता है। वह उसकी आँख-से-आँख कभी नहीं मिला सकता। उस पर वह कोई उपाय भी नहीं कर सका था। उसके नन्हे से जीवन में यकायक उस सत्य का स्फोट हुआ था और वह हमेशा के लिए लोक से ही दूर जा छिटका था ! उसके बाद उसका जीवन अर्थात् मनुष्यों के संसार में प्रतिष्ठित स्थान प्राप्त करने की दीन, असहाय गतिविधि थी।

वह टाइपिस्ट लड़की उस पर मरती है, उसने स्वयं ऐसी निश्चित धारणा बना ली थी।

दोपहर को वह अकेला ही चाय पीता है। इसके बाद अकेला ही वह केबिन में बैठता है। उस बन्द केबिन में उसका दम घुटने लगता है। उसे लगता है कि उसके चारों ओर आदमी-ही-आदमी हैं। इसलिए उठकर जहाँ क्लर्क बैठते हैं वहाँ यूँ ही एक चक्कर लगाता है। परन्तु खुद पर पड़ने वाली नजरों की क़तार से आगे जाते समय उसे लगता है जैसे वह नग्न है। वह भयभीत हो जाता है। जल्दी-जल्दी अपने कमरे में वापस आता है। घुटते हुए दम के साथ वहाँ बैठा रहता है।

अन्त में वह धाकू को बुलाता है, उसकी गलिच्छ निकटता सहन करता है। खुद भी उससे निकटता दिखाता है। उसकी पान की डिबिया से पान निकालकर खाता है। शायद धाकू ही अकेला उसका दोस्त था।

ऑफ़िस छूटते ही उसे अच्छा लगता है। अब उसे घर जाना है, वह उसका ही होता है, उसके दरवाज़ों की आड़ में वह अपने को सुरक्षित समझता है। ऑफ़िस में रहने पर भी घर की ओर उसका मन दौड़ता ही रहता है। उसे लगता है कि घर पर वह सुरक्षित और सुखी है।

वह सीटी बजाता है। ऑफ़िस से घर जाने वाले क्लर्कों से मेल-जोल बढ़ाने का प्रयत्न करता है। अधिकार के ऊँचे स्वर में, कुछ झुककर उनकी पूछताछ करता है। विशेष रूप से उनकी पत्नी और बच्चों के बारे में। उसे ऐसा लगता

है कि वे भी उससे ऐसी ही पूछताछ करें। परन्तु वे उसे उड़ाऊ उत्तर देते हैं। तब भी वह उनके साथ बेशर्मी से चलता ही रहता है।

आखिर इनमें से एक क्लर्क गुणे से पूछ बैठता है—"आपकी पत्नी किसी स्कूल में हैं ना?"

"वनिता विद्यालय की हेडमिस्ट्रेस हैं।" गुणे तनकर उत्तर देता है। अपनी पत्नी के बारे में बढ़-चढ़कर बोलता है। उसने उसे नौकरी करने की स्वतन्त्रता देकर कितनी उदारता दिखलायी है, इसका वर्णन करता है।

वह क्लर्क पूछता है, "आप भी उसी स्कूल में अध्यापक थे न?"

"हाँ!" उसे ऐसा याद दिलाना पसन्द न था।

"फिर आप यकायक हमारे ऑफ़िस में कैसे आये?" उस क्लर्क ने पूछा।

"ऐसा हुआ कि अपने डायरेक्टर चन्द्रचूड साहेब है न! उन्होंने मेरा वहाँ का काम देखा। उस संस्था के संचालकों में हैं न! और वे बहुत अधिक आग्रह करने लगे कि मुझे उनकी कम्पनी में आना ही चाहिए। प्रारम्भ में शिक्षक का काम छोड़ने से मैं प्रसन्न नहीं था। परन्तु जब उन्होंने बहुत ही आग्रह किया, तब मैंने स्वीकार कर लिया।"

गुणे को यह बहुत अच्छा लगा कि यह प्रश्न उससे पूछा गया। उसने तो पहले से ही सोच रखा था। स्वयं उसने इसे बार-बार दोहराया था; अगर लोग नहीं पूछते तो भी वह उनको यह बतलाता ही। सभी क्लर्क उत्तर सुन लेते हैं। फिर रास्ते के एक मोड़ पर रुककर उससे विदा लेते हैं। वह बड़ी अकड़ से आगे चलने लगता है। पर चार क़दम आगे बढ़ते ही उसे हँसने की आवाज़ सुनाई देती है। उसकी अकड़ का गुब्बारा फुस करके सिकुड़ जाता है। वह गाल फुलाता है और 'फू' कर मुँह से हवा छोड़ता है। एकदम पास-पास क़दम बढ़ाता हुआ रफ़्तार से चलने लगता है।

वह घर पहुँचता है और तेज़ी से घर के दरवाज़े बन्द कर लेता है। वह सुरक्षित है, उसे अब लगने लगता है। वह कोट उतारता है, टाई की गाँठ ढीली-सी कर अन्दर के कमरे में जाता है। ड्रेसिंग टेवल के पास उसकी पत्नी खड़ी होती है। उसकी गहरे रंग की साड़ी पर सुनहरे तारे चमक रहे हैं। घने बालों पर प्रकाश की किरणें बिखर रही हैं। महीन ब्लाउज़ से, मांसल पीठ पर चोली की पतली, खींची हुई पट्टी दिखाई दे रही थी। गालों पर से पाउडर का पफ़ वह घुमा रही है।

आईने में वह उसे दिखाई देता है। परन्तु वह उसकी ओर देखती तक नहीं है। उसके आने पर भी गालों पर घूमने वाला पफ़ न तो रुकता है और न उसकी गति ही धीमी होती है।

उसका मादक सौन्दर्य देखकर वह स्तब्ध हो जाता है। उसके शरीर में एक

हलकी-सी सिहरन उठती है। और फिर उसकी नज़रें झुक जाती हैं। अब उसकी नज़रों का सामना करने की ताक़त भी उसमें नहीं रह गयी है। उस सुन्दरता को देखकर उसे लगता है कि वह सचमुच ही उसके समक्ष बहुत बौना है।

फिर भी मन में आँकी गयी, पति होने की भूमिका को पूरी तरह से निभाने के लिए वह उत्साह से कहता है, "वाह ! आज तुम बहुत सुन्दर दिखाई देती हो।"

इसके बाद, सच मानिए, वह आगे आकर उसको चूमना चाहता है। पर इतना साहस उसमें नहीं है। वह सिर्फ़ उसकी साड़ी की किनारी ही ठीक करता है।

इतने में नीचे से मोटर का हॉर्न सुनाई देता है, वह भयभीत होता है। फिर उत्साह से बोलता है, "लगता है, चन्द्रचूड साहब आये हैं। स्कूल के बोर्ड की आज शायद सभा होगी।"

वह कुछ जवाब नहीं देती।

इतने में चन्द्रचूड साहब अन्दर आ जाते हैं। वह दरवाज़ा खोलता है। इसे देखकर वे थोड़े-से विचलित होते हैं। अब क्या कहा जाय ? उस ऊँचे, गोरे, ख़ूबसूरत आदमी को सूझता नहीं है।

वह भी उतना ही विचलित हो जाता है। फिर असह्य होने वाली बेचैन अवस्था को दूर करने के लिए स्वयं ही उत्साह से बोलता है—"आइए, बैठिए न ! बस, वह अभी तैयार हुई जाती है।"

चन्द्रचूड साहब हँसने का प्रयत्न करते हैं और बेचैन मन से बैठ जाते हैं।

"क्या आज स्कूल की मैनेजिंग बोर्ड की मीटिंग है ?" वह उत्साह से पूछता है।

"यस, यस, हाँ ! आज मीटिंग है।"

वे बहाने की इस लकड़ी को उतावली से आधार बना लेते हैं। उन्हें ज़रा ठीक लगता है। कौतूहल से, विचित्र ढंग से वे उसकी ओर देखते हैं।

उस नज़र से बचने के लिए वह गर्दन नीचे कर लेता है और फिर एकदम उत्साह से ऑफ़िस के बारे में बतलाना प्रारम्भ करता है। कम्पनी के हितों की वह किस प्रकार जागरूकता से रक्षा कर रहा है, यह बात वह इतनी कुशलता से बतलाता है कि उसे भी वह सब सच ही लगने लगती है। फिर कुछ लोग कम्पनी का नुक़सान किस तरह करते हैं, इस बात को बड़े ही सात्त्विक सन्ताप से कहता है। विशेष रूप से भिसे नामक आदमी कितना बुरा है, यह बात वह बार-बार प्रसंग में लाता है।

चन्द्रचूड साहब कुर्सी में ही बेचैन होते हुए उसे सुनने का स्वाँग करते हैं, "अच्छा !", "आय सी," "हाँ, हाँ" कहते हैं। बीच में ही पूछते हैं—"तैयार हो गयी, मिसेस गुणे ?" 'मिसेस गुणे' कहते हुए उन्हें बड़ा ही चमत्कारिक लगता है।

"हाँ, हो रही हूँ ! इतनी भी जल्दी क्या है?" भीतर से रूठी आवाज़ में उत्तर आता है।

यह सुनकर गुणे को चमत्कारिक लगता है। वह चन्द्रचूड साहब की ओर नज़र गड़ाकर देखता है और यकायक ऊँची आवाज़ में कहता है—"इस भिसे के ख़िलाफ़ कुछ-न-कुछ ऐक्शन लेना ही चाहिए। उसे सबक सिखाने के अलावा दूसरा कोई चारा नहीं सूझता।"

चन्द्रचूड चौंकते हैं; अपराधी मुद्रा में बोलते हैं, "यस, यस, हम उसकी बदली ही कर देंगे।"

इतने में मिसेज़ गुणे बाहर आती हैं। वह और चन्द्रचूड दरवाज़े से बाहर चले जाते हैं।

चन्द्रचूड, कब यहाँ से खिसक सकूँ, इस भाव से ही, गुणे से विदा लेते हैं। उसकी पत्नी जाते-जाते एक मुस्कान उसकी ओर इस ढंग से फेंक जाती है जैसे किसी भिखारी की ओर सिक्का।

उसके जाते ही वह दरवाज़ा बन्द कर लेता है। कोच पर धम से बैठ जाता है। उसे यह अच्छा ही लगता है कि वह चली गयी है। उसका मन उन्मुक्त-उन्मुक्त हो उठता है। वह पंखा चालू करता है, सामने के स्टूल पर पाँव रख कोच पर ही लेट जाता है।

परन्तु वह नॉर्मल नहीं हो पाता है। उसका एकाकीपन, अधूरापन, उसके मस्तिष्क में भन-भन करने लगता है। उस ख़ाली घर में उसका दम घुटने लगता है। उसे ऐसा लगने लगता है जैसे इससे अच्छा तो ऑफ़िस ही है। वहाँ आदमी होते हैं। हम आदमियों के बीच होते हैं···वह बेचैनी में अपने ही अंगों को हिलाता है, गाल फुलाता है और 'फू' करके मुँह से हवा निकालता है।

सिर पर बिगड़ा हुआ पंखा भन-भन की आवाज़ करता उस घर के रीतेपन को निरर्थक रूप से मथता रहता है।

□□

उलटबाँसी

ऐसा तो नहीं है कि मैं पहले कभी बम्बई गया ही नहीं था, फिर भी गाड़ी के बोरीबन्दर स्टेशन पहुँचते ही इस बार मैं ज़रूर कुछ हड़बड़ाया था। कुली ने तो जैसे सामान खींच ही लिया और अपने सिर पर थामे दौड़ने लगा। इस भागदौड़ में कटहल की ऐसी-तैसी हो रही थी। मैं उसे चिल्ला-चिल्लाकर 'रुको-रुको' कहता रहा, उसका पीछा करता रहा पर भीड़ ही इतनी अधिक थी कि···आदमी एक-दूसरे को ठेलकर आगे बढ़ रहे थे। जूते की एड़ी से किसी का पैर रगड़ जाना तो मामूली बात थी। मुझे तो अपने सामान की कोई उम्मीद नहीं लग रही थी। इतने में रघु ने हाथ से इशारा किया। पर मैंने उसे कहा, "फ़ौरन पीछा करो कुली का। बातचीत बाद में करना।"

उसे कुली के पीछे दौड़ाने के बाद मैंने थोड़ी-सी राहत महसूस की। मैं स्टेशन से बाहर आ तो गया किन्तु अब टैक्सी के लिए फिर से भीड़ का सामना! मनचले आवारा युवक गले से रूमाल लपेटकर, गुण्डई अन्दाज़ में मीटियाँ बजा-बजाकर टैक्सियाँ रोक रहे थे। उसके रुकने से पहले ही फ़ुर्ती से हैण्डिल का बटन दबाकर दरवाज़ा खोल देते और कहते—"लाइए दुअन्नी।" हकबकाये ग्राहक भी चुपचाप दुअन्नी उसकी हथेली पर रख देते।

टैक्सी में बैठने के बाद भी तसल्ली नहीं हुई। पल-पल यही लगता था कि ड्राइवर कहीं-न-कहीं ज़रूर करिश्मा दिखायेगा और हमें दिन में ही तारे नज़र आयेंगे। किसी भी क्षण कुछ भी हो सकता था।

अन्ततः टैक्सी चाल के पास आयी तो मुझे सुकून मिला। अड़ोसी-पड़ोसी सब हमारे गाँव वाले ही थे। 'वामन काका आ गये, वामन काका आ गये' चिल्लाते हुए बच्चे हमारी ओर लपक पड़े। हर छुट्टियों में गाँव जो हो आते हैं! मैंने बच्चों को चार-चार काजू दिये।

यूसुफ मुहम्मद चाल के अधिकांश निवासी हमारे गाँववाले हैं और पिछले पचास साल से यही स्थिति है। चाल का मालिक तो मुसलमान है किन्तु उसे भाड़े पर ब्राह्मणों को उठाने का हिमायती—ब्राह्मणों में भी कोंकणस्थ ब्राह्मण—उसकी

ख़ास पसन्द थे। क्योंकि कोंकणस्थ ब्राह्मण नफ़ासत-पसन्द और भाड़ा आदि चुकाने के मामले में चुस्त-दुरुस्त होते हैं।

जीने से मैं ऊपर जा रहा था तो प्रेस किये हुए झकाझक कपड़े पहने एक युवक टकरा गया और कहने लगा, "क्यों वामन काका, बहुत दिनों बाद आये! अच्छे तो हैं?"

मैंने ग़ौर से उसकी ओर देखा तो सही, पर वह पहचान में नहीं आ रहा था। उसे टोकते हुए मैंने कहा, "कौन हो, भाई? मुझे याद नहीं आ रहा!"

"मैं सदू भटजी का बाबू हूँ। बचपन में आपसे ख़ूब पिट चुका हूँ। मुझे अच्छी तरह से याद है···"

"बाब्या तू है? कितना बड़ा हो गया रे तू?"

वह मुस्कराया।

"काम क्या करते हो? कहीं नौकरी-वौकरी···" पर उसने कोई जवाब नहीं दिया। फिर एक बार मुस्कराकर वह चल दिया। पीछे की ओर छुपायी सिगरेट वह पीने लगा था।

मैंने दत्तू से कहा, "अरे दत्तू, यह बाबू वही है न, जो अकसर परीक्षाओं में फ़ेल हो जाता था और सदू भटजी से पिट जाया करता था?"

"जी, यह वही बाबू है।"

"लेकिन मैंने तो गाँव में सुना था कि वह तो बदचलन हो गया है। क्या अब सुधर गया? या सदू भट ने कहीं कोई अच्छी-सी नौकरी उसे दिलवा दी? जान-पहचान तो उनकी काफ़ी है!"

"जी नहीं! वह तो अभी भी वैसा ही है। काम-धाम कुछ नहीं करता।"

"तो क्या लाटरी-वाटरी खुल गयी है, जो इतना ठाठ से रहता है?"

दत्तू ने हँसकर कहा, "काका जी, इसका रहस्य आपको नहीं पता चलेगा।"

"क्यों नहीं पता चलेगा? मैं सठिया गया हूँ क्या?"

इस बीच हम दत्तू के कमरे में पहुँच चुके थे। बहू ने मेरे पैर छुए और मैंने आशीर्वाद दिया, "अष्टपुत्रा भव।" बच्चे फिर एक बार काँव-काँव करने लगे, तो मैंने सन्दूकचा खोलकर मिठाई की पुड़िया बहू के हाथ में थमा दी। बच्चों की दादी ने दी थी। मैंने बहू से कहा, "बाँट दो बच्चों में।" अब मैंने अपना ध्यान बोरी पर केन्द्रित किया। उसमें कई डिब्बे, पोटलियाँ, ढेले-पत्थर आदि बहुत-सी चीज़ें थीं। उन्हें बोरे से बाहर निकालकर सम्बन्धितों के पास पहुँचाने की हिदायत के साथ बच्चों को सौंप दीं।

मुँह-हाथ धोकर मैं साँस ले रहा था कि सदू भट दनदनाते हुए आया और दत्तू पर बरसने लगा, "वामन्या के आने की ख़बर तक मुझे नहीं दी? वह तेरा

काका होगा पर मैं तो उसे छोटा भाई मानता हूँ, तुम अभी पैदा भी नहीं हुए थे…"

"अमा सदू, यार बैठो-बैठो, बप्प, अभी-अभी तो आया हूँ। किसी बच्चे के ज़रिये मैं सन्देशा भेजने ही वाला था। बहू, सदू के लिए भी चाय ले आओ।" मुझे मालूम था कि सदू का मुंह बन्द करना टेढ़ी खीर है। इसलिए उसका हाथ पकड़कर मैंने उसे नीचे बिठाया।

सदू ने चंची (पान, तम्बाकू, सुपारी आदि रखने की, कपड़े की छोटी-सी थैली) निकाली। आधा पान उसने मुझे दिया और आधा अपने मुँह में ठूंस लिया।

मैंने सदू से कहा, "तुम्हारा बाबू कुछ देर पहले सीढ़ियों पर मिला था, उसने हाथ जोड़कर नमस्ते की और मुझे देखते ही सिगरेट पीछे छुपा ली। बड़ों की पूरी इज़्ज़त करता है, कहीं काम-धाम करता है या नहीं ?"

"आवारा है, मटरगस्ती करता है, मेरे सामने कलमुंहे का नाम मत लो। मेरा तो खून खौलने लगता है।"

"लेकिन हुआ क्या ? जवान लड़का है, हट्टाकट्टा है। उससे इतनी नफ़रत क्यों करते हो ? उसने ऐसा किया क्या है ?"

"क्या नहीं किया उसने ? आवारा मुस्टण्डों से उसका याराना है। 'मटका' चलाता है। शराब छानता है। किसी छिनाल को वह घर में लाकर रखे तो आश्चर्य नहीं होना चाहिए।"

"अरे भाई, उल्टा-सीधा क्यों बकते हो ? माना कि औलाद निकम्मी और कलमुंही है, पर बाप को अपने मुंह से तो बुरा-भला नहीं कहना चाहिए। खानदान की न्यूनता का सार्वजनिक ऐलान नहीं करना चाहिए। इससे कुछ भी तो हासिल नहीं होता।"

"स्याही तो पुत ही चुकी है, पूरी दुनिया को पता भी चल चुका है। हमारे दसग्रन्थी ब्राह्मण खानदान की सात पीढ़ियों का उसने उद्धार किया है।" सदू भट मायूसी भरे अन्दाज़ में कैफ़ियत पेश कर रहा था।

"लेकिन उसे समझाओ, प्यार से कहो तो ज़रूर मान जायेगा। आखिर ब्राह्मण-पुत्र जो है।"

"उसके मुंह लगने से क्या फ़ायदा ? एक बार मैं उसे समझा-बुझा रहा था कि उसने मुझे चाकू दिखाया।"

यह विषय यहीं समाप्त हो गया। हम थोड़ी देर इधर-उधर की बातें करते रहे और बाद में सदू भट चले गये।

उनके जाने पर दत्तू ने कहा, "जनाब हमारे ही घर में डेरा जमाते हैं। उनका खाना-पीना भी यहीं होता है, वैसे तो हम उन्हें यहाँ फटकने भी नहीं देते। किन्तु

अब आप लोग आ गये हैं तो…"

"लेकिन मैं उसका लँगोटिया यार हूँ। शुरू से वह इसी मिज़ाज का रहा है। इसमें भला उसका क्या कसूर? उसकी सात पीढ़ियाँ पौरोहित्य करती रही हैं। और वह भी कोंकण में। ग्यारस के दिन फ़ाका तो फ़ाका, दक्षिणा भी नहीं मिलती थी। ऐसे खानदान के लोगों से और क्या उम्मीद की जा सकती है? फिर भी सदू मुझे बेहद चाहता है!"

"चाहता होगा। सो तो मैं देख ही चुका हूँ…" दत्तू ने मुस्कराते हुए चिकोटी ली।

"उसने मुझे आधा पान दिया या नहीं? तुम तो देख ही चुके हो। वरना आज-कल के ज़माने में कौन देता है किसी को कोई चीज़?"

"बिलकुल दुरुस्त कहा आपने," कहकर दत्तू हँसता रहा। थोड़ी देर बाद मैंने सदू से पूछा, "क्या वाक़ई बाबू ने अपने बाप को चाकू दिखाया था?"

"क्यों नहीं दिखायेगा? बचपन से न कभी बाप ने प्यार से पुचकारा, न जेब-खर्च के लिए धेला उसे दिया। न कभी ढंग का कपड़ा-लत्ता, न कभी सराहना की। हमेशा झिड़की और लानत-मलामत। आखिर वह भी कब तक सुनता और बरदाश्त करता?"

"लेकिन ब्राह्मण परिवार से है न? संस्कृत के शब्द तो रोज़ाना सुनता ही होगा? या जल्लाद है? यदि ब्राह्मण ही अपनी सतह से नीचे आयेंगे तो बाक़ी लोगों से क्या उम्मीद की जा सकती है?"

"काकाजी, वह बात भूल जाइए। यह बम्बई है और यहाँ पैसा ही भगवान है। निर्धन आदमी कितना ही होनहार क्यों न हो, यहाँ मूर्ख ही कहलाता है।"

मैं तो दत्तू को जैसे घूरता ही रह गया। दत्तू के मुँह से इस तरह की दलील-बाज़ी मैं पहली बार सुन रहा था। तथापि मैंने उसे कहा, "तुम ही बाबू को कुछ समझाओ। वह चाहे जो करे, पर कम-से-कम ऐसा तो कुछ न करे, जिससे कि पुलिसवालों के शिकंजे में फँस जाय। ठर्रा बनाना क़ानूनी जुर्म है या नहीं? किसी दिन लेने के देने पड़ जायेंगे। जेल में पत्थर तोड़ने पड़ेंगे तब अक़्ल ठिकाने आयेगी। हाल-बेहाल हो जायेंगे। ज़िन्दगी तबाह हो जायेगी।"

"पुलिस उसका क्या बिगाड़ लेगी, काकाजी? क्या उन्हें बाबू की हरकतें पता नहीं हैं? उनकी तो आपस में साँठ-गाँठ रहती है। हर महीने पुलिसवालों के घर में 'हफ्ता' पहुँच जाया करता है। बाबू का तो बाल भी बाँका नहीं हो सकता। न वे उसका कुछ बिगाड़ सकते हैं, न हम। और जब तक उसकी जेब में चाकू है, गुण्डों-मुस्टण्डों से भी उसे कोई खतरा नहीं।"

इतना सुनने के बाद भला मैं क्या प्रतिवाद करता? हकबकाया-सा मैं दत्तू को देखता रहा, बस। और नहीं तो क्या करता! मूर्ख तो हम खुद हैं, दस-बीस

साल में तो दुनिया की रीत ही बदल गयी थी। लोगों की सोच और संस्कारों में आमूल परिवर्तन आ गया था। ऐसी स्थिति में मुझ जैसे तीसमारखाँ को भला कौन पूछने वाला था? तथापि मुझसे रहा नहीं गया। मैंने कहा, "उससे कहो कि और कुछ न सही, पर ऊपरवाले का तो वह लिहाज़ करे। चित्रगुप्त के पास हर किसी का खाता-बही है। कभी-न-कभी तो उसके रू-ब-रू होना ही पड़ेगा हमें। वहाँ क्या जवाब देगा वह? ज़रा पूछो तो···"

"वह तो सो रहा है, काकाजी! कलियुग शुरू हो जाने के साथ ही उसकी नींद शुरू हुई, पता नहीं कब, उसकी आँख खुलेगी?"

इससे अधिक नसीहत देना फ़िज़ूल था, सो मैंने बहस यहीं रोक दी। बहू को आवाज़ देकर नहाने के लिए गरम पानी की व्यवस्था के बारे में मैंने पूछा।

शायद मेरे भीतर की तल्खी दत्तू भाँप गया। इसीलिए उसने कहा, "आप यदि चाहते हैं तो मैं कहूँगा उससे! पर कहें तो किस मुँह से? हमें पढ़ने-लिखने का मौक़ा मिला, बी० ए० हो गये। नौकरी मिल गयी, सौ-डेढ़ सौ माहवार भी मिलता है। फिर भी इक्का-दुक्का फ़िल्म देखने के बहाने पिक्चर हॉल जाने के लिए टैक्सी का प्रयोग करने से पहले मुझे पचास बार सोचना पड़ता है। किन्तु वह तो अक्सर टैक्सी से ही घूमता है। दिन में बीस-पच्चीस रुपयों का खर्चा तो उसके लिए मामूली बात है। हम उसे क्या खाक समझा सकते हैं?"

उसकी बात में भी दम था। मैं चुपचाप उठकर नहाने के लिए चल दिया। तथापि बेहद बेचैनी की वजह से ठिठककर मैंने कहा, "देखो दत्तू, हम तो ढलती उम्र के लोग हैं। इसलिए हमारे विचार भी पुराने हैं और हम नाक की सीध में चलते हैं। किन्तु मेहरबानी करके तुम मुझ पर रहम खाओ और जीते जी ऐसा-वैसा कुछ मत करो। कभी पैसे-वैसे की ज़रूरत हो तो मुझे चिट्ठी लिखो। तुम्हारी माँ के दो-चार गहने मेरे पास हैं, उन्हें बेच-बाचकर मैं ज़रूर कोई-न-कोई इन्तजाम करूँगा। समझे?"

दत्तू ने हड़बड़ाकर कहा, "मुझ पर भरोसा कीजिए, काकाजी! मैं ऐसी घटिया हरकतें नहीं करूँगा।"

सुनकर तसल्ली हुई। नहा-धोकर मैंने रेशमी धोती पहन ली और पूजा पाठ में लग गया।

भोजन के बाद मैंने मथी के पास सन्देश भिजवाया। मथी हमारी रिश्तेदार है। चचेरी-चचेरी बहन का रिश्ता। है तो दूर का, फिर भी बम्बई आने पर उसके पास एक बार खबर भिजवा दिया करता हूँ। यहीं, कोई बीस साल पहले वह विधवा हो गयी थी। उस वक़्त एक छोटी बच्ची की माँ वह बन चुकी थी। बड़ी ही हिम्मतवाली औरत थी। दूसरों के घरों में रसोई बनाकर गुज़र-बसर करती रही। मैं भी यदा-कदा दस-बीस रुपये दे दिया करता था। अब उसकी बिटिया

बड़ी हो गयी है। नौकरी करती है। अब अच्छी तरह से गुज़ारा हो रहा है। फिर भी वह एहसान-फ़रामोश नहीं हुई। ज़रूरत के वक़्त सहायता करनेवालों को वह बराबर याद करती है। दत्तू के बच्चे का नामकरण हुआ तो नाखून के बराबर ही सही, सोना उसने उपहार स्वरूप दिया। मेरे आने की खबर मिलते ही फ़ौरन मिलने चली आती है। मेरी तो खूब आवभगत करती है।

खबर भेजने के लिए बच्चों को दौड़ाकर मैं यूँ ही लेट गया। यात्रा की थकान से बदन में टूटन थी। अतएव थोड़े से आराम की मुझे सख़्त ज़रूरत थी। पर आँख लगती न थी। बित्ता भर की जगह, दत्तू के बीवी-बच्चे उनकी हबड़-धबड़··· शान्ति नहीं थी। बार-बार मुझे सदू भट के बाबू की करतूतें याद आती रहीं। मैं समझ नहीं पा रहा था कि यदि वह इतना कमाता है तो सारा पैसा जाता कहाँ है? पास में दत्तू लेटा था। मैंने अधीर होकर आखिरकार पूछ ही लिया, "अरे दत्तू, यदि बाबू शराब बनाने में इतना कमाता है तो इतना सारा रुपया जाता कहाँ है?"

"क्या पता!"

"घर में खर्चे-पानी के लिए भी कुछ देता है या नहीं?"

"देता है, पिछले साल सदू काका ने बेटी की शादी की, तो शादी का आधा खर्चा उसी ने उठाया था। हाँ, सुनने में तो यही आता है। लड़की काणी थी और कम-दिमाग़ी थी। काफ़ी दहेज देना पड़ा। सदू काका कहाँ से लाते इतनी सारी पूँजी?"

"चलो ग़नीमत है, आखिर ब्राह्मण-पुत्र है। इतना गया-बीता तो नहीं हो सकता।"

सदू को खिलखिलाते देखकर मुझे भी हँसी आ गयी। मामला ही ऐसा ऊट-पटांग था कि हँसी न आती तो और क्या होता?

दत्तू कहने लगा, "यदि और भी कुछ सुनाऊँगा तो हँस-हँस के आपके पेट में बल पड़ जायेंगे।"

"क्या मतलब? और भी कुछ किया उसने?"

"सुमन का पति उसे तलाक़ देने पर आमादा हुआ था। काणी और बुद्धू बीवी को लेकर भला वह क्या करता? एक दिन सुमी रोती-बिलखती अपने मायके आ गयी। बेटी की स्थिति देखकर काकी भी रोने लगी। सदू काका बैठे-बैठे ही गालियाँ बकने लगे।"

"और फिर···"

"फिर क्या? सुमी को टैक्सी में डालकर बाबू उसे उसकी ससुराल ले गया और बहनोई को चेतावनी दी, 'यदि मेरी बहन को तलाक़ देने की बात दुबारा की या उसे परेशान करते रहे तो आपकी टाँग तोड़ दूँगा, हाँ!' फिर भी वह नहीं माना,

तो बाबू के साथियों ने सरे राह उसकी जमकर धुनाई की। उसके बाद उसकी अक़्ल ठिकाने आयी। पिछली दीवाली में सोने की अँगूठी का उपहार भी वह ले गया। अब बताइए ?"

मेरी तो जैसे घिग्घी बँध गयी ! समझ में नहीं आता था कि हँसें या रोयें। मैंने कहा, "अरे बाबा यही तो कलियुग है। घोर कलियुग ! इस युग में तो हर बात उल्टी ही होगी। दो-कौड़ी की लौंड़ियाँ तुम्हारी फ़िल्मों में सीता-सावित्री बनकर सामने आती हैं कि नहीं ? बस, ऐसा उलट-फेर तो मामूली बात हो गयी है आज-कल।"

दत्तू ने बहस आगे ज़ारी रखी, "काकाजी, आपकी बात समझ में तो आती है। क्या सचमुच अब सतयुग आयेगा ही नहीं ? क्या उस युग के इन्सान इस क़दर नेक थे ? क्या वे धर्म के अनुसार ही आचरण करते थे ? मुझे तो लगता है कि ये सब बातें महज़ किताबी लफ्फाज़ी होंगी।"

तुनककर इसका प्रतिवाद करते हुए मैंने कहा, "तुम लोगों को तो हरदम मज़ाक़ ही सूझता है। किन्तु धर्म का भट्ठा बैठ जाये और मनमानी का बोलबाला हो जाये तो किसी का भला नहीं होगा। भाई-भाई में अनबन होगी और दोनों एक-दूसरे को शक की निगाहों से देखने लगेंगे। पति-पत्नी के सम्बन्धों में भी ऐसी ही दरारें पड़ेंगी। औरतें पराये मर्दों के साथ बेशक गुलछर्रे उड़ाने लगेंगी। माँ-बाप अपनी सन्तानों को अनिर्बन्ध छोड़ देंगे। पूरी दुनिया तबाही के कगार पर खड़ी हो जायेगी।"

"ऐसा हो भी सकता है !" कहकर दत्तू छत की ओर देखता रहा। मैं भी लेट गया और इसी बीच मेरी आँख लग गयी।

पर मथूताई की आवाज़ के साथ ही मेरी आँखें खुल गयीं। रसोई में वह किसी से कुछ कह रही थी। मथूताई सदा प्रसन्न और हँसमुख रहती है। उसकी यह विशेषता प्रशंसनीय है। बरसों दुख-दर्द झेलती रही पर मुँह से 'उफ्' तक न किया।

मैं उठकर कुल्ला करने के बहाने उधर गया और मैंने कहा, "कैसी हो तुम ? और इतना बड़ा डिब्बा ले आयी हो ? अब न वह तुम्हारी उम्र रही है, न मेरी। बचे-खुचे दिन जैसे-तैसे बिताने हैं। इस तरह के चोंचले अब बहुत भारी पड़ते हैं।"

"लेकिन तुम्हारे लिए थोड़े ही लायी हूँ मैं यह डिब्बा ? ये तो बच्चों के लिए हैं और वे शौक़ से खायेंगे चीज़ें। किन्तु पहले यह तो बताओ कि तुम्हारा ध्यान ठीक डिब्बे की ओर ही क्यों और कैसे गया ? माना कि अब तुम दादाजी बन गये हो, पर तुम्हारी आदतें मैं अच्छी तरह से जानती हूँ···बहुत पहले से।"

मथूताई बातों में बड़ी उस्ताद थी। बहसबाज़ी में उसका लोहा मानना ही

पड़ता था। इसी वजह से तो वह स्थितियों से जूझ सकी।

मैं भी कम नटखट नहीं था। मैंने कहा, "खोलो तो सही डिब्बा, जरा मैं भी तो देखूं कि क्या है उसमें ? करारी चकलियाँ हैं या कि पत्थरनुना सख़्त लड्डू, या कि बदबूदार घी में बना चिउड़ा ?"

"कुछ भी हो, बच्चे तो शौक़ से खायेंगे। तुम्हें उससे क्या करना है ? छुओ मत उस डिब्बे को, उसमें से तुम्हें कुछ नहीं मिलेगा।"

हम दोनों में इस तरह का मज़ाक़ तो अक्सर होता रहता है, पर यह भी हक़ीक़त है कि डिब्बे में लायी हुई उसकी चीज़ों को यदि मैं न चखूं तो उसे चैन नहीं आता है। इसलिए मैंने एक छोटा-सा लड्डू मुँह में रख लिया। उसके बाद पान खाने के लिए मैं सामनेवाले कमरे में चला आया। मथूताई को भी मैंने कहा, "तुम भी वहीं आ जाओ। विस्तार से बातचीत करेंगे। अभी तो सिर्फ़ हालचाल ही पूछा है। सुना है नाना रानडे का बेटा अमरीका गया है। क्या यह सच है ?"

पान में कली, कत्था आदि लगाते हुए मैंने पूछा; पर मथूताई चुप थी। इसलिए गर्दन उठाकर मैंने देखा। उसकी आँखों में आँसू थे। देखकर मैं सहम गया। मुझे लगा कि अब कुछ-न-कुछ अप्रिय सुनना पड़ेगा। पति की मृत्यु पर स्यापा करते हुए मैंने उसे देखा था। उसके बाद उसे कभी भी रोते हुए मैंने नहीं देखा। उलाहना, कड़ी मेहनत, फ़ाक़ामस्ती, अपमान आदि हर बात उसने बखुशी जज्ब कर ली थी। हिम्मत हारना उसके ख़ून में ही न था।

"मथूताई ! कुछ बोलोगी भी···? दुर्गी ठीक तो है ?"

"उसी का तो दुख है ! उसने तो मुझे कहीं का नहीं रहने दिया। कालिख पोतना ही बाक़ी रह गया है बस।"

"मैं तो कब से कहता आ रहा था कि उसकी शादी कर दो। दिखने में ख़ूबसूरत है। बोल-चाल में तेज-तर्रार है और फिर तुम भी तो अकेली हो। जवान लड़की को घर में अनब्याही रखना ख़तरे से ख़ाली नहीं होता। रुपये-पैसों की कमी हो तो कुछ मैं भी दे सकता हूँ। तुम अपनी सुविधा से लौटा देना।"

"क्या मैं यह सब महसूस नहीं करती ? थोड़ी-बहुत पूँजी तो मैंने भी जुटायी है। पिछले साल भर से दुर्गी नौकरी जो कर रही है। वेतन की पूरी रकम वह मुझे ही तो सौंपती है। वह नर्स है।"

"तो फिर उसके लिए किसी अच्छे लड़के की तलाश करो।"

"लड़का क्या ख़ाक देखूंगी ? वह तो शादी करना ही नहीं चाहती।"

"सो क्यों ? पढ़ी-लिखी है, होनहार है, ख़ूबसूरत है···डॉक्टर-वॉक्टर लड़का देखकर उसकी शादी कर दो और तुम मुक्त हो जाओ।"

"वह अमरीका जाने के पीछे है। आजकल तो जिसे देखो, वही अमरीका चला जाता है। तीस-चालीस नर्सों को अमरीका भेजने वाले हैं !"

"तो उसमें क्या मुसीबत है ? जाकर आने दो। पर आते ही शादी···"

"लेकिन···" कहकर मथूताई सुबकने लगी।

"आख़िर हुआ क्या ? कुछ ग़लत क़दम तो नहीं उठाया उसने ?"

"क्या नहीं किया उसने ? उसी के अस्पताल में एक बड़ा डॉक्टर है। उसी के साथ घूमती-फिरती है। परसों तो उसने गजब ढा दिया। ट्रिपल-बिपल के बहाने चार दिन दोनों ग़ायब थे। बताते हैं, वे खण्डाला में ऐश करते रहे।"

"प्यार करते होंगे दोनों, एक-दूसरे से। अब तुम ज़्यादा सोचो मत। फ़ौरन उसके हाथ पीले कर दो। डॉक्टर ब्राह्मण तो है न ?"

"शादी क्या खाक करूँगी वामन दादा, कोंकण में रहकर भी आप कोरे ही रहे। वह डॉक्टर पचास साल का बूढ़ा है। शादी-शुदा है, बीवी और चार बच्चे भी हैं उसके।" बार-बार आँखें पोंछने के बावजूद वे भर-भर आ रही थीं।

"क्या मतलब ! क्या लड़की को उसने धोखा दिया है ? या ज़ोर-ज़बरदस्ती की उसके साथ ? लड़की अभी छोटी है। अकेले में गाँठकर उसे नोच तो नहीं लिया उसने ? मुसलमान वग़ैरह तो नहीं है न ?"

"पंजाबी-वंजाबी है शायद।"

"उन्हीं में से हैं वे लोग भी। उसे तो पुलिस के हवाले कर देना चाहिए। सालों को हवालात की हवा चखानी होगी।" मेरे तन-बदन में जैसे आग लग गयी थी।

"अपना ही सिक्का खोटा हो तो पुलिस-वुलिस भी क्या करेगी ?"

"तुम्हारी अक़्ल पर पत्थर तो नहीं पड़ गये ! लड़की चाहे कितनी नासमझ हो, पचास साल के बूढ़े के साथ वह क्यों ऐश करने लगी ?"

"मैंने बात की गहराई में जाने की बहुत कोशिश की। शुरू-शुरू में तो उसने मेरी बात को हवा में ही उड़ा दिया। पर थोड़ी-सी डाँट-डपट की तथा अपना सिर फोड़ लेने की धमकी दी, तब वह मान गयी। कहने लगी कि उनकी सिफ़ारिश से ही अमरीका जाने का मौक़ा मिल सकता है। इसीलिए वह उनका पल्लू थामे हुए है।"

"ऐसा कहा उसने तुम्हें ? और तुमने सुन लिया ? दो-चार तमाचे नहीं जड़ दिये ? हर बात की आख़िर एक सीमा होती है। यदि ऐसा ही है तो मेलों में दूकान क्यों नहीं सजातीं ये लड़कियाँ ?"

"मैं तो हर तरह से समझा चुकी हूँ। अब तो घर-दरवाज़े उसके लिए बन्द कर देना ही बाक़ी रह गया है।"

"जूतों से उसकी आरती उतारनी चाहिए।"

"अड़ोसी-पड़ोसी क्या-क्या नहीं बोलते ! मेरे पति को गये आज बीस बरस हो गये। पर किसी ने मेरी ओर उँगली तक नहीं उठायी। इस बुढ़ापे में ही दुनिया

भर का उलहाना मेरे भाग्य में बदा था। मुझसे सहा नहीं जाता। और फिर किसी से कहूँ भी तो किस मुँह से? कड़वा घूंट निगलने के अलावा और कोई चारा ही नहीं रह जाता।" मथूताई फूट-फूटकर रोने लगी।

"देखो मथूताई, मैं चलूंगा तुम्हारे साथ। उस लड़की की बखिया उधेड़कर रख दूंगा। ब्राह्मण परिवार में जन्म लेकर भी इस तरह की ओछी हरकतें करने से तो मर जाना बेहतर होगा।"

"यह सब तो मैं पहले ही कर चुकी हूँ। पर वह तो ऐश-ओ-आराम की ज़िन्दगी चाहती है, बर्तन माँजने या जूठन उठाने का काम नहीं, वह तो मुझसे दो क़दम आगे बढ़ना चाहती है।"

"उसकी ये हिम्मत? धर्म-नीति, खानदान की इज़्ज़त आदि का कोई लिहाज़ नहीं? इस वक़्त वह घर में होगी? चलो, मैं तुम्हारे साथ चलता हूँ। ज़रा मैं भी तो देखूं कलमुँही की औक़ात..."

उसने गरदन हिलाकर स्वीकृति दी, तो मैं फ़ौरन उठ खड़ा हुआ। कुरता-टोपी पहनकर मथूताई के पीछे-पीछे हो लिया।

रास्ते में मथूताई ने मुझे आगाह किया, "सँभलकर बात करना उसके साथ। मुँहजली कहीं तुम्हें अपमानित न कर दे। मेरे साथ जो कुछ हो रहा है, वही काफ़ी है, तुम क्यों उसमें शामिल होते हो?"

हम उसके घर पहुँचे तो दुर्गी साज-शृंगार कर रही थी। शीशे में अपनी छवि देखने में व्यस्त थी। हमें देखते ही वह दौड़कर आगे आयी और उसने कहा, "माँ, मेरा अब अमरीका जाना पक्का हो गया है। अगले महीने हम लोग जायेंगे। आज ही ऑर्डर आ गया है। अब बड़े शान के साथ सब लोगों से कह दो कि रसोईयन की बेटी अमरीका जा रही है। अब तुम्हें चिन्ता करने की ज़रूरत नहीं, माँ! वहाँ से लौटने पर मोटे वेतन की बड़ी नौकरी मुझे मिल जायेगी..."

खुशी के मारे वह फूली नहीं समा रही थी। मैं तो भौंचक्का-सा उसे देखता ही रह गया। ऐसी स्थिति में उसे खरी-खोटी सुनायें तो कैसे? मैं पसोपेश में पड़ गया।

मथूताई ने कहा, "दुर्गे, अपने वामन काका आये हैं, उनके पैर नहीं छुओगी?"

"सच! मेरा तो ध्यान ही नहीं था..." कहकर उसने फ़ौरन मेरा अभिवादन किया और मैंने उसे आशीर्वाद भी दे दिया। उसका व्यवहार ही इतना सुखद और खुशगवार था कि उसपर ग़ुस्सा उतारना ग़ैर-वाजिब लग रहा था। आख़िरकार मैंने कहा, "देखो बेटी, अब तो तुम्हारी इच्छा पूरी हो गयी न? इसके बाद तुम संयम से काम लो, मनमानी छोड़ दो। हमारे ख़ानदान के नाम पर आज तक

कलंक का टीका नहीं लगा था। मुझे उम्मीद है कि तुम भी वैसा कोई काम न करोगी।"

इतना सुनने की देर थी कि उस लड़की ने उछलकर कहा, "ख़ानदान की इज़्ज़त बचाकर क्या मिला आपको ? क्या पाया आपने ? बोलिए··· आप कोंकण में नारियल-जटा उलीचते रहे और माँ दूसरों की जूठन उठाती रही। इससे तो मेरा रास्ता कहीं अधिक बेहतर है।"

अब तो मेरा भी खून खौल उठा। "बस, बस। अब तुम्हारे ख़ानदान की औरतों को जिस्मफ़रोशी का मीना बाज़ार सजाने की ही हिदायत देता हूँ। ताकि ख़ानदान की इज़्ज़त में चार चाँद लग जायँ।"

"अपने ख़ानदान का झण्डा ऊँचा फहराने के लिए मैं सक्षम हूँ। टट्टी-पेशाब के कपड़े धो-धोकर ज़िन्दगी बिताने वाली, आपके ख़ानदान की पतिव्रताओं के बस का यह काम नहीं !"

यह तो उसकी उद्दण्डता की परिसीमा थी। मैंने आव देखा, न ताव···उसके गाल पर एक झापड़ रसीद कर दिया।

उसकी आँखों से फ़ौरन आँसू झरने लगे। तथापि, होंठ भींचकर उसने आँसुओं को नियन्त्रित किया और कहा, "ग़नीमत समझिए कि आपकी बुज़ुर्गीयत का लिहाज़ कर रही हूँ। पर काकाजी, आपको इतना तो याद होगा कि आपके दत्तू ने दफ़्तर में किसी मामले में लफड़ा किया था और मेरे बीच-बचाव से ही मामला सुलझ सका था। क्यों ? मैं ग़लत तो नहीं कह रही हूँ ? उस वक़्त कहाँ गयी थी आपके ख़ानदान की इज़्ज़त ?"

"क्या किया था दत्तू ने ?" मैंने पूछा। मेरे क़दम लड़खड़ाने लगे थे।

"तुम्हें भी यही वक़्त मिला बासी कढ़ी में उफ़ान लाने का ?" मथूताई ने उसे फटकारा।

मैंने संजीदगी से कहा,' देखो, तुम लोग पहेलियाँ न बुझाओ। इस बुढ़ापे में जो भी झेलना-भुगतना हो, उसके लिए तो मुझे तैयार रहना ही पड़ेगा।" कहकर मैं ज़िद करता रहा तब कहीं मथूताई ने बताया कि रुपये-पैसे हड़पने के चक्कर में उसे फँसा दिया गया था। तब दुर्गी की जान-पहचान और बीच-बचाव की वजह से ही वह बेदाग़ बच निकला था।

मेरी तो जैसे हवा ही निकल गयी। मैं धम् से नीचे गिर पड़ा, मानो किसी ने मुझे जोरदार थप्पड़ दे मारा हो। मैं तो अपने बेटे को दूध का धुला समझ रहा था, जबकि वह वैसा नहीं था।

मैं चुपचाप उठकर चल दिया। दत्तू के घर पहुँचकर उसे खूब फटकारने को दिल किया। दुबारा उसकी शक्ल भी न देखने की इच्छा व्यक्त करना चाहा। पर यह सोचकर कि कहीं दबा हुआ मामला फिर से तूल न पकड़ ले, मैं चुप रहा। जब

पूरी दुनिया ही उलटबाँसी के चंगुल में हो, तो दत्तू भला उसका अपवाद कैसे हो सकता था ?

शाम का वक़्त था। मिलने वाले कोई-न-कोई आ ही रहे थे। और अपना-अपना सामान लेकर लौट रहे थे। किन्तु सदू तो जैसे कुण्डली मारकर बैठ ही गया था। किसी के जाते ही उसका कच्चा-चिट्ठा सुनाने में मशगूल था।

जनू ने ठेकेदार से पैसा खाया है। वह सरकारी अफ़सर है। ठेका देना उसी के हाथ में होता है। नारायण बापट का बेटा 'डागदर' है। उसने किसी एक औरत की ज़ायदाद अपने नाम से लिखवा ली और ज़हर का इंजेक्शन उस औरत को देकर उसे हमेशा-हमेशा के लिए सुला दिया। और भी तरह-तरह की बातें...सदू की जुबान ग्रामोफ़ोन की रिकॉर्ड की तरह चल रही थी, तरह-तरह के रंग बिखेर रही थी। वह इस क़दर नमक-मिर्च लगाकर बात कहता था कि मानो चवन्नी की मुर्गी और बारह आने का मसाला हो।

दोपहर से इसी तरह की ऊल-जलूल बातें सुनते रहने की वजह से मैं उकता गया था। बड़ी उम्मीदें लेकर बम्बई आया था। कुछ दिन शान्ति से रहने के इरादे से ही मैंने यह जुर्रत की थी। स्व-जनों से मिलने की इच्छा थी। उनकी खुशहाली देखने को जी मचलता था। कोंकण की बारहमासा अभावग्रस्तता देखकर दिल तार-तार हो जाता था। ऐसी मानसिकता से पिण्ड छुड़ाने के लिए ही मैंने बम्बई की शरण ली थी। वैसे भी एक-एक करके कोंकण से ब्राह्मण परिवार बम्बई में बसने लगे थे। लगभग पूरा गाँव ही विस्थापित होकर बम्बई चला आया था। अतएव पुराने संगी-साथियों के बीच में दो-चार दिन मौज-मस्ती से गुज़ारने के वे सपने अब मानो काफ़ूर हो गये थे। पर यहाँ बम्बई का माहौल कुछ अलग ही था।

मेरा तो सिर भी दुखने लगा था। सदू तो जैसे करेला था और वह भी नीम चढ़ा। रात के ग्यारह बजे भी उसकी बकबक बराबर जारी थी। भोजन का वक़्त हो गया, तो भी वह डटा रहा। बहू ने आखिरकार उसके लिए भी थाली परोस दी।

भोजन के बाद वह चला गया और मैं सोने का प्रयास करता रहा। पर नींद आती ही न थी। बार-बार मुझे दत्तू का क़िस्सा ही याद आता रहा। दिल की तल्खी होती रही। अन्ततः कल सवेरे पानी के जहाज़ का टिकट लेकर बम्बई को अल्विदा कहने का निर्णय मैंने किया। इस घुटन-भरे माहौल से पिण्ड छुड़ाने का यही एक कारगर नुस्खा था। बम्बई में जो कुछ सुना-देखा, उसे भुलाकर गाँव में चैन से माला फेरते हुए दिन बिताने में ही खैरियत थी।

दूसरे दिन अलस्सुबह उठकर प्रातर्विधि से फ़ारिग़ हुआ और चल दिया। मैं सीढ़ियाँ उतर रहा था और चाल के बच्चे हल्ला-गुल्ला करते हुए ऊपर की ओर आ रहे थे।

मैंने पूछा, "क्यों रे कम्बख़्तो, हल्ला-गुल्ला क्यों कर रहे हो ?"

"काकाजी, वहाँ मरा हुआ एक···"

"कुत्ते का है या बिल्ली का ?"

"जी नहीं, इन्सान का बच्चा !"

"क्या ? बको मत इस तरह।"

"यकीन मानिए काकाजी, माँ की क़सम···"

"ठीक है, ठीक है। ऐसे अशुभ समाचारों के लिए क़सम खाने की कोई ज़रूरत नहीं"—कहकर मैंने बच्चों को चुप किया और आगे बढ़ने लगा। मुझे मिली सूचना ग़लत नहीं थी। कूड़े के ढेर पर नवजात शिशु का शव पड़ा था। उसके इर्द-गिर्द काफ़ी भीड़ जमा हो गयी थी। बित्ता भर के लौंडे भी दिल खोलकर छींटाकशी कर रहे थे। उन्हें डाँटने-डपटने वाला कोई नहीं था वहाँ। पर मैं चुप नहीं रह सका। कड़े स्वर में मैंने उनसे कहा, "तुम्हारा क्या काम है यहाँ ? चलो, यहाँ से खिसक जाओ···"

पर उनमें से कोई भी अपनी जगह से हिला नहीं, उल्टा खीऽऽ खीऽऽऽ हँसते रहे वे। मन-ही-मन 'यह बम्बई है' कहकर मैंने थूक निगल ली।

पास में ही दो लोग आपस में बातचीत कर रहे थे। एक ने कहा, "होगा किसी भिखमंगे का।"

दूसरे ने प्रतिवाद किया, "ज़रूरी नहीं कि भिखमंगे का ही हो। आजकल तो पढ़े-लिखे लोग भी इस तरह के शौक़ पालते हैं। ऐसे चक्कर में ही तो परसों उस डॉक्टर को फाँसी दे दी गयी।"

उसकी दलील ग़लत तो नहीं थी। किस मुँह से हम उन्हें चुप कराते ? मैं चुप हो गया। उस अभागे बालक की दुःस्थिति मेरी इन्सानियत को बराबर झकझोरती रही।

इसी बीच एक मोटी-सी, थुलथुली चुहिया वहाँ आयी और उस शव को सूंघने लगी। इतने सारे तमाशबीन वहाँ खड़े थे पर सब-के-सब निष्क्रिय-से देखते रहे, बस। मानो उनके भीतर की इन्सानियत मर गयी थी।

पर मुझसे रहा नहीं गया। मैंने 'हे ऽऽ हे' कहकर चुहिया को भगा दिया। मेरी आवाज़ सुनकर वे लोग मुझे घूरने लगे।

मैं घबरा गया। छब्बे बनने के चक्कर में दुबे रह जाने का ख़तरा मैंने महसूस किया और गरदन झुकाकर चल दिया। सीधे पानी के जहाज़ की कम्पनी के दफ़्तर जाकर मैंने टिकट खरीद लिया। इस अमंगल, मनहूस और सड़ियल माहौल में और एक पल भी साँस लेने की मेरी इच्छा नहीं थी।

□□

नीचे उतरा आकाश

सुबह जागा तो काफ़ी दिन निकल आया था। सुनहली-लाल धूप की पहली फ़ुहार खिड़की से अन्दर कमरे में आयी और दीवार पर आराम से फैल गयी। उसमें बाहर के वृक्षों की धुंधली-सी छायाएँ उभर आयी थीं। छोटे बच्चों के खींचे स्थूल चित्रों-जैसी। मैंने बिस्तर के पासवाले टीपाय पर रखी घड़ी को उठाकर देखा। सवा सात बजे थे।

अलस्सुबह उठकर ठिठुरानेवाली सर्दी में अकेले-अकेले ब्रिक्स-वाक लेने के मेरे इरादे पर पानी फिर गया था। एक बार लगा कि इतनी देरी से भी उठकर घूमा जा सकता है। उठने के लिए ज़ोर लगाकर तैयार भी हुआ। लेकिन फिर शरीर को ढीला कर दिया, सोचा, 'जाने भी दो। छुट्टियाँ लेकर पराये गाँव आने पर ऐसा तो होगा ही। नहीं तो वह छुट्टी काहे की!'

गर्दन मोड़कर बग़ल में सोयी उर्मिला को देखा, शरीर को गठरी बनाकर और रजाई में दुबककर वह कितनी गहरी नींद में सो रही थी। यह पचास पार कर चुकी है फिर भी छोटी लड़की की तरह शरीर की गठरी बनाकर सोती है और अपनी सुबह की मीठी नींद को किसी भी तरह नहीं रोक पाती। घर पर सुबह रोज़ जल्दी उठना पड़ता है, इसलिए चिढ़ती थी। यहाँ महाबलेश्वर आते समय उसने मुझे चेतावनी दे दी थी कि, "सुबह मुझे न जगाने का आश्वासन देते हो तो ही मैं जाऊँगी। नहीं तो मैं जाऊँगी ही नहीं महाबलेश्वर।"

अब चाय की तलब हुई पर इसे कैसे जगाऊँ! वैसे मैं भी कहाँ उठना चाहता था? ठण्ड काफ़ी ज़्यादा थी। मैंने चादर को ऊपर खींचा तो ध्यान में आया कि उसने मेरी पतली चादर के ऊपर कम्बल डाल दिया था। उसकी नींद का भी यह मज़ेदार क़िस्सा है। रात को जब ठण्ड बढ़ जाती है तो अपने आप जाग जाती है, मेरे और बच्चों के बदन पर चादरें उढ़ाकर फ़ौरन सो भी जाती है।

उसके गालों पर आये बालों को मैंने पीछे कर दिया और उसकी ओर एकटक देखने लगा। अब उसके बाल किनारे-किनारे से सफ़ेद होने लगे थे। लेकिन रात के विश्राम के बाद चेहरा कितना टटका दीख रहा था—ठीक उसी तरह, जब हमारी

शादी हो गयी थी। बालों का वह मोहक घुमाव अब उतना रेशमी और मुलायम तो नहीं दीख रहा था लेकिन आकर्षण उसमें अब भी शेष था।

लगा कि अब ज़रा झगड़ा कर ही लिया जाय। मैंने उसका कन्धा हिलाते हुए उससे कहा, "बाई साहब, ज़रा उठिए तो अब।"

उसने अनचाहे आँखें तानकर खोलीं। एक बार मेरी ओर देखा और फिर मेरा हाथ झटककर, अपने शरीर को और अधिक सिकोड़कर पुन: सो गयी।

मैं मुस्कराया और थोड़ी देर वैसे ही लेटा रहा। अब तो सचमुच चाय की तलब होने लगी थी। उसे वैसे ही दबाकर मैं लेटा रहा। उसकी नींद को तोड़ना भारी लग रहा था।

इतने में मुँदी आँखों से ही उसने कहा, "चाय की बड़ी तलब लग रही होगी न ?"

"ना, भई ! मैं तो शान्ति से लेटा हूँ।" मैंने कहा, जैसे अब सचमुच चाय की इच्छा न हो।

"अब नाहक़ नाटक मत करो, मुझे सब मालूम है।" अब उसकी आँखें खुल गयी थीं।

"मतलब ? तुम यह समझती हो कि मैं चाय के बिना रह ही नहीं सकूँगा ? तुम ही अपने मन पर क़ाबू कर सकती हो, हम नहीं कर सकते। यही न ?"

"हु-हु-हु-हु-हु" कन्धों को झकझोरती हुई वह झूठमूठ हँसी।

"ठीक है, मैं आज चाय ही नहीं पिऊँगा।" मैंने निश्चय से कहा। अब सचमुच मुझे थोड़ा-थोड़ा गुस्सा आ रहा था।

"बस हो गया, अब मँगाइए न चाय ?" मेरे कान की लौ को मसलती हुई वह बोली।

असल में यहीं पर उस बनावटी झगड़े को खत्म करना चाहिए था। लेकिन मेरा हठीलापन उसी तरह तनकर रह गया। मैंने उसका हाथ झटक दिया और कड़ी आवाज़ में कहा, "मुझे नहीं चाहिए चाय !"

"आपको नहीं चाहिए तो ठीक है। लेकिन मुझे तो चाहिए। मेरे लिए मँगवाइए न ?" उसने और लाड़-दुलार से कहा।

"तुम्हें चाहिए तो तुम मँगवा लो।" अभी भी मेरी ज़िद बदन को ढील नहीं दे रही थी।

"ऐसा क्या करते हो ? मँगवाओ न मेरे लिए—प्लीज़ !"

मैं कुछ भी नहीं बोला।

मायूसी से आह भरती हुई वह बोली, "अच्छा भई, मैं ही मँगवाती हूँ।"

वह उठने लगी तो मैंने उसे रोका और आवाज़ धीमी करते हुए कहा, "तुम मत उठो। मैं मँगवाता हूँ चाय। लेकिन तुमने मेरे बारे में ऐसी ग़लतफ़हमी क्यों

बना रखी है ? इतने साल बीत गये···"

मरी हुई आवाज़ में उसने कहा, "ग़लती हो गयी। कहा न एक बार ?"

मैंने उसकी ओर देखा और होंठों पर आये शब्दों को वापस ले लिया। क्योंकि उसने अपने मन को कड़ा कर लिया था और उसका चेहरा उतर गया था।

× × ×

मैं उठा और होटल के लड़के से कॉटेज में चाय लाने को कहा। मैं शर्मिन्दा था। असल में इस छोटी-सी बात को लेकर मुझे गुस्सा नहीं आना चाहिए था, लेकिन आया था। हमेशा आता था। और वह क्यों आता है, यह समझने का उसने कभी प्रयास भी नहीं किया था। अब भी वह वैसा कुछ प्रयत्न नहीं कर रही थी। कभी करनेवाली भी नहीं थी। इस बात को लेकर दो मन एक-दूसरे की ओर पीठ फेरकर कान में उँगलियाँ डालकर खड़े थे।

मुँह कसैला हो गया था। मैंने उसके उतरे हुए चेहरे की ओर देखा और चुप लगा गया। पहले तो ख़ूब झगड़ा और विवाद करता रहता था। लेकिन अब मैं वैसा नहीं करता। क्यों ! अब समझदार हो गया था या तरुणाई की मस्ती उतर गयी थी।

मन सदा की भाँति दुखी हुआ। लेकिन उसकी ओर ध्यान न देकर मैंने उसका हाथ दबाया और कहा, "गुस्सा मत होना। मुझे भी इतना तनना नहीं चाहिए था। लेकिन ऐसा कुछ हो ही जाता है।"

कुछ विलम्ब से उसने मेरे हाथ के दबाव का प्रत्युत्तर दिया। और इस छोटी-सी आँधी की समाप्ति का आश्वासन भी।

अब मेरी तबीयत में तरावट आ गयी थी। उसकी ओर देखते हुए मुझे अपने ढेर सारे तूफ़ानी झगड़े याद हो आये। लहरें उछलती थीं और टक्करें मारती थीं। हवाएँ भाँय-भाँय करती थीं और सपाट से कहीं ले चलती थीं। हिंस्र पशु नाखूनों से एक-दूसरे को नोचते, काटते थे। बिजलियों की लपटें इस तरह गिरती थीं कि सब कुछ जला डालें।

और फिर प्रेम-प्रसंग भी इसी तरह तूफ़ानी। दम घोंटनेवाले आलिंगन, न खत्म होनेवाले जलते चुम्बन, शरीरों के उन्मत्त मिलन ! साँस में साँस मिलाकर दिये हुए प्रेम के आश्वासन !

एक बार लगा कि वह तूफ़ान फिर से भोगा जाय। अभी भी शरीर में जोश था, मन में मस्ती थी।

मैंने गर्दन हिलायी और अपने से ही मुस्कराया।

खिड़की में खड़े होकर वह दाँत साफ़ कर रही थी। मैं एकदम उसके पास गया और उसका मुँह अपनी ओर मोड़कर उसके टूथपेस्ट से सने होंठों को वैसे ही चूम लिया !

"छिः ! यह कैसी बेहूदगी है !" उसने मुझे ढकेल दिया। लेकिन उसका चेहरा फिर से खिल गया, हमेशा की ताज़गी आ गयी। यह उसकी अदा है। झट से मायूस होती है गुस्सा करती है और उतनी ही जल्दी सब कुछ भूल भी जाती है। किसी छोटे बच्चे की तरह। इतनी उम्र होने पर भी उसके स्वभाव में यह निर्मलता, यह ताज़गी टिकी रह गयी है।

लेकिन उसका उत्साह उसी से अब नहीं बदला जाता। मन के तनाव को अब पहले की तरह वह नहीं सह सकती। पहले की तरह गुस्से से पागल नहीं होती। गुस्से को क़ाबू में रखती है। अब वह कुछ भावुक हो गयी है। और मैं? मैं भी सयाना हो गया हूँ। सयाना माने बूढ़ा !

है कि नहीं मज़े की बात ! हम बूढ़े हो सकते हैं यह मन को कभी जँचता ही नहीं; और हम झट से बूढ़े हो भी जाते हैं !

चाय आयी। आदतन उसने ही बनायी। शक्कर पूछी। एक चम्मच डालने पर मैंने कहा, "बस !" उसने थोड़ी और डाल दी। वह ठीक थी। मुझे और थोड़ी शक्कर चाहिए थी। मुझे क्या चाहिए और क्या नहीं चाहिए, इसे वह बराबर अपने आप समझती थी। मैंने जिस स्वर में बस कहा, उस स्वर से, चेहरे के हावभाव से, कभी तो सिर्फ़ अस्वस्थ हलचल से भी !

चाय का पहला कप प्लेट में उँडेलकर उसने जल्दी-जल्दी पी लिया। मैं धीरे-से चुस्कियाँ ले रहा था। वह और चाय लेना चाहती थी। लेकिन हमेशा की तरह रुक गयी। मेरी चाय खत्म होने पर उसने मेरे कप में, मुझे जितनी चाहिए थी, उतनी उँडेल दी और बाक़ी बची खुद ले ली।

मैंने कहा, "अरे तुम्हारे लिए तो बहुत कम चाय बची है। ठहरो, मैं अपने कप से तुम्हें देता हूँ।"

"नहीं, नहीं।" उसने जल्दी से सामने का कप उठाकर मुंह से लगा लिया।

हर दिन घटित होनेवाला यह एक और प्रसंग। इस तरह नित्य घटित होनेवाली छोटी-छोटी घटनाओं से हमारे जीवन का वस्त्र बुन गया है। बुनकारी उसकी, रेशमी धागा उसका, रचना, कला-कौशल सब उसका। मेरा धागा मोटा, खुरदरा, झट से अपनी ही सनक से मुड़नेवाला। इस पराये धागे को उसने अपनी बुनाई में समो लिया है।

कभी-कभी लगता है फँस गया हूँ। चुभने-सा लगता है कि कहीं अवांछित दिशा में यह मुझे नहीं ले जा रही है। लेकिन फिर ध्यान में आता है कि इस तरह न अटक गया होता, अपने आँचल में इसने मुझे समा न लिया होता तो एक उजाड़ रिक्तता मेरे जीवन में पैदा होती। जीवन में जो एक झरना झर-झर बहता रहा है, हरियाली खिला रहा है, वह लुप्त हो गया होता।

और उसने अपने को क्या कम अटकाये रखा था? कम बाँधे रखा था? मूलतः

यह उच्छृंखल, विद्रोही, स्वच्छन्द लड़की, मनुष्यों में रमनेवाली, सामाजिक जीवन में रंग लेनेवाली, मनस्वी, उसने अपने व्यक्तित्व को पूरी तरह बदल डाला था। मेरी पसन्द की बातें करने में अपना समूचा जीवन झोंक दिया था। वह सब करते समय उसे क्या कम कष्ट हुए होंगे? अपने मन को कितना दवाये रखना पड़ा होगा? कितनी नकार की बेड़ियों से अपने को जकड़ लेना पड़ा होगा? किसलिए उसने किया यह सब?

अपने लिए? मुझे अपने जीवन का केन्द्रीय बिन्दु बना दिया, वह अपने लिए? अपनी रुचियों को दबाया, वह क्या अपने सुख के लिए?

या मेरे लिए? मैं—रूक्ष, अपने में ही मग्न, क्रोध की आँधियों से पुनः-पुनः आविष्ट होनेवाला। ऐसा क्या कुछ निगूढ़-सा कभी घटित हो गया था कि उसकी वजह से इस तितली वृत्ति की लड़की ने मेरा जीवन दोनों हाथों से अपने हृदय से लगा लिया था?

चाय पीने के बाद हम दोनों बाहर बरामदे में आये। उर्मिला शरीर से शाल लपेटकर बेंत की कुर्सी पर बैठ गयी।

सुनहली धूप वृक्षों की चोटियों पर चमक रही थी, खिड़कियों के काँच पर जगमगा रही थी, दूर पहाड़ों के ढलानों पर लुढ़क रही थी। कुहरा तरंगित हो रहा था। पिघल रहा था। पर्वत-शिखर गूढ़ नीलिमा में मग्न थे। कहीं जल झर-झर बह रहा था, अपनी गति की सर्पिल लय खोज रहा था।

इतने में दो पंछी पत्तों की भीड़ में से तीर की तरह बाहर निकले और पंख से पंख मिलाकर आसमान की नीलिमा में कहीं चले गये। फिर एक वृक्ष की चोटी में से एक चील बोझिल-सी झपट्टा मारती हुई ऊँचे आसमान में चढ़ गयी और उस नीलिमा के पार जाकर अदृश्य हो गयी।

मैंने उर्मिला की ओर देखा। उसका चेहरा प्रसन्न, उत्साहपूर्ण दिख रहा था। चंचल कौतूहल और उत्सुकता से वह बाहर देख रही थी। मेरी ओर चमकती नजर से देखती हुई वह बोली, "फूल कितने सुन्दर खिले हैं, नहीं?"

हमारे कॉटेज के आँगन के किनारे पुष्पवृक्ष लगाये गये थे। ख़ूब फूलनेवाले। बग़ीचे में लताएँ, अनेक रंग के डेलिया, एक-दो गुलाब, एक कैक्टस, नाना प्रकार के फूलों के पौधे-लाल, पीले, सफ़ेद, जामुनी फूलों से लहलहा रहे थे। उनके किनारे से दो तितलियाँ उड़ती, गिरती आगे सरक रही थीं।

उन फूलों में गाढ़े लाल रंग का गुलाब सबसे अधिक आकर्षक लग रहा था। इतना लाल था वह कि उस पर एक काली मखमली छटा चढ़ गयी थी। अपनी सुगन्ध की मस्ती में वह गदरा गया था और उसकी पंखुड़ियाँ खिल रही थीं। इस शान से कि मानो कोई मानिनी अपने सौंदर्य का तोहफ़ा लेकर सामने आ गयी थी।

उसने कहा, "कितना सुन्दर फूल है, नहीं ? जाइए न, उसे ले आइए मेरे लिए।"

मैंने उसकी ओर देखा। शादी के समय वह इसी गुलाब-सी दीखती थी।

मेरी दृष्टि का अभिप्राय वह समझ गयी और वैसे ही लजा गयी जैसे पहले लजा जाती थी। अपनी शाल को उसने कसकर शरीर से सटा लिया।

उसने हँसकर कहा, "अब पत्नी बूढ़ी होने लगी है आपकी।"

"कौन कम्बख़्त कहता है ?"

"बस, बस, सच मानेगा कोई ! जाइए न, वह फूल ले आइए।"

"रहने दो न उसे पौधे पर ही।"

वह भन्नाकर बोली, "देखिए, मुझे मालूम है कितने क़ायदे से रहनेवाले हैं आप। लेकिन मैं देख रही हूँ कि यहाँ की सब औरतें फूल तोड़ रही हैं और आपको ही अगर पाप लगेगा तो लगने दीजिए, थोड़ा अपनी पत्नी के लिए।"

मैं हँसा और फूल लाने चला गया।

"ढंग से तोड़िए। डंठ ज़रा लम्बा ही रखिए। उस पर वे पत्ते हैं न ? मुझे चाहिए।" मैं फूल ढंग से तोड़ न सकूँगा, इसका पूरा विश्वास था उसे।

मैं फूल ले आया और उससे पूछा, "क्यों ? तोड़ा है न ठीक से ? जैसे तुम चाहती थीं।"

"कहाँ, इस डण्ठल को तो मरोड़ दिया है आपने ? आप तो कुछ भी नहीं कर सकते।" फूल को देखते हुए गर्दन को एक झटका-सा देती हुई वह बोली।

मैंने हँसकर कहा, "ऐसा ही था तो तुम्हें लाना चाहिए था।"

तिर्यक् दृष्टि से मेरी ओर देखकर उसने फूल को बालों में खोंसा, "कितने वर्षों की मेरी इच्छा थी कि मेरे पति मेरे लिए सुन्दर-सुन्दर फूल ले आयें और मैं उन्हें बालों में लगा लूँ। लेकिन आप कभी नहीं लाये। इसलिए सोचा कि अपना शौक़ आज पूरा कर लूँ।"

"यह बात थी तो मुझे बता दी होती। मैं हर दिन ढेर सारे फूल ले आता।" दुखी स्वर में मैंने कहा।

"बताने पर ले आते तो उसमें क्या बड़ी बात होती ?" वह मज़ाक़ में हँसी।

मैं भी हँसा। लेकिन मेरे मन में विषमता अधिक घनीभूत हो गयी। पता नहीं ऐसी कितनी इच्छाएँ, उमंगें अधूरी रह गयी थीं। बहुत-सा जीवन अब तक हम जी चुके थे। जो नहीं किया था वह अब कर भी नहीं सकते थे।

मैंने हँसकर कहा, "लेकिन मैं पूछता हूँ कि ऐसा अनाड़ी पति तुमने चुना ही क्यों ?"

"क्योंकि मुझे अनाड़ी पति ही अच्छा लगता है। चलिए, उठिए। अब आप दाढ़ी बनाइए। फिर हम घूमने जायेंगे।"

"किसलिए ? यहीं पर करेंगे आराम।"

"कोई सच ही मानेगा आपकी बात का ! आपको अन्दर से तो ऐसा ही लग रहा होगा कि चलो भई, कुछ घूमें-फिरें, थोड़ा व्यायाम करें। सही है न ?" उसने गर्दन झुकायी।"

मुझे हँसी आ गयी। मेरे मन की बात उसने ठीक-ठीक पकड़ी थी। फिर मैंने एकदम निश्चय से कहा, "देखो, तुम मेरे साथ मत आना। मुझे मालूम है तुम्हें घूमना नहीं सुहाता। नाहक़ मेरे लिए…"

"बस-बस, दाढ़ी बनाइए, अब जल्दी कीजिए।"

"लेकिन तुम क्यों मुझसे ऐसा बरताब कर रही हो जो तुम्हें मन से नहीं रुचता ?"

"क्योंकि अनाड़ी पति के लिए अपने मन के विरुद्ध चलना मुझे अच्छा लगता है।" वह ज़ोर-ज़ोर से हँसने लगी।

हम आराम से मटरगस्ती करने बाहर निकले। उसे तेजी से चलना अच्छा नहीं लगता, इसलिए मैं धीरे-धीरे चलने का प्रयास कर रहा था। फिर भी बीच-बीच में पैर तेज़ हो जाते।

सदा की तरह छोटी-छोटी बातों को लेकर हम दोनों तू-तू, मैं-मैं करने लगते। अब हम दोनों बहुत खींचते नहीं थे। फिर भी झगड़ने का शौक़ अभी ख़त्म नहीं हुआ।

अचानक रुककर, सिर को ज़ोर से पकड़कर उसने कहा, "सुनिए, घर से निकलते समय मैंने दूध गैस पर रखा था। गैस को बन्द किया था ? या वैसा ही रह गया ?"

"मुझे क्या मालूम !"

"आपको कब कुछ मालूम रहता है ?" वह मुझ पर गुस्सा हुई।

"देखो। तुमने घर से बाहर निकलते हुए क्या तय किया था ? घर की ज़रा भी चिन्ता नहीं करनी है। बच्चों की तो ज़रा भी नहीं। फिर अब सिर थामे क्यों बैठी हो ?"

"बड़े बुद्धिमान हैं आप भी। एक-एक बर्तन इकट्ठा कर मैंने के इतनी बड़ी गृहस्थी जमायी। क्या ऐसे छोड़ देने के लिए ?"

"फिर अब क्या आठ दिन सिर पकड़कर गैस की फ़िक्र करती रहोगी ?"

"वह दूध जलकर कोयला बन गया होगा।"

"ऐसा करते हैं, होटल पर जाते ही घर के लिए एक ट्रंक-कॉल करेंगे और बच्चों से पूछेंगे कि गैस का क्या हुआ ?"

"लेकिन आपके बच्चे घर पर हों तभी तो आपका कॉल लेंगे ? कर रहे होंगे

आवारागर्दी बाहर कहीं।" जब वह बच्चों पर गुस्सा होती है तब बच्चे मेरे होते है। अन्यथा उसके।

"फिर हम पड़ोसवालों को फ़ोन करें।"

"ना, ना। लोग हँसेंगे मुझ पर।"

"फिर क्या? तुम यहीं पर सिर पकड़कर बैठी रहोगी?"

"हाँ, हाँ। बैठूंगी। आपका क्या जाता है, मैं सिर थामे बैठी रही तो?"

"मैं तो तुम्हारी समस्या का हल बता रहा हूँ।"

"बड़े आये समस्या हल करनेवाले। मुझे नहीं अपनी समस्याएँ हल करनी। रहने दीजिए हमारी समस्याएँ वैसी ही।"

मैं हँसा और एक पत्थर पर बैठ गया। मुझे मालूम था कि वह अधिक चलेगी तो उसे तकलीफ़ होगी। वह भी बैठ गयी। अपनी गृहस्थी की चिन्ता में मशगूल हो गयी।

मैं मज़े में उसकी ओर देख रखा था। वह अपनी गृहस्थी में विचर रही थी। उसके लिए सौदा-सुलुफ कर रही थी, उसके चेहरे पर एक अलग क़िस्म की मधुरिमा फैल रही थी, यह मधुरिमा मैंने पहले उस समय देखी जब चार-आठ बरतन लेकर उसने गृहस्थी जमायी और अब भी वह सूख नहीं गयी है—उतनी ही ताज़ा और ख़ूबसूरत है।

मेरी ओर क्रोध से देखकर वह बोली, "आपका लड़का घोड़े की तरह बढ़ गया है लेकिन नीचे खेलकर काले, मटमैले पैरों से ऊपर आता है और वैसे ही बिस्तर पर लेट जाता है। उसकी वह चादर काली-मटमैली हो गयी होगी मेरे जाने तक।"

मैं कुछ नहीं बोला।

"उन्हें डाँटना चाहिए। उन्हें शऊर सिखाना चाहिए। किसी मेहमान की भाँति घर में व्यवहार रहता है आपका, यह शोभा नहीं देता आपको।"

अब बच्चों को डाँटना-धमकाना मैंने छोड़ दिया। इसका भी कारण मेरी पत्नी ही थी। उनसे ज़रा कड़ी भाषा में कुछ भी कहा तो महिषासुर-मर्दिनी की तरह उनकी रक्षा के लिए दौड़ पड़ती थी। इसलिए मैंने डाँटना-बाँटना छोड़ दिया था। लेकिन यह सब सुनने की कोई तुक नहीं थी। इसलिए हँसकर मैंने कहा, "मंज़ूर है, भई। अब बम्बई जाकर उसे मैं ऐसे डाँटता हूँ'''तुम ही बता दो कैसे डाँटूं—बिलकुल उसी तरह डाँट दूंगा।"

गर्दन को झटका देकर उसने मेरी बात को उड़ा दिया। कुछ देर हम चुप रहे। कुछ देर के बाद उसकी ओर देखा तो उसकी आँखों में आँसू आ गये थे।

डरकर मैंने कहा, "क्यों, क्या हुआ?"

हँसने का प्रयत्न करते हुए वह बोली, "कुछ नहीं, मुझे एकदम सुषमा की याद

हो आयी। महीना हो गया। अब तक उसका ख़त नहीं आया।"

हमारी सबसे बड़ी बेटी सुषमा अमरीका में रहती है।

मैंने कहा, "यह क्या पागलपन है? तुम्हें मालूम तो है न वह कितनी लापरवाह है? तुम्हारी ही तरह वह भी अपने में ही डूब जाती है। रह गया होगा।"

"एक चिट्ठी लिखने में कितना समय जाता है?"

मैंने गम्भीरतापूर्वक कहा, "अरे बच्चों में तुम इतनी उलझ जाती हो, यह ठीक नहीं। अब वो बड़े हो गये। उन्हें अपनी-अपनी राह चलने दो। अब तुम किसी दूसरी बात में अपना मन लगाओ।"

"वह मैं भी जानती हूँ। लेकिन आपके ध्यान में यह बात कैसे नहीं आती कि ये बच्चे, यह गृहस्थी, यही कुछ तो मेरे पास है। अपना सारा जीवन मैंने इसी में लगाया है। दूसरा है ही क्या मेरे पास?" उसकी आवाज़ में आँसू भी मिल गये थे।

मैंने खिन्न होकर कहा, "मुझसे ही ग़लती हुई, मैंने कुछ और करने ही नहीं दिया। इसीलिए ऐसा हुआ।"

हँसकर वह बोली, "अब आप और खेद मत कीजिए। जितना मुझे हो रहा है उतना बहुत है।"

हम दोनों कुछ देर तक चुप बैठे रहे।

फिर एकदम ख़ुश होकर उसने कहा, "चलिए, अब मुझे अच्छा लग रहा है। हम अब होटल जायेंगे, अच्छा-ख़ासा जायकेदार भोजन करेंगे, दूसरों का बनाया भोजन कितना अच्छा लगता है।"

मुझे उसका बड़ा कौतुक है। मैं अपने दुःख का कैसे पहाड़ बनाता हूँ। लेकिन वह चार आँसुओं के साथ अपना दुःख निगल लेती है और मुक्त हो जाती है।

महाबलेश्वर की दोपहर किसी प्रचंड आक्षितिज फैले हरे पुष्प की भाँति पूर्णतः खिल गयी थी। सब हलचल, सब आवाज़ें रुक गयी थीं। चमचमाती धूप हवा के कण-कण से चमक रही थी, वृक्षों की चोटियों पर विलम गयी थी। आकाश उसने भर दिया था। आकाश अब निर्विकार और तटस्थ लग रहा था।

इतने में गर्भ में ठण्डक लेकर हवा की हिलोर आयी। सैंकड़ों नन्हे-नन्हे धूप के टुकड़े बिखर गये। सर्वत्र प्रसन्नता का छिड़काव हो गया।

एक पंछी चहका। झर-झर बहनेवाले जलप्रवाह को अपनी गीली, सर्पिल लय मिल गयी।

उसके शरीर में प्रसन्नता की सिहरन फैल गयी। अपने बालों को सहेजती वह बोली, "जाते समय हम बाज़ार में रुककर शहद की बोतल ख़रीदेंगे। आप रोटी

के साथ शहद पसन्द करते हैं न !"

× × ×

शाम हो गयी थी। महाबलेश्वर के तालाब में मैं नाव खे रहा था। डाँड फैले पंखों की तरह हवा में ठिठक जाते थे। फिर लयबद्ध रूप में पानी पर झपट्टा मारते थे। फेन की फुलवारियों में पानी को दो टुकड़ों में बाँटती हुई नाव आगे सरक रही थी। गहरी साँस लेकर मैं डाँड मार रहा था। मैं उन लयबद्ध व्यापारों के नशे में मशगूल था।

सामने तख़्ते पर वह बैठी थी। मधुचन्द्र के लिए आये एक तरुण युगल की पहले-पहल नाव खेते समय होनेवाली हड़बड़ी को देखकर मज़ा ले रही थी।

किसी की नाव अपने ही चारों ओर घूम रही थी, किसी का किनारा छोड़ने को ही तैयार नहीं थी, किसी का एक डाँड पानी में गिरकर तिरता हुआ दूर चला गया था। पानी के साथ बहुत लड़-झगड़कर भी किसी की किश्ती आगे जा नहीं रही थी। सिर्फ़ उन दोनों का पानी से स्नान हो रहा था।

उनमें से एक युगल बहुत हँस रहा था। दूसरे जोड़े में डाँड मारनेवाला युवक पसीने से तर हो गया था। उसके बाल कपाल पर लटक रहे थे। मोड़ी हुई आस्तीनें छूटकर नीचे लटकने लगी थीं और वह मन में बहुत चिढ़ गया था। उसकी पत्नी डरकर, छाती से हाथ बाँधकर टकटकाकर यह सब देख रही थी। तीसरे युवक की किश्ती अपने ही चारों ओर चक्कर काट रही थी और उसकी पत्नी अधिकारी स्वर में उसे सलाह दे रही थी। उसके कारण वह अधिक ही गड़बड़ा रहा था। एक युवक विचारपूर्वक डाँड को तौलकर पानी पर आघात कर रहा था और फिर भी उससे कहाँ ग़लती हो रही थी, यह उसकी समझ में नहीं आ रहा था। उसकी पत्नी बेफ़िक्र थी। हाथ डुबोकर पानी से खेल रही थी। एक और जोड़े ने इस सब झमेले को टालने की वजह से एक माँझी को ही साथ ले लिया था। वह ज़ोर-दार डाँड मारता हुआ उन्हें लेकर चला जा रहा था। इस जोड़े की वह औरत डाँड मारनेवालों की ओर कौतुक से देख रही थी, और अपने पति को उँगली से कोंच-कर डाँड मारने के लिए उकसा रही थी।

"ज़रा उसे देखिए, कैसे पानी के साथ हाथापाई कर रहा है। हाय, हाय ! उसकी पत्नी तो नहा ही गयी है। उसे देखिए, पानी में गिरे डाँड को पकड़ने का प्रयास कर रहा है। ओऽऽह किश्ती उलटेगी अब उसकी···" वह उँगली से दिखा रही थी। बीच में चीखती-चिल्लाती जा रही थी। इतना हँस रही थी कि आँखों में पानी ही जम जाता था।

"हँसती क्यों हो ? हमारी भी पहले-पहल ऐसी ही फ़जीहत होती थी।" मैंने उसे हँसते हुए डाँटा।

"इतनी नहीं, भई ! हाँ, थोड़ी तो हुई थी। लेकिन आप बहुत जल्दी सीख गये।

सुबह से दिमाग में थिअरी बना रहे थे।" मेरी ओर उसने कुछ ठट्ठा, कुछ कौतुक की नज़र से देखा।

कुछ ही समय में किनारे के पास लड़खड़ानेवाली उस डोंगी से हम दूर आ गये। सभी किनारे अब दूर रह गये थे। चारों ओर फैला हुआ पानी आँखों के किनारों से अन्दर घुस रहा था। किनारे का कोलाहल अब दूर रह गया था। एक निश्चल शान्ति हमारे आसपास हौले से उतर आयी थी। वह शान्ति स्निग्ध थी। कुछ उदास थी। अपने से अपने को दूर ले जानेवाली थी। उसमें एक विकलता थी। साँस रोककर रहनेवाला भय था, बिन चेहरे के प्रश्नचिह्न थे।

मुझे लगा कि मैं थक गया हूँ। पहले एक साँस में तालाब के दूसरे छोर तक जाकर मैं लौटता था और गहरी साँस लेता हुआ अपनी मस्ती में किनारे पर उतरता था। अब लग रहा था कि यहीं पर ज़रा विश्राम लूँ।

मैंने डाँड अन्दर ले लिये। गहरी साँस लेकर दम ठहरा रहा था। हमारी किश्ती जल पर धीरे-से तिर रही थी। आसमान से सुवर्णवृष्टि हो रही थी। पानी पर सुनहला मुलम्मा चढ़ रहा था। हवा में ठण्डक खिल रही थी। सब किनारे दूर रह गये थे।

उसने पूछा, "थक गये ?"

मैंने हँसकर कहा, "लगता है, तुम्हारा पति अब बूढ़ा होने लगा है।"

नाराज़गी से गर्दन को झटका देती हुई वह बोली, "छिः-छिः, ऐसे मत बोलो। मुझे अच्छा नहीं लगता।"

मैं हँसा। वह हाथ से पानी के साथ क्रीड़ा करने लगी। शान्ति मस्तिष्क और शरीर में भरती जा रही थी। सब कुछ शान्तिमय था।

पता नहीं उसे क्या लगा। वह उठकर सन्तुलन रखती हुई मेरे पास आयी और आलिंगन में लेकर उसने मुझे चूमा।

मैं हँसा और किनारे-किनारे से सफ़ेद पड़ते जानेवाले बालों पर ममता से हाथ फेरा। मेरा गला रुँध-सा गया। आँखों के किनारों पर समाया हुआ पानी तेज़ी से अन्दर जाने लगा।

वह पुनः सँभलती हुई अपने स्थान पर जा बैठी। मैंने हाथ से उसे सहारा दिया।

उसने कहा, "बताओगे तो नहीं किसी को ? लोग हँसेंगे।"

मैंने हंसकर गर्दन हिलायी।

देखते-ही-देखते आसमान का सोना तिरोहित हो गया। अनगिनत काली चिड़ियाँ अब आसमान में सर्वत्र अपनी जगह पर पंख हिलाने लगीं। क्षितिज के किनारे म्लान हो गये थे। जल एकदम गम्भीर और सघन हो गया था। एक उदासी सर्वत्र समा गयी।

मेरा शरीर किसी भय से सिहर उठा। डाँड उठाते हुए मैंने कहा, "चलो, वापस चलें।"

लौटने की यात्रा बहुत लम्बी लगी।

नाव से उतरते हुए मैंने कहा, "थक गये, लेकिन मज़ा आ गया। नहीं?"

वह बोली, "बहुत, बहुत ही सुन्दर।"

मैं उससे पूछना चाहता था, 'हमने इतने साल जो यात्रा की, क्या वह भी ऐसी ही सुन्दर थी?'

लेकिन मैंने वह सवाल नहीं पूछा। ऐसे सवाल पूछे नहीं जाते।

रात का खाना खाकर हम अपने कॉटेज की ओर लौट रहे थे। अँधेरा मखमली था और उसमें ठूंस-ठूंसकर भरी ठण्डक चारों ओर से चुभ रही थी। जैसे कोई रीछ ज़ोर से कस ले। आसमान में तारों का ढेर लग गया था। वे इतने नीचे उतरे हुए लग रहे थे कि लगा हाथ ऊपर उठाया जाये तो उन्हें छू जायेगा और सभी चमकते-दमकते तारों की शरीर पर वर्षा होने लगेगी।

हु हु, हु हु, करती हुई वह मुझसे बिलकुल सटकर चल रही थी। हम कॉटेज में पहुँचे तो उसने जल्दी से दरवाज़े बन्द कर दिये। फिर भी बहुत-सी ठण्डक अन्दर आ ही गयी।

उसने झट से चादरें जोड़ लीं और बिस्तर पर कूद गयी।

"सुनिए, मुझे अपनी पुस्तक दीजिए न।"

मैंने उसे पुस्तक दी और आराम कुर्सी से बाहर के अँधेरे की ओर देखने लगा। मखमली अन्धकार खिड़की से बिलकुल सट गया था और वहाँ से दीखनेवाला बाहर का दीया ठण्डक में बिलकुल ठिठुर गया था।

किताब पढ़ते-पढ़ते वह बोली, "आपकी चादरें जोड़ रखी हैं। उन्हें ढंग से ओढ़ लीजिए, नहीं तो रात को मेरी ही खींच लेंगे।"

मैंने हँसकर गर्दन हिलायी।

कुछ समय बाद पुनः पुस्तक बन्द करती हुई वह बोली, "देखिए, मैंने तय कर लिया है कि मैं आपसे पहले ही मर जाऊँगी।"

"बाप रे! कब?"

"जब हम बोटिंग कर रहे थे न, उस समय।"

"लेकिन मैं कह रहा हूँ, इसकी अभी क्या जल्दी है? बहुत साल हैं आगे।"

"नहीं, मैंने कह दिया। नहीं तो बाद में पिनपिनाते रहेंगे।"

"तो फिर मेरा क्या होगा? मुझे चद्दर कौन ओढ़ायेगी? और…"

"देखिए, अब आप मेरे दिमाग़ में गन्दगी पैदा मत कीजिए। आप हमेशा ही ऐसा करते हैं।" और वह फिर एकदम मुँह फेरकर चादर में सिकुड़कर सो गयी।

× × ×

मैं आरामकुर्सी में वैसे ही बैठा रहा। बाहर का मखमली अन्धकार खिड़की से बिलकुल सट गया था। वहाँ से दीखनेवाला बाहर का इकलौता दीया जाड़े में बिलकुल ठिठुर गया था।

लेकिन ज़रा झुककर देखा तो तारों के ढेर से लदा-फँदा आकाश दीख रहा था और लग रहा था कि ज़रा हाथ ऊपर उठाया जाये तो आसमान को छू लेगा और उन तारों की अपने शरीर पर वृष्टि होने लगेगी।

□□

कहाँ से कहाँ तक...

ये बातें पुरानी हैं और कोई विशेष महत्त्वपूर्ण भी नहीं हैं पर उस ज़माने की कुछेक बातें इस क़दर दिमाग़ में पैठ गयी हैं कि बरसों बाद भी उनका प्रभाव बरकरार है। अथवा यह भी हो सकता है कि ज़िन्दगी की अर्धशती पूरी हो जाने की वजह से पुरानी बातों में खो जाने की सहज प्रवृत्ति मुझ पर हावी हो रही हो।

1930-40 के दरमियान मध्यवर्गीय मराठी लोग बम्बई के गिरगाँव इलाक़े में ही बसे हुए थे। दादर में निर्माण-कार्य शुरू हुआ था और बस्ती फैलती जा रही थी। वहाँ दो-दो, तीन-तीन कमरों के बढ़िया फ़्लैट बड़ी आसानी से मिल जाया करते थे और किराया भी ज़्यादा नहीं होता था। तथापि गिरगाँव से इतनी दूर आ बसने में वे आनाकानी करते थे। अतएव गिरगाँव की झावबावाड़ी, या आंग्रे-वाड़ी या ताराबाग़ नामक नयी बस्ती की ओर ही लोगों का रुझान अधिक था।

गिरगाँव की मध्यवर्गीय संस्कृति उस समय उभार पर थी। लोग खा-पीकर ख़ुशहाल थे और कोई भागम्भाग नहीं थी। नौकरी मिलना कठिन तो था पर एक बार वह मिल गयी तो समझ लीजिए कि पाँचों उँगलियाँ घी में! ज़िन्दगी की नैया सुचारु रूप से चला करती थी। प्रातः दस बजे भोजन कर सुपारी चबाते हुए घर से निकलो तो भी गिरगाँव-नाका से ट्राम पकड़कर साढ़े दस बजे से पहले बड़े आराम से फ्लोरा फाउण्टेन स्थित दफ़्तर में पहुँचा जा सकता था। उन दिनों पचास-पचहत्तर रुपये माहवार मिला करते थे। पर एक सेर दूध के सिर्फ़ तीन आने, एक गज़ कपड़े के चार-छः आने लगते थे और चुपड़ी-रोटी-मिष्ठान्न से युक्त भोजन भी 'ताँबे होटल' में छः आने में मिलता था। छुट्टियों में कोंकण जाओ तो कटहल-आम आदि का बोलबाला रहता था। वहाँ से लौटते वक़्त कच्चा चिवड़ा, आमसुलं (आमौरी), सूप, बुहारे आदि कई चीज़ें साथ में लायी जा सकती थीं।

उन दिनों 'हम दो—हमारे दो' का प्रचलन शुरू नहीं हुआ था और परिवार भरे-पूरे रहते थे। पाँच-सात बच्चे तो बड़ी आम बात थी। इनके अलावा माँ, बाप, भाई, बहन आदि का आना-जाना तो लगा ही रहता था। रिश्तेदार

तथा अड़ोसी-पड़ोसी भी रही-सही कसर पूरी करते थे। उन दिनों 'डिनर' पर आमन्त्रित करने का तो रिवाज़ नहीं था; किन्तु श्राद्ध-पक्ष, श्रावणी, शादी-ब्याह, जनेऊ संस्कार, किसी व्रत का उद्यापन आदि मौक़ों पर सभी रिश्तेदार इकट्ठा हो जाते थे।

सामाजिक जीवन, मोर्चे, बन्द, घेराव, हड़ताल आदि के साये से प्रभावित नहीं हुआ। तथापि वह एकदम फीका भी नहीं था। कांग्रेस-जन प्रभात-फेरियों का आयोजन किया करते थे। इक्का-दुक्का देशदास रानडे ब्राह्मण सभा के आहाते में अनशन भी करता। वहाँ से कुछ दूर, परेल इलाक़े में कामगारों के हड़ताल की ख़बर यदा-कदा अख़बार में देखी जाती थी। साल-दो साल में एकाध बार हिन्दू-मुस्लिम दंगे होते थे तथा उन दंगों के मनहूस समाचार सुनने में आते थे।

समाज-सुधार की हवा ज़ोरों से बहने लगी थी। विधवा-विवाह, विधवाओं का मुण्डन आदि विषयों पर ज़ोरदार बहस ज़ारी थी। झुणका-भाकर (बेसन-रोटी), सह भोजन, अस्पृश्यता-निवारण आदि अभियान भी ज़ोर पकड़ने लगे थे। यदा-कदा अत्रे-माटे विवाद (आचार्य प्रह्लाद केशव अत्रे तथा श्री म० माटे में छिड़ी अख़बारी बहस) या किसी अन्य महाभाग का कोई लफड़ा 'विविधवृत्त' स्तम्भ में हलचल पैदा कर देता था।

उस ज़माने की छोटी-मोटी कई बातें मेरी स्मृति में बराबर अंकित हैं। श्रावणी सोमवार का रात्रि-भोज, हवन के दौरान धुएँ की वजह से बहती आँखें, गणपति-उत्सव में पुरोहितों का पूजा-पाठ, ब्राह्मण-सभा हॉल में हुआ मा० कृष्ण-राव का गायन, गधी के गले में बँधी घण्टी की आवाज़ से गधी का दूध बेचनेवाले के आने की आहट, धूल-गुबार से निजात पाने के लिए पानी छिड़कने वाले वाहन और उनके पीछे से उड़ती धूल, सावन में 'सनीचर का दान दो माँ' कहकर एक ख़ास अन्दाज़ में याचना करनेवाली याचिका, अपनी भुजा पर ख़ुद ही कोड़ों को मार पचाने वाला जुट्टाधारी बाज़ीगर···तथा ऐसी ही ढेर सारी अन्य बातें!

उस ज़माने के कई चेहरे भी मुझे याद हैं। आनन्दजी चॉल में रहने वाला तथा तलमंज़िल निवासी गोदी पर जान छिड़कने वाला मधु, गोदी के पिता से गोदी का हाथ माँगने गया तो उन्होंने उसे धक्के मारकर बाहर कर दिया और जवान गोदी की अच्छी-ख़ासी मरम्मत की। बाद में गोदी-मधु घर से भाग जाने वाले थे किन्तु गोदी की हिम्मत नहीं हुई। उसके पिता ने धुलिया के किसी लड़के से फ़ौरन उसकी शादी तय की और आनन-फानन में करवा भी दी। इसके परिणामस्वरूप मधु ने आजन्म ब्रह्मचारी रहने का ही निर्णय लिया। किन्तु उसकी माँ ने ख़ुदकुशी करने की धमकी दी और उसका निर्णय डगमगाया। अन्ततः मधु ने दूसरी लड़की से शादी की और दहेज भी ऐंठ लिया।

जगन्नाथ भी कमोबेश वैसा ही था। निजी कारोबार शुरू करने की फ़िराक़ में था और प्रारम्भिक तौर पर क़लम, तेल की शीशियाँ आदि छोटी-मोटी चीजें घर-घर जाकर वह बेचने लगा था। साथियों ने उसकी खूब खिल्ली उड़ायी पर वह टस-से-मस नहीं हुआ। छः महीने तक उसने बड़ी शिद्दत के साथ प्रयास किया। किन्तु दस पन्द्रह रुपयों की भी कमाई नहीं होती थी। इसी बीच तीस रुपये माहवार की नौकरी मिली तो अपना निर्णय बदलकर वह नौकरी में लग गया।

नारायण ने देश-भक्त बनना स्वीकार किया था। वह अक्सर खादी के कपड़े पहनता था और हमेशा मन्द-मन्द मुस्कान बिखेरता था। प्रभात-फेरी में वह बराबर शामिल होता था। परसों वह मन्त्रालय में मँडराते हुए पाया गया। अब सेहत वग़ैरह भी अच्छी हो गयी है उसकी।

अनन्त पूरा नास्तिक था। धर्म-कर्म, पूजा-उपासना आदि पर अक्सर फिसल पड़ता था। लेकिन एक दिन नौकरी से छुट्टी हुई तो बिला नागा दत्त-मन्दिर में जाने लगा था।

ऐसे कई लोगों के चेहरे अभी भी मुझे बाक़ायदा याद हैं। किन्तु उनमें से सुनन्दामामी की याद तरोताज़ा है। वैसे वे रिश्ते में मेरी मामी आदि नहीं थीं। हो सकता है, दूर का कोई रिश्ता रहा भी हो। तथापि यह सही है कि उन्हें हम सुनन्दामामी कहा करते थे। उन दिनों यही रिवाज था।

सुनन्दामामी का नाम मैंने माँ के मुँह से पहली बार सुना था। सदूभाऊ की पत्नी का देहान्त हुआ तो उन्होंने कोंकण निवासी एक लड़की से दूसरी शादी की। माँ यही वाक़या अपनी किसी रिश्तेदार महिला को सुना रही थीं, "अब भाऊ की उम्र चालीस हो गयी है यानी कि इसे उम्र की ढलान ही कहा जाना चाहिए। इस उम्र में दूसरी शादी के लिए वे इतना क्यों मचलते थे, पता नहीं। और वे हट्टे-कट्टे भी तो नहीं थे। स्वास्थ्य डाँवाडोल ही रहता था। आचमन के दौरान पानी की एकाध बूंद ग़लती से बदन पर गिर जाय तो भी उन्हें जुक़ाम जकड़ लेता था। पहली बीवी से उन्हें सन्तान-प्राप्ति भी तो नहीं हुई थी। अब इस लड़की का तो भगवान ही मालिक है!"

गपशप करने आयी महिला ने कहा, "सुना है कि नौकरी-वौकरी ठीक-ठाक है और जमा-पूंजी भी अच्छी-खासी है। क्या फिर भी उन्हें शादी नहीं करनी चाहिए थी? उनका वंश आगे बढ़ना चाहिए या नहीं? जहाँ तक लड़की की बात है, यह तो अपने मानने पर निर्भर करता है। ग़रीब परिवार की होगी तभी विधुर से ब्याही गयी। वैसे भी उसे ऐसा कौन-सा गन्धर्व मिलने वाला था? बल्कि मैं तो कहूँगी कि अब भरपेट खाना तो खा पायेगी! फाक़े तो नहीं करने पड़ेंगे!

माँ ने गर्दन को झटका देकर उनकी हाँ-में-हाँ मिलायी, "इत्ता हो जाय तो भी समझ लीजिए गंगा पार हो गयी। कुएँ में पानी तो बहुतेरा है, पर प्यासे के

मुँह में जाय तब न उसका फ़ायदा है ! सास तो सुबह से ही जप-तप में लगी रहती है। दोपहर के दो बजे तक उसका यही दौर चलता है। उनका यह दौर समाप्त होने तक बहू चाय की एक प्याली के सिवा कुछ भी तो ग्रहण नहीं कर सकती। यही वहाँ का शिष्टाचार है। उसके बाद भी सास जो परोस दे, उतना ही खाना उसे मिलता है। इन्हीं सब कारणों से तो पहली बीवी उठ गयी।"

मेरी माँ थोड़ी-बहुत पढ़ी-लिखी थी। इधर-उधर की किताबें भी पढ़ लेती थी। इसीलिए तो औरतों के पक्ष में अपनी सफ़ाई पेश किया करती थी।

इसके कुछ दिनों बाद गोदूबुआ अपनी बहू के साथ हमारे घर आयीं तब सुनन्दामामी को पहली बार देखने का मौक़ा मुझे मिला था। उन दिनों हर सास अपनी बहू को साथ लेकर रिश्तेदारों के घर या मन्दिर जाया करती थी। यह एक रिवाज-सा हो गया था। हाँ, मन्दिर जाते समय बहू के हाथ में चावल की कटोरी जरूर रहती थी। इंजिन के डिब्बे की तरह सास के पीछे-पीछे चलने वाली वे नौजवान बहुएँ दरवेश के पीछे-पीछे चलनेवाले भालू की तरह लगती थीं।

अक्सर विधुर से ब्याही गयी लड़की भीतर से सहमी-सहमी ही रहती है। या फिर वह काली-कलूटी या भेंगी होती है। अतएव ऐसी बहुओं के चेहरे से मायूसी ही झरती थी···कम-से-कम शुरू-शुरू में तो अवश्य ही ऐसा होता था।

पर पति को मुट्ठी में बन्द कर लेने के बाद तथा नये घर में अपनी धाक जमा लेने के बाद वही मायूस लड़की दुनिया को पाठ पढ़ाने लगती थी। ऐसी कई लड़कियों के क़िस्से माँ के मुँह से मैंने सुने थे। पर यह तो हुई बाद की बात।

इसलिए सुनन्दामामी के हुलिये के बारे में मैंने कल्पना की थी कि वे हताश, मायूस, छुई-मुई सी, रुआँसी बहू होंगी; किन्तु उन्हें प्रत्यक्ष देखने पर माँ तो भौंचक ही रह गयी और मैं भी। उन दिनों मेरी उम्र दस-ग्यारह के आस-पास रही होगी। अतएव मैं हरदम माँ का पल्लू थामे रहता था और कम-से-कम नारी-जगत् की ओर माँ के ही चश्मे से देखा करता था।

सुनन्दामामी न सुन्दर थीं, न ही गोरी-चिट्टी। साँवला रंग और तीखे नयन-नक़्श की वजह से चुस्त-दुरुस्त दिखती थीं। अमूमन नीची निगाहों से सास के पीछे-पीछे चुपचाप रास्ता नापनेवाली जकड़ी-बँधी बहू से वे अलग ही छाप छोड़ती थीं। उन्हें रू-ब-रू देखते ही महसूस होता था कि वे हरग़िज़ किसी के अधीन नहीं रह सकतीं। मानो वे उन्मुक्त रहने के लिए ही पैदा हुई हों।

कोंकण में पड़ोसी की एक लड़की हमारे साथ खेलने आती थी। गोरी-गोरी, भरी-पूरी और कद्दावर थी। पेड़ों पर फ़ुर्ती से चढ़कर वहाँ से नीचे कूदती थी। धाई से पंछियों का निशाना साधती थी। उसकी जबान ऐसी सधी हुई थी कि उसके सामने अच्छे-अच्छों की घिग्घी बँध जाती थी। हम तो क्या, बड़े-बुजुर्ग उसे 'पठानिया' कहा करते थे।

हाँ, यह सिलसिला लम्बे अर्से तक नहीं चला। साल-दो-साल बाद उसकी माँ ने उसे घर की चाहरदीवारी में ही बन्द कर रखा। अब वह साड़ी पहनने लगी थी और जवान दिखाई दे रही थी। तथापि उस पठानिया की याद मेरे दिमाग़ में आज भी बरक़रार है। सुनन्दामामी को पहले-पहल देखा तो वही लड़की यकायक मेरी आँखों में तैरने लगी थी। लहँगा ऊपर खोंसकर जिस अन्दाज़ में वह पेड़ पर चढ़ने के लिए सिद्ध हो जाती थी, सुनन्दामामी का अन्दाज़ भी ठीक वही था।

सुनन्दामामी ने माँ को जैसे मोहित कर दिया। रिवाज के अनुसार माँ ने उन्हें वस्त्र-श्रीफल तो दिया ही, ममता से बार-बार उनकी पीठ भी थपथपाती रही और कहा, "वक़्त-ज़रूरत हो तो बेहिचक आ जाया करो, संकोच मत करना।" माँ बाज़ वक़्त मेरी पीठ भी उसी तरह से थपथपाया करती थी।

तिस पर गोदूबुआ ने अपनी महीन, भरभराती-सी आवाज़ में चिकोटी ली, "अजी, उसे अपने घर में कोई कमी थोड़े ही है? रोज़ाना शुद्ध घी से ये नहाये तो भी कोई कमी नहीं आयेगी। उसके पति के पास काफ़ी पैसा है। और फिर मैं भी तो हूँ हट्टी-कट्टी! दस बार वह प्रसूत हो, तो भी पीछे नहीं हटूंगी। किसी तरह से घर में पलना बँध जाना चाहिए, बस।"

माँ ने संजीदगी के साथ कहा, "आप तो हैं ही और आपके होते हुए उसे किसी और का मुँहताज होने की ज़रूरत ही क्यों होगी! पर अभी लड़कपन ही तो है। बाज़ वक़्त सास को राज़ की बात बताने से लड़कियाँ कतराती हैं·· "

फिर इधर-उधर की बातें होती रहीं। इसी दौरान एक मज़ाक़िया क़िस्सा सुनाया गया तो सुनन्दामामी खिलखिलाकर ज़ोरों से हँस पड़ीं? हम सब अचम्भे से देखते ही रह गये। तथापि उनका हँसना बराबर ज़ारी रहा। काफ़ी देर बाद भी उनकी हँसी रुकने का नाम नहीं ले रही थी। मुझे लगा, जैसे वे अब लोट-पोट हो जायेंगी।

गोदूबुआ की त्योरियाँ चढ़ गयीं। उन्होंने डाँटते हुए कहा, "यह भी कोई तरीक़ा होता है हँसने का? औरत जात को ऐसी बेहूदगी शोभा थोड़े ही देती है? क्या तनिक भी समझ-बूझ नहीं··· ?"

तब कहीं सुनन्दामामी बड़ी मुश्किल से सामान्य हो पायी थीं। तथापि काफ़ी देर तक उनके होंठों की कोरों से और आँखों से हँसी अनायास रिसती रही थी।

उनकी हँसी के दौरान ही, न जाने क्यों, मैंने महसूस किया कि सुनन्दामामी के दाँत झकाझक और मजबूत हैं; ठीक घोड़े के दाँतों की तरह। अब भी यदा-कदा सुनन्दामामी का ज़िक्र आने पर उनकी दाँतों की विशेषताएँ हठात् मुझे याद आ जाती हैं। पता नहीं क्यों, ये समस्त छोटी-मोटी बातें मेरे दिमाग़ में गहरे पैठ गयी हैं!

गोदूबुआ अपनी बहू को लेकर चली गयीं तो मैंने राहत की लम्बी साँस ली, "कनकलता जैसी इस छोरी का हश्र क्या होगा, पता नहीं !"

कुछेक महीने बाद गोदूबुआ के मुँह से बहू की शिकायतें सुनी जाने लगीं। उनकी यह चुग़लख़ोरी धीरे-धीरे इस क़दर बढ़ गयी कि अपनी बहू की न्यूनताओं के क़िस्से नमक-मिर्च लगाकर सुनाने के अलावा उनके पास और कोई विषय ही नहीं रहता।

शुरू-शुरू में तो औरतें उनकी बातें चाव से सुनती थीं, एक-दूसरे को सुनाती थीं, अपने घर की एकाध बात भी उसमें जोड़ती थीं। किन्तु वही-वही बातें सुनने में धीरे-धीरे उनकी दिलचस्पी कम होती रही। उन्हें उकताहट-सी होने लगी और उन्हें गोदूबुआ की बातें 'गप' लगने लगीं। क्योंकि शिकायत यदि सीधे-सपाट तरीक़े से और कभी-कभार करो तो ही लोगों को वह यथार्थ प्रतीत होती है, वे सहानुभूति जतलाते हैं; पर लगातार शिकायतें ही करते रहने पर बातें बेअसर हो जाती हैं और कचोटती भी हैं।

किन्तु गोदूबुआ को इस बात का होश ही नहीं रहा। मानो वे सठिया गयी थीं। कहती थीं, "करछुल गरम कर चुड़ैल को छुआऊँगी, तब मेरा दिल ठण्डा होगा !"

पर एक दिन खबर आयी कि गोदूबुआ बोरिया-बिस्तर समेटकर पानी के जहाज़ से कोंकण की शरण में चली गयीं।

इस अनहोनी के बारे में तरह-तरह की बातें सुनने में आती रहीं कि गोदू बुआ ने वाक़ई गरम करछुल सुनन्दामामी को छुआया तो सुनन्दामामी ने उनका वह हाथ मुस्तैदी से पकड़कर उन्हीं को वह करछुल छुआ दिया। गोदूबुआ ने शोर मचाया। पड़ोसी वहाँ इकट्ठा हुए, तो सुनन्दामामी ने पड़ोसियों को बताया कि बुआजी ने एक बार गरम करछुल मुझे छुआया, तो मैं डर के मारे भाग गयी। दुबारा मुझे वह छुआने के लिए मेरा पीछा करने लगीं और अदबदाकर गिर पड़ीं। इस वजह से मेरे बजाय स्वयं उन्हें ही प्रसाद मिल गया।"

लोगों को बुआजी के हाथ पर प्रसाद का निशान बाक़ायदा दिखाई पड़ रहा था, इसलिए उन्हें चुप हो जाना पड़ा। शाम को सदूभाऊ के पास बुआजी काफ़ी देर तक ज़हर उगलती रहीं, पर उसका कोई असर नहीं हुआ। न उन्होंने स्वयं कोई सहानुभूति व्यक्त की, न ही बीवी को भीतर से बुलाकर कुछ कहा। बस, गोदूबुआ का जी इस उपेक्षा से उचट गया और दूसरे ही दिन वे गोआ के लिए चल पड़ीं।

बाद में इस घटना ने काफ़ी तूल पकड़ा था, पर हुआ कुछ नहीं। लोगों को बुआजी की आदत का पता था इसलिए बात आयी-गयी-सी हो गयी।

स्थिति सामान्य होने पर सुनन्दामामी गली-मुहल्ले के घरों में निरापद जाने-

आने लगीं। वे हमेशा सहयोग करती थीं तथा औरतों से तुरन्त हिल-मिल जाती थीं। पापड़ बेलने हों, अचार डालना हो या और कोई भी घरेलू काम हो तो सुनन्दामामी बिना बुलाये आ जाती थीं और बड़ी ही आत्मीयता से काम में सहयोग देती थीं। पुत्र-प्राप्ति, नामकरण आदि मौक़ों पर वे अच्छे-खासे उपहार सम्बन्धियों को दिया करती थीं। और उनकी ख़ास बात यह थी कि वे किसी की चुगली नहीं करती थीं। बुआजी के ठीक विपरीत स्वभाव की वे थीं। अतएव उन्होंने औरतों का दिल जीत लिया और वे आँखों का तारा हो गयीं और गोदूबुआ विस्मृति में खो गयीं।

मेरी माँ से तो उनकी कुछ ख़ास घनिष्ठता हो गयी थी। सिलाई-कढ़ाई के बहुत सारे नुस्खे तथा ऐसी ही अन्यान्य बातें वे माँ से सीख लिया करती थीं। इस प्रकार गँवई सुनन्दामामी देखते-ही-देखते चालाक और शहरी हो गयीं।

इस बीच माँ का पल्लू थामे रहने की मेरी उम्र ख़त्म हुई और मैं नारी-जगत् से दूर हो गया। तथापि सुनन्दामामी जब भी हमारे घर आतीं, मुझे बराबर दिखाई पड़ती थीं। उनकी तरो-ताज़ा, हँसमुख छवि से तबीयत ख़ुश हो जाती थी। वे हँसी-ख़ुशी मेरे बारे में पूछतीं; फिर मैं भी उनसे दो बातें कर लेता। बस, मेरा सहभाग यहीं तक सीमित रहता। अब मेरे दिल में समयोचित उथल-पुथल होने लगती थी और उसी में मैं उलझा रहता था।

उसके बाद अनपेक्षित रूप में तथा बिलकुल अनोखे अन्दाज़ में सुनन्दामामी मेरी आँखों के सामने आयीं।

एक बार मैं अपने दो-चार दोस्तों के साथ बाड़ी (बग़ीचे) के पास खड़े गपशप कर रहा था। अब हम पतलून पहनने लगे थे और हमारी ठोड़ी पर कोंपलनुमा बाल भी उगने लगे थे। खेल खेलने के बजाय गपशप करने में ही हमें ज़्यादा आनन्द आता था। हमारा अधिकांश समय इसी में व्यतीत होता था। एक बार ऐसे ही एक मौक़े पर विसू वहाँ आ धमका।

विसू आला दर्जे का गपोड़ा था। हरदम नये-नये क़िस्से बड़े चाव से सुनाता था, जो अक्सर औरतों से सम्बन्धित ही होते थे। उन क़िस्सों की सत्यासत्यता के बारे में भगवान ही जानें!

विसू की माँ विधवा थी। दूसरों के घरों में रसोई आदि का काम कर गुज़र-बसर किया करती थी। उसकी दिली इच्छा थी कि विसू ख़ूब पढ़े-लिखे, उच्च विद्या-विभूषित बने; पर विसू को माँ की इच्छा का तनिक भी लिहाज़ नहीं था। वह ख़ूब मटरगश्ती करता था, पढ़ाई की ओर ध्यान नहीं देता था, परीक्षा में फ़ेल हो जाना तो आम बात थी। दो-तीन बार फ़ेल हो जाने के परिणामस्वरूप अब वह हमारी कक्षा में था।

हमने विसू से पूछा, "अबे विशा के बच्चे, कोई नयी ख़बर?"

विसू ने कहा, "साला बहुत बड़ा लफड़ा है। मेरी बात पर शायद तुम लोगों को विश्वास न हो।"

"आखिर बात क्या है? कुछ कहोगे भी या··· " हमारी उत्सुकता की यह चरम सीमा थी।

हमारी यह स्थिति देखकर तो विसू जैसे हवा में तैरने लगा, उसका दिमाग़ आसमान में चढ़ गया। हम सबके लिए जगू ने एक-एक पाई की खारी मुरी (नमकीन दाने) ख़रीद ली, तब कहीं विसू प्रसन्न हुआ और उसने बताया, "वही सुनन्दामामी! दिखने में तो भोली-भाली लगती है! गरदन झुकाकर अक्सरएक बुढ़िया के साथ मन्दिर जाती है।"

सुनन्दामामी के बारे में विसू की यह उद्दण्डता मुझे नागवार गुज़र रही थी क्योंकि मैं उन्हें बेहद चाहता था। तथापि दिल के भावों को ज़ाहिर न करते हुए मैंने कहा, "क्या किया उसने?"

"यह पूछो कि क्या नहीं किया? मुझे नहीं मालूम था कि वह इतनी चालू होगी?"

"लेकिन कुछ बताओगे भी या··· ! तुम्हारी प्रस्तावना ही लम्बी-चौड़ी होती है!" कहकर हमने उसकी पीठ में दो-चार मुक्के जमाये।

"तो सुनो। परसों माँ ने खाने का डिब्बा उसके घर पहुँचाने के लिए मुझसे कहा। मेरी माँ लड्डू-चिवड़ा आदि चीज़ें बनाकर बेचती है। सुनन्दामामी अक्सर ऐसी चीज़ें ख़रीदती है। वही पहुँचाने मैं उसके घर गया था। उसने डिब्बा खोल कर उसमें से एक लड्डू मुझे दिया और चाय भी पिलायी। मुझे लगा कि यूँ ही खिलाती-पिलाती होगी।"

"अबे मुद्दे की बात कर! लड्डू खाया, चाय पी··· यह राम कहानी क्यों कह रहा है?" हम लोग उस पर टूट पड़े।

"कम्बख़्तो, वही तो बता रहा हूँ! थोड़ा सब्र भी तो करो। हर बार मुझे खिलाने-पिलाने के बाद वह मुझे सहलाती थी, मेरी पीठ थपथपाती थी। मैं तो यही मानता था कि बड़े-बुज़ुर्गों की ममता से वह मुझे पुचकारती होगी। किन्तु परसों वह मुझसे सटकर बैठ गयी। मुझ पर प्यार उँड़ेलने लगी, मेरे गाल पर चिकोटी लेने लगी··· यह तो सरासर ज़्यादती थी!"

"चल बे, गप हाँकता है!" मैंने प्रतिवाद किया।

"माँ की क़सम! बिलकुल सच है।"

क़सम खाने में तो विसू माहिर था। इसलिए उसे डपटते हुए मैंने कहा, "अबे साले, माँ की झूठी क़सम खाता है?"

किन्तु बाक़ी साथियों ने मुझे टोकते हुए कहा, "तू चुप रह बे! हाँ, तो उसके बाद क्या हुआ?"

"होना क्या था ? मेरी नसें तन गयीं। हाथ-पांव शिथिल पड़ गये। बदन में पसीना छूट गया। फिर भी उसका मुझे सहलाना बराबर ज़ारी था।"

"सच ! अबे साले···" हम लोग भड़के। हमारे तन-बदन में जैसे गुदगुदी होने लगी थी।

विसू आगे कहने लगा, "असली बात तो अभी बतायी कहाँ मैंने ? खाना-पीना ख़त्म हुआ तो उसने मुझे खट्टी-मीठी गोली दी। मैं बड़े चाव से चूसने लगा तो कहने लगी—'अकेले ही खाओगे ? मुझे भी तो दो।' मैंने कहा—'यह तो जूठी हो गयी है।' उसने मुस्करा कर कहा, 'पानी से धोकर दे दो। मैं बुरा नहीं मानूंगी। मैंने वैसा ही किया, तो मेरे गाल पर चिकोटी लेते हुए कहने लगी—'पगला कहीं का !' "

"तू तो वाक़ई पागल है बे ! मौक़ा हाथ से गँवा दिया !" जग्या ने उलाहना दिया।

"मैं लाख गँवाना चाहूँ, पर वह गँवाने दे तब न ! उसने गोली अपने मुँह में रख ली। फिर आधी गोली दाँतों में पकड़कर उसने कहा—'अब तुम खा लो इसे।' मुझे काटो तो ख़ून नहीं। मेरे बदन से तो पसीना चूने लगा था ! फ़ौरन वहाँ से रफ़ा-दफ़ा होने को दिल कर रहा था। इसी बीच उसने मुझे अपने क़रीब खींचकर मेरे मुँह में गोली ठूँस दी।"

उसकी बातें सुनने में अब मजा आने लगा था। बदन में सिहरन-सी होने लगी थी। दिल थामकर हमने पूछा, "फिर क्या हुआ ?"

इतने में तात्या महेन्दले गैलरी में आ गये और हम लोगों को वहाँ इकट्ठा देखकर वे चिल्लाये, "क्या हुड़दंग मचा रहे हो तुम लोग वहाँ ? कितना शोर कर रहे हो ? पढ़ाई-वढ़ाई नहीं है ? चलो, अपने-अपने घर जाओ।"

हमें मजबूरन वहाँ से खिसकना पड़ा। पर जाते-जाते जग्या ने फ़िक़रा कसा, "विसू साला, मँजा हुआ गपोड़ा है।"

हममें से किसी को भी विसू की बातों पर यक़ीन नहीं हुआ था क्योंकि उसके साथ इतनी रोमांचक और सुखद घटना घटे, यह भला हमें कैसे गवारा हो सकता था !

उस रात मैंने एक सपना देखा। उसमें सुनन्दामामी वटवृक्ष की परिक्रमा कर रही थीं। इसी बीच कहीं से एक साँप फुंफकारते हुए आया और उसने सुनन्दामामी पर धावा बोला। वे चिल्लायीं और सहमकर गिर गयीं। मुझसे रहा नहीं गया। मैं लठ लेकर फ़ुर्ती से दौड़ पड़ा और मैंने साँप के टुकड़े-टुकड़े कर दिये। मेरी इस बहादुरी पर रीझकर सुनन्दामामी ने मुझे बाहुओं में भर लिया और प्यार से मुझे चूमती रहीं।

× × ×

उसके कुछ दिनों बाद सुनन्दामामी हमारे घर आयीं। हमेशा की तरह उनकी गरदन झुकी हुई थी और शालीनता से पल्लू ओढ़ा हुआ था। एक मन्द-मधुर मुस्कान बिखेरकर उन्होंने मेरे बारे में पूछा और वे मेरी माँ से मिलने चौके की ओर चली गयीं।

अबकी बार उनकी ओर देखने का मेरा अन्दाज़ कुछ अलग था। उन्हें भीतर जाते हुए भी मैंने देखा और वे चौके में बैठी थीं तो किसी-न-किसी बहाने वहाँ जाकर भी मैंने ग़ौर से उन्हें देखा। मैं जब आख़िरी बार वहाँ गया तो सुनन्दामामी ने स्थिर निगाहों से मुझे देखा। शायद वे अस्पष्ट रूप से मुस्करा रही थीं। सम्भवतया यह मेरा भ्रम भी हो सकता है।

उनका वही रूप मेरे दिलो-दिमाग़ में बसा हुआ है। नारी की सुन्दरता के बारे में जब भी मैं सोचता हूँ, मेरी आँखों में उन्हीं की मूरत तैरने लगती है।

उनकी कान्ति वाक़ई थी ही वैसी। गौर वर्ण न होने के बावजूद उनकी कान्ति ताँबे-सी लकदक थी और चेहरा दीये की रोशनी से नहाया हुआ प्रतीत होता था। सिर के चमकदार बाल सुचारु रूप से कढ़े हुए थे। गरदन थोड़ी-सी हिली नहीं कि रोशनी की मदमाती लहरें बालों पर सवार हो जातीं। उनका इत्ता बड़ा जूड़ा किसी वजह से कुनमुनाता-सा जान पड़ता था। किसी वजह से वे आगे को झुकीं तो उनके पुष्ट उरोज लबलबाये और उठकर खड़े होने के दौरान हुई उनकी जंघाओं की हलचल देखकर तो मेरे पेट में जैसे बल पड़ गये।

पता नहीं, इन्सान के जवानी में प्रवेश करने के क्षण को यथार्थ रूप से रेखांकित किया जा सकता है या नहीं! पर जहाँ तक अपनी बात है, मैं तो यही कहूँगा कि जिस दिन मैंने सुनन्दामामी का यह रूप देखा, उसी क्षण से मैं जवान हो गया। सम्भवतया इसी वजह से उनकी छवि मेरे दिमाग़ में इतनी उत्कटता से अंकित है।

रसोई में चल रही गुफ़्तगू की ओर मेरे कान बराबर थे, इसीलिए थोड़ी-सी फुसफुसाहट सुनने में आ रही थी।

सुनन्दामामी मेरी बुज़ुर्गीयत का बाक़ायदा लिहाज़ किया करती थीं। उस दिन भी उनके रवैये में कोई परिवर्तन नहीं आया। इस वजह से माँ तो प्रसन्न थी।

सुनन्दामामी ने कहा, "आपकी वाड़ी में जो रसोइयन रहती है, उसका बेटा विसू किस तरह का लड़का है?"

"चलता-पुर्जा है, आवारागर्दी करता है और आवश्यकता से ज्यादा उद्दण्ड भी है। लेकिन हुआ क्या?"

"यह सोचकर कि, ग़रीब है, मैं उसे बुलाकर कई चीज़ें खाने को देती थी। पर मुझे वह लड़का शरीफ़ नहीं लगा। इसलिए मैंने उसे बुलाना ही बन्द कर दिया।"

"अच्छा किया तुमने। दिन भर घर में तुम अकेली ही रहती हो। सावधानी तो बरतनी ही चाहिए।"

उसके बाद इधर-उधर की कुछ बातें होती रहीं, फिर सुनन्दामामी ने कहा, "विनायक भटजी (पुरोहित जो) एक व्रत की सिफ़ारिश कर रहे थे। उनका दावा है कि उससे पुत्र-प्राप्ति अवश्य होगी। व्रत है तो बहुत ही कठिन। भटजी रोज़ाना हमारे घर आकर पोथी बाँचेंगे। आपकी क्या राय है?"

"बेशक करो, किसी तरह से तुम्हारी कोख हरी-भरी हो जाये तो अच्छा है। घर में पालना न हो तो औरत की ज़िन्दगी का मोल ही क्या है! उसका जीना तो व्यर्थ है!"

सुनन्दामामी ने अत्यन्त संजीदगी के साथ कहा, "मैंने भटजी से कहा था कि आपको पूछकर ही बताऊँगी। अब मैं उन्हें 'हाँ' कह देती हूँ। पोथी-वाचन के वक़्त आप भी आयेंगी न?"

"मेरा आना तो सम्भव नहीं होगा क्योंकि दोपहर के वक़्त घर में बहुतेरे काम करने होते हैं। एकाध किसी दिन ज़रूर आऊँगी। कम-से-कम समापन के दिन अवश्य ही···"

उसके बाद माँ मन्दिर चली गयी और आज्ञाकारी लड़की की तरह सुनन्दामामी ने उसका अनुकरण किया।

उन्हें जाते हुए मैं घूर-घूरकर देखता रहा। दरवाज़े के पास ठिठक कर मन्द-मन्द मुस्कराते हुए उन्होंने एकबारगी मुझे देखा और कहा, "लगता है पढ़ाई बहुत ज़ोरदार चल रही है!"

× × ×

बाद में हमने एक बार विसू को कुरेदा, "क्यों बे, डिब्बा लेकर सुनन्दामामी के घर दोबारा जाना हुआ कि नहीं तेरा?"

विसू के स्वभाव को देखते हुए अनुमान था कि वह फिर कोई मसालेदार क़िस्सा सुनायेगा। पर हमें आश्चर्य तब हुआ, जब उसने बुझी-बुझी-सी आवाज़ में कहा, "न बाबा, न! मुझे उस झमेले में नहीं पड़ना।" और वह फ़ौरन वहाँ से खिसक गया।

तिस पर जगू ने टिप्पणी की, "साला डर गया! किसी ने ज़ोरदार डपट दिया, लगता है।"

विसू की ज़ुबान भले ही बन्द हो गयी हो, सुनन्दामामी के बारे में एकाध दूसरी बात यदा-कदा सुनने में आ ही जाती थी कि उन्होंने गोरे-चिट्टे, गोलमटोल विनायक भटजी से अपने तार जोड़ लिये हैं और भटजी उन्हें पुत्र-प्राप्ति का अनोखा नुस्ख़ा बता रहे हैं; पोथी-वाचन तो महज़ एक बहाना है। कि वे किसी महाराज या बाबा की सेवा करने जाती हैं, वहाँ उनके पुत्र-प्राप्ति की व्यवस्था हो रही है···आदि। पर यह तो सिर्फ़ खुसुर-पुसुर ही थी। या तो इन बातों में कोई

दम नहीं था या उनके बारे में खुल्लमखुल्ला कुछ कहने की हिम्मत लोगों को नहीं होती थी।

पर यह सच है कि सुनन्दामामी का पाँव भारी हुआ और उन्हें कन्या-प्राप्ति हुई। बच्ची अत्यन्त प्यारी और गोरी-गोरी-सी थी।

सदूभाऊ के मुँह पर तो सदा ताले ही पड़े होते थे। उन्हें किसी से मिलते हुए या किसी से खुलकर बातचीत करते हुए कभी देखा नहीं गया था। दफ़्तर से आने के बाद आराम कुर्सी में वे इत्मीनान से बैठे रहते थे। हमेशा उनकी त्यौरियाँ चढ़ी होती थीं। किन्तु कन्या-प्राप्ति के बाद घर-घर जाकर स्वयं उन्होंने बरफ़ी बाँटी। इतना ही नहीं, सुनन्दामामी के साथ वे पहली बार फ़िल्म देखने भी गये।

माँ को सन्तोष था कि सुनन्दामामी की गृहस्थी सुचारु रूप से चल रही है। किन्तु आम औरतों की तरह सुनन्दामामी घर-गृहस्थीवाली औरतों में शुमार नहीं हो पायीं। उनके बारे में हरदम कुछ-न-कुछ ज़रूर सुनने में आता था।

एक अर्से के बाद खबर आयी कि अब सदूभाऊ के घर में उनके एक मौसेरे भाई का आना-जाना शुरू हो गया है। उनका यह मौसेरा भाई कहीं बड़ा अफ़सर था। उसकी लम्बी-लम्बी मूँछें थीं और हिनहिनाने के अन्दाज़ में वह हँसता था। सुनन्दामामी बड़ी आत्मीयता से उसकी आवभगत करने लगी थीं। लोग तो इससे भी बढ़-चढ़कर और भी बहुत सारी बातें कहते थे।

इन अफ़वाहों में कितना दम था, यह भला हमें क्या मालूम ! किन्तु यह सच है कि कुछ दिनों बाद सदूभाऊ को मोटे वेतनवाली नौकरी मिल गयी थी।

लोगों ने तरह-तरह की उल्टी-सीधी अटकलें लगायीं। तथापि यह तो मानना ही पड़ेगा कि इतनी अच्छी नौकरी मिलने लायक़ कोई विशेष योग्यता उनमें नहीं थी। न कोई उपाधि, न ही कोई खास तकनीकी प्रवीणता पर साथ में यह भी उतना ही सच था कि दूसरे विश्वयुद्ध के छिड़ जाने से लोगों को आनन-फ़ानन में बड़ी-बड़ी नौकरियाँ मिलने लगी थीं।

सदूभाऊ को अच्छी-सी नौकरी मिलने की खुशी में सुनन्दामामी मिठाई बाँटने आयीं। माँ के पैर छूकर उन्होंने अभिवादन किया और कहा, "मौसीजी, आपके आशीर्वाद से मेरी कोख फली-फूली, घर में किलकारियाँ गूँजने लगीं और अब मुन्नी के बापू···"

"बेटी, इसमें मैंने कुछ भी तो नहीं किया। तुम्हें अपने भाग्य से ही सब कुछ मिला। खुश रहो···"

इस बार सुनन्दामामी का रंग मुझे कुछ अलग लगा। माँ के साथ उनके व्यवहार में विनम्रता और संजीदगी तो थी, किन्तु उनकी बोल-चाल में अक्खड़पन झलकने लगा था। हाल ही में बनवाये गहने माँ को दिखाने वे लायी थीं और बार-बार उनका मूल्य माँ को सुनाने लगी थीं।

माँ ने उनकी बाक़ायदा सराहना तो की किन्तु ज़्यादा कुछ नहीं कहा। पर उनके चले जाने के बाद माँ ने कहा, "ये सुनन्दा तो बड़ी जाँबाज़ औरत है ! है तो देहाती, पर अच्छे-अच्छे, पढ़े-लिखे पुरुषों को भी पीछे छोड़ सकती है। मुझे डर है कि कहीं ग़लत रास्ते पर न चली जाये···!" माँ को किसी के बारे में ऐसा सन्देह आम तौर पर नहीं होता था। पर उस दिन उसने वह व्यक्त किया।

बस, सुनन्दामामी मेरी निगाहों में उसी दिन गिर गयीं। उनके उत्फुल्ल यौवन के जादू का भी मुझ पर कोई असर बाक़ी नहीं रहा क्योंकि महाविद्यालयीन सह-पाठी तारा बापट के चितवन में मैं उलझता जा रहा था। हालाँकि यह चितवन कोई विशेष गुल नहीं खिला सकी, तथापि उस वक़्त तो मैं उसी में पूरी तरह से उलझा हुआ था। सुनन्दामामी की ज़्यादतियाँ मेरी बरदाश्त से बाहर थीं। अतएव मेरा मन उनकी ओर से उचट गया।

किन्तु सुनन्दामामी के व्यक्तित्व में ही यह ख़ूबी थी कि लम्बे अर्से तक उनकी ओर से आँखें मूँद लेना कदापि सम्भव नहीं था।

थोड़े अर्से बाद सुनने में आया कि वे गायन सीख रही हैं। और जिस संगीत अध्यापक से वे शिक्षा ग्रहण कर रही हैं, वह बहुत ही मनचला है। उस ज़माने में गायन सीखनेवाली लड़कियों की संख्या इक्का-दुक्का ही हुआ करती थी। ऐसी साधिकाएँ गिरगाँव के किसी क्लास में ही अपना नाम लिखवाने की जुर्रत कर सकती थीं। पर शादीशुदा महिला का गायन सीखने में रुझान किसी अजूबे से कम नहीं था। कोई पढ़ी-लिखी औरत यदि ऐसी हिम्मत करे तो बात समझ में भी आ सकती थी किन्तु सुनन्दामामी तो देहाती थीं, पुराने ख़यालोंवाली थीं और अशिक्षित भी थीं। इस वजह से लोग उल्टी-सीधी बातें कहने लगे थे। अब तक तो खुसुर-पुसुर ही सुनने में आती थी, पर अब सरेआम छींटा-कशी होने लगी थी। उनकी फ़िक़रेबाज़ी में तिक्तता भी होती थी। ख़ासकर उस लम्बे-लम्बे बालोंवाले संगीत अध्यापक के बारे में तो लोग जो मन में आये, बकने लगे थे।

अब सुनन्दामामी का हमारे घर आना-जाना भी कम हो गया था पर उनके बारे में नयी अफ़वाह का बाज़ार गर्म होने लगते ही वे ज़रूर चक्कर लगाती थीं। सो वे आयीं।

कुशल-मंगल पूछने-सुनने का दौर अभी चल ही रहा था कि भागीरथीकाकू आ धमकीं। मैं समझ गया कि सुनन्दामामी को हमारे घर आते देखकर ही वे आयी थीं। मैं बाहर पढ़ाई कर रहा था। आम तौर पर घरेलू बातों में मेरी कोई रुचि नहीं होती थी पर इस बार उनकी बातचीत का विषय ही इतना चटपटा था कि दरवाज़े की ओट लेकर मैं उनकी एक-एक बात बराबर सुनता रहा।

भागीरथीकाकू ने छूटते ही पैना सवाल किया, "अरी ओ सुनन्दा, ये संगीत, गाने-बजाने का नया शौक़ क्या चर्राया है तुझे ?"

सुनन्दामामी माँ के साथ तो बड़ी ही संजीदगी के साथ पेश आती थीं किन्तु उन्होंने भागीरथीकाकू को ईंट का जवाब पत्थर से दिया, "क्यों? संगीत सीखना बुरा है क्या?"

भागीरथीकाकू ने इठलाते हुए कहा, "खानदानी औरतों को हमने गाना-बजाना सीखते हुए कभी देखा नहीं था! वो, वैसी औरतें ये सब काम करती हैं।"

"तो फिर आप लोगों की लड़कियाँ स्कूल में गाना-बजाना जो सीखती हैं? उसमें कोई हर्ज नहीं?"

"छोटे बच्चों की बात छोड़ो भी! अब तुम बच्ची थोड़े ही हो?"

"छोटी बच्चियाँ ही क्यों, अब तो कॉलेज की लड़कियाँ भी सभा-समारोहों में बाक़ायदा गाती हैं। और-तो-और रिश्ते की बातचीत के लिए लड़केवाले जब लड़कीवाले के घर आते हैं तो लड़की की माँ ही लड़की से एकाध अच्छा-सा गाना सुनाने का अनुरोध करती है।"

"लेकिन तुम तो शादीशुदा हो, फिर भी···"

"दरअसल बचपन में ही गाना सीखने की मेरी इच्छा थी। मेरे दादाजी कीर्तनकार थे। वे हारमोनियम पर सुर लगाकर मुझे सिखाते थे। पर उनकी मृत्यु के बाद मेरी यह साध पूरी न हो सकी। हमारे घर की आर्थिक स्थिति भी उतनी अच्छी नहीं थी, सो मन मसोसकर रह जाना पड़ा। अपनी उसी अधूरी इच्छा को अब पूरा कर रही हूँ तो लोगों को क्यों अखरता है?"

भागीरथीकाकू का उलाहना माँ को भी रास नहीं आया था। उसने अप्रसन्नता व्यक्त करते हुए उन्हें टोका और सुनन्दामामी से कहा, "तुम्हें गाना सीखने में रुचि है तो ज़रूर सीखो, पर मास्टरजी की क्या ज़रूरत है? वह वक़्त-बे-वक़्त आता है और लोगों को ज़ुबान चलाने का मौक़ा मिल जाता है।"

सुनन्दामामी ने स्वीकार किया, "मैं मानती हूँ कि मुझसे यह भूल हुई। यह बात तो मेरे दिमाग़ में आयी ही नहीं थी, नाक की सीध में चलने की जो आदत है। दोपहर का वक़्त खाली मिल जाता था, तो उसी दौरान मैं मास्टरजी को आने के लिए कहती थी पर अब मैंने उन्हें कड़ी हिदायत दी है कि यदि उन्हें शाम को आना हो तो ऐसे ही वक़्त आयें, जब मुन्नी के बापू घर में मौजूद हों। अब तो मैं इस बात का विशेष ध्यान रखती हूँ।"

"तब तो ठीक है। तुम उस मास्टरजी से ज़रूर सीखो, कोई हर्ज नहीं··· और भागीरथीकाकू, आप भी इसके बारे में जिस किसी से अंट-शंट कुछ भी कहती हैं यह अच्छा नहीं। अब तो मैं खुद ही सुनन्दा के पक्ष में लोगों से कहूँगी।"

भागीरथीकाकू छुई-मुई-सी हुईं और थोड़ी देर बाद चली गयीं। उनके चले जाने पर भरी आँखों से सुनन्दामामी ने कहा, "मौसीजी, लोग मुझपर इतना क्यों जलते हैं? न मुझसे अच्छा व्यवहार करते हैं, न मुझे चैन से जीने देते हैं। मुझपर

तरह-तरह के लांछन लगाते हैं। मैं हर किसी से सहयोग करती हूँ, उनकी सहायता करती हूँ···कई औरतें तो ज़रूरत के वक़्त मुझसे रुपये-पैसे भी ले जाती हैं···"

"तुम क्यों दिल छोटा करती हो? इन्सान ऐसा ही होता है। उसके साथ सलीके का व्यवहार करो तो भी नाराज़ और रूखा व्यवहार करो तो भी नाराज़।"

इस बार मुझे विश्वास हो गया था कि सुनन्दामामी बिलकुल पाक-दामन और सीधी-सादी हैं। दुनिया उनके साथ अन्याय कर रही है। पर उनके बारे में जब भी मैं ऐसी धारणा बना लेता, हर बार नया बुलबुला फूटता था और मुझे अपनी धारणा पर पुनर्विचार करना पड़ता। उनकी थाह पाना मुश्किल लगता था।

एक दिन माँ ने किसी काम से मुझे उनके घर भेजना चाहा, तो शाम के वक़्त मैं वहाँ गया। उनके घर के जीने के पास मैं पहुँचा ही था कि सदूभाऊ सीढ़ियाँ उतरकर नीचे आये और कहीं चले गये।

मैं जीने से ऊपर गया पर सुनन्दामामी के ब्लॉक का दरवाज़ा बन्द दिखाई पड़ा। मैं वहीं ठिठक गया। इसी बीच भीतर से ठुमरी के मुखड़े की दिलकश तान सुनाई पड़ी और अनजाने में ही मेरे मुँह से निकल गया—वाह! वाह!! माँ के सामने हमेशा ज़मीन में आँखें गड़ाये बैठने वाली सुनन्दामामी लखनवी अन्दाज़ में ठुमरी गा सकती हैं, मुझे विश्वास नहीं होता था। कुछ देर ऐसे ही दिलकश स्वर कानों से टकराते रहे और उसके बाद हँसी-मज़ाक़। इससे तो यही लगता था कि मास्टरजी से उनकी काफ़ी घनिष्ठता है।

मैं तो हैरान रह गया। केवल लोगों का मुँह बन्द रखने के लिए मास्टरजी सदूभाऊ की मौजूदगी में वहाँ आते थे और उनके आते ही सदूभाऊ चुपचाप बाहर खिसक जाते थे। यानी कि उस घर में जो कुछ हो रहा था, उससे सदूभाऊ की पूरी सहमति थी? इस पूरी कार्रवाई में वे भी शामिल थे? आखिर क्यों? आदमी नामर्द हो, तो भी क्या वह अपनी आँखों के सामने इस तरह की बेहूदा हरकतें होने दे सकता है? क्या उसका ख़ून खौलता नहीं? तो सदूभाऊ की कौन-सी मजबूरी थी? सुनन्दामामी ने कौन-सा जादू उन पर चलाया था? या कि वे सुनन्दामामी से डरते थे? डरते भी हों तो किस वजह से? और ऐसी हरकतें करने वाली सुनन्दामामी इन्सान थीं या डायन? मेरी तो मति जैसे मारी गयी। मैं असमंजस में पड़ गया।

मैंने घण्टी बजायी। हँसी-ठिठोली रुक गयी और थोड़ी देर बाद दरवाज़ा खुला। सामने सुनन्दामामी खड़ी थीं···सहृदय और शालीन। दीये की लौ की रोशनी में नहायी-सी, दमकती हुई मुख-मुद्रा तथा रोम-रोम से झरती भद्रता।

अनपेक्षित रूप से मुझे सामने पाकर उन्हें हैरत हुई होगी, क्योंकि मैं भूले-

भटके ही उनके घर जाता था। मैं उनकी हैरतभरी निगाहों में गोता लगाने ही वाला था कि उन्होंने प्यार भरी मुस्कान से मेरा स्वागत किया। मुझे सोफ़े पर बिठाया और कुशल-मंगल पूछने लगीं। थोड़ी देर बाद उन्होंने मास्टरजी से जाने को कहा।

मैं पानी-पानी हो गया। मैंने शरमाते हुए कहा, "मैं तो केवल एक सन्देशा देने आया था। मेरा और तो कोई काम है नहीं। आप प्रशिक्षण ज़ारी रखिए।"

"अरे, अरे! यह भी कोई बात हुई भला? प्रशिक्षण तो रोज़ ही चलता है। तुम थोड़े ही बार-बार आओगे? तुम्हें यदि मैं ऐसे ही जाने दूँ तो सुशीला मौसी क्या सोचेंगी?"

उन्होंने मास्टरजी को आँख से इशारा किया। मास्टरजी उद्दण्ड लहज़े में इठलाते हुए चले गये। गाने की खुमारी से सराबोर उनकी निगाहें बराबर मुझे झकझोरती रहीं।

सुनन्दामामी ने मेरे लिए कॉफी बनायी, उसके साथ नमकीन की प्लेट भी सामने रखी। आग्रह कर-करके उन्होंने मुझे खिलाया। मेरे पास खड़े होकर मुझसे बतियाती रहीं।

मैंने संस्कृत काव्य में कहीं पढ़ा था कि औरत के बदन से एक खास तरह की ख़ुशबू झरती रहती है। सुनन्दामामी की निकटता से उसकी बाक़ायदा पुष्टि हुई। उस ख़ुशबू का ब्यौरा तो मैं नहीं दे पाऊँगा क्योंकि हो सकता है कि मुझे ख़ुशबू का महज़ आभास ही हुआ हो। हो सकता है कि उनकी मृदु, आत्मीय बातचीत से या उनकी जवानी के ज्वार से अभिभूत हो जाने के कारण मुझे वह महसूस हुई हो।

तथापि यह तो सत्य है कि वे मुझसे सटकर खड़ी थीं और उनसे बातचीत के दौरान मैं मैं नहीं रहा था। उस वक़्त मैं उनसे इस क़दर सम्मोहित था कि वे जो भी आदेश देतीं, मैं उसका पालन करता।

हमारी बातचीत के मुद्दे भी कोई खास नहीं थे—माँ का स्वास्थ्य, मेरी पढ़ाई आदि···पर मेरा बदन उत्सुकतावश काँपने लगा था। समूचे वातावरण में एक अजीब-सा सम्मोहन व्याप्त था। किसी भी क्षण कुछ भी हो सकता था···अप्रिय किन्तु रोमहर्षक और गुदगुदाने वाला···

सुनन्दामामी ने मेरी पीठ सहलायी। इसी दरमियान हमारी आँखें भी चार हुईं। वही मन्द-मधुर मुस्कान बिखेरते हुए उन्होंने कहा, "ख़ूब पढ़ो-लिखो, इत्ते बड़े बन जाओ, माँ की कामना पूरी करो। उसे तुमसे बहुत-सी उम्मीदें हैं।"

मैं उठकर चल दिया। मैं तो अभी भी हकबकाया-सा था और शर्मसार भी। मेरी चेतना जैसे लुप्त हो गयी थी।

इसके बाद भागीरथीकाकू को किसी बीमारी ने घेर लिया और वे बिस्तर

से बँध गयीं। उनकी यह धारणा थी कि यह जरूर सुनन्दामामी की ही करनी है। उन्होंने ही पुराना हिसाब चुकाने के लिए टोना-टोटका किया है। बाक़ी औरतों में भी इसी तरह की कानाफूसी होने लगी। उम्र के हिसाब से देखा जाये तो भागीरथीकाकू की बीमारी यानी कोई अनपेक्षित घटना नहीं थी। इसके लिए किसी टोने-टोटके की कोई आवश्यकता नहीं थी। किन्तु आँधी को भला कौन रोक सकता है! इसका परिणाम यह हुआ कि लोगों के मुँह पर ताले पड़ गये। सुनन्दामामी के बारे में लोग ऊटपटाँग जो कुछ भी बकते थे, वह रुक गया।

इसकी शायद एक और वजह भी हो सकती है। आकाशवाणी के एक कार्यक्रम में सुनन्दामामी का गायन प्रसारित हुआ। अतएव गायन सीखने की उनकी इच्छा, मास्टरजी आदि को लेकर जो जोड़-तोड़ लोग किया करते थे उसे उनके आकाशवाणी कार्यक्रम के रूप में एक करारा जवाब मिल गया था।

इसके बाद सुनन्दामामी गिरगाँव-समूह के दायरे से बाहर चली गयीं। उन्होंने माहीम में कहीं मकान बनवाया था, वहाँ वे रहने चली गयीं। बाद में ख़बर मिली कि माहीम में उन्होंने एक और लड़की को जन्म दिया। बस, इसके अलावा उनसे हमारा कोई सम्पर्क नहीं रहा।

किन्तु सुनन्दामामी से हमारे रागात्मक सम्बन्ध समाप्त नहीं हुए थे। वे आँधी-तूफ़ान की तरह दोबारा हमारी ज़िन्दगी में आयीं।

सन् बयालीस के देशव्यापी आन्दोलन में हम जैसे कॉलेज के छात्र भी कूद पड़े। अधिकांश छात्र महाविद्यालयीन हड़ताल से आगे नहीं बढ़े पर कुछेक युवक सत्याग्रह करने के परिणामस्वरूप बन्दी बना लिये गये, तो कुछ भूमिगत हो कर बम्ब आदि बनाने के चक्कर में उलझ गये।

मैं हड़ताली छात्रों में से ही एक था। पर मेरा साथी माधव अभिभूत होकर सक्रियता से उसमें हिस्सा लेता रहा। नौ अगस्त के दिन रेल की पटरियों के बीच में खड़े होकर उसने ट्रेनें रुकवायीं। बाद में रेलवे लाइन उखाड़ने, बिजली के तार काटने आदि का प्रयास उसने किया। उसे गिरफ़्तार करने के लिए पुलिस उसके पीछे पड़ गयी तो वह भूमिगत हो गया।

सिर्फ़ गिरगाँव में ही नहीं, पूरे बम्बई शहर में उसके नाम की अनुगूँज थी। उसके सम्पर्क में आने, उसके आदेशों को झेलने का मौक़ा पाने के लिए युवा लड़के-लड़कियों में होड़-सी लगी रहती थी। भूमिगत माधव को अपने घर में पनाह देने के लिए कई परिवार उत्सुक रहते थे।

धीरे-धीरे पुलिस का शिकंजा कसता ही गया। पुलिस के जवान साधारण भेस में गली-गली में गश्त लगाते पाये जाते थे। पैम्फलेट बाँटने वाले दो-एक लोगों

को वे पकड़कर ले भी गये। अब लोगों में दहशत फैल गयी और माधव को पनाह मिलना मुश्किल हो गया।

एक दिन माधव किसी तरह हमसे सम्पर्क करने में सफल हुआ और उसने हम लोगों को ख़ूब आड़े हाथों लिया, "अबे सालो, इतने नामर्द हो तुम लोग? इत्ती-सी भी जोखिम नहीं उठाना चाहते? तो देशकार्य क्या खाक़ करोगे? केवल ज़िन्दाबाद, मुर्दाबाद के नारे लगाने से थोड़े ही स्वराज्य मिलेगा?"

हमारी गरदन तो झुक गयी, पर उसे अपने घर में पनाह देने की हिम्मत हममें से कोई भी नहीं दिखा सका। माधव ने आगाह किया था कि, "आज की रात मैं तुम्हारी वाड़ी में गुज़ारूँगा, यह मेरा अन्तिम निर्णय है। तुम चाहो तो पुलिस में खबर कर दो और मुझे पकड़वा दो।" हमारे तो पैरों-तले की ज़मीन धसक गयी।

इस गम्भीर समस्या का हल ढूँढ़ने में हम परेशान थे कि सुनन्दामामी ने देवदूत बनकर सहयोग का हाथ आगे बढ़ाया। उन्होंने सन्देशा भेजा, "माधव को मेरे घर आने को कहो।"

बाद में उनका मकान भूमिगत कार्यकर्त्ताओं का अड्डा बन गया। माधव जब भी बम्बई में होता, वहीं पाया जाता था। बताते हैं कि भूमिगत लोगों का रेडियो ट्रान्समीटर भी कुछ दिनों तक उसी मकान में था और बम्ब आदि बनाने के कार्य-क्रम भी वहाँ बाक़ायदा चलते थे।

ये सब बातें हमें बाद में पता चलीं। बाद में तो हमें यह भी मालूम हुआ कि उस अवधि में सुनन्दामामी ने कई साहसिक कार्य किये। ठेठ गाँव की होने से किसी को उन पर शक़ भी नहीं होता था। अपनी इस विशेषता का फ़ायदा उठाते हुए वे कई ख़तरनाक चीज़ें यहाँ से वहाँ पहुँचाने का काम बख़ूबी किया करती थीं। एक बार तो बैंडेज-बँधे बीमार माधव को अपना पति बताकर वे उसे कलकत्ता तक पूरी हिफ़ाजत के साथ लिवा ले गयी थीं।

उनका घर बाहर से तो बड़ा ही शान्त लगता था। किन्तु इस घर के भीतर चल रही उथल-पुथल का बाहर से किसी को अनुमान ही नहीं होता था। सदूभाऊ इस जोड़-तोड़ को कैसे जज़्ब कर लेते थे, यह गुत्थी तो आज भी मेरे सामने ज्यूँ-की-त्यूँ है। कहते हैं कि इन उल्टे-सीधे कारनामों को देखकर एक बार उन्हें खीज-सी हुई और उन्होने सभी भूमिगत बाग़ियों को घर से निकल जाने की कड़ी हिदायत दी थी पर उसके फ़ौरन बाद वे अचानक बीमार हो गये और दो-तीन महीने बिस्तर में ही पड़े रहे।

आनन-फ़ानन में आयी उनकी इस बीमारी के बारे में भी लोगों ने तरह-तरह के अनुमान लगाये। किसी ने कहा कि सुनन्दामामी ने ही उन्हें ज़हर खिला दिया है। किसी ने कहा कि माधव के साथ सुनन्दामामी की अन्तरंगता का सदमा

ही सदूभाऊ को ले डूबा। असली बात तो भगवान ही जाने—सुनन्दामामी के प्रत्येक मामले में हक़ीक़त का पता किसी को चल ही नहीं पाया।

तथापि यह सही है कि वे माधव को बेहद चाहती थीं क्योंकि किसी पुल को बम्ब के धमाके से उड़ा देने के चक्कर में उधर माधव की मृत्यु हुई और इधर सुनन्दामामी ने बिस्तर पकड़ लिया। उसके बाद काफ़ी दिनों तक उनके चेहरे की बेरौनक़ मायूसी देखी नहीं जाती थी। उनके हाथ पर काफ़ी बड़ा घाव भी हुआ था।

जगू ने मुझे बताया कि माधव की मौत की ख़बर से वे इस क़दर मर्माहत हुईं कि उन्होंने अपने ही हाथ की उँगलियों के नाख़ूनों से अपना चेहरा लहू-लुहान होने की सीमा तक नोच लिया और अपने ही हाथ को इतने ज़ोरों से काट खाया कि उनके दाँत भीतर तक धँस गये थे। यदि लोग बीच-बचाव न करते तो वे माँस का लोथड़ा ही तोड़ निकालतीं।

किसी ने बताया कि माधव को लेकर ज्योति नामक एक बंगाली लड़की से उनका ज़ोरदार झगड़ा हुआ और मारपीट की नौबत तक आ गयी। उसी दौरान उस लड़की ने सुनन्दामामी को काट खाया।

ये तो सब सुनी-सुनायी बातें हैं, असलियत का तो किसी को पता नहीं। यह भी हो सकता है कि बम्ब आदि बनाने के चक्कर में ही वह घाव हुआ हो। ख़ैर, हक़ीक़त कुछ भी रही हो, सुनन्दामामी के हाथ पर उस घाव का निशान अभी भी बाक़ायदा देखा जा सकता है।

उसके बाद तीसरी बार सुनन्दामामी प्रसूत हुईं और उन्होंने बच्चे को जन्म दिया। पुत्र-प्राप्ति से उन्हें अतीव हर्ष हुआ और वे अपने इस बच्चे को जी-जान से चाहने लगीं। सम्भवतया इस वजह से वे पूर्व स्थिति मे आ गयीं।

× × ×

एक लम्बे अन्तराल के बाद, हाल ही में सुनन्दामामी के घर जाने का मौक़ा मिला। इससे पहले, सदूभाऊ की मृत्यु होने पर भी एक बार मैं गया तो था, पर खड़े-खड़े ही लौट आया था।

इस बार श्रीमती जी के आग्रह की वजह से जाना पड़ा। मेरी सासजी बीमार चल रही थीं और बीमारी हटने का नाम ही नहीं ले रही थी। मेरी पत्नी को किसी ने बताया कि सुनन्दामामी एक खास क़िस्म की भभूत देती हैं, जिसके सेवन से बीमारी ठीक हो जाती है। दरअसल, मैं तो ऐसी बातों में विश्वास नहीं करता, पर औरतों की बात ही अलग होती है। वे बाहर से कितनी ही आधुनिका बनने का स्वाँग भरें, अन्ततः धर्म-कर्म में उनकी श्रद्धा अवश्य होती है। मेरी पत्नी भी उन्हीं में से एक है। जवानी में तो ऐसी खोखली बातों की खिल्ली उड़ाया करती

थी, पर चालीस पार करते ही अब धर्म-कर्म की शरण लेने लगी है। मैं भी उसे टोकाटोकी नहीं करता।

सुनन्दामामी के माहीम स्थित हवादार मकान के लम्बे-चौड़े दीवानखाने में क़दम रखते ही जो दृश्य मुझे दिखाई दिया, वह देखकर तो मैं दंग रह गया। दीवानखाना अभ्यागतों से खचाखच भरा था। औरतें, मर्द, हर उम्र के लड़के-लड़कियाँ—सभी का जमघट था वहाँ।

सुनन्दामामी एक ऊँचे आसन पर बैठकर पूरी तन्मयता से भजन गा रही थीं। आँखें मुँदी हुई और एकतान होकर गाने का अनोखा अन्दाज़! बीच में यकायक उनकी आवाज़ कातर-महीन हुई और उनकी आँखों से दो बूँद आँसू ढुरक गये। इस कारुणिक चरम अनुभूति के बाद, उनके पीछे बैठे लोगों ने भजन का ध्रुपद गान शुरू किया। अब बाक़ी लोग भी उसमें शामिल हुए।

मैं तो हैरत से देखता ही रह गया। सुनन्दामामी के बालों पर ज़रूर हल्की-सी सफ़ेदी छायी थी, किन्तु चेहरे पर एक भी झुर्री नहीं थी। वही आकर्षण, वही खुमारी और ताँबे-सी दमदमाती वही कान्ति। वे यक़ीनन भजन में खोयी थीं। अपने पूर्व जीवन और मौजूदा भक्ति-भाव के बीच जो अन्तर्विरोध था, उसे वे तनिक भी महसूस नहीं करती थीं। मानो शुरू से उनका जीवन झकाझक बेदाग़ फूल-सा निष्कलंक रहा हो।

मुझे लगा कि ज़ोरों से चीख-चीखकर दुनिया से कहा जाये···पर मैं मुआ क्या कहता? और कहूँ तो भी मेरी बात सुनता कौन? पूरा जमघट भक्तिभाव से सराबोर था। मेरी पत्नी भी अब उसी जमघट का पुर्ज़ा बन गयी थी।

भजन खत्म होने पर भक्तजन सुनन्दामामी के पैर छूने लगे। वे भी उन्हें आशीर्वाद दे रही थीं। थोड़ी-थोड़ी भभूत सबकी हथेली पर रखती थीं।

एक खूबसूरत नौजवान घुटनों के बल उनके पास बैठा था और उसके हाथ में भभूत की तश्तरी थी। बीच में ही वे ठिठक गयीं, उस युवक की ओर देखकर मुस्करायीं और उसके सिर और पीठ को उन्होंने सहलाया।

इससे वह युवक जैसे कृतार्थ हो गया। भक्ति-पूरित निगाहों से उसने सुनन्दा-मामी को साष्टांग दण्डवत् किया, मानो इस दुनिया कि आदिशक्ति से उसका साक्षात्कार हो गया था।

□□

अप्पा और प्रभु रामचन्द्र

अप्पा बचपन से ही राम-भक्त हो गये। उनकी माँ धार्मिक वृत्ति की थीं। उनके संस्कार बच्चे पर आये। शुरू-शुरू में वे रोज़ रामरक्षा का पाठ करते ऊब जाते थे। बाद में उनकी दादी चल बसीं। वह उन्हें बहुत लाड़-प्यार करती थीं, इस कारण वे भी उन्हें बहुत चाहते थे। बड़े होकर नौकरी लगने पर अपना पहला वेतन वे उन्हीं के हाथों में लाकर रखेंगे, ऐसा उन्होंने बचपन में ही तय कर लिया था। कभी-कभी उन्हें लगता था कि पूरा वेतन बहुत अधिक है परन्तु जब दादी उसे घर के भीतर बुलाकर चुपचाप उसके हाथों में लड्डू रख देतीं तब इसका विश्वास उन्हें हो जाता कि उन्होंने जो सोचा था वही ठीक है। ऐसी ममतालु दादी की जब मृत्यु हुई तब अप्पा स्वभावतः ही रो पड़े। बहुत देर तक रोते रहे। घर के सभी लोगों को पोते का दादी के लिए प्यार देखकर आश्चर्य होता। इस कारण औरों का रोना-धोना धीमा होने लगा तब भी अप्पा रोते ही रहे। पर रोयेंगे भी तो कितना? अप्पा की समझ में नहीं आ रहा था कि क्या करना चाहिए।

इसी बीच अप्पा के काका वहाँ आये गये और बोले, "अरे कितना रोयेगा? प्रभु की मर्जी है! सभी कुछ वही करता है। उस पर दायित्व सौंपकर अपने को मुक्त हो जाना चाहिए।"

इतना कहकर काका शान्ति से बाहर चले गये। काका की बात अप्पा को जँच गयी। राम की कहानी दादी ने अप्पा को सुनायी थी। वह उन्हें पसन्द भी आयी थी। फिर राम से भूत भी डरते हैं, यह उन्हें पता था। इस कारण राम मन्दिर दूर होने पर भी वे वहाँ गये। आँखें बन्द कर, हाथ जोड़कर सारा भार उन्होने राम पर डाल दिया। इसके बाद वे मुहल्ले के लड़कों के साथ खेलने चले गये। तब से जो भार उन्होंने राम पर डाला था, वह क़ायम ही रहा।

'राम श्रेष्ठ या शंकर श्रेष्ठ?' यह विवाद पड़ोस के दत्तू के साथ बड़े जोश-खरोश के साथ हुआ था। इसके बाद ऐसा ही विवाद उन्होंने गनपति को लेकर सद्रू के साथ किया था। और हिन्दू-मुसलमानों के दंगों में हिन्दू ही जीतेंगे, ऐसा विश्वास उन्हें बचपन से ही लगता था, वह भी राम पर हुई श्रद्धा के कारण। रात के समय

सीढ़ियों के अँधेरे में पाँव के नीचे कोई बड़ा-सा चूहा आ जायेगा। इस भय से उनकी बोलती ही बन्द हो जाती थी। तब सीढ़ियों के रेलिंग पर पट्टी अथवा किताब पटकते हुए रामरक्षा का पाठ करते थे जिससे चूहा उनके पैरों-तले कभी नहीं आया।

ऐसा नहीं है कि उनके जीवन में ऐसे प्रसंग आये ही नहीं जबकि उनकी निष्ठा राम पर से विचलित न हुई हो। स्कूल में थे तब दत्त का भक्त बनने का अवसर आ खड़ा हुआ था। उनकी कक्षा का वापट हर गुरुवार को दत्त की तसवीर को हार पहनाता था और भस्म भी लगाता था। उसका प्रथम क्रमांक आता था। अतः बहुत से लड़के दत्त की तसवीर को हार पहनाने लगे थे। उसी समय एक बार अप्पा के पिता ने अप्पा की प्रगति-पुस्तक पर हस्ताक्षर करते समय उसका नम्बर सोलहवाँ देखकर उसे तमाचे कस दिये थे। तब अप्पा के मन में आया कि वह भी दत्त की तसवीर को हार पहनायें, पर उन्हें डर लगा। दत्त को हार पहनाया और राम को ग़ुस्सा आ गया तो क्या होगा? फिर भी चाल की सीढ़ियों पर मोटे-मोटे चूहे उसके पैरों को काट खायेंगे। चाल के पास के पीपल के पेड़ का भूत रात में खिड़की से अन्दर आयेगा और सीधे गला ही दबायेगा। चिल्लाकर किसी को आवाज़ भी नहीं दी जायेगी। रामरक्षा ही ऐसे संकट में उनकी रक्षा करती थी। दत्त भी ऐसा करेंगे, ऐसा भरोसा कौन दिलायेगा?

आठ दिनों में ही अप्पा को अपने होशियारी-भरे निर्णय का अनुभव मिल गया। उनकी ही चाल के बापू ने रामरक्षा छोड़कर दत्त की तसवीर को हार पहनाना शुरू किया था। उसके गले में सूजन आ गयी थी। उसके साथ ही दूसरे बच्चों के गालों पर भी सूजन आ गयी। परन्तु सिर्फ़ अप्पा को नहीं आयी।

राम की भक्ति करने का एक और फ़ायदा उनकी समझ में आया। दत्त की तसवीर को हर गुरुवार को हार पहनाने का अर्थ एक पैसे का खर्च होता था परन्तु रोज़ रामरक्षा का पाठ करने पर राम उसी में सन्तुष्ट हो जाते थे।

अप्पा का नम्बर सोलहवाँ था परन्तु राम की कृपा से अगले महीने में दसवाँ आया। तब पिताजी ने उन्हें तमाचा नहीं जड़ा था। केवल चीखे ही थे। अप्पा का नम्बर और अधिक ऊपर तो नहीं आया पर राम की कृपा से वे पास होते रहे।

और, अगर राम ने उनका नम्बर ऊपर नहीं लाकर रखा तो भी यमू के मामले में उनको सही-सलामत छुटकारा दिलाकर मानो क्षतिपूर्ति करवा दी थी। अप्पा मैट्रिक में थे तब का क़िस्सा था। अप्पा तब इतने लम्बे होते जा रहे थे कि कपड़े तक लगातार नये सिलवाने पड़ते थे। इस कारण माँ अत्यधिक परेशान थीं, कहती थीं, "छह महीनों में ही सिर्फ़ कपड़ों पर ही पच्चीस रुपये प्रसाद की तरह बँट गये। ऐसे तो यह भीख माँगने पर मजबूर कर देगा। क्या पता इस मुये की लम्बाई बढ़नी कब रुकेगी? कौन जाने!"

इस पर अप्पा कौए की आवाज़ में हँस पड़ते थे। उनकी आवाज़ आजकल कौए की आवाज़ जैसी हो गयी थी। उनके साथ के लड़के तब कुछ भी अनाप-शनाप बोलने लग गये थे। अप्पा कुछ सुनते ही नहीं थे। वे बोलते, "अरे, स्त्री का अर्थ होता है देवता, उसके बारे में ऐसा क्यों बोलते हो ?"

इस पर अप्पा के मित्र ज़ोर से हँस देते थे। उनका मज़ाक़ उड़ाते थे। उनके सामने और भी गन्दे से भी गन्दा बोलते। फिर अप्पा चुपचाप बैठ जाते। यह सब उन्हें पसन्द नहीं था। उन्हें सुन्दर-सुन्दर सपने आते थे। एक बार एक अप्सरा आयी और उनके गले में अपने हाथों को डालकर बोली—'तुम्हारे उदात्त विचारों से प्रसन्न होकर प्रभु रामचन्द्र ने तुम्हारी सेवा करने के लिए मुझे भेजा है। अब मैं जीवनभर तुम्हारी सेवा में रहूँगी।'

अप्पा बोले—'नहीं, नहीं, क्या बकवास है !'

परन्तु उसने उनकी नहीं सुनी और वह उनके कपड़े उतारने लगी तब अप्पा चिल्लाये, "यह क्या अश्लील हरकत है ?"

तब अप्सरा अप्पा के गालों को चूमते हुए बोली—'अभ्यंग-स्नान कपड़े पहनकर ही करेंगे ?'

तब अपनी भूल का ज्ञान अप्पा को हुआ और लजाकर उन्होंने उसकी गोद में अपना मुंह छिपा लिया। उसने अप्पा के कपड़े उतारे और चन्दन का तेल उनके शरीर पर लगाया। उसकी ख़ुशबू फैलने लगी और अप्पा के मस्तक में जा पहुँची, उनकी देह पर मानो फूल खिलने लगे। फिर वह अप्सरा अप्पा को साथ लेकर एकदम से गर्म पानी के हौज़ में उतरी और उन्हें नहलाने लगी। अप्पा के नाक-मुँह में पानी भर गया, उनका दम घुटने लगा फिर भी वह उन्हें नहलाती रही।

इतने में एक बड़ा-सा नाग सरसराता, फूत्कारता हुआ हौज़ में प्रविष्ट हुआ। बिलबिलाता, फूत्कारता वह उस अप्सरा को डँसने के लिए दौड़ा। तब अप्सरा ने चीख लगायी। 'बचाओ, मुझे बचाओ !' वह चिल्ला उठी। वह अप्पा से कसकर लिपट गयी और बेहोश हो गयी। अप्पा ने एक हाथ से आलिंगन में लेकर उसे सँभाला और बोले—'मुझे साँप का डर नहीं है, मैं रोज़ रामरक्षा का पाठ करता हूँ।'

फिर उन्होंने उस प्रचण्ड बिलबिलाते नाग के मुख को मुट्ठी में पकड़ा और मज़बूती से कसने लगे। नाग ख़ूब छटपटाया परन्तु अप्पा की मुट्ठी छूट नहीं सकी। अन्त में उसने जहर उगल दिया और शान्त हो गया तब अप्पा ने उसे दूर झटककर फेंक दिया।

फिर उस सुन्दरी अप्सरा को पलंग पर सुलाने के लिए तैयार हुए कि यकायक वे जाग गये। उस समय उनका शरीर पसीने से लथपथ हो गया था।

स्वप्न समाप्त हुआ। परन्तु उस अप्सरा ने अप्पा के मन पर जो अधिकार कर लिया था, वह उसे छोड़ती ही नहीं थी। जागते-सोते वह निरन्तर उनसे ही लिपटी

रहती थी। कोई कुछ बोले तो उन्हें ठीक से सुनाई नहीं देता था। पुस्तक पढ़ने लगें तो दिमाग़ में कुछ घुसे ही नहीं। कक्षा में ध्यान नहीं लगे। मित्रों से भी वह बचने लगे। अकेले ही अपने रेक्लेमेशन पर घूमने जाते और घण्टों चलते रहते।

अप्पा की माँ को चिन्ता होने लगी। उसे लगने लगा कि कहीं उसके बेटे को भूत-बाधा तो नहीं हो गयी? वह अप्पा को एक मान्त्रिक के यहाँ ले जाने का विचार करने लगी।

अप्पा हँसकर बोले, "मुझे भूत-बाधा कैसे हो सकती है? मैं क्या रोज़ रामरक्षा का पाठ नहीं करता हूँ?"

फिर वे कुछ होश रखते हुए व्यवहार करने लगे। कारण, उनके अन्तस् में जो कुछ दिव्य हो रहा था उसे लोगों को समझाना कठिन था।

वह अप्सरा जब लगातार उनसे लिपटकर ही रहने लगी, तब उन्होंने उससे कहा, "अरे, तुम मुझे स्वप्न में ही दिखाई देती हो। अब जागृतावस्था में मुझसे अदृश्य रूप में क्यों चिपटी रहती हो?"

वह बोली, "मैं अप्सरा, मैं मृत्युलोक में अपना रूप लेकर कैसे आऊँ?"

"अरे, तो फिर मनुष्य रूप में आ जा।"

इस पर वह सिर्फ़ हँसी और वहाँ से चली गयी। अप्पा सिर्फ़ विचार करते रह गये। धीरे-धीरे उन्हें ऐसा विश्वास हो गया कि वह अप्सरा मनुष्य रूप में इस मृत्युलोक में विचरती ही होगी। अपने को उसे खोजना चाहिए। वह प्रतीक्षा कर रही होगी। इस कारण वह रास्ते से आते-जाते स्त्रियों को देखने लगे। एकाध स्त्री को देखकर उन्हें लगता कि यही है वह। वह उस स्त्री की ओर देखते और हँसते। परन्तु उनकी ओर वह अजीब-सी नज़रों से देखती और जल्दी-जल्दी वहाँ से चली जाती। फिर अप्पा उलझन में पड़ जाते।

ऐसा ही विचार करते हुए वे गैलरी पर खड़े थे। तभी उन्हीं की चाल का दत्तू उनके पास आया और बोला, "अरे, तुझे एक मज़ेदार बात बताऊँ? खूब मज़ा आयेगा!"

दत्तू को स्त्रियों के बारे में गन्दी बातें करने की आदत थी। अप्पा को वह पसन्द नहीं था, इसलिए उन्होंने उसकी ओर ध्यान ही नहीं दिया। पर दत्तू को कुछ बुरा नहीं लगा। वह बोला, "उसकी तो··· तल मंज़िल पर जो यमू है न— जो माथे पर बालों की लटें फैलाये रहती है, ऐसी-ऐसी गर्दन कर गैलरी में खड़ी रहती है, वह साली एकदम गन्दी है रे, अरे, एक आना हो तो गाल का चुम्बन लेने देती है।"

अप्पा को गुस्सा आ गया। "हट, दत्तू! तू हमेशा ऐसी ही अश्लील बात बोलता रहता है। स्त्रियाँ ऐसी नहीं होतीं, वे देवी होती हैं।"

दत्तू खो-खो कर हँसने लगा। अप्पा के तन-बदन में आग-सी लग गयी। उन्हें

लगा कि दत्तू को दो तमाचे लगा दिये जायँ। पर दत्तू का शरीर तगड़ा था इस कारण वे चुप रहे।

दत्तू बोला, "तुझे झूठ लगता है न? मैंने कल ही उसका चुम्बन लिया था। अब मेरे पास पैसे नहीं हैं। कल तुम दो आने लेकर आओ। फिर छपरे की छोटी गैलरी में उसे ले जायेंगे। वहाँ पानी की टंकी के आड़ में वह हमें चुम्बन देगी। पहले मैं लूंगा, फिर तुम लेना।"

अप्पा बोले, "सम्भव नहीं है।"

परन्तु दत्तू ने उनके बोलने पर ध्यान नहीं दिया और बोला, "कल शाम को दो आने लेकर आना।"

मानो वे दो आने लेकर नहीं आयेंगे, इसका उसे विश्वास था। अप्पा ने तय किया कि वे नहीं जायेंगे। पर बाद में उन्हें लगने लगा कि दत्तू का झूठ एक बार प्रकट करना ही होगा। ताकि फिर भविष्य में वह ऐसा गन्दा-गन्दा नहीं बोलेगा। यमू की माँ विधवा थी। म्युनिसिपैलटी के स्कूल में पढ़ाती थी, शाम को दो ट्यूशन कर घर वापस आती थी और चिढ़ी हुई रहती। घर आने पर यमू को मारती। यमू से वह नाराज़ थी। उसके जन्म होते ही उसके पति की मृत्यु हो गयी थी, ऐसा उसे मन में लगता था। यमू की उम्र जैसे-जैसे बढ़ रही थी वैसे-वैसे उसके प्रति उसका गुस्सा बढ़ता जा रहा था। यमू मार खा-खाकर ढीठ बन चुकी थी। उसे कुछ-न-कुछ खाने को चाहिए ही था। घर में वह चोरी करके खाती थी और जब से चॉली के राम भाऊ ने उसका चुम्बन लेकर उसे एक आना दिया तब से उसे ऐसे आने-कमाने में मज़ा आने लगा था। फिर दौड़कर जाकर उन पैसों से वह बटाटा-बड़ा जैसा ही कुछ ले आती और भूखे की तरह खाती।

अप्पा को ऐसा लगने लगा कि दूसरे दिन शाम कब होगी, ऐसा महसूस होने लगा कि सिर चढ़ गया है, शरीर में अजीब-सी तपिश आ गयी। जोश-जोश में दो आने लेकर दत्तू के यहाँ गये। दत्तू दाँत दिखाकर शैतानी से हँसा। फिर धीरे से जाकर यमू से पता नहीं क्या कहा? थोड़ी देर बाद यमू सहज भाव से सीढ़ियाँ चढ़कर ऊपर आ गयी और यह आज़माते हुए कि कोई देख तो नहीं रहा है जल्दी से छपरे पर चली गयी। अप्पा भी तेज़ी से उसके पीछे हो लिये। तब दत्तू ने रोककर कहा, "गधे! ऐसे आओगे तो मार खाओगे। देखो वे जानकी आजी किस तरह देख रही हैं?"

फिर दत्तू ने सही अवसर देखकर उसे कुहनी से धक्का दिया और वे दोनों बिना आवाज़ किये अन्दर चले गये। फिर दत्तू आगे आया और पानी की टंकी की आड़ में आ गया। अप्पा का शरीर काँप रहा था। वह वापस आया तो अप्पा ने कहा, "एक चुम्बन लेने के लिए इतनी देर!"

तभी टंकी की आड़ से यमू ने आकर कहा, "फिर ऐसा कुछ करोगे तो चिल्ला

दूँगी ! फ़ालतू कहीं का !"

दत्तू शैतानी भरी हँसी हँसने लगा। अप्पा का शरीर सिर्फ़ तनी हुई मेंढकी की तरह हो रहा था। वे धीरे-धीरे टंकी की आड़ में आ गये। यमू के हाथों में एक आना दिया और उसकी ओर देखते रहे। वह इतनी पास थी कि उसकी साँस उनके गाल पर, गर्दन पर अनुभव हो रही थी। उनका सारा शरीर काँप रहा था। ऐसा लगता था कि पैरों को ज़मीन का आधार नहीं है। उन्हें एकदम पसीना छूट गया।

यमू बोली, "कितनी देर लगाता है, जल्दी ले न !"

परन्तु अप्पा उसकी ओर देखते ही रहे। तब वह हँस पड़ी, उसने उनके गले में हाथ डाला और गाल का चुम्बन लिया और वह वहाँ से भाग गयी।

अप्पा भौंचक्के-से कितनी देर वहाँ खड़े रहे। फिर धीरे-धीरे हवा में तैरते-से ही सीढ़ियाँ उतरने लगे, अपने घर गये। यमू ने गले में हाथ डालकर उनका जो स्पर्श किया था वह वैसा ही अनुभव हो रहा था। छाती पर पड़ते उस मुलायम दवाब से काँटा उभर रहा था और वह गन्ध नाक, दिमाग़ में अभी तक तिर रही थी।

उस गन्ध ने अन्त में अप्पा का दिमाग़ रोशनी से भर दिया। यमू यानी वह स्वप्न की अप्सरा ही है और मृत्युलोक में यमू का रूप लेकर आयी है। बिलकुल उनके पास चॉल में तलमंज़िल पर आयी है। अप्पा का शरीर सिहर उठा, उनका मन व्याकुल हो गया।

बाद में सिर्फ़ भाल पर बल पड़े। उनकी एकनिष्ठ सेवा करने के लिए आयी यह अप्सरा एक आना देने पर सभी को चुम्बन क्यों बेचती है ? अर्थात् यमू अप्सरा नहीं थी क्या ? पर गले में पड़े हुए उसके हाथ कितने नरम थे ! उसकी साँस अभी तक गर्दन को कैसे गुदगुदा रही है ! और उसने गाल पर जहाँ चुम्बन लिया उतना हिस्सा अभी तक सुरसुरा रहा था और वह गन्ध···छीः छीः ! यमू अर्थात् अप्सरा ही थी वह ! फिर वह ऐसा व्यवहार क्यों कर रही थी ? कितनी देर तक तो अप्पा सो नहीं पाये। दो पैरों के बीच तकिया दबाकर सोचते रहे। अन्त में उन्हें समझ पड़ा। देवता ने उसे शाप देकर मृत्युलोक में भेजा है और उस कारण उसके हाथों ऐसे पापकर्म हो रहे होंगे। उसके उद्धार की ज़िम्मेदारी अप्पा पर होगी।

उसका उद्धार कैसे किया जाये ? अप्पा के सामने यह बड़ा सवाल था। कारण उद्धार करने के लिए उससे मिलना आवश्यक है। लड़की से स्पष्ट रूप से बोलने की धृष्टता करने का साहस अप्पा में नहीं था। फिर भी एक बार उसे चॉल की गैलरी में मिलकर उससे बोलने का प्रयत्न किया तब वह आँखें मिचकाकर बोली, "शाम को ऊपर की छत पर" और वह वहाँ से कुछ सुने बिना ही भाग गयी।

अप्पा असहाय हो गये। अपने जेब-खर्च से एक आना बचाकर शाम को छत पर गये। उस समय उन्होंने उसे मज़बूती से आलिंगन में बाँध लिया और उसके

गाल का चुम्बन लिया। फिर उसे वैसे ही पकड़े वे बोले, "यमू, मुझे तुमसे कुछ कहना है।"

उन्हें दूर धकेलते हुए वह बोली, "क्या बोलना है? जल्दी बोलो।"

"यमू, तुम अप्सरा हो।"

इस पर वह ज़ोर-ज़ोर से हँसने लगी। इस कारण अप्पा से कुछ आगे कहा नहीं जा सका। इसलिए फिर एक आना खर्च करने की बात आयी। इस बार अप्पा ने उससे कहा, "तुम अप्सरा हो। देवता ने शाप दिया इसलिए तुम मृत्युलोक में आयी हो। मुझे तुम्हारा उद्धार करना है। इसलिए तुम हर किसी को चुम्बन मत देना। सिर्फ़ मुझ अकेले को दिया करो।"

यमू को यह बात सुनकर बड़ा मज़ा आया। परन्तु वह अप्पा की बात मानने को तैयार नहीं थी। वह बोली, "राजाभाऊ तो मुझे आठ आने देते हैं। तुम्हारे एक आना देने से क्या बनता है। वाह रे वाह!"

वह भाग गयी। अप्पा की समझ में नहीं आ रहा था कि वह क्या करें? उस दरमियान दत्तू ने उसे बतलाया कि राजाभाऊ यमू के साथ किस तरह की हरकतें करता है। अप्पा को क्रोध आ गया। उन्हें लगा कि राजाभाऊ जैसे राक्षस का वध किये बिना यमू का उद्धार नहीं हो सकता। उसके बाद राजाभाऊ का विनाश करने का विचार उनके दिमाग़ में सतत घूमता रहा। वह हमेशा राजाभाऊ पर नज़र रखने लगे। राजाभाऊ को कैसे चारों खाने चित किया जाय, इसके सम्बन्ध में अलग-अलग भीषण और विचित्र कल्पनाएँ उनके मन में उभरने लगीं, उसी रफ़्तार से दिमाग़ में घूमती रहीं। उन कल्पनाओं से अप्पा को डर लगने लगा था, पसीना छूटने लगा था और फिर भी अप्पा का वे पीछा नहीं छोड़ रही थीं।

उनकी माँ कहने लगी, "अप्पा, तुम्हारे लक्षण कुछ ठीक नहीं दिखाई दे रहे हैं। यूँ गुमसुम क्यों बैठे रहते हो? हाथों को हवा में क्यों चला रहे हो? और तुम्हारी नज़र भी ऐसी खोयी-खोयी-सी क्यों है?"

अप्पा तब सकपका जाते, डर जाते थे। हमेशा की तरह ही व्यवहार करने का प्रयत्न करते। पर फिर वह उसी विचार-चक्र में उलझ जाते। एक बार उन्होंने राजाभाऊ को गैलरी से देख लिया और दिमाग़ में ऐसी सनक चढ़ी कि वह एकदम सिलबट्टा लाने घर के भीतर घुस गये। उनकी माँ चिल्लायी, "अरे, यह क्या करते हो?"

तब एकदम घर में आकर वे ज़मीन पर गिर पड़े, मुँह से झाग आने लगा। फिर भागदौड़ मच गयी। डॉक्टर आया। फिर मान्त्रिक को भी बुलाया गया और फिर उन्हें मौसी के पास गाँव भेज दिया गया।

अप्पा भी बहुत घबरा गये थे। डर लगे तो रामरक्षा का पाठ करना उनकी आदत थी। अतः आँखें बन्द कर वे रामरक्षा का पाठ किया करते थे। इस कारण

धीरे-धीरे उन्हें अच्छा लगने लगा था। उन्होंने निश्चय किया कि वे गाँव के राम मन्दिर में जाकर रोज़ दो घण्टे बैठेंगे। मौसी को भी यह पसन्द आया। उन्होंने कहा, "वहाँ जाकर सिर्फ़ बैठे मत रहा करो। वहाँ बैठकर जप किया करो। गुरुजी तुम्हें मन्त्र देंगे।"

गुरुजी ने अप्पा को त्रयोदशाक्षरी मन्त्र दिया। वे मन्दिर में जाकर जप करने लगे। शुरू में उसमें उनका मन नहीं लगा। मुँह दुखने लगता। आँखें बन्द रखने में ऊब महसूस होती। मन कहीं भी भटकने लगता था। पर धीरे-धीरे आदत हो गयी। गहरी साँस लेने से खूब देर तक मन्त्र-पाठ किया जा सकता है, यह बात उनकी समझ में आ गयी। वे सीधा बैठ, आँखें बन्द कर लम्बी साँस भरकर मन्त्र पढ़ने लगे। इस समय धीरे-धीरे उन्हें ठीक लगने लगा, चित्त एकाग्र होने लगा। अप्पा की तबीयत सुधर गयी। जप करते समय उनकी आँखों में स्वच्छ प्रकाश पड़ा। सब कुछ साफ़ समझ में आया। यमू अप्सरा थी ही नहीं। सच कहा जाये तो राम ने अप्सरा उनके पास भेजी ही नहीं थी। वह सब राक्षस की माया थी। पाठशाला में पढ़नेवाले लड़के के पास राम अप्सरा को भेजेंगे ही क्यों? यह एक बार समझ में आ जाने पर अप्पा को हलका-हलका लगने लगा। मन का तनाव चला गया। अब पहले की तरह सबसे बोलने लगे। विभिन्न बातों में दिलचस्पी लेने लगे। फिर एक दिन मन्त्र का जाप करते समय उनके दिमाग़ में फिर प्रकाश पड़ा। राम ने उनसे कहा कि स्कूल के विद्यार्थियों को हनुमान जैसा बर्ताव करना चाहिए। तब वे दूसरे दिन से हनुमान के अखाड़े में जाने लगे। इस कारण उन्हें और अधिक अच्छा लगने लगा। तब उनकी मौसी ने फिर बम्बई भेज दिया।

बम्बई में आकर भी रोज़ अखाड़े में जाने का क्रम अप्पा ने क़ायम रखा। फिर सवेरे नहाकर देवघर में बैठकर वे जप करते। इसी दरमियान राजाभाऊ और यमू की बात का पता सबको चल चुका था। उस कारण यमू की माँ ने उसे गाँव भेज दिया और राजाभाऊ चाल का अपना कमरा छोड़ दूसरी जगह रहने चले गये थे। अप्पा को लगा कि प्रभु रामचन्द्र की कृपा से ही यह सब हुआ है।

अप्पा की पढ़ाई-लिखाई का बहुत नुक़सान हो चुका था। परन्तु अप्पा ने मन लगाकर पढ़ाई की। इस कारण अप्पा मैट्रिक की परीक्षा में पहले ही प्रयत्न में उत्तीर्ण हो गये। सिर्फ़ अंक कुछ अच्छे नहीं मिले। उन्हें सिर्फ़ पास होने योग्य ही अंक मिले थे। अंक दिलाने के मामले में प्रभु रामचन्द्र पूर्णतया निरुत्साही ही दिखाई दिये।

अप्पा के अंकों को देखकर पिताजी ने कहा, "चलो, एक ही बार तो गंगा में घोड़ा नहा आया। पास हो गया, यही बहुत है। अब कॉलेज में गया तो और भी मुश्किल। तुम्हारे चाचा बी०ए० में तीन बार बैठे। उनसे हम सयाने हैं। मैट्रिक होते ही सीधे रेलवे में नौकरी करने लगे, हमारा क्या बुरा हुआ? इसलिए हमें

कॉलेज वग़ैरह नहीं चाहिए, सिर्फ़ पैसों की बर्बादी ! उसके बजाय रेलवे में नौकरी दिला देता हूँ। वही सुख की नमक-रोटी खा। क्या ?"

अप्पा ने थोड़ी न-नुच की। वे सोच रहे थे कि कॉलेज में जाकर कुछ मौज-मस्ती करूँगा। पर पिताजी का कहा उन्हें मानना ही पड़ा। पढ़ाई से वैसे भी वे दूर रहना चाहते थे। किताबें ज़्यादा पढ़ ली जातीं तो सिर में दर्द होने लगता था। उससे उनकी मुक्ति हो गयी। फिर हाथों में वेतन के पैसे आते थे। शीघ्र ही पिताजी ने उनकी शादी कर दी। उसके बाद अप्पा पर्याप्त सुख से रहने लगे।

इस कालावधि में राम के प्रति उनकी भक्ति थोड़ी कम हो गयी। उन्होंने अखाड़े में जाना छोड़ दिया। राम के मन्दिर में भी अब वे केवल शनिवार या रविवार को ही जाते। सिर्फ़ नमस्कार कर लौट आते थे। अब भूत का डर चला गया था। इस कारण रामरक्षा का पाठ बन्द कर दिया। पर इसका यह तात्पर्य नहीं कि उन्होंने सब कुछ छोड़ दिया था। सुबह नहाकर थोड़ी देर के लिए ही सही, वे आँख बन्दकर जप करते थे और लड़की देखते ही उससे वे पूछ लेते थे, "तुम्हारी पसन्द का देवता कौन-सा !" सीताबाई को उन्होंने पसन्द किया था। उसका एक कारण यह है कि उन्होंने अपने प्रिय देवता का नाम राम बतलाया था। और तो और, उसने अपने मायके का वेणु नाम बदलकर सीता नाम स्वीकार कर लिया था, इसका कारण भी राम पर उनकी भक्ति ही थी।

अपनी पत्नी का नाम सीता रखने के पीछे अप्पा का एक उद्देश्य था कि सीता को लव और कुश नामक दो लड़के हुए थे, वैसे ही पुत्र उसकी पत्नी को भी हों। परन्तु वास्तविकता में ऐसा घटित नहीं हुआ। उनकी पहली सन्तान लड़की हुई। अप्पा काफ़ी निराश हुए। प्रभु रामचन्द्र ने ऐसा क्यों किया, इस बात से उन्हें आश्चर्य होता। उन्होंने मन्दिर में जाकर जो जप किया था उसकी याद, सच पूछो तो, राम को रखनी चाहिए थी। फिर उन्हें लगा कि वे ही नियमित रूप से मन्दिर जाते नहीं हैं, जप नहीं करते, उसका ही तो प्रायश्चित राम ने इस प्रकार से नहीं दिया ! इसके बाद अप्पा ने रोज़ राम के मन्दिर में जाने का क्रम प्रारम्भ कर दिया। इसके अलावा, जो जप दो मिनट में समाप्त हो जाता था, वह अब पूरे पन्द्रह मिनट लेने लगा।

फिर अप्पा के ध्यान में आया कि उनके ही द्वारा राम की उपासना करने से क्या होगा ? उपासना तो करनी चाहिए सीताबाई को। तब उन्होंने सीताबाई को बहुत खरी-खोटी सुनायी। सीताबाई घबराकर नित राम-मन्दिर जाने लगीं। राम-कथा नियम से सुनने जाने लगीं। ईतना ही नहीं, पैर भारी होते ही उसने राम की मनौती भी मानी। परन्तु इतना करने पर भी जब दूसरी सन्तान हुई तो वह भी लड़की ही !

सभी खिन्न हो गये। अप्पा की माँ कहने लगी, "अप्पा ने उस लड़की से

ब्याह किया, यही भूल हो गयी। उस कालिन्दी को पसन्द नहीं किया, उसके एक के बाद एक तीन लड़के हुए।" सीताबाई रोने लगी। अप्पा के तो होश ही उड़ गये। दो लड़कियाँ याने दहेज जुटाते-जुटाते उनकी कमर ही टेढ़ी हो जायेगी। अब तीसरी भी अगर लड़की ही हुई तो फिर सिर उठाने के लिए जगह भी नहीं बचेगी। फिर चौथा लड़का ही होगा, इसका क्या भरोसा! सौतेले भाई को तो एक के बाद एक पाँच लड़कियाँ हुई थीं।

अप्पा का सिर घूम गया। उन्होंने प्रभु राम से कहा, "मैंने तुम्हारी इतनी उपासना की और फिर भी तूने ऐसा उल्टा काम किया, यह तुझे शोभा नहीं देता।"

और भी कटु विचार उनके दिमाग़ में आ रहे थे पर उन्होंने उन्हें बोलकर प्रकट नहीं किया। देवता के बारे में उलटा-पुलटा नहीं बोलना चाहिए, इस नियम का उन्होंने पालन किया। परन्तु राम पर से उनका विश्वास उठ गया। उन्होंने राम-मन्दिर जाना छोड़ दिया। मन्त्र का जप करना भी कुछ दिनों के लिए थम गया।

सीताबाई तो काफ़ी टूट गयीं। वह अप्पा से बोलीं—"तुमने मुझे राम की उपासना करने के लिए कहा था। मैं तो सोमवार करने वाली थी। गणपति की मनौती मानने वाली थी। सोमवार किये जायँ तो मन की बात पूरी होती है। गणपति भी मनौती पूरी करता है। राम देवता तो अच्छे हैं परन्तु मनौती पूरी करने वाले नहीं। इसके बाद मैं आपकी एक भी नहीं सुनूंगी!"

अप्पा ने शान्त भाव से उसकी बातें सुन लीं। राम की ओर से बोलने के लिए और था ही क्या? वे भी गणपति के मन्दिर में जाने लगे। सीताबाई सोमवार करने लगीं। इसके अलावा ननद की नज़र लग गयी होगी, ऐसा मानकर उसने गाँव की देवी के पुजारी को इलाज करने के लिए कहा था।

ऐसे ही कुछ दिन बीत जाने पर अप्पा का मन कचोट खाने लगा कि उन्होंने राम की उपासना छोड़ दी। उन्हें लगा कि एक करने गये और हुआ कुछ दूसरा ही तो! देवता का क्रोध सिर पर ओढ़ लेना ठीक नहीं। फिर वे सीताबाई से बिना बोले ही राम-मन्दिर भी जाने लगे। सुबह, चार बार ही क्यों न हो, जप करने लगे।

साल भर बाद सीताबाई को फिर गर्भ रह गया। उपवास, मनौतियाँ भस्म-धूपादि का ज़ोर बढ़ गया। सीताबाई को अन्त में डॉक्टर ने कहा कि यदि प्रसूति ठीक से कराना चाहती हो तो इतने अधिक उपवास करने से नहीं चलेगा। पर सीताबाई उपवास करती ही रहीं। अप्पा ने गणपति से कहा, "लड़का हुआ तो श्रीखण्ड छोड़ दूंगा जो मुझे बहुत पसन्द है।"

अन्त में सीताबाई की तपस्या फली। उसे लड़का हुआ। वह पैदा हुआ तो

रामनवमी के दिन। इस कारण अप्पा चौंक गये। उन्हें लगा कि मैंने राम को बदनाम किया पर आख़िर लड़का उन्होंने ही दिया। यह अच्छा हुआ कि मैंने राम-मन्दिर जाना ज़ारी रखा। उन्होंने कान पकड़कर प्रभु राम से क्षमा माँगी। बोले, "देव, अज्ञानी बालक को क्षमा करो।" उन्होंने सीताबाई से भी कहा। उस पर उन्होंने कहा, "किसी की भी कृपा से हो, पर लड़का हुआ, बहुत हुआ। मुझे उससे क्या ! मैं गणपति के मन्दिर जा रही थी वैसे ही आगे राम के मन्दिर भी चली जाया करूँगी। चार ही क़दम तो आगे है। सभी देवता तो हमारे ही हैं।"

सीताबाई प्रसूति के बाद बहुत बीमार पड़ीं। एक बार तो उन्हें होश ही नहीं रहा। अप्पा एकदम घबरा गये। वे सुबह एक-एक घण्टा जप करने लगे। सीताबाई की तबीयत में जब सुधार आया तो अप्पा ने राम मन्दिर जाकर अपने ही मुँह पर कई थप्पड़ मारे। सीताबाई के अच्छे हो जाने पर सीताबाई से भी वैसा ही करवाया।

अप्पा के मन में बच्चे का नाम रघुनाथ रखने का विचार था। पर सीताबाई ने मनौती रखी थी इसलिए उसका नाम गजानन ही रखना पड़ा। अप्पा को प्रायः यह खटकता। वे राम से बार-बार दया चाहते, "मनौती करने के कारण असहाय हो गया। अज्ञ बालक को क्षमा करना।" इस ग़लती की क्षतिपूर्ति के लिए हिसाब की कॉपी पर वे 'श्री गणेशाय नमः' के स्थान पर 'श्रीराम प्रसन्न' लिखने लगे।

इसके बाद कई वर्षों तक अप्पा का सब ठीक-ठाक चला। प्रमोशन मिलने के कारण ऑफ़िस में काम भी ज़्यादा करना पड़ता। घर-संसार के काम तो थे ही। इस कारण रोज़ाना जप करने अथवा मन्दिर में जाने का समय नहीं मिल पाता था। पर अपनी तकलीफ़ राम समझ लेंगे—अप्पा को ऐसा विश्वास था। प्रमोशन मिलने के बाद जैसे ऑफ़िस में थोड़ी देर से जाने का हक़ प्राप्त हुआ था, उसी प्रकार इतने वर्ष राम की भक्ति करने के कारण आठ दिन में एक बार भी मन्दिर गये तो चल सकता था। वे भक्त के रूप में भी अब काफ़ी सीनियर हो गये थे।

आगे जब उन्हें चालीसवाँ साल लगा तो उन्हें राम के बड़प्पन का अहसास फिर से होने लगा। ऑफ़िस में बहुत अधिक काम और बढ़ती हुई उम्र। इस कारण स्त्री-सुख में उन्हें आनन्द नहीं आता था। परन्तु सीताबाई की इच्छा इस काल में अभी कम नहीं हुई थी। इस कारण रात में वह झगड़ती थीं। दिन में अकारण ही चिढ़ जाती थीं। इस झगड़े के कारण अथवा किसी और कारण से अप्पा बहुत बीमार हो गये तो सीताबाई घबरा गयीं। तब अप्पा ने उनसे कहा, "उम्र बढ़ जाने पर भी शरीर-सुख में मन उलझाये रखने के कारण देवता ने हमें यह दण्ड दिया है।"

सीताबाई एकदम मूच्छित-सी हो गयीं। उन्होंने अपने मन को ऐसी-वैसी बातों

से परे रखना प्रारम्भ कर दिया। वे धार्मिक पुस्तकें पढ़ने लगीं। अप्पा को भी अब शान्ति मिलने लगी।

अगला मिलने वाला प्रमोशन नहीं मिला, तो अप्पा अस्वस्थ हो गये। राम ने ऐसा क्यों किया, वे नहीं जान सके। वह नागप्पा बीअर पीता, आँकड़ों पर पैसा लगाता, उसे प्रमोशन मिला और सत्शील अप्पा को न मिले, यह कैसा न्याय है? यह तो ऐसा हुआ जैसे विभीषण को छोड़कर इन्द्रजीत को राज्य मिले। ऐसा हुआ तो संसार में न्याय कहाँ बाक़ी बचा? संसार कैसे चलेगा और लोगों की ईश्वर में आस्था कैसे रहेगी? अप्पा का विचार ठीक ही तो था। वे अब सात्त्विक तो बन नहीं सकते थे। पर युवा सिरफिरी पीढ़ी उनके जैसा व्यवहार क्यों करे? फिर अनाचार फैलेगा, उसका ज़िम्मेदार कौन?

आख़िर साल-दो साल बाद उनकी निवृत्ति का समय निकट आ गया, तब उनके दिमाग़ में प्रकाश फैल गया। संसार में मन काफ़ी उलझ गया था, उससे मुक्त हो जाऊँ इसलिए राम ने ऐसा किया होगा। यह उन्हें समझ में आ गया। फिर निवृत्त होते-होते उन्हें प्रमोशन मिला। पेंशन में फ़ायदा हुआ।

सन्तान के सम्बन्ध में भी अप्पा को जो अनुभव आये, उसके कारण उनकी राम की भक्ति और अधिक दृढ़ हो गयी। जब वे राम की निष्ठा से उपासना करते थे तब जन्मी दोनों लड़कियाँ बड़ी होशियार निकलीं। राम की मनोभाव से उपासना कर जो दूसरी लड़की हुई वह बहुत ही तेज़ निकली। स्कॉलरशिप प्राप्त कर छोटी तो डॉक्टरनी बन गयी—राम पर जब उनकी श्रद्धा डगमगायी थी उस समय जो लड़का हुआ वह जैसे-तैसे पास होता गया। सच बात तो यह है कि अप्पा और सीताबाई ने उसे बहुत लाड़-प्यार दिया था। पर वह अकसर माँ पर गुर्राता था और अप्पा की तो एक भी नहीं सुनता था।

पर कुछ भी हो, आख़िर है तो लड़का, और फिर इकलौता, इस कारण दोनों चुप रहते। अप्पा ने बड़ी दौड़-धूप कर उसे भली-सी नौकरी दिलवा दी। धूम-धाम से उसका ब्याह रचाया। उसने ज़िद की तो चाल के पुराने कमरे बेचकर उसमें अपने फण्ड के पैसे जोड़कर एक तीन कमरों वाला फ़्लैट ख़रीद दिया। उन्हें लगा कि उसके मन के अनुकूल हो जायेगा तो शान्त हो जायेगा और ठीक से व्यवहार करने लगेगा।

पर हुआ एकदम विपरीत ही। नयी जगह पर जाकर लड़के-बहू को बूढ़े सास-ससुर के साथ रहने से कठिनाई महसूस होने लगी। गरमा-गरमी, बहस-झगड़े होने लगे। बहू सीताबाई का अपमान करने लगी। सीताबाई अप्पा से शिकायत करतीं। उनके पास बैठकर रोतीं। अप्पा उन्हें समझाते, कहते, "अरी, अब हमें संसार की बातों से ध्यान हटा लेना चाहिए। ऐसा होता है तो राम का नाम लेना चाहिए। उससे मन शान्त हो जाता है।"

सीताबाई को यह बात जँचती नहीं थी। वे अप्पा पर और चिढ़ जाती थीं। आखिर एक दिन बहू ने अति कर दी, तो अप्पा ने बहू को डाँट दिया। तब उसने तो हो-हल्ला मचा दिया। पति के कान भर दिये। अप्पा का ही लड़का उन पर सवार होने लगा और बोला, "ऐसा व्यवहार मैं सह नहीं सकूँगा। तुम दोनों अभी के अभी मेरे फ़्लैट से चले जाओ।"

उसके उस आवेश को देखकर अप्पा की बोलती ही बन्द हो गयी। तब सीताबाई बीच में खड़ी हो गयीं और कहने लगीं, "खबरदार, उन पर हाथ उठाया तो सिलबट्टे से तेरा सिर फोड़ दूँगी।"

फिर उसने सिलबट्टा नीचे फेंक दिया और अप्पा का हाथ थामे, पहने हुए कपड़ों में ही, वह बाहर निकल पड़ीं। अप्पा बोले, "पर जायँगे कहाँ? बड़ी लड़की के पास चला जाय?"

छोटी लड़की से वह नाराज़ थे क्योंकि डॉक्टरनी हो जाने के बाद उसने किसी गुजराती से प्रेमविवाह कर लिया था।

सीताबाई ने कहा, "मुझे किसी के घर नहीं जाना। हम राम के मन्दिर में बैठेंगे। आपने तो जनम भर राम की भक्ति की है। अब सारी जवाबदारी उनकी है। वह यदि सहायता के लिए अब नहीं आते तो उनके ही मन्दिर में व्रतोपवास करके मैं अपने प्राण त्याग दूँगी।"

अप्पा बहुत घबरा गये। आज तक वे ऐसी असहाय स्थिति में कभी नहीं आये थे। इस तरह मन्दिर में बैठना उन्हें ठीक नहीं लग रहा था। उनके हाथ-पैर काँपने लगे। थोड़ी ही देर में उनकी आँखों से लगातार अश्रु बहने लगे। राम का नाम लेने जितनी ताक़त भी उनके शरीर में नहीं रही।

मन्दिर में आये दर्शनार्थी उन दोनों को देखते, आपस में कुछ धीमे से बोलते। परिचित लोग आ-आकर पूछताछ करने लगे। पर सीताबाई अपनी ज़िद छोड़ने के लिए तैयार नहीं थीं।

आखिर शाम को उनकी डॉक्टर लड़की मोटर लेकर वहाँ आयी। उसके साथ उसका पति भी था। उन दोनों ने उन्हें समझाया। थोड़ी-सी ज़बरदस्ती कर उन्हें अपने घर ले गये। दोनों के लिए अच्छी व्यवस्था की।

लड़की ने कहा, "यहाँ अच्छा लगे तो यहाँ रहना, नहीं तो बोरीवली में हमारी ही एक छोटी-सी जगह है। वहाँ रहने का मन हो तो वहाँ चले जाना।"

अप्पा अपने आपको रोक नहीं पा रहे थे। उन्होंने सीताबाई से कहा, "देखो, राम ने ही अपनी लाज रख ली।"

सीताबाई ने कहा, "न रखता तो कहता किससे?"

अप्पा बोले, "तुम्हारा हिसाब-किताब तो कुछ और ही है। पर पहले से ही मैं राम का भक्त बना रहा इसलिए फ़ायदा हुआ। राम की भक्ति और रेलवे की

नौकरी जो एक बार की तो फिर कभी छोड़ी नहीं। उसी कारण तो फ़ायदा हुआ।''

गद्‌गद भाव से अप्पा सभी को यह कहानी सुनाते। लोग ऊब जाते, जँभाई लेने लगते पर राम की भक्ति में तल्लीन अप्पा को इसका ध्यान ही नहीं रहता था।

बाद में सीताबाई चल बसीं। उन्हें घर काटने को दौड़ता था। उनका मन कहीं नहीं लगता था। तब उन्होंने मन में ठान ली कि राम ने जिस तरह सरयू नदी में कूदकर अपने प्राण दिये थे वैसा ही उन्हें भी करना चाहिए।

ऐसा बहुत दिनों तक उन्हें लगता रहा, फिर एक दिन सचमुच उठे और चले गये समुद्र किनारे। चौपाटी के निकट आते ही नाक-मुंह में पानी घुस जायेगा, उन्हें इस बात का डर लगने लगा। अपने से यह नहीं हो पायेगा, ऐसा उन्हें लगने लगा। हाथ-पाँव काँपने लगे। अन्तिम राह को पार करने से पहले ही वे पीछे की ओर लौट पड़े। फिर अपने पर ही शर्मिन्दा हो वे फिर पीछे मुड़े कि तभी एक ट्रक से उनकी टक्कर हो गयी और उन्होंने जैसा चाहा था, वैसा ही हो गया।

राम की कृपा, और क्या ?

ऐसा और वैसा

सदाकाका रात को सोते में ही चल बसे। कोई वैसे जाता है? विष्णु कैंसर से गया। विष्णु सदाकाका का बचपन का मित्र था। स्वाभाविक था कि सदाकाका उसे देखने गये। उसकी तबीयत के बारे में पूछताछ करने लगे। लेकिन विष्णु बीमारी के बारे में कुछ कहने को तैयार ही नहीं था। स्कूल की पुरानी यादों की बातें करने लगा। उसका बोलना भी ढंग से समझ में नहीं आता था। लेकिन सदाकाका अपनी गर्दन हिला रहे थे। एक याद से विष्णु हँसी से लोट-पोट हो गया। उसका पेट हिला और वह घबरा गया। विष्णु की पत्नी ग़ुस्से से सदाकाका की ओर देखने लगी। उनका तो कोई दोष नहीं था। लेकिन समझायें कैसे? विष्णु तो अचेत हो गया था। उसे हँसना नहीं चाहिए था।

वामन को मधुमेह था, परहेज नहीं करता था। इंजेक्शन लेने से इनकार करता था। पैर में कहीं ज़ख़्म हो गया। वामन डॉक्टर के पास गया ही नहीं। प्रकरण गैंगरीन तक पहुँचा। डॉक्टर ने कहा, "पैर काटना होगा।" वामन धाड़ मारकर रोने लगा। कहने लगा, "नहीं, ऑपरेशन से मुझे डर लगता है।" फिर कहीं से अँगारा लाया और लगाने लगा। लगातार कह रहा था कि मुझे अब ठीक लग रहा है। अँगारे से लाभ हो रहा है। फिर एक दिन रोने लगा कि मैं मर जाऊँगा लेकिन मरते समय वह होश में था ही नहीं इसलिए उसे डर नहीं लगा होगा।

रिबेलो का अलग ही मामला था। सदाकाका के ऑफ़िस में था वह। सरल, सादा आदमी। सबकी सेवा करने को तैयार। लेकिन सेवा-निवृत्ति का समय आया तो सब पर चिढ़ने लगा, फिर चिढ़ना समाप्त हुआ और हँसने लगा। अपने से ही हँसता रहता। हँसते-हँसते उसने खूब पैसा डकारा। किसी को कुछ पता ही नहीं चला। बाद में वह खूब ऐश करना चाहता था लेकिन वह तो पागल ही हो गया। चौथी मंजिल से कूद गया और मामला खत्म हुआ। आख़िर ऐश उसके बच्चों ने किया।

इस तरह एक-एक की न्यारी कथा है। सदाकाका तो सोते में ही रात को

चल बसे। भेंट के लिए लोगों को बुलाया, सम्पत्ति का प्रबन्ध, बच्चों से अन्तिम चार बातें कहना, इनमें से कुछ नहीं हुआ। अचानक चल बसे। एक दृष्टि से ठीक ही हुआ। सदाकाका ठीक-ठाक और टीप-टाप से रहने वाले व्यक्ति थे। वह बीमारी, बढ़ी हुई दाढ़ी, बिस्तर पर टट्टी-पेशाब करने से बेहद नफ़रत करते थे, बेडपैन जैसा कुछ नहीं चाहते थे। उनकी क़िस्मत में यह सब नहीं लिखा था। सोने के समय तक उन्होंने ही अपना सब कुछ किया और ढंग से बिस्तर पर ही चल बसे।

वैसे टीप-टाप में कुछ तो कसर रह ही गयी। हुआ यह कि उनका सिर अन्त में तकिये पर ढंग से नहीं था। बिस्तर के एक तरफ़ लुढ़क गया। उनको यह बिलकुल ही अच्छा नहीं लगता। फिर आँखों का अधमुँदी रहना, मुँह खुला रहना इत्यादि बातों से उन्हें घृणा थी। उनकी पत्नी वैसे सुन्दर थीं, अच्छी थीं लेकिन सोने में उनकी आँखें आधी ही मुंदी रहती थीं और कभी-कभी मुँह खुला रह जाता था। इसलिए सदाकाका सदैव उनकी ओर पीठ करके सोते थे। सतत एक करवट पर सोने से उन्हें परेशानी तो होती लेकिन क्या करते? आख़िरकार नलिनीबाई चल बसीं तब कहीं सदाकाका मुक्त होकर सो सके। ऐसा नहीं कि नलिनीबाई से उन्हें प्रेम नहीं था। हार्दिक प्रेम करते थे लेकिन सोते समय उनकी आँखें आधी खुली थी और मुँह फैला हुआ रहता था। यह उन्हें रुचिकर नहीं था।

ख़ैर ख़ुदा का। अनन्त का जो हुआ वह सदाकाका का नहीं हुआ। अनन्त गिरगाँव की एक चाल में रहता था। संडास के दरवाज़े के पास प्रतीक्षा न करनी पड़े इसलिए भोर को पाँच बजे ही अपना काम निबटा लेता था। ऐसे ही एक दिन वह संडास में गया था कि चाल का सारा भाग गिरकर नीचे आ गया। रातभर धुआँधार वर्षा होती रही थी इसलिए ऐसा हुआ होगा। बेचारा अनन्त राम! आदमी की विडम्बना भी तो हो ऐसी? सदाकाका को तुलना में क़िस्मतवाला ही समझिए।

सदाकाका को लगता था कि अपनी वजह से दूसरों को कष्ट न हो। वैसे सिर पर आ ही जाता तो बच्चे कर लेते। आसपास के लोग भी खड़े रहते, सहायता के लिए। लेकिन वे मन में कुढ़ते-सिकते ही रहते। कहते थे, क्या परेशानी है! ऐसा नहीं कि बच्चों का प्रेम नहीं था उन पर। वे यह भी जानते हैं कि बीमार आदमी लाइलाज होता है। लेकिन तकलीफ़ तो आखिर तकलीफ़ ही होती है। उसे कौन क्या करेगा? पिताजी अर्धांग रोग से लुंजपुंज हो गये तब सदाकाका भी ऊब ही गये थे। लगता था कि यह सब जल्दी खत्म हो जाय तो अच्छा है। अपने बारे में ऐसा कुछ न हो, यह सदाकाका की इच्छा थी। सौभाग्य से सब कुछ उनके मन के मुताबिक़ ही हुआ था।

लेकिन दैवयोग भी तो देखिए। सदाकाका की बहू पहले से ही रोगी थी। वैसे

उसकी काठी काफ़ी मज़बूत थी लेकिन उसे कुछ-न-कुछ होता ही रहता था। हुआ यह कि सदाकाका प्रातः कब चल बसे, यह किसी को पता ही न चला। बहुत देर तक पता ही नहीं चला। कैसे पता चलता ? सुबह का समय कुछ हड़बड़ी का होता है। फिर बहू कामधाम के मामले में ज़रा सुस्त थी। इसलिए सुबह उसको ज़रा जल्दी रहती थी। इसी कारण उसे पता ही नहीं चला कि सदाकाका सुबह चाय के लिए नीचे उतरे या नहीं। जब पति ऑफ़िस जाने को तैयार हो गये तब बहू सदाकाका के कमरे में गयी। उनको सम्बोधित कर, अपनी ही धुन में वह उनके बिस्तर तक पहुँच गयी। उसने देखा कि उनकी गर्दन लटक रही है, मुँह खुला है और अधमुंदी आँखों से वे उसकी ओर देख रहे हैं। वह एकदम से गश खाकर गिर पड़ी।

उसकी चीख सुनकर पति दौड़ते हुए आये और उसके बाद जो हो-हल्ला मचा कि कुछ मत पूछिए। दौड़-धूप कर डॉक्टर लाया गया। उन्होंने कुछ इलाज किया और स्पेशलिस्ट को बुलाने के लिए कहा। बहू की बहन दौड़ती हुई आयी, भाई आया, उसकी माँ आयी, रोने-धोने लगीं। बहू की माँ सदाकाका को ही गालियाँ बकने लगी। सब लोग दो-चार घण्टे बहू के सिरहाने बैठे रहे। इसी झमेले में सदाकाका की तरफ़ ध्यान देने की फ़ुर्सत ही नहीं हुई। एक कौवा खिड़की के द्वार पर बैठकर लगातार कर्कश स्वर में चिल्लाता जा रहा था।

यह तो अच्छा हुआ कि सदाकाका की लड़की आ गयी थी, बेचारी अकेली सदाकाका के शव के पास बैठी रही। अन्यथा वह कौआ साहस कर कमरे में जाता और सदाकाका की आँख में चोंच घुसेड़ देता। ऐसी वारदातें हुई हैं। सदाकाका के गाँव में ही हुई हैं। लेकिन जाने दीजिए, कहने की बात इतनी ही है कि सदाकाका ने वह दृश्य तरुणाई में ही देखा था और जीवन भर उसकी याद आने पर आँखें भींच लेते थे, मुँह बिचका लेते थे और मज़े की बात तो यह थी, बीच-बीच में वह कम्बख़्त याद आती ही रहती थी। सौभाग्य से सदाकाका की देह की ऐसी दुर्दशा होने से बच गयी।

बस इतना ही। एक मनुष्य अपना अच्छा-बुरा जीवन जीकर समाप्त हो जाता है, उसकी यात्रा खत्म हो जाती है। कुछ भी कहिए, यह प्रसंग है तो गम्भीर। उनके जुड़े हुए अनुबन्ध समाप्त हो जाते हैं। ऐसे समय सगे-सम्बन्धी उनके पास आयें, चार आँसू गिरायें, याद करें, यह सब ठीक ही है। किसी भी व्यक्ति को ऐसी अपेक्षा हो तो उसमें ग़लत क्या है ? क्योंकि यह प्रसंग खत्म होते ही हर कोई अपने-अपने काम में लग जाता है। फिर जो चल बसता है, उसको याद करने की फ़ुरसत किसको होती है ? कभी याद हुई तो हुई। सदाकाका की भी इच्छा थी कि उनके गुज़र जाने के बाद चार लोग उनकी याद में आँसू गिरायें, उनको याद करें, उनकी तसवीर घर में लगायी जाये। लेकिन ऐसा कुछ नहीं हुआ। हाँ,

उनकी एक लड़की ने आँसू ज़रूर बहाये लेकिन उनकी दूसरी लड़की दूसरे गाँव में थी। नाते-रिश्ते के लोग भी गाँव में नहीं थे। मित्र थे लेकिन उनको किसी ने सूचना नहीं दी। कैसे सुझाया जाता कि मित्रों को सूचित करना चाहिए ? बहू इस तरह अकस्मात् अस्वस्थ हो गयी थी। आखिर अड़ोस-पड़ोस के लोगों ने पहल करके किसी तरह सदाकाका का अन्तिम संस्कार किया।

ठीक है भई। उस समय ढंग से कुछ नहीं हुआ तो कम-से-कम बारहवें-तेरहवें दिन चार लोग इकट्ठा होते लेकिन बहू की बीमारी बढ़ती ही गयी। इसलिए वैसा भी कुछ नहीं हुआ और फोटो के बारे में तो यह हुआ कि सदाकाका का फोटो घर में लगा ही नहीं। विचित्र बात है कि जो दो फोटो घर में लगे हुए थे, वे भी निकाल दिये गये क्योंकि बहू उन्हीं के कारण बीमार पड़ गयी थी। स्थिति कुछ ऐसी थी कि उनका फोटो देखकर भी वह गश खाकर गिर जाती। उसके मन में बात बैठ गयी थी कि उसका ससुर उसका बुरा चेत रहा था। वह मरा और प्रेत-बाधा करने लगा है। ऐसी स्थिति में सदाकाका का बड़ा फोटो कैसे घर में लगेगा !

लड़के को फोटो लगाने की इच्छा होनी चाहिए थी परन्तु उसे तो अपनी पत्नी की तबीयत की फ़िक्र ही ज़्यादा थी। स्वाभाविक भी है। यह पत्नी का मामला कुछ बिगड़ा कि सारी गृहस्थी चौपट। नहीं लगा बाप का फोटो घर में, तो ऐसा क्या नुक़सान होनेवाला है ? फिर भी वह तो सदाकाका से चिढ़ा ही था क्योंकि जिस दिन सदाकाका मरे उसी दिन उसकी कम्पनी में गल्फ कण्ट्रीज़ में लोगों को भेजने के लिए चुनाव होनेवाला था। उसके लिए सदाकाका के लड़के का नाम भी दिया गया था। उसे साक्षात्कार के लिए बुलाया भी गया था। लेकिन ऐसे समय पर सदाकाका ने घोटाला कर दिया। पिताजी मरे और फिर उसकी पत्नी बेहोश हो गयी। ऐसे में आदमी ऑफ़िस जाय भी तो कैसे ! सदाकाका के लड़के के हाथ से यह स्वर्ण अवसर निकल गया। इसलिए वह बहुत नाराज़ हो गया। फिर उसे याद हो आया कि उसने सदाकाका से एक बार नौकरी के लिए सिफ़ारिश करने को कहा था लेकिन उतना भी उनसे नहीं हुआ। एक बार पैसा कमाने का अच्छा अवसर आया था लेकिन सदाकाका के कारण उसने उसे भी गँवा दिया था।

सदाकाका ने अपने बच्चों का भला भी खूब किया था। यह खार में इतना बड़ा बँगला अपने पैसे से उन्होंने बनवाया था जो उनके बच्चों को ही मिलने वाला था। जाने दीजिए, बहुत लम्बी सूची होगी, लेकिन इससे होता क्या है ? कोई व्यक्ति बुरा है, यह मन में बैठा तो उसकी बुराई ही याद आने लगती है। सदाकाका के लड़के के साथ भी ऐसा ही हुआ और सदाकाका का फोटो घर में लगाया जाय, यह बात उसके मन में भी नहीं आयी। कुल जमा बात इतनी है कि सदाकाका ने जो बँगला बड़े हौसले से बनवाया था और आज जिसकी

क़ीमत लाखों रुपये थी, उसमें सदाकाका की यादगार के तौर पर एक फोटो भी नहीं लगा।

यह सही है कि सदाकाका को प्रेम प्रदर्शित करने की कला में महारत हासिल नहीं थी। फिर भी वे अपने बच्चों से प्रेमपूर्वक व्यवहार करते थे। फिर भी उनके साथ ऐसा सलूक हुआ। उनका मित्र जनू बड़ा शैतान था। बच्चों को डाँटता-फटकारता था, उन पर गर्म होता था, तो हाथ में जो भी वस्तु होती उससे बच्चों को पीटता था, पता नहीं उसका सिर ही फिर गया था क्या! ऐसा था वह बाप! लड़कों को लगने लगा था कि वह नज़र के सामने न रहे। लेकिन असलियत में बात दूसरी ही हुई। ऐसा नहीं कि बच्चे उसे बहुत चाहते थे। लेकिन बच्चे स्वभाव से ग़रीब थे। वे बड़े हो जाने पर भी बाप का खूंसटपन सहन करते थे। आगे चलकर उसे लक़वे की बीमारी हो गयी। लेकिन बच्चों ने उसे बड़े प्रेम से सम्भाला, उनकी ख़ूब सेवा-टहल की। फिर भी बिस्तर पर पड़े-पड़े वह उन पर कुढ़ा करता था। विचित्र आवाज़ में चिल्लाता था। लेकिन जब वह चल बसा, तो बच्चों ने तय किया कि उसके पैसे वे नहीं लेंगे। उन्होंने जनू के गाँव में पाठशाला खोलने के लिए सारे पैसे दान में दे डाले। गाँव की एक बड़ी ज़रूरत पूरी हो गयी। स्कूल जनू के नाम से खोला गया। स्कूल के हेड मास्टर अच्छे मिले, स्कूल ने नाम कमाया, गाँव के लोग जनू को सराहने लगे, भविष्य में भी सराहेंगे। ऐसा कुछ-का-कुछ घटित होता रहता है।

सदाकाका वैसे टीपटाप पसन्द करनेवाले व्यक्ति थे, सब कुछ ढंग से करते थे इसलिए अपनी सम्पत्ति का प्रबन्ध कैसे हो, यह उन्होंने पहले ही तय कर रखा था और सब काग़ज़ पर लिख रखा था। वे वक़ील के पास जानेवाले थे। इतने में उनका भतीजा आया, उसने नयी-नयी वक़ालत शुरू की थी। उसने कहा, "सदाकाका, मैं आपकी वसीयत बना देता हूँ।" अपने भतीजे की बात से इनकार थोड़े ही किया जा सकता है। वह सारे काग़ज़ लेकर गया तो महीने भर मुँह ही नहीं दिखाया। सदाकाका ने दो बार सन्देश भेजा, तो 'आ ही रहा हूँ।' उत्तर मिला, लेकिन वह आया ही नहीं। सदाकाका ने भी जल्दी नहीं की क्योंकि उनकी तबीयत ठीक थी। डॉक्टर तो हँसकर कहते थे कि अभी दस साल आपको चिन्ता करने की ज़रूरत नहीं है और अचानक सदाकाका चल बसे। उनके जाने के बाद लड़के ने काग़ज़ात खोजने का ख़ूब प्रयत्न किया लेकिन वे हाथ नहीं आये। फिर उसे याद हो आया कि चचेरे भाई के साथ कुछ बात हुई थी। भाई से पूछा तो उसने कान पर हाथ रखकर इनकार कर दिया। उसने बताया कि काग़ज़ात तो उसने सदाकाका को कभी के लौटा दिये थे। बाद में उसने उनका क्या किया, कुछ पता नहीं।

असल में बात यह थी कि वे काग़ज़ात उसने कहीं खो दिये थे और सदा-

काका नहीं रहे, यह देखकर वह हाथ झटककर अलग हो गया। इसके कारण सारी फ़ाइलें वग़ैरह देखकर सम्पत्ति क्या है, कितनी है यह खोजने और अगली व्यवस्था करने में साल भर प्रयास करना पड़ा।

लोग उससे कहा करते थे कि सदाकाका तो बड़े व्यवस्थित आदमी थे अतः पैसे-वैसे के प्रबन्ध में कोई दिक़्क़त नहीं आयी होगी।

लड़का चिढ़कर बोला था, "आप तो उनका बखान करते हैं कि वे ढंग के आदमी थे, प्रबन्ध-कुशल थे लेकिन कहीं कुछ भी नहीं जान पड़ता। सारा मामला गड़बड़ था। सब ठीक-ठाक करने में मुझे बहुत श्रम करना पड़ा। काहे के प्रबन्ध-कुशल थे? लोग तो कुछ भी कह बकते हैं।"

लोग कहा करते, "अच्छा ऐसा था! हमें क्या मालूम। सदाकाका तो कहा करते थे 'मैं तो सारा ठीक-ठाक रखता हूँ।' हम तो उसे ठीक मान लेते थे।" मतलब यही है कि अब किसी की बात पर विश्वास करने की स्थिति नहीं रही।

सदाकाका के कानों पर यह बात पड़ती, तो उनका सिर ही गर्म हो जाता, अपने भतीजे को उन्होंने आड़े हाथों लिया होता और वे किस तरह ठीक-ठाक आदमी थे, इसे सप्रमाण सिद्ध कर दिया होता। लेकिन वे थे ही कहाँ? इसीलिए लोग जो मुँह में आता, उगल देते थे। उनके मुँह कौन बन्द करेगा?

इस तरह बदनामी भी हुई और सम्पत्ति की व्यवस्था भी मन के मुताबिक़ नहीं हुई। सदाकाका की तीन सन्तानें—एक लड़का, दो लड़कियाँ। लड़के की स्थिति अच्छी थी। फिर अपना बँगला भी सदाकाका उसी को देनेवाले थे। इसलिए उसे अधिक कुछ ज़रूरत नहीं थी। बड़ी लड़की सुन्दर थी और अच्छे रईस के घर उसकी शादी हुई थी। उसे कमी किसी बात की नहीं थी। वैसे सदाकाका अपने से क़बूल न करते लेकिन बात यह थी कि वह सदाकाका को ज़रा कम पसन्द थी क्योंकि वह स्वार्थी और झगड़ालू थी। सदाकाका ने तय किया था कि उसे कुछ नहीं देना है। सदाकाका की छोटी लड़की भी सुन्दर थी और स्वभाव से ग़रीब थी। इसलिए उसका सौन्दर्य उभरता नहीं था। उसे पति का घर भी ज़रा सामान्य ही मिला था। उसे चार पैसे मिलते तो अच्छा होता। फिर भी वह सदाकाका के साथ प्रेम से व्यवहार करती थी, उनकी सेवा-टहल भी करती थी। इसीलिए सदाकाका के मन में उसके प्रति विशेष स्नेह था। हमेशा वे उसे कुछ देते रहते थे और अपने पीछे कुछ अधिक देने की उनकी मंशा थी। उनका लड़का बड़ा मधुर था। सदाकाका उसे बहुत प्यार करते थे। इतना कि बहू उसके कारण गुस्सा हो जाती थी।

ऐसा सब सदाकाका के मन में था लेकिन हुआ कुछ उलटा ही। पहले तो उनके लड़के का यही विचार था कि जो भी कुछ पूँजी थी, वह सब अकेले ही हड़प ली जाय। सब कुछ ठीक-ठाक करने के लिए उसने इतनी मेहनत जो की थी।

अतः सारी सम्पत्ति उसे अपने ही परिश्रम का फल लगती थी। वह क्यों दूसरे को दी जाय? लेकिन सदाकाका की बड़ी लड़की वहुत चालाक थी। वह आयी और भाई के साथ बड़ा झगड़ा किया। सदाकाका की वहू को तो उसने ताने देकर खूब रुलाया। आखिर सास के गहनों का पूरा डिब्बा बहू ले आयी और ननद के सामने पटक दिया। वह लेकर बड़ी लड़की चलती बनी।

सदाकाका का लड़का चिढ़कर बोला, "अरी, सबका सब लेकर तुम क्यों जा रही हो? कुछ छोटी बहन को भी दे दो।"

तो वह बोली, "उसे देने की क्या ज़रूरत है? काका तो उसे हमेशा अँजुरी भरकर दे दिया करते थे। उसके लड़के को जो दिया करते थे वह अलग। पता नहीं उसका घर कितना भरा होगा!"

फिर पता नहीं उसे क्या लगा कि डिब्बा खोलकर एक सामान्य-सा गहना भाई के सामने रखते हुए बोली, "यह दे दो ना भैया, उसे। नहीं तो मुझ पर तोहमत लगायेगी कि मैंने ही सब कुछ ले लिया, छोटी बहन को कुछ नहीं दिया। वह दिखती है बड़ी सीधी-सादी। इसलिए सबको उसी की बात सही लगती है।"

वह आँचल उड़ाती, वहाँ से चली गयी। छोटी कुछ माँगने नहीं आयी। इसलिए उसे कुछ मिला भी नहीं। वह गहना भी भाई ने उसके बच्चे के जनेऊ के समय उसे देकर अपना खर्चा बचा लिया और सराहना भी पायी।

उन गहनों के बारे में और भी बहुत कुछ हुआ। सदाकाका के जाने के बाद उनके लड़के ने उनका कबर्ड खोला और फिर चाभी लगाना भूल गये। गहनों का डिब्बा वहीं पर था। सदाकाका के घर काम करनेवाली एक नौकरानी थी। ज़रा वैसी ही थी। सीना उचकाती और कमर लचकाती चलती और आँखों के कोनों से देखती थी। साड़ी कसकर पहनती और बोलना भी ज़रा वैसा ही था। सदाकाका की बहू उस पर चिढ़ती थी, उसे निकाल देना चाहती थी। लेकिन पति महोदय कहा करते, "आजकल नौकर मिलते ही कहाँ हैं? रहने दो, काम तो कर रही है न?"

असल में वह उसे अच्छी लगती थी। साहस होता तो उसने उसका हाथ भी पकड़ा होता। लेकिन लड़के में उतनी हिम्मत नहीं थी। वह नौकरानी बूढ़े सदाकाका के साथ नम्रता से बर्ताव करती थी। उनका सारा काम ठीक तरह से करती थी। उनका सिर दर्द करता होता तो बाम लगाने के लिए पूछती। सदाकाका चार पैसे उसे अतिरिक्त देते थे, ऐसा कुछ नहीं था। फिर भी वह उनके साथ आज्ञाकारी लड़की की तरह व्यवहार करती थी। ऐसा क्यों था, यह खुदा ही जाने।

सदाकाका का कवर्ड साफ़ करते समय उसे पता चला कि चाभी नहीं लगायी

गयी है। खोलने की इच्छा हुई। खोलने के बाद गहनों का डिब्बा दिखाई पड़ा। उसे खोलकर देखा। उसमें गहने देखे तो उसकी आँखें ही फट गयीं। वैसे वह चोरी करने वालों में से नहीं थी। लेकिन इतने गहने देखने पर कम-से-कम एक तो अपने पास रखने की उसकी इच्छा होनी ही थी। इसलिए एक माला निकाल कर उसने साड़ी की तहों में छिपा ली। तेज़ी से कवर्ड बन्द कर काम करने लगी।

गहनों के डिब्बे में एक माला कम है, यह बहू के ध्यान में आ गया लेकिन बहुत देर से। बीमारी से ठीक होने पर। उसे लगा कि ससुर ने किसी को दे दी होगी। किसी को याने छोटी लड़की को। इसीलिए वह ज़्यादा बोली नहीं। इधर उस नौकरानी को गहना छिपाकर रखने में मज़ा नहीं आ रहा था। उसे लगा कि गहना पहनकर ज़रा ठाठ से इठलाये, घूमे। स्वाभाविक था कि लोगों ने पूछा, "माला कहाँ से लायी, किसने दी ?"

पहले उसने बताया कि खरीदा है। लोग मानते कैसे ?

"मैंने काम अच्छा किया इसलिए बूढ़े बाबा ने इनाम में दिया है।"

लोग हँसकर पूछने लगे, "यह कौन बूढ़ा है, भाई ! बड़ा शौक़ीन मिज़ाज होगा।"

एक दिन ग़लती से वह बाई माला पहनकर सदाकाका के घर पर आ गयी। औरतों की नज़र यह सब अच्छी तरह पकड़ती है। सदाकाका की बहू ने फ़ौरन पूछा, "अरी, यह माला सासजी के गले में थी, तुम्हारे पास कैसे आयी ?"

बाई घबरा गयी, लेकिन बड़ी चतुर थी। अपने को सँभालकर बोली, "आपके काका ने ही मुझे दी है। मैं उनका काम अच्छी तरह करती थी। खुश होकर दे दी।" सदाकाका की बहू की आँखें कटोरी जैसी बड़ी हो गयीं। उसने पूछा, "कौन-सी इतनी बड़ी सेवा की तुमने उनकी ?"

"बूढ़े आदमी का काम भी क्या होगा ? कभी सिर में दर्द हुआ, कभी पैर दुखने लगा, कभी शरीर में कसक हुई तो तब देखना पड़ता था।" बाई की बात सरासर झूठ तो थी नहीं। लेकिन बहू के मन में बुरे विचार आये बिना नहीं रहे। जब उसने पति से यह बात कही तो उसे भी धक्का-सा लगा। सिर मलने लगा। इसलिए कोई सोने की माला थोड़े ही दे देता है। कुछ ऐसा-वैसा मामला ज़रूर होगा। अपना शालीन दिखने वाला बाप ऐसा भी करता था। यह मालूम होने पर दुनिया पर से उसका विश्वास ही डावाँडोल हो गया। अब उसे लगा कि अच्छा व्यवहार करने की कोई ज़िम्मेदारी उसके ऊपर नहीं है।

इसमें से बहुत मामले और निकल आये। सदाकाका के लड़के ने एक बार उस बाई का हाथ पकड़ लिया, "मैं उन लोगों में नहीं हूँ।" यह कहकर उसने लड़के को ढकेल दिया। उस लड़के ने कुछ और बेहूयायी की होती, चापलूसी की

होती, थोड़ा कुछ बाई को दे दिया होता तो काम बन भी जाता क्योंकि वह कोई सती-साध्वी तो थी नहीं। लेकिन सदाकाका का लड़का सहम गया। काम नहीं बना इसलिए सदाकाका से द्वेष करने लगा। उनके बारे में कुछ अण्ट-सण्ट बोलने लगा। उसकी बात सुनकर लोग भी बोलने लगे।

बेचारे सदाकाका! जीवन में उन्होंने पर-स्त्री का कभी स्पर्श तक नहीं किया था। हाँ, जवानी में उन्हें भी लगता था कि अपना भी कोई छोटा-सा मामला होता तो कितना अच्छा होता। लेकिन वे थे बहुत डरपोक। ऐसा कुछ नहीं हुआ। आखिर बुढ़ापे में तो वे सत्य और शील के आधार-स्तम्भ ही बन गये थे। जो मिलता उससे बड़े उत्साह और चाव से कहते, "समाज में अनीति फैल रही है, इसलिए देश पर संकट आ रहा है।" ऐसे सदाकाका के बारे में लोग-बाग अब इस प्रकार की बकवास कर रहे हैं।

गहनों के बारे में एक बात और हो गयी। उनकी बड़ी लड़की गहने लेकर दिल्ली चली गयी। कुछ वर्षों के बाद उसके घर में चोरी हो गयी और सारे गहने चोर ने अपनी एक प्रेयसी को दे दिये। वह बाई गहने पहनकर अपने ग्राहकों का मनोरंजन करने लगी।

कभी-कभी ऐसी बातें हो ही जाती हैं। सदाकाका के पास काले पाषाण की एक मूर्ति थी। वैसे सदाकाका बड़े भक्त थे, ऐसी बात नहीं। लेकिन उनके पिताजी तीर्थ-यात्रा से लौटते समय वह मूर्ति लाये थे इसलिए वे हर दिन उसकी पूजा किया करते थे। पूजा भी कोई समारोहपूर्वक नहीं करते थे। चार फूल चढ़ा देना और नमस्कार कर लेना ही उनकी पूजा थी। नियमित रूप से पूजा करते थे इसलिए गणपति ने उनका कुछ अतिरिक्त भला किया था, ऐसी भी बात नहीं थी। मनौती वगैरहा मानने के चक्कर में वे कभी नहीं पड़े। असल में इसकी उन्हें कभी जरूरत ही महसूस नहीं हुई। नलिनीबाई कभी-कभी मनौतियाँ मनाती थीं, लेकिन वह भी शंकर की, या देवी की। इसलिए उस गणपति का माहात्म्य जैसा कुछ उस घर में नहीं था।

आगे कुछ ऐसा हुआ कि सदाकाका की यादगार के रूप में उस मूर्ति को छोटी लड़की अपने घर ले गयी। उनकी बहू ने उदारतापूर्वक दे भी दी। छोटी लड़की गणपति की पूजा करने लगी। कुछ ही दिनों में चचेरे ससुर की डेढ़ लाख की मिल्कियत उसके कब्ज़े में आ गयी। बूढ़ा विधुर था। अकेले रहता था, सदाकाका की लड़की उनकी सेवा किया करती थी। त्यौहार-पर्व पर अपने घर निमन्त्रित करती थी। बीमारी में दवा-दारू करती थी। आगे चलकर वे कहीं तीर्थयात्रा पर गये तो वहीं मर गये। उनके वकील ने सदाकाका की लड़की को बुलाकर बताया कि वसीयत में यह मिल्कियत उसी को दी गयी है।

लड़की सबसे कहने लगी कि पिताजी की गणेश की मूर्ति फल गयी, अपना

मंगल हुआ। पिताजी बड़े सदाचारी थे, उनका पुण्य गणपति के साथ मेरे घर में आ गया। उसका फल मुझे मिला। इस तरह वह सबसे कहने लगी तो आस-पास के लोग भी आकर गणपति की मनौतियाँ मानने लगे। उसमें एक राजनीतिक आदमी था। उसने चुनाव के अवसर पर मनौती मानी तो वह चुन भी लिया गया। उसने गणपति के लिए चाँदी का मन्दिर बनवा कर दिया। मन्दिर देकर वह वापस लौट रहा था कि उसे फ़ोन मिला कि मन्त्रिमण्डल में उसका नाम आ गया है। फिर तो गणपति और सदाकाका का यश सर्वत्र फैल गया। दर्शन के लिए लोगों की क़तारें लगने लगीं। वे गणपति की पूजा करने के साथ सदाकाका के फोटो पर भी हार चढ़ाते थे। सबकी धारणा यह बन गयी थी कि सदाकाका कोई सिद्ध-पुरुष थे।

मन्त्री महोदय ने कमर कस ली और सरकार की ओर से ज़मीन प्राप्त कर एक देवालय बनवा दिया और उसमें गणपति की प्राण-प्रतिष्ठा कर दी गयी। गर्भ-द्वार पर एक ओर उसने सदाकाका की फोटो लगायी, दूसरी ओर अपनी।

सदाकाका को यह सब देखने को मिलता तो वे अवाक् रह जाते। वे शर्मिन्दा होते और हँस भी पड़ते। वे ऐसे ही आधुनिक विचार के थे। वे कहा करते थे कि सावरकर के लेख पढ़कर जवानी में कुछ दिन तो मैं नास्तिक बन गया था। बाद में भी किसी सन्त-महन्त के पीछे नहीं लगा और यहाँ गणपति प्रसन्न हों इसलिए उनकी भी तसवीर पर लोग हार पहनाते थे।

यह सब देखकर सदाकाका का लड़का चिढ़ता था। उसकी बड़ी लड़की गणपति की मूर्ति को लेकर छोटी बहन से झगड़ा करती थी। उसे धूर्त और चाल-बाज़ कहती थी। लेकिन उसके कहने का क्या महत्त्व था? गणपति तो मनौतियों का फल दे रहा था।

इस तरह सदाकाका गये और यह सब हुआ और भी बहुत-कुछ हुआ, लेकिन सब कहें तो कथा कभी समाप्त ही नहीं होगी। कुछ-न-कुछ घटित होता रहता है और भविष्य में भी घटित होता रहेगा।

□□

सीधी रेखा

डाकिये ने कुण्डी खटखटायी और 'म्हसकर' पुकारकर दरवाज़े की झिरी में से उसने एक चिट्ठी भीतर खिसका दी।

दीवार के पास बैठे यूँ ही झूलते हुए तथा जनेऊ से अठखेलियाँ करते हुए एक विशिष्ट लय में पढ़ाई कर रहे विनू का ध्यान फ़ौरन उस चिट्ठी की ओर चला गया। अपनी पढ़ाई से कुछ देर राहत पाने के लिए वह बहाना ही ढूँढ़ रहा था और उसे वह अनायास मिल भी गया। चिट्ठी उठाने के लिए उसने हलचल अवश्य की पर उसे यकायक अप्पा की याद आयी और उसकी डरपोक, काली-कजरारी आँखों की शोखी धीमी पड़ गयी। वह ठिठक गया और आँखों के सामने किताब धरकर वह चुपचाप बैठा रहा।

आसन पर पालथी मारकर बैठे तथा कुछ लिखने में व्यस्त म्हसकर जनाब को उसकी आहट मिली थी या नहीं, पता नहीं। वे नीची निगाहों से लिखने में ही मशग़ूल थे। छरहरी, पसलियों की ढाँचानुमा उनकी पीठ रीढ़ की बराबर सीध में थी और वे लिखे जा रहे थे। उनके निचुड़े चेहरे का रूखापन भी बरक़रार था। माथे के बीचों-बीच उभरी दो खड़ी रेखाएँ भी फूली-फूली-सी दिखाई दे रही थीं।

अनूताई फ़ुर्ती से कमरे के दरवाज़े के पास आयीं किन्तु म्हसकर जनाब को आसनस्थ देखकर वे वहीं से लौट तो गयीं, पर देहलीज़ के पास खड़े होकर वे बार-बार दरवाज़े की ओर झाँकती रहीं।

उन्होंने कुछ तेज आवाज में कहा, "विन्या! डाकिया चिट्ठी डाल गया है क्या?" अप्पा के कानों तक भी शायद यह बात पहुँच गयी थी।

फ़ौरन झूलना बन्द कर विनू ने कहा, "जी काकीजी! अभी-अभी डाल गया..." और अनूताई की आँखों का इशारा भाँपकर सहमे-सहमे-से अन्दाज़ में उसने आगे कहा, "अप्पा! डाकिया चिट्ठी डाल गया है। आप कहें तो मैं ला दूँ?"

अप्पा की गरदन ऊपर नहीं उठी और उनका लिखना पूर्ववत् ज़ारी रहा।

अनूताई और विनू अच्छी तरह जानते थे कि अप्पा यदि ठान लें तो अपने स्थान से हिले बिना, उसी मुद्रा में वे शाम तक भी लिखना जारी रख सकते हैं।

अनूताई कुछ ज़्यादा ही अधीर हो रही थीं। झपटकर चिट्ठी उठाने और विनू से उसे पढ़वाने को उनका दिल कर रहा था। उन्हें विश्वास था कि वह चिट्ठी ज़रूर उनके लाड़ले बेटे की ही है। बहू का पैर भारी था और अब तक शायद वह प्रसूत हो भी गयी हो। उन्होंने मन-ही-मन अनुमान लगाया कि चिट्ठी आ गयी, इसका मतलब सब कुछ सुचारु रूप से हो गया। बम्बई में तो एक से बढ़कर एक उम्दा डॉक्टर होते हैं और सम्भवतया जचगी निरापद हो गयी होगी—इस बात का उन्हें विश्वास तो था। फिर भी…कुछ कहा नहीं जा सकता। उसका यह पहला मौक़ा था और बाज़ वक़्त हट्टी-कट्टी लड़कियाँ भी…

पर अनूताई ने अशुभ खयालों को झटककर दूर कर दिया। वहीं से उन्होंने देवी को प्रणाम किया। वे तो चिट्ठी पढ़वाकर सब कुशल-मंगल होने की पुष्टि कर लेना चाहती थीं। फिर उन्हें यह जानने की भी उत्सुकता थी कि पोता हुआ है या पोती। वैसे तो पोता हो या पोती, कोई खास फ़र्क़ पड़ने वाला नहीं था। तथापि अनूताई को विश्वास था कि ज़रूर पोता ही होगा क्योंकि उन्होंने देवी से मन्नत जो माँगी थी। और उन्हें सपने में देवी ने दर्शन देकर आश्वस्त किया था कि उन्हें पोता ही होगा।

अनूताई खयालों में खो गयीं और खड़े-खड़े ही लला उनकी गोद में खेलने लगा। फड़कती हुई तालू के गड्ढे में उन्होंने एक चम्मच तेल रिसाया और बहू से कहा, "बहू ! तनिक इसे सम्भालो। मैं इसके नहलाने का इन्तज़ाम करवाती हूँ। अरे ? उसके साथ क्यों इस तरह ज़्यादती करती हो ? समझदार हो, स्वस्थ हो फिर भी ऐसा जंगलीपन …?"

आँखों में प्राण समेटकर अनूताई अपने पति की तन्द्रा भंग होने की प्रतीक्षा करती रहीं। उनकी तनी हुई रीढ़ की पसलियाँ अनूताई को उँगलीनुमा प्रतीत हो रही थीं। ये उँगलियाँ ही मानो उनका गला दबा रही थीं। अनूताई ने ऐसे अशुभ एवं ऊल-जलूल विचारों को अपने जेहन से निकाल फेंका। दुख-दर्दमोचिनी देवी को उन्होंने फिर एक बार प्रणाम किया और बुझी-बुझी निगाहों से वे लौट गयीं। अनमने भाव से ही सही, अपने काम में लगने के अलावा उनके सामने और कोई चारा ही नहीं था।

चूल्हा फूंकते हुए उनके दिल का असन्तोष यकायक उफनकर सामने आया। उन्होंने मन-ही-मन कहा, 'चाहे कुछ भी हो जाय, मैं उनकी एक नहीं मानूँगी। मैं ज़रूर जाऊँगी। अपने बेटे की फलती-फूलती गृहस्थी को अपनी आँखों से देखे बिना मुझे चैन नहीं आयेगा।' उन्होंने इस अन्दाज़ में गरदन हिलायी मानो कह रही हों, 'अब नहीं तो कभी नहीं।'

दिन के लेखन-कार्य से निपटकर अप्पा ने गरदन ऊपर उठायी और विनू से कहा, "तुम पढ़ाई करते हो या मौज़-मस्ती ? ध्यान तो बीसियों जगह होता है और आँखें किताब में। चिट्ठी आयी है, तो मैं फ़ुरसत से देखूँगा। तुम क्यों इतना बेचैन होकर उसकी चिन्ता करते हो ? तुम्हारा पूरा ध्यान पढ़ाई में होना चाहिए। दो दिन से खाने को कुछ न मिला हो और अपनी आँखों के सामने कोई रबड़ी-पूरी खा रहा हो तब भी पढ़ाई में ही ध्यान केन्द्रित होना चाहिए।"

म्हसकर जनाब बराबर यही उदाहरण हरदम देते थे क्योंकि अपनी ज़िन्दगी का एक वाक़या इस उदाहरण के साथ जुड़ा था, और पिछले कई वर्षों का अन्तराल भी उन्हें इस स्मृति से जुदा नहीं कर पाया था। उस एक घटना से ही उनकी ज़िन्दगी को दिशा प्राप्त हो रही थी।

बचपन में जनाब अपनी बहन के आश्रित थे, विनू की तरह। वहाँ उन्हें अपना पेट काटना पड़ता था। क्योंकि बढ़ती उम्र के बच्चों को भूख ज़्यादा लगती है और दोपहर में उनके पेट में चूहे दौड़ने लगते हैं। इस बात को उनकी बहन ने कभी महसूस ही नहीं किया। दोपहर की छुट्टी के दौरान बच्चों को अपने-अपने डिब्बे खोलकर कुछ खाते हुए देखते ही जनाब के पेट में आग लग जाती थी। किन्तु मन मसोसकर रह जाने के अलावा वे क्या कर सकते थे। एक दिन आनन-फानन में उन्होंने अपने एक साथी से यूँ ही पूछ लिया, "आज तुम डिब्बे में क्या लाये हो ? मुझे उसमें से थोड़ा दोगे ?"

उस लड़के ने एक रोटी और सब्जी उन्हें दी और जनाब का दिल बाग़-बाग़ हो गया। विकासमान बालक के पेट की आग मानो तृप्त हो गयी थी। वे बेहद खुश हुए थे। उनका दिल ताज़गी की उमंग से सराबोर हो गया, मानो वर्षा की फुहार से पत्तों पर जमी गर्द धुल गयी हो। बस, जनाब को चस्का लग गया। वे रोज़ाना, दोपहर की छुट्टी में उस लड़के के इर्दगिर्द मँडराने लगे। पेट की भूख उन्हें लाचार बना देती थी। रोज़ के इस सिरदर्द से उस लड़के का परेशान हो जाना स्वाभाविक था। वह झेंपने लगा। मौक़ा देखकर फ़िकरे कसने लगा। जनाब को उसका यह व्यवहार नागवार गुज़रता था, बेहद अखरता था किन्तु दोपहर की भूख मज़बूरन उनकी उत्तेजना को मिटा देती थी। उनके मुँह से अनायास लार टपकने लगती थी।

इसी बीच जनाब की खिल्ली उड़ाने का एक नया तरीक़ा उस लड़के को सूझता रहा। उसने रोटी देने के लिए हाथ आगे बढ़ाया और जनाब ने उसे लेने। पर उसने उन्हें रोटी दिये बिना 'चल हट' कहकर उन्हें दुत्कार दिया।

सब बच्चे खिलखिलाकर हँस पड़े, 'चल हट' 'चल हट' कहकर उनकी भर्त्सना करने लगे।

जनाब की कनपटियाँ शर्म के मारे सुर्ख लाल हो गयीं। बेदर्द उलाहना

आँसुओं में बदल गयी। वे फ़ौरन वहाँ से लौट गये, जैसे पत्थर की मार खाने पर कुत्ता मायूस होकर भाग खड़ा होता है। एक पेड़ से लिपटकर वे काफ़ी देर तक सिसकियाँ भरते रहे, फ़फक-फ़फक कर रोते रहे। उसी मनहूस घड़ी में उन्होंने दृढ़ निश्चय किया कि वे अपनी समूची उत्सुकता, बाल-सुलभ शौक़, उमंग को कुचल-मसल देंगे, हमेशा-हमेशा के लिए मिटा देंगे। दिल में किसी भी चीज़ की आसक्ति पैदा हुई नहीं कि उसे जलाकर राख करने की क़सम उन्होंने खायी। ऋषि-मुनियों के आत्मसंयम को अपने जीवन में उतारने की प्रतिज्ञा उन्होंने की। मनोनिग्रह और दृढ़ निश्चय के नशे में उन्होंने अपने दिल को लहू-लुहान होने दिया।

उसके बाद दो दिन उन्होंने खाना नहीं खाया। भूख उन्हें तड़पाती रही। पर आत्म-क्लेश में उन्हें आनन्द आ रहा था और आनन्द की ख़ुमारी उन्हें आत्म विस्मृत करा रही थी। यह ख़ुमारी ही ज़िन्दगी भर की उनकी पूँजी बन सकी थी। अपनी इच्छा-आकांक्षाओं के सीने पर सवार होकर वे आगे बढ़ते रहे थे। उसी दावानल की झकाझक रोशनी में और असहनीय ऊष्मा के दायरे में रहकर ही तो वे ऐहिक संसार से पार पा चुके थे।

इस वक़्त भी दिल की पूरी उत्सुकता के दम तोड़ने के बाद ही उन्होंने वह चिट्ठी उठायी, निर्विकार भाव से उसका मजमून पढ़ लिया और भीतर जाकर-भोजन करने बैठ गये। खाये जाने वाले हर कौर के साथ वे उससे पूछ रहे थे, "आखिर तुझमें ऐसी कौन-सी विशेषता है, जो इन्सान को मोहित किये हुए है? हूँ ह! क्या इसे ही स्वाद और रुचि कहते हैं?" इस सवालिया दावानल में कौर जलकर राख हो रहा था और राख निगलना ही उन्हें मंज़ूर था।

चिट्ठी का मजमून जानने की अपनी बीवी की उत्सुकता का ज्ञान उन्हें अवश्य था। इसलिए तो वे चुप्पी साधे हुए थे।

अपनी बीवी की मानसिकता पर उन्हें बेहद तरस आ रहा था। बरसों उनके साथ रहने के बावजूद उसकी इच्छा-आकांक्षाओं की धड़कनें रुकी नहीं थीं। बढ़िया वस्त्र, गहने-जेवर, मौज-मस्ती आदि की उसकी चाहत को जनाब ने इन वर्षों में खस्सी कर दिया था। अब उसकी जान केवल अपने बटे में अटकी हुई थी। वही एक मोह-पाश उसे बाँधे रख सका था। इस बची-खुची सीमा-रेखा से पार पाते ही अनूताई भी अपने पति की तरह मुक्त हो सकती थीं। झकाझक उजाले से सराबोर, उस पार की मानसिकता में जनाब की तरह वे भी अनायास पहुँच सकती थीं। जनाब तो हर आदमी को उसी मानसिक स्थिति में देखने के क़ायल थे।

अनूताई बड़ी उत्सुकता से काफ़ी देर तक जनाब के चेहरे को घूरती रहीं। पर जनाब टस-से-मस नहीं हुए। तिस पर अनूताई का झुँझलाना स्वाभाविक था। उन्हें मायूसी ने घेर लिया। ऐसी स्थिति में मन को संवेदनाहीन बना देने वाला, सन्धि वेला के छुटपुटे-सा बेरौनक़ हकबकाना अब उनके लिए नया नहीं था। उसी

की स्याही अब उनके दिल को व्यापने लगी थी। पर अब यह घुटन उनकी बरदाश्त से बाहर की थी। किसी भी क़ीमत पर वे इस दायरे से बाहर आने पर आमादा थीं···ठीक उसी वक़्त उनके मुँह मोड़ लेने के कारण जनाब अनूताई के चेहरे के इन भावों को भाँप नहीं सके। तथापि चिर परिचित मूढ़भाव उनकी निगाहों की पकड़ से बच नहीं पाया।

इसीलिए इत्मीनान से उन्होंने कहा, "तुम्हारे लाड़ले की चिट्ठी आयी है। बहू ने बेटे को जन्म दिया है। तुम्हें बड़े आग्रह से बुलाया है।"

अनूताई मानो सैर-भैर हो गयीं, "राधाबाई ! सुना आपने ? हमारी बहू ने बालक को जन्म दिया है। प्यारा-प्यारा बेटा हुआ है उसे। जी नहीं, इस वक़्त बैठूंगी नहीं, सगुणाबाई को भी तो बताना है। वे रोज मुझसे पूछा करती थीं···" उन्होंने पोते को नहलाया-दुलराया। सोने के कंगन तुड़वाकर उन्होंने एक खूबसूरत-सी चेन उसके लिए बनवा ली। वे फूली नहीं समा रही थीं···

ललचाये अन्दाज़ में उन्होंने कहा, "अब तो जाने दीजिए मुझे दिनू के पास। बरसों से आप खार खाये बैठे हैं। कम-से-कम इस मौक़े पर तो बीती ताहि बिसार दीजिए। आखिर अपना ही तो खून है न ? आप ही मुझे बम्बई छोड़ आइए। आखिर किसी न-किसी को तो मेरे साथ चलना ही पड़ेगा। मैं अकेले थोड़े ही जा पाऊँगी ?"

अनूताई की उमंग और चाहत ने जनाब को मार दिया। बरसों की उनकी सीख और रवैया मानो औंधे घड़े पर पानी ही सिद्ध हुआ था। उनकी पत्नी अभी भी अनासक्त नहीं हो पायी थी। खैर। यदि इस क़दर दिली कमज़ोरी उस पर हावी है तो इसका कोई इलाज न था। उसके मुक़द्दर में शायद यही बदा हो। तथापि उसकी ख़ातिर जनाब क़तई मार्गच्युत नहीं होने वाले थे। जिस सँकरे, तंग रास्ते पर वे अब तक चलते रहे थे, उसी पर आगे बढ़ते रहने के लिए वे दृढ़-प्रतिज्ञ थे। जनसेवा का व्रत उन्होंने स्वीकार किया था। किन्तु जब उन्होंने देखा कि अपना बेटा इस कार्य में हाथ नहीं बटायेगा, तो उन्होंने उससे अपने सम्बन्ध तोड़ लिये थे। उसके बाद सम्बन्ध सामान्य बनाने के लिए अनुकूल कुछ हुआ ही नहीं था।

उन्होंने कहा,"बार-बार क्यों उसका जिक्रकरती हो ? यह सर्वथा असम्भव है।"

"क्या पोते के नामकरण के लिए भी मैं न जाऊँ ?" अनूताई ने बुझे-बुझे से अन्दाज़ में पूछा।

म्हसकर जनाब ने कोई उत्तर नहीं दिया। इसलिए अनूताई का उत्तेजित हो जाना स्वाभाविक था। उन्होंने कहा, "क्यों सम्भव नहीं होगा ? उसने ऐसा क्या किया है ? न चोरी की न डाका डाला···उसका क़सूर है तो सिर्फ़ इतना कि आपकी स्कूल मास्टरी की परम्परा को आगे बढ़ाने से उसने मना कर दिया, कुहनी से ज़मीन खोदने के लिए राजी नहीं हुआ। पर मैं पूछती हूँ कि इसमें ग़लत क्या है ?

मेरी ज़िन्दगी तो घुटन और कुण्ठा को सँजोने में ही बीत गयी। कम-से-कम वह तो इस दोज़ख से मुक्ति पा सका।"

जनाब हमेशा की तरह चुप ही रहे। अपनी बीवी के दिल में बेटे के प्रति इस क़दर आसक्ति देखकर उन्हें हैरत हो रही थी और आसक्ति के उद्दण्ड प्रदर्शन की धृष्टता पर गुस्सा भी आ रहा था। उन्हें लग रहा था कि उनका पूरा बदन गुस्से के मारे काँपने लगेगा। आम तौर पर शान्त-संयत रहने वाले अपने मन की उत्तेजना पर खुद उन्हें भी आश्चर्य हो रहा था। जुबान पर आये शब्द बड़ी मुश्किल से उन्होंने निगल लिये।

पति के स्थितप्रज्ञ ठण्डेपन से अनूताई के दिमाग़ में हूक-सी उठी। अब तक बमुश्किल भीतर सँजोयी कुण्ठा, भड़ास और संत्रास को अभिव्यक्त करने का अच्छा मौक़ा देखकर उन्होंने कहा, "आपके दिल में स्नेह-ममता कुछ है या नहीं? ज़िन्दगी भर मैं कुढ़ती रही, खटती रही, पर मुँह से उफ़् तक नहीं किया। एक अनोखी गृहस्थी की ज़िम्मेदारी मैं निभाती रही। न आपने मेरे लिए कभी-महीन मुलायम धोती खरीद दी, न कोई गहना-जेवर मुझे बख़्श दिया। मेरा हल्दी-कुंकुम का आयोजन करना भी आपको रास नहीं आया। विधवा न होते हुए भी आपने मुझे कभी बालों में फूल नहीं गूँथने दिया। इस घर में क़दम रखने के बाद से हँसी मुझसे बिछड़ गयी। इस तरह एक बँधुआ मज़दूर की ज़िन्दगी मुझे बख़्श कर आपको क्या मिला? और अब मैं दादी बन गयी हूँ तो आप मुझे पोते से मिलने के लिए भी मना कर रहे हैं? इससे तो बेहतर यही होगा कि आप एक पत्थर से मेरा सिर फोड़ देते?" इतनी भड़ास निकालने के बाद वे फूट-फूटकर रोने लगीं।

म्हसकर जनाब वाक़ई काँपने लगे। बीवी के मुँह से अपनी गृहस्थी के बारे में इस क़दर तीखी टीका-टिप्पणी उन्हें रास नहीं आयी। आम तौर पर शान्त-संयत रहने वाले जनाब यकायक उत्तेजित हो गये। किन्तु आनन-फानन में आये इस मानसिक परिवर्तन की वजह तो उन्हें भी मालूम नहीं थी। वजह मालूम करने की आवश्यकता भी उन्होंने महसूस नहीं की। उन्होंने भर्रायी-सी आवाज़ में कहा, "बस, बस! बहुत हो गया। फलाँ करो या फलाँ मत करो—इस तरह की ज़बरदस्ती तो मैंने कभी किसी पर नहीं की। यदि तुम्हें अपने बेटे के पास जाना है तो अभी, इसी वक़्त तुम जा सकती हो। पर मैं हरगिज़ नहीं जाऊँगा।"

अनूताई भी और अधिक गुस्से में भरकर चिल्लायीं, "बेकार में अनुमति का नाटक क्यों करते हो? आज मैं यदि चली जाऊँ तो आप मुझे दुबारा इस घर में क़दम नहीं रखने देंगे। इस घर की देहलीज़ पर पटक-पटककर यदि मैं अपना सिर फोड़ लूँ तो भी आपका दिल पसीजने से रहा। उस वक़्त मैं कहाँ जाऊँगी? ज़िन्दगी आपके साथ गुज़ार दी और अब इस बुढ़ापे में किसका मुँह ताकती फिरूँगी?"

इससे आगे एक शब्द भी सुनना म्हसकर मास्साब को गवारा नहीं था। उन्होंने भर्रायी-सी, बँधी आवाज़ में कहा, "कहा न मैंने ? बहुत हो गया। मुँह बन्द करो अपना।" और जनाब भोजन आधा छोड़ आपोष्णी कर चले गये।

उनके साथ ही विन ने भी भोजन आधे में ही छोड़ दिया। उसका भी दिल खट्टा हो गया था।

हतबुद्धि अनूताई धम् से नीचे बैठ गयीं और सामने की दीवार में आँखें गड़ाये रास्ता ढूंढ़ने लगीं। उनके दिमाग़ में निरन्तर हूक उठती थी। उनकी ज़िन्दगी कितनी सुनसान और एकाकी थी। इस बियाबान में अपनी गृहस्थी और अपना बेटा—ये दो ही तो उनके आशा-स्थान थे। और अब वह···नहीं, नहीं, अब इस घुटन को बरदाश्त न करने का निश्चय उन्होंने कर लिया था। बेटे से मिलने जाने का इरादा उन्होंने बना लिया था। उसकी गृहस्थी देखने की बड़ी इच्छा थी उन्हें। वहाँ से लौटने पर जनाब ने घर में घुसने नहीं दिया तो देहलीज़ पर ही सिर पटक-पटककर प्राण त्यागने की उनकी योजना थी।

जाने का इरादा तो उन्होंने बना लिया किन्तु उस पर अमल कैसे किया जाये इसी पसोपेश में वे थीं। साथ किसको ले चलें ? टिकट के पैसे कहाँ से लायें ? ज़िन्दगी भर पति के इशारों पर चलने वाली महिला का इस तरह हड़बड़ा जाना स्वाभाविक ही था। वे असमंजस में पड़ गयीं। तरह-तरह के विचारों से उनका सिर चकराने लगा था।

वे चिल्लायीं, "विन्या···"

विन्या आगे आया, "बाहर के कमरे में रखी चिट्ठी ले आओ।"

वह चिट्ठी ले आया। "हाँ लिखो।"

"क्या लिखूं ?"

"लिखो कि मुझे घर से बाहर निकलने की अनुमति नहीं है। तुम खुद आओ और मुझे लिवा ले जाओ। दो-चार दिन की छुट्टी लेने से यह काम हो सकता है। इस बुढ़ापे में मैं अकेली सफ़र नहीं कर सकती। मेरी गृहस्थी तो तार-तार हो ही गयी है पर तुम्हारी खुशहाली देखने को दिल तरसता है। स्वास्थ्य दिनोंदिन कमज़ोर होता जा रहा है। बस, यही मेरी अन्तिम इच्छा है। तुम पूरी कर सको तो···। तुम फ़ौरन चले आओ और मुझे लिवा ले जाओ।"

विनू ने अनूताई के विचार अपने ढंग से यथोचित लिखकर चिट्ठी पूरी की, तो उन्होंने कहा, "जाओ, डाकखाने में डाल दो।"

"स्कूल जाते समय डाल दूंगा। रास्ते में ही तो डाकखाना पड़ता है।"

"आग लगा दो उस स्कूल को। मेरे सामने ज़िक्र भी मत करो उसका। तुम्हारे ये स्कूल-विस्कूल मरघट क्यों नहीं बन जाते ? सौभाग्यवती की आहें कभी खाली नहीं जातीं।" अनूताई की भड़ास अभी खत्म नहीं हुई थी।

विनू सहमकर वहाँ से भाग खड़ा हुआ।

चिट्ठी लिखवाने के इतने बड़े निश्चय की परिपूर्ति के बाद अनूताई मानो बुझ गयीं। इस चिट्ठी के प्रत्याशित परिणामों के भय से वे काँप गयीं। उन्हें मन-ही-मन लगा कि यह अनुचित क़दम है। उन्हें यह भी लगता रहा कि उनका बेटा शायद ही आये ? उसे छुट्टी ही नहीं मिलेगी। और बहू अपनी विशिष्ट परिस्थिति में होते हुए उसे इधर आने नहीं देगी। यह भी हो सकता है कि लम्बे अन्तराल की वजह से बेटे को अपनी माँ के प्रति लगाव न रहा हो। इन्सान यदि हरदम आँखों के सामने न हो तो ममता का झरना अकसर सूख जाता है…

तरह-तरह के विचार उन्हें झिंझोड़ते रहे। अन्यमनस्कता की इसी स्थिति में वे सामने की दीवार में आँखें गड़ाये रास्ता ढूँढ़ती रहीं।

म्हसकर जनाब अलाव से बाहर तो आ गये पर उनके मस्तिष्क की तल्खी अभी मिटी नहीं थी। उनका बदन गुस्से के मारे काँप रहा था। शान्ति और संयम, अविचलता आदि स्थायी भावनाओं ने मानो उनसे रिश्ता तोड़ लिया था। माथे की नसें तान कर बीवी पर बरस पड़ने, उसकी कलाई थामकर उसे घसीट कर भीतर से बाहर लाने और घर से बाहर कर देने की इच्छा उन्हें हो रही थी। पर साथ ही वे डर भी तो रहे थे। रसोई में जाने की उनकी हिम्मत नहीं थी। अपने साथ बरसों रहने के बावजूद ऐहिक इच्छा-आकांक्षाओं की गुलामी से मुक्त न हो पाने के, अपनी बीवी के रवैये पर उन्हें हैरत-सी हो रही थी…और झुँझलाहट भी। जिन्दगी भर जिस उदात्त ध्येयवाद को बड़ी शिद्दत से वे सँजोते रहे, उसका अपनी बीवी पर कोई असर न होने की मनहूस हक़ीक़त से वे भौंचक थे। उनका गुस्सा और भी बढ़ जाता था।

जनाब ने बमुश्किल अपनी उत्तेजना को नियन्त्रित किया और उत्तेजना की इन हिलोरों को एक खास बिन्दु पर ला खड़ा किया। थूक के साथ ही वे गुस्सा-पी गये और इत्मीनान से कपड़े पहनकर स्कूल जाने के लिए तैयार हुए।

सुबह का वक़्त होने के बावजूद धूप काफ़ी तेज़ थी। और इस क़दर कड़ी धूप में थोड़ा-सा चलने पर भी जनाब थके-हारे से जान पड़ रहे थे। उनकी टोपी भी पसीने से भीग गयी थी और समूचे बदन से पसीना चू रहा था। भौंहों के पास से पसीना चश्मे के शीशों पर आ गया था। इसके परिणामस्वरूप उन्हें धुँधला दिखाई दे रहा था। यकायक उन्हें लगा कि वे किसी भी क्षण गश खाकर गिर पड़ेंगे।

सड़क के किनारे पेड़ के साये में तनिक साँस लेते हुए उन्होंने अपने ही दिल से कहा, "हाँ ! अब बुढ़ापा आ गया है। इस उम्र में ऐसा तो होगा ही। कुछ वक़्त पहले दिमाग़ इसी वजह से ही तो अनियन्त्रित हो गया था। तथापि हथियार डाल देने से भी तो काम नहीं चलेगा। जब तक जान में जान है, तब तक निरन्तर काम

करते रहना चाहिए। उसके बाद तो चिर विश्राम है ही। अन्तहीन चिर निद्रा! अपने इन सन्तुलित विचारों से उनके चेहरे पर रूखी मुस्कान बिखर गयी, जो कभी-कभार ही देखी जाती थी।

वहाँ से उनके स्कूल का भव्य भवन स्पष्ट दिखाई पड़ता था। उस भव्य भवन को आँखों में समाकर उनका दिल भर आया। जिस उजले, जगमग, तेजोमयी वातावरण में विचरण करने की प्रबल इच्छा उनके दिल में थी, उसमें उन्होंने यकायक प्रवेश किया। वहाँ सभी ऐहिक इच्छाएँ और चिन्ताएँ पिघलकर पानी बन गयीं। महज़ एक दिव्य, गूढ़ श्रेय उनके हृदय सम्पुट में शेष बचा रहा।

पैंतीस साल पहले शिक्षा पूरी होते ही मोटी-तगड़ी सरकारी नौकरी उनके क़दम चूमते हुए आ रही थी। पर उन्होंने उसे ठुकराकर अज्ञान, अभावों और निर्धनता में बिलबिला रहे हज़ारों-लाखों देशवासियों में ज्ञान की ज्योति प्रज्वलित करने का कठिन व्रत स्वेच्छापूर्वक स्वीकार किया था। आगरकर-चिपलूणकर के ध्येयवाद की परम्परा को आगे बढ़ाने की ही यह कोशिश थी। इस गाँव में स्कूल शुरू करते समय कितनी ही मुसीबतों से उन्हें कड़ा मुक़ाबला करना पड़ा था। संघर्ष के वे दिन उन्हें अनायास याद आये। बित्ता भर के एक कमरे में स्कूल का शुभारंभ, छात्रों की इनी-गिनी संख्या, अध्यापकों को दी जाने वाली दस रुपये माहवार। इसके अलावा कई तरह के व्यवधान, अपमान, फ़िक़रेबाज़ी, ताने-बाज़ी···और इस वजह से कार्यकर्ताओं का हतोत्साहित हो जाना इन पूर्व स्मृतियों से जनाब सिहर उठे।

अब तो उनका रास्ता काफ़ी निरापद हो गया था। छात्रों की संख्या भी बढ़ गयी थी। संस्था की आर्थिक स्थिति भी सन्तोषजनक हो गयी थी। स्कूल का अपना भवन था। सभी संस्थापक सदस्यों ने अपने वेतनमान बढ़वा लिये थे।

जनाब को ठीक यही कारवाई अखर गयी थी। ख़ुद उन्होंने तो बढ़ी हुई दर से वेतन लेना स्वीकार नहीं किया था। स्कूल में न्यूनतम वेतन प्राप्त करने वाले वे अकेले ही थे। और लोगों से भी उन्हें यही उम्मीद थी। वे चाहते थे कि उन्हीं की तरह बाक़ी लोग भी अभावों में ही सन्तुष्ट रहें। वे फिर एक बार जोड़-तोड़ और दिन-रात खटने के उस पुराने दौर से गुज़रना चाहते थे। स्कूल के लिए एक अतिरिक्त भवन-निर्माण करने की फ़िराक़ में वे थे। और इसके बाद एक और···

किन्तु समय के साथ-साथ स्थितियाँ काफ़ी बदल गयी थीं। स्कूल के अन्य संस्थापक उदात्त ध्येयवाद को कभी का भुला चुके थे। पैसा और कुर्सी ही उनकी ज़िन्दगी का पर्याय बन गयी थी। नये-नये युवा स्कूली अध्यापक फ़ुरसत के क्षणों में ताश खेलते थे या किसी की खिल्ली उड़ाने, फ़िक़रे कसने आदि में उन्हें बड़ा मज़ा आता था। अध्यापक-कक्ष में चलनेवाली हँसी-मज़ाक़ और क़हक़हों से पड़ोसवाली कक्षाओं के छात्रों को बड़ी तकलीफ़ होती थी। वहाँ से अकसर

सिगरेट-बीड़ी के धुएँ के गुबार ही बाहर आते रहते थे।

उनकी इन हरकतों पर म्हसकर जनाब पाबन्दी लगाना चाहते थे पर उनके इस कार्य में उनकी उम्र बाधा डाल रही थी। ढलती उम्र की वजह से उनकी बात का लिहाज़ ही नहीं किया जाता था। लोग तो पीठ-पीछे उनकी खिल्ली भी उड़ाया करते थे। किन्तु जनाब हिम्मत हारने वाले थोड़े ही थे। बल्कि अब तो और अधिक मुस्तैदी से प्रयास करने की आवश्यकता थी। हाल ही में उन्होंने एक युवा, मनचले अध्यापक को बाक़ायदा चाँटा रसीद किया था। इसके अलावा…

म्हसकर जनाब ने संयम से काम लिया। दिमाग़ पूरी तरह से ठंडा होने दिया। उसी दिन शाम को आयोजित कार्यकारिणी की बैठक में इस मसले को उठाने का इरादा उन्होंने बना लिया था। मानो इस अधोगति को रोकने के लिए वे दृढ़-प्रतिज्ञ थे।

जनाब दिन भर अपने उसूल के अनुसार काम करते रहे। अनुशासन का पालन उन्होंने किया। अन्य अध्यापक उनसे दूर ही रहा करते थे। उन लोगों के लिए जनाब का अस्तित्व कुछ ऐसा था जैसे छोटे बच्चे के हाथ पर बर्फ़ का डेला रखा हो। म्हसकर जनाब ने यह सब महसूस तो किया पर ज़ाहिर नहीं होने दिया।

शाम की बैठक में वे संगदिली से ही शामिल हुए। उनके संस्थापक सहयोगी वहाँ पहले से ही मौजूद थे। कमरे में जनाब के प्रवेश के साथ ही उनकी कानाफूसी रुक गयी। सभी लोगों ने कनखियों से घूरकर जनाब की ओर देखा। वे जिस सहयोगी के पड़ोस में बैठे, उसने फ़ौरन अपना बदन सिकोड़ लिया और कुछ बेचैन-सा हो गया। प्रिन्सिपल वागले गुरुजी ने हमेशा की तरह अपनी लाचार और पिछ-लग्गू मुस्कान से उनका स्वागत किया। उनकी मुटल्ली हरकतों से प्रिन्सिपल साहब की तुन्दिलता और भी भद्दी-भोंड़ी लग रही थी। उनकी टोपी सिर के एक ओर झुकी हुई, तिरछी थी। इसी अन्दाज़ में वे टोपी पहनते थे।

बैठक की नियमित कार्रवाई के बाद म्हसकर जनाब अपना मन्तव्य प्रकट करने वाले थे। किन्तु इसी बीच एक सदस्य ने दीवार में आँखें गड़ाकर कहा, "अपनी संस्था के नियमों के अनुसार पचपन साल बाद सेवा निवृत्त हो ही जाना चाहिए। तदनुसार आगामी पहली तारीख़ से म्हसकर जनाब वजीफ़ा लेंगे। संस्था के लिए उन्होंने पसीना बहाया है। अतएव उनके अभिनन्दन-गौरव का प्रस्ताव पारित किया जाना चाहिए।"

"बेशक़, बल्कि मैं तो कहूँगा कि उपहार स्वरूप उन्हें एक हज़ार रुपये संस्था की ओर से दिये जाने चाहिए।" प्रिन्सिपल वागले ने थुलथुली सिफ़ारिश की। उन्होंने टोपी की क्रीज़ को माथे के ठीक बीच में लाने की कोशिश की और फिर उसे पूर्ववत् तिरछी रहने दिया।

म्हसकर जनाब को काटो तो खून नहीं। यह हादसा उनके लिए शक्तिपात से कम नहीं था। संस्था से जुदाई की बात उन्होंने सपने में भी नहीं सोची थी। अनहोनी हो जाने के बाद ज़िन्दा रहने का कोई मक़सद भी था? उन्होंने कहा, "लेकिन मैं अवैतनिक काम करना भी पसन्द करूँगा। इस रूप में स्कूल से जुड़े रहने पर तो किसी को कोई आपत्ति नहीं होगी न?"

"लेकिन आप आख़िर कहाँ तक खटते रहेंगे? युवकों को भी तो आगे आने का मौक़ा दीजिए।" कहकर प्रिन्सिपल वागले खिलखिलाये।

उनके बयान की पुष्टि में दीवार में आँखें गड़ाये हुए उन सज्जन ने कहा, "पता नहीं, ऐसा कोई प्रावधान नियमों में है या नहीं। क्योंकि म्हसकर जनाब अध्यापन भले ही करते रहें, उनके पास कोई भी अधिकार नहीं होगा—यह बात शायद म्हसकर जनाब को गवारा न हो···"

"किसी को भी क्यों गवारा होगी? मुझे यदि कोई कहे तो मैं हरगिज़ जब्त नहीं कर सकूँगा। मैं फ़ौरन उठकर वहाँ से चल दूँगा। तथापि म्हसकर जनाब को एक हज़ार रुपये···"

इस ऊल-जलूल दलील की ओर ध्यान दिये बिना म्हसकर जनाब ने सभी सदस्यों की ओर अपनी निगाह दौड़ायी। पर सभी ने उनसे निगाह बचाने की हिमाक़त की। इसके बावजूद उनकी नीली-नीली इस्पाती आँखों की धारदार निगाहों ने मानो जनाब को चीरकर रख दिया। ऊबड़-खाबड़ रास्ते पर जान-बूझ कर चलने के लिए उत्सुक और जान हथेली पर लिये काम करने वाला नेक आदमी उन सबकी निगाहों में खटकता था। म्हसकर जनाब इस हक़ीक़त को भाँप गये।

झटके से कुर्सी को पीछे की ओर खिसकाकर वे उठ खड़े हुए और उन्होने कहा, "बस कीजिए। मैं समझ गया। मैं आप लोगों की आँख की किरकिरी बन गया हूँ। इसलिए अब मुझे यहाँ से चले जाना चाहिए। पर इतना याद रखिए, इस संस्था की परवरिश मैंने की है। इसे सींचने में मैंने अपनी ज़िन्दगी लुटा दी। आप लोगों ने पर्याप्त कोताही बरती किन्तु मैंने हरगिज ऐसा नहीं किया। आप लोग लालच के चक्कर में अन्धे हो गये, पर मैं उससे अप्रभावित रहा। अब आपके लिए मैं रास्ते का पत्थर बन गया हूँ। यदि आप लोग यही चाहते हैं तो मुझे रुख़सत लेनी ही चाहिए। किन्तु आप मेरे काम को मिटा नहीं पायेंगे। वह तो दुनिया के सामने रहेगा और आप लोगों पर आँख रखेगा। चौकीदारी करेगा। आपके दिल को कभी अमन-चैन नहीं बख़्शेगा। मुझे हज़ार रुपल्लियों की कोई जरूरत नहीं। इस भिखारी की ओर से आपकी संस्था के लिए दान समझकर आप अपने पास रख लीजिए। इसके अलावा भविष्य-निधि के मेरे चार हज़ार रुपये बनते हैं, वह भी मैं स्कूल को दे देता हूँ।"

"सोच लीजिए म्हसकर, जल्दबाज़ी मत कीजिए। बुढ़ापे में गुज़ारे के लिए थोड़ी-सी पूँजी तो पास में होनी ही चाहिए।" प्रिन्सिपल वागले ने नसीहत दी।

म्हसकर ने हिकारत भरे अन्दाज़ में जवाब दिया, "जनसेवा ही मेरी पूँजी है और वही मेरी निशानी होगी। मैं यहाँ खाली हाथ आया था और खाली हाथ ही जाऊँगा।" कहकर म्हसकर जनाब चले गये। सब लोगों के दिलों में शर्म और भय का मिला-जुला आतंक भर गया। नाक की सीध में ही आज तक वे चलते रहे थे और आज उस रास्ते को उन्होंने आकाश से भिड़ा दिया था।

म्हसकर जनाब तनाव और भवमुक्त होकर स्कूल से बाहर आ गये थे। उनके दिल की उथल-पुथल थम गयी थी। बैठक में बोलना शुरू करने से पहले जो तूफ़ान उनके दिल में घुमड़ रहा था और जो हबड़-धबड़ चल रही थी...वह ज्वार अब उतार पर था। अब कुहरा छँट जाने से रास्ता साफ़ हो गया था। अब तक जिस रास्ते पर वे चलते रहे थे, उससे विचलित हुए बिना आगे बढ़ने का गुर उनके मनोदेवता ने उन्हें दिखा दिया था। लालची सहयोगी और सुखापेक्षी पत्नी उन्हें डिगा नहीं सकी थी। उसके बाद अब मुसीबतों के जिस दौर से वे रू-ब-रू होने वाले थे, उसकी महज़ कल्पना ही उन्हें पुलकित कर रही थी।

घर आकर उन्होंने इत्मीनान से मुँह-हाथ धो लिये।

अनूताई की मूढ़ आँखें अभी भी सामने की दीवार के पार रास्ता तलाश रही थीं। आशा-निराशा की हिलोरों और अन्यान्य शंका-कुशंकाओं के हिचकोलों से उनकी जान सहम गयी थी। अपने खब्ती पति की इच्छा के विरुद्ध उन्होंने पहली बार कुछ कहने की जुर्रत की थी। वह अपने दुस्साहस से कुछ डरी-डरी-सी भी लग रही थीं। अनजान शंका-कुशंकाओं ने उनके दिल को कई जगह बींध डाला था। यदि उन्होंने बेटे को घर में प्रवेश ही नहीं करने दिया तो? उस पर यदि वे बरस पड़े और वह तार-तार होकर उलटे पाँव लौट गया तो? यदि मैं जाने लगूँ और वे रास्ता रोककर खड़े हो जायँ तो? यदि मैं बेटे के साथ जाने लगूँ तो ग्रामवासी मुझ पर फब्तियाँ कसते हुए मुझे पत्थर तो नहीं न मारेंगे? मुझे पागल समझकर मेरा पीछा तो नहीं करेंगे। एक बार इस घर की देहलीज़ से बाहर मैंने क़दम रखा तो हमेशा-हमेशा के लिए इस घर के दरवाज़े मेरे लिए बन्द हो जायेंगे। पति के साथ मैंने ज़िन्दगी बितायी, उन्हीं की गोद में आखिरी साँस लेने का सौभाग्य प्राप्त हो जाये तो सोने में सुहागा। इसलिए यहाँ से न जाना ही बेहतर होगा। अब बाक़ी बचे ही कितने दिन हैं? जैसे-तैसे कट ही जायेंगे। बेहतरी यह मान लेने में ही है कि इस जन्म में अपने भाग्य में यही सब कुछ बदा था।

पर आखिर इन्सान कहाँ तक क़ुर्बानी देगा? क्या मन मसोसकर रहने की कोई सीमा नहीं होती? क्या ज़िन्दगी में तनिक भी सुख की कामना मुझे नहीं करनी चाहिए? क्या इतना अधिकार भी मुझे नहीं?

पोते को जी भरकर देखने, उसे सीने से लगाने, उसे खिलाने-नहलाने के लिए अनूताई अधीर हो उठी थीं···

उन्होंने राधाबाई को अपने दिल की बात बतायी। सगुणाबाई के सामने भी वही टेप बजाया।

म्हसकर जनाब ने अनूताई के सामने ही विनू को बुला लिया और खखारकर आवाज़ साफ़ करते हुए उन्होंने कहा, "देखो विनू, आज हमने तुम्हें पनाह दी। पर अब हम यहाँ से जाने वाले हैं। इसलिए तुम नया बसेरा ढूँढ़ लो, अपनी व्यवस्था कर लो। कुछ दिनों के लिए···"

विनू तो कुछ भी समझ नहीं पाया। उसके होंठ थरथराने लगे, ज़ुबान लड़-खड़ाने लगी। वह सहम गया। उसका गला रुँधने लगा। इसलिए नहीं कि उसका बसेरा टूट गया था, इसकी वजह कोई अलग ही थी। वह फ़ौरन वहाँ से खिसक गया···दौड़ते हुए काफ़ी दूर चला गया।

अनूताई शंका और धुँधली आशा दिल में सँजोकर सुन रही थीं। म्हसकर जनाब ने कहा, "स्कूल की मेरी नौकरी समाप्त हुई। अब हमें यहाँ से चल देना चाहिए। कल-परसों हम रवाना होंगे। ज़्यादा सामान साथ में नहीं लेना है।"

अनूताई ने आशा व्यक्त की, "तो फिर हमें दिनू के घर चले जाना चाहिए। कुछ दिन वहाँ रह लेंगे। स्कूल की नौकरी ख़त्म हो गयी है। इसलिए अब दिनू से परहेज़ रखने में क्या मतलब? आपका अभियान भी समाप्त हो चुका है। बुढ़ापे के बाक़ी दिन तो अमन-चैन से···"

म्हसकर जनाब ने कहा, "तुम पागल हो। मेरा काम कभी ख़त्म नहीं होगा। एक ख़त्म होते ही दूसरा शुरू हो जायेगा। यहाँ जो कुछ थोड़ा-बहुत कमाया था, मैंने स्कूल को सौंप दिया। भविष्य-निधि आदि सब कुछ—अब मेरे पास फूटी कौड़ी भी नहीं रही।"

"क्या? आपने सब कुछ दे डाला? ढलती उम्र में आदमी के पास थोड़ी-सी पूँजी भी नहीं होनी चाहिए? ज़िन्दगी के किसी भी पड़ाव पर क्या इन्सान को ख़ुशियाँ बटोरनी ही नहीं चाहिए? क्या मन मसोसकर रहने की कोई सीमा नहीं होती? इस तरह के व्यवहार से आख़िर आपको मिलता क्या है?"

अनूताई रुआँसी हो गयीं। उन्होंने कहा, "मेरी मानिए और दिनू के घर चले चलिए। वहाँ शान्ति से रहेंगे।"

"उसे मेरा साथ मंज़ूर नहीं था। रुपये-पैसों के लालच ने उसे अन्धा बना दिया। मैं उसकी शक्ल भी नहीं देखूँगा। यदि तुम मेरे साथ रहना चाहो तो तुम भी नहीं देख सकोगी। अब मैं दूसरे किसी गाँव में नया स्कूल खुलवाऊँगा। अभाव-ग्रस्तता, भूखे-प्यासे रहने की मज़बूरी, एक जोड़ी वस्त्र और तरह-तरह के दुख-दर्द···तुम तैयार हो?"

म्हसकर जनाब गद्‌गद हो गये। जिस उजले, जगमग, तेजोमयी माहौल में रहना उनकी अनिवार्यता थी उसी से वे तदाकार हो गये थे। उन्हें दीन-दुनिया से कोई सरोकार नहीं था। इस बेइन्तहा ख़ुशी की वजह से ही तो वे गद्‌गद हो गये थे।

उनकी योजना सुनकर तो अनूताई की बची-खुची ताक़त भी ख़त्म हो गयी। झुँझलाकर उन्होंने कहा, "आपको तो हमेशा वही दिखाई देता है। माँ का कलेजा तार-तार हुआ जा रहा है, क्या उसे आप कभी महसूस नहीं करेंगे? ईंट-गारे के स्कूल शुरू करने के कार्य को आपकी सर्वोच्च वरीयता है। किन्तु अपने सगे बेटे से कोई सरोकार नहीं? यह वहशीपन न जाने कहाँ पहुँचा देगा! मुझमें ताक़त नहीं थपेड़े झेलने की। मुझे मार डालिए, ज़हर दीजिए, गला घोंट दीजिए या हँसिये से गर्दन उड़ा दीजिए मेरी। मैं दुबारा वनवासी नहीं बनना चाहती।"

ये सब बातें म्हसकर जनाब को सुनाई नहीं दीं। सर्वोच्च वरीयता के अपने झरोखे से ही वे अनूताई को देख रहे थे। अभी भी उनकी यही धारणा थी कि उनके अलावा सब लोग ग़लत ही काम कर रहे हैं और ग़लती करनेवालों के प्रति उनके दिल में ईश्वरीय करुणा थी।

उनके निर्विकार चेहरे को अनूताई ने एक बार देखा और वे झुँझलायी-सी वहाँ से निकलकर पिछवाड़े चली गयीं। अरवी की क्यारी के पास ठिठक गयीं, फिर कुएँ के पास···

उनके लिए यह असमंजस की स्थिति थी। दिल में भयंकर उथल-पुथल मची हुई थी। और यह तनाव झेल पाना अब उनके लिए असम्भव था। शेष ज़िन्दगी के उनके सुहावने सपने पर कटे पंछी-से छटपटाकर धराशायी होने लगे थे। उन्हें मायूसी ने घेर लिया। मुसीबतों के जिन अलंकारों को बरसों वे धारण करती रहीं, वे मरते दम तक अनिवार्यतया उनका साथ निभाते रहेंगे···इस बात का दृढ़ विश्वास उन्हें हो गया। मुसीबतों के नये पहाड़ को उलीचने में वे व्यस्त हो गयीं। उससे भी आगे एक और पहाड़ भी था···

मायूसी भरे, रुआँसे स्वर में उन्होने कहा, "अब मुझसे बरदाश्त नहीं होता रे, दिनू! मैं बहुत ही कमज़ोर हो गयी हूँ। अपनी बूढ़ी माँ को तुम्हारे सहारे की अब सख़्त ज़रूरत है।"

और यकायक दिनू वहाँ आ धमका, "मैं आ गया, माँ! तुम्हें अपने साथ ले चलने···"

अनूताई ने अधीर होकर चारों तरफ़ देखा। दिनू कहीं भी नहीं था। उन्हें आभास हुआ था। सामने कुआँ···पीछे छप्पर-मौत सिर्फ़ एक क़दम के फ़ासले पर थी। मौत क्या है? क्या ज़िन्दगी से बिलकुल ही भिन्न रूप होता है उसका?

अनूताई ने क़दम पीछे हटाने का प्रयास किया पर वह आगे ही बढ़ सका। इस बीच एक बड़ा ही अटपटा सवाल उनके दिल में उभरा कि उनका क़दम ग़लती से उठा या उन्होंने सायास उठाया ? इस अयाचित सवाल में उन्होंने अपने दिल को उलझा दिया।

और उसके बाद···!

□□□

परिशिष्ट

परिशिष्ट

गंगाधर गाडगिल के साथ बान्दिवडेकर की एक भेंटवार्ता

बान्दिवडेकर : यह सही है कि आप सर्जनशील लेखक हैं और मराठी की कहानी को आपने अनेक दृष्टियों से योगदान किया है परन्तु आपके लेखकीय व्यक्तित्व के अन्य अनेक पहलू हैं जो निश्चित रूप से महत्त्वपूर्ण हैं। वैसे इस पुस्तक से कहानीकार का आपका एक आयाम स्पष्ट रूप में सामने आयेगा, परन्तु यह भी आवश्यक है कि आपके बहुआयामी व्यक्तित्व की झलक सामने आये।

आपने कहानी के क्षेत्र में एक सर्जक साहित्यकार के नाते महत्त्वपूर्ण काम किया ही है, कहानी के स्वरूप का चिन्तन भी किया है। लोकमान्य तिलक के जीवन पर 'दुर्दम्य' जैसा चरित्रात्मक उपन्यास लिखा है जिसका हिन्दी अनुवाद भी ज्ञानपीठ ने प्रकाशित किया है, उसके पहले भी प्रणय के तरल भावानुभव पर आधारित आप ने एक उपन्यास 'लिलीचे फूष्ठ' प्रस्तुत किया था। नाटक में भी कुछ नयी जमीन जोड़ने का प्रयास आपने किया था। गम्भीर जीवनानुभव के साथ हास्य और व्यंग्यपरक लेखन भी आपने प्रचुर मात्रा में किया है। कहानी के लगभग समकक्ष योगदान आपने समीक्षा के क्षेत्र में किया है। आपके यात्रा-वृत्तों का भी एक अलग कीर्तिमान स्थापित हुआ है। आप अर्थशास्त्र के उपाधिधारी हैं। प्राध्यापक रह चुके है, प्राचार्य के रूप में भी एक महाविद्यालय को आपने सुगठित आकार दिया है। अर्थशास्त्र आपने केवल पढ़ाया ही नहीं, उसके गहरे अध्येता भी आप हैं। लेकिन आपका अर्थशास्त्र केवल पुस्तकों तक सीमित नहीं है, सामाजिक अर्थशास्त्रीय क्षेत्र में आपने उपभोक्ता आन्दोलन में सक्रिय सहभाग लिया है, आन्दोलन का दिशानिर्देश भी किया है। सम्पादन की ओर विशेष रूचि न रहते हुए भी प्रसंगवशात् कुछ

दीपावली विशेषांकों का सम्पादन भी सफलतापूर्वक किया है। एक स्वतन्त्र शैलीकार वक्ता के रूप में आपने साहित्यिक और सामाजिक विषयों पर पूरे महाराष्ट्र में सैकड़ों व्याख्यान दिये हैं। अनेक वाङ्मयीन समारोहों की अध्यक्षता तो आपने की ही है, महाराष्ट्र साहित्य सम्मेलन के अध्यक्ष भी आप रह चुके हैं। वाङ्मयीन अनेक चर्चाएं एवं परिसंवाद भी लिखित और मौखिक रूप में आपने किये हैं। बल्कि यह भी कहा जा सकता है कि आपका व्यक्तित्व वाक्-युद्धों में निखर कर समृद्ध हुआ है और परिणामस्वरूप मराठी का चिन्तन क्षेत्र भी समृद्ध हुआ है। ललित लेखन के साथ ललितेतर लेखन और अपनी वाङ्मयीन निष्ठाओं के प्रति दक्ष रहते हुए भी सामाजिक कार्य में सक्रिय रुचि आपके व्यक्तित्व के सम्मोहक आयाम हैं, मैं चाहता हूँ कि इस समृद्ध व्यक्तित्व को कुछ विस्तार में हमारे हिन्दी-प्रेमी जाने। हो सकता है कि उससे नये युवा लेखकों को भी कुछ सीखने को मिले, वैसे आप लेखन के सम्बन्ध में यह नहीं मानते कि कुछ किसी को सिखाया जा सकता है और महान् लेखन तो जन्मजात प्रतिभा के बल पर ही निर्भर रहता है। परन्तु संकेतों से कुछ आनुषंगिक, अनजाने, अज्ञात रूप में प्रभाव पड़ सकता है, यह भी पूर्णतः नकारा नहीं जा सकता।

गाडगिलजी, चूंकि आपका महत्त्वपूर्ण योगदान कहानी के क्षेत्र का है। अतः बात उसी को लेकर शुरू करें।

आपने मराठी में नयी कहानी को प्रारम्भ भी किया और पूर्ववर्ती कहानी के स्वरूप को लेकर आक्रामक ढंग से उसकी सीमाओं को दर्शाते हुए नयी कहानी को प्रतिष्ठित भी किया। पूर्ववर्ती कहानी का पक्ष लेकर नयी कहानी का विरोध करने वाले प्राध्यापक ना० सी० फड़के मराठी के एक सुप्रतिष्ठित कथाकार थे और मतभेद के बावजूद यह माना जा सकता है कि अपनी सीमाओं के बावजूद वे मराठी के एक युग-प्रवर्तक लेखक माने गये हैं। ऐसे प्रतिष्ठित लेखक का सामना करना और उनके तर्कों, युक्तियों और साहित्य-दृष्टि का प्रबल खण्डन करते हुए नयी कहानी की शक्ति, स्वरूप तथा मौलिकता का सही परिप्रेक्ष्य प्रस्तुत करना अद्वितीय साहस, दुर्द्धर्ष आत्मविश्वास और तीव्र साहित्य-निष्ठा का उदाहरण था। यह सामान्यतः 1948-50 के आस-पास की ऐतिहासिक घटना थी।

हम जानना चाहेंगे कि पूर्ववर्ती कहानी की कौन-सी सीमाएँ आपको अखरने लगी थीं। और जिस कहानी को आप प्रस्तुत कर रहे थे, उसका स्वरूप क्या था ?

इस पक्ष के पहले हम यह भी जानना चाहेंगे कि लेखन आप ने कब से शुरू किया और नये कहानीकार के रूप में आपका व्यक्तित्व कैसे आकार ग्रहण करता गया।

गाडगिल : वान्दिवडेकरजी, आपने मेरे लेखकीय व्यक्तित्व का जो स्वरूपांकन किया है, उसके लिए मैं आपको धन्यवाद देता हूँ। आपने काफ़ी महत्त्वपूर्ण प्रश्न आरम्भ में ही उपस्थित कर दिये हैं।

मैंने लेखन बहुत जल्दी शुरू किया। हाई स्कूल की तीसरी या चौथी कक्षा में स्कूल की पत्रिका में मेरा पहला छोटा लेख प्रकाशित हुआ और उसके बाद मैं ज़रा भी नहीं रुका। अब भी रुका नहीं हूँ मैं। मेरी पहली कहानी सत्रह साल की उम्र में (1941 में) जब मैं जूनियर बी० ए० कक्षा में था, प्रकाशित हुई थी, शीर्षक था 'प्रिया आल माज़र'। मुझे पढ़ने में ज़बर्दस्त रुचि थी और मेरी माँ कहा करती थी कि मुझ जैसे दंगई लड़के को चुप कराने का एक तरीक़ा है—हाथ में पुस्तक देना। मेरी माँ ज़्यादा पढ़ी-लिखी महिला न थी परन्तु पढ़ने की बड़ी शौक़ीन थी। मेरी माँ दकियानूसी ढंग की कहानियाँ पढ़ने में ऊब महसूस करती थी और वह कुछ नये अनुभव की खोज में साहित्य पढ़ना चाहती थी। सम्भवतः माँ की इस नूतनता और मौलिकता के प्रति आकर्षण का, उसकी प्रौढ़ साहित्यिक अभिरुचि का प्रभाव मुझ पर पड़ा और मैं न केवल पुस्तक-प्रेमी बना अपितु कलाकृति में कुछ नया ताज़ा, कुछ मौलिक देखने का भी अभ्यासी हुआ कुछ नया करने की मेरी प्रवृत्ति सम्भवतः मेरे पिताजी से मुझे मिली हो क्योंकि वे भी कुछ-न-कुछ नया करने में रस लेते थे। मुझे अपनी कहानियाँ प्रकाशित कराने में कोई बड़ी अड़चन कभी महसूस नहीं हुई। जो युवक अपने लेखन को लेकर यह शिकायत करते हैं कि उनको प्रकाशन की सुविधा नहीं मिलती है या उसमें कुछ कठिनाई महसूस होती है, उनकी बात समझना मेरे लिए मुश्किल है। जो भी हो, उनकी तरह मैं दुर्भागी नहीं हूँ।

आरम्भ में जैसा कि सभी लेखक तरूणाई में करते हैं, मेरा भी लेखन अनुकरणात्मक हुआ। फडके तथा खांडेकर जैसे ख्याति-प्राप्त लेखकों का अनुकरण करने का मैंने प्रयास भी किया परन्तु

मैंने देखा कि मैं उन जैसा नहीं लिख पा रहा हूँ। और यह भी तीव्रता से अनुभव किया कि मैं जो खास अपना अनुभव प्रकट करना चाहता हूँ, वह उनकी वृत्तियों के साँचे में नहीं ढल सकेगा। अतः अनुकरण की वह बात समाप्त हो गयी।

बान्दिवडेकर : क्या आप इस मुद्दे को जरा और स्पष्ट करेंगे।

गाडगिल : मैं किशोरावस्था में या युवावस्था में जो अनुभव कर रहा था, वह परम्परागत कहानी से अलग प्रकार का था। अति उत्कट अनुभव के ऊर्जापूर्ण क्षण तथा अभिवृत्तियाँ, गहन निराशा और चरम अवसाद की वृत्तियाँ, जो एक प्रकार से वयःसन्धि की अवस्था के परिणाम होते हैं, यौन-इच्छा का उद्भव, विलक्षण अकेलेपन की अनुभूति,—ये कुछ ऐसे अनुभव हैं जिन्होंने मुझे बहुत हॉण्ट किया है। विलक्षण नाजुक प्रतीक्षा भाव ने मुझे व्याकुल किया है। हर दिन दिमाग़ पर अंकित होनेवाले ज्ञान ने मुझे बेचैन किया है, मन में घटित होने वाली अनगिनत घटनाओं ने मुझे चकित भी किया है और दुर्निवार रूप में आकर्षित भी, इस अराजकतापूर्ण, तूफ़ानी, तीव्र अनुभव-ससार ने मुझे सतत परेशान किया है और लिख डालने के लिए उत्सुक भी। यह सब मेरा अपना था, मेरे अतिरिक्त दूसरा कोई उसका साक्षी नहीं था। वह परम्परागत अनुभवों के साँचों में अभिव्यक्त होना सम्भव भी नहीं था। अतः अनुकरण का प्रयास जल्दी ही समाप्त हो गया। जो लेखन मेरे पहले हो रहा था वह प्रणय तथा राष्ट्रीय भावनाओं के स्थूल रूप की अभिव्यक्ति करता था। उनका उद्देश्य जीवन के अनुभव की निश्छल अभिव्यक्ति की अपेक्षा सुगठित कथानकों और स्थूल रेखाओं और कृष्णधवल रंगों में अंकित चरित्रों के निर्माण से पाठकों का मनोरंजन करना था या स्थूल रूप में उपदेश देना। उनके आरम्भ, मध्य, अन्त सुनियोजित रहते थे, कथानक को अन्त तक मनोरंजक बनाये रखने के लिए तरह-तरह की क्लृप्तियों का वे संयोजन करते थे। आकस्मिकताओं और सयोगों से कहानी में उत्सुकता को बढ़ाते थे। कभी अनपेक्षित धक्का देकर कहानी का चतुर अन्त कर पाठक की सराहना प्राप्त करते थे। भाषा और शैली के सौन्दर्य के नाम पर कृत्रिम, आलंकारिक, प्रदर्शनप्रिय भंगिमाओं का उपयोग करते थे। इस प्रकार की कहानियों में प्रौढ़ पाठक की मानसिकता को खींचने की शक्ति नहीं रहती थी। उनका आवाहन उन सामान्य पाठकों तक था जिनकी मानसिकता

किशोरवय की कही जा सकती है। उन लेखकों का अनुभव भी सतही था और अभिव्यक्ति प्रणालियाँ भी कृत्रिम थीं।

बान्दिवडेकर : क्या यह सतहीपन, यह कृत्रिमता आपको पहले से ही चुभने लगी थी या आपकी इस अलग आस्वादन शक्ति को कुछ अन्य घटकों ने भी प्रभावित किया था ?

"कुछ अंशों में यह आस्वादन शक्ति पैदाइशी अलग क़िस्म की थी परन्तु यह मानना पड़ेगा कि इसे अधिक ऊर्जा मिली अंग्रेज़ी कथा वाङ्मय के प्रति मेरी विशिष्ट अभिरुचि से। कॉलेज में प्रचुर अंग्रेज़ी साहित्य उपलब्ध था और मैं उस पर जैसे टूट पड़ता था। मुझे लगा कि ये लेखक कुछ ऐसा दे रहे हैं जो मैं देना चाहता हूँ, कुछ ऐसा कर रहे हैं जो मैं करना चाहूँगा। एक उदाहरण देना चाहूँगा—यह तो सामान्य-सी बात है कि छोटे बच्चों के स्कूल में शिक्षक किसी कारण से स्कूल छोड़कर चला जाता है। बच्चे रोते हैं। शिक्षक भी रोता है। हम जो उम्र में बड़े हैं, सोचते हैं कि यह तो सामान्य-सी बात है। कुछ बच्चों और शिक्षक का रोना-धोना हमें बचकाना और मज़ाक़िया भी लगता है लेकिन छात्रों के लिए वह कितना गम्भीर, कितना उद्वेलित करनेवाला होता है ? मुझे लगता था कि मुझे इस अनुभव को व्यक्त करना चाहिए। और मैंने कहानी लिखी, शिक्षक स्कूल छोड़कर चला जाता है तो क्या-क्या होता है—बच्चों के मानस में, मैंने लिखा। मुझे अपरिसीम आनन्द हुआ। मुझे लगा भगवन्, ऐसी ही कहानियाँ मैं लिखना चाहूँगा, ये मेरी अपनी कहानियाँ हैं।

बान्दिवडेकर : गाडगिलजी, क्या आपकी इन नयी तरह की कहानियों का नोटिस लिया गया ?

गाडगिल : हाँ-हाँ। 1948 के आस पास ही मैं कहानीकार के रूप में स्वीकृत हुआ था। यह सही है कि फड़के और खंडेकर के प्रभाव में बढ़ने वाली अभिरुचि के लिए मेरी कहानियाँ कुछ विचित्र, दुर्बोध और क्वचित् अश्लील भी लगीं। परन्तु स्व० बा० सी० मर्ढेकर जैसे नयी कविता के पुरोधा ने मेरी कहानियों पर एक लम्बा आस्वादक समीक्षा-लेख लिखा। पूर्ववर्ती कहानियों से मेरी कहानियों की पृथकता के विभिन्न कोणों को उन्होंने प्रकट किया। वैसे मर्ढेकर जैसे नयी कविता में नयी ज़मीन तोड़ने वाले का मेरी कहानियों पर लिखना और मेरी कहानियों को पसन्द करते हुए, सराहना करते हुए लिखना आश्चर्यजनक नहीं था परन्तु प्रिय अवश्य था।

वह आवश्यक भी था ताकि नये कहानीकारों के प्रयत्नों की ओर ध्यान आकर्षित हो जाय।

एक दूसरा हादसा लगभग इसी समय घटित हुआ मैंने पूर्ववर्ती ख्याति प्राप्त कहानीकारों पर आक्रमण करते हुए कहानी-कारों की नयी दिशाओं के बारे में एक कॉलेज में व्याख्यान दिया। सामान्यता ऐसा कम होता है कि ऐसे व्याख्यान विशेष ध्यान आकर्षित करते हों, परन्तु नवशक्ति दैनिक ने कुछ विवाद्य मुद्दों पर बल देते हुए उसे काफ़ी प्रसिद्धि दी। बम्बई, नागपूर, बेलगाँव, हैदराबाद सभी साहित्यिक केन्द्रों में हलचल-सी मची, बहुत आक्रामक टीकाटिप्पणी का दौर चला। मेरे लिए यह सब अप्रत्याशित था। पच्चीस वर्ष की उम्र के युवक के लिए कुछ ज़्यादा ही दारुण-सा था। परन्तु मुझमें कहीं भीतर से इसका प्रतिवाद करने की प्रेरणा जागी। मैं वाक्-युद्ध के लिए तैयार हो गया।

बान्दिवडेकर : गाडगिलजी, यह वाक्-युद्ध निश्चय ही महत्त्वपूर्ण रहा। और उस समय जिनकी साहित्यिक चेतना जागी थी—हम जैसों के लिए यह कुछ रोमांचकारी भी था। क्या आप इस वाक्-युद्ध में अन्तर्निहित मुद्दों पर कुछ थोड़ा प्रकाश डालेंगे? इससे कहानी के रूपबन्ध के प्रति दृष्टि और स्पष्ट हो सकती है।

गाडगिल : अवश्य। हमारी मान्यता थी कि कहानी के लिए सुगठित कथानक का होना बहुत ज़रूरी नहीं है। कहानी घटनाओं की मालिका भी हो सकती है तो वह वैचारिक, प्रतिक्रियाओं की या चिन्तन की मालिका भी हो सकती है। या वह विशिष्ट विविध स्थितियों में संवेदनाओं, प्रभावों और प्रतिक्रियाओं, का कथन भी हो सकती है। उदाहरण के लिए मेरी कहानी 'विनचेहत्यांची सन्ध्याकाल' लीजिए। उसमें ले-देकर होता तो यही है कि एक बिलकुल बिनचेहरे की संध्या को लेखक घर लौटता है। यह संध्या उसके लिए जीवन की निरर्थकता और भयावहता ले आती है। वह जो कुछ देखता है, अनुभव करता है, वही कहानी बन जाता है। संवेदनाएँ, प्रभाव, जो कुछ वह देखता है, बड़े पोस्टर्स, छोटे बच्चे, भिखमंगे, अस्तव्यस्त विक्टोरिया—ये सब एक पैटर्न बुनती हैं, फ़ालतूपन और अर्थबद्धता का पैटर्न—यही सब तो वह कहानी है। फिर भी कहीं एक केन्द्रीय एकान्विति है। वह सब एक मूड का निर्माण करता है, ऐसी कहानी मैंने लिखी। इसमें परम्परागत कथानक चरित्र—ऐसा कुछ भी नहीं है। दूसरी बात यह थी कि

हम जो चरित्र निर्माण कर रहे थे वे व्यामिश्र होते थे। वे सरल रेखाओं में विकसित होने वाले चरित्र नहीं थे, न इकहरी भाववृत्ति वाले एवं स्वभाववाले होते थे। वे बहुत असंगतियों से भरे, करनी और कथनी में सदैव अन्तर करने वाले होते थे, जो काम करना चाहते थे वे नहीं कर सकते थे परन्तु उसके लिए भी व्यर्थ समर्थन देने वाले होते थे। उनकी अवचेतना की प्रेरणाएँ उन्हें उनके लिए भी अज्ञात बर्ताव करने के लिए उकसाती रहती थीं। एक तरह से इन चरित्रों को उनका अवचेतन मन एक नया आयाम दे रहा था। अनेक प्रकार की मानवीय मनोविकृतियाँ, फन्तासियाँ, दिवास्वप्न इत्यादि बातें चरित्र का भाग बन गयीं। हम व्यामिश्र, तीन मितियों वाले चरित्र निर्मित कर रहे थे। तीसरी बात यह भी थी कि अपनी कहानियों से किसी विषय या अनुभव को बहिष्कृत करने के पक्ष में नहीं थे। ऐतिहासिक, साहसिक, प्रणय सम्बन्धी, गाँधीवादी, देशभक्तिपरक, जनवादी, शोषितों की पक्षधर—ऐसा वर्गीकरण हमारे लिए अपर्याप्त भी था और अवांछित भी। जीवन का विद्रूप, भयावह, क्रूर पक्ष कहानी के क्षेत्र में आने से रह जाता था। यह भी हमारे लिये अमान्य था। हमारे लिये जीवन का विद्रूप और सुन्दर, शील और अश्लील, भद्र और अभद्र, विकृत और विशुद्ध, चेतन और अवचेतन रोमांटिक और यथार्थवादी वर्गीकरण भी अमान्य था। हम इन सबको जीवन में देखते थे और वह हमारे लिए कहानी के लिए अविषय नहीं था। कभी-कभी ऊपर से असम्बद्ध, असम्बन्धित लगने वाले व्यक्तियों का भी हम चित्रण करते थे परन्तु कहीं अन्विति का सूक्ष्म सूत्र उनमें रहता था। इस सबके लिए हमें भाषा एवं शैली के सम्बन्ध में परम्परागत धारणाओं को त्यागना पड़ा। अब हमारे लिए कोई शब्द अपने आप में न असुन्दर था न अश्लील। कोई शैली काव्यात्मक है इसलिए उपादेय नहीं थी। सब कुछ कहानी के कथ्य पर निर्भर था। कहानी के निवेदक के रूप भी अनगिनत थे, उसकी निवेदक की वृत्तियाँ भी विविध थीं; शैली कभी उत्तेजक, कभी वर्णनात्मक, कभी अनुत्तेजक, कभी इन सबके मेल से बनी हुई असंख्य प्रकार की होती थी। सब कुछ जीवन-दृष्टि, अभिप्राय, अभिवृत्ति और अनुभव के स्वरूप पर निर्भर रहता था। बिम्ब के सम्बन्ध में भी हम अनेक प्रयोग करते थे। कभी ऐसा बहुत कुछ जो सीधे नहीं सम्प्रेषित हो सकता था, किसी

अवचेतन से आये बिम्ब से प्रभावपूर्ण ढंग से व्यक्त होता था।

बान्दिवडेकर : गाडगिलजी, आपकी कहानियों पर दुर्बोधता का आरोप लगाया गया है, क्योंकि आपने कहानी का ढाँचा ही आमूलचूल बदल दिया। मुझे आपकी कहानी याद हो रही है 'लेखकाची गोष्ट' (संकलन में 'लेखक की कर्म कथा' शीर्षक से अनूदित) सरल कथानक को कहानी के रूप में पढ़ने वाले बहुसंख्यक पाठक लेखक की सृजन-शीलता और उसमें निहित पीड़ा को सम्प्रेषित करनेवाली इस श्रेष्ठ कहानी को समझ नहीं पाये। अनेकानेक बिन्दुओं से कहानी की सृजन प्रक्रिया को इसमें देखा गया है। मेरी राय में सृजन प्रक्रिया का इतना बिम्बधर्मी, मूर्त और गहन आविष्कार मेरे पढ़ने में नहीं आया। मैं इसे विश्व की श्रेष्ठ कहानियों में रखने का दावा करूँगा। लेकिन दुर्बोधता के आरोप से अधिक अश्लीलता के आरोप को यादकर आज हँसने को जी चाहता है। लेकिन उस समय शायद आप काफ़ी कठिनाई में पड़े थे ?

गाडगिल : धन्यवाद बान्दिवडेकरजी, आपने निस्सन्दिग्ध शब्दों में मेरी कहानी की सराहना की। आपकी बात सही है। मेरी कुछ कहानियाँ पूर्णतः दुर्बोध लगीं तो कुछ उनकी व्यंजना पकड़ में न आने के कारण या उनका सही अभिप्राय ध्यान में न आने के कारण। मेरी एक कहानी 'ऊँट आणि लंबक' इसमें मैंने एक पैंतीस वर्ष की विवाहित महिला को एक वयःसन्धि की अवस्था के लड़के के प्रति आकर्षित होते दिखाया है। असल में यह एक मराठी पाठकों के लिए लगभग अकल्पनीय वास्तविकता थी। आज सम्भवतः उसे कोई अश्लील नहीं कहेगा। परन्तु उस समय मेरे मित्रों ने मुझे यह सूचना दी कि उस समय की बम्बई सरकार मुझपर अश्लीलता के लिए न्यायालय में खींचने वाली है। राष्ट्रीय स्वातन्त्र्य के संघर्ष के लिए नहीं, अश्लील लिखने के लिए मुझे जेल जाना था। वैसे भी मेरी कथाओं में सेक्स को लेकर दो-तीन कहानियाँ ही लिखी गयी होंगी।

बान्दिवडेकर : गाडगिलजी, उस समय राष्ट्रीयता, आदर्शवाद, ध्येयवाद मनुष्य की सार्वभौम महानता, मानवतावाद आदि शब्दों का बड़ा प्रचलन था। आपकी कहानियों में सम्भवतः इस प्रकार का गरिमा मंडित परिवेश नहीं रहता है। क्या इसको लेकर भी कुछ टीका टिप्पणियाँ हुईं ?

गाडगिल : अवश्य हुईं बान्दिवडेकरजी, मर्ढेकर की कविता पर जन्तुवादी होने का आरोप तो लगा ही था। मेरी कहानियों पर भी आरोप लगाया

गया कि मैंने मनुष्य को प्रतिष्ठा नहीं प्रदान की है, मनुष्य के उदात्त रूप का कहीं बखान नहीं किया है, मार्क्सवादी ढर्रे पर उनमें सामाजिक चेतना और आशावाद नहीं है, क्रान्तिपूर्व पतनशील अवस्था में मध्यवर्ग में जो नैतिक क्षय होता है, उसका चित्रण मैंने किया है। एक ओर परम्परावादी, दूसरी ओर मार्क्सवादी मेरे विरोध में ऊर्ध्वबाहु थे। मार्क्सवाद ने तो मुझे कभी प्रभावित नहीं किया था। मेरी कहानी पर भी जन्तुवादी होने के आरोप लगाये गये।"

बान्दिवडेकर : हम जानना चाहेंगे गाडगिलजी, कि फिर पाठकों की इस प्रकार की प्रतिक्रियाओं में आपका लेखकीय उत्साह क़ायम कैसे रहा? क़ायम ही नहीं, बढ़ता भी गया। वह कौन से चिह्न थे जिन्होंने आपको हताश नहीं होने दिया?

गाडगिल : एक तो मैं अपनी लिखने की शक्ति, जिसे आप प्रतिभा कह सकते हैं, के प्रति आश्वस्त था। फिर मुझ-जैसे लेखन करने वाले कुछ मित्र भी हमारे आस-पास थे। विश्व-साहित्य में ऐसे शक्तिशाली लेखकों की दुर्लभता नहीं थी जो हमारी तरह सोचते और लिखते थे। कुछ सम्पादक माँग-माँग कर मेरी कहानियों को छापते थे। कॉलेज का युवा वर्ग मेरी कहानियों का संवेदनशील पाठक था। उस समय महिलाएँ तो ख़ैर लेखक को सीधे कम लिखती थीं परन्तु छठे दशक में कतिपय महिलाओं ने पत्र लिखकर यह बताया कि अपनी युवावस्था में वे मेरे लेखन की प्रशंसक रहीं। इसकी गन्ध तो उस समय भी किसी-न-किसी प्रकार मिल जाती थी। वैसे किसी भी लेखक को खड़ा करता है अपनी दुनिया में उसका आत्म-विश्वास परन्तु यह बाह्य स्थितियाँ भी कुछ सुखमय क्षण देकर वस्तु को सहिष्णु बनाने में योग देती हैं।

मन मुताबिक़ लेखन करने के लिए मैंने सरकारी नौकरी भी छोड़ दी और गैर-सरकारी महाविद्यालय में प्राध्यापक बन गया। तब से अनेक नौकरियाँ कीं परन्तु अपनी स्वतन्त्रता पर आघात नहीं होने दिया।

बान्दिवडेकर : गाडगिलजी, आपने स्वतन्त्रता पर आघात न होने देने की बात कही है, लेकिन लेखक की स्वतन्त्रता कभी एक अन्य तरीक़े से भी आहत होती है। कभी किसी समीक्षक के सुझाव से लेखक प्रभावित होता है तो कभी लोकप्रियता का नशा उसे स्खलन के रास्ते पर ले जाता है। आपका अनुभव क्या है?

गाडगिल : आप ठीक कह रहे हैं बान्दिवडेकरजी, मैं गम्भीर लेखन करता हूँ तो कभी हल्के-फुल्के हास्योत्पादक अनुभवों पर भी लिखता हूँ। स्व० मर्ढेकरजी एक श्रेष्ठ कवि ही नहीं थे, अच्छे समीक्षक भी थे। बहुत ही संवेदनशील आस्वादक थे। उनकी महत्ता से हम प्रभावित थे लेकिन वे मेरे गम्भीर साहित्य के प्रशंसक थे और उनका सुझाव था कि मैं केवल ऐसे ही साहित्य पर दृष्टि केन्द्रित करूँ लेकिन मुझे यह उचित नहीं लगा। अगर मुझे जीवन असंगतियों से पूर्ण लगता है तो मैं उसे लेकर न हँसूं, यह हो ही नहीं सकता था। अतः मैंने बण्डू और स्नेहलता जैसे चरित्र निर्मित किये। मतलब यह है कि समीक्षकों, चिन्तकों की बातों को मैंने सुना अवश्य, उस पर सोचा भी लेकिन लेखन-प्रक्रिया में मैंने बात मानी अपने आन्तरिक प्रतिभा-देवता की ही। लोकप्रियता का सुख होता है और उससे अलग क़िस्म का लाभ भी मिलता है परन्तु उसे भी मैंने कभी लेखन पर हावी होने नहीं दिया। अन्ततोगत्वा, बात मानी मैंने अपने लेखकीय विवेक की, आप कह सकते हैं कि मैं 'इगोइस्ट' हूँ।

बान्दिवडेकर : गाडगिलजी, बण्डू और स्नेहलता जैसे मध्यवर्गीय चरित्रों को निर्मित कर आपने जो कहानियाँ और एकांकी रचे, उनको मैंने पढ़ा है और वे रचनाएँ मुझे पसन्द भी आयी हैं। एक वैयक्तिक घटना को बताने का लोभ संवरण नहीं कर पा रहा हूँ। आपके एकांकी और नाटक सामान्यतः रंगमंच पर नहीं आये। और मुझे इसमें संयोग की बात ही अधिक लग रही है लेकिन मुझे लगता है कि आपके एकांकियों में नाट्य तथ्य प्रचुर मात्रा में हैं, आपका एक एकांकी हमने 1952 में गोगटे कॉलेज के वार्षिकोत्सव में प्रस्तुत किया था। मेरे एक मित्र ने पहले यह कहा था कि गाडगिल के एकांकी मंच पर नहीं सफल होंगे परन्तु वह एकांकी पहले वाक्य से अन्त तक ऐसा प्रभावपूर्ण होता गया कि पूरा दर्शक-वर्ग हास्यविनोद में डूब गया था। मेरे उस मित्र ने आकर कहा कि मेरा अनुमान ग़लत था। एकांकी बहुत ही प्रभावपूर्ण रहा। आशा है बिना अनुमति लिये किये गये रंगमंचीय प्रयोग की रायल्टी आप मुझसे आज नहीं मागेंगे, जहाँ तक मुझे मालूम है कि आपके एकांकी बहुत बार रंग-मंच पर खेले गये हैं।

आपके इन चरित्रों का स्वागत पाठकों ने कैसे किया ?

गाडगिल : "आभारी हूँ बान्दिवडेकरजी, आपने अपना नाट्य सम्बन्धी अनुभव बताया। असल में मेरे पाठकों ने बण्डू और स्नेहलता का बहुत

अच्छा स्वागत किया। मेरे 'रहस्य आणि तरुणी' 'बण्डू, नानू, आणि गुलाचा हत्ती' इत्यादि विनोदी एकांकी तरुण वर्ग में बहुत ही लोकप्रिय हुए, आज भी हैं। उनके कॉलेज के वार्षिकोत्सव में प्रचुर प्रयोग बड़े उत्साह से किये जाते हैं। बाद में जब मैंने उस तरह का लेखन बन्द किया तब कुछ पाठकों ने धमकी देते हुए पुनः बण्डू और स्नेहलता को प्रस्तुत करने के आग्रह किये।

बान्दिवडेकर : गाडगिलजी, ज़रा संकोच त्याग कर बतायेंगे कि इस विनोदी लेखन में आपका अपना वैशिष्ट्य क्या था? मतलब पूर्ववर्ती हास्यपरक लेखन से आपने नयी दिशा में किस प्रकार के प्रयत्न किये?

गाडगिल : अपने लेखन के बारे में पूर्णतः संकोच छोड़ना कठिन अवश्य है फिर भी कुछ संकेत दे सकता हूँ।

मराठी हास्य-व्यंग्य से अधिक प्रभावित था। सामाजिक आशय से युक्त, सामाजिक दोषों पर मर्मभेदी प्रहार करने वाला था। कुछ तो ज़रूरत से अधिक साहित्यिक था—शब्दों के साथ क्रीड़ा करने वाला, श्लेष पर आधारित। विडम्बना पर आधारित भी विनोद लिखा जाता था। असल में विनोद किसी सामाजिक उद्देश्य के आरोपण के बिना विशुद्ध हास्य निर्मित करने वाला भी हो सकता है। जीवन में ऐसी बहुत-सी बातें हैं, असंगतियाँ हैं, जिन पर पेट भरकर हँसा जा सकता है, यह ज़रूरी नहीं है कि विनोद किसी उच्च उद्देश्य को लेकर ही निर्मित किया जाय। अच्छा एवं उच्च दर्जे का विनोद करने के लिए यह ज़रूरी नहीं है कि उसका प्रेरक कारण कोई अन्य सामाजिक उद्देश्य हो। मैंने इस दिशा में कुछ क़दम बढ़ाये हैं।

बान्दिवडेकर : गाडगिलजी, आपने मराठी कहानी की अन्तर्वस्तु एवं शिल्प विधि को परिवर्तित करने और कहानी को नयी दिशा और गति देने में ऐतिहासिक दृष्टि से भी महत्त्वपूर्ण कार्य किया है और उत्कृष्ट रचनाओं को देकर कला और सौन्दर्य की दृष्टि से भी कहानी के क्षेत्र में सर्जनात्मक योगदान किया है और वह चिरकालिक है। आपने एक ओर सर्जक कलाकार की दृष्टि से प्रचुर काम किया और दूसरी ओर समीक्षा के क्षेत्र में भी काफ़ी महत्त्वपूर्ण योगदान किया है। मेरे मन में कुछ प्रश्न उभरते हैं—सर्जक कलाकार और समीक्षक के सम्बन्ध क्या हैं? वे कहाँ तक परस्पर पूरक हैं और कहाँ तक विरोधपूर्ण हैं? क्या अच्छे कलाकार में समीक्षा प्रवृत्ति का होना उसकी रचनात्मक ऊर्जा के लिए अवरुद्ध करने वाला है?

गाडगिल : कलाकार मोटे तौर पर दो प्रकार के होते हैं, कुछ सर्जना के क्षणों में, उसके पहले और बाद भी प्राय: अवचेतनपन के क़ाबू में रहते हैं और सजग लेखकीय विवेक से अनुशासित होना उनका स्वभाव ही नहीं होता। प्रचण्ड प्रतिभा का जन्मजात अवदान प्राप्त हो तो ऐसे लेखक मानवीय स्वभाव का कुछ ऐसा गहरा कोना ढूंढ़ते हैं कि आश्चर्य होता है। परन्तु इन लेखकों की सर्जना चूंकि आकस्मिकता पर आधारित होती है, वे जल्दी चुक भी जा सकते हैं। दूसरे प्रकार के लेखक सृजन के लिए बीज तो अवचेतन से ग्रहण करते हैं, उसका विकास भी अवचेतन की रासायनिक प्रक्रिया में होता रहता है। परन्तु इनमें लेखकीय विवेक या समीक्षात्मक दृष्टि बराबर जीवन्त रहती है और अवचेतन के अनुभव को अभिव्यक्त करते समय विलक्षण अनुशासन भी ये लेखक करते हैं अनुभव-क्षेत्र का विस्तार। उसका निरीक्षण-परीक्षण, उसका मूल्यांकन वे सजग मन से करते रहते हैं और कलारूप प्रदान करने की प्रक्रिया में भी उनकी समीक्षा-दृष्टि बराबर उनका साथ देती रहती है। ये दूसरे प्रकार के लेखक अधिक व्यापक, प्रसरणशील और बृहत्तर अनुभव को अधिक क्षमतापूर्वक रूप प्रदान कर सकते हैं। अवचेतन मन की उपजाऊ भूमि से ग्रहण करते हुए चेतन मन के विवेक से उसे रचते रहना बड़ा कठिन काम होता है। मुझे लगता है कि मैं द्वितीय प्रकार के लेखकों की श्रेणी में आता हूँ। इसका अर्थ यह हुआ कि सजग समीक्षात्मक दृष्टि मेरी रचना-प्रक्रिया का ही एक अनिवार्य घटक है अत: सृजनशील लेखन और समीक्षा में दरार उत्पन्न होने का प्रश्न ही नहीं उत्पन्न होता, कभी तो ऐसा लगता है कि जो मैं लिख रहा हूँ—जो मुझसे लिखा जा रहा है वह सही नहीं है, वह उतना कलापूर्ण नहीं हो रहा है। वह उतना अनुभव की आँच से पककर समृद्ध नहीं हो पा रहा है, उसे उचित आकार नहीं मिल रहा है तो मैं वह लेखन बन्द कर देता हूँ। क्या वहाँ कलाकार और समीक्षक परस्पर सहयोग से महत्त्वपूर्ण भूमिका नहीं अदा कर रहे हैं?

हाँ, कभी समीक्षक लेखक पर हावी हो सकता है। कतिपय लेखक वाङ्मयीन जीवन का प्रारम्भ कविता या कहानी लेखन से करते हैं परन्तु बाद में समीक्षक बनते हैं। इसका अर्थ मैं यही लगाता हूँ कि सृजनशील लेखन के लिए वांछित प्रतिभा का दान उनको कम मिला है। यह अच्छा ही है कि समीक्षक-बुद्धि यह

बताये कि सृजनशील लेखन उचित नहीं हो पा रहा है, छोड़ना होगा, अन्तिम रूप से साहित्य-व्यापार के लिए भी हितकर ही है।

बान्दिवडेकर : एक छोटा-सा उपप्रश्न। आपने काफ़ी समीक्षात्मक लेखन किया है। आपने मराठी के कुछ ऐसे लेखकों को और उनके कृतित्व को अपना सुवर्ण-स्पर्श किया है कि उसके बाद उन कृतियों एवं लेखकों के प्रति मराठी समीक्षा क्षेत्र में देखने का नज़रिया ही बदल गया है मैं उदाहरण देता हूँ। कुछ मराठी की बहुचर्चित रचनाओं को आपने अपनी समीक्षा-दृष्टि से विवेचित किया है तब उनकी एक नयी पहचान बनी है। अण्णासाहब किर्लोस्कर का नाटक 'सौभद्र', हरि नारायण आप्टे का 'वज्राघात', लक्ष्मीबाई निल्क का 'स्मृति-चित्रे', राम गणेश गडकरी का 'एकच प्याल' प्रह्लाद केशव अत्रे का 'झेंडूची फुले', इत्यादि। इन रचनाओं पर आपके पहले भी काफ़ी लिखा गया था, परन्तु आपके लेखन से इन रचनाओं के कलात्मक अंगों का, अनुभव की अप्रतिमता का एक अलग स्वरूप सामने आया। आपने 'रणांगणा' (विश्राम वेडेकर का उपन्यास) पर समीक्षात्मक लेख लिखा और उसके बाद मराठी में अनेक समीक्षकों ने उसको लेकर अपनी समीक्षात्मक शक्ति को कसने का प्रयास किया। गोविन्द नारायण माड गाँवकर की सर्वथा उपेक्षित रचना 'मुम्बई चे वर्णन' को पहली बार आपने एक उत्तम रचना के रूप में सराहा और सम्भवत: मराठी में उसका स्थान स्वीकृत हुआ। चिं० वि० जोशी तथा अनन्त कणिकर जैसे लेखकों की शक्तियों और सीमाओं का आपने जो विश्लेषण किया वह भी लगभग सर्वमान्य हुआ। इस प्रकार अनेक लेखकों के उपेक्षित कृतित्व को आपने प्रकाश में लाने का प्रयत्न किया। आपकी इन समीक्षाओं को पढ़ते समय लगातार यह लगता रहा कि रचना के मर्म को तो आपने गहराई में पकड़ा ही है, रचनाकार के वैंशिष्ट्यों को भी सही ढंग से प्रस्तुत किया है। यह सब पढ़ते समय साहित्य के रूप का भान भी आपने सजग रूप में मन में रखा है। इस सन्दर्भ में सोचते समय यह प्रश्न बार-बार उठता है कि क्या इस सारे कार्य में आपके अपने मौलिक लेखन का कुछ नुक़सान हुआ ? मतलब आपको ऐसा लगता है कि आपने अपना समय व्यय किया है ?

गाडगिल : नहीं। आज भी नहीं लगता कि मेरा नुक़सान हुआ या समय नष्ट

हुआ बल्कि मैं यह मानता हूँ कि अगर यह लेखन आपको महत्त्व-पूर्ण लगता है तो क्या उसमें समय व्यय हुआ ? क्या वह अपनी क़िस्म का मौलिक लेखन नहीं है ? फिर यह भ्रम है कि सृजनशील लेखक केवल कहानियाँ, उपन्यास, नाटक, कविताएँ लिखता रहे। लेखन-व्यापार एक विराट बहु-आयामी व्यापार है। अनेक दृष्टियों से उसे समृद्ध किया जा सकता है उत्तमोत्तम ग्रंथों और लेखकों का आस्वादन एवं मूल्यांकन भी उसका एक महत्त्वपूर्ण आयाम है, दूसरी बात यह भी है कि जैसा कि मैंने ऊपर कहा है, मौलिक लेखन और समीक्षात्मक लेखन में दरार नहीं है, समीक्षात्मक दृष्टि मौलिक सृजनात्मक लेखन की सहायता भी करती है। इस समीक्षात्मक दृष्टि का पूर्ण लीला-विकास अगर समीक्षाओं के माध्यम से सम्पन्न हो रहा हो तो सृजनशील लेखक का आन्तरिक समृद्धि का भी वह एक घटक बन सकता है, मेरा तो यह मानना है कि जिस लेखक को सृजन-प्रक्रिया का प्रत्यक्ष अनुभव है वह लेखक अपने ही नहीं, दूसरों के लेखन के मर्म को अधिक गहराई से समझ सकता है, उस मर्म को अधिक ठोस रूप में देखना ही तो समीक्षा है। अतः वह किसी सृजनशील लेखक का अहित कैसे कर सकता है ? हाँ, मैं जिन पुस्तकों पर लिखता हूँ, जिन लेखकों पर लिखता हूँ उनका चुनाव करते समय मैं बहुत सजग रहता हूँ। विचार करता हूँ कि कौन-सी रचना या कौन-सा लेखक मेरी अन्तर्यात्रा को अधिक समृद्धि दे सकता है। अतः मैं हर रचना या लेखक पर नहीं लिखता। किसी भी लेखक को लेते समय, अपने समय का व्यय न हो जाय, इसकी सावधानी बरतनी ही पड़ती है।

बान्खिवडेकर : गाडगिलजी, आपके समीक्षात्मक लेखन को पढ़ते समय यह सदैव लगता रहता है कि आप साहित्य विषयक अनेक समस्याओं पर सोचते रहे हैं, साहित्य का प्रयोजन, साहित्य का स्वरूप, साहित्य के प्रकार, साहित्य रूपों का स्वरूप और उनके बीच के अन्तः-सम्बन्ध, साहित्य का पाठक पर प्रभाव, साहित्य में विचारों का स्थान, साहित्य और नैतिकता, साहित्य और अश्लीलता, साहित्य में भावना का स्थान, साहित्य का सत्य इत्यादि अनेक विषयों पर आपने अपनी दृष्टि से सोचा है और लिखा है। इन समस्याओं पर विचार करने के लिए कभी आपने समकालीन साहित्यिक वातावरण से प्रेरणा ग्रहण की है तो कभी साहित्य-रचना करते समय उत्पन्न होने वाले प्रश्नों ने आपको सोचने के लिये प्रेरित किया है, यह

भी मैंने देखा है कि जिस तरह आपने समकालीन मराठी लेखकों और समीक्षकों को पढ़ा है इस तरह महत्त्वपूर्ण पश्चिमी लेखकों और समीक्षकों को भी न केवल पढ़ा है बल्कि अपनी दृष्टि से उन्हें गहरे जाकर समझा भी है। मॅथ्यू आर्नल्ड, रिचर्ड्स, इलियट जैसे समीक्षकों ने आपको सोच के स्तर पर प्रभावित भी किया है। मार्क्सवादी समीक्षा, मिथकीय समीक्षा, अस्तित्ववादी समीक्षा को भी आपने अपनी दृष्टि से देखा है। आपके बारे में मुझे एक बात विशेष ज़ोर देकर कहनी है, वह यह कि साहित्य के आस्वादन के समय तथा उसके स्वरूप-विश्लेषण के समय आप इन विचारकों या वैचारिक प्रणालियों को अपनी दृष्टि पर एवं साहित्य के प्रत्यक्ष अनुभव पर हावी होने नहीं देते, बल्कि इन सबसे अपनी संवेदना और अपने सोच को समृद्ध बनाकर भी साहित्य-समीक्षा में आप अपने अनुभव को ही तरजीह देते हैं, उसे ही सर्वोपरि मानते हैं। क्या यह सही है। अगर सही है तो यह आपके लिए कैसे सम्भव बनता है।

गाडगिल : आपकी बात से मैं सहमत हूँ। लेकिन यह सब सम्भव कैसे है, इसका उत्तर देना मुश्किल है। कुछ संकेत किया जा सकता है।

मेरी राय में समीक्षात्मक लेखन एक तरह का सजग समृद्ध और सचेतन साहित्यास्वादन है। मैं साहित्य का आस्वादन करते समय अपनी सारी शक्तियों को झोंककर उसमें तल्लीन होता हूँ और यह तल्लीनता मुझे अपनी सामर्थ्य पर ही प्राप्त होती है। किसी दूसरे व्यक्ति के विचार का बोझ सिर पर रखकर यह तल्लीनता सम्भव नहीं। लेकिन इस तल्लीनता के उपरान्त अलग हटकर मैं अनुभव का विचार करने लगता हूँ। अनुभव के विभिन्न घटकों एवं उनके अन्तस्सम्बन्धों का विश्लेषण करता हूँ। इसमें मुझे कोई एक विचारक सहायक नहीं होता बल्कि विभिन्न विचारकों की सहायता से समृद्ध बने बौद्धिक हथियारों का ही उपयोग होता है। इस समृद्धता का धनी मैं स्वयं हूँ। अन्य विचार-धाराएँ अपनी पृथगात्मता खोकर मेरी वैयक्तिक समृद्धि में संश्लिष्ट होती हैं। इसलिए मैं किसी दूसरे का अधिकार नहीं मानता। किसी का बोझा सिर पर रखकर समीक्षा कार्य नहीं करता, सम्भवतः इसलिए मेरी समीक्षा में विचारों के साथ संवेदना का गुण कभी क्षीण नहीं होता, आस्वादन का आनन्द कभी पष्ठभूमि में नहीं जाता। अन्ततोगत्वा आप अपने व्यक्तित्व को समृद्ध कर उससे

उत्पन्न विश्वास से लिखते हैं या नहीं—यह महत्त्वपूर्ण होता है।

बान्दिवडेकर : धन्यवाद गाडगिलजी, आप में अपनी क्षमता का विश्वास इतना बड़ा है और वह सार्थक रूप में बड़ा है कि बहुत बार आप बौद्धिक संघर्ष के लिए अखाड़े में उतरने में भी विलक्षण रस लेते हैं।

गाडगिलजी, आप मराठी के महत्त्वपूर्ण कहानीकार हैं परन्तु उपन्यासकार के रूप में आप को उतनी स्वीकृति नहीं मिली। आपका पहला उपन्यास 'लिलीचे फूल' उस रूप में स्वीकृत नहीं हुआ जिस रूप में उसे होना चाहिए था। मेरी राय में उसमें मनुष्य की वासना का कुछ तरल, उत्कट और प्रतीकात्मक ढंग से आपने जो चित्रण किया था और उसके लिए काव्यात्मक ज्ञान का जो उपयोजन किया था उसका विचार किया जाना चाहिए था। 'दुर्दम्य' तो बिलकुल अलग ढंग का चरित्रात्मक उपन्यास है। वह मराठी में उतना नहीं सराहा गया जितने का वह हकदार था। बल्कि हिन्दी में वह काफ़ी उत्सुकता के साथ पढ़ा गया। इस सम्बन्ध में आप क्या सोचते हैं ?

गाडगिल : 'लिलीचेफूल' उपन्यास की स्वीकृति में सम्भवत: मेरा मुख्यत: कहानीकार होना आड़े आया। यह सही है कि जितनी मेरी दिलचस्पी कहानी लिखने में है, उतनी उपन्यास लिखने में नहीं। परन्तु एक मुख्यत: कहानीकार उपन्यास लिख ही कैसे सकता है, और अच्छा उपन्यास लिख कैसे सकता है, यह भ्रान्त धारणा जाने-अनजाने सक्रिय रही होगी। 'दुर्दम्य' के बारे में चरित्रात्मक उपन्यास के सम्बन्ध में कुछ धारणाएँ लेकर उसे पढ़ा गया। वैसे उसका स्वागत मराठी में भी हुआ, काफ़ी अच्छा हुआ, मेरी राय में सही अर्थ में यह पहला मराठी का चरित्रात्मक उपन्यास है। 'दुर्दम्य' को इसलिए भी सम्भवत: मराठी के कुछ समीक्षक पूछना नहीं स्वीकार कर सके क्योंकि 'दुर्दम्य' में लोकमान्य तिलक का जो व्यक्तित्व मैंने चित्रित किया है वह सम्भवत: उनकी जो छवि पाठकों के मन में पहले से अंकित है, उससे भिन्न है। तिलक सनातनधर्मी रूढ़िवादी एवं अप्रगतिशील व्यक्ति थे, ऐसी कुछ धारणा बनी थी। मैंने उनके जीवन कार्य की अनेक आगामी तसवीर प्रस्तुत करते हुए तिलक सम्बन्धी अनेक पूर्वग्रहों को दूर किया है। अनेक बातों पर नया प्रकाश डाला है। यहाँ एक बात पर बल देना होगा। 'दुर्दम्य' का स्वागत समीक्षकों ने न किया हो,

सामान्य पाठकों ने बहुत प्रेम किया।

हिन्दी में तिलक के प्रति विलक्षण आदर और भक्ति की भावना है। तिलक के जीवन कार्य के सम्बन्ध में प्रामाणिक जानकारी देनेवाला दस्तावेज़ हिन्दी प्रेमियों को अधिक आकर्षित कर सका होगा।

फिर भी यह मानना चाहिए कि उपन्यास की ओर मैंने कुछ अधिक ध्यान नहीं दिया। अतः उसको लेकर बहुत अपेक्षाएँ भी मेरे मन में नहीं हैं।

बान्दिवडेकर : 'दुर्दम्य' चरित्रात्मक उपन्यास है। गाडगिल जी, इस बात को अधिक स्पष्ट करेंगे। चूँकि इस पर हिन्दी में अनुवाद हुआ है। हिन्दी के पाठकों की कुछ जिज्ञासाएँ होना स्वाभाविक है।

गाडगिल : ऐसा है बान्दिवडेकरजी, चरित्रात्मक उपन्यास लिखते समय उसके विशिष्ट रूप को ध्यान में रखना अत्यावश्यक है। कभी किसी व्यक्ति के चरित्र की स्थूल घटनाओं और व्यक्तित्व के स्थूल वैशिष्ट्यों को आधार बनाकर उपन्यास लिखा जाता है और लेखक इसमें अनेक प्रकार की छूट या स्वतन्त्रता लेता है। परन्तु यह छूट या स्वतन्त्रता एक तरह से चरित्रात्मक उपन्यास लिखने के लिए अत्यन्त आवश्यक परिश्रम करने से मुकरने की बात है। चरित्रात्मक उपन्यासकार को पहले अपने चरित्र विषय के जीवन का, व्यक्तित्व का, जिन घटनाओं और परिस्थितियों के बीच वह जीवन विकसित हुआ उसका गहरा अध्ययन करना होता है। विशुद्ध चरित्रकार चरित्र के सम्बन्ध में सूचनाएँ देता जाता है, जानकारी देता जाता है, उसके व्यक्तित्व का आकार गढ़ने की ज़िम्मेदारी वह स्वीकार नहीं करता। उपन्यासकार प्रामाणिक दस्तावेज़ का महत्त्व अक्षुण रखते हुए चरित्र विषय को अर्थात् केन्द्रीय व्यक्तित्व को आकार देता है। इस आकार के लिए उसे घटनाओं के और व्यक्तित्व के बीच के सन्बन्धों की कल्पना करनी पड़ती है जो वास्तविकता को समेटती हुई व्यक्तित्व को मूर्त करे। बहुत बार व्यक्ति के अन्तरंग में झाँकना पड़ता है। यह अन्तरंग में झाँकने की ज़िम्मेदारी चरित्रकार पर नहीं होती, लेकिन यह अन्तरंग की टोह चरित्र विषय के स्वभाव, वृत्ति-प्रवृत्तियों, प्रकृति, ऐतिहासिक घटितों का समुच्चय-सबकी संगति में विशिष्ट अवधानपूर्वक करनी होती है। निरा कल्पनात्मक उपन्यास लिखना इसीलिए कुछ आसान होता है। फिर चरित्रात्मक उपन्यास लिखते

समय स्वेच्छया स्वीकार किये हुए बन्धनों में से ही एक ठोस मूर्ति गढ़नी पड़ती है जो पाठकों को सच्ची भी लगे और कलात्मक भी हो। तिलक के व्यक्तित्व को लेकर मेरे सामने एक कठिनाई यह थी कि मेरी लेखन-प्रणाली से कुछ अलग क़िस्म का उनका व्यक्तित्व था। वे कृतिशील व्यक्ति थे। भावना की ऊर्जा बोलने में कम, कर्म में प्रकट होती थी, तिलक विचार को अधिक महत्त्व देने वाले कुछ बहुर्मुखी प्रकृति के व्यक्ति थे। उनके बाह्य व्यक्तित्व के वैशिष्ट्यों को प्रत्यक्ष करते हुए उनके विचार, दाँवपेंच, विवाद, कृतिशीलता इत्यादि के माध्यम से मुझे उनका समग्र व्यक्तित्व खड़ा करना था और उस समय के समग्र परिवेश का भी ध्यान रखना था। इसके लिए मुझे जो परिश्रम करना पड़ा उसका स्वरूप अलग प्रकार का था, मुझे तिलक के 'समय' को अधिक विस्तारपूर्वक, गहराई में पहचानना पड़ा। इतिहास, संस्कृति, समकालीन राजनीति, पिताजी के मित्र, उनके शत्रु, उनका लेखन—सबका किसी अनुसंधित्सु की तरह अध्ययन करना पड़ा। इतिहास शोधक और उपन्यासकार दोनों के वैशिष्ट्यों को एकीकृत कर यह चरित्रात्मक उपन्यास मुझे लिखना था और मेरी राय में उसमें मैं सफल हुआ हूँ। प्रत्यक्ष घटना के आधार पर की गयी रचना में जो निर्मिति या सृजन का भाग होता है। उसे नहीं समझा जाय तो सृजन का महत्त्व ध्यान में नहीं आयेगा।

बान्दिवडेकर : सही है, गाडगिलजी ! मेरी राय में चरित्रात्मक उपन्यास का एक मानक स्थापित करने में आप पूर्णतः सफल हुए हैं। अब कुछ छोटी-मोटी बातों की ऐतिहासिकता को लेकर विवाद किया जा सकता है परन्तु तिलक के व्यक्तित्व की बुनावट के विकास और प्रस्तुतीकरण में आपको बहुत ख्याति मिली है, यह निस्संदिग्ध रूप से कहा जा सकता है। वातावरण निर्माण के लिए विशिष्ट भाषा-शैलियों का भी आपने प्रयोग किया है।

आपके लेखकीय कर्तृत्व का एक महत्त्वपूर्ण आयाम है आपका यात्रा-वर्णन। मुझे लगता है गाडगिलजी, आपके अन्दर जो मनुष्य के विविध रूपों को ढूँढ़ने, देखने और निरखने के लिए सदैव उत्सुक एक कलाकार बैठा है, उसी तरह विविध स्थानों की ख़ास पहचान करने के लिए उत्सुक एक यात्री बैठा है। आप जहाँ जाते हैं वहाँ की जानकारी तो पहले से रखते ही हैं परन्तु ऐसी जानकारी देना आपका उद्देश्य नहीं रहता। आप यात्रा करते

समय और यात्रावृत्त लिखते समय किन बातों का विशेष ख़्याल रखते हैं ?

गाडगिल : किसी देश की या स्थान की जानकारी तो आपको किसी भी भूगोल की पुस्तक में मिल सकती है, यात्रियों के लिए बनायी गयी गाइडबुकों में मिल सकती है। जब कलाकार यात्रावृत्त लिखता है तब वह जानकारी नहीं, अपना अनुभव प्रकट करता है। यात्रा करते समय प्रकृति के वैविध्यपूर्ण अनेक रूप दिखाई पड़ते हैं, अनेक स्वभाव के लोगों से मुलाक़ातें होती हैं। अनेक छोटी-बड़ी घटनाएँ घटित होती हैं उन स्थानों, दृश्यों मनुष्यों, घटनाओं का प्रभाव कलाकार के मन पर पड़ता है। वह सामान्य इतिवृत्तात्मक वर्णन की अपेक्षा मूलत: भिन्न होता है। लेखक का व्यक्तित्व समृद्ध हो तो उसे अनेक सवालों के इतिहासों, सभ्यताओं, संस्कृतियों और जीवन-प्रणालियों के दर्शन होते हैं। ये जो प्रभाव पड़ते हैं और दर्शन होते हैं उनके अनुभवात्मक आकार बनते हैं—सही कलाकार ऐसे अनुभवात्मक आकारों को प्रस्तुत करना चाहता है। इतिहास; भूगोल, प्रकृति, संस्कृति, जीवन-प्रणाली—सबका एक घुलाव होकर कलाकार विशिष्ट स्थान काअनुभव करता है—यह अनुभव ही यात्रा-वर्णन है इसमें जितना स्थान है उतना ही कलाकार के व्यक्तित्व के सम्मोहक दर्शन होते हैं। मेरा प्रयास कलाकार के व्यक्तित्व से ग्रहण किये हुए अनेकानेक स्थलों के अनुभव-आकारों को साकार करना रहा है। मराठी में मुझसे पहले कुछ इस प्रकार का प्रयास अर्जुन काणेकर ने किया था।

बान्दिवडेकर : गाडगिलजी, आपने इतना किया है कि उसकी पूरीचर्चा असम्भव है। परन्तु थोड़ी-सी चर्चा हमें आपके महत्त्वपूर्ण कृतित्व पर भी करनी होगी।

आप एक अच्छे वक्ता हैं और महाराष्ट्र में अंग्रेज़ी और मराठी में सैंकड़ों साहित्यिक, सांस्कृतिक और सामाजिक विषयों पर आपने व्याख्यान दिये हैं। इनमें से कतिपय व्याख्यान चिन्तन और प्रस्तुतीकरण के आदर्श माने गये हैं। अनेक व्याख्यानों ने काफ़ी उत्तेजक विवाद भी उत्पन्न किये हैं।

आपका अनेक सामाजिक संस्थाओं से सम्बन्ध भी रहा है। खासकर मुम्बई ग्राहक पंचायत का आपके निर्देशन में जो महत्त्वपूर्ण कार्य चल रहा है, वह बम्बई के सामाजिक जीवन में आपका बहुत बड़ा योगदान है। आप समाजवाद एवं आर्थिक नियोजन को

लेकर शासकीय नीति एवं व्यवहार के कट्टर विरोधक हैं और आर्थिक समस्याओं के बारे में 'आर्थिक नवलकथा' लिखकर समाज जागरण का महत्त्वपूर्ण कार्य भी कर रहे हैं। हिन्दी पाठकों को भी आपकी आर्थिक नवलकथाओं का परिचय है।

एक ओर आप पूर्णतः लेखक बने रहना चाहते हैं। अगर आपने 1962 में आल इण्डिया रायटर्स कॉन्फ्रेन्स का आयोजन किया, जिसका उद्घाटन राधाकृष्णन ने किया और जिसके अध्यक्ष मास्ति व्यंकटेश अय्यंगार थे तो माना जा सकता है कि यह साहित्यिक कार्य का ही एक्सटेन्शन था या अखिल भारतीय मराठी साहित्य संघ के अध्यक्ष के नाते अथवा साहित्य अकादमी के सदस्य एवं उपाध्यक्ष के नाते जो काम आपने किया, वह भी साहित्य से सम्बद्ध था। लेकिन संयुक्त महाराष्ट्र की स्थापना के बाद आपने स्व० सी०डी० देशमुख की अध्यक्षता में महाराष्ट्र कॉन्फ्रेन्स का आयोजन किया, एक कॉलेज के प्राचार्य बनकर सात-आठ वर्षों में उसे बम्बई में महत्त्वपूर्ण स्थान प्राप्त करा दिया, अनेक संस्थाओं की अध्यक्षता करने के लिए भी आपको खींचा जाता है—यह सब देखकर लगता है कि आपकी शक्ति विभाजित कैसे नहीं होती, दूसरी ओर साहित्य की प्रतिबद्धता का आप विरोध भी करते हैं और कलावाद को आप महत्त्व भी देते हैं। इन अन्तर्विरोधों का समाधान कैसे किया जा सकता है?

गाडगिल : बान्दिवडेकरजी, यह सही है कि मैं मुख्यतः साहित्यकार हूँ। और जब देखता हूँ कि कोई काम मेरे प्रमुख कार्य का अवरोध कर रहा है तब मैं उससे मुक्त भी होता हूँ। लेकिन मुझमें एक लेखक की प्रयोगशील प्रवृत्ति छिपी बैठी है जिस तरह बालक अनेक काम करना चाहता है, उस तरह मैं भी देखना चाहता हूँ कि कोई काम मैं कर सकता हूँ कि नहीं और इसी चुनौती के तहत मैं ऐसे कई काम स्वीकार करता हूँ जो ऊपर से साहित्य का अवरोध करने वाले लग सकते हैं।

असल में प्रतिबद्धता का विचार बचकाना विचार है। मैं नागरिक के रूप में समाज के साथ सम्पृक्त ही नहीं हूँ, ऐसे बहुत से काम करता हूँ जिनसे समाज का प्रत्यक्ष साथ होता है। ग्राहकों की संगठना बनाकर प्रत्यक्ष व्यावहारिक समस्याओं को प्रभावित करना नक़ली साहित्यिक प्रतिबद्धता की घोषणाओं से कई गुना अधिक अच्छा है।

असल में जितना विरोध इन कार्यों का मेरे साहित्य से समझा जा सकता है, उतना वह है नहीं। मैं कुछ वैयक्तिक जीवन में अकेलापन पसन्द करने वाला व्यक्ति हूँ और दोस्ती के बारे में बहुत ही चिकित्सक हूँ अतः इसकी समाज से कटकर रहने की परिणति होना स्वाभाविक है। परन्तु अनेक समाज-संस्थाओं से सम्बद्ध रहने के कारण अनेक स्वभाव के व्यक्तियों से परिचय होता है, उनकी मानसिकता की पहचान होती है। उनसे मिल-जुलकर रहने की बाध्यता से अकेलेपन का कुछ तो निराकरण होता है। वैसे किसी संस्था के दैनन्दिन काम की ज़िम्मेदारी मैं नहीं लेता, परन्तु निर्देशन एवं सलाहकार की ज़िम्मेदारी स्वीकार करता हूँ। परिणामतः अनेक व्यक्तियों, सामाजिक समस्याओं, समाज आन्दोलनों से परिचय रहता है। मनुष्य स्वभाव के अनगिनत रूप, अनेक विषयों की जानकारी देखने में आती है। इससे लेखन समृद्ध होता है। असल में जीवन की कच्ची सामग्री किस प्रकार कोई लेखक लेखन के कार्य में उपयोग में लाता है, यह महत्त्वपूर्ण है। इसलिए मुझे लगता है कि मेरे लेखन में आज तक न विषयों की कमी मुझे दिखी, न मनुष्य स्वभाव के विभिन्न आकारों की कमी ने मुझे कभी अवरुद्ध किया। हाँ, प्रतिबद्धता, सामाजिक दायित्व जीवनवाद इत्यादि शब्दों की घोषणाएँ मैंने कभी नहीं कीं। परन्तु मुझे विश्वास है कि व्यापक सामाजिक संपृक्ति का मान मेरे साहित्य में प्रचुर है।

बान्दिवडेकर : गाडगिलजी, आपने साहित्य के क्षेत्र में और साहित्य के बाहर सामाजिक क्षेत्र में जो काम किया है वह गौरव करने योग्य है, परन्तु लेखक का सामान्यतः स्वभाव होता है कि वह असन्तुष्ट रहता है। आप में किन बातों को लेकर असन्तोष है?

गाडगिल : सतत असन्तुष्ट रहना मेरा स्वभाव ही है। जब मैंने तरुणाई में प्रवेश किया तब कितने ही भव्य स्वप्न मैंने देखे साहित्य के क्षेत्र में तॉल्स्तॉय, दोस्तोएवस्की की भाँति कुछ कर दिखाऊँ, ज्ञान के क्षेत्र में पाणिनि या आइज़ाक न्यूटन ने जो किया उस प्रकार का कुछ करूँ—ऐसी कुछ न झेली जा सकने वाली उत्तुंग महत्त्वाकांक्षाएँ मेरे मन में थीं। इन महान प्रतिभाशालियों की तुलना में मैंने जो कुछ किया वह इतना क्षुद्र है कि मैं शर्मिन्दा हो जाता हूँ। ऐसे भव्य स्वप्न मुझ जैसे व्यक्ति को देखने ही नहीं चाहिए थे। यह मेरी समझ में आता है। लेकिन वे स्वप्न अब भी मन में जीवित हैं और

मन में सदैव खेद पैदा करते हैं। ऐसे में मैं कर ही क्या सकता हूँ।

कुछ व्यावहारिक स्तर पर देखा जाय तो लेखन की कितनी ही बड़ी-बड़ी परियोजनाएँ मेरे मन में थीं। लेकिन वे प्रत्यक्ष में नहीं आयीं। उन्नीसवीं सदी के बम्बई के जीवन पर मुझे एक उपन्यास लिखना था। राष्ट्रकूटों का साम्राज्य विजयनगर का कृष्णदेवराय—इन पर मुझे बड़े ऐतिहासिक उपन्यास लिखने थे। उसी तरह मराठी सफ़ेदपोश परिवार पर भी उपन्यास लिखना था। परिकथाएँ भी लिखने की इच्छा है। अरेबियन नाइट्स जैसी कहानियाँ लिखनी थीं। लेकिन वह सब अभी लिखना शेष ही है। अब मैं यह सब पता नहीं कब लिख सकूँगा।

साहित्य से सम्बन्धित दो क्षेत्रों में कुछ कर दिखाने की इच्छा मेरे मन में बहुत थी। पत्रकारिता और नाट्यक्षेत्र में अपनी छाप अंकित करने की इच्छा थी। अभी भी है। लेकिन कुछ हो नहीं पाया।

मैंने जो कुछ किया उसकी लोग सराहना तो करते हैं। परन्तु सच बताऊँ, जिस देश में व्यास ने महाभारत लिखा, उस देश में हम ऐसा लिख रहे हैं, इसकी मुझे शर्म महसूस होती है।

खैर, जो है सो यह ऐसा है और मेरे इस बौनेपन के लिए सम्पूर्णतः मैं ही ज़िम्मेदार हूँ।

बान्दिवडेकर : गाडगिलजी, जीवन का भयावह और विकीर्ण करने वाला चित्रण आपके साहित्य में कहाँ है? उसका स्वरूप आपके अपने शब्दों में हम जानना चाहेंगे।

गाडगिल : जीवन के भयावह और विदारक स्वरूप का चित्रण मेरी अनेक कहानियों में है—'उध्वस्त विश्व' 'काजवा' (जुगनू) 'सरल रेखा' (सीधी रेखा), ज्वाल—ऐसी कितनी ही कहानियों में नियति के सनकीपन और उसकी क्रूरता का, मनुष्य की क्रूरता, मनुष्य के स्वभाव दोषों के परिणामस्वरूप होने वाला विनाश, सामाजिक संघर्ष से होने वाला सर्वनाश—इनका प्रत्ययकारी चित्रण आया है। जीवन के भयावह एवं विदारक स्वरूप का चित्रण दो तरह से किया जा सकता है। उस भीषणता का ऐसा ज़बर्दस्त आघात पाठकों पर करके उसे सुन्न एवं हतबुद्ध किया जाये। उसे ऐसा लगे कि वह अगतिक है। ऐसा प्रभाव उत्पन्न करने पर पाठक और समीक्षक लेखक का गौरव भी करते हैं। लेकिन पाठक को केवल सुन्न करने से उसका अनुभव-संसार समृद्ध होता है, ऐसा मुझे नहीं

लगता। ऐसे अनुभवों से पाठक व्याकुल हो, सुन्न हो परन्तु उसके साथ जीवन के स्वरूप को लेकर, उसके अनपेक्षित, वैविध्यपूर्ण दर्शन को लेकर वह विचार भी करे, यह मुझे अधिक मूल्यवान लगता है। मैं चाहता हूँ कि वह अपनी कल्पना से उस विश्व में दूर-दूर तक यात्राएँ करे। मनुष्य को केवल सुन्न करना साहित्य का कार्य नहीं है। उसकी कल्पनाशक्ति को उत्तेजित करना, जीवन की विशालता एवं विविधता के बारे में उसे विचार करने के लिए मजबूर करना साहित्य का कार्य है, ऐसा मुझे लगता है।

मुझे प्रत्यक्ष जीवन में अनेक भयावह अनुभव मिले हैं। उनसे मैं उन क्षणों में हताश भी हो गया हूँ। लेकिन जीवन अर्थशून्य एवं शोकात्म हो भी तो भी उसे वैसा स्वीकार करना मुझे उचित नहीं लगता। जीवन अर्थशून्य होगा। लेकिन उसमें अर्थ भरने की, उसे आकार देने की, उसे जीने और भोगने की दुर्द्धर्ष इच्छा अथवा मूलभूत उर्मि मुझमें है, यह उतना ही सही है।

तीसरी बात यह है कि भारतीय साहित्य में कम-से-कम मराठी साहित्य बहुत loud—ठस है। मेरा यह मत है, हम जिस तरह बहुत जोर से बोलते हैं, बहुत तीखा, खट्टा, मधुर भोजन करते हैं उसी तरह हमारा साहित्य भी बहुत भड़कीला होता है। इस loud-पन में भी एक अपना मजा होता है। लेकिन साहित्य सदैव loud ही हो, ध्वनित करने के स्थान पर स्थूल रूप में पुनः-पुनः अपने मन का कहता रहे, यह घोषणा करे कि वह एक ख़ास दर्शन व्यक्त कर रहा है, यह सब मुझे ठीक नहीं लगता, रुचता भी नहीं, वह मेरे ख़ून में नहीं है। इसीलिए भड़कीलेपन को मैं टालता हूँ और अनेक को वही साहित्यिक दोष प्रतीत होता है।

बान्विवडेकर : आप अंग्रेज़ी में भी लिखते हैं, अच्छा वक्तृत्व करते हैं। हिन्दी के प्रति भी आपके मन में बहुत लगाव है, भारत में इन दो भाषाओं का स्थान आपकी राय में क्या रहेगा?

गाडगिल : भारतीय जीवन में हिन्दी का महत्त्वपूर्ण स्थान है और वह क़ायम रहने वाला है। देश भर में हिन्दी के माध्यम से व्यवहार किये जा सकते हैं। क्योंकि टूटी-फूटी हिन्दी सारे देश भर में समझी जाती है। *हिन्दी का सांस्कृतिक कार्य अंग्रेज़ी कभी नहीं कर पायेगी।* रामायण और महाभारत को दूरदर्शन पर अंग्रेज़ी में हम कभी नहीं देख सकेंगे। लेकिन उसके साथ अंग्रेज़ी भाषा का स्थान निकट भविष्य में हिन्दी ले सकेगी, ऐसा नहीं लगता, सारी दुनिया एक

होती जा रही है। वैज्ञानिक ज्ञान का एवं सांस्कृतिक मामलों का लेनदेन बड़े पैमाने पर हो रहा है। यूरोप, रूस, जापान इत्यादि देशों में अंग्रेज़ी का महत्त्व बढ़ गया है ऐसी स्थिति में भारत में भी अंग्रेज़ी का महत्त्व रहेगा, हिन्दी और अंग्रेज़ी दोनों भाषाओं का इस्तेमाल भारत में रहने वाला है। हिन्दी का महत्त्व बढ़ने वाला है लेकिन उसको बढ़ाना हिन्दीभाषी लोगों की समावेशक एवं समंजस भूमिका पर निर्भर होगा।

□□□